스티븐 프라이의

# 그리스 신화

올림포스 신 이야기

옮긴이 **이영아**

서강대학교 영어영문학과를 졸업하고 성균관대학교 사회교육원 전문 번역가 양성 과정을 이수했다. 현재 전문 번역가로 활동하고 있다. 옮긴 책으로 『누군가는 거짓말을 하고 있다』, 『몹쓸 기억력』, 『쌤통의 심리학』, 『민주주의는 여성에게 실패했는가』, 『라이프 프로젝트』, 『걸 온 더 트레인』, 『행복은 어떻게 설계되는가』, 『도둑맞은 인생』 등 다수가 있다.

MYTHOS: The Greek Myths Retold

스티븐 프라이의

# 그리스 신화

스티븐 프라이 지음 ✤ 이영아 옮김

## 올림포스 신 이야기

ⓖ현암사

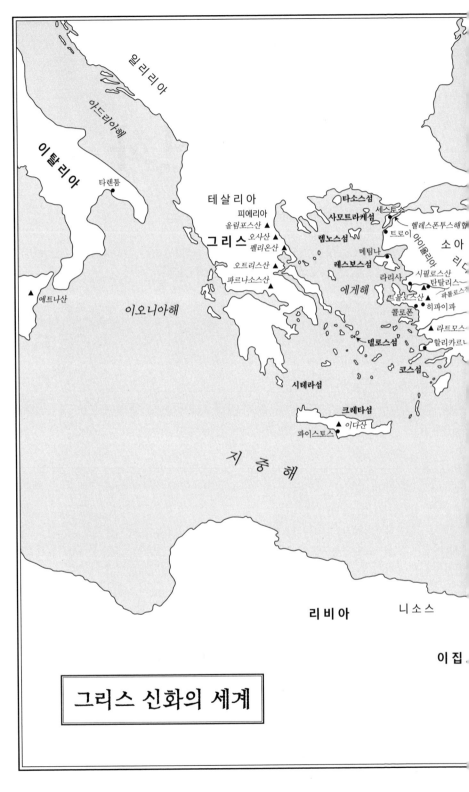

일리리아

아드리아해

이탈리아

타렌툼

테 살 리 아

피에리아
올림포스산 ▲
그 리 스
오사산 ▲
펠리온산 ▲
오트리스산 ▲
파르나소스산 ▲

▲ 에트나산

이오니아해

타소스섬
사모트라케섬
세스토스
헬레스폰투스해협
트로이
아이올리아
소 아
리 디

렘노스섬
메팀나
레스보스섬
라리사
시필로스산
탄탈리스
파올로스계
에게해
트몰로스산
히파이파
콜로폰
▲ 라트모스

델로스섬
할리카르

코스섬

시테라섬

크레타섬
▲ 이다산
파이스토스

지 중 해

리 비 아

니소스

이 집

그리스 신화의 세계

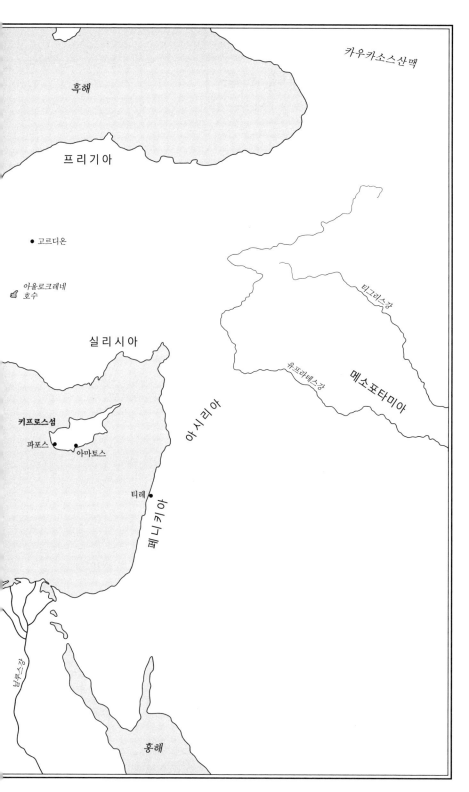

# 2세대 신들

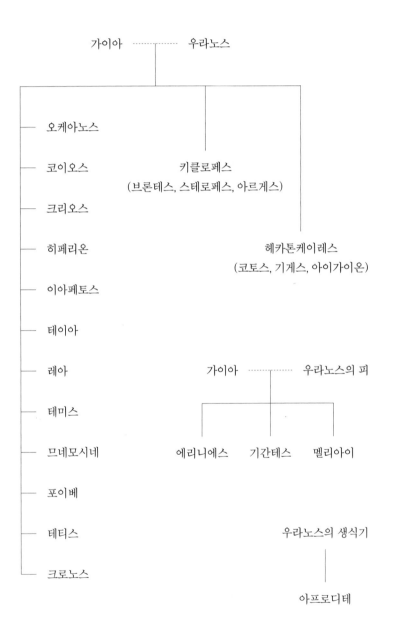

가이아 ········· 우라노스

- 오케아노스
- 코이오스
- 크리오스
- 히페리온
- 이아페토스
- 테이아
- 레아
- 테미스
- 므네모시네
- 포이베
- 테티스
- 크로노스

키클로페스
(브론테스, 스테로페스, 아르게스)

헤카톤케이레스
(코토스, 기게스, 아이가이온)

가이아 ········· 우라노스의 피

에리니에스    기간테스    멜리아이

우라노스의 생식기

아프로디테

# 올림포스 신들

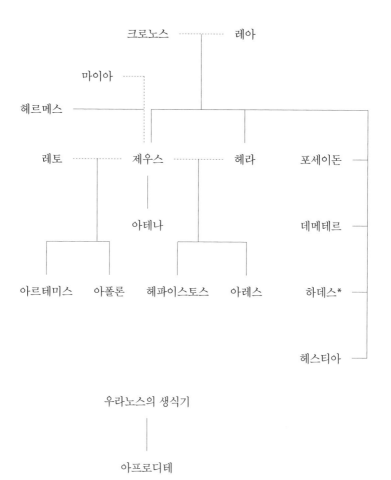

크로노스 ············· 레아

마이아

헤르메스

레토 ············· 제우스 ············· 헤라          포세이돈

아테나                                                    데메테르

아르테미스   아폴론   헤파이스토스   아레스          하데스*

헤스티아

우라노스의 생식기

아프로디테

*  하데스는 지하세계에서만 지냈기 때문에 엄밀히 말하면 올림포스 신이 아니다.

**차례**

# 제우스의 장난감 II

**일러두기**

- 각주 가운데 옮긴이주는 문장 끝에 '옮긴이'라고 표시하였다. 그 외의 각주는 모두 저자주이다.
- 이 책에 나오는 신들의 이름은 그리스어 발음대로 적었으나, '님프'와 같이 널리 쓰이는 경우에는 일반적 관례를 따르기도 하였다.

# 머리말

나는 운 좋게도 아주 어릴 적에 『고대 그리스 이야기 *Tales from Ancient Greece*』라는 책을 만났다. 그리고 바로 사랑에 빠졌다. 어린 시절 내내 다른 문화권과 민족의 신화나 전설을 즐겨 읽었는데 그중에서도 그리스 이야기에는 유독 내 마음을 밝히는 무언가가 있었다. 그 세계의 에너지와 유머, 열정, 독특함, 그럴듯한 세부 내용이 이야기를 읽자마자 나를 사로잡았다. 여러분도 그런 경험을 할 수 있기를 바란다. 이 책에 담긴 몇몇 이야기를 이미 알고 있는 사람도 있을 테지만, 그리스 신화의 인물과 이야기를 지금까지 한 번도 접한 적 없는 이들에게 이 책을 적극적으로 권하고 싶다. 책을 읽기 전에 뭔가를 미리 알아야 할 필요는 없다. 이야기는 텅 빈 우주에서 시작한다. 넥타르와 님프, 사티로스와 켄타우로스, 운명의 신들과 복수의 신들. 이들이 서로 어떻게 다른지 몰라도 되고 '고전 문학'에 관한 지식도 아무 필요 없다. 그리스 신화에 학구적이거나 지적인 면은 전혀 없다. 그저 중독적이고, 흥미진진하고, 이해하기 쉽고, 놀라울 정도로 인간적일 뿐이다.

그렇다면 고대 그리스의 이 신화들은 어디에서 왔을까? 복잡하게 뒤얽힌 인간 역사에서 그리스라는 실 한 가닥을 잡아 거슬러 올라갈 수도 있겠지만, 단 하나의 문명과 그 이야기들만 골라내면

보편적 신화의 진정한 근원을 제멋대로 바꿔버리는 것처럼 비칠 수도 있다. 세계 곳곳에 살던 초기 인간들은 화산과 폭풍우, 해일, 지진을 일으키는 힘이 어디에서 나오는지 알고 싶어 했다. 인간들은 계절의 순환, 밤하늘에 떠 있는 천체들의 행렬, 날마다 해가 뜨는 기적을 찬양하고 공경했다. 그러면서 그 모든 것이 어떻게 시작되었을까 하는 의문을 품었다. 그래서 수많은 문명들의 집단 무의식이 분노한 신들, 죽어가고 부활하는 신들, 풍요의 신들, 불과 흙과 물의 정령들과 괴물들에 얽힌 이야기들을 지어냈다.

수수께끼 같은 세상을 천으로 삼아 거기에 전설과 설화라는 태피스트리를 짜낸 민족이 물론 그리스인뿐만은 아니다. 고고학적이고 고인류학적으로 따지자면, 그리스 신들의 기원은 메소포타미아의 '비옥한 초승달 지대'(오늘날의 이라크, 시리아, 터키)에서 숭배받던 하늘 아버지들, 달의 여신들, 괴물들까지 거슬러 올라간다. 바빌로니아, 수메르, 아카드를 비롯한 그곳의 여러 문명들은 그리스보다 훨씬 더 일찍 번영했으며, 자신들만의 천지창조 이야기와 민속 신화를 갖고 있었다. 그 언어를 보면, 인도 그리고 더 서쪽으로 나아가 최초의 인류가 탄생한 선사시대의 아프리카에서 그 뿌리를 찾을 수 있다.

하지만 어떤 이야기를 하든 서사의 기다란 줄을 싹둑 잘라 시작점을 잡아야 한다. 그리스 신화는 그것이 그리 어렵지 않다. 다른 신화들과 달리 그리스 신화는 세밀함과 생생함과 다채로움으로 오랜 세월 살아남았기 때문이다. 최초의 시인들이 포착해서 보존한 그 이야기들은 작가들이 글쓰기를 시작한 때부터 지금까지 온전한 형태로 전해 내려왔다. 그리스 신화는 중국, 이란, 인도, 마야, 아프리카, 러시아, 아메리카 원주민, 히브리, 북유럽의 신화들과 공통점이 많다. 그렇지만 작가이자 신화 기록가인 이디스 해밀턴Edith Hamilton의 말을 빌리자면, 그리스 신화는 유일무이하게 '위대한 시인들의 창작물'이다. 그리스인들은 신과 괴물, 영웅들에 관한 일관성 있는 서사, 심지어는 문학을 만든 최초의 민족이었다.

그리스 신화는 인간 생활과 문명에 대한 신들의 학대와 간섭, 폭정에서 벗어나려는 인류의 투쟁과 같은 궤도를 그린다. 그리스인들은 신들 앞에 비굴하지 않았다. 탄원과 공경을 바라는 신들의 허영심을 알았지만, 인간이 신과 동등하다고 믿었다. 그리스인들의 신화는 잔인하고 경이롭고 변덕스럽고 아름답고 무모하고 불공평한 이 황당한 세상을 창조한 자들의 성정이야말로 잔인하고 경이롭고 변덕스럽고 아름답고 무모하고 불공평했음을 이해하고 있다. 그리스인들은 자신들의 이미지로 신들을 창조했다. 호전적이지만 창의적이고, 현명하지만 사납고, 다정하지만 질투 많고, 자상하지만 잔인하고, 자비롭지만 복수심에 불탄다.

이 책은 태초에서 시작하지만 끝까지 모든 이야기를 담지는 못했다. 오이디푸스, 페르세우스, 테세우스, 이아손, 헤라클레스 같은 영웅들과 트로이 전쟁의 자세한 이야기까지 포함했다면, 이 책은 티탄도 들지 못할 정도로 무거워졌을 것이다. 게다가 나의 목표는 여러분에게 이야기를 들려주는 것이므로 신화를 설명하거나 그 뒤에 숨어 있는 인간의 진실과 심리학적 통찰까지 파고들 생각은 없다. 신들의 이야기는 혼란스럽고 놀라우며 낭만적이고 익살스럽고 비극적이며 폭력적이고 황홀한 그 내용만으로도 충분히 매력적이라 소설 작품으로 즐기기에도 손색이 없다. 이 책을 읽다 보면 그리스인들은 대체 어디서 영감을 얻어 이토록 다채롭고 정교한 인물과 사건을 지어냈을까 혀를 내두르며, 신화들이 구현하는 심오한 진리를 자신도 모르게 곱씹게 될 것이다. 뭐, 세상의 수많은 즐거움 중 하나라 할 수 있겠다.

그리고 즐거움이야말로 우리가 그리스 신화의 세계에 푹 빠지는 이유다.

# 세계의 시작

I

# 카오스로부터

요즘은 우주의 기원을 빅뱅 이론으로 설명한다. 단 한 번의 사건으로 생겨난 물질들이 모든 사물과 모든 인간을 만들어냈다는 이론이다.

고대 그리스인들은 생각이 달랐다. 그들은 만물의 시작은 대폭발이 아니라 혼돈, 즉 카오스chaos라 믿었다.

카오스는 신성한 존재인 신이었을까 아니면 그저 텅 빈 상태였을까? 그것도 아니면 오늘날 우리가 사용하는 의미대로, 십 대 청소년의 방보다 더 끔찍한 난장판이었을까?

카오스를 우주 차원의 일종의 거대한 하품이라 생각해보자. 하품하는 입처럼 쩍 벌어진 틈이나 아가리를 크게 벌린 텅 빈 공간이라고 말이다.

카오스가 무無에서 생명과 물질을 창조했는지 아니면 하품을 하거나 꿈을 꿔서 생명을 만들어냈는지 그도 아니면 우리가 모르는 모종의 방식으로 불러냈는지 나는 모른다. 나는 그 현장에 있지 않았다. 여러분도 마찬가지다. 아니, 아예 없었다고는 할 수 없다. 우리를 구성하고 있는 모든 조각들이 그곳에 있었으니까. 그리스인들은 카오스가 한숨을 푹 내쉬어서, 혹은 어깨를 크게 한 번 으쓱해서, 혹은 딸꾹질이나 구토, 재채기를 해서 일련의 기나긴 창조를 시작했고, 그 결과 펠리컨, 페니실린, 독버섯, 두꺼비, 강치, 바다표범, 사자, 인간, 수선화, 살인, 예술, 사랑, 혼란, 죽음, 광기, 비스킷이 탄생했다고 믿었다.

진실이 무엇이건 간에, 오늘날의 과학계는 모든 것이 카오스로 돌아갈 운명이라는 데 의견을 같이하고 있다. 이 피할 수 없는 운명을 엔트로피entropy라 부른다. 이 세계의 모든 것은 카오스에서 질서로, 그리고 다시 카오스로 돌아가는 거대한 순환의 일부인 것이다. 우리가 입는 청바지를 예로 들어보자. 먼저 혼돈 상태의 원자들이 어쩌다가 물질로 합쳐지고, 기나긴 시간에 걸쳐 생명체로 스스로 재편된 다음, 서서히 목화로 진화하고, 천으로 짜여 우리의 사랑스러운 다리를 감싸는 멋진 물건이 된다. 때가 되면 우리는 바지를 버릴 것이고, 그 바지는 쓰레기 매립장에서 썩거나 불태워질 것이다. 어느 쪽이든 바지를 구성하는 물질은 기나긴 시간이 지나면 자유롭게 풀려나 지구 대기의 일부가 될 것이다. 그리고 태양이 폭발하면서 우리 바지의 재료를 비롯한 이 세상의 입자들을 전부 가져가 버리면 모든 구성 원자들은 차가운 카오스로 돌아갈 것이다. 바지의 운명이 그렇다면 우리의 운명이라고 다르지 않다.

다시 말해 만물의 시작인 카오스가 만물을 끝낼 카오스이기도 한 것이다.

자, 이쯤 되면 이렇게 묻는 사람이 있을지도 모르겠다. "그러면 카오스 전에는 누가 혹은 뭐가 있었지?", "빅뱅 전에는 누가 혹은 뭐가 있었을까? 분명 뭔가가 있었을 텐데."

아니, 없었다. '전'이라는 건 없었다. '시간'이라는 게 없었으니까. 아무도 시간의 시작 버튼을 누르지 않았다. 아무도 '출발!'이라고 외치지 않았다. 그리고 시간이 아직 생기지 않았으니 '예전', '동안', '언제', '그때', '점심시간 후', '지난주 수요일'처럼 시간과 관련된 말들은 아무런 의미가 없었다. 조금 찜찜하지만 사실이 그렇다.

'사실들의 총체', 우리가 '우주'라 부를 수 있는 것을 의미하는 그리스어는 '코스모스cosmos'다. 지금 이 순간('순간'은 시간과 관련된 단어이므로 지금 당장은 아무런 의미도 없다. '지금 당장'이라는 표현도 마찬가지다) 코스모스는 카오스이며, 카오스일 뿐이다. 왜냐하면 카오스만이 유일한 사실이기 때문이다. 오케스트라가 기지개를 켜고 악기를 조율하고 있을 뿐……

하지만 이제 곧 변화가 일어날 참이다.

# 1세대

형체 없는 카오스에서 에레보스와 닉스가 갑자기 툭 튀어나왔다. 에레보스는 어둠, 닉스는 밤이었다. 그들은 곧바로 짝을 맺었고, 이 결합으로 헤메라(낮)와 아이테르(빛)가 반짝이며 태어났다.

이와 동시에(사건들을 분리하는 시간이 생겨나기 전이라 모든 일이 동시에 벌어진다) 카오스가 두 존재를 더 낳았다. 가이아(대지)와 타르타로스(땅속 깊은 곳과 동굴).

참으로 매력적인 피조물들 아닌가. 낮, 밤, 빛, 지하와 동굴. 이들은 남신과 여신이 아니었고, 어떤 인격체도 아니었다. 또한 시간이라는 게 없으니 극적인 서사도, 이야기도 있을 리 만무했다. 이야기란 '옛날 옛적에'와 '그다음에 일어난 일'이 빠지면 성립될 수 없으니 말이다.

이렇게 생각해도 무방할 것이다. 카오스에서 어떤 색깔도, 개성도, 이해관계도 전혀 없는 원시적이고 근본적인 원리들이 가장 먼저 나왔고 이들은 그리스 신화의 신과 영웅, 괴물들의 선조인 태초의 1세대 신이었다. 그들은 만물을 품고 만물의 밑에 누워, 기다리고 있었다.

이 세상의 고요한 공허는 가이아가 혼자 두 아들을 낳으면서 채워졌다. 첫째는 바다의 신 폰토스, 둘째는 하늘의 신 우라노스였다. 그리고 헤메라와 아이테르가 결합해 폰토스의 여성판인 탈라사를 낳았다.

처음부터 태초의 신들은 자신들이 상징하고 관장하는 자연력 그 자체였다. 이런 원리에 따라 우라노스는 곧 하늘과 천계였다.* 언덕, 계곡, 동굴, 산의 흙이기도 한 가이아는 스스로 형체를 띠고 걷고 말할 수 있었다. 하늘 우라노스의 구름은 가이아 위에서 흘러가고 휘몰아치다가, 한데 뭉쳐져 우리가 알아볼 만한 모양이 되기도 했다. 만물의 생명이 이제 막 움트기 시작한 때였다. 안정적으로 자리를 잡은 건 거의 없었다.

---

\* 실제로 지금까지도 '우라노스'는 그리스어로 '하늘'을 의미한다.

# 2세대

하늘 우라노스는 자신의 어머니인 대지 가이아를 완전히 뒤덮었다. 두 가지 의미에서 그랬다. 지금과 마찬가지로 하늘이 땅을 덮듯이, 그리고 수말이 암말을 덮치듯이 가이아를 뒤덮었다. 그러자 놀라운 일이 벌어졌다. 시간이 시작된 것이다.

또 시작된 것이 있었다. 뭐라 불러야 할까? 인격? 드라마? 개성? 결함과 약점, 버릇과 열정, 계획과 꿈을 가진 인물? 의미가 시작되었다고 말할 수도 있다. 가이아에 씨가 뿌려지면서 생각이라는 싹이 트고 의미가 생겨났다. 하늘의 정자에서 중대한 의미론적 기호학이 나왔다고나 할까. 이 부분은 학자들에게 맡기는 편이 낫겠지만, 어쨌거나 가이아와 우라노스의 결합은 위대한 사건이었다. 가이아는 자신의 아들이자 이제 남편이 된 우라노스를 창조하고 그와 결합하면서, 유구한 역사를 거쳐 오늘날의 우리에게까지 이어져 온 생의 기다란 끈을 풀어놓았다.

우라노스와 가이아는 아주 많은 자식을 낳았다. 먼저 혈기왕성하고 건강한 여섯 아들과 여섯 딸이 태어났다. 아들은 오케아노스, 코이오스, 크리오스, 히페리온, 이아페토스, 크로노스였다. 딸은 테이아, 테미스, 므네모시네, 포이베, 테티스, 레아였다. 이 열두 명은 2세대 신이 되어 전설적인 이름을 얻게 된다.

그리고 어디선가 시간이 슬그머니 생기면서 시곗바늘이 움직이기 시작했다. 지금도 째깍째깍 가고 있는 우주 역사의 시계가 생겨난 것이다. 혹시 이 열두 신생아 중 한 명 때문은 아닐까. 나중에 한번 알아보자.

우라노스와 가이아는 열두 명의 강인하고 아름다운 형제자매들에 만족하지 못하고 자식을 더 낳았다. 세쌍둥이를 두 번이나. 두 그룹의 세쌍둥이는 서로 확연히 달랐고, 양쪽 다 그다지 아름답지 않았다. 아버지 하늘에게 완전히 새로운 여러 표정들과 소리들을 선사한 외눈박이 거인들 키클로페스(단수형은 키클롭스) 삼형제가 먼저 태어났다. 첫째 키클롭스는 브론테스(천둥),* 둘째는 스테로페스(번개), 막내는 아르게스(빛)였다. 이리하여 우라노스는 번득이는 번개와 우르르 쾅쾅 울리는 천둥으로 하늘을 채울 수 있었다. 우라노스는 이 소음과 장관이 무척 마음에 들었다. 하지만 가이아가 또 세쌍둥이를 낳았을 때, 그들을 본 모든 이들과 우라노스는 몸서리를 쳤다.

쌍둥이는 돌연변이 실험이라고, 그들의 후손은 없을 거라고 말하는 편이 차라리 친절한 반응이라 할 정도였다. 갓 태어난 헤카톤케이레스(단수형은 헤카톤케이르)† 삼형제는 각각 머리가

---

* 브론토사우루스(뇌룡)의 이름도 브론테스에서 따왔다. 요크셔의 소설가 자매의 이름도 마찬가지일지 모른다. 그들의 아버지는 '브런티(Brunty)'였던 원래 성을 '브론테(Brontë)'로 바꾸었다. 아일랜드 이름에 고전적인 천둥의 웅장한 소리를 더하고 싶었던 걸까 아니면 브론테 공작 작위를 받은 넬슨 제독을 기리기 위해서였을까. 공작 영지 브론테는 에트나의 언덕에 있는데, 사람들은 언덕 밑에 잠들어 있는 키클롭스에서 그 이름이 유래했다고 믿었다.

† '헤카톤'은 '100'을, '케이르'는 '손'을 의미한다.

50개, 손이 100개였으며, 세상의 그 어떤 존재보다 흉측하고 사납고 난폭하고 강력했다. 그들의 이름은 코토스(돌진하는 자), 기게스(팔다리가 긴 자), 아이가이온(바다염소, 가끔은 강한 자 브리아레오스라고도 한다)이었다. 가이아는 그들을 사랑했고, 우라노스는 그들을 역겨워했다. 하늘의 제왕인 자신이 이런 기괴한 흉물들의 아버지라는 사실이 가장 끔찍했겠지만, 대부분의 증오가 그렇듯 그의 혐오감은 두려움에서 비롯되었을 것이다.

우라노스는 넌더리를 내며 그들을 저주했다. "내 눈에 거슬린 죄로 너희는 다시는 빛을 보지 못하리라!" 우라노스는 모진 말을 외치며 그들과 키클로페스 삼형제를 가이아의 자궁 속으로 도로 밀어 넣었다.

## 가이아의 복수

'가이아의 자궁으로 밀어 넣었다'라는 말의 진짜 의미가 뭘까? 어떤 사람들은 우라노스가 헤카톤케이레스를 땅에 묻었다는 뜻으로 이해했다. 이 초창기 신들의 정체성은 유동적이어서, 어떤 신의 어느 정도가 인물이고 어느 정도가 속성인지 확실히 알기 힘들다. 가이아는 대지 어머니인 동시에 땅 자체였으며, 우라노스는 하늘 아버지인 동시에 하늘 자체였다.

확실한 건 우라노스가 자식들인 헤카톤케이레스와 아내를 잔인하게 박대함으로써 최초의 범죄를 저질렀다는 사실이다. 벌을 면치 못할 근본적인 범죄를.

가이아는 견딜 수 없는 고통에 시달렸다. 그녀의 몸속에서 헤카톤케이레스가 꿈틀거리면서 300개의 팔을 휘두르고 때려댔으며 150개의 머리를 박아댔다. 가이아는 자신의 아들이자 새 세대를 함께 탄생시킨 남편 우라노스가 미웠다. 지독하고 앙심 깊은 증오였다. 그리고 그 미움에서 나무를 휘감고 올라가는 덩굴처럼 복수의 계획이 자라났다.

헤카톤케이레스 때문에 살을 도려내는 듯한 통증을 느끼며 가이아는 현재의 프티오티스에 해당하는 그리스 중부 지방을 내려다보고 있는 거대한 산 오트리스를 찾아갔다. 산의 정상에 올라서면, 말리안만을 굽이쳐 돌아가 스포라데스 제도의 산발적으로 흩어져 있는 섬들을 에워싸는 에게해 서쪽의 푸른 바다까지 쭉 뻗어 있는 마그네시아 평원이 보인다. 하지만 고통과 분노에 휩싸인 가이아는 세계에서 가장 매력적인 풍경을 즐길 여유가 없었다. 오트리스산 꼭대기에서 가이아는 그곳에 있는 바위로 매우 특이하고 섬뜩한 작품을 만들기 시작했다. 아흐레 밤낮으로 부지런히 손을 놀린 끝에 드디어 완성작이 나오자 가이아는 그것을 산의 갈라진 틈에 숨겨놓았다.

그러고 나서 가이아는 아름답고 강한 열두 아이들을 직접 찾아갔다. 가이아는 자식들에게 차례로 물었다.

"너희 아버지 우라노스를 죽이고 나와 함께 우주를 다스리지 않겠니? 너희는 하늘을 물려받을 테고, 천지 만물은 우리 것이 될 거야."

가이아를 부드럽고 따스하며 인자하고 상냥한 대지 어머니로 상상하는 사람이 많을 것이다. 뭐, 가끔은 그렇다. 하지만 그녀가 몸 깊숙한 곳에 불을 품고 있음을 잊어서는 안 된다. 그녀는 거센 파도보다 더 잔인하고 더 가혹하고 더 무서워지기도 한다.

파도 얘기가 나왔으니 말인데, 가이아가 제일 처음 자기편으로 끌어들이려 했던 아이들이 오케아노스와 그의 누이 테티스*였다. 하지만 그들은 바다의 태초 신인 탈라사와 대양을 나눠 먹기로 협상을 벌이던 중이었다. 이때의 모든 신들은 자기의 전문 분야와 관장 영역을 확립하느라, 한 바구니에 든 강아지들처럼 물어뜯고 으르렁거리며 서로의 힘과 우위를 시험하고 있었다. 오케아노스는 거대한 소금 강처럼 전 세계를 흘러 다닐 조류와 해류를 만들 계획이었다. 테티스는 오케아노스의 아이를 낳을 참이었다. 그 시절에는 근친상간 없이는 번식이 불가능했으니 물론 죄가 아니었다. 당시 테티스는 닐루스(나일강)를 배고 있었고, 나중에는 다른 강들과 3,000명 이상의 오케아니스들도 낳는다. 바다의 님프인 오케아니스들은 바다뿐만 아니라 마른 땅에서도 잘 움직이는 매력적인 신이다.† 테티스와 오케아노스 사이에는 이미 장성한 두 딸도 있었다. 이아페토스의 연인인 클리메네, 그리고 훗날 아주 중요한 역할을 하는 영리하고 지혜로운 메티스. 테티스와 오케아노스는 행복했고 대양의 물결을 타며 살아갈 날들을 고대하고 있

---

* '테티스'는 고생물학자들이 지중해의 선조 격인 고대의 거대한 바다를 부르는 이름이기도 하다.

† 3,000명이나 되는 오케아니스들의 이름이 전부 다 알려져 있다 해도 여기서 일일이 열거해봐야 아무 도움도 안 될 것이다. 하지만 칼립소, 암피트리테, 그리고 오빠 닐루스처럼 매우 중요한 강의 신이 될 음산하고 무시무시한 스틱스 정도는 알아둬도 좋다. 한 명 더 언급하고 싶은데, 순전히 내 친구와 이름이 똑같아서다. 도리스. 도리스는 바다의 신 네레우스와 결혼해서 상냥한 바다의 님프인 네레이스들을 많이 낳는다.

세계의 시작 I

었기 때문에 아버지 우라노스를 죽이는 일에 굳이 가담할 이유가 없었다.

　다음으로 가이아는 발음하기도 어려운 이름의 딸 므네모시네를 찾아갔다. 므네모시네는 아무것도 모르고 이해력도 떨어지는 아주 어리석고 무식하고 얄팍한 존재처럼 보였다. 그러나 섣부른 판단은 금물이다. 그녀는 날이 갈수록 더 똑똑해지고, 더 박식해지고, 더 유능해졌다. 그녀의 이름은 '기억'을 의미하며, '므네모닉mnemonic, 기억을 돕는'이라는 단어도 그녀에게서 나왔다. 어머니가 그녀를 찾아왔을 때만 해도 세상과 우주가 시작된 지 얼마 안 되었기 때문에 므네모시네는 지식이나 경험을 갖출 기회가 전혀 없었다. 하지만 시간이 흐르면서, 그녀는 정보와 지각 경험을 무제한으로 저장하는 능력 덕분에 그 누구보다도 현명해진다. 그녀는 훗날 아홉 딸 무사이‡를 낳는다.

　"우라노스를 죽이게 도와달라고요? 하늘 아버지는 죽지 않잖아요?"

　"제위에서 쫓아내거나 힘을 못 쓰게 망가뜨리면 돼……. 너희 아버지는 그런 일을 당해도 싸."

　"나는 돕지 않겠어요."

　"왜?"

　"이유가 있는데 그걸 알게 되면 기억해서 말씀드릴게요."

　울화가 치민 가이아는 형제인 히페리온과 짝을 이루고 있던 테이아에게 갔다. 때가 되면 헬리오스(태양), 셀레네(달), 에오스(새

---

‡ 단수형은 무사. 우리가 흔히 쓰는 '뮤즈'는 '무사'의 영어식 표현이다.—옮긴이

벽)를 낳게 될 그들은 육아 계획에 머리가 아픈지라 가이아의 우라노스 퇴출 계획에 역시 아무런 흥미도 보이지 않았다.

창백하고 매가리 없는 자식들이 신의 운명을 따르지 않는 것이 절망스럽고, 하나같이 사랑에 푹 빠져 가정적으로 살고 있는 모습이 역겨웠던 가이아는 이번에는 열두 자식 중에 가장 영리하고 통찰력 있다고 할 만한 포이베를 찾아갔다. 빛나는 포이베는 아주 어릴 때부터 예언 능력을 보여주었다.

"오, 안 됩니다, 어머니 대지시여. 저는 그런 음모에 가담할 수 없어요. 좋을 게 하나도 없으니까요. 게다가 난 임신을 해서……." 포이베는 가이아의 계획을 듣고는 말했다.

"빌어먹을. 누구 애냐? 보나 마나 코이오스겠지." 가이아가 쏘아붙였다.

그녀의 생각이 옳았다. 포이베의 형제 코이오스가 포이베의 짝이었다. 또다시 화가 치밀어 오른 가이아는 자리를 박차고 일어나 남아 있는 자식들을 찾아 나섰다. 그래도 한 명쯤은 싸울 마음이 있지 않을까?

가이아는 언젠가 모든 이들이 정의와 현명한 조언의 화신으로 떠받들 테미스*에게 협조를 청했다. 그러자 테미스는 우라노스를 권좌에서 내쫓으려는 부당한 생각 따위는 잊으라고 현명하게 조언했다. 가이아는 이 현명한 조언에 귀를 기울인 후, 인간이고 신이고 할 것 없이 누구나 그러듯 조언을 싹 무시하고는, 아들 크리

---

* 후에 테미스는 법, 정의, 관습, 즉 집단 구성원들의 태도와 행동을 규제하는 준거인 모레스(mores)를 의인화한 신이 되었다.

오스의 근성을 시험해보기로 했다. 크리오스는 가이아와 폰토스 사이에서 태어난 딸 에우리비아와 짝을 짓고 있었다.

"아버지를 죽여요?" 크리오스는 설마 하는 눈으로 어머니를 빤히 쳐다보며 물었다. "어, 어떻게요? 아니…… 왜요? 아니…… 어……."

그때 '냉혹'하기로 유명한 에우리비아가 물었다. "그러면 우리한테 무슨 이익이 있나요, 어머니?"

"오, 세상과 그 안에 있는 모든 걸 갖게 되겠지." 가이아가 대꾸했다.

"어머니랑 같이 나눠요?"

"나랑 나누지."

"안 돼요! 그만두세요, 어머니." 크리오스가 가이아를 말렸다.

"고려해볼 가치가 있겠어." 에우리비아가 말하자 크리오스가 반대했다. "너무 위험해. 난 허락할 수 없어."

그러자 가이아는 호통을 치며 돌아선 후 아들 이아페토스를 찾아갔다.

"이아페토스, 사랑하는 아들아. 괴물 우라노스를 없애고 나와 함께 군림하자꾸나!"

이아페토스의 두 아들을 낳고 또 아이를 배고 있던 오케아니스 클리메네가 앞으로 나섰다. "무슨 어머니가 그런 일을 부탁하죠? 아들이 아버지를 죽이는 건 극악무도한 범죄예요. 온 코스모스가 울부짖을 거예요."

"제 생각도 그래요, 어머니." 이아페토스가 말했다.

"너희와 너희의 자녀들, 모두 저주받으리라!" 가이아가 매섭게 내뱉었다.

어머니의 저주란 무서운 것이다. 이아페토스와 클리메네의 자식들인 아틀라스, 에피메테우스, 프로메테우스가 어떤 최후를 맞았던가.

가이아의 열한 번째 아이인 레아는 계획에 가담하지 않겠다고 말했지만, 무자비하게 쏟아지는 어머니의 욕설을 멈추기 위해 두 손을 획 쳐들며, 강하고 아름다운 형제자매 중 막내인 크로노스라면 아버지를 쫓아내는 계획을 마음에 들어 할 거라고 귀띔해주었다. 레아는 크로노스가 우라노스와 그의 힘에 관해 퍼붓는 악담을 여러 번 들었다고 했다.

"정말이냐?" 가이아가 외쳤다. "그렇단 말이지? 좋아, 그 아이는 지금 어디에 있지?"

"타르타로스의 동굴들 근처에서 빈둥거리고 있을 거예요. 크로노스와 타르타로스는 사이가 아주 좋으니까요. 둘 다 어둡죠. 침울하고, 비열하고, 위엄 있고, 잔인하고."

"맙소사, 설마 너 크로노스를 사랑하는 건 아니겠지……."

"내 얘기 좀 잘해줘요, 엄마, 제발! 크로노스는 너무 멋지단 말이에요. 번득이는 검은 눈하며, 험상궂은 눈썹하며, 그 기나긴 침묵하며."

가이아는 막내의 기나긴 침묵이 둔한 머리 때문이라고 생각했지만, 그 자리에서 눈치 없이 그렇게 말하지는 않았다. 레아의 부탁을 들어주겠다고 약속한 후 가이아는 타르타로스의 동굴로 냉큼 내려가 크로노스를 찾았다.

청동 모루를 하늘에서 떨어뜨리면 땅에 도착하는 데 아흐레가 걸린다. 땅에서 모루를 떨어뜨리면 타르타로스까지 가는 데 또 아흐레가 걸린다. 다시 말해 대지는 하늘과 타르타로스 사이에 있다. 그러니까 타르타로스와 땅은 땅과 하늘만큼 멀리 떨어져 있다. 타르타로스는 한없이 깊은 심연과도 같은 곳이었지만, 보통 장소가 아니었다. 타르타로스 역시 가이아와 동시에 카오스에서 탄생한 태초의 존재라는 사실을 잊어서는 안 된다. 그래서 가이아가 타르타로스를 찾아갔을 때 그들은 여느 가족처럼 인사를 나누었다.

"가이아, 살쪘네."

"넌 꼴이 그게 뭐냐, 타르타로스."

"여긴 무슨 일로 왔어?"

"잠깐 입 좀 닥치고 있어 봐, 그럼 내가 말해줄게……."

지금 이렇게 퉁명스러운 대화를 나누고 있는 그들은 훗날 결합하여 세상에서 가장 치명적인 최악의 괴물 티폰을 낳는다.* 하지만 지금 가이아는 사랑을 하거나 욕을 주고받을 기분이 아니다.

"잘 들어. 내 아들 크로노스가 이 근처에 있어?"

타르타로스가 체념한 듯 끙끙거렸다.

"보나 마나 그렇겠지. 그 녀석한테 나 좀 혼자 내버려두라고 해줘. 하루 종일 아무것도 안 하고 얼쩡거리면서 입은 떡 벌리고 눈은 내리깔고서 나를 보고 있다니까. 같은 남자로서 나를 동경하는 것 같은데. 내 머리 모양을 흉내 내고, 애처롭고 우울하고 외로운 표정으로 나무와 바위에 기대 축 늘어져 있어. 누군가가 와서 자

---

* 티폰은 타이푸스(typhus, 발진티푸스)와 타이포이드(typhoid, 장티푸스), 치명적인 열대 폭풍인 타이푼(typhoon, 태풍)의 어원이 된다. 나중에 티폰이 반은 여인, 반은 물뱀인 에키드나와 동침하여 태어난 혐오스러운 두 자식이 등장한다.

기를 그려주기를 기다리는 것처럼. 나를 안 볼 때에는 저기 있는 용암 분출구를 뚫어져라 내려다보더라고. 지금도 거기 있어. 저기 봐, 가서 정신 좀 차리라고 말해줘."

가이아는 아들에게 다가갔다.


# 낫

자, 레아와 타르타로스의 얘기로 미루어보면 고뇌에 빠진 나약하고 감성적인 청년이 그려지지만 사실 크로노스는 그렇지 않았다. 그는 상상할 수 없을 정도로 강한 종족 중에서도 가장 강한 힘을 갖고 있었다. 그는 확실히 어두운 분위기의 미남이었다. 그리고 침울했다. 가장 내성적일 때의 햄릿이나 가장 심한 우울증에 빠졌을 때의 자크*를 떠올리면 될 것이다. 「갈매기」†의 어두운 작가 지망생 콘스탄틴에 모리시‡의 느낌이 조금 섞였다고나 할까. 하지만 맥베스 같은 면도 있고, 한니발 렉터 같은 구석도 꽤 있었다.

크로노스는 강인함, 지혜, 지배력을 알리는 데 종종 음울한 침묵이 필요하다는 사실을 가장 먼저 발견한 자였다. 열두 남매 중 막내인 그는 처음부터 아버지를 증오했다. 뼈에 사무칠 정도로 강한 질투와 분노 때문에 미칠 지경이었지만 자신의 본모습을 편안

---

\* 셰익스피어의 희극 「뜻대로 하세요(As You Like It)」에 등장하는 염세적인 사색가.─옮긴이

† 안톤 체호프의 희곡.─옮긴이

‡ 영국 록밴드 '더 스미스'의 리더.─옮긴이

히 드러낼 수 있는 유일한 가족인 레아 말고는 모든 이들에게 그 강렬한 증오를 용케도 잘 숨겼다.

타르타로스에서 함께 올라오며 가이아는 안 그래도 얇은 그의 귀에다 독설을 퍼부어댔다.

"우라노스는 잔인해. 제정신이 아니야. 나도 그렇고 사랑하는 너희가 어떻게 될지 걱정이란다. 자, 아들아, 가자꾸나."

가이아는 크로노스를 오트리스산으로 데려가는 중이었다. 그녀가 아이들을 찾아가기 전에 만들어서 산의 어느 틈에 숨겨놓은 기묘하고 섬뜩한 물건을 기억하는가. 가이아는 크로노스를 그곳으로 데려가 자신의 작품을 보여주었다.

"그거 들어, 어서."

이 기묘하기 짝이 없는 물건의 형체를 보고 그 의미를 이해한 크로노스는 검은 눈을 번득였다.

그것은 낫이었다. '길들 수 없다'라는 뜻의 단단한 물질 아다만트로 벼린 근사한 날이 달린 거대한 낫. 회색 부싯돌, 화강암, 금강석, 오피올라이트가 뒤섞인 육중한 초승달 모양의 날은 몹시 날카롭게 갈려 있어서 무엇이든 벨 수 있을 듯했다.

크로노스는 펜이라도 집어 들듯 숨어 있는 낫을 단번에 휙 뽑아 들었다. 그러고는 손에 쥐고 균형감과 무게를 느껴본 후 한 번, 두 번 휘둘렀다. 낫이 획획 공기를 힘차게 가르는 소리를 들으며 가이아는 미소 지었다.

가이아가 말했다. "크로노스, 나의 아들이여. 헤메라와 아이테르가 서쪽 바다로 뛰어들고 에레보스와 닉스가 어둠을 드리울 때까지 기다려야……."

"저녁까지 기다려야 한다는 말이군요." 크로노스는 참을성이 없었고, 시적 감수성이나 섬세한 감정 역시 매우 부족했다.

"그래, 황혼까지. 그때 네 아버지가 나를 찾아올 거다, 늘 그렇듯이. 네 아버지는 그걸 좋아하니까……."

크로노스는 퉁명스럽게 고개를 끄덕였다. 부모의 정사를 자세히 알고 싶은 마음은 없었다.

"저기 숨어 있어라, 내가 낫을 숨겨놨던 바로 그 틈에. 그가 나를 덮친 후 격정에 취해 으르렁거리고 욕정에 들떠 신음하는 소리가 들리거든 내리쳐."

# 밤과 낮, 빛과 어둠

가이아의 예측대로, 헤메라와 아이테르가 열두 시간 동안 놀다 지치자 낮과 빛이 서서히 서쪽으로 기울어 바닷속으로 미끄러져 내려갔다. 동시에 닉스가 검은 베일을 스르륵 풀었고, 그녀와 에레보스는 어슴푸레 빛나는 검은색 테이블보처럼 베일을 세상 위로 획 던졌다.

크로노스가 낫을 쥐고 바위 틈에서 기다리는 동안 천지 만물이 숨을 죽였다. '천지 만물'이라고 하는 이유는 우라노스와 가이아와 그들의 후예들만이 번식을 한 건 아니기 때문이다. 다른 이들도 증식하고 번식했으며, 에레보스와 닉스가 단연코 가장 왕성한 번식력을 자랑했다. 그들은 수많은 자식을 낳았고, 그중에는 지독한 아이들도, 훌륭한 아이들도, 사랑스러운 아이들도 있었다. 그들 사이에서 태어난 헤메라와 아이테르는 이미 만나보았다. 그러고 나서 닉스는 에레보스의 도움 없이, 세상에서 가장 두려운 존재가 될 모로스, 즉 운명을 낳았다. 운명은 인간이든 신이든 모든 피조물에게 찾아가지만 항상 숨어 있다. 불멸의 신들마저 우주를 장악하는 운명의 전지전능한 힘을 두려워했다.

모로스 이후 마치 공수부대의 대규모 습격이 연이어 일어나듯 수많은 자손들이 우르르 밀려들었다. 제일 먼저 아파테(기만)가 태어났다. 로마인들은 프라우스Fraus라 불렀으며, 여기서 '프로드fraud, 사기', '프로질런트fraudulent, 사기성의', '프로드스터fraudster, 사기꾼' 같은 단어들이 나왔다. 아파테는 크레타섬으로 허둥지둥 떠나 때를 기다렸다. 그다음으로 게라스(노령)가 태어났다. 게라스는 지금 우리가 생각하는 것만큼 그렇게 무시무시한 악마는 아니다. 그리스인들은 게라스가 품위와 지혜, 권위를 베풀기도 하니 유연한 몸과 젊음, 명민함을 빼앗아가는 것을 만회하고도 남는다고 생각했다. 그의 로마식 이름인 세넥투스Senectus는 '시니어senior, 손윗사람', '세너트senate, 원로원', '시나일senile, 노쇠한'과 같은 뿌리를 지닌 단어다.

그다음으로 소름 끼치는 쌍둥이가 태어났다. 고뇌, 우울, 불안의 정령 오이지스(라틴어로는 미세리아)와 그녀의 잔인한 형제이자 냉소, 경멸, 비난의 사악한 화신 모모스.*

닉스와 에레보스에게 이것은 본격적인 시작일 뿐이었다. 그들

---

\* 모모스(로마명 모무스)는 풍자의 정령으로, 진지하면서도 우스운 문학적 방식을 통해 풍자의 전령으로 숭배받는다. 그는 이솝 우화 몇 편에 등장하고, 소포클레스의 손실된 희곡 한 편의 주인공이기도 하다.

의 다음 아이인 에리스(다툼, 로마명 디스코르디아)는 모든 불화, 이혼, 싸움, 충돌, 전투, 전쟁의 배후였다. 그녀의 심술궂은 결혼 선물인 그 유명한 불화의 사과가 트로이 전쟁을 일으키는데, 그 장대한 무력 충돌은 먼 훗날의 얘기다. 에리스의 자매인 네메시스는 복수의 화신이다. 이 무자비한 우주의 재판관은 주제넘고 도를 넘은 야망, 그리스인들이 '히브리스hybris, 오만불손'라고 부른 악덕을 벌한다. 네메시스는 동양의 개념인 '업'과 공통적인 요소들을 갖고 있으며, 오늘날 우리는 거만하고 사악한 자들에게 언젠가 응분의 벌을 내려줄 적수를 칭하는 데 그 단어를 사용한다. 말하자면 홈스가 모리아티의 네메시스, 제임스 본드가 블로펠드의 네메시스, 제리가 톰의 네메시스인 셈이다.*

에레보스와 닉스는 죽은 자들을 저승으로 실어 나르는 나룻배 사공으로 악명을 떨칠 카론도 낳았다. 잠을 의인화한 신 히프노스 역시 그들의 자식이었다. 그들은 꿈을 만들어 잠으로 가져가는 수천 명의 오네이로이의 부모이기도 했다. 오네이로이 중에는 악몽의 신 포베토르와 꿈속에서 기상천외한 방식으로 사물을 다른 모습으로 바꿔놓는 판타소스도 있다. 그들은 히프노스의 아들로 이름 자체가 꿈 세계의 변화하는 형태를 암시하는 모르페우스의 감독하에 움직였다.† '모르핀morphine', '판타지fantasy, 환상', '힙노

---

* 로마인들은 네메시스를 '질투'라는 뜻의 라틴어 인비디아(Invidia)로 혼동해 부르기도 했다.
† 닐 게이먼의 만화 『샌드맨(The Sandman)』에 등장하는 드림(Dream)은 모피어스(Morpheus)라 불리기도 하며, 워쇼스키 자매의 영화 〈매트릭스〉 시리즈에서 로런스 피시번이 연기하는 모피어스에 영감을 주었다.

　　　　　　　세계의 시작 I

틱hypnotic, 최면의', '오나이어러맨시oneiromancy, 해몽' 등 영어에는 그리스의 잠이 남긴 수많은 후손들이 있다. 히프노스의 형제인 타나토스는 죽음 그 자체로, '유서네이시아euthanasia, 안락사'라는 단어의 유래가 되었다. 그의 로마 이름인 모르스Mors는 '모털스mortals, 죽어야 하는 자들', '모추어리mortuary, 영안실', '모티피케이션mortification, 고행, 굴욕'의 어원이 된다.

이 새로운 피조물들은 극도로 무섭고 역겨웠다. 그들은 천지 만물에 끔찍하면서도 필연적인 흔적을 남겼다. 이 세상은 가치 있는 걸 줄 때 무시무시한 정반대의 존재도 반드시 함께 주는 듯하다.

하지만 세 명의 사랑스러운 자식들도 태어났다.‡ 서쪽의 님프들이자 저녁의 딸들인 아름다운 세 자매 헤스페리데스. 그들은 매일 부모의 도착을 예고했지만, 밤의 무시무시한 암흑보다는 황혼의 부드러운 금빛을 띠고 있었다. 그들의 시간은 오늘날의 영화 촬영기사들이 '마법의 시간'이라 부르는, 빛이 가장 매력적이고 아름다운 때다.

이들의 부모인 닉스와 에레보스가 밤의 어둠 속에서 대지를 뒤덮고 있을 때, 가이아는 누워서 남편을 기다렸다. 이번이 마지막이기를 바라며. 크로노스는 거대한 낫을 단단히 쥔 채 오트리스산 속 컴컴한 구석에 숨어 있었다.

---

‡ 넷일지도 모른다. 히프노스도 그렇게 나쁘지는 않으니까. 나이를 먹을수록 그가 더 좋아진다. 그리고 오래 산다는 얘기가 나와서 말인데, 게라스도 그렇게 끔찍하지는 않다. 그러니까 다섯이라고 하자.

# 우라노스 거세되다

마침내 거대한 발이 쿵쿵거리며 땅을 짓밟고 천지가 뒤흔들리는 소리가 서편에서 들려왔다. 나무 이파리들이 파르르 떨렸다. 숨어 있던 크로노스는 떨지도 않고 자리에서 조용히 일어났다. 그는 준비가 되어 있었다.

"가이아여!" 우라노스가 가이아에게 다가오며 으르렁거렸다. "각오를 단단히 하시오. 오늘 밤 우리는 손이 100개 달린 돌연변이와 외눈박이 괴물보다 보기 좋은 녀석들을 가질 테니."

"어서 와요, 영광스러운 아들, 거룩한 남편이여!" 가이아가 소리쳤다. 크로노스는 가이아의 목소리를 들으며, 징그럽지만 속아 넘어갈 만한 연기라고 생각했다.

이어서 침을 흘리고 찰싹 때리고 끙끙 앓는 음탕하고 소름 끼치는 소리가 들리는 걸 보니 아버지가 일종의 전희를 시도하고 있는 모양이었다.

구석진 곳에서 크로노스는 숨을 다섯 번 들이마시고 내쉬었다. 자기가 저지르려는 짓이 도덕적으로 옳은가는 한순간도 따져보지 않았다. 그의 머릿속은 오로지 책략과 타이밍에 대한 생각뿐이었다. 그는 숨을 크게 들이마시며 거대한 낫을 들어 올린 후 날랜 옆 걸음으로 은신처에서 나왔다.

가이아의 몸 위로 올라갈 준비를 하던 우라노스가 크로노스를 발견하고 깜짝 놀라 분노의 호통을 내지르며 벌떡 일어섰다. 크로노스는 차분히 앞으로 걸어가며 낫을 뒤로 획 젖혔다가 큰 포물선을 그리며 아래로 내리찍었다. 쉿 하고 허공을 가른 날이 우라노스의 성기를 깔끔하게 잘라냈다.

고통과 괴로움, 분노에 젖은 우라노스의 광기 어린 비명이 온 우주에 울려 퍼졌다. 천지 만물의 짧은 역사에 그토록 쩌렁하고 무시무시한 소리는 처음이었다. 살아 있는 모든 것이 그 소리를 듣고 두려움에 떨었다.

크로노스는 승리의 환성을 저속하게 지르며 앞으로 뛰어올라, 전리품이 땅에 닿기 전에 그것을 두 손으로 낚아챘다.

우라노스는 불멸의 고통에 몸부림치다 쓰러져 이렇게 울부짖었다.

"내 가장 비열한 자식이며 가장 비열한 피조물인 크로노스여. 추악한 키클로페스와 역겨운 헤카톤케이레스보다 더 더러운 최악의 존재여. 너에게 저주를 내리노라. 네가 나를 파멸시켰듯 네 자식들이 너를 파멸시키리라."

크로노스는 우라노스를 내려다보았다. 크로노스의 검은 눈은 무표정했지만 입술은 곡선을 그리며 음흉한 미소를 짓고 있었다.

"이제 아버지는 저주를 내릴 힘이 없답니다. 아버지의 힘은 내 손 안에 있으니까요."

크로노스는 피투성이가 되어 끈적거리고, 미끈거리는 정액을 줄줄 흘리는 섬뜩한 전리품을 아버지의 눈앞에서 대롱대롱 흔들었다. 그러더니 웃으면서 팔을 뒤로 넘겼다가 아버지의 성기를 멀리, 저 멀리 휙 던졌다. 그것은 그리스의 평원을 가로질러, 어두워지고 있는 바다까지 날아갔다. 우라노스의 생식기가 바다 건너편으로 사라지는 광경을 셋이서 함께 지켜보았다.

크로노스는 어머니를 처다봤다가 그녀가 경악한 표정으로 입을 가리고 있는 걸 보고는 깜짝 놀랐다. 가이아의 눈에서 눈물이 새어 나오고 있었다.

크로노스는 어깨를 으쓱했다. 마음 아픈 척하시긴.

## 에리니에스와 기간테스, 멜리아이

모든 힘과 목적의식을 번식에 쏟아부은 것처럼 보이는 태초 신들이 살던 이때, 천지 만물은 놀라운 생식력을 갖고 있었다. 땅이 얼마나 비옥한지, 연필 한 자루를 심으면 꽃이 핀다 해도 믿을 지경이었다. 그러니 신의 피가 떨어진 땅에서 생명이 돋아나는 건 당연한 일이었다.

아무리 흉악하고 잔인무도하고 탐욕스럽고 파멸적이라 해도 어쨌든 우라노스는 우주 만물의 통치자였다. 아들이 우라노스의 신체를 훼손하고 거세한 것은 코스모스를 거역한 최악의 범죄였다.

다음에 벌어진 일은 별로 놀랍지도 않다.

우라노스의 거세 현장은 거대한 피바다가 되었다. 그리고 절단된 성기에서 떨어진 피로부터 생명체들이 태어났다.

피로 흠뻑 젖은 땅을 맨 먼저 밀치고 나온 것은 세 자매 에리니에스였다. 알렉토(냉혹함), 메가이라(질투 어린 분노), 티시포네(앙갚음), 이 셋을 우리는 복수의 신이라고도 부른다. 복수심에 불타는 이런 존재들이 태어난 것은 아마도 우라노스의 무의식적인 본능 때문이었을 것이다. 에리니에스가 땅에서 태어난 순간부터 영원히 젊어지게 된 의무는 가장 폭력적이고 가장 질 나쁜 범죄들을 벌하는 것이었다. 죄인을 끝까지 추적해 무서운 죗값을 완전히 치르게 하기 전에는 절대 쉬지 않는 이 자매들은 무자비한 금속 채찍으로 무장하고서 죄인들의 살가죽을 벗겨냈다. 반어법을 즐기는 그리스인들은 이 여성 보복자들에게 에우메니데스, 즉 '친절한 자들'이라는 별명을 붙여주었다.

다음으로 땅에서 태어난 자들은 기간테스였다. 그들로부터 '자이언트giant, 거인', '기가giga', '자이갠틱gigantic, 거대한' 같은 단어들이 나왔다. 그들에게 비범한 힘이 있었던 것은 사실이지만, 그들이 다른 이복 형제자매들보다 키가 더 컸던 것은 아니다.*

마지막으로 그 고통과 파멸의 순간에, 껍질에서 달콤하고 건강에 좋은 만나manna라는 수액이 나오는 물푸레나무의 수호자가 될 우아한 님프들 멜리아이도 태어났다.†

피로 흠뻑 젖은 땅에서 예상치 못했던 이 새로운 생명체들이 나타나자 크로노스는 넌더리를 내며 그들을 빤히 쳐다보다가 낫을 휘둘러 흩어뜨렸다. 그런 다음 가이아를 돌아보고 말했다.

"제가 약속드렸지요, 대지 어머니시여. 괴로운 고통에서 어머니를 풀어주겠노라고. 가만히 계세요."

---

* 그들의 이름은 몸의 크기와 상관없이 땅에서 태어났음을 나타낸다. 말하자면 '가이아에서 태어났다(Gaia-gen)'는 뜻이다. 한편 가이아의 이름은 뒷날 그리스어에서 '게(Ge)'로 줄어들었다. 그녀는 '지질학(geology)'과 '지리(geography)' 같은 단어로 남아 지구 과학 분야에 여전히 존재하고 있다. 후의 환경 연구들도 그녀의 이름을 생략 없이 그대로 사용했다. 제임스 러브록과 그의 유명한 '가이아 가설'이 좋은 예다.
† 현대에 사용하는 감미료 만니톨은 유럽 남부에서 여전히 자라고 있는 만나나무의 당분에서 그 이름을 따왔다.

크로노스는 낫을 또 한 번 휘둘러 가이아의 옆구리를 베었다. 그녀의 배 속에서 키클로페스와 헤카톤케이레스가 우르르 몰려나왔다. 크로노스는, 상처 입어 분노한 짐승처럼 피투성이 몸으로 숨을 헐떡이며 으르렁거리고 있는 부모를 내려다보았다. 크로노스가 아버지에게 말했다.

"다시는 가이아를 뒤덮지 못할 것이다. 그대를 추방하니, 타르타로스보다 더 깊은 곳에 묻혀 영원히 땅속에서 살기를. 거세되어 아무런 힘도 없이 분노 속에서 골이나 내고 있길."

그러자 우라노스가 화난 목소리로 낮게 말했다. "너는 도를 넘었다. 보복이 있으리라. 너의 삶을 저주한다. 느릿느릿 흘러가는 무자비한 불멸 속에 시달리고, 그 불사의 영원이 끝없이 견딜 수 없는 짐이 되리라. 네가 나를 파멸시켰듯……."

"네 자식들이 너를 파멸시키리라. 네, 알아요. 아까 말했잖습니까. 어떻게 될지 보자고요."

"너와 네 형제자매, 너희 모두를 저주한다. 너희의 무리한 야심이 너희를 파멸시키리라."

'분투하는 자, 무리하는 자'라는 뜻의 티탄은 오늘날 사람들이 크로노스와 열한 명의 형제자매, 그리고 그 자손들(의 대부분)을 부르는 호칭이다. 우라노스는 욕으로 한 말이지만, 그 이름은 유구한 세월 동안 장엄한 울림을 주고 있다. 지금도 티탄이라고 불리는 걸 모욕으로 생각하는 사람은 없을 것이다.

크로노스는 이 저주의 말에 코웃음 치고는, 몸이 망가진 아버지와 막 풀려난 돌연변이 형제들을 낫의 뾰족한 날 끝으로 몰아 타르타로스로 데리고 내려갔다. 그러고는 헤카톤케이레스와 키클

세계의 시작 I

로페스는 동굴에 가둬놓고, 아버지는 훨씬 더 깊은 곳, 그의 본래 영역인 하늘에서 최대한 멀리 떨어진 곳에 묻었다.*

한때 그를 사랑했던 대지의 저 아래 깊숙한 곳에서, 자기가 당한 일을 곱씹다가 부글부글 화가 끓어오르자 우라노스는 모든 분노와 신성의 힘을 응축하여 돌멩이를 만들었다. 누군가가 땅을 파다가 그 돌멩이를 캐내 그 안에서 발산되는 불멸의 힘을 이용하리라는 희망을 품고서. 물론 그런 일이 일어날 리 없었다. 너무 위험했다. 우라늄의 힘을 세상에 풀어놓을 시도를 할 만큼 어리석은 종족이 태어나려면 한참 멀었다.


# 거품으로부터

우라노스의 절단된 생식기가 거대한 포물선을 그린 하늘로 다시 돌아가 보자. 크로노스는 하늘 아버지의 몸에서 나온 폐물을 바다 저 멀리 획 던져버렸다.

이제 그것이 우리 눈에 보인다. 그것은 이오니아 제도의 키테라 섬 근처에 철썩하고 물을 튀기며 떨어졌다가 튀어 올라오더니 결국엔 다시 떨어져 물결 밑에 반쯤 잠긴다. 마치 연에 달린 줄처럼 끈적끈적한 정액이 쭉 늘어진다. 그것이 부딪은 바다 수면에서는 거품이 사납게 일어난다. 이내 바닷물 전체가 부글부글 들끓으며

---

* 권좌에서 쫓겨난 하늘 아버지는 그에게 경의를 표하는 의미로 그의 이름이 붙은 행성 천왕성(Uranus)으로 그나마 위안을 얻었다. 관례상 행성들에는 신들의 로마식 이름이 붙는다.

거품을 일으킨다. 무언가가 떠오른다. 패륜적인 거세와 비정상적인 야심의 참상에서 나왔으니, 상상조차 할 수 없을 정도로 추악하고 끔찍하고 난폭하고 섬뜩하고, 전쟁과 피와 빈민만 불러일으킬 피조물이겠지?

피와 정액이 세차게 휘돌며 쉬잇쉬잇 거품을 일으킨다. 파도와 정액의 물보라에서 정수리가 나타나더니 다음엔 이마가, 그다음엔 얼굴이 드러난다. 어떤 얼굴일까?

지금까지 탄생한 또는 앞으로 탄생할 그 어떤 피조물보다 훨씬 더 아름다운 얼굴. 그냥 아름다운 누군가가 아니라 아름다움 자체가 거품에서 완전한 형체로 만들어져 솟아오른다. 그리스어로 '거품으로부터'는 대강 '아프로디테'로 번역될 수 있고, 이것이 바로 포말과 물보라에서 일어나고 있는 존재의 이름이다. 아프로디테는 큼직한 가리비 껍질 위에 서서, 입술에 새치름하고 온화한 미소를 띠고 있다. 그녀는 키프로스섬 해변에 천천히 내린다. 그녀의 발이 닿는 곳마다 꽃들이 피어나고 벌 떼가 모인다. 그녀의 머리 주위에는 새들이 맴돌며 황홀경에 빠져 노래를 부른다. 완벽한 사랑과 아름다움이 드디어 땅에 발을 딛었으니 앞으로의 세상은 전과 같지 않을 것이다.

로마인들은 그녀를 베누스라 불렀고, 그녀가 탄생해 가리비 껍질을 타고 키프로스섬 모래밭에 도착한 이야기는 한 번 보면 절대 잊을 수 없는 보티첼리의 정묘한 그림에 잘 담겨 있다.

자 이제 키프로스섬에 자리를 잡은 아프로디테를 떠나 크로노스에게 돌아가 보자. 그는 타르타로스의 컴컴한 동굴에서 나오고 있는 중이다.

# 레아

크로노스가 오트리스산에 도착했을 때 누이 레아가 그를 기다리고 있었다. 피가 뚝뚝 떨어지는 커다란 낫을 들고 음산한 분위기를 팍팍 풍기는 미남을 보고 레아는 전율하다 못해 가슴이 터져 나갈 지경이었다.

크로노스가 권력을 쥐었다. 티탄족 형제자매 중 그 누구도 감히 그의 제위를 문제 삼지 못했다.* 그의 아버지는 힘을 잃었다. 가이아는 자신이 시동을 걸었던 무력 전복이 성사되자 정작 아무런 즐거움도 느끼지 못한 채 자기 구역으로 물러나 몸을 사렸다. 가이아는 여전히 강하고 권위 있었으며, 만물의 조상인 어머니 대지의 높은 지위를 잃지 않았지만 다른 누군가와 교류하거나 결합하는 모험은 더 이상 하지 않았다. 이제 세상의 주인은 크로노스였다. 우라노스의 남성성과 권좌를 빼앗은 그의 업적을 야단스러운 불협화음으로 노래한 큰 잔치가 끝난 후 크로노스는 상기된 얼굴로 떨고 있는 레아를 돌아보며 그녀의 옆구리를 끌어당겨 그녀와 사랑을 나누었다.

레아는 더없는 환희에 젖었다. 그녀는 흠모하는 동생이 우주 만물의 주인 자리를 꿰차는 데 일조했다. 그리고 이제 그들은 하나가 되었다. 그뿐 아니라 때가 무르익자 그녀의 배 속에서 아이의 움직임이 느껴졌다. 레아는 딸이라고 확신했다. 그녀의 행복에 그

---

* 티탄 신족의 여성은 '티타네스'라 불렸다.

2세대

늘이라고는 전혀 없었다.

반면 크로노스는……. 그의 음침한 성질은 벌써 다른 무언가로 그늘져 있었다. 아버지 우라노스의 말이 머릿속에 울리기 시작한 것이다.

'네가 나를 쫓아냈듯이 네 자식들이 너를 쫓아내리라.'

크로노스는 몇 주, 몇 달이 지날수록 점점 더 부풀어 오르는 레아의 배를 뚱하니 지켜보며 불길한 예감에 휩싸였다.

'네 자식들이…… 네 자식들이…….'

달이 차자 레아는 산의 후미진 구석에 누웠다. 가이아가 낫을 감추고 크로노스가 숨어 있던 바로 그 자리였다. 이곳에서 레아는 아름다운 딸을 낳고 딸의 이름을 헤스티아라 지었다.

그러나 레아의 입에서 그 이름이 나오기가 무섭게 크로노스가 다가오더니 그녀의 품에서 아이를 낚아채 통째로 꿀꺽 삼켜버렸다. 그리고는 돌아서서 딸꾹질 한 번 하지 않고 떠나버렸고, 레아는 충격으로 하얗게 질렸다.


# 레아의 아이들

크로노스는 권위의 상징인 낫을 왕홀처럼 들고 대지와 바다, 하늘을 다스렸다. 가이아로부터 빼앗은 대지, 우라노스로부터 빼앗은 하늘. 폰토스와 탈라사, 그리고 형제자매들인 오케아노스와 테티스로부터 우격다짐으로 얻어낸 바다. 크로노스는 아무도 믿지 않고 혼자서 통치했다.

세계의 시작 I

그래도 크로노스는 레아와 계속 재미를 보았는데, 하릴없는 사랑에 빠져 있던 레아는 그의 요구에 응하면서, 그가 첫 아이를 극악무도하게 먹어치운 건 잠깐 정신이 나가서 저지른 짓이라 믿었다.

그녀의 믿음은 빗나갔다. 레아가 두 번째로 낳아 하데스라고 이름 지은 아들도 똑같이 잡아 먹혔다. 그다음에 태어난 딸 데메테르도. 둘째 아들 포세이돈과 셋째 딸 헤라까지. 우리가 굴이나 젤리를 삼키듯이 크로노스는 자기 아이들을 아주 쉽게 통째로 꿀꺽 삼켰다.

크로노스가 다섯째 아이인 헤라를 먹어버렸을 때쯤 크로노스에 대한 레아의 사랑은 증오로 변해 있었다. 바로 그날 밤 크로노스는 또 레아를 덮쳤다. 레아는 만약 임신한다면 여섯째 아이는 절대 크로노스에게 잡아먹히지 않게 하겠다고 속으로 다짐했다. 하지만 그를 어떻게 막을 수 있을까? 전능한 크로노스를.

어느 날 아침 레아는 일어나다가 익숙한 메스꺼움을 느꼈다. 아이를 밴 것이다. 신의 본능으로 그녀는 여섯째 아이가 아들이라는 사실을 알았다.

레아는 오트리스산을 떠나 어머니와 아버지를 찾아 나섰다. 레아는 그들의 몰락에 일조하긴 했지만 그들의 지혜와 선의는 계속 믿고 있었다. 게다가 어머니와 아버지가 크로노스에게 품고 있는 지독한 증오에 비하면 그녀에게 가지고 있을 분노는 아무것도 아니었다.

사흘 동안 레아가 가이아와 우라노스를 부르는 소리가 세상의 모든 언덕과 동굴에 울려 퍼졌다.

"대지 어머니, 하늘 아버지시여, 그대들 딸의 목소리를 들으시고 도와주소서! 그대들을 베고 쫓아낸 아들이 가장 비열한 괴물, 세상에서 가장 타락하고 극악무도한 피조물이 되었답니다. 그대들의 다섯 손주를 전부 다 집어삼켜 버렸어요. 곧 세상에 나올 아기가 내 안에 있습니다. 어찌하면 이 아이를 구할 수 있을지 가르쳐주소서. 간청하오니 꼭 가르쳐주세요, 그러면 제가 그대들을 항상 숭배하도록 이 아이를 키우겠습니다."

저 밑에서 굵직하고 소름 끼치는 으르렁 소리가 들렸다. 레아의 발밑에서 땅이 흔들렸다. 그녀의 귓속에서 우라노스의 목소리가 쾅쾅히 울렸지만, 그 안에는 어머니의 차분한 말투도 있었다.

셋은 멋진 계획을 함께 세웠다.

# 바꿔치기

이 멋진 계획을 실행에 옮기기 위해 레아는 크레타섬으로 가서 아말테이아라는 암염소와 의논했다. 만나라는 수액을 품고 있는 물푸레나무의 님프들 멜리아이도 그 섬에 살고 있었다. 기억할지 모르겠지만, 그들은 우라노스의 피로 흠뻑 젖은 땅에서 에리니에스, 기간테스와 함께 태어났다. 레아는 아말테이아와 대화를 나누며 용기를 얻었고 온순하고 상냥한 님프들과도 상의했다. 크레타섬에서 일이 잘 풀려 흡족해진 레아는 오트리스산으로 돌아가 출산을 준비했다.

아내가 임신 중이라는 사실을 알고 있던 크로노스는 여섯째 아이를 먹어치울 날을 행복하게 기다리고 있었다. 그는 위험을 무릅쓸 생각이 전혀 없었다. 우라노스의 예언이 그의 귓가에 여전히 생생하게 울려대고 있었고, 권력을 찬탈한 독재자들이 대개 그렇듯 크로노스 역시 독재 초기 시절의 과대망상증이 점점 더 심해지고 있었다.

가이아는 레아에게 오트리스산에서 멀지 않은 언덕에서 찾을 수 있는 어떤 돌에 대해 얘기했다. 그들의 목적에 딱 알맞은 크기의 매끄럽고 콩처럼 생긴 완벽한 자철석magnetite이었다.*

그 무렵 크로노스는 아침마다 그리스의 한쪽 끝에서 반대편 끝까지 활보하며 티탄족 형제자매들을 찾아갔다. 표면상의 이유는 그들과 이런저런 의논을 한다는 구실이었지만 실은 그들이 반란 음모를 꾸미고 있지는 않은지 확인하기 위해서였다. 크로노스가 바닷가에서 오케아노스와 테티스를 만나고 있을 시간에 레아는 가이아가 일러준 곳으로 가서 돌을 찾아 오트리스산으로 가져와서는 강보로 단단히 감쌌다. 계획이 착착 진행되고 있었다.

얼마 지나지 않은 어느 날 오후, 크로노스가 레아의 목소리를 들을 수 있을 만큼의 거리에 들어서자 레아는 아이가 나오는 듯 비명을 지르기 시작했다. 그녀의 고통 어린 울부짖음이 점점 더 커지며 허공을 찢어놓다가 갑자기 침묵이 흘렀고 이어 그녀가 최선을 다해 흉내 내는 아기의 숨 가쁜 울음소리가 울려 퍼졌다.

---

\* 오트리스산이 있는 그리스 중부 지역은 지금도 마그네시아(Magnesia)라 불린다. 이로부터 '마그네슘(magnesium)', '마그넷(magnet, 자석)', '마그네타이트(magnetite, 자철석)' 같은 단어들이 나왔다. 그리고 철자 오류가 일어나긴 했지만 '망가니즈(Manganese)'도 마찬가지다.

아니나 다를까, 크로노스가 다가왔다. 그의 그림자가 레아를 감쌌다.

"아이를 주시오." 크로노스가 말했다.

"지엄하신 제왕이자 남편이시여." 레아는 애원하는 눈빛으로 그를 바라보았다. "이 아이는 살려주지 않겠어요? 한번 봐요, 얼마나 사랑스럽고 순진무구한지. 악의라고는 없다고요."

크로노스는 거칠게 웃어젖히며 레아의 품에서 아기를 낚아채 돌돌 말린 강보와 함께 한입에 꿀걱 삼켰다. 다른 아기들처럼 이 아기도 밑으로 쑥 내려갔다. 크로노스는 가슴뼈를 한 번, 두 번 주먹으로 탕탕 치며 요란스럽게 트림을 하고는 비탄에 빠진 아내가 흐느껴 울도록 내버려 두었다.

그가 떠나자마자 그 흐느낌은 히스테릭하고 간신히 억누른 목멘 비명으로 변했다. 웃음의 목멘 비명.

숨을 가다듬으며 침대에서 일어난 레아는 산허리를 미끄러지듯 내려가, 만삭의 몸이지만 최선을 다해 크레타섬으로 서둘러 갔다.


# 크레타섬의 아이

크레타섬에서 레아의 분만은 아주 수월하게 진행되었다. 암염소와 멜리아이의 따스한 도움을 받으며 레아는 이다산의 안전하고 안락한 어느 동굴에서 출산을 준비했다. 곧 초월적으로 아름다운 남자아이가 태어났다. 레아는 아기에게 제우스라는 이름을 지어주었다.

가이아가 아들이자 남편인 우라노스에게 복수하기 위해 막내 크로노스를 끌어들였듯이 레아는 이 막내 아이를 키워 남편이자 동생인 크로노스를 파멸시키겠다고 맹세했다. 태곳적 세상에 이렇듯 아이가 태어날 때마다 반복되는 살해 충동과 탐욕, 살해의 무시무시한 순환은 다음 세대에도 계속 이어진다.

레아는 크로노스가 그녀의 부재를 알아채고 이상한 낌새를 맡기 전에 오트리스산으로 돌아가야 했다. 그녀의 계획은 이러했다. 암염소 아말테이아가 영양이 풍부한 진한 젖을 아기에게 먹이고, 멜리아이는 물푸레나무 수액인 달콤하고 건강에 좋은 만나를 먹인다. 그러면 제우스는 크레타섬에서 튼튼하고 건강하게 자랄 수 있다. 레아는 틈나는 대로 아들을 찾아가 복수의 기술을 가르친다.

이것이 가장 잘 알려진 내용이지만, 제우스가 대지와 하늘, 바다의 신인 위대한 크로노스에게 어떻게 발각되지 않았는가에 대해서는 여러 설들이 전해진다. 아다만테아라는 님프가 아기 제우스를 밧줄에 묶어 나무에 매달아 놨다는 설도 있다. 그렇게 대지와 바다, 하늘 사이에 매달려 아버지의 눈을 피했다는 것이다. 달리의 그림에 잘 어울릴 것 같은 이미지다. 전 우주에서 가장 강력한 존재가 될 아기가 훗날 자신이 다스릴 원소들 사이에 매달려 까르륵거리고 옹알거리고 낄낄거리는 모습이라니.

## 충성의 맹세

제우스가 아버지 모르게 크레타섬에서 염소젖과 만나를 먹고 튼튼하게 자라면서 걷고 말하고 주변 세상을 이해하는 법을 배우는 동안 크로노스는 충성과 순종의 서약을 새로이 다지기 위해 티탄족 형제자매를 오트리스산으로 불렀다.

크로노스가 형제자매들에게 말했다. "이제 세상은 우리의 것이다. 운명은 내게 아이가 없어야 통치하기에 더 낫다는 판결을 내렸다. 그러나 너희는 의무를 다해야 한다. 자식을 낳아라! 우리 티탄족으로 세상을 채워라. 내게 맹종하도록 자식들을 키우면 나는 너희에게 땅과 직분을 주겠다. 자 이제, 내게 절하라."

티탄들이 고개를 깊이 숙여 절하자 크로노스는 흡족하여 신음을 뱉었다. 그가 이렇게나마 좋은 기분을 표출한 건 처음이었다. 그는 아버지의 앙심 어린 예언을 피했으니 영원한 티탄 신족의 시대가 시작되리라 믿었다.


## 크레타섬의 소년

크로노스가 기분 좋게 신음을 뱉는 동안 운명과 죽음의 신 모로스는 씩 웃었다. 권력자가 자신감을 비칠 때마다 그는 늘 미소 짓는다. 이번에 모로스가 웃음 지은 이유는 제우스가 크레타섬에서 잘 자라고 있다는 사실을 알기 때문이었다. 제우스는 세상에서 가장 강하고 가장 특출한 남성으로 자라고 있었다. 그가 발하는 광채를 바라보면 눈이 아플 지경이었다.*

염소젖의 이로움과 만나의 효능 덕분에 제우스는 튼튼한 뼈와 맑은 피부, 반짝이는 눈과 윤기 나는 머리칼을 갖게 되었다. 그리스어로 말하자면, 그는 파이스(소년)에서 에페보스(십 대)로, 이어 쿠로스(청년)로 자랐고, 그 후에는 오늘날 우리가 말하는 영어덜트young adult의 좋은 본보기가 되었다. 훗날 수염 기르는 기술의 전설적이고 강력한 표본이 될 수염의 첫 솜털이 그의 턱과 뺨에 모습을 드러냈다.† 그는 지도자의 운명을 타고난 사람들이 그렇듯 자신감 넘치고 온몸에서 자연스러운 위엄이 풍겼다. 그는 화를 내기보다는 잘 웃었지만, 수틀리면 주변의 모든 생명체를 겁먹게 만들 수 있었다.

제우스는 어릴 때부터 삶에 대한 열정과 강한 의지를 보여 어머니에게조차 경외심을 불러일으켰는데, 이는 아말테이아의 젖이 제우스에게 비범한 능력을 주었다는 증거이기도 하다. 지금도 크레타섬의 관광 가이드들은 어린 제우스의 괴력에 얽힌 이야기들을 마치 자신들의 인생에서 일어난 일인 양 생생히 들려준다. 아기였을 때 제우스는 사랑하는 유모였던 염소와 놀다가 자기 힘을

---

* 유별나게 매력적인 사람들이 보통 그렇다. 우리의 아름다움 때문에 남들이 불편해하면 우리는 사과하거나 고개를 돌려야 한다.

† 신들이 얼마 만에 젖을 떼고 걷고 말하고 성인이 되는지를 둘러싸고 이론이 분분하다. 제우스가 단 1년 만에 아기에서 청년이 됐다고 주장하는 사람들도 있다. 신들의 시간과 인간의 시간은 다르게 흐른다는 것이다. 개와 인간의 시간, 코끼리와 파리의 시간이 서로 다르듯이 말이다. 신화의 시간 구조에 너무 얽매이지 않는 것이 최선이다.

미처 모르고 그녀의 뿔 하나를 무심코 부러뜨렸다.* 이미 보통이 아니었던 성스러운 힘 덕분에 부러진 뿔 속에는 갓 구운 빵, 채소, 과일, 절인 고기, 훈제 생선 등 맛있는 음식이 곧장 가득 채워졌다. 음식들은 아무리 퍼내도 절대 동나지 않았다. 이렇게 해서 그 유명한 풍요의 뿔, 코르누코피아가 탄생했다.

마음을 단단히 먹은 레아는 경계를 늦추는 법 없는 크로노스의 시선이 조금이라도 느슨해지면 꼭 크레타섬을 찾았다.

"네 아버지가 무슨 짓을 했는지 절대 잊지 마라. 네 형제들과 누이들을 먹어치웠어. 너도 먹으려고 했고. 그는 너의 적이야."

제우스는 크로노스가 지배하는 세상이 얼마나 불행한지 레아가 들려주는 이야기에 귀 기울였다.

"그는 공포로써 다스리지. 의리나 신뢰라는 걸 몰라. 이건 옳은 길이 아니란다, 나의 제우스여."

"그렇게 해야 강해지는 것 아닌가요?"

"아니! 약해지지. 티탄족은 그의 가족, 형제자매, 조카들이야. 이미 일부는 그의 극악무도한 폭정에 분개하기 시작했어. 때가 되면 너는 그 분노를 이용해야 해."

"네, 어머니."

"진정한 지도자는 동맹을 구축하지. 진정한 지도자는 존경받고 신뢰받아."

---

* 제우스는 장난기가 많았다. 로마인들은 그를 '유피테르' 혹은 '요베(Jove)'라 불렀는데, 말 그대로 그는 아주 쾌활한(jovial) 기질을 갖고 있었다. 작곡가 구스타프 홀스트는 관현악 모음곡 〈행성〉에서 목성(제우스)에 '즐거움을 가져오는 자'라고 이름 붙였다.

"네, 어머니."

"진정한 지도자는 사랑받는단다."

"네, 어머니."

"아, 네가 나를 놀리고 있구나. 하지만 내 말은 진실이야."

"네, 어머……."

레아는 아들의 뺨을 찰싹 때렸다.

"좀 진지하게 들어. 넌 바보가 아니야, 확실해. 아다만테아가 말하기를, 넌 똑똑한데 충동적이라고 하더구나. 늑대 잡으러 다니고, 양들을 괴롭히고, 나무를 오르고, 물푸레나무 님프들을 유혹하느라 정신이 없다고. 지금은 제대로 배워야 할 때야. 이제 네가 열여섯 살이 됐으니 우리가 움직여야 할 때가 멀지 않았어."

"네, 어머니."


## 오케아니스와 묘약

레아는 테티스와 오케아노스의 현명하고 아름다운 딸인 친구 메티스에게 미래의 거사에 대비해 아들을 교육해달라고 부탁했다.

"영리한데 제멋대로고 경솔해. 그 아이한테 인내심과 술수, 간교한 속임수를 가르쳐줘."

제우스는 메티스에게 첫눈에 반했다. 그런 미인을 본 적이 없었다. 티탄 신족 여성들은 키가 좀 작았지만 우아함과 위엄으로 빛이 났다. 사슴의 걸음걸이와 여우의 간교함, 사자의 힘, 비둘기의 온화함, 이 모든 것이 합쳐진 풍모와 강인한 정신력에 소년은 아찔해졌다.

"나랑 자요."

"안 돼. 우린 산책하러 나갈 거야. 너한테 해줄 얘기가 아주 많거든."

"여기서 해요. 풀밭 위에서."

메티스는 빙긋 웃고는 제우스의 손을 잡으며 말했다. "우린 해야 할 일이 있단다, 제우스."

"하지만 난 당신을 사랑해요."

"그럼 내가 하자는 대로 해야지. 누군가를 사랑하면 그 사람을 기쁘게 해주고 싶지 않니?"

"당신은 나를 사랑하지 않나요?"

메티스는 웃었지만, 사실 이 대담하고 잘생긴 청년이 뿜어내는 매력과 카리스마의 후광에 깜짝 놀란 상태였다. 하지만 친구 레아가 그를 지도해달라고 부탁했고, 신뢰를 저버리는 건 그녀의 성미에 맞지 않았다.

한 해 동안 메티스는 제우스에게 여러 가지를 가르쳤다. 남들의 마음을 들여다보고 의도를 판단하는 방법, 상상하고 추론하는 방법, 행동하기 전에 감정을 가라앉히는 방법, 계획을 세우고, 계획을 수정하거나 포기해야 할 때를 알아차리는 방법, 머리로 마음을 지배하고 마음으로 남들의 애정을 얻는 방법.

메티스가 육체관계를 거부하자 그녀에 대한 제우스의 사랑은 더욱 뜨거워졌다. 말한 적은 없지만 메티스도 그를 사랑하고 있었다. 그러니 둘이 가까이 있을 때마다 불꽃이 타다닥 튀었다.

어느 날 제우스는 메티스가 커다란 바위 옆에 서서 그 납작한 표면을 끝이 둥근 작은 돌로 세게 때리고 있는 모습을 보았다.

"뭐 해요?"

"겨자씨와 소금 결정체를 으깨고 있는 중이야."

"그렇군요."

"오늘은 네 열일곱 번째 생일이야. 넌 오트리스산으로 가서 네 숙명을 이행할 준비가 됐어. 레아가 곧 여기로 올 거야. 하지만 내가 지금 만들고 있는 것부터 먼저 마무리해야 해."

"그 항아리 안에 뭐가 들었어요?"

"양귀비 즙과 황산구리를 섞고 우리 물푸레나무 요정들인 멜리아이가 준 만나 시럽으로 달게 만든 것이 들어 있지. 모든 재료를 다 같이 넣어서 흔들어 섞을 거야, 이렇게."

"무슨 말인지 모르겠어요."

"자, 네 어머니가 왔구나. 레아가 설명해줄 거란다."

메티스가 지켜보는 가운데 레아는 제우스에게 계획을 간략하게 설명했다. 두 사람은 서로의 눈을 깊숙이 들여다보고 숨을 크게 한 번 쉬고는 아들은 어머니에게, 어머니는 아들에게 맹세의 말을 했다. 이제 준비가 끝났다.


# 다섯 신의 부활


깊은 밤. 에레보스와 닉스가 헤메라와 아이테르의 낮일이 끝났음을 알리며 대지와 바다, 하늘로 두툼한 천을 던져 온 세상을 덮었다. 오트리스산 높은 곳의 어느 골짜기에서 천지 만물의 주인이 괴로운 표정으로 안절부절 홀로 서성거리며 자기 가슴을 쾅쾅 때려대고 있었다. 크로노스는 성질 가장 더럽고 불평불만 많은 티탄이 되어 있었다. 만물을 마음대로 주물러도 성에 차지 않았다. 레아가 아무 설명 없이 잠자리를 거부한 후로는 잠도 수월치 않았다. 그의 마음을 진정시켜주는 것이 없으니, 워낙에 안 좋은 그의 기분과 소화력이 더욱 나빠졌다. 마지막으로 집어삼켰던 아기가 앞선 다섯 명과 달리 위산을 역류하게 만드는 것 같았다. 배도 아프고 불면증으로 머리가 흐리멍덩해 생각도 제대로 할 수 없는데 전능한 힘을 가져봐야 무슨 소용이랴.

그런데 비탈을 따라 산꼭대기로 올라오며 혼자 부드럽게 중얼거리는 작고 달콤한 레아의 목소리가 들려오자 뜻밖에도 그의 기분은 행복 비슷한 상태로 좋아졌다. 사랑하는 누이이자 사랑하는 아내! 크로노스는 자신이 여섯 아이들을 먹어치운 탓에 아내가 꽤 화난 것 같기는 해도 그가 어쩔 수 없었다는 걸 그녀도 이해했다고 생각했다. 그녀 역시 티탄이고, 의무와 숙명을 잘 아니까. 그는 레아를 큰 소리로 불렀다.

"레아!"

"크로노스! 이 시간에 깨어 있었나요?"

"셀 수 없을 만큼 많은 낮과 밤을 깨어 있었소. 히프노스와 모르페우스가 어찌나 쌀쌀맞게 구는지. 내 마음에 전갈들이 가득하다오, 사랑하는 아내여."

잠을 빼앗기고 암울한 예언에 속을 태운 또 다른 살인자 맥베스도 이와 똑같은 말을 하지만, 오랜 세월 후의 일이다.

레아가 답했다. "쳇, 내 사랑이여. 티타네스의 기지와 솜씨가 그 어리석은 잠 귀신들보다 못할까 봐요? 히프노스와 모르페우스는 그대의 아픈 몸을 달래주지도, 걷잡을 수 없이 질주하는 그대의 마음을 진정시켜주지도, 그대의 상처받은 영혼을 어루만져주지도 못한답니다. 달콤하고 따뜻한 걸로 치면 나를 이길 자가 없지요."

"그대의 달콤하고 따뜻한 입술! 그대의 달콤하고 따뜻한 허벅지! 그대의 달콤하고 따뜻한……."

"그건 나중에. 성급하기도 하셔라! 우선 내가 선물을 하나 가져왔어요. 그대에게 술을 따라줄 사랑스러운 남자아이랍니다."

구석진 곳에서 제우스가 잘생긴 얼굴 가득 환한 미소를 띠며 걸어 나왔다. 그러고는 고개 숙여 절하고 나서 보석 박힌 고블릿 잔을 내밀자 크로노스는 탐욕스럽게 낚아챘다.

"귀엽군, 아주 귀여워. 이 아이는 나중에 한번 맛보도록 하지." 크로노스는 이렇게 말하며 감탄 어린 눈으로 제우스를 쭉 훑어보고는 고블릿에 든 것을 단숨에 게걸스럽게 들이켰다. "하지만 레아, 내가 사랑하는 건 그대라오."

주변이 너무 어두운 탓에 크로노스는 레아의 한쪽 눈썹이 경멸 어린 불신으로 휙 치켜 올라가는 걸 보지 못했다.

"날 사랑한다고?" 그녀는 화난 목소리로 낮게 말했다. "당신이? 날? 사랑해? 사랑스러운 내 아이들을 하나만 빼고 모조리 먹어치운 당신이? 감히 나한테 사랑을 말해?"

크로노스는 기분 나쁜 딸꾹질을 했다. 낯설기 짝이 없는 감각을 경험하고 있는 중인 그는 얼굴을 찡그리며 집중하려 애썼다. 레아가 무슨 말을 하는 거지? 그녀가 나를 사랑하지 않을 리가 없는데. 크로노스의 머리가 훨씬 더 흐리멍덩해지고 배 속은 평소보다 훨씬 더 심하게 요동쳤다. 뭐가 잘못된 거지? 아, 그리고 레아가 또 무슨 말을 했는데. 전혀 말이 안 되는 소리를.

당혹스러움과 욕지기로 탁해진 목소리로 크로노스가 말했다. "그게 무슨 소리요? 내가 그대의 아이들을 '하나만 빼고' 모조리 먹어치웠다니? 난 전부 다 먹었어. 똑똑히 기억한다고."

그때 강하고 젊은 목소리가 채찍처럼 밤공기를 갈랐다. "전부 다는 아니랍니다, 아버지!"

그 순간 욕지기가 확 올라온 크로노스가 충격 속에 고개를 돌리자 그늘에서 한 걸음 나오는 젊은 술 시종이 보였다.

"넌…… 누구…… 누구냐아아아악!" 크로노스는 묻다 말고 참을 수 없어 갑작스레 구토를 시작했다. 배가 한 번 들썩이며 경련을 일으키더니 장에서 커다란 돌 하나가 튀어나왔다. 그 돌을 감싸고 있던 강보는 오래전에 위산에 녹아버렸다. 크로노스는 눈물을 글썽거리며 하얗게 질린 얼굴로 돌을 멍하니 바라보았다. 하지만 자기가 보고 있는 게 뭔지 이해되기도 전에, 토해낼 게 더 남았다는, 아주 많이 남았다는 오싹하고 명백한 느낌이 들었다.

제우스는 날듯이 앞으로 튀어나가 아버지가 토해낸 둥근 돌을 집어서 멀리, 저 멀리 던졌다. 바로 그 장소에서 크로노스가 우라노스의 성기를 멀리, 저 멀리 내던졌던 것처럼. 그 돌이 어디에 떨어지고 어떤 일을 벌였는지는 나중에 알아보자.

크로노스의 몸속에서는 소금, 겨자, 토근의 혼합물이 계속 구토를 불러일으키고 있었다.* 그는 자기가 삼켰던 다섯 아이들을 한

---

* 그 물약은 메티스가 준비한 것이고, 여기서 '이메틱(emetic, 구토제)'이라는 단어

명씩 밖으로 토해냈다. 제일 처음 나온 것은 헤라였다.† 이어서 포세이돈, 데메테르, 하데스, 마지막 헤스티아까지 차례로 나왔다. 괴로움에 몸부림치던 크로노스는 기진맥진해 발작적으로 숨을 헐떡이며 쓰러졌다.

기억할지 모르겠지만, 메티스의 약에는 양귀비 즙도 많이 들어갔다. 이것이 곧 졸음을 불러일으켰다. 마지막으로 요란한 신음을 한 차례 토한 크로노스는 몸을 옆으로 굴려 깊디깊은 잠에 빠졌다.

제우스는 환성을 지르며 거대한 낫으로 최후의 일격을 날리기 위해 코를 골고 있는 아버지 위로 몸을 굽혔다. 그는 크로노스의 머리를 단번에 베어내 세상 앞에 의기양양하게 들어 올려, 화가들의 영원한 소재가 될 잊지 못할 승리의 명장면을 만들어낼 참이었다. 하지만 가이아가 크로노스를 위해 벼린 낫으로 크로노스를 해치는 건 불가능한 일이었다. 그토록 힘이 센 제우스가 낫을 들어 올리지도 못했다. 마치 낫이 땅에 들러붙어 있는 느낌이었다.

"가이아 님이 그에게 준 것이니 가이아 님만이 그에게서 빼앗을 수 있다. 그냥 놔둬." 레아가 말했다.

"죽여야죠. 보복당하면 어떡해요." 제우스가 대꾸했다.

"가이아 님이 그를 지켜주고 계셔. 괜히 가이아 님을 화나게 하

---

가 나왔다고 생각하기 쉽지만, 그런 것 같지는 않다.
† 태어난 순서를 따지자면 헤라는 제우스 바로 앞에 태어났지만 이제 둘째 아이가 되었다. 크로노스의 식도를 통해 밖으로 나오면서 일종의 서열 역전이 일어났다. 제우스는 공식적으로 첫째가 되었고, 제일 처음 태어났던 헤스티아는 막내가 되었다. 신들의 세계에서는 있을 법한 일이다.

지 마. 앞으로 그분이 필요할 거야. 복수는 나중에 할 수 있어."

제우스는 낫을 움직이려는 시도를 포기했다. 돼지처럼 코를 골며 누워 있는 미운 아버지의 목을 벨 수 없다니 짜증이 솟았지만 어머니의 말이 옳았다. 그건 급한 일이 아니었다. 축하할 일이 너무 많았다.

오트리스산을 내리비추는 별빛 속에서 제우스와 해방된 다섯 형제자매들은 웃고 발을 구르며 기쁨의 환호성을 왁자지껄 질러댔다. 그들의 어머니도 웃었다. 레아는 눈부시도록 아름다운 아들딸들이 마침내 건강하고 행복한 모습으로 세상 밖으로 나와 그들의 상속권을 요구할 준비가 된 걸 보고는 기뻐서 박수를 쳤다. 구조된 다섯 신은, 그들의 막냇동생이었지만 지금은 맏이가 된, 자신들의 구원자이자 우두머리인 제우스를 차례로 돌아가며 얼싸안았다. 그들은 평생 그에게 충성하겠노라고 맹세했다. 그리고 다함께 힘을 합쳐, 크로노스와 그의 추악한 일족 전체를 몰아내고 새로운 질서를 세우기로 했다.

그들은 혈통을 무시하고 '티탄족'이라는 이름을 버리기로 했다. 그들은 신이 될 것이었다. 그냥 신이 아니라, '그' 신들.

# 세계의 시작

## II

# 티탄족과의 격돌

오트리스산 정상에서 크로노스는 몸을 쭉 뻗은 채 땅바닥에 드러누워 있었다. 다른 티탄들은 제우스가 형제자매들을 구해낸 사실을 아직 몰랐으나 알게 되면 노발대발할 것이 뻔했다. 밤의 어둠을 틈타 레아와 여섯 아이들은 티탄족의 땅에서 최대한 멀리 달아났다.

제우스는 전쟁을 피할 수 없으리라는 사실을 분명히 알고 있었다. 크로노스가 자기 자식들이 살아 있는 꼴을 가만히 보고만 있을 리 없는 데다 제우스로서는 어떻게든 아버지를 권좌에서 몰아내야 했다. 아주 어릴 적부터 마음속에서 들려왔던 소리가 그 어느 때보다 더 크게 울렸다. 그가 지배자가 될 운명이라며 모로스가 끊임없이 부드럽게 속삭이는 소리.

그 후 벌어진 격렬하고 파멸적인 혈전을 역사가들은 티타노마키아Titanomachia라 부른다.* 10년간 벌어진 이 전쟁의 세세한 내용

---

\* 이에 관한 설명은 기원전 8세기 헤시오도스의 작품이 가장 상세하다. 물론 다른 시인들도 이 전쟁을 노래했다. 8세기 코린토스의 에우멜로스(혹은 전설적인 맹인 음유시인인 트라키아의 타미리스일 수도 있다)가 쓴 「티타노마키아(Titanomachia)」라는 서사시가 다른 문헌들에 감질나게 등장하지만 우리에게 전해지지는 않는다. 헤시오도스는 대지를 뒤흔든 대격전을 다음과 같이 묘사한다. "가없이 넓은 바다가 온 사방에 무섭게 울려대고, 땅이 굉음을 냈다. 드넓은 하늘이 흔들리고 신음하며…… 영

은 대부분 전해오지 않지만 티탄족과 신들, 괴물들이 싸우면서 발산한 열기와 격정, 폭발적인 힘과 거대한 에너지 때문에 산들이 불을 내뿜고 땅이 흔들리고 갈라졌다는 건 우리도 알고 있다. 이 전쟁으로 수많은 섬과 대륙이 만들어졌다. 대륙이 통째로 움직이면서 스스로 모양을 바꾸었고, 이 지각변동, 말 그대로 땅이 흔들린 싸움 때문에 지금의 세계 지형 대부분이 형성되었다.

전면전에서 모든 티탄족이 힘을 합쳤다면, 보나 마나 어린 적들은 상대가 되지 않았을 것이다. 티탄들은 더 강했으며 가차 없이 무자비했다. 클리메네의 두 아들인 프로메테우스와 에피메테우스를 빼고는 모두 크로노스 편에 섰고, 제우스의 지휘 아래 그들에게 맞선 자칭 신들은 그 수가 한참 달렸다. 하지만 우라노스가 키클로페스와 헤카톤케이레스를 가이아 안에 가둔 죄의 대가를 톡톡히 치렀듯이 크로노스도 그들을 타르타로스의 동굴에 가둬놓은 큰 실수를 책임져야 할 참이었다.

제우스에게 지하로 내려가 외눈박이 삼형제와 백수百手 삼형제를 풀어주라고 조언한 이는 현명하고 영리한 메티스였다. 제우스는 그들에게 크로노스와 티탄족을 이길 수 있게 도와준다면 영원한 자유를 주겠노라고 제안했다. 그 이상의 설득은 필요 없었다. 기간테스 역시 제우스의 편에 서기로 했고, 지칠 줄 모르는 용맹

---

원불멸한 신들의 명령 아래 밑바닥에서부터 비틀거렸고, 묵직한 전율이 어둑한 타르타로스에 닿았으며, 무시무시하게 걸음을 시작한 발소리와 딱딱한 무기들이 날아다니는 소리가 굵직하게 울렸다. 곧이어 그들은 극악무도한 화살대를 서로에게 날렸고, 양쪽 군이 내지르는 울부짖음이 별이 총총한 하늘에 닿았다. 그러더니 그들은 거대한 함성과 함께 맞붙었다."

한 전사임을 증명해 보였다.*

　최후의 결전에서 헤카톤케이레스의 인정사정없는 포악함은 키클로페스의 사나운 전기력과 환상적인 조합을 이루었다. 기억하는가? 키클로페스의 이름은 아르게스(빛), 스테로페스(번개), 브론테스(천둥)였다. 이 타고난 장인들은 폭풍우를 자유자재로 부려 벼락을 만든 다음 제우스가 그것을 무기로 쓸 수 있게 해주었다. 제우스는 적들을 정확히 조준한 후 벼락을 집어던져 그들을 가루로 만들어버리는 법을 익혔다. 그의 지휘 아래 헤카톤케이레스는 맹렬한 속도로 바위를 집어 던졌고, 키클로페스는 번개 쇼와 섬뜩한 천둥소리로 적들을 혼비백산케 했다. 헤카톤케이레스는 풍차처럼 미친 듯이 돌아가는 투석기나 마찬가지였다. 그는 100개의 손으로 수도 없는 바위들을 퍼서 던지고, 또 퍼서 던졌다. 실컷 두들겨 맞은 티탄족은 결국 휴전을 요구했다.

　티탄들은 최후의 항복을 통보하며 피투성이 머리를 숙이며 떠났다. 여기서 잠깐, 전쟁이 맹렬히 계속됐던 그 끔찍한 10년 동안 세상에 또 어떤 일이 벌어지고 있었는지 보고 오자.

# 번식

전쟁의 화염과 분노가 대지를 그을려 땅을 비옥하고 기름지게 했다. 새로운 생명체들이 갑자기 튀어나와, 승리한 신들이 물려받을

---

* 부록 492쪽 〈기간토마키아〉 참고.

신선하고 파릇파릇한 세상을 만들어냈다.

기억할지 모르겠지만 코스모스는 한때 카오스에 불과했다. 그러다가 카오스가 최초 형태의 생명, 태초의 존재들, 빛과 어둠의 원리를 토해냈다. 각 세대가 성장하고 새로운 존재들이 태어나 차례차례 번식하면서 세상은 점점 더 복잡해졌다. 예전의 원시적이고 근본적인 원리들은 훨씬 더 다양하고 다채로운 생명체들로 빚어졌다. 태어난 존재들은 서로 조금씩 달랐고 독특한 성격과 개성을 부여받았다. 컴퓨터 용어로 말하자면, 생명이 2비트에서 4비트로, 8비트로, 16비트로, 32비트로, 64비트로, 그 이상으로 확충된 것이다. 한 번의 변화가 일어날 때마다 수백만, 그다음엔 수십억만 개의 서로 다른 크기와 형태, 그리고 '해상도'가 만들어졌다. 현대의 우리 인간들이 자랑스러워하는 뚜렷한 개성이 이때 생겨났으며, 또한 새로운 형태들이 갑자기 나타나면서 생물학자들이 말하는 폭발적인 종 분화가 일어났다.

천지창조의 첫 단계를 퐁Pong이라는 흑백 게임이 펼쳐지던 구식 텔레비전 화면으로 생각하면 쉽게 이해할 수 있다. 퐁을 기억하는가? 라켓을 표시하는 흰 직사각형 두 개와 공을 표시하는 정사각형 점 하나가 있다. 공이 통통 튀는 테니스 경기가 원시적인 모자이크 형태로 진행된다. 그로부터 35~40년 후 가상현실과 증강현실을 갖춘 고해상도 3D 그래픽이 개발되었다. 그리스의 우주도 마찬가지였다. 투박하고 단순한 저해상도 윤곽선들에 불과하던 천지 만물이 이제 풍요롭고 다채로운 활기를 띠게 되었다.

애매모호하고 일관성 없고 예측불허하고 흥미롭고 신비로운 피조물들과 신들이 태어났다. E. M. 포스터의 소설 인물 구분법을 사용하자면, 평면적인 인물밖에 없던 세상에 예상 밖의 놀라운 행동을 할 줄도 아는 입체적인 인물들이 생긴 것과 마찬가지다. 이제부터 본격적으로 재미있어진다.

# 무사이

원조 티탄족 중에 므네모시네(기억)는 제우스와 결합하여 대단히 총명하고 창의적인 아홉 딸, 무사이(단수형은 무사)를 낳았다. 그들은 헬리콘산(훗날 히포크레네의 샘이 솟아나는 곳), 델포이의 파르나소스산, 모든 예술과 과학의 은유적 원천인 피에리아의 샘물이 흐르는 테살리아의 피에리아* 등으로 옮겨 다니며 살았다.

오늘날에는 무사이를 예술 전반의 수호성인, 특히 은밀한 영감의 원천으로 여긴다. 셰익스피어의 희곡 「헨리 5세」의 첫 부분에서 합창단은 "오, 불의 뮤즈여!"라고 외친다. 우리는 우리의 창의성에 불을 지피고 더욱 분발토록 격려해주는 사람을 '나의 뮤즈'라 부른다. '뮤직music, 음악', '어뮤즈먼츠amusements, 오락', '뮤지엄museum, 박물관', '뮤징스musings, 사색' 같은 단어들에 무사이의 흔적이 남아 있다. W. H. 오든은 변덕스러운 여신이 시인의 귀에다

---

\* 피에리데스라는 이름도 피에리아에서 나왔다. 그들은 무사이에게 괜스레 도전했다가 새로 변해버린 아홉 자매다. 알렉산더 포프는 『비평론(*Essay on Criticism*)』에 실린 유명한 2행 연구(聯句)에서 피에리아를 모든 지혜와 지식의 원천으로 언급한다.

"짧은 지식은 위험한 것.
깊이 들이마시지 않을 거라면 피에리아의 샘물을 맛보지 말라."

아이디어를 속삭이는 이미지가 창의적인 영감의 골치 아픈 불안
정성을 가장 잘 묘사해준다고 믿었다. 뮤즈는 가끔 우리에게 황
금을 준다. 그러나 어떤 때는 그녀가 받아쓰게 한 걸 읽어보면 쓰
레기 같기도 하다. 무사이의 어머니는 기억일지 몰라도, 아버지는
제우스다. 그리고 제우스의 지조 없는 변덕은 앞으로 수많은 이야
깃거리를 만들어낸다.

하지만 지금은 제각기 특정한 예술 형태를 대변하고 수호하는
이 아홉 자매를 한 명씩 만나보자.

## 칼리오페

서사시의 무사 칼리오페는 그 이름이 초라한 최후를 맞게 된다.
어찌된 일인지 그 이름이 축제에서 흔히 연주되는 증기 오르간을
의미하게 되어버린 탓에, 지금은 거의 박람회 같은 데에서만 그녀
의 이름을 들을 수 있다. 로마의 시인 오비디우스는 칼리오페를
무사이의 우두머리로 보았다. '아름다운 목소리'라는 뜻의 이름
을 가진 칼리오페는 그리스 역사를 통틀어 가장 중요한 음악가인
오르페우스를 낳았다. 호메로스와 베르길리우스, 단테 같은 최고
시인들은 대서사시를 집필하기 시작할 때 칼리오페의 도움을 받
을 수 있기를 기원했다.

## 클리오

지금은 르노 사의 자동차 모델명이나 광고업계의 상 이름으로 전

락해버린 클리오 혹은 클레이오(명성)는 역사를 주관하는 무사였다. 클리오는 위대한 인물들의 선행을 널리 퍼뜨리고 명성을 드날리는 일을 맡았다. 제임스 매디슨과 에어런 버 등이 프린스턴에 창설한 미국 최고最古의 토론 클럽은 클리오에게 경의를 표하는 뜻으로 이름을 클리오소피컬 소사이어티Cliosophical Society라 지었다.

## 에라토

에라토는 서정시와 연애시의 무사였다. 그녀의 이름은 에로스와 성애the erotic와 관련 있으며, 예술 작품에서는 연결을 암시하는 황금 화살을 들고 있는 모습으로 묘사되기도 한다. 류트와 함께 멧비둘기와 도금양도 에라토를 상징한다.

## 에우테르페

음악 자체의 무사로 '유쾌하고' '즐거운' 에우테르페는 강의 신 스트리몬과 결합하여, 트로이 전쟁에서 미미한 역할을 하게 되는 트라키아의 왕 레소스Rhesus를 낳았다. 인간 혈액의 알에이치Rh 인자에 이름을 준 붉은털원숭이rhesus monkey가 그의 이름에서 유래했는가에 관해서는 의견이 분분하다.

## 멜포메네

비극의 무사 멜포메네('춤과 노래로 찬양하다'라는 뜻의 그리스어 동사에서 파생된 이름)는 처음엔 합창을, 그다음엔 비극(음악, 시, 연극, 가면, 춤, 노래, 종교 제전의 의미 있는 결합)을 관장했다. 비극 배우들은 영어로는 '버스킨buskin', 그리스어로는 '코투르누스cothurnus'라 불리는 밑창 두꺼운 장화를 신었다.* 보통 멜포메네는 이 장화를 신고 입꼬리가 처진 슬픈 표정으로 유명한 비극 가면을 들거나 착용한 모습으로 표현된다. 자매인 테르프시코레와 마찬가지로 세이렌들의 어머니였다.

## 폴리힘니아

'힘노스hymnos'는 '찬미'를 의미하는 그리스어로, 폴리힘니아는 거룩한 찬가, 춤, 시, 수사학, 그리고 약간은 잡다해 보일지 몰라도 농업, 팬터마임, 기하학, 명상의 무사였다. 요즘으로 치면 '마음 챙김의 무사'라 부를 수 있을까. 일반적으로 그녀는 깊은 사색에 잠긴 듯 손가락을 입에 대고 있는 다소 진지한 모습으로 묘사된다. 그녀는 영웅 오르페우스의 어머니 자리를 두고 칼리오페와 겨룬다.

## 테르프시코레

**치즈 가게 주인:** 오, 나는 손님이 부주키† 연주자 때문에 불평하

---

* 키가 커 보이게 하는 동시에 배우로서 은유적인 위상도 높이기 위해서였다.
† 나무로 만든 그리스의 현악기.―옮긴이

는 줄 알았는데요.

**손님:** 오, 설마요. 나는 테르프시코레 뮤즈의 화신들은 누구든 좋아한답니다.

영국의 코미디 그룹 몬티 파이선Monty Python의 불멸의 작품 〈치즈 가게 스케치Cheese Shop Sketch〉에 나오는 이 대화를 통해 춤의 무사 테르프시코레의 존재를 처음 알게 된 사람이 나뿐만은 아닐 것이다.

## 탈리아

무사이 중 가장 섬세하고 가장 재미있고 가장 상냥한 탈리아는 익살스러운 예술과 전원시를 관장했다. 그녀의 이름은 '번영한다, 잘 자라다'라는 뜻의 그리스어 동사에서 유래한다.‡ 비극의 멜포메네처럼 그녀도 배우들의 장화와 가면(물론 미소 짓고 있는 즐거운 표정의 가면)을 즐겨 사용하며, 넝쿨 화관을 쓰고 나팔과 트럼펫을 들고 있다.

## 우라니아

우라니아의 이름은 천계의 태초 신(이자 아홉 자매의 증조부) 우

---

‡ 범죄 소설 작가들과 독살범들이 애용하는 탈륨은 '잘 자라는 새싹'을 의미하는 단어에서 유래했다.

라노스에서 파생했다. 그녀는 천문학과 별들을 관장하는 무사다. 또한 보편적 사랑의 표상으로 여겨지기도 한다. 그리스판 성령인 셈이다.


# 세 명이 함께

3의 세 배수인 무사이에 대해 얘기하다 보니 세 명으로 이루어진 다른 신들을 더 소개해도 좋겠다는 생각이 든다. 가이아와 우라노스는 헤카톤케이레스 삼형제, 키클로페스 삼형제, 그리고 3의 네 배수인 열두 명의 티탄 신족을 낳았다. 우라노스가 거세당한 순간 피로 흠뻑 젖은 땅에서 튀어나온 세 자매 에리니에스(에우메니데스라고도 한다)도 있다. 그리스인들에게 3은 마법의 숫자였던 모양이다.


## 카리테스

10년 동안 세상의 종말을 방불케 하는 티타노마키아의 와중에도 제우스는 짬짬이 욕정을 풀었다. 세상을 주민으로 가득 채우는 임무를 이행하는 것으로 생각했을지도 모른다. 어쨌든 제우스가 그 임무 수행을 즐겼던 건 확실하다.

어느 날 제우스는 오케아노스와 테티스의 딸들 중 가장 아름다운 에우리노메에게 눈독을 들였다. 바깥에서 치열한 전쟁이 벌어지는 동안 동굴에 숨어 있던 에우리노메는 제우스와 동침하여 숨

막히게 아름다운 세 딸, 아글라이아(찬란한 아름다움), 에우티미아로도 알려진 에우프로시네(환희, 즐거움, 환락), 탈리아(쾌활)*를 낳았다. 이 세 자매를 통칭하여 카리테스(로마명 그라티아이)라 일렀다. 우리가 삼미신Three Graces이라 부르는 이들은 완벽한 여성 나체를 표현할 구실을 찾던 조각가들과 화가들에게 유구한 세월 동안 사랑받았다. 카리테스는 상냥한 본성을 지녔으며 에리니에스의 무시무시한 악의와 잔인성에 맞서는 존재가 되었다.

## 호라이

호라이(시간)는 두 팀의 세 자매로 구성되어 있었다. 테미스(법과 정의, 관습의 화신)의 이 딸들은 원래 계절을 의인화한 신들이었다. 처음에는 여름 아욱세시아†와 겨울 카르포가 있었던 것 같다. 후에 꽃과 개화를 가져오는 자, 봄의 화신 탈로(로마명 플로라)가 합류하면서 1세대의 고전적인 호라이가 결성되었다. 호라이는 가장 귀중한 자질을 어머니로부터 물려받았다. 알맞은 시기를 잡을 줄 알고, 자연법칙과 흘러가는 시간 간의 원만한 관계(우리는 이를 '신이 주신 뜻밖의 행운'이라 부른다)를 만드는 재능이 그것이다.

두 번째 호라이는 좀 더 세속적인 성격의 법과 질서를 책임졌다. 법과 법률 제정의 신 에우노미아, 정의와 도덕적 질서의 신 디

---

* 희극의 무사와 이름이 같다.
† 가끔은 그냥 '아욱소'라고 부르기도 한다.

케(로마 신화에는 유스티티아가 있었다), 평화의 신 에이레네(로마인들에게는 팍스)가 그들이다.

## 모이라이

모이라이(운명) 세 자매의 이름은 클로토, 라케시스, 아트로포스다. 닉스의 이 딸들은 물레를 둘러싸고 앉아 있는 모습으로 묘사되는 경우가 많다. 클로토는 인생을 의미하는 실을 잣고, 라케시스는 그 길이를 재며, 아트로포스(말 그대로 '뒤돌아보지 않는' 가차 없고 무자비한 자)는 언제 실을 잘라 인생을 끝낼지 결정한다.* 내 머릿속에 떠오르는 그들은 어떤 동굴에서 검은색 누더기를 걸치고 앉아 실을 자으면서 깔깔대거나 꾸벅꾸벅 조는, 볼이 홀쭉한 노파들이다. 하지만 수많은 조각가들과 시인들은 흰색 가운 차림에 새침한 미소를 짓고 있는 분홍빛 뺨의 젊은 여성으로 그들을 표현했다. 그들의 이름은 '각자에게 할당되는 몫'을 의미하는 단어에서 나왔다. '사랑받는 건 그녀의 몫이 아니었다'라든지 '불행은 그의 몫이었다' 같은 말들은 그리스인들이 모이라이에게 할당받은 속성이나 운명을 묘사할 때 사용한 표현이었다. 신들도 모이라이의 잔혹한 결정에는 복종할 수밖에 없었다.†

---

\* 맨드레이크와 아트로파 벨라돈나(치명적인 가짓과 식물)에서 얻어지는 유독 물질인 아트로핀은 세 자매 중 가장 무서운 막내에서 그 이름이 유래했다.
† 훗날 그리스인들은 모이라이를 닉스(밤)가 아닌 아난케(필연)의 딸들로 여겼다. 이들은 노르웨이 신화에 등장하는 노른과 아주 많이 닮았다.

# 케레스

닉스의 딸들인 케레스는 끔찍한 죽음을 주관하는 불쾌하고 탐욕스러운 정령들로, 주로 시체를 찾아다녔다. 노르웨이와 게르만 신화에 등장하는 발키리처럼 그들도 전장에서 죽은 전사들의 영혼을 수집했다. 그러나 자애로운 발키리와 달리 케레스는 영웅들의 영혼을 천국 같은 발할라 궁전으로 데려가지 않았다. 그들은 이 시체에서 저 시체로 날아다니며 시체들의 피를 쪽쪽 빨아먹었다. 피가 완전히 다 빠진 시체는 어깨 너머로 던져버리고 다음 시체로 옮겨갔다.

# 고르고네스

태초의 바다 신 폰토스와 가이아 사이에 아들 포르키스와 딸 케토가 태어났다. 이 남매가 결합하여 섬에 사는 세 자매 고르고네스(단수형은 고르곤), 즉 스테노, 에우리알레, 메두사를 낳았다. 꿈틀거리는 독사들로 이루어진 머리칼, 뚫어질 듯 응시하는 강렬한 눈, 사악한 억지 미소, 멧돼지의 엄니, 놋쇠 갈퀴손과 맹금의 발톱이 달린 발, 비늘 달린 황금빛 몸. 이 괴물 자매들은 등골이 오싹할 만큼 무시무시한 생김새를 하고 있었다. 게다가 찰나의 순간이라도 고르곤의 눈과 마주친 사람은 말 그대로 곧장 돌로 변해버렸다. '돌이 된'이라는 의미의 영어 단어 '페트리파이드petrified'에는 '겁에 질려 몸이 굳은'이라는 뜻도 있다.

# 공기, 흙, 물의 정령들

이 시기에 다른 중요한 존재들도 태어났다. 티타노마키아가 맹렬히 벌어지고 있던 와중에도 세상 곳곳에 온갖 자연의 요정들과 정령들이 증식하여 자기들만의 통치권을 주장하기 시작했다. 바위와 벼락이 허공을 날아다니고 전쟁의 격렬함에 땅이 뒤흔들리는 동안 요정과 정령들이 요리조리 날렵하게 움직이며 피난처를 찾고 덤불 뒤에서 몸을 파르르 떠는 모습을 상상해보라. 이 가녀린 피조물들은 어떻게든 살아남고 번성하여 그들이 지닌 아름다움과 헌신과 매력으로 세상을 풍요롭게 했다.

아마도 그들 중에는 님프가 가장 유명할 것이다. 님프는 하급 여신들 가운데에서는 지위가 높으며, 사는 장소에 따라 여러 일족으로 구분된다. 오레아스들은 그리스의 산과 언덕, 동굴, 섬에 깃들었고, 네레이스들은 그들의 선조인 오케아니스들처럼 깊은 바닷속에 살았다. 담수 쪽으로는 호수와 개울에, 혹은 그 언저리와 강둑의 갈대밭에 나이아스들이 살았다. 시간이 흐르면서 일부 물의 님프들은 훨씬 더 구체적인 장소를 자신들의 영역으로 삼았다. 페가이아이는 천연 샘을 보살피고, 포타미데스는 강물 속과 그 주변에 살았다.* 육지에서는 아울로니아스들이 초원과 작은 숲을 지켰고, 리모니스들은 초원에 살았다. 삼림지에는 가벼운 날개가 달린

---

* 타기데스는 타구스강 단 한 곳과 연관된 님프들이지만, 앞으로 또 만날 일이 없으니 그냥 잊어버려도 상관없다.

드리아스들과, 자기들이 머무는 나무와 운명을 같이 하는 숲의 님프인 하마드리아스들이 있었다. 나무가 죽거나 베이면 그들도 죽었다. 사과나무나 월계수에만 사는 님프도 있었다. 달콤한 만나를 품고 있는 물푸레나무의 님프 멜리아이는 이미 만나보았다.

하마드리아스들의 운명은 님프도 죽을 수 있음을 보여준다. 그들은 늙거나 병들지 않았지만 영원불멸하지는 않았다.

대지가 폭력적이고 끔찍한 전쟁으로 전율하고 뒤흔들리는 동안 자연계는 놀랍도록 화려한 방식으로 이 멋진 반신반인들과 불멸의 존재들을 점점 더 많이 뿌려대며, 무르익고 일렁이고 자기 복제를 했다. 전쟁의 연기와 재가 마침내 말끔히 물러나고 나면 승리자들은 생명력이 고동치는 이 다채롭고 개성 넘치는 세상의 주인이 된다. 큰 승리를 거둔 제우스는 자기가 태어났던 곳보다 훨씬 더 풍요로운 대지와 바다, 하늘을 물려받을 참이었다.

## 최고 결정권자이자 재판관

이제 제우스는 패배한 티탄족이 다시 일어나 그의 체제를 위협하는 일이 생기지 않도록 손을 쓰기 시작했다. 전쟁에서 가장 강력하고 맹렬했던 적수는 크로노스가 아니라 이아페토스와 클리메네의 첫째 아들로 야만스러울 정도로 강한 아틀라스였다.† 아틀

---

† 아틀라스의 동생 메노이티오스('불운한 힘') 역시 극도로 강력하고 무시무시한 적

라스는 모든 전장의 중심에 있으면서, 헤카톤케이레스가 마구 두들겨 패며 항복을 요구할 때에도 마지막까지 포기하지 말라며 동료 티탄들의 전의를 북돋았다. 그의 저항을 응징하기 위해 제우스는 그에게 영원히 하늘을 떠받치는 형벌을 내렸다. 벌은 일석이조의 효과를 냈다. 제우스의 전임자들인 크로노스와 우라노스는 하늘과 땅을 분리하는 데 너무 많은 에너지를 낭비해야 했다. 제우스는 그 진 빠지는 짐을 가장 위험한 적의 어깨에 올려놓음으로써 부담을 한 방에 덜었다. 지금의 아프리카와 유럽이 만나는 지점에서 아틀라스는 하늘의 무게를 힘겹게 짊어졌다. 버티고 선 두 다리에 힘이 잔뜩 들어갔고, 근육은 뭉쳤으며, 고통스러운 노동에 온 힘을 쏟아붓느라 강한 몸이 뒤틀렸다. 기나긴 시간 동안 아틀라스는 불가리아의 역도 선수처럼 신음하면서 그 자리에 있었다. 결국엔 아틀라스산맥으로 굳어 지금까지도 북아프리카의 하늘을 어깨에 짊어지고 있다. 최초의 세계 지도들에는 그가 몸을 웅크린 채 안간힘을 쓰고 있는 그림이 들어갔고, 사람들은 그를 기리는 뜻으로 지금도 지도책을 '아틀라스'라 부른다.* 그의 한쪽 옆에는 지중해가 놓여 있고, 반대쪽 대양은 그의 이름을 따 '애틀랜틱Atlantic, 대서양'이라 부른다. 그곳에서 신비로운 섬 왕국 아틀란티스가 번영했다고 한다.

예언의 공포 때문에 자기 자식을 잡아먹은 음울하고 극악무도한 폭군, 한때 천지 만물의 제왕이었던 음산하고 불행한 영혼 크

---

이었지만 제우스는 제일 처음 날린 벼락으로 그를 제압했다.
* 하지만 지도책에 쓰인 그림들을 보면 아틀라스는 하늘이 아니라 세계 전체를 떠받치고 있다.

로노스는 자기가 거세해버린 아버지 우라노스의 예언대로 세상을 끊임없이 떠돌며 냉혹하고 끝없고 외로운 유랑 속에서 영원을 측정하는 벌을 받았다. 모든 하루와 시간과 분은 무한을 세는 형벌을 받은 크로노스가 잰 것이다. 지금까지도 우리는 곳곳에서 그를 볼 수 있다. 낫을 들고 있는 수척하고 사악한 모습의 그를. 지금은 '시간의 할아버지'라는 시시하고 굴욕적인 별명으로 불리는 그의 누렇게 뜬 핼쑥한 얼굴을 보고 있자면, 코스모스의 시계가 모두를 최후의 날로 내몰며 끊임없이 무자비하게 째깍째깍 움직이고 있음을 실감하게 된다. 낫은 가차 없는 시계추처럼 흔들리다 우리를 확 내리친다. 그날 모든 필멸의 육체는 풀처럼 잔인하게 베인다. '크로닉chronic, 만성적인', '싱크로나이즈드synchronized, 동시에 발생하는', '크로노미터chronometer, 정밀 시계', '크로노그래프chronograph', '크로니클chronicle, 연대기' 등의 단어들에 크로노스의 흔적이 남아 있다.† 로마인들은 이 음침하고 핼쑥한 꼴의 패배자 티탄에게 사투르누스라는 이름을 붙여주었다. 하늘에서 그는 아버지인 우라노스Uranus, 천왕성와 아들인 제우스Jupiter, 목성 사이에 떠 있다.‡

　모든 티탄족이 추방당하거나 벌을 받은 것은 아니다. 제우스는 많은 이들에게 아량과 자비를 베풀었고, 전쟁에서 그의 편에 섰던

---

† 일부 신화 기록가들은 티탄 '크로노스(Kronos)'와 시간의 신 '크로노스(Chronos)'를 완전히 별개의 존재로 보기도 한다.

‡ 천문학자들은 태양계의 천체에 이름을 붙일 때 고전학자들에게 자문을 구한다. 사투르누스에서 이름을 딴 토성(Saturn)은 티탄, 이아페토스, 아틀라스, 프로메테우스, 히페리온, 테티스, 레아, 칼립소 등의 수많은 위성을 거느리고 있다. 그리고 토성의 고리가 있다. 이 고리는 나무의 나이테처럼 시간을 나타내는 것으로 보인다.

몇 안 되는 티탄들은 그의 총애를 받았다.* 자기 종족을 등지고 제우스를 위해 싸울 만큼 선견지명이 있었던 티탄 가운데 아틀라스의 동생 프로메테우스가 으뜸이었다.† 제우스는 그에 대한 보답으로 프로메테우스를 친구로 대접하며 그와의 우정을 점점 더 굳게 다져나갔는데, 그러던 어느 날 우리가 지금도 느끼는 막대한 파장을 인류에게 몰고 올 사건이 벌어지고 만다. 그들의 우정과 그 비극적인 결말에 얽힌 사연은 곧 알게 될 것이다.

전쟁이 벌어지는 동안 키클로페스는 제우스에게 충성하여 무기까지 만들어주었다. 제우스와 떼려야 뗄 수 없는 관계가 된 벼락이다. 키클로페스의 형제들인 헤카톤케이레스는 가공할 힘으로 승리에 쐐기를 박은 공로를 인정받아 타르타로스로 돌려보내졌다. 이번에는 죄수가 아니라 끝을 헤아릴 수 없는 지하세계로 들어가는 문을 지키는 문지기였다. 키클로페스는 제우스 전담 기술공, 갑옷 제작자, 대장장이로 임명되었다.

---

* 여성 티탄 가운데 몇몇은 아주 매력적이었으며, 누구에게도 뒤지지 않을 만큼 성욕이 강하고 쉽게 사랑에 빠졌다. 제우스는 그들 중 특히 매력적인 한두 명을 이미 점찍어놓고 있었다.
† 프로메테우스라는 이름 자체가 '선견지명' 혹은 '사전 숙고'를 의미한다.

# 3세대

세상은 야만적인 전쟁으로 산산이 부서져 연기를 뿜어내고 있었다. 제우스는 세상을 치유하고, 앞선 두 세대보다 자신의 세대인 3세대 신들이 세상을 더 잘 관리해야 한다는 것을 이해했다. 이전 시대의 파괴적인 살해욕과 광포한 야만성은 완전히 제거하고 새로운 질서를 세울 시간이었다.

전리품은 승자에게 돌아가는 법. 적대적 인수합병을 막 끝낸 최고경영자처럼 제우스는 예전 경영진을 쫓아내고 자기 사람들을 들여오고 싶었다. 그는 형제자매들에게 각각의 세력권과 신성한 의무를 할당했다. 영원불멸한 존재들의 대통령이 자신의 내각을 구성한 것이다.

제우스 자신은 최고 지도자이자 황제, 천계의 제왕, 날씨와 폭풍의 지배자, 신들의 왕, 하늘 아버지, 구름을 모으는 자로서 전체 지휘권을 쥐었다. 천둥과 번개도 마음대로 쓸 수 있었다. 지금과 마찬가지로 그때도 맹렬한 품위와 대적 불가능한 힘을 의미한 독수리와 참나무가 그의 상징물이었다. 그의 말이 곧 법이었고, 그의 권력은 가공할 만큼 대단했다. 하지만 그는 완벽하지 않았다. 완벽과는 거리가 아주, 아주 멀었다.

# 헤스티아

크로노스에게 제일 처음 삼켜졌다가 제일 마지막으로 다시 토해진 헤스티아는 가장 유명세가 떨어지는 신일지도 모르겠다. 제우스가 자기 딴에는 최선이라 생각하고 그녀의 영역을 화로hearth로 정해준 탓이다. 중앙난방을 가동하고 저마다 자기 방을 쓰는 개인주의 시대에 살고 있는 우리는 그리스인이든 아니든 화로를 선조들만큼 중요하게 여기지 않는다. 그런 우리에게도 '하스hearth'라는 단어는 단순히 난로만을 의미하지는 않는다. 따뜻한 가정을 얘기할 때 우리는 '하스 앤드 홈hearth and home'이라 표현한다. '하스hearth'는 '하트heart, 심장'와 같은 어원을 갖고 있으며, 현대 그리스어로 화로인 '카르디아kardia'는 '심장'을 의미하기도 한다. 고대 그리스에서 따뜻한 가정의 개념을 더 포괄적으로 담아 표현한 '오이코스oikos'는 '이코노믹스economics, 경제학'와 '이콜로지ecology, 생태학' 같은 단어들에 그 흔적이 남아 있다. 라틴어로 화로는 '포쿠스focus'다. 이건 따로 설명이 필요 없을 것이다. 난로를 뜻하는 단어들에서 '카디올로지스트cardiologist, 심장전문의', '딥 포커스deep focus', '에코 워리어eco-warrior, 환경 전사'가 만들어졌다니 참 기묘하고 놀라운 일이다. 이 단어들은 모두 '중심성'을 기본적인 특징으로 하며, 이는 화로가 그리스인과 로마인에게 얼마나 중요했는지, 따라서 그것을 관장하는 신인 헤스티아가 얼마나 중요했는지도 말해준다.

　헤스티아는 다른 신들의 구혼을 거절하며 평생 순결을 지켰다.

침착하고 여유롭고 친절하며 가정적인 헤스티아는 다른 신들이 일상적으로 벌이는 권력 다툼과 정치적 술수를 멀리했다.* 겸손한 신 헤스티아는 소박한 가운을 입고 그릇에 담긴 불꽃을 들고 있거나 단순하게 생긴 나무 왕좌에 조잡한 모직 쿠션을 깔고 앉아 있는 모습으로 묘사된다. 그리스에서는 매끼 식사를 하기 전에 헤스티아에게 감사 기도를 올리는 풍습이 있었다.

그녀를 베스타라고 부르며 소중히 여긴 로마에서는 그녀를 모시는 여성 사제들의 교단까지 있었다. 그 유명한 '베스타의 무녀들'이다. 그들은 평생 독신을 지키는 것 외에도 베스타를 상징하는 불을 절대 꺼트리지 않아야 하는 책임이 있었다. 말하자면 원조 성화 수호자들이었던 것이다.

이 점잖고 사랑스러운 신에 얽힌 흥미로운 이야기가 그리 많지 않은 이유도 짐작이 갈 것이다. 나는 딱 하나를 알고 있다. 머지않아 등장할 그 이야기에 당연히 그녀는 아주 좋은 모습으로 등장한다.

---

* 환대, 즉 크세니아(xenia)는 그리스에서 대단히 중시되는 덕목이었기 때문에 헤스티아와 제우스가 함께 관장했다. 제우스는 가끔 제우스 크세니오스(Zeus Xenios), '손님들의 수호신 제우스'로 불리기도 했다. 나중에 나올 필레몬과 바우키스의 이야기에서 알 수 있듯 신들은 때로 인간의 '손님과의 우정'을 시험했으며 이를 '테오크세니아(theoxenia)'라 했다. 물론 외국인 배척주의자(xenophobe)들은 타인에게 우정의 손길을 내밀지 않는다.

# 제비뽑기

다음으로 제우스는 음흉하고 말썽 많은 형제들, 하데스와 포세이돈에게로 눈길을 돌렸다. 그들은 티탄족과의 전쟁에서 똑같이 능숙하고 용맹하며 노련하게 잘 싸웠기 때문에, 제우스는 아직 주인이 정해지지 않은 가장 중요한 두 영지인 바다와 지하세계 중 누구에게 무엇을 줄지 제비뽑기로 정하는 것이 공평하다고 생각했다.

크로노스가 바다 아래와 위의 만물에 대한 장악권을 탈라사, 폰토스, 오케아노스, 테티스에게서 억지로 빼앗은 일을 기억할 것이다. 이제 크로노스는 물러갔고 바다는 제우스의 영역이었다. 타르타로스, 신비로운 아스포델 초원(여기에 대해서는 나중에 더 얘기하겠다), 에레보스가 지배하는 지하의 암흑, 이 모두를 아우르는 지하세계도 이제 제우스의 세대인 신 아래로 들어갈 시간이었다.

하데스와 포세이돈은 서로 앙숙이었다. 그래서 제우스가 두 손을 등 뒤로 돌렸다가 주먹을 쥔 채 다시 앞으로 내밀었을 때 그들은 망설였다. 사이가 안 좋은 형제라면 으레 상대가 원하는 걸 욕심내기 마련이다.

'하데스는 바다와 지하세계 중 어느 쪽을 원할까? 녀석이 지하세계를 원한다면 나도 그걸 갖고 싶군. 저놈이 열 받는 걸 보고 싶으니까.' 포세이돈은 고민했다.

하데스의 생각도 다르지 않았다. 그는 속으로 중얼거렸다. '내가 뭘 고르든 만세를 불러야지. 저 머저리 같은 포세이돈 약 오르게.'

세계의 시작 II

제우스가 앞으로 쭉 내민 두 주먹에는 보석이 하나씩 들어 있었다. 한 손에는 바다처럼 푸른 사파이어가, 다른 손에는 에레보스처럼 새까만 흑옥이. 포세이돈이 제우스의 오른 손등을 건드렸고, 이어 주먹이 펴진 후 푸르게 반짝이는 사파이어가 나타나자 기쁨의 춤을 출랑출랑 추며 소리쳤다. "바다는 내 거야!"

"그렇다는 건…… 좋았어!" 하데스는 주먹을 불끈 쥐며 외쳤다. "내가 지하세계를 가진다는 거잖아. 하하!" 하지만 그의 속은 문드러지고 있었다. 신들이 이렇게 유치하다.


# 하데스

이후로는 누구도 하데스의 웃는 얼굴을 보지 못했다. 그 순간부터 그는 웃음도, 유머 감각도 잃어버렸다. 아무래도 지하세계의 왕으로서 맡은 임무 때문에, 그에게도 한때 있었을지 모르는 젊음의 열정이나 쾌활함이 서서히 마모되었을 것이다.

그는 땅속 깊숙이 내려가 자신의 왕국을 세웠다. 그때부터 그의 이름은 죽음 및 사후 세계와 연관되고, 그와 똑같은 이름의 지하세계는 고통과 형벌, 끝없는 괴로움을 연상시키게 된다. 또 한편으로 하데스는 부와 풍요도 상징했다. 지하 깊은 곳에서 채굴되는 보석과 귀금속, 땅속에서 싹트기 시작하는 귀중한 곡물과 채소, 꽃은 생명과 풍요와 부가 부패와 죽음으로부터 비롯된다는 사실을 일깨워준다. 로마인들은 그를 플루토라 불렀고, '플루토크라트plutocrat, 부호 정치가', '플루토늄plutonium' 같은 단어들에 이 대단한 풍요와 힘의 의미가 담겨 있다.*

에레보스와 닉스, 그리고 그들의 아들인 타나토스(죽음 자체)가 하데스의 직접적인 지휘 아래에 들어갔다. 또 너무 어둡고 무시무시해서 바깥세상에서 흐르지 못하는 강의 신들이 이 지하세계로 흘러들어 왔다. 테티스와 오케아노스의 딸 스틱스(증오)가 그들 중 가장 중요한 존재였다. 지금도 우리는 어둡고 위협적이며 우울한 무언가, 섬뜩할 정도로 새까맣고 음울한 무언가를 묘사하고 싶을 때 스틱스라는 이름과 그 '음침한stygian' 속성을 들먹인다. 플레게톤(불의 강), 아케론(비통의 강), 레테(망각의 강), 코키토스(비탄과 통곡의 강)가 스틱스로 스며들었다. 뱃사공으로 정해진 스틱스의 형제 카론은 당분간은 스틱스강의 기슭에서 장대에 기댄 채 그저 때를 기다리고 있었다. 전에 꾼 꿈에서 어느 날 수천의 영혼들이 강가로 와 그에게 뱃삯을 주었다. 그리고 그 어느 날은 곧 찾아왔다.

하데스는 대지에서 태어난 복수의 신들 에리니에스에게 자기 왕국의 가장 컴컴한 심부에서 살 수 있도록 공간을 내어주었다. 세 자매는 그곳에서 세계 곳곳으로 날아가, 그들의 격한 관심을 받을 만큼 비열한 죄인들에게 보복할 수 있었다.

이윽고 하데스는 애완동물까지 얻었다. 가이아와 타르타로스 사이에 태어난 괴물 에키드나와 티폰의 자식으로, 뱀 꼬리가 달리

---

* 하데스나 그의 유대교-기독교 후예인 루키페르를 디스(Dis, '부유한'을 뜻하는 라틴어)라는 이름으로 부르는 것을 가끔 볼 수 있다. 단테는 『신곡』의 「지옥편」에서 지옥의 도시를 '디스'라 불렀다. 지금은 암호 십자말풀이 문제를 내는 사람들이나 사용하는 이름이다.

고 머리가 셋인 거대한 개, 케르베로스였다(로마식 이름인 케르베루스라고 불러도 반응을 보였다). 원조 지옥 문지기인 케르베로스는 지하세계의 무시무시하고 지칠 줄 모르는 감시자이자 수호자였다.

하데스는 지하세계의 입구 중 한 곳인 레르네에 에키드나와 티폰의 또 다른 자식인 히드라를 세워두었다. 앞서 말했듯이 괴물들이 짝을 지으면 무서운 돌연변이가 태어날 수 있는데, 남매지간인 케르베로스와 히드라의 차이가 그 인상적인 예다. 케르베로스는 그럭저럭 다루기 쉬운 머리 세 개와 우아하게 뱀처럼 꿈틀거리는 꼬리를 가진 개였고, 머리가 여럿 달린 바다뱀인 그의 여형제는 죽이는 것이 거의 불가능했다. 머리 하나를 잘라내면 그 자리에 머리 열 개가 더 자라났다.

이런 짐승 같은 포악한 존재들이 진을 치고 있긴 했으나 하데스는 당분간은 신이 할 일이 별로 없는 조용한 곳이었다. 지옥이 바빠지려면 유한한 존재들이 필요하다. 죽는 피조물들. 그러니 플루토는 지옥의 차가운 왕좌에 앉아 그의 이름이 붙은 행성(명왕성)†만큼이나 메마르고 으스스하고 쌀쌀맞은 표정으로 음침하니 생각에 잠겨, 바다의 통치권을 얻어낸 미운 형제의 행운을 내심 저주하고만 있었다.

---

† 지금은 '왜소행성'으로 강등되었다. 명왕성의 위성으로는 스틱스, 닉스, 카론, 케르베로스, 히드라가 있다.

# 포세이돈

포세이돈은 하데스와 사뭇 다른 신이었다. 자기가 다스린 바다처럼 공격적이고, 험악하고, 우쭐대고, 변덕스럽고, 앞뒤 안 맞고, 안달하고, 잔인하고, 속을 헤아릴 수 없었다. 하지만 의리 있고 고마워할 줄도 알았다. 그는 남자 형제들과 몇몇 여자 형제들과 마찬가지로 충동적인 육욕과 깊은 영적 사랑, 그 사이의 모든 감정을 내보였다. 여느 신들처럼 찬양과 제물, 복종과 숭배에 욕심을 부렸다. 한번 친구는 영원한 친구, 한번 적은 영원한 적이었다. 그리고 번제물, 신주神酒, 기도 정도로는 만족하지 못했다. 그는 스스로를 '맏이', '왕'이라 부르는 막내를 탐욕스러운 눈으로 열심히 주시했다. 위대한 제우스가 실수를 많이 저지르면 권좌에서 쫓아낼 작정이었다.

키클로페스는 제우스에게 벼락을 만들어줬듯이 포세이돈에게도 멋들어진 무기를 만들어주었다. 바로 삼지창이었다. 세 개의 날이 달린 이 거대한 작살은 해일과 소용돌이뿐만 아니라 지진도 일으킬 수 있었다. 그래서 포세이돈에게 '대지를 뒤흔드는 자'라는 별명도 붙었다. 누이 데메테르에게 욕정이 일었을 때는 그녀에게 잘 보이기 위해 말을 발명했다. 데메테르에 대한 열망이 식은 후에도 말은 그를 상징하는 신성한 동물로 남았다.

포세이돈은 지금의 에게해 아래에 산호와 진주로 거대한 궁을 지어놓고, 아내로 선택한 암피트리테와 그곳에서 함께 살았다. 암피트리테는 네레우스와 도리스 혹은 오케아노스와 테티스의 딸이었다. 포세이돈은 암피트리테에게 결혼 선물로 최초의 돌고래를 선사했다. 그녀가 낳은 아들 트리톤은 일종의 인어로, 꼬리를 깔고 앉아 볼에 바람을 잔뜩 넣고 큼직한 소라 껍데기를 불고 있는 모습으로 묘사된다. 사실 암피트리테는 이렇다 할 개성이 없었는지 그녀와 얽힌 흥미로운 이야기는 별로 없다. 포세이돈은 헤아릴 수 없이 많은 미소녀와 미소년들을 쫓아다니느라 정신이 없었고, 소녀들과 교합하여 수많은 괴물들, 반신반인들, 인간 영웅들(둘만 꼽자면 퍼시 잭슨*과 테세우스)의 아버지가 되었다.

로마에서 포세이돈에 해당하는 신은 넵투누스다. 그의 이름을 딴 거대 행성 해왕성은 탈라사, 트리톤, 나이아스,† 프로테우스‡ 등의 위성을 거느리고 있다.

# 데메테르

다음으로 신성한 의무를 할당받은 크로노스의 자식은 데메테르

---

* 미국 작가 릭 라이어딘의 소설 〈퍼시 잭슨과 올림포스의 신〉 시리즈의 주인공. 영화로도 만들어졌다.―옮긴이
† 바다의 님프인 네레이스나 오케아니스가 아니라 담수의 님프 나이아스의 이름을 사용한 것은 이상한 일이다. 아마도 천문학자들이 이 위성의 이름을 짓기 전에 고전학자의 자문을 구하지 않았나 보다.
‡ 변신에 능한 바다의 노인 프로테우스는 바다짐승들을 몰았고 바다짐승들에 관해 아는 것이 많았다. 그에게서 정보를 얻기란 쉬운 일이 아니었다. 그는 도마뱀에서 표범으로, 돌고래에서 겨울잠쥐로, 어떤 모습으로든 재빨리 둔갑해서 상대에게 좌절감을 안겼다. 미꾸라지처럼 요리조리 잘 빠져나가는 이런 능력에서 '프로티언(protean, 변화무쌍한)'이라는 단어가 나왔다.

였다. 농익은 밀의 빛깔을 띤 머리칼, 크림 같은 피부, 수레국화보다 더 푸른 눈. 그녀는 꿈에나 나올 법한 대단한 미녀였다. 그녀보다 더 아름다운 여신을 꼽자면……. 누가 제일 아름다운 여신인가 하는 문제는 가장 골치 아프고 난처하며 결국엔 온 세상을 뒤흔드는 무시무시한 난제가 된다.

아름다운 데메테르는 제우스와 포세이돈으로부터 원치 않은 관심을 받았다. 그녀가 포세이돈을 피하려고 암말로 변신하자 포세이돈은 수말로 둔갑해 그녀를 뒤쫓았다. 이 교합으로 태어난 망아지 아리온은 말하는 능력을 마법으로 부여받은 불멸의 말로 자랐다.* 그녀와 제우스 사이에서는 딸 페르세포네가 태어났고, 그녀의 이야기는 나중에 나온다.

제우스는 데메테르에게 수확을 비롯해 성장과 번식, 계절을 관장하게 했다. 그녀의 로마식 이름은 케레스Ceres이며, 여기에서 '시리얼cereal, 곡물'이라는 단어가 나왔다.†

헤스티아처럼 데메테르도 열정적이고 카리스마 넘치는 다른 가족에 비해 개성이 별로 뚜렷하게 떠오르지 않는다. 하지만 헤스티아와 마찬가지로, 데메테르가 주관한 영역은 그리스 사람들에게 매우 중요했다. 면면이 화려한 다른 신들보다 그녀를 모시는 사당과 추종 집단이 더 오랜 세월 살아남았다. 데메테르와 그녀의 딸, 하데스가 얽힌 위대한 이야기는 극적이고 심원하며 진실하고 아

---

* 나중에 등장할 음유시인 아리온과 헷갈리지 말기를.
† 데메테르는 De-meter라고 해서 '거의 어머니' 혹은 '곡식의 어머니'로 주로 번역되지만, 원래 '대지 어머니'를 의미했다는 설이 유력하다. 이는 제우스 세대의 신들이 가이아의 권력을 얼마나 철두철미하게 빼앗았는지를 보여준다.

름답기까지 하다.

# 헤라

헤라는 레아의 끝에서 두 번째 자식이었다.‡ '오만', '고압적 태도', '질투', '불손', '복수심' 같은 단어들이 아직도 꼬리표처럼 그녀를 따라다닌다. 그녀는 이런 말을 들으면 크게 화를 낼 것이다. 그뿐만 아니라 예술 작품에서나 일반적으로나 '조각상 같다', '루벤스풍'이다, (로마식 이름에 따라) '유노스럽다Junoesque' 등의 달갑지 않은 수식어들을 달고 다니는 수모까지 당하고 있다.

운명과 후세는 천상의 왕비에게 불친절했다. 아프로디테나 가이아와 달리 그녀를 기리며 이름을 딴 행성도 없으며,§ 그녀 스스로 어떤 활약을 펼치기보다는 제우스가 외도를 할 때마다 그에 따른 반응을 보이기만 한다는 평판에 시달리고 있다.

헤라를 따분한 폭군으로 치부해버리기는 쉽다. 웃음거리가 되는 악처처럼 질투심과 의심이 많고 고래고래 소리를 질러대며(사람들은 그녀가 무능한 신하들에게 도자기 장식품을 던지는 모습을 상상한다), 자기 비위를 거스르거나 자신의 제단에 충분한 동

---

‡ '레아(Rhea)'는 '헤라(Hera)'의 철자 순서를 다르게 조합하여 만들어진 이름이다. 적어도 난 그렇게 들었지만, 여기서 더 깊이 파고들지는 않겠다.

§ 가이아 역시 하나의 행성이라는 사실을 잊어서는 안 된다. 바로 우리의 고향 별이다. 라틴어로는 '텔루스(Tellus)' 혹은 '테라 마테르(Terra Mater)', 영어로는 '어스(Earth)'(독일의 여신 에르데, 에르다, 외트 혹은 우르트와 어원이 같다)다.

물을 바치지 않았거나 특히 제우스와 어울려 지내는 가장 치명적인 죄를 저지른(그들의 본의였든 아니었든 헤라는 그들을 절대 용서하지 않았고 평생 앙심을 품었다) 님프들과 인간에게 악랄한 복수를 했으니 말이다.

야심만만하고 속물적이고 위계질서를 보수적으로 지키며 독창성과 재능을 못 견딘 건 맞지만(그래서 문학 작품 속의 수많은 아주머니들과 영화 속 성미 고약한 귀부인들의 원형이 된다) 그렇다고 해서 헤라가 결코 따분한 신은 아니다.* 벼락 하나로 그녀를 산산조각 낼 수도 있을 신에게 강력하고 확고하게 맞설 만큼 용감하고 자신감 넘쳤다.

나는 헤라를 아주 좋아한다. 실제로 그녀 앞에 선다면 얼굴을 붉히며 어색하게 침을 꿀꺽 삼키고 말을 더듬겠지만 어쨌든 나는 그녀의 열렬한 팬이다. 그녀는 근엄함과 영향력, 그리고 로마인들이 아욱토리타스auctoritas, 권위라 부른 너무도 귀중한 선물을 신들에게 주었다. 그래서 그녀가 흥을 깨고 분위기를 망치는 것처럼 보인다면, 글쎄…… 가끔은 흥을 깨고 놀이터에서 아이들을 불러내야 할 때도 있는 법이다. 헤라는 결혼을 관장했고, 그녀를 상징하는 동물은 공작과 암소였다.

티탄족과 전쟁을 하는 동안 헤라와 제우스는 자연스럽게 부부가 되었다. 제우스가 보기에 자신의 배우자로서 새로운 신들을 낳

---

* 예를 들어 마리 드레슬러(캐나다계 미국 영화배우), 브랙널 부인(오스카 와일드의 희곡 「진지함의 중요성」에 등장하는 속물근성을 가진 부인), 애거사 이모(영국 태생의 미국 소설가 P. G. 우드하우스의 코믹 단편 '지브스 시리즈'에 등장하는 오만하고 고압적인 인물) 모두 계보를 거슬러 올라가면 헤라가 그 뿌리에 있다.

아주기에 모자람 없는 존재감과 위엄, 장악력을 지닌 존재는 헤라 밖에 없었다. 긴장과 조바심, 불신이 가득하긴 했지만 그들의 결혼은 위대한 결합이었다.


# 새로운 집

우주의 새로운 시대, 새로운 체제를 향한 제우스의 야심은 그저 형제자매들에게 권력과 담당 분야를 배분하는 것에 그치지 않았다. 제우스는 이전의 피비린내 나는 잔혹한 폭정보다 더 진보하고 더 합리적으로 구성된 세상을 머릿속에 그리고 있었다.

제우스는 열두 명의 주요 신으로 구성된 회의 도데카테온을 구상했다.† 지금까지 우리는 여섯 신(크로노스와 레아의 자식들)을 만났다. 그리고 이미 소환된 또 다른 신이 있다. 그들보다 나이가 많은, 거품에서 태어난 아프로디테다. 티타노마키아가 터지자마자 제우스는 키프로스섬에서 아프로디테를 데려왔다. 티탄족이 그녀를 납치하거나 몸값을 요구하거나 자기들 편으로 만들면 골치 아파지기 때문이었다. 이전 10년 동안 아프로디테는 그들 사이에서 아무런 불만 없이 살았고, 이렇게 해서 신들의 수는 일곱이

---

† 제우스가 이런 결정을 내린 걸 보면 12라는 숫자가 중요했던 모양이다. 12는 2, 3, 4, 6으로 나누어떨어지며, 그래서 진약수의 곱으로 나타낼 수 있는 조합의 수가 시시한 숫자 10의 두 배는 된다. 이스라엘 12지파, 예수의 12사도, 12일절(크리스마스로부터 12일째인 1월 6일), 아시아의 12간지뿐만 아니라 황도12궁, 하루의 시간, 1년의 개월 수, 인치(1피트의 12분의 1), 페니(어쨌든 내가 어렸을 땐 1실링이 12페니였다) 등에 12의 흔적이 여전히 남아 있다. 그야말로 12의 세상이다.

되었다.*

티탄족이 오트리스산을 집으로 삼았듯이 제우스는 그리스에서 가장 높은 올림포스산을 자신의 본부로 택했다. 제우스와 그의 신들은 올림포스 12신으로 불리면서, 그 전이나 후의 어떤 신성한 존재들과도 다른 방식으로 세상을 다스린다.

# 헤파이스토스

신들이 올림포스로 이사했을 때 헤라는 임신을 했다. 그녀는 그보다 더 흡족할 수 없다고 생각했다. 제우스와의 사이에 위풍당당하고 강하며 아름다운 아이들을 낳아 천상의 왕비 자리를 굳건히 다지겠다는 야심을 품은 그녀였다. 그녀는 제우스가 여기저기 추파를 던지고 다니는 걸 알았고, 눈 외에 다른 부위는 방랑하지 못하게 하리라 마음먹었다. 일단 헤파이스토스라는 이름을 미리 지어놓은 사내아이를 낳으면, 제우스가 그녀를 정식으로 아내로 맞아 영원히 그녀의 뜻에 복종하리라. 이것이 그녀의 계획이었다. 그러나 영원불멸한 존재들의 계획도 인간들의 계획과 마찬가지로 모로스의 잔인한 농간에 놀아날 수밖에 없는 법.

달이 차자 헤라는 출산을 했다. 경악스럽게도 가무잡잡하고 못생기고 몸집이 아주 작은 아이가 태어났고, 헤라는 한 번 힐끔 보

---

\* 따지고 보면 신들은 아프로디테의 조카들이었다. 그들은 크로노스의 자식들이었고, 아프로디테는 우라노스의 정액에서 곧장 태어났으니 말이다.

고는 역겨워하며 아기를 낚아채 산허리 밑으로 던져버렸다. 다른 신들은 아기가 울부짖으며 절벽에 한 번 튄 다음 바닷속으로 사라지는 모습을 지켜보았다. 그러고 나자 끔찍한 정적이 감돌았다.

헤파이스토스가 어떻게 됐는지는 곧 알게 될 테니, 당분간은 올림포스에 계속 머물러 있자. 제우스의 아이를 또 밴 헤라는 이번만큼은 임신과 출산에 관한 입증된 수칙과 관례를 지켜 건강에 좋은 음식을 먹고 적당한 운동도 규칙적으로 하면서 자기 몸을 지극정성으로 보살폈다. 던져버릴 쪼그만 녀석이 아니라 제대로 된 아들을 낳고 싶었으니까.


## 전쟁이야


때가 되자 헤라는 바라 마지않던 건강하고 튼튼하며 잘생긴 아이를 낳았다. 그녀가 아레스라는 이름을 붙여준 이 아들은 천성이 싸움을 좋아하고 난폭하며 공격적이었다. 아무에게나 싸움을 걸었고, 오로지 무력 충돌, 말, 전차, 창, 무술에만 관심이 있었다. 제우스는 처음부터 탐탁지 않았던 이 아들을 전쟁의 신 자리에 앉힐 수밖에 없었다.

아레스(로마명 마르스)는 물론 머리가 좋지 않았으며, 어처구니없을 정도로 아둔하고 상상력이 없었다. 모두가 알다시피, 전쟁은 어리석지 않은가. 그렇지만 제우스마저도 아레스가 올림포스에 꼭 필요한 존재임을 인정할 수밖에 없었다. 전쟁은 어리석은 짓이 분명하지만 불가피하고 가끔은 (감히 말하자면) 필수적이었다. 순식간에 어른으로 자란 아레스는 아프로디테에게 끌리는 마음을 억누를 수 없었다. 어느 신이 그러지 않았겠느냐만, 더 당황스러운 사실은 아프로디테 역시 아레스에게 끌렸다는 것이다. 아프로디테는 아레스를 사랑했다. 그의 폭력성과 강한 힘이 그녀의 깊숙한 곳을 건드렸다. 결국엔 아레스도 그녀를 사랑하게 되었다. 야수처럼 난폭한 자에게 가능한 감정의 크기만큼. 사랑과 전쟁, 베누스와 마르스는 항상 서로에게 강하게 끌렸다. 그 이유는 정확히 알 수 없지만, 답을 찾으려는 노력은 후대 사람들의 쏠쏠한 돈벌이가 되었다.

## 마법에 걸린 옥좌

헤라는 누구나 인정하는 천상의 왕비, 제우스의 배우자라는 지위를 굳건히 다지기 위해, 제우스와 자신을 영원히 부부 관계로 묶어줄 결혼식을 공식적으로 성대하게 열어야겠다고 생각했다.

헤라를 움직이는 가장 큰 힘은 명분과 야심이었다. 그녀는 자신의 아들이 아프로디테에게 빠지는 것이 기쁘면서도 아프로디테가 미덥지 않았다. 제우스와 자신처럼 아프로디테와 아레스도 모든 신들 앞에서 서약한 뒤 의무적이고 공식적인 부부 관계가 되면 안심할 수 있을 것 같았다. 이렇게 해서, 세계 최초의 결혼식은 두 쌍의 합동결혼식이 될 예정이었다.

날짜가 정해지고 초대장이 발송되었다. 선물들이 도착하기 시작했는데, 모두의 이목을 집중시킨 가장 호화로운 선물은 헤라 앞으로 온 멋진 황금 의자였다. 그토록 눈부시게 아름답고 화려한 물건은 세상에 나온 적이 없었다. 익명으로 이 선물을 보낸 이가 누구든 취향이 참으로 고상하다고 헤라는 생각했다. 그녀는 흡족하게 미소 지으며 옥좌에 앉았다. 그 순간 의자 팔걸이들이 살아 움직이며 안쪽으로 휘더니 그녀를 단단히 옥죄었다. 헤라가 아무리 몸부림을 쳐도 팔들은 그녀를 꽁꽁 붙잡고서 절대 놔주지 않았다. 그녀는 섬뜩한 비명을 내질렀다.

# 절뚝발이

하늘에서 내던져지고 나서 헤파이스토스에게 어떤 일이 있었는가에 대해서는 의혹과 논쟁, 억측이 난무한다. 어떤 이들은 오케아니스인 에우리노메와, 에우리노메의 어머니인 티타네스 테티스 아니면 수년 후 아킬레우스를 낳는 네레이스(바다의 신 네레우스와 도리스의 딸) 테티스가 그 갓난아기 신을 돌봐줬다고 말한다. 어쨌거나 헤파이스토스가 렘노스섬에서 자라면서 금속을 벼려 정묘하고 복잡한 물건들을 만드는 법을 배운 건 확실한 듯하다. 그는 유용하면서도 장식적이고 심지어는 마력까지 있는 물건들을 만들어내는 재주가 탁월했던 데다가 풀무질도 잘하고 대장간의 강한 열기에도 끄떡없어 최고의 대장장이가 되었다.

　하지만 올림피아의 산비탈에 튕기면서 발을 다치는 바람에 그는 영구적인 절뚝발이 신세가 되고 말았다. 어색한 걸음걸이, 약간 일그러진 이목구비, 어수선하게 헝클어진 검은 곱슬머리는 무서운 인상을 풍겼다. 하지만 훗날 그는 지조 있고 친절하며 유쾌하고 온화한 신이라는 평판을 누렸다. 그리스 신화에는 황야로 던져지거나 산꼭대기에 버려지는 아기들이 자주 등장한다. 부모나 부족, 도시에 재앙을 가져온다는 예언 때문에, 혹은 저주받았다거나 추하다거나 기형이라는 이유 때문에 버려지는 아기들이다. 그렇게 버려진 아이들은 항상 살아남았고 훗날 돌아와서는 예언을 실현하거나 타고난 권리를 되찾는다.

헤파이스토스는 당연히 자신의 집인 올림포스로 돌아가고 싶은 마음이 간절했지만, 반대 없이 정식으로 입성하려면 신중한 복수를 통해 자신의 강점과 신성함을 증명하고 천계에 명함을 내밀어야 한다는 걸 알고 있었다.

그래서 헤파이스토스는 대장장이 기술을 배우고 풀무질을 하면서, 날렵하고 재주 좋은 두 손으로 멋들어지게 실행할 복수 계획을 빠릿빠릿 잘 돌아가는 머리로 세웠다.


# 아프로디테의 손


황금 옥좌에 단단히 묶인 헤라는 분노하고 좌절하고 울부짖었다. 자신의 힘으로도, 심지어는 제우스의 힘으로도 저주를 풀 수 없었다. 차꼬에 매인 죄수 같은 꼴로 연회에 오는 신들을 어떻게 맞는단 말인가? 기괴하고 체통 떨어지는 짓이다. 보나 마나 비웃음을 살 것이다. 대체 무슨 마법일까? 누가 이런 짓을 했을까? 어떻게 하면 마법에서 풀려날 수 있을까?

그녀가 새된 소리로 퍼부어대는 질문과 불평의 폭격 앞에 속수무책인 불운한 제우스가 다른 신들에게 도움을 청했다. 누구든 헤라를 구해주면 결혼식에서 최고의 신붓감인 아프로디테의 손을 잡게 해주겠노라고 공포했다.

아레스는 이 독단적인 명령에 짜증난 기색을 확 드러냈다. '내가 아프로디테와 결혼하기로 한 거 아니었나?'

그러자 제우스가 말했다. "진정하거라. 넌 다른 신들을 전부 합친 것보다 더 강해. 그러니까 아프로디테와 아무 탈 없이 결혼할 수 있다."

아프로디테 역시 그렇게 확신했고, 격려의 말과 함께 연인을 황금 옥좌 앞으로 떠밀었다. 하지만 아레스가 아무리 당기고 밀고 발로 차고 욕을 해도 아무 소용이 없었다. 그가 힘을 쓰면 쓸수록 옥좌는 오히려 더 단단히 헤라를 죄는 것 같았다. 포세이돈도 (이미 암피트리테를 배우자로 두고 있지만) 호기롭게 나섰다가 역시 실패했다. 하데스마저 지하에서 올라와, 점점 더 곤욕스러워지고 있는 헤라를 풀어주려 애썼다. 그러나 모두 허사로 돌아갔다.

이번에는 제우스가 직접 나섰다. 수치심과 분노에 헤라가 또 퍼부어대기 시작한 욕을 견디며 그가 옥좌 팔걸이를 미친 듯이 그리고 부질없이 잡아당기고 있을 때 정중하면서도 고집스러운 헛기침 소리가 소란을 뚫고 들려왔다. 신들은 고개를 돌렸다. 천계의 홀에 헤파이스토스가 얼굴을 한쪽으로 기울인 채 점잖은 미소를 띠고 서 있었다.

그가 말했다. "안녕하세요, 어머니. 무슨 문제라도 있나요?"

"헤파이스토스!"

그는 절뚝거리며 앞으로 나왔다. "무슨 사례 같은 게 있다고 들었는데요……."

아프로디테는 바닥을 내려다보며 입술을 깨물었다. 아레스가 으르렁거리며 나서려는데 제우스가 그를 막았다. 다른 신들이 길을 터주자, 이 추하게 생긴 조그만 피조물이 헤라가 붙잡혀 있는 황금 옥좌를 향해 절뚝절뚝 다가갔다. 그가 손을 대자마자 황금 옥좌의 두 팔이 획 벌어지고 헤라가 풀려났다.* 헤라는 일어나 옷매무새를 바로잡은 뒤 아무 일도 없었다는 듯 허리를 꼿꼿이 폈다. 아프로디테의 뺨이 붉어졌다. 이럴 수는 없어!

달콤한 복수의 순간을 누린 셈이었지만 천성이 선한 헤파이스토스는 대놓고 고소한 표정을 짓지는 않았다. 그는 버림받은 고통에 평생 시달렸기 때문에, 아니 어쩌면 그래서 분노나 원한보다는 다른 신들에게 기쁨과 즐거움을 주고 도움이 되고픈 욕망이 앞섰을 것이다. 그는 자신이 추남이라는 걸 알았고, 아프로디테가 자신을 사랑하지 않는다는 것도 알았다. 그녀를 상으로 채간들 그녀는 그를 배신하고 동생인 아레스의 침대로 기어들 것이 뻔했다. 하지만 그렇다 해도 그는 집에 돌아온 것이 마냥 기뻤다.

헤라로 말할 것 같으면, 모성 본능을 잔인하고 비정상적인 방식으로 저버린 죗값을 치렀다고 인정하는 대신 체통을 지키며 싸늘한 침묵으로 일관했다. 그러나 내심으로는 첫아들이 자랑스러웠고, 시간이 지나면서 진심으로 그를 좋아하게 되었다. 올림포스의

---

* 우리가 앞으로 여러 번 마주치게 될 중요한 원칙을 여기서 볼 수 있다. 어떤 신이든 다른 신의 마법이나 변신, 저주를 깰 수 없다는 사실이다.

모든 이들이 그런 것처럼 말이다.

헤파이스토스는 아프로디테와 모든 신들에게 선물을 만들어주고 자신도 12신의 어엿한 일원임을 증명해 보였다. 제우스는 그가 전용 대장간으로 쓸 수 있도록 어느 산의 계곡을 통째로 내주었다. 그곳은 세계에서 가장 위대하고 가장 생산성 높은 작업장이 된다. 헤파이스토스는 최고의 장인들인 키클로페스를 조수로 택해, 미처 몰랐던 여러 기술들을 배웠다. 그들은 세상을 바꿔놓을 만한 경이로운 물건들을 헤파이스토스의 설계에 따라 합심하여 만들어냈다.

불, 대장장이, 수공업자, 조각가, 금속공의 신인 헤파이스토스가 집으로 돌아왔다. 그의 로마식 이름인 불카누스Vulcanus는 '볼케이노volcano, 화산'와 '벌커나이즈드 러버vulcanized rubber, 가황 고무'에 그 흔적이 남아 있다.†

# 결혼 피로연

아레스를 헤파이스토스로 급하게 수정한 새로운 청첩장이 곳곳에 보내졌다. 합동결혼식에 소환된 모든 이들은 신나고 기쁜 마음으로 초대를 받아들였다. 결혼식은 그전까지 없던 일이었지만, 그

---

† 〈스타 트렉〉의 외계 행성 벌컨(Vulcan)과 벌컨인들(스팍 중령이 가장 유명하다)은 불카누스와 아무 관계가 없다. 로마인들은 세공을 위해 금속을 부드럽게 만드는 능력 혹은 화산들의 분노를 잠재우는 능력을 인정하여 불카누스를 물키베르(Mulciber, 용광로)라 부르기도 했다.

건 명분과 질서, 의식, 가문의 체면을 중시하는 헤라 같은 신이 없었기 때문이다.

나무, 강, 미풍, 산, 바다의 님프들은 몇 주 내내 결혼식 얘기뿐이었다. 나무에 깃든 거친 드리아스들과 하마드리아스들뿐만 아니라 음탕한 목신牧神*들까지 숲의 온갖 정령이 사방의 수풀, 잡목숲, 덤불에서 올림포스로 향했다. 결혼식이라는 경사를 맞아 제우스는 몇몇 티탄을 사면해주기까지 했다. 아틀라스와 오래전 추방당한 크로노스는 당연히 제외되었다. 가장 덜 위협적이고 가장 덜 난폭한 이아페토스와 히페리온이 용서받고 자유를 얻었다.

안 그래도 다들 열광적으로 기대하는 잔치에 재미를 더하기 위해 제우스가 도전장을 던졌다. 가장 독창적인 최고의 피로연 요리를 만들어오는 자는 무슨 소원이든 말할 수 있다고. 하급 신들과 짐승들은 존재감을 빛낼 수 있는 기회가 생기자 흥분해서 야단법석을 떨었다. 생쥐, 개구리, 도마뱀, 곰, 비버, 새들은 제우스와 헤라에게 가져갈 요리들을 싹싹 긁어모았다. 케이크, 롤빵, 비스킷, 수프, 장어 껍질 테린, 이끼와 곰팡이로 만든 죽……. 달고, 짜고, 쓰고, 시큼하고, 향긋한 온갖 음식들이 작은 가대식 테이블에 놓여 신들의 왕과 왕비의 심사를 기다렸다.

하지만 결혼식이 먼저였다. 아프로디테와 헤파이스토스가 결혼하고, 이어서 헤라와 제우스가 결혼했다. 헤스티아는 네 신 각각에게 방향유를 발라주고 향내 나는 연기를 퍼뜨리며 동반자 관계, 예식, 상호 존중을 찬미하는 노래를 듣기 좋은 나지막한 목소리

---

* 남자의 얼굴과 몸에 염소 다리가 나고 뿔이 달린 숲의 신.─옮긴이

로 불러, 단순하면서도 아름다운 식을 거행했다. 많은 가족과 하객이 식을 지켜보다가 코를 훌쩍이고 눈을 깜박이며 눈물을 참았다. 한 목신이 꺼이꺼이 흐느껴 울면서 아프로디테와 헤파이스토스가 정말 잘 어울리는 한 쌍이라고 눈치 없는 소리를 하자 아레스는 눈을 부라리며 목신의 엉덩이를 잽싸게 퍽 걷어찼다.

공식적인 식이 끝나고 요리 경연 대회의 승자를 정할 시간이 왔다. 제우스와 헤라는 코를 벌름거려 냄새를 맡고, 톡톡 쳐보고, 찔러보고, 맛보고, 홀짝거리고, 핥으며 음식 전문가처럼 출품작들을 천천히 둘러봤다. 테이블 뒤에 선 대회 참가자들이 숨을 죽였다. 제우스가 히비스커스, 딱정벌레, 호두로 만든 탱글탱글한 젤리를 맛보고는 흡족한 듯 고개를 끄덕이자 그것을 만든 마르가레트라는 어린 왜가리는 흥분해서 새된 비명을 지르더니 기절해버렸다.

하지만 그녀의 음식이 당선되지는 않았다. 우승은 멜리사라는 숫기 없는 자그만 피조물의 소박해 보이는 출품작에게 돌아갔다. 그녀는 호박색의 찐득찐득한 음식을 거의 끝까지 채운 아주 작은 암포라†를 신들에게 바쳤다.

"아, 그래." 제우스는 잘 안다는 듯 만족스럽게 고개를 끄덕이며 손가락을 암포라에 살짝 담갔다. "송진이군."‡

하지만 그 작은 항아리에 든 것은 송진과는 완전히 달랐다. 새

---

† 고대 그리스나 로마 시대에 쓰던, 손잡이가 양쪽에 달리고 목이 좁은 큰 항아리.—옮긴이

‡ 그리스인들은 지금도 포도주에 송진을 첨가한 '레치나(retsina)'를 손님들에게 대접한다. 평소에 친절하고 손님 접대를 잘하는 사람들이 왜 그렇게 하는지는 아무도 모른다. 이 술은 송진이 들어간 만큼, 화가들이 유화 물감을 희석하기 위해 사용하는 테레빈유 같은 맛이 난다. 나는 마음에 든다.

로운 음식이었다. 연고도 아닌 것이 끈적끈적했고, 먹었을 때 더 부룩하지 않게 천천히 소화됐으며, 물리지 않게 달콤했고, 오감을 확 깨우는 풍미가 났다. 멜리사는 그것을 '꿀'이라 불렀다. 헤라는 그것을 한 숟가락 떠먹었을 때, 가장 아름다운 초원의 꽃들과 산의 향초들이 입안에서 춤을 추고 콧노래를 흥얼거리는 듯한 기분을 느꼈다. 제우스는 숟가락의 뒷면을 핥고 만족스러운 듯 "음" 하고 탄성을 뱉었다. 남편과 아내는 서로 힐끔 쳐다보며 고개를 끄덕였다. 더 이상 의논은 필요 없었다.

제우스가 말했다. "음, 수준이…… 아주…… 아주 높군. 다들 대단히 훌륭했다. 하지만 헤라 왕비와 나의 의견이 일치했으니, 이…… 아…… 꿀이 일등이다."

다른 피조물들은 실망감을 애써 감추고 즐거운 표정을 지으며 커다란 반원을 만들어 서서, 상을 받으러 휑하니 앞으로 나가는 멜리사를 지켜보았다. 신들의 왕이 소원을 하나 들어주기로 되어 있었다.

안 그래도 몸집이 작은 멜리사는 시상대로 다가가자 훨씬 더 작아 보였다. 그녀는 제우스의 얼굴에 최대한 가까이 날아가(몸통이 너무 불룩해 못 날 것처럼 보이지만 날 수 있다) 당차게 이런 말을 소곤거렸다.

"지엄하신 제왕이시여, 제 진미가 마음에 드셨다니 기쁩니다. 하지만 만들기가 이만저만 힘든 게 아니랍니다. 이 꽃에서 저 꽃으로 붕붕 날아다니면서 깊숙한 곳에 들어 있는 화밀을 모아야 해요. 아주 적은 양만 빨아들여서 옮길 수 있어요. 하루 종일, 아이테르 님이 빛을 주시는 동안 계속 홀짝이고 찾고 둥지로 돌아오고, 홀짝이고 찾고 둥지로 돌아와야 해요. 엄청난 거리를 여행해야 할 때가 많아요. 그 고생을 하고 나서도 고작 눈곱만 한 화밀만 얻는데, 그러고 나서 내 비법으로 처리해서 제우스 님이 그렇게 좋아해주신 당과로 만든답니다. 제우스 님이 들고 계신 그 작은 암포라를 채우는 데 4주 하고도 반이 걸렸으니, 이렇게 힘든 일이 또 없어요. 꿀의 향이 워낙 강하고 기막히게 좋고 거부할 수 없을 정도로 유혹적이다 보니 내 집을 쳐들어오는 자들이 한둘이 아니에요. 그자들한텐 식은 죽 먹기죠. 몸집 작은 내가 할 수 있는 거라곤 화를 내면서 윙윙거리고 나가라고 떠미는 것뿐이니까요. 생각해보세요, 족제비가 앞발을 한 번만 휘둘러도, 새끼 곰이 혀로 한 번 핥기만 해도 일주일을 꼬박 일한 게 그냥 날아가 버릴 수도 있다고요. 저한테 무기를 하나만 주십시오, 제우스 님. 음식은 하나도 안 만드는 전갈한테는 독침을 주시고, 하루 종일 일광욕만 즐기고 있는 뱀한테는 독액을 주셨죠. 제게도 그런 무기를 주세요, 위대한 제우스 님. 감히 제 소중한 꿀을 훔치려 드는 자는 누구든 죽일 수 있는 치명적인 무기를요."

제우스는 난처한 듯 어두운 표정으로 이맛살을 찌푸렸다. 하늘이 우르릉거리더니 먹구름이 몰려와 부풀어 오르기 시작했다. 빛이 어두워지고 물결 같은 바람이 일어 식탁보들이 펄럭거리고 여신들의 반짝이는 드레스가 헝클어지자 짐승들은 놀라서 안절부절못했다.

항상 바쁜 권력자들이 대부분 그렇듯 제우스는 푸념이나 우는 소리를 참지 못했다. 점을 찍어놓은 것처럼 쪼그만 이 어리석고 요망스러운 피조물이 독침을 갖고 싶다고 했겠다? 그렇다면 본때를 보여주는 수밖에.

제우스가 천둥 같은 목소리로 말했다. "가련한 곤충이여! 어찌 감히 그런 무시무시한 상을 요구하는가? 그대의 그런 재능은 욕심내 숨길 것이 아니라 다 함께 나누어야 하거늘. 나는 그대의 요구를 거부하겠노……."

멜리사는 불만스러운 듯 높고 날카로운 소리로 윙윙거리며 끼어들었다. "약속하셨잖아요!"

그 자리에 있던 모든 자들이 헉하고 숨을 몰아쉬었다. 어떻게 감히 제우스의 말을 끊고 그의 결정에 딴지를 건단 말인가?

"미안하지만 내가 공포한 것은……." 제우스는 싸늘한 자제력을 발휘하여 으르렁거리듯 말했다. 분노를 터뜨리는 것보다 이편이 훨씬 더 무서웠다. "승자가 어떤 소원이든 말할 수 있다는 거였지. 그 소원을 꼭 들어주겠다는 약속은 하지 않았다."

멜리사가 실망감에 날개를 축 늘어뜨렸다.*

"그러나." 제우스가 손을 들어 올리며 말했다. "이 순간부터는 그대 혼자 일해서는 안 된다는 명령을 내릴 테니, 꿀을 모으기가 더 쉬워질 것이다. 그대는 일벌 떼의 여왕이 되리라. 그뿐만 아니라 그대에게 치명적이고 고통스러운 침을 주겠노라."

멜리사의 날개가 기운차게 쫑긋 세워졌다.

"그러나." 제우스가 다시 말을 이었다. "그대가 쏘는 자는 날카로운 통증을 느끼게 되겠지만, 죽음에 이르는 건 그대와 그대의

---

* 물론 제우스가 서약을 가지고 장난치거나 약속 이행을 회피하는 모습은 앞으로도 여러 번 목격하게 될 것이다.

종족이 되리라. 그러할지어다."

천둥이 또 한 번 우르릉 치더니 하늘이 개기 시작했다. 그 순간 멜리사는 자기 안에서 일어나는 낯선 움직임을 느꼈다. 밑을 내려 다봤더니 창처럼 기다랗고 가늘고 날카롭게 생긴 것이 그녀의 배 끝에서 밖으로 튀어나오고 있었다. 바늘처럼 뾰족하지만 표면에 위험하고 무서운 가시가 잔뜩 난 침이었다. 몸을 크게 한 번 부르르 떨고 마지막으로 한 번 윙윙 울부짖은 뒤 그녀는 날아가 버렸다.

멜리사는 지금도 그리스어로 꿀벌을 의미하며, 그 침이 최종 자살 무기인 것은 사실이다. 누군가를 침으로 찌르면 그의 피부에 가시가 걸리기 때문에, 거기서 빠져나가려고 하면 내장까지 밖으로 튀어나와 버리는 것이다. 훨씬 더 쓸모없고 게으른 말벌은 침에 그런 가시가 없어서 아무런 위험 없이 원하는 만큼 몇 번이고 침을 쏠 수 있다. 그런 말벌들이 짜증스럽기는 해도 어쨌든 그들은 신들에게 이기적이고 오만한 요구를 하지는 않았다.

또한 과학적으로 꿀벌은 히메노프테라 목†에 속하는데, 이는 그리스어로 '결혼한 날개들'이라는 뜻이다.†


## 신들의 음식

기가 막히게 맛있는 꿀을 선사한 멜리사에게 제우스가 그런 가혹

---

† 벌들의 앞날개와 뒷날개는 갈고리 모양의 작은 돌기를 통해 서로 이어져 있다.—옮긴이

한 벌을 내린 것은 욱하는 성질과 조급한 성격 때문만은 아니었을 것이다. 어쩌면 정략적인 선택이었을지도 모른다. 그곳에 모여 그 순간을 지켜보던 모든 영원불멸한 존재들은 신들의 왕이 한번 앙심을 품으면 소름 끼치게 무자비해진다는 교훈을 얻었다.

이제 결혼 피로연장에는 아까 잔뜩 몰려왔던 먹구름만큼이나 어둡고 으스스한 정적이 드리워졌다. 제우스는 꿀단지를 머리 위로 높이 쳐들었다.

"나의 왕비, 나의 사랑하는 아내를 위해 이 암포라에 축복을 내린다. 이것은 절대 비워지지 않을 것이다. 영원토록 우리에게 꿀을 내어줄 것이니. 이 꿀을 맛보는 자는 누구든 늙지도, 죽지도 않으리라. 이것은 신들의 음식이 될 것이며, 여기에 과일즙을 섞으면 신들의 음료가 될 것이다."

엄청난 환호성이 터지고 비둘기들이 하늘 높이 날아올랐으며 구름과 정적이 물러갔다. 무사인 칼리오페, 에우테르페와 테르프시코레가 앞으로 나가 손뼉을 쳤다. 그러자 음악이 흐르고 찬미의 노래가 울려 퍼지면서 춤이 시작되었다. 황홀경 속에 많은 접시들이 깨졌다. 접시를 깨트리는 전통은 지금까지도 그리스인들이 모여서 먹고 축하하고 관광객들의 돈을 벌어들이는 곳이면 어디서든 이어지고 있다.

'영원불멸하는'을 뜻하는 그리스어는 '암브로토스ambrotos'이고 '영원불멸' 자체는 '암브로시아ambrosia'로, 이 단어는 특별한 축복을 받은 꿀의 이름이 되었다. 그것을 발효시킨 일종의 벌꿀술은 꽃들이 품고 있는 달콤한 선물(화밀)의 이름을 따 넥타르nectar라 불렀다.

# 나쁜 남자 제우스

한 친절한 나이아스가 고블릿에 넘치도록 그득 따라주는 넥타르처럼 헤라의 행복도 흘러넘치고 있었다. 그녀의 장남이 멋진 결혼을 했고, 남편 제우스는 세상의 모든 이들 앞에서 그녀에게 정절과 신의를 지키겠노라고 서약했다.

그녀는 탐욕스러운 남편이 코스섬*에서 온 가장 아름다운 님프 레토의 춤을 욕정 어린 눈으로 지켜보고 있음을 전혀 눈치채지 못했다. 레토는 얼마 전 고맙게도 제우스 덕에 사면되어 축하연에 참석한 티탄인 포이베와 코이오스의 딸이었다.

제우스의 귓가에 어떤 목소리가 소곤거렸다. "제 사촌 레토의 목숨을 구해줬으니 당연히 그녀와 동침해야 한다고 생각하고 계시는군요."

제우스는 고개를 들어, 그 누구도 따라올 수 없는 기지와 간사한 꾀, 통찰력을 가진 오케아니스이자 그의 가정교사인 메티스의 현명하고 장난기 어린 눈을 들여다보았다. 그가 여전히 사랑하고, 분명 아직도 그를 사랑하는 메티스. 이미 넥타르와 암브로시아로 따뜻하게 데워진 제우스의 피는 춤과 음악으로 한층 더 뜨거워져 있었다.† 예전부터 그와 메티스 사이에 튀고 있던 불꽃이 거대한

---

* 코스섬은 시저 샐러드에 들어가는 로메인 상추의 원산지이며, 그래서 로메인 상추는 코스 상추라고도 불린다.
† 사실 신들의 혈관에는 피가 아니라 '이코르'라는 아름다운 은빛이 도는 황금 영액이 흘렀다. 그 액은 역설적인 특성을 지녔다. 영생을 주는 암브로시아와 넥타르의 성

불길로 타오르려 하고 있었다.

메티스가 이걸 알아채고 한 손을 들어 올렸다. "안 돼요, 제우스님, 절대 안 돼요. 나는 그대에게 어머니나 마찬가지였어요. 게다가 지금은 그대의 결혼식이잖아요. 체통은 어디 갖다 버렸나요?"

체통이야말로 제우스가 모조리 갖다 버린 것이었다. 그는 테이블 밑으로 메티스를 건드렸다. 그녀는 깜짝 놀라 자리를 떴다. 제우스는 일어나 그녀를 뒤따라갔다. 그녀는 얼른 모퉁이를 돌아 잽싸게 산허리를 달려 내려갔다.

제우스는 뒤쫓아 달려가며, 처음엔 황소로, 그다음엔 곰으로, 사자로, 독수리로 변신했다. 메티스는 어느 동굴 깊숙이 들어가 돌무더기 뒤에 몸을 숨겼지만, 제우스는 뱀으로 변신해 돌 사이로 스르르 미끄러져 가 그녀를 똘똘 휘감았다.

예전부터 제우스를 사랑했던 메티스는 그의 고집에 결심이 꺾이고 마음이 움직여 결국엔 허락하고 말았다. 하지만 그녀와 동침하면서도 제우스는 뭔가가 찜찜했다. 포이베에게서 들었던 예언 때문이었다. 메티스의 아이가 자라서 아버지를 이길 거라는 예언.

일을 치른 뒤 그들은 장난스럽게 정담을 나누던 중 변신, 그리스어로는 '메타모르포세스metamorphoses'에 관해 이야기했다. 제우스가 메티스를 뒤쫓으면서 했던 것처럼 신이나 티탄족이 남들이나 스스로를 짐승이나 식물, 심지어는 딱딱한 물체로 둔갑시킬 수 있는 원리에 대해. 메티스는 제우스의 변신술을 칭찬했다.

제우스가 자기만족에 빠져 말했다. "그래요. 나는 황소, 곰, 사

───────

분이 들어 있지만, 인간에게는 치명적이고 즉각적인 독이었다.

자, 독수리로 변신해 그대를 쫓았지만, 그대를 붙잡은 건 뱀이었소. 그대는 교활하고 간교하기로 유명하지, 메티스, 하지만 내가 그대보다 한 수 위였어. 인정하시오."

"오, 난 분명히 그대를 이길 수 있었어요. 내가 파리로 변신했다면 제우스 님도 날 못 잡았을걸요?"

제우스는 웃었다. "과연 그럴까? 뭘 모르시는군."

"자, 그럼. 날 잡아봐요!" 메티스가 그를 놀렸다. 윙윙, 붕 하는 소리와 함께 그녀는 파리가 되어 동굴 안을 여기저기 날아다녔다. 그러자 제우스는 눈 깜짝할 사이에 도마뱀으로 둔갑해서는, 길쭉하고 끈적끈적한 혀를 잽싸게 놀려 메티스를 (어쩌면 그때 그녀의 자궁 속에서 생겨나고 있을지 모를 아이와 함께) 단번에 쏙 삼켜버렸다. 자기를 이길 거라고 예언된 자는 누구든 먹어치워 버린 아버지 크로노스의 고약한 버릇을 제우스도 물려받은 것일까. 교활하다는 메티스보다 자기가 훨씬 더 똑똑하다고 자화자찬하며 제우스가 본모습으로 올림포스로 돌아갔을 때는 음악과 춤이 한창 무르익어 있었고, 그의 아내는 아무것도 눈치채지 못한 것 같았다.


# 모든 편두통의 어머니

신들의 왕은 두통을 앓고 있었다. 결혼 피로연으로 인한 숙취 때문도, 우두머리로서 떠안고 해결해야 할 골치 아픈 문제들 때문도 아니었다. 그저 머리가 몹시 아팠다. 그것도 어마어마하게. 날이 갈수록 통증이 점점 더 심해지더니 급기야 역사를 통틀어 가장 날카롭고 눈앞이 캄캄해지고 지끈거리고 불타는 듯한 극도의 고통이 찾아왔다. 신들은 죽음이나 노화처럼 유한한 존재들이 두려워하는 문제들에서는 자유로울지 몰라도, 고통까지 피하지는 못했다.

제우스의 포효와 울부짖음과 비명이 그리스 본토의 모든 계곡과 협곡, 동굴에 울려 퍼졌다. 섬들의 모든 석굴과 절벽, 작은 만에도 그 소리가 울려대자 온 세상은 헤카톤케이레스가 타르타로스에서 올라와 티타노마키아가 또다시 시작된 건 아닐까 궁금해했다.

제우스의 형제자매를 비롯한 가족들이 해변에서 그를 둘러싸고 걱정스럽게 지켜보았다. 제우스는 자신의 조카이자 포세이돈의 장남인 트리톤에게 자기를 바닷물에 빠뜨려달라고 애원하고 있었다. 트리톤이 거절하자 신들은 저마다 다른 해결책을 찾아 머리를 쥐어짰고, 그러는 사이 제우스는 고통 속에 발을 쿵쿵 구르고 소리를 지르며 박살이라도 내려는 듯 두 손으로 머리를 꽉 쥐었다.

그때 제우스가 아끼는 젊은 티탄 프로메테우스가 헤파이스토스에게 한 가지 묘안을 속삭였고, 헤파이스토스는 열심히 고개를 끄덕인 뒤 불편한 다리를 최대한 빨리 놀려 자신의 대장간으로 절뚝거리며 돌아갔다.

제우스의 머릿속에서는 꽤 흥미진진한 일이 벌어지고 있었다. 교활한 메티스가 그의 두개골 속에서 쇠를 제련하고 불을 피우고 망치질을 하며 갑옷과 무기들을 열심히 만들고 있었으니 그가 미치도록 아픈 것도 놀라운 일이 아니었다. 신들이 먹는 다양하고 건강에 좋으며 영양을 고루 갖춘 음식에는 철과 기타 금속, 광물, 희토, 미량원소가 풍부했기 때문에 메티스는 제우스의 피와 뼈에서 필요한 재료와 광석, 화합물을 전부 다 찾을 수 있었다.

메티스의 초보적이지만 효율적인 금속 세공을 알았다면 분명 마음에 들어 했을 헤파이스토스가 미노스 양식의 거대한 양날 도끼를 짊어지고 혼잡한 해변으로 돌아왔다.

프로메테우스는 제우스에게 고통을 줄이려면 관자놀이에서 손을 떼고 무릎을 꿇은 채 믿음을 가지라며, 그 수밖에 없다고 설득했다. 제우스는 자신이 신들의 왕이라 기도드릴 더 높은 존재가 없다고 툴툴거리면서도 순순히 무릎을 꿇고 앉아 운명을 기다렸다. 헤파이스토스는 자신만만하고 유쾌하게 손에다 침을 탁 뱉고는 두툼한 나무 자루를 쥐고, 숨죽인 관중 앞에서 제우스의 두개골 정중앙을 도끼로 한 번 획 내리쳐 머리를 깔끔하게 둘로 쪼갰다.

모두가 아득한 공포에 휩싸여 지켜보는 가운데 무시무시한 정적이 흘렀다. 아득한 공포는 엄청난 불신으로, 엄청난 불신은 당혹스러운 놀라움으로 변했다. 제우스의 열린 머리에서 창의 뾰족한 끝이 솟아오르고 있었다. 뒤이어 황갈색 투구의 꼭대기에 달린 깃털이 나왔다. 완전무장을 한 어떤 여성의 형체가 서서히 올라오자 구경꾼들은 숨을 죽였다. 제우스는 고통, 안도, 항복, 순수한 경외심, 이 중 무엇 때문인지 몰라도 고개를 숙였고, 그렇게 숙인 머리가 마치 자신을 위해 내려진 진입로나 트랩인 양 그 찬연한 존재는 차분히 모래밭에 발을 딛고 돌아서서 제우스를 바라보았다.

철갑 갑옷, 방패, 창, 깃털 장식을 단 투구로 무장한 채 아버지를 지그시 바라보는 그녀의 눈은 누구도 견줄 수 없는 멋진 회색을 띠고 있었다. 그 회색은 무엇보다 한 가지 자질을 발산하는 것처럼 보였다. 무한한 지혜.

해안을 따라 늘어선 소나무 가운데 한 그루에서 올빼미 한 마리가 날아와 전사의 빛나는 어깨에 내려앉았다. 모래언덕에서 에메랄드와 자수정 빛을 띤 뱀 한 마리가 스르륵 기어오더니 그녀의 발 옆에 똬리를 틀었다.

조금은 듣기 거북한 후루룩하는 소리와 함께 제우스의 머리에 난 상처가 아물면서 저절로 치료되었다.

그 자리에 있던 모든 이들은 이 새로운 신이 모든 불멸의 존재들을 능가하는 힘과 개성을 타고났음을 한눈에 알아보았다. 새로이 등장한 이 존재가 자신의 결혼식과 아주 가까운 날 벌어진 간통의 결과물일 수밖에 없음을 깨달은 헤라마저도 무릎을 꿇어야 할 것 같은 기분이 들 정도였다.

제우스는 자신에게 크나큰 고통을 주었던 딸을 가만히 바라보며 따뜻한 미소를 지었다. 그리고 머릿속에 떠오르는 이름을 말했다.

"아테나여!"

"아버지!" 그녀는 점잖은 미소와 함께 답했다.

# 아테나

아테나가 구현한 자질들은 그녀의 이름을 지닌 위대한 도시, 아테네의 최고 미덕과 업적이 된다. 지혜와 통찰력은 어머니 메티스에게 물려받았다. 손재주와 전쟁 기술, 정치 수완은 그녀만의 강점이었다. 법과 정의 역시. 또 아테나는 아프로디테만의 영역이었던 사랑과 아름다움에도 한몫 끼었다. 아프로디테가 관장하는 아름다움이 육체적이고 명백하며 어쩌면 피상적이었다면, 아테나의 아름다움은 예술, 묘사, 사상, 개성에 담긴 이상적인 미를 이해하는 미학으로 표현되었다. 아테나가 상징하는 덜 격정적이고 덜 육체적인 사랑은 훗날 '플라토닉 러브platonic love'로 알려진다. 아테네 사람들은 그 당시 존재한 신들 가운데 자신들의 수호신인 아테나를 가장 소중히 여겼고, 그래서 아테나의 이런 자질들도 귀하게 생각했다. '그 당시 존재한'이라고 말하는 이유는 아직 태어나지 않은 두 명의 또 다른 올림포스 신도 아테네인과 그리스인의 정체성을 정의하는 데 중요한 역할을 하기 때문이다.

훗날 아테나와 포세이돈은 고대 도시 케크로피아를 전담하는 수호신 자격을 두고 경쟁을 벌인다. 포세이돈은 그들이 서 있던 높은 바위를 삼지창으로 내리쳐, 바닷물이 솟는 샘을 만들었다. 인상적인 묘기였지만 짠맛의 샘물은 아름다운 공공 분수라는 것 외에는 별 쓸모가 없었다. 아테나는 최초의 올리브 나무라는 소소한 선물을 시민들에게 주었다. 지혜로운 케크로피아 시민들은 그 나무에서 얻을 수 있는 과일과 기름, 목재 등의 많은 혜택을 알아보고는 아테나를 그들의 주신이자 수호신으로 선택하고, 그녀에게 경의를 표하는 뜻에서 도시의 이름을 아테나로 바꾸었다.*

로마인도 미네르바라는 이름으로 그녀를 숭배하긴 했지만, 그리스인만큼 그녀에게 각별한 감정을 느끼지는 않았다. 아테나는 신중한 지혜의 기품을 풍기는 올빼미와, 아버지가 어머니를 쟁취할 때 변신했던 동물인 뱀을 총애했다. 부드럽고 여기저기 써먹을 데가 많은 과일을 선사해 그리스인에게 크나큰 축복이 되어준 올리브 나무는 아테나에게도 신성한 존재였다.†

온화해 보이는 아테나의 회색 눈 뒤에는 육체의 힘에 강인한 기질과 강인한 정신이 더해진 새로운 종류의 이상이 숨어 있었다. 아테나의 분노를 사는 건 멍청한 짓이었다. 더욱이 아테나를 거스르는 건 곧 제우스의 뜻을 거스르는 것이었다. 제우스는 자신이 보기에 어떤 잘못도 절대 저지를 리 없는 딸인 아테나를 애지중지했다. 그가 가장 탐탁지 않게 여겼던 자식인 아레스는 새 이복동생과 흥미로운 대조를 이뤘다. 둘 모두 전쟁을 주관하는 신이었지

---

* 해양력과 그로 인해 가능했던 무역이 아테네를 구원해주었다(살라미스 해전에서 아테네는 페르시아에 깜짝 놀랄 승리를 거두었다). 하지만 올리브 재배와 아테나의 영역이었던 수공예, 예술, 기술이 훨씬 더 중요했던 건 틀림없는 사실이다.

† 갑옷뿐만 아니라 아이기스(aegis)라는 방패도 아테나와 항상 함께 등장한다. 아이기스가 정확히 어떻게 생겼는지에 관해서는 의견이 분분하다. 짐승 가죽(원래는 염소였다. '아이가'는 그리스어로 염소를 뜻한다)으로 묘사될 때도 있지만, 후에 조각품이나 도자기 작품에 사자나 표범의 모피로 그려지기도 한다. 제우스의 아이기스는 염소 가죽으로 감싸고 고르곤의 얼굴이 달려 있는 방패였다고 전해진다. 인간 왕들과 황제들은 반신(半神)의 지위를 은연중에 드러내고 싶어 통치권의 상징으로 어깨에 아이기스를 걸치기도 했다. 오늘날 아이기스라는 단어는 리더십이나 권위를 상징해, 예컨대 어떤 사람이나 원칙 혹은 제도의 '아이기스 아래' 행동하고 선언한다고들 한다.

만, 아테나는 계획, 전술·전략 짜기, 지능적인 병법에 관심이 있었던 반면 아레스는 전투와 교전 등 모든 형태의 싸움을 관장했다. 그의 머릿속에는 오로지 폭력, 완력, 공격, 정복, 강압뿐이었다. 안타깝지만, 양쪽이 연합해야 최강의 전력이 나온다는 사실을 인정할 수밖에 없다.

팔라스Pallas라는 명칭이 종종 붙기도 했던 아테나는 팔라스 아테나로 자신의 도시 아테네를 지켰다. 이런 수호의 상징물을 팔라디온palladion이라 했는데, 이 단어는 결국 극장과 원소(팔라듐)의 이름이 되었다. 원래 팔라스는 바다의 신 트리톤의 딸로, 아테나의 어린 시절 절친한 친구였다. 그들은 장난 반, 진심 반으로 전쟁놀이를 함께 하곤 했다. 그러던 어느 날, 게임에서 팔라스가 이기고 있을 때 (아끼는 딸을 항상 지켜보며 보호해주고 있던) 제우스가 끼어들어 벼락을 날렸고 팔라스는 거기에 맞아 까무러쳤다. 아테나는 그만 흥분해서 최후의 일격을 날려 친구를 죽이고 말았다. 그 후로 쭉 아테나는 사그라지지 않을 애정과 후회의 비통한 징표로 팔라스의 이름을 품었다.

데메테르와 마찬가지로 아테나 역시 처녀성을 지켰다.‡ 자녀 없는 독신의 삶과 팔라스와의 어릴 적 관계 때문에 아테나를 여성 동성애의 상징으로 삼아야 한다고 주장하는 사람들도 있다.

---

‡ 그리스어로 처녀를 뜻하는 '파르테노스'도 그녀의 이름에 자주 붙었다. 그래서 아크로폴리스에 있는 아테나의 신전도 '파르테논'이라 불린다.

# 제우스 속의 메티스

아테나의 어머니 메티스가 제우스에게 속아 파리로 둔갑했다가 도마뱀 혀에 잡아먹힌 건 그녀답지 않은 어리석은 짓이었다. 아니, 그래 보였다.

그러나 사실 메티스는 속은 것이 전혀 아니었다. 속인 쪽은 오히려 그녀였다. '메티스'라는 이름 자체가 '간사함'과 '교활함'을 의미하지 않는가. 그녀는 다분히 고의로 제우스에게 먹혔다. 아니, 그가 자기를 잡아먹도록 꾄 것이다. 메티스는 자신의 자유를 희생하고 계속 제우스의 안에 남으면, 현명한 고문, 말하자면 마피아 두목의 법률 고문 같은 역할을 맡아 그에게 계속 조언을 속삭여줄 수 있으리라 생각했다. 제우스가 달갑게 여기든 말든.

권력자에게 바른말을 고하는 자들은 보통 쇠고랑을 차거나 요절하지만, 메티스가 제우스의 머릿속에서 속삭이는 말은 아무도 막을 수가 없었다. 그녀는 벼락의 신이 종종 경솔하게 도를 넘고 성급한 격정에 빠질 때 신중하게 저지했다. 제우스는 불같은 성질, 욕정, 질투를 차분한 목소리로 가라앉히고, 본능을 좀 더 이성적이고 현명한 방향으로 돌려줄 필요가 있었다.

메티스가 의무감과 책임감 때문에 자유를 희생했는지, 아니면 처음부터 흠모했던 제우스에 대한 사랑 때문에 그랬는지는 단정 지어 말할 수 없다. 내 생각에는 두 가지가 뒤섞인 결정이었던 것 같다. 그리스인이라면, 섬기고 사랑하는 것이 그녀의 '모이라moira, 숙명'였다고 말할 것이다.

카리스마,* 용기, 타고난 꾀, 정의·공정함·올바름을 이해하는 (일반적으로는) 뛰어난 감각 같은 긍정적인 기질도 갖고 있던 제우스는 메티스의 기민한 지도까지 받으면서, 제우스는 아버지 크로노스와 할아버지 우라노스보다 훨씬 뛰어난 위대한 지배자로 일어설 수 있었다. 사실 메티스는 제우스의 일부나 마찬가지였기 때문에 호메로스는 가끔 제우스를 '메티에타Metieta', 즉 '현명한 조언자'로 칭하기도 했다.

## 안식처를 찾아

메티스가 제우스의 한쪽 귀에다 지혜의 말을 속삭이는 동안, 그의 다른 쪽 귀에는 격정을 뜨겁게 부추기는 소리가 계속 맴돌았다. 아름다운 여인들이나 가끔은 미소년들과 마주치면 그는 무슨 수를 써서라도 세상 끝까지 그들을 쫓아갔다. 그 과정에서 이런저런 짐승으로 변신하는 수고까지 감수했다. 그가 욕정에 한번 휩싸였다 하면, 속삭임이 거센 폭풍을 잠재울 수 없듯이 메티스도 속수무책이었다. 나비의 날갯짓이 배를 항로에서 이탈시킬 수 없듯이 헤라가 아무리 질투에 미쳐 악을 써도 소용이 없었다.

　앞서 얘기했듯 제우스는 티탄족인 포이베와 코이오스의 새침데기 딸 레토에게 이미 눈독을 들인 적이 있었다. '새침데기'라는 말

---

* 물리도록 많이 보는 단어지만 여기서는 사용해도 괜찮지 않을까 싶다. 그리스어인 데다 아테나를 삼미신의 은총에 흠뻑 젖은 모습으로 상상할 수 있으니 말이다.

을 들으면 여성들은 짜증스럽겠지만(남성을 새침하다고 표현하는 경우는 거의 없다), 레토는 '새침demure'이라는 단어가 연상시키는 정숙한 품위를 대변하는 하급 신이 된다.* 그래도 제우스는 지체 없이 그녀를 뒤쫓아 가 그녀와 동침했다.

별로 눈에 띄지 않는 티탄이었던 레토(로마명은 라토나)는 훗날 겸손함의 화신이자 모성의 신으로 숭배받는다. 이는 아마도 제우스와의 관계가 끝나자마자 임신 때문에 겪은 수많은 역경을 용감하게 이겨낸 그녀에게 사람들이 경의를 표하는 의미였을 것이다. 헤라는 남편이 레토를 임신시켰다는 사실을 알고는 할머니인 가이아에게 레토가 출산할 땅을 절대 내주지 말라고 명했다. 태생이 천한 아테나가 그녀의 고귀하고 사랑스러운 두 아들 헤파이스토스와 아레스(첫째 자식에게 갑작스레 모성애가 불타올랐는지 하늘에서 그를 던져버렸던 일은 새까맣게 잊은 모양이었다)를 제치고 제우스의 총애를 받고 있어서 안 그래도 열불이 나던 참이었다. 또 다른 사생아 소신小神†이 끼어들어 올림포스의 올바른 위계질서를 휘젓도록 내버려 둘 수는 없었다. 헤라는 로마 황제 아우구스투스의 아내 리비아 혹은 몇몇 영국 왕들과 마피아 두목들의 아내들을 떠올리게 하는 면모가 많다. 날이면 날마다 왕국을 걱정하고, 체통과 가문과 혈통과 유산을 위한 일이라면 무조건 두 팔

---

* 사전을 찾아봤더니 '겸손하고, 순하고, 온화하고, 내성적이고, 소극적이고, 조용하고, 소심하고, 숫기 없고, 우유부단하고, 과묵하고, 겁 많음. 단정하고, 점잖고, 고상하고, 기품 있고, 착실하고, 예의 바르고, 절개 있고, 순결하고, 순수하고, 정숙함. 차분하고, 진지하고, 성실하고, 깐깐하고, 착한 척하고, 예의범절을 엄격히 따짐.'이라고 나와 있었다. 이런 평가를 듣고 기뻐 날뛸 여성은 거의 없을 것이다.
† 힘과 권위가 미치는 범위가 지역적으로 제한된 신.—옮긴이

을 걷어붙인다.

땅에 발 딛는 걸 거부당한 가여운 어린 임신부 레토는 아기 낳을 곳을 찾아 바다를 항해했다. 그녀는 북풍 너머‡에 사는 히페르보레이오족에게 의지해보려 했지만, 헤라의 분노를 살까 두려운 그들은 그녀를 받아주지 않았다. 레토는 망연자실해서 바다를 떠돌아다니며, 애초에 그녀를 이런 지독한 곤경에 빠뜨린 제우스에게 기도의 말을 토해냈다. 하지만 신들의 왕인 그는 다른 신들이 각자의 영역을 통치하고 자신의 의지를 행사할 수 있는 권리를 수용하고 승인해줌으로써 권위를 지켜나가고 있었다. 따라서 헤라의 명령을 방해하고 철회하거나 그녀의 무시무시한 마법을 깰 수 없었다. 지도자들, 왕들, 황제들은 국민에게서 가장 자유롭지 못하다고 늘 불평하는데, 완전히 틀린 말은 아니다. 제우스만 봐도, 그 어마어마한 힘과 권력을 갖고도 항상 합의와 연대 책임이라는 내각 원칙에 묶여 있었다.

이제 제우스가 레토에게 해줄 수 있는 최선의 일은 형제인 포세이돈을 설득해 파도를 높여서 그녀가 탄 배를 델로스섬으로 보내는 것이었다. 델로스는 키클라데스 제도의 소용돌이 속에 이리저리 떠다니는 작은 무인도라 해저에 고정되어 있지 않아 헤라의 저주가 통하지 않았다.

---

‡ 오늘날의 트라키아로 그리스, 불가리아, 터키와 접해 있다.

# 쌍둥이!

둥둥 떠다니는 델로스섬이 레토를 따뜻이 맞아주자 그녀는 마지막 남은 힘을 짜내 모래언덕을 간신히 넘어, 해안에 제멋대로 늘어서 있는 소나무들 밑에 녹초가 된 몸을 뉘었다. 잠시 후 그녀는 섬에 있는 몇 안 되는 잣과 풀로는 그녀의 몸 안에서 발길질을 하고 있는 생명체를 제대로 먹일 수가 없다는 생각에 멀리 보이는 초록빛 계곡으로 향했다. 그곳, 킨토스산 아래에서 과일과 씨앗으로 한 달 동안 근근이 연명하며 들짐승처럼 살았지만, 헤라의 저주는 피할 수 있었다. 그동안 배가 너무 크게 부풀어 오르자 그녀는 자신이 괴물이나 거인을 밴 건 아닌가 걱정했다. 그래도 그녀는 먹을 것을 찾아다니고 먹고 쉬고, 먹을 것을 찾아다니고 먹고 쉬었다.

어느 날 극심한 배고픔 대신 무언가가 배를 날카롭게 찔러대는 듯한, 이전에 느껴보지 못한 통증이 찾아왔다. 마침내 레토는 누구의 도움도 받지 않고 혼자 이 세상에서 가장 사랑스러운 여자아이를 낳았다.* 레토는 숨찬 목소리로 '아르테미스'라는 이름을 말했다. 놀라운 은빛 민첩함과 유연한 힘을 타고난 강인한 여자아기는 태어난 첫날부터 곧장 기적적인 일을 해냈다. 레토는 임신이 왜 그리도 힘들고, 배가 왜 그리도 무거웠는지 그제야 깨달았

---

\* 아름다움으로 그녀와 견줄 만한 아프로디테와 아테나는 엄격히 말해 '태어난' 것이 아니니, 이렇게 주장해도 무방할 것이다.

다. 그녀의 배 속에 아이가 또 한 명 있었고, 이 후둥이가 옆으로 누워 있어 끔찍한 통증을 유발했던 것이다. 아이가 수월하게 나오도록 하는 방법을 본능적으로 알고 있던 아르테미스가 눈부시게 아름다운 동생의 출생을 도왔다.

사내아이가 목멘 소리로 첫울음을 터뜨리자 어머니와 딸은 놀라며 기쁨의 환성을 질렀다. 아기의 머리칼은 누나나 어머니처럼 새까맣지 않고 금발이었다. 외할머니인 빛의 신 포이베에게서 물려받은 모양이었다. 레토는 아들의 이름을 아폴론이라 지었다. 아폴론은 태어난 곳을 기리는 뜻에서 '델로스의 아폴론'이라 불렸고, 티탄족 외할머니와 그 자신의 황금빛으로 빛나는 아름다움에 경의를 표하여 '포이보스 아폴론'이라 불리기도 했다. '포이보스'는 '빛나는 자'라는 뜻이다.


## 아르테미스

제우스는 아테나만큼이나 아끼는 아르테미스를 헤라의 분노로부터 지켜주느라 애를 먹었다. 헤라는 또 간통으로 태어난 아이를 가만히 두고 볼 수가 없었다. 더군다나 헤라의 고상한 눈에 아르테미스는 여신들의 얼굴에 먹칠을 하는 버릇없는 말괄량이에 지나지 않았다.

어느 날 오후 제우스는 올림포스산 기슭의 덤불에서 아직 어린 아르테미스가 쥐와 개구리 여러 마리를 잡았다가 풀어주며 노는 모습을 발견했다. 제우스는 그 옆의 바위에 앉아 딸을 무릎에 앉했다.

아르테미스는 잠깐 제우스의 턱수염을 잡아당기다가 물었다. "아버지, 나를 사랑하세요?"

"아르테미스, 그런 질문이 어디 있느냐. 아버지가 널 얼마나 사랑하는지 다 알지 않느냐. 넌 눈에 넣어도 아프지 않을 딸이란다."

지조 없는 난봉꾼 아버지들은 자식의 말이라면 뭐든 대부분 들어주기 마련이다. 아르테미스는 비비 꼬던 제우스의 턱수염이 아니라 이제 제우스를 손안에 쥐고 마음대로 갖고 놀기 시작했다.

"내 소원을 들어줄 만큼 사랑해요?"

"물론이지, 내 딸아."

"흠. 생각해보니 별것 아니네요. 아버지는 보잘것없고 작디작은 님프들과 물의 요정들의 소원도 들어주시잖아요. 그렇다면 제 소원은 여러 개 들어주실래요?"

제우스는 속으로 끙 하고 앓았다. 올림포스의 왕좌에 앉아 천상과 대지에 명령을 내리는 전능한 신 노릇이 세상에서 제일 쉬운 줄 알지? 아버지로서의 죄책감, 형제자매 간의 경쟁, 권력 다툼, 질투 많은 아내에 시달리는 내 심정을 너희가 알아? 한 가족의 비위를 맞춰주면 다른 가족이 노발대발하지.

"소원 여러 개? 이런! 넌 부족한 게 없을 텐데? 넌 영생의 존재고, 가장 아름다워지는 순간부터 결코 나이 들지 않아. 넌 강하고, 영리하고, 민첩하고…… 아!" 마지막 탄성은 아르테미스가 그의 턱수염을 난폭하게 뽑는 바람에 내지른 것이었다.

"그렇게 어려운 소원도 아닌 걸요, 아빠. 정말 사소한 것들이란 말이에요."

"그래, 들어보기나 하자."

"난 애인도 남편도 없었으면 좋겠어요, 남자가 날 만지는 것도 싫어요, 그러니까, 그런 식으로요……."

"그래그래…… 음…… 무슨 소린지 알아들었다."

아마도 이때 제우스는 처음으로 얼굴을 붉혔을 것이다.

"그리고 이름이 많았으면 좋겠어요, 동생처럼요. '호칭'이라고 하더라고요. 그리고 활도요. 걔는 활이란 활은 다 갖고 있는데 난 여자라서 없어요. 너무 불공평해요. 어쨌든 내가 누나잖아요. 헤파이스토스가 나한테도 아주 특별한 활을 만들어줬으면 좋겠어요, 아폴론이 태어났을 때 선물해준 은빛 화살을 쏘는 은빛 활 같은 것으로요. 사냥할 때 입게 무릎까지 오는 튜닉도 있었으면 좋겠어요. 긴 원피스는 바보 같고 비실용적이거든요. 도시는 별로 욕심이 안 나는데, 산과 수풀은 다스리고 싶어요. 그리고 사슴요. 난 사슴이 좋아요. 그리고 개들도요, 쓸모없는 애완견 말고 사냥 개로요. 또 아빠가 크나큰 친절을 베풀어주신다면, 신전에서 내 찬가를 불러줄 소녀 합창단이랑, 개들을 산책시키고 내 시중을 들어주고 남자들로부터 나를 지켜줄 님프들도 있었으면 좋겠어요."

"이제 끝이냐?" 딸이 장황하게 늘어놓는 말에 제우스는 현기증이 날 지경이었다.

"아마도요. 참, 그리고 여자들이 더 쉽게 출산할 수 있게 하는 힘도 갖고 싶어요. 얼마나 힘든지 봤거든요. 솔직히 말하자면 징그럽기도 해요. 그래서 더 편하게 낳을 수 있도록 도와주고 싶어요."

"맙소사, 달은 달라고 안 할 거지?"

"오, 그거 좋네요! 달. 네, 달도 갖고 싶어요. 이제 다 됐어요. 앞으로는 아무 부탁도 안 할게요."

제우스는 모든 소원을 들어주었다. 어떻게 들어주지 않을 수 있 겠는가?

예상대로 아르테미스는 사냥과 순결, 자유분방함과 야성, 사냥 개와 사슴, 산파, 달의 신이 되었다. 궁수들과 사냥꾼들의 여왕인 그녀는 무엇보다 독립성과 금욕을 중시했다. 아르테미스는 출산 하는 여성들에게는 친절한 연민을 베푼 반면 사냥감을 쫓을 때나 주제넘게 너무 가까이 다가오는 남자를 벌할 때에는 서슬 퍼런 모 습을 보였다. 고대 세계에서 두려움과 찬탄, 숭배의 대상이었던 아르테미스는 그녀가 태어난 산허리를 기려 킨티아로 불리기도 했다. 로마인들은 그녀를 디아나라 불렀다. 그녀가 관장한 나무는 삼나무였다. 아테나가 경작과 수공예, 심사숙고의 신이었다는 점 을 생각하면, 자연, 본능, 야생을 다스린 아르테미스는 아테나의 정반대편에 서 있었다고 할 수 있다. 그러나 그들은 헤스티아와 마찬가지로 자신들의 순결을 열렬히 사랑했다.

# 아폴론

아르테미스가 은이라면 쌍둥이 동생 아폴론은 금이었다. 아르테 미스가 달이라면 아폴론은 태양이었다. 아폴론이 내뿜는 광휘는 바라보는 모든 이들을 매료시켰다. 아폴론의 신체 비율과 용모는 지금까지도 특정 종류의 남성미를 대표하는 이상형으로 통한다. 내가 '특정 종류'라고 말하는 이유는 아폴론은 맑은 피부뿐만 아니라 수염 없는 얼굴과 털 없는 가슴이 인상적이기 때문이다. 그의 용모는 그리스의 인간들이나 신들 사이에서는 좀처럼 볼 수 없었다. 성경 속의 야곱처럼 매끈한 남자였지만 그렇다고 남성성이 떨어지지는 않았다.

아폴론은 수학, 이성과 논리를 관장하는 신이었다. 시, 의술, 지식, 수사학, 깨달음이 그의 영역이었다. 또한 본질적으로 그는 조화의 신이었다. 기본적인 물질세계와 그 안의 평범한 사물들이 신성을 띠고 있으며 천계와 공명할 수 있다는 생각을 우리는 아폴론적이라고 말한다. 사각형과 원, 구체도 마법 같은 속성들을 갖고 있지 않은가. 목소리나 일련의 추론에도 완벽한 변조와 리듬이 깃들어 있지 않은가. 재능만 있다면 평범한 일들 속에서도 의미와 운명을 읽을 수 있다. 아폴론은 이런 재능이 넘쳐났고, 게다가 거짓말을 절대 하지 못했다. 그러니 자연스럽게 신탁과 예언도 담당하게 되었다. 그는 비단뱀은 물론이고 월계수도 신성시했다. 아폴론을 상징하는 동물은 돌고래와 흰 까마귀였다.*

아폴론의 황금빛 아름다움을 나약함의 표시로 오해했다간 큰코다칠 것이다. 그는 최고의 궁수였고, 필요할 때는 올림포스의 그 누구보다 사납고 맹렬한 전사가 되었다. 가까운 친척들처럼 잔인하고, 비열하고, 질투심 많고, 심술궂기도 했다. 신으로서는 보기 드물게 로마인들에게도 그리스 이름과 거의 비슷하게 아폴로라 불렸다.

---

* 왜 아폴론이 까마귀를 검은색으로 바꾸었는지, 왜 월계수가 그에게 신성한 나무가 되었는지는 나중에 알게 될 것이다.

# 헤라의 분노

둥둥 떠다니는 섬에서 쌍둥이 아폴론과 아르테미스가 태어나자 헤라의 분노는 쉽게 사그라들지 않았다. 제우스의 외도를 떠올리게 하는 이 아이들이 어떻게든 태어나지 못하게 하려고 갖은 수를 썼는데도 실패하고 말았고 이로 인한 좌절감과 분노는 말로 다 할 수 없을 정도였다. 그래서 그녀는 다시 시도했다.

쌍둥이가 태어나고 며칠도 지나지 않아 헤라는 이 오누이를 없애기 위해 피톤이라는 뱀을 섬에 보냈다. 임신한 레아가 크로노스를 속여 제우스 대신 삼키게 했던 자철석을 기억하는가? 나중에 크로노스가 토해내 제우스가 오트리스산에서 저 멀리 던져버렸던 돌. 그 돌은 파르나소스산의 비탈에 있는 피토라는 곳에 떨어졌다. 땅에 단단히 박힌 그 돌은 뒤에 옴팔로스, 즉 그리스의 중심돌이 된다. 그리스의 배꼽, 영적 중심지이자 시작점. 돌이 떨어진 바로 그 지점의 땅에서, 이미 그곳을 헌납받은 가이아의 명령으로 용처럼 생긴 거대한 뱀이 태어나 돌을 수호했다. 태어난 곳의 이름을 따 그 뱀은 피톤이라 불렸고, 그 후 많은 뱀들에게 같은 이름이 붙었다.

분노에 찬 헤라는 레토와 그 아이들을 죽이기 위해 피톤을 델로스섬으로 보냈다. 제우스는 헤라의 분노를 부채질하게 될지도 모르는 위험을 무릅쓰고, 이 소식을 바람에게 몰래 속삭였다. 바람은 아기 아폴론에게 소식을 전했고, 아폴론은 이복형제 헤파이스토스에게 급히 메시지를 보내, 최고의 활과 화살을 만들어달라고 부탁했다. 헤파이스토스는 이레 밤낮 동안 부지런히 쇠를 벼린 끝에 견줄 데 없이 아름답고 강력한 무기와 황금 화살을 완성해 델로스로 서둘러 보냈다. 겨우 시간에 맞춰 무기를 전해 받은 아폴론은 모래언덕 뒤에 숨어 거대한 뱀이 오기를 기다렸다. 피톤이 바다에서 나와 모래밭으로 미끄러져 들어오는 순간 아폴론은 숨어 있던 곳에서 걸어 나가 화살로 피톤의 눈을 꿰뚫었다. 아폴론은 해변에서 뱀의 사체를 동강동강 자른 다음 하늘을 향해 승리의 환호를 크게 질렀다.

아폴론은 그런 무시무시한 괴물로부터 누나와 어머니와 자신을 지켜 마땅하다고 생각했는지 모르지만, 피톤은 땅에서 튀어나온 가이아의 자식이었기 때문에 신의 가호를 입고 있었다. 제우스는 뱀을 죽인 죄로 아폴론을 벌하지 않으면 모든 권위를 잃게 되리라는 걸 알고 있었다.

사실 제우스가 아폴론에게 내린 벌은 그리 가혹하지 않았다. 제우스는 그 젊은 신을 피톤의 출생지인 파르나소스산 아래로 8년 동안 유배 보내 죄를 뉘우치게 했다. 아폴론은 뱀 괴물 피톤을 대신해 옴팔로스를 지키고 그곳에서 정기적인 운동 경기를 주관하는 과업까지 맡았다. 피티아 제전은 올림피아 제전 전후로 4년마다 열렸다.*

---

* 정기적으로 열린 네메아 제전, 이스트미아 제전, 피티아 제전, 올림피아 제전을 4대 '범그리스 대회'라 불렀다. 상은 오늘날의 상금과 메달에 비할 바가 못 된다. 올림피아 제전은 우승자에게 올리브 화관을, 피티아 제전은 월계관을, 이스트미아 제전은 소나무 화관을 씌워주었다. 네메아 제전이 가장 흥미로운데 이 대회는 행운의 승리자에게 야생 셀러리로 만든 화관을 씌워주었다.

아폴론은 또한 피토(그는 이곳의 이름을 델포이*로 바꾸었다)
에 누구든 와서 아폴론 자신이나 그가 임명한 여성 사제(시빌 혹
은 피티아)에게 미래에 대해 물어볼 수 있는 신탁소도 세웠다. 사
제는 지구의 자궁으로 연결되는 땅의 갈라진 틈에 질문자를 보지
않은 채 앉아 있다가 예언자처럼 무아지경 상태에 빠지면 답을 애
타게 기다리고 있는 윗방을 향해 알쏭달쏭한 예언을 외쳤다. 이런
식으로 아폴론과 시빌은 아폴론의 증조모인 가이아로부터 신탁
의 능력을 일부 얻었다. 땅 밑에서 증기가 피어올랐다고 하는데,
많은 사람들이 이를 가이아의 숨결로 여겼다.† 여기서 콸콸 솟아
오르는 카스탈리아 샘의 물을 마시거나 그 속삭임을 들으면 시의
영감을 얻을 수 있다고 한다.‡

그래서 델로스의 아폴론은 델포이의 아폴론도 되었다. 지금도
사람들은 미래의 일을 그에게 묻기 위해 델포이까지 여행한다. 나

---

* '델포이'라는 이름은 '자궁'을 뜻하는 '델피스'에서 유래된 것으로 보인다. 어쩌면
'형제자매'를 의미하는 '아델피'에서 나왔을지도 모른다(같은 자궁에서 태어나니까).
따라서 그 신성한 곳은 쌍둥이 아폴론이나 어쩌면 가이아의 자궁에서 이름을 땄을 것
이다. 아폴론이 돌고래, 그리스어로 '델피스'를 타고 피토에 왔다는 설도 있다. 어쨌
거나 돌고래는 자궁을 가진 물고기이기도 하다. 하지만 돌고래를 타고 육로로 그 먼
거리를 어떻게 여행했는지는 알 길이 없다.
† 피티아는 예언할 때 아폴론이나 티탄 신족인 테미스나 가이아, 혹은 세 명 모두에
게 빙의되었다. '신에 빙의된다'는 의미의 그리스어 엔투시아스모스(enthusiasmos)에
서 '엔수시아즘(enthusiasm, 열정)'이라는 영어 단어가 나왔다. 무언가에 열광하는 건
'신에 들려' 신의 영감을 받는 것이다.
‡ 카스탈리아 샘의 지하수에서 증기가 쉬익 뿜어져 나와 그곳의 염소들을 즐겁게 해
줬다는 얘기도 있다. 아마 사람들은 돌고래의 분수공을 떠올렸을 테고, 그래서 이름
이 피토에서 델포이로 바뀌었는지도 모른다. 덧붙여 말하자면 카스탈리아는 헤르만
헤세의 소설 『유리알 유희』에 등장하는 미래 세계의 이름이기도 하다.

도 그랬다. 아폴론은 절대 거짓말을 하지 않지만, 명확한 답을 주지도 않고, 반문을 던지거나 너무 알쏭달쏭해서 뒤늦게야 이해되는 수수께끼로 답하는 경우가 많다.

순리를 심각하게 거스른 것을 보상하고 죽은 피톤이 어머니 가이아의 품에 영원히 잠들 수 있도록, 제우스는 뱀의 안식처인 델로스섬을 대지에 고정해주었다. 그 후 델로스섬은 자유롭게 떠다니지 않게 됐지만, 그렇다고 그곳까지 항해하기가 쉬워진 것은 아니다. 지중해 동부에 부는 거세고 종잡을 수 없는 북서풍의 방해를 받기 때문이다. 그 섬을 여행하는 사람은 최악의 뱃멀미에 시달리기 십상이다. 레토의 영광스러운 쌍둥이 아르테미스와 아폴론이 태어나는 데 한몫한 델로스가 아직도 헤라에게 용서받지 못한 것일까.

## 마이아, 마이아

자, 지금까지 올림포스 신들이 몇 명이나 모였을까? 한번 세어보자.

제우스가 왕좌에 앉아 있고 그 옆에 헤라, 이렇게 두 명. 그들을 중심으로 헤스티아, 포세이돈(육지로 나와 제우스를 감시하기 좋아했다), 데메테르, 아프로디테, 헤파이스토스, 아레스, 아테나, 아르테미스, 아폴론이 포진해 있다. 열한 명이다. 하데스는 여기에 들어가지 않는다. 그는 늘 지하세계에 죽치고 있었고 12신에 끼는 데 아무런 관심도 없었다. 열한 명. 그렇다면 한 명이 더 있어야 올림포스의 정족수 열두 명이 채워진다.

피톤 사태로 서로를 매섭게 비난하던 뜨거운 설전이 뚱한 표정과 도끼눈으로 누그러지면서 한바탕 소동이 가라앉았고 그러기가 무섭게 제우스는 자신이 해야 할 일을 명확히 알았다. 열두 번째 마지막 신을 낳아야 한다. 아니, 달리 말하자면 욕정이 활활 타오르는 그의 시선이 또 다른 탐스러운 불멸의 존재에게 멎었다.

티타노마키아가 벌어지는 동안 티탄족의 가장 맹렬한 투사였던 아틀라스는 오케아니스인 플레이오네와 동침하여 일곱 딸의 아버지가 되었다. 이 일곱 자매는 그들의 어머니를 기려 '플레이아데스'로 알려졌지만, 가끔은 아버지를 존중하는 뜻에서 '아틀란티데스'로 불리기도 한다.

검은 눈의 일곱 자매 중 장녀인 마이아가 가장 사랑스러웠다. 그녀는 아르카디아에 있는 킬레네산*의 쾌적한 코린토스 방면 비탈에서 수줍음 많고 행복한 오레아스(산의 님프)로 살고 있었다. 행복이라……. 어느 날 밤 위대한 신 제우스가 나타나 그녀를 임신시키기 전까지는 그랬다. 헤라가 제우스의 사생아들을 처리하는 방식에 관한 소문이 퍼진 탓에 그리스와 그 너머까지 모든 아름다운 여인들이 두려움에 떨고 있었다. 그래서 마이아는 달이 차자 눈에 띄지 않는 외진 동굴에 몰래 숨어 건강한 사내아이를 낳고 헤르메스라는 이름을 지어주었다.

---

* 현재의 킬리니산.

# 신동

혜르메스는 세상에서 가장 당돌하고 조숙한 아기였다. 태어나서 15분이 채 지나기도 전에 동굴의 한쪽에서 반대편까지 기어가면서, 화들짝 놀란 어머니에게 이런저런 의견을 말했다. 5분 후 아기는 동굴 벽을 잘 살펴봐야겠다며 불을 달라고 했다. 불을 얻지 못하자 혜르메스는 꼬아놓은 지푸라기 위로 돌 두 개를 맞부딪쳐서 불을 지폈다. 전에 이런 식으로 불을 피운 이는 아무도 없었다. 태어난 지 반 시간도 안 되어 똑바로 일어선 이 놀라운 아기는 산책을 가겠노라고 선언했다.

"이 좁아터진 동굴은 너무 답답해서 심각한 폐소공포증에 걸릴 것 같아요." 이렇게 그는 '공포증'이라는 말을 만들어냈다. "좀 이따 봬요. 물레질이든 뜨개질이든 하고 계세요, 착한 어머니."

세상에 둘도 없을 이 놀라운 신동은 킬레네산의 비탈을 느긋하게 내려가면서 콧노래를 흥얼거렸다. 콧노래가 아름다운 선율의 노래로 변하자 주변에 있던 숲속의 나이팅게일들이 곧장 따라 부르기 시작했고 그 후로 쭉 그 노래를 다시 부르기 위해 애쓰고 있다.

어디까지 왔을까. 정신을 차려보니 어떤 들판이었고, 새하얀 소들이 달빛 속에서 풀을 뜯어 먹으며 부드럽게 음매 하고 우는 놀라운 광경이 눈앞에 펼쳐져 있었다.

"오! 정말 예쁜 음매들이네." 그는 넋을 잃고 속삭였다. 조숙하다 해도 말투는 아직 어린애였다.

헤르메스는 소들을 보았고 소들도 헤르메스를 보았다.

"이리 와." 그가 명령했다.

소들은 한동안 가만히 보고 있다가 머리를 숙이고 계속 풀을 뜯었다.

"흠, 그게 다야?"

헤르메스는 재빨리 머리를 굴려 기다란 풀잎들을 한데 엮어서 편자 같은 걸 만들어 모든 소의 발굽마다 하나씩 붙였다. 자신의 자그맣고 통통한 발은 월계수 이파리로 감쌌다. 마지막으로 어린 버드나무에서 가지 하나를 꺾어 이파리들을 벗겨내 기다란 회초리로 만든 다음 그걸로 소들을 여유롭고 능숙하게 간질이고 찔러서, 몰기 쉽게 빽빽한 한 무리로 모았다. 그리고 혹시나 생길지도 모르는 문제에 대비해, 소들을 후진시켜 산비탈 끝까지 올라갔다가 다시 동굴 어귀로 돌아갔다. 헤르메스가 아주 차분하게 밖으로 나간 후 계속 걱정하며 서 있었던 그의 어머니는 경악하고 겁에 질렸다.

마이아는 엄마 노릇을 해본 경험이 전혀 없었지만 아들의 인상적인 태도와 괴짜 같은 행동이 신치고도 평범치 않다는 건 확실히 알 수 있었다. 아폴론도 아직 아기였을 때 피톤을 무찔렀고, 심지어 아테나는 완전히 무장한 상태로 태어났지만, 돌로 불을 지피는 건? 소를 모는 건? 그리고 아기가 그녀의 눈앞에 대롱대롱 흔들고 있는 이건 또 뭐람? 거북이? 지금 꿈을 꾸고 있는 건가?

헤르메스가 말했다. "자, 어머니. 잘 들으세요. 나한테 좋은 생각이 하나 있어요. 거북이를 기절시켜서 살을 파낸 다음 요리하세요. 맛있는 수프가 될 거예요. 내가 어머니라면 달래를 듬뿍 넣고 회향풀도 약간 더하겠어요. 그리고 주요리는 소고기로 해요, 그건 내가 알아서 준비할게요. 이 칼만 좀 빌려주세요. 눈 깜짝할 새에 돌아올게요."

이 말과 함께 헤르메스가 동굴 안쪽으로 사라졌고 이어 통통한 주먹을 쥔 아기에게 멱따인 소가 지르는 섬뜩한 비명 소리가 돌벽에 부딪혀 동굴 안에 요란하게 울려 퍼졌다.

정말 맛있었다고 인정할 수밖에 없는 저녁 식사 후 마이아는 불 앞에 실 같은 소 내장을 널어놓는 아들을 보고는, 용기를 내어 뭘 하려고 그러느냐고 물었다. 악취 나는 내장이 마를 때까지 기다리는 동안 그는 거북이 등껍질 테두리에 작은 구멍을 뚫느라 바빴다.

"생각이 있다니까요." 아들은 이 말밖에 해주지 않았다.


# 아폴론이 점을 치다

헤르메스 자신이 알았을지 모르겠지만, 세상에 태어난 첫날 저녁 그는 상당한 거리를 여행했다. 자신이 태어난 킬레네산에서 북쪽으로 테살리아 평원을 지나 피에리아까지 가서 소들을 발견하고 훔쳤다. 그리고 다시 킬레네산으로 돌아왔다. 아기 걸음으로는 상당히 먼 거리였다.

헤르메스가 몰랐던 건 그 흰 소들이 아폴론의 것으로 그가 애지중지하는 짐승이었다는 사실이다. 아폴론은 소 떼가 사라졌다는 소식을 듣고는 크게 노하여 피에리아로 향했다. 악질적인 도둑

패거리의 소굴까지 뒤쫓아갈 작정이었다. 제멋대로인 드리아스들(나무의 님프들)이나 목신들이 저지른 비행이겠거니 했다. 화살의 신에게서 감히 재산을 훔쳐간 것을 후회하게 되리라. 아폴론은 소들이 있던 들판에 엎드려 숙련된 추적자답게 철저히 조사했다. 놀랍게도 도둑들은 정체를 알아내는 데 쓸 만한 흔적을 전혀 남겨놓지 않았다. 아무렇게나 비질을 한 자국, 의미 없는 소용돌이무늬, 그리고 눈이 잘못된 게 아닌가 싶었지만 자그마한 아기 발자국밖에 보이지 않았다. 소 발굽 자국처럼 보이는 것들은 하나같이 들판에서 떠나가는 것이 아니라 다른 곳에서 들판을 향해 오는 것처럼 보였다!

소 떼를 훔친 게 누구든 아폴론을 조롱하고 있었다. 노련한 전문 도둑이라는 것만큼은 분명했다. 그가 아는 자 가운데 가장 숙련된 사냥꾼이라면 누나 아르테미스였다. 누나가 이런 짓을 할까? 자기 흔적을 감출 교묘한 수를 발견했나? 아레스는 그럴 만한 기지가 없다. 포세이돈은 관심도 없을 테고. 헤파이스토스? 그럴 리가. 그렇다면 누구지?

그는 멀리 떨어지지 않은 나뭇가지에 앉아 부리로 깃을 고르고 있는 개똥지빠귀 한 마리를 발견하고는 매끄러운 동작 한 번으로 활을 당겨 새를 떨어뜨렸다. 신탁과 점술의 신 아폴론은 잡은 동물의 배를 갈라 내장의 모양을 읽었다.

창자 아래쪽의 색깔, 오른쪽 신장의 구부러짐, 흉선의 특이한 배치를 보아하니 소들은 코린토스에서 멀지 않은 아르카디아의 어딘가에 있는 게 분명했다. 그리고 간의 핏덩어리가 말해주는 건? 킬레네산. 그리고 또 뭐가 있을까? 그랬구나! 아기 발자국이 맞았어.

아폴론은 평소에는 매끈한 이마를 찌푸리고 푸른 눈을 이글거리면서 장밋빛 붉은 입술을 음산하게 앙다물었다.

이제 복수의 시간이었다.

# 이복형제

킬레네산 밑에 도착했을 즈음 아폴론은 신경이 날카로워질 대로 날카로워져 거의 한계에 다다라 있었다. 그 소들이 그에게 바쳐진 짐승이라는 사실을 모르는 자는 세상에 아무도 없었다. 또한 그것이 귀한 희귀종이라는 것은 뻔하지 않은가. 그런데 누가 감히 이런 짓을?

사시나무 가지에 축 늘어진 하마드리아스(숲의 님프)는 아무런 단서도 주지 못했지만, 저 위 마이아의 동굴 어귀에 온갖 님프들이 시끌벅적하게 모여 있다고 알려주었다. 그곳에서 답을 찾을 수 있을지도? 그녀는 나무를 떠날 수만 있다면 자기도 가고 싶다고 했다.

아폴론이 산꼭대기까지 올라가니 킬레네의 모든 주민이 동굴 주변에 모여 있었다. 가까이 다가가자 동굴에서 흘러나오는 소리가 들렸다. 전에는 들어본 적 없는 소리였다. 마치 달콤함과 사랑과 완벽함, 그리고 아름다운 모든 것이 생명을 띠고 귀를 지나 영혼으로 부드럽게 들어오는 느낌이었다. 암브로시아의 향기가 신들을 테이블로 꾀어 즐거운 기대로 한숨짓게 만들듯이, 아름다운 님프를 보면 몸이 터질 것처럼 혈관 속의 뜨거운 이코르가 부글부글 끓어오르듯이, 살을 비비는 따뜻한 감촉이 그의 깊숙한 곳까지 전율하게 만들듯이, 눈에 보이지 않는 이 소리에 유혹당하고 홀려 환희와 욕망으로 실성할 것만 같았다. 이 소리를 허공에서 뜯어내 가슴속으로 빨아들일 수만 있다면, 그럴 수만 있다면…….

마력의 소리가 뚝 멈추자 마법이 깨졌다.

동굴 입구에 모여 있던 나이아스들과 드리아스들, 그 밖의 정령들이 마치 황홀경에서 빠져나온 것처럼 놀란 표정으로 고개를 절레절레 저으며 흩어졌다. 어깨로 그들을 밀어젖히며 나아간 아폴론은 동굴 입구 옆 돌무더기에 소의 거대한 옆구리살 두 덩어리가 스테이크로 깔끔하게 저며져 있는 것을 보았다. 그의 분노가 다시 맹렬하게 불타올랐다.

"가만두지 않겠어! 내 이놈들을……." 그는 굴 안으로 쳐들어가며 소리 질렀다.

"쉬!"

아폴론의 친척인 오레아스 마이아가 버들가지 의자에 앉아 바느질을 하고 있었다. 마이아는 입술에 손가락을 대고서 모닥불 옆에 있는 아기 침대 쪽으로 고개를 기울였다. 거기에는 볼이 불그스레한 아기가 잠결에 가르랑거리고 있었다.

그래도 아폴론의 화는 사그라지지 않았다. "저 악동이 내 소를 훔쳤어!"

"정신 나갔어요? 내 아기 천사는 태어난 지 하루도 안 지났다고요." 마이아가 말했다.

"아기 천사는 무슨 얼어 죽을! 난 개똥지빠귀 내장을 읽을 줄 알아. 게다가 안쪽에서 짐승들이 발로 쿵쿵거리면서 우는 소리가 들리잖아. 나는 내 소들 울음소리는 어디서든 바로 알아듣는다고. 저 아기는 도둑놈이니까 따져야겠어."

"뭘 따져요?" 헤르메스가 어느새 일어나 앉아 상대를 뭉개버릴 듯한 눈으로 아폴론을 빤히 쳐다보고 있었다. "한숨 좀 자게 내버려 두면 안 돼요? 밤에 소 떼를 몰고 오느라 힘들었는데 이게 무슨⋯⋯."

"시인하는군!" 아폴론이 고함을 지르며 헤르메스에게 성큼성큼 다가갔다. "제우스 님께 맹세코, 목 졸라 죽여주마, 이 쪼그만⋯⋯."

하지만 아폴론이 헤르메스를 들어 올리자, 나무와 거북이 등껍질로 만들어진 이상한 장치가 아기 침대에서 떨어졌다. 그것이 떨어지는 소리를 듣자마자 아폴론은 동굴 밖에 서 있을 때 그를 꼼짝 못 하게 만들었던 마력의 소리가 떠올랐다.

아폴론은 헤르메스를 침대에 도로 떨어뜨리고 장치를 획 주웠다. 거북이 등껍질에 얇은 나무 막대기 두 개가 붙어 있고, 거기에 소 내장으로 만든 줄 여러 개가 팽팽하게 엮여 있었다. 아폴론이 엄지로 한 줄을 뜯자 또 그 경이로운 소리가 났다.

"이게 어떻게⋯⋯?"

"뭐요, 이 골동품요?" 헤르메스는 놀랍다는 듯 눈썹을 치켜세우며 말을 이었다. "어젯밤에 그냥 장난으로 만들어본 거예요. '리라'라는 이름을 붙였죠. 그래도 재미있는 효과를 볼 수 있기는 해요. 줄을 제대로 뜯기만 하면요. 아니면 퉁겨도 괜찮아요. 두 줄을 누른 다음⋯⋯ 저기, 나한테 줘봐요, 내가 보여줄게요."

곧 그들은 신난 십대들처럼 줄을 뜯고 퉁기고 때리고 치고 새로운 화음을 만들어냈다. 헤르메스가 자연적 화성학의 원리를 한참 설명하고 있을 때, 이 기묘한 장치가 휘저어대는 감정에 흠뻑 취해 있던 아폴론이 퍼뜩 정신을 차렸다. "그래, 아주 좋아. 그런데 내 피투성이 소들은 어쩔 거야?"

헤르메스는 따져 묻는 듯한 눈으로 그를 쳐다보았다. "가만 보니…… 당신은…… 내가 맞혀볼게요…… 아폴론이군요, 맞죠?"

누군가가 자신을 알아보지 못하는 것은 아폴론에게 새로운 경험이었다. 그리고 기분이 썩 좋지 않았다. 태어난 지 하루 된 아기가 윗사람처럼 말하는 것도 영 마음에 들지 않았다. 신랄한 말과 함께 턱에 날카로운 라이트 훅을 날려 이 건방진 꼬마 녀석을 짜부라뜨리려는 찰나, 보조개 팬 손이 그의 앞으로 쑥 나왔다.

"악수해요, 폴. 만나서 반가워요. 신 명부에 가장 최근에 이름을 올린 헤르메스라고 해요. 당신은 내 이복형님이 되겠죠? 여기 계신 어머니 마이아가 지난밤에 가계도를 알려주셨거든요. 우리 가족 정말 장난 아니죠? 안 그래요?"

또 다른 낯선 느낌이 아폴론을 훅 치고 들어왔다. 그는 상황이 자기 뜻대로 흘러가지 않고 있음을 느꼈다.

"이봐, 네가 누구든 그건 내 알 바 아니고, 내 소들을 훔쳐놓고 그냥 빠져나갈 생각 마."

"오, 그건 갚아줄 테니까 걱정 말아요. 하지만 그럴 수밖에 없었는걸요, 최고급 내장을 얻으려면. 사랑하는 이복형님에게 만들어줄 리라에 최고의 현을 달아야 하잖아요."

아폴론은 헤르메스와 리라를 번갈아 보았다. "그 말은……"

헤르메스는 고개를 끄덕였다. "내 사랑을 담아 만들었어요. 리라와 그 뒤에 숨어 있는 기술은 형님 거예요. 형님은 이미 숫자, 이성, 논리, 조화의 신이잖아요. 그 지위에 음악이 잘 어울리는 것 같지 않아요?"

"말문이 막히네."

"이렇게 말하면 돼요. '고마워, 헤르메스' 그리고 '소는 네가 가져, 형제 좋다는 게 뭐야.'"

"고마워, 헤르메스! 그리고 좋아, 그래, 소는 네가 가져."

"친절하시네요, 형님, 하지만 저는 두 마리면 돼요. 나머지는 도로 가져가세요."

아폴론은 손 둘 데를 몰라, 땀이 삐질 나는 이마를 꾹 눌렀다. "왜 두 마리면 된다는 거지?"

헤르메스가 바닥으로 폴짝 뛰어내리며 대꾸했다. "신들이 숭배받기를 얼마나 좋아하는지, 그리고 제물로 바치는 짐승들이 신들한테 얼마나 큰 의미인지 어머니한테 들었거든요. 그래서 두 마리를 죽이고 그중 한 마리의 고기를 태워서 열한 조각을 올림포스에 바쳤어요. 어머니와 나는 지난밤에 열두 번째 스테이크 조각을 나눠 먹었고요. 좀 남았는데, 식은 것도 괜찮아요? 내가 개발한 겨자씨 소스를 발라 먹으면 아주 맛있어요."

아폴론이 대답했다. "고맙지만 됐어. 고기 굽는 연기를 신들한테 올려 보낸 건 잘했어." 아폴론은 여느 신과 마찬가지로 봉헌물을 좋아했다. "아주 잘했어."

"그럼, 그게 효과가 있었는지 한번 보러 갈까요?" 예고도 없이 헤르메스는 아폴론의 품으로 펄쩍 뛰어올라 그의 어깨를 붙잡왔다.

이 놀라운 아기의 번개처럼 빠른 머리와 몸과 태도에 아폴론은 정신이 하나도 없었다. "효과가 있었는지 보러 가자니?"

"내 계획은 아버지의 환심을 사는 거예요. 나를 올림포스로 데려가서 모두한테 소개해줘요." 헤르메스가 이어서 말했다. "비어 있는 열두 번째 옥좌에 내 이름이 새겨질 거예요."


# 열두 번째 신

헤르메스는 모든 것이 빨랐다. 머리도, 기지도, 충동도, 반사 신경도. 올림포스의 신들은 전날 밤 킬레네산에서 올라온 입맛 당기는 향기로운 연기를 맡고 이미 기분이 좋았던 터라 신참자를 두 팔 벌려 환영했다. 헤라마저 뺨을 내밀어 뽀뽀를 받으며 아기에게 반했다고 말했다. 헤르메스는 제우스의 무릎에 앉아 누가 눈치채기도 전에 그의 턱수염을 획 잡아당겼다. 제우스가 웃음을 터뜨리자 다른 신들도 따라 웃었다.

이 신은 어떤 임무를 맡게 될까? 머리와 발이 날래니 답은 금방 나왔다. 그는 신들의 전령이 되어야 한다. 헤르메스를 더 빠르게 만들어주기 위해 헤파이스토스는 그의 트레이드마크가 될 '탈라리아'를 만들어주었다. 이 날개 달린 샌들을 신으면 독수리보다 더 빨리 획획 날아다닐 수 있었다. 헤르메스는 진심으로 기뻐하며, 따뜻하고 다정하게 헤파이스토스를 꼭 껴안았다. 그러자 불과 대장간의 신은 절뚝거리며 작업장으로 곧바로 돌아가 꼬박 하루를 맹렬히 작업한 끝에 탈라리아에 어울릴 만한 날개 달린 투구를 갖고 돌아왔다. 정수리가 낮고 챙이 유연하게 잘 구부러지는 투구였다. 이는 헤르메스에게 위풍당당함을 주었고, 이 당돌하고 잘생긴 청년이 신들의 경외할 만한 위엄을 대표한다는 사실을 세상에 보여주었다. 여기에 기백과 화려함까지 더하기 위해 헤파이스토스는 뱀 두 마리가 휘감겨 있고 꼭대기에 날개가 달려 있는 은 지팡이도 선물해주었다.*

제우스는 헤르메스의 무용담을 그때도, 그 후에도 굉장히 좋아했다. 아폴론의 소 떼를 훔치면서 뽐낸 교활함과 간사한 꾀 때문에 헤르메스는 자연스레 악당, 도둑, 거짓말쟁이, 사기꾼, 익살꾼, 도박꾼, 강매꾼, 이야기꾼, 운동선수의 신으로 선택되었다. 거짓말쟁이, 익살꾼, 이야기꾼에게는 유쾌한 면모도 있는 만큼 문학, 시, 웅변, 재치 역시 헤르메스의 영역이 되었다. 기술과 통찰력 덕분에 과학과 의술 분야도 주관했다.† 헤르메스는 상업과 무역, 목동(당연한 얘기다), 여행과 길의 신이 되었다. 음악은 그의 발명품이었지만, 그것을 주관하는 신성한 책임을 약속대로 아폴론에게 선물했다. 아폴론은 거북이 등껍질 대신 위쪽이 우아하게 구부러

---

* 헤르메스의 세련된 투구를 페타소스라 부른다. 케리케이온(로마명 카두케우스)이라는 지팡이는 의술과 구급차의 세계적인 상징으로 간혹 등장하기도 한다. 아스클레피오스의 지팡이(이 신에 대해서는 나중에 더 얘기할 것이다)를 대신하거나 혹은 그것과 혼동해 사용되고 있다.

† 중세와 르네상스 시대의 연금술사들은 그를 '헤르메스 트리스메기스투스(세 배 위대한 헤르메스)'라 불렀다. 헤르메스가 유리관, 궤, 상자를 마법으로 밀봉할 수 있었다고 해서, 17세기의 발명품인 마그데부르크의 반구(기압력과 진공을 이용해 엄청나게 강한 밀폐력을 만들어냈다)는 '헤르메스적으로 밀봉된' 것으로 묘사되었다. 이 표현은 오늘날에도 여전히 많이 쓰인다.

진 금판을 사용하여 바꾸어 리라의 구조를 단순하게 만들었다. 이로써 우리가 고전 악기 하면 떠올리는 바로 그 모양이 탄생했다.

아르테미스와 아테나가 정반대의 가치를 대변하듯이(야성 대 교양, 충동 대 숙고) 헤르메스가 상징하는 상업과 거래의 변덕스러움과 신속함, 역동성은 헤스티아의 평온, 영구불변성, 질서, 중심 잡힌 가정의 풍요와 정반대되는 가치를 대변한다고 할 수 있다.

헤파이스토스가 헤르메스에게 만들어준 지팡이와 모자, 날개 달린 샌들 외에도 거북이, 리라, 어린 수탉도 그의 상징물이 되었다. 로마인들은 그를 메르쿠리우스라 부르면서 그리스인들에 뒤지지 않을 만큼 그를 열렬히 숭배했다. 헤르메스는 좋아하는 이복형제 아폴론(둘은 절친한 친구 사이가 되었다)처럼 피부가 매끈했고 빛의 속성을 지니고 있었다. 아폴론이 황금빛이었다면 헤르메스는 은빛이었다. 그의 로마 이름인 메르쿠리우스를 본뜬 원소 '머큐리mercury, 수은'는 지금도 가끔 '퀵실버quicksilver'라 불리며, 수은과 관련된 모든 것은 가장 유쾌한 이 신을 떠올리게 한다. 훗날 헤르메스는 자신에게 가장 중요하다 할 신성한 임무를 맡지만, 지금은 그를 열두 번째 의자에 앉히고 올림포스산 정상의 위대한 무대, 메갈라 카자니아*의 웅대함을 감상해보자.

---

* 메갈라 카자니아('커다란 주전자들'이라는 뜻)는 그곳의 현재 명칭이며, 오늘날까지도 올림포스산의 고지에 오르는 등산가들에게 장관을 선사해주고 있다.

# 올림포스의 12신

두 개의 거대한 옥좌가 열 개의 작은 옥좌들과 마주 보고 있다. 이제 모든 옥좌의 자리가 찼다. 제우스가 헤라에게 왼손을 내민다.

헤카톤케이레스가 티탄족을 두들겨 패는 동안 올림포스산 바위가 움푹 파여 생겨난 원형 극장 메갈라 카자니아가 신들 앞에 쫙 펼쳐져 있다.† 이 위대한 행사, 제우스의 최고의 순간을 목격하기 위해 그곳에 모인 영원불멸의 존재들이 큰 환호를 올려 보낸다.

하늘의 왕비가 제우스의 손을 잡는다. 지금 그녀는 아무런 불만도 없다. 제멋대로인 남편과 일전에 대화를 나누었다. 남편은 앞으로 새로운 신은 없을 거라고 말했다. 또 다른 님프나 티타네스를 유혹해서 임신시키는 일은 없을 거라고. 12신이 완성되었으니 앞으로 집권 체제를 영구히 다지는 매우 중대한 일에 매진하겠노라고. 헤라는 언제나 곁에서 그를 돕고 인도하며, 질서와 예법을 유지할 것이다. 제우스는 자신과 헤라 앞에 미소 짓는 얼굴로 서 있는 열 명의 신들을 쭉 둘러보다가 헤라가 자신의 손을 꽉 쥐는 걸 느끼고 그 단단한 압박이 뭘 의미하는지 알아챈다. 그는 아래에 모여 있는 사면된 티탄들과 넋이 빠진 님프들에게 경례를 보낸다. 키클로페스, 기간테스, 멜리아이, 오케아니스들은 제우스를 더 잘 보려고 팔꿈치로 서로를 거칠게 밀어댄다. 카리테스와 호라이

---

† 헤카톤케이레스가 그런 것일 수도 있고, 빙퇴석 때문일 수도 있다. 아무도 확실히 말할 수 없다.

는 수줍게 빛을 낸다. 하데스와 에리니에스를 비롯한 지하세계의 어두운 피조물들이 고개를 숙인다. 헤카톤케이레스가 300개의 손을 흔들어 맹렬한 충성심을 표한다.

이어 12신의 치세가 시작되었음을 알리기 위해 헤스티아가 옥좌에서 내려와, 구리판으로 만들어 반짝이는 거대한 단지에 든 기름에 불을 붙인다. 어마어마한 환호성이 산 전체에 울린다. 독수리 한 마리가 상공으로 날아간다. 하늘에 천둥이 우르르 쾅쾅 울린다.

헤스티아가 자신의 옥좌로 돌아간다. 제우스는 그녀가 치맛자락을 매끈하게 차분히 펴는 모습을 지켜보고 나서 다른 신들을 한 명씩 차례로 본다. 포세이돈, 데메테르, 아프로디테, 헤파이스토스, 아레스, 아테나, 아르테미스, 아폴론, 헤르메스. 이 신들과 천지 만물이 그의 앞에 머리를 조아리고 있다. 적은 모두 뿔뿔이 흩어지거나 죽거나 감옥에 갇히거나 길들었다. 그는 세상에 없던 제국을 세우고 통치하게 되었다. 그가 이겼다. 그런데도 그는 감흥이 없다.

그가 고개를 들어보니, 산의 저쪽 끝자락에 하늘을 배경으로 검은 옷을 바람에 나부끼며 서 있는 어떤 형체가 보인다. 그의 아버지 크로노스가 왔다. 크로노스가 낫을 시계추처럼 앞뒤로 휘두르자 그 날이 아래에 피워놓은 불길의 빛을 받아 번쩍거린다. 너무 멀리 떨어진 데다 불빛도 약해 잘 보이지 않지만 아버지의 수척하고 피폐한 얼굴이 빈정대듯 잔인하게 일그러져 있는 것이 확실히 느껴진다.

"손 흔들어요, 제우스. 제발 좀, 얼굴 풀어요!" 헤라가 꾸짖듯 속삭이자 그는 움찔한다. 다시 보니 아버지의 거뭇한 윤곽은 사라지고 없다. 아마도 착각이었으리라.

환호가 또 터진다. 으르렁거리는 천둥소리에 대지의 요란한 소음이 더해진다. 가이아와 우라노스가 축하 인사를 보내고 있는 것이다. 아니면 경고일지도. 환호성은 멈출 기미가 보이지 않는다. 살아 숨 쉬는 만물이 그를 숭배하고 찬미한다.

그의 생에서 가장 행복한 날이 되어야 하는데.

뭔가가 빠졌다, 뭔가가……. 제우스는 얼굴을 찡그리고 생각에 잠긴다.

갑자기 하늘에서 거대한 번갯불이 땅에 떨어져 연기와 불탄 흙먼지가 휙 일어난다.

"그러지 말아요, 여보." 헤라가 말한다.

하지만 제우스의 귀에는 그 말이 들어오지 않는다. 그에게 한 가지 좋은 생각이 떠올랐기 때문이다.

# 제우스의 장난감

I

# 프로메테우스

이아페토스와 클리메네의 아들인 프로메테우스는 앞에서도 한 번 언급한 바 있다. 멀리 내다볼 줄 아는 이 젊은 티탄 신족은 여러 매력적인 자질을 갖추고 있었다. 강하고, 짜증 나리만치 잘생겼고, 지조 있고, 의리 있고, 생각 깊고, 겸손하고, 유머러스하고, 사려 깊고, 예의 발랐으니, 함께하기에 이보다 더 매력적이고 흥미진진한 벗이 없었다. 그를 싫어하는 이는 아무도 없었고, 제우스 역시 그를 유독 아꼈다. 제우스는 빡빡한 일정 속에서도 짬이 날 때마다 그를 만나 함께 시골길을 걸으며 운과 우정, 가족에 대해, 전쟁과 숙명에 대해, 사소하고 유치한 많은 일에 대해 친구처럼 시시콜콜 얘기를 나누었다.

12신의 취임식을 며칠 앞두고, 제우스에게 총애받는 만큼 제우스를 좋아했던 프로메테우스가 친구의 변화를 알아챘다. 감정 기복이 심하고 짜증을 잘 냈으며, 예전만큼 산책을 즐기지 않았고, 유치함과 장난기가 줄고 뚱하니 심술을 부릴 때가 많았다. 프로메테우스가 알고 사랑했던 제왕답고 유머러스하며 자제할 줄 아는 신의 모습이 아니었다. 신경 쓸 데가 많아서 그러려니 하고 프로메테우스는 제우스를 피해 다녔다.

중대한 의식을 거행한 뒤 일주일 정도 지난 어느 날 아침, 향기로운 트라키아 초원의 키 큰 풀 사이에서 잠을 청하던 프로메테우스는 누가 계속 그의 발가락을 잡아당겨 깨우는 기척을 느꼈다. 눈을 떠보니, 젊음을 되찾은 듯 팔팔해진 최고신이 성격 급한 갓난아기처럼 그의 앞에서 폴짝폴짝 뛰고 있었다. 산꼭대기에서 안개가 걷힌 듯 어두운 기운은 어느덧 사라지고 제우스다운 유쾌함이 열 배는 강해져 돌아와 있었다.

"일어나게, 프로메테우스! 어서 일어나라니까!"

"흠?"

"오늘 우리가 끝내주는 일을 할 거야, 온 세상이 영원히 잊지 못할 일을. 대대손손 전해질 테고 또……."

"곰 사냥하려고요?"

"곰? 아니야. 그보다 내가 기상천외한 생각을 했다 말일세, 어서."

"어디 가는데요?"

제우스는 대답 대신 프로메테우스에게 어깨동무를 한 채 아무 말 없이 우격다짐으로 끌다시피 들판을 가로질러 가면서 이따금 신나게 웃음을 터뜨렸다. 프로메테우스가 그의 벗을 잘 몰랐다면 넥타르에 취한 줄 알았을 것이다.

프로메테우스는 유도 질문을 했다. "그 생각이라는 것, 처음부터 얘기해줄 수 있죠?"

"좋아, 그러자고, 처음부터. 맞아, 처음부터 시작해야지. 저기 앉아." 제우스는 쓰러진 나무 한 그루를 가리켰다. 프로메테우스가 앉기 전에 나무껍질에 개미들이 있나 살피는 동안 제우스는 생각에 잠겨 이리저리 서성거렸다. "자, 만물이 어떻게 시작됐는지 생각해보게. 엔 아르케 엔 카오스En arche en Chaos. 태초에 카오스가 있었지. 카오스에서 1세대인 에레보스, 닉스, 헤메라가 나왔고, 그 뒤를 이어서 2세대인 우리 조부모 가이아와 우라노스가 나왔지. 그렇지 않나?"

프로메테우스는 조심스럽게 고개를 끄덕였다.

"그러고 나서 가이아와 우라노스가 천지에 자네 티탄족이라는 재앙 같은 별난 족속을 마구 뿌려댔……."

"저기요……."

"그다음에 온갖 님프들과 정령들, 하급 신, 괴물, 짐승 등등이 끝도 없이 나오다가 마침내 정점에 이르렀지. 우리. 신들. 하늘과 땅이 완벽해진 걸세."

"우리 종족과 기나긴 혈전을 벌인 끝에 그랬죠. 저는 제우스 님의 승리를 도왔고요."

"그래, 맞아. 하지만 결과적으로는 다 잘됐잖아. 모든 곳이 평화롭고 영화로워졌으니까. 그런데 말일세……."

제우스가 너무 오랫동안 입을 다물고 있자 프로메테우스는 침묵을 깨야 할 것 같은 의무감에 입을 열었다.

"설마 전쟁이 그립다는 말인가요?"

"아니, 그게 아니라……." 제우스는 마치 강의하는 교사처럼 프로메테우스 앞에서 왔다 갔다 하며 계속 서성거렸다. "내가 요즘 기분이 좀 언짢았던 건 자네도 눈치챘을 거야. 그 이유를 말해주지. 내가 가끔 독수리로 둔갑해서 여기저기 날아다니는 것 자네도 알고 있지?"

"님프들 찾아다니는 거죠."

"이 세상은." 제우스는 못 들은 척 말을 이었다. "무척 아름다워. 제자리를 지키고 있는 모든 것들이. 강, 산, 새, 짐승, 대양, 작은 숲, 평원, 협곡……. 그런데, 세상을 내려다보면 공허하고 슬퍼진단 말일세."

"공허라고요?"

"오, 프로메테우스, 완벽하게 완성된 세상에서 신으로 지낸다는 게 얼마나 따분한 일인지 자넨 눈곱만큼도 몰라."

"따분하다고요?"

"그래, 따분해. 얼마 전에 내가 참 심심하고 외롭다는 걸 깨달았다네. 좀 더 넓은 의미의 '외로움'이지. 우주적인 의미로. 난 우주적으로 외로워. 앞으로도 쭉 이래야 하는 건가? 모두가 머리를 조아리고 찬가를 부르면서 소원을 비는 동안 나는 올림포스에서 무릎에 벼락이나 올려놓고 옥좌에 앉아 있으라고? 영원히? 그게 무슨 재미인가?"

"그야……."

"솔직히 말해보게, 자네도 그러긴 싫지 않겠나."

프로메테우스는 입을 꼭 다물고 잠깐 생각에 잠겼다. 이 벗의 제위와 그 많은 형제들, 짐이 부러웠던 적은 한 번도 없었다.

제우스가 말했다. "만약에, 만약에 내가 새로운 종을 만든다면 어떻겠나."

"피티아 제전에서요?"

"아니, 경기 종목이 아니라. 종족 말일세. 새로운 세대. 모든 점에서 우리와 똑같은. 두 발로 똑바로 서고……."

"머리는 하나고요?"

"머리는 하나. 손은 두 개. 모든 면에서 우리를 쏙 빼닮았고, 그리고 음, 자넨 똑똑하잖나, 프로메테우스, 우리가 짐승보다 잘난 게 뭣 때문이지?"

"손?"

"아니, 우리가 존재한다는 걸 우리에게 알려주고, 우리 자신을 알게 해주는 그거."

"의식."

"그거야. 이 피조물들은 '의식'을 갖게 될 걸세. 그리고 언어도. 그들은 여기 육지에서 살면서 머리를 써서 농사를 짓고 먹을거리를 구하고 혼자 힘으로 잘 살아갈 거야."

"그럼……." 프로메테우스가 머릿속에 제대로 된 그림을 그려보려 집중하느라 얼굴을 찡그렸다. "우리랑 똑같은 종족이잖아요?"

"그렇지! 하지만 우리만큼 크지는 않네. 그리고 내 작품이 될 거야. 아니, 우리 작품이지."

"'우리' 작품요?"

"자넨 손재주가 좋잖나, 헤파이스토스처럼. 내 생각엔 자네가 이 피조물의 견본을, 찰흙 같은 걸로 만들었으면 좋겠어. 신체 부위 하나하나가 우리와 똑같아야 해. 대신에 더 작게. 그런 다음 거기에 생명을 불어넣고 복제해서 자연에 풀어놓고 무슨 일이 벌어지는지 구경하는 거지."

프로메테우스는 곰곰이 생각했다.

"우리가 그들과 어울리고 얘기를 나누고 같이 돌아다니고 하는 건가요?"

"바로 그거야. 지적인, 아니, 어느 정도 지적인 종족이 우리를 찬미하고 숭배하고, 우리와 어울리면서 우리를 즐겁게 해주는 거지. 고분고분하게 우리를 받들어 모시는 소인들."

"남자와 여자요?"

"아니, 그건 절대 안 되지, 남자만. 안 그러면 헤라가 뭐라고 하겠나……."

바람기 심한 남편이 건드릴 여성이 갑자기 더 많아지면 헤라가 어떤 반응을 보일지 안 봐도 뻔했다. 프로메테우스는 제우스가 이 거창한 계획에 매우 들떠 있음을 알았다. 아무리 기이하고 묘한 계획이라도 무언가를 한번 마음먹은 제우스는 헤카톤케이레스와 기간테스가 힘을 합쳐도 이겨낼 재간이 없었다.

프로메테우스도 이 계획을 반대하지는 않았다. 흥미진진한 실험이라는 생각이 들었다. 불멸의 존재들을 위한 장난감. 생각해보면 꽤 매력적인 개념이었다. 아르테미스에게는 사냥개가, 아프로디테에게는 비둘기가, 아테나에게는 올빼미와 뱀이, 포세이돈과 암피트리테에게는 돌고래와 거북이가 있었다. 하데스마저 개를 키우고 있었다. 정말이지 역겨운 개였지만. 신들의 두목이라면 마땅히 더 똑똑하고 충성스럽고 사랑스러운, 특별한 노리개를 직접 디자인해야 했다.


# 반죽하고 굽기

프로메테우스와 제우스가 계획을 실행하는 데 가장 적합한 점토를 구하기 위해 정확히 어디로 갔는가에 대해서는 여러 설이 있다. 2세기의 여행자 파우사니아스 같은 초기 사람들은 포키스에 있는 파노페우스라 주장했다. 훗날 학자들은 두 신이 소아시아의 동부를 여행하면서, 티그리스강과 유프라테스강 사이의 비옥한 땅을 쭉 지나갔다고 말한다.* 가장 최근의 학계는 그들이 닐루스강을 지나고 적도를 가로질러 동아프리카까지 흙을 물색하러 갔다고 주장한다.

어디였든 간에 그들은 프로메테우스가 완벽하다고 단언한 재료가 있는 곳을 마침내 발견했다. 어느 강의 진흙투성이 기슭에서 프로메테우스가 원했던 밀도와 결, 내구성, 색깔을 띤 진흙과 광물이 나왔다.

"좋은 점토예요." 프로메테우스가 제우스에게 말했다. 그러고는 자리 잡고 앉으려는 제우스를 말렸다. "아니요, 앉지 마요. 아무런 방해도 안 받고 혼자 조용히 작업하겠습니다. 침이나 좀 뱉고 가요."

"뭐?"

"이 피조물들이 살아 숨 쉬려면 몸속에 제우스 님의 일부가 들어가야 할 테니까요."

제우스는 타당한 말이라 여기고는 기꺼이 캬악 하고 가래를 뱉어 말라빠진 웅덩이를 신성한 침으로 적셨다.

프로메테우스가 말했다. "작은 점토상들을 강둑에 줄줄이 세워 놓고 햇볕에 구워야겠어요. 해 질 녘에 오세요. 그때쯤이면 준비

---

* 그리스어로 '강들 사이'가 '메소포타미아'다. 그래서 그리스인들은 그 지역을 처음부터 그렇게 불렀다.

가 끝날 겁니다."

제우스는 구경하고 싶었지만 예술가들의 괴팍한 기질을 잘 알고 있는 터라 프로메테우스에게 모든 걸 맡기기로 했다. 친구가 혼자 예술 작업에 몰두할 수 있게 그는 허공으로 뛰어올라 독수리로 변신해 멀리 날아갔다.

프로메테우스는 소시지처럼 기다랗게 떼어놓은 약 4포데스* 길이의 점토 덩어리들을 조심스레 밀어서 펴는 일부터 시작했다. 그리고 침을 적신 점토를 동그랗게 뭉쳐 머리를 만들어 그 위에 꽂았다. 그런 다음 매만지고, 구부리고, 꼬집고, 짓이기고, 다지고, 문지르고, 잡아당기고, 비틀고, 죄고 하다 보니 신이나 티탄족의 축소 모형 같은 것이 나타났다. 작업이 진행될수록 프로메테우스도 점점 흥분했다. 프로메테우스를 헤파이스토스에 견준 제우스의 말은 과장이 아니었다. 그에게는 진짜 기술이 있었다. 사실 그는 지금 진흙을 이기고 빚으면서 그냥 기술이 아니라 예술적 기교를 부리고 있었다.

프로메테우스는 점토에 서로 다른 색소들을 섞어 마치 살아 숨쉬는 듯한 각양각색의 남성 피조물들을 만들어냈다. 그의 첫 작품은 신들과 거의 비슷하게 햇볕에 그은 피부색을 가진 작은 형상이었다. 그다음으로 빛나는 검은색 피부를 가진 형상을 만들었고, 그러고 나서 분홍빛이 감도는 크림 같은 상앗빛 형상을, 이어서 호박색, 노란색, 청동색, 붉은색, 초록색, 베이지색, 강렬한 자주색, 밝은 파란색의 형상을 차례로 완성했다.

---

* 부록 494쪽 〈발과 발가락〉 참고.

1. 천지창조의 시작에 태어난 태초 신이자 대지가 의인화된 가이아.

2. 법, 정의, 질서의 화신이 된 티탄 신족 테미스. 이 그림에서 그녀는 델포이의 삼각 의자에 앉아 한 손에는 컵을, 한 손에는 어린 월계수 가지를 들고 있다.

3. 키클로페스 형제는 이마 한가운데에 동그란 모양의 눈이 달랑 하나 달려 있었다.

4. 잠이 의인화된 신, 히프노스. 그의 아들 모르페우스는 꿈의 모양을 빚었다.

5. 크로노스는 낫을 휘둘러 아버지 우라노스를 거세한다.

6. 보티첼리의 〈베누스의 탄생〉은 키프로스섬에 처음 도착한 아프로디테의 모습을 묘사하고 있다.

7. 아들을 집어삼키는 크로노스.

8. 크로노스가 레아에게 속아 후에 옴팔로스가 되는 돌을 받고 있다.

9. 크레타섬에서 님프들과 암염소 아말테이아가 아기 제우스에게 젖을 먹이고 있다.

10. 기간토마키아에서 신들과 싸우고 있는 두 거인족.

11. 제우스가 날개 달리고 뱀의 하체를 가진 괴물 티폰에게 벼락을 겨누고 있다.

12. 무사이는 각자의 특정 예술 형태를 대변하고 보호하는 아홉 자매를 이른다.

13. 운명을 주관하는 모이라이 세 자매. 클로토는 인생을 상징하는 실을 잣고, 라케시스는 그 길이를 재며, 아트로포스는 그 생명의 실을 언제 자를지 결정한다.

14. 티타노마키아라는 10년 전쟁에서 신들은 티탄족에 맞서 싸운다.

15. 승리를 거둔 올림포스 신들.

# 조각상의 수가 줄어들다

저녁이 되자 프로메테우스는 일어나서 하품과 함께 기지개를 켜며, 긴 시간 집중해서 일한 뒤에 따르는 피곤함과 만족감이 섞인 신음을 뱉었다.

오후 햇살을 받은 그의 작품들은 치즈처럼 유연하고 탄력 있는 점성을 띠었다. 프로메테우스의 입장에서는 완벽한 타이밍이었다. 완성된 작품들이 한낮의 더 뜨거운 열에 노출됐다면 비스킷처럼 바짝 말라, 신이자 왕인 의뢰인이 보나 마나 요구할 최종 수정이 불가능할 만큼 버슬버슬해졌을 것이다. 귀를 더 길게 빼달라는 둥, 생식기의 수를 두 배로 해달라는 둥 이런저런 요구가 많을 게 뻔했다. 신들만큼 변덕스러운 존재도 없으니.

그리고 지금, 그의 귀가 잘못된 게 아니라면, 신들의 제왕이 덤불 속에서 누군가와 시끄럽게 대화를 나누며 다가오고 있었다. 프로메테우스는 제우스의 말에 답하는 낮고 침착한 여성의 목소리를 알아들었다. 제우스가 아끼는 딸 아테나를 데려온 것이다.

제우스의 말소리가 들렸다. "네 아버지가 황제 신이라는 건 세상이 알지. 전능의 제우스, 그렇지. 만물을 정복한 제우스, 그렇고말고. 모르는 게 없는 제우스, 당연한 소리. 또⋯⋯."

"겸손하기 그지없는 제우스는 어때요?"

"창조자 제우스. 이건 별로냐?"

"꽤 멋져요."

"자, 이제 바로 저기에 강둑이 있을 텐데. 불러보자꾸나. 오, 프로메테우스!"

나뭇가지에 앉아 있던 멧새들이 깜짝 놀라 꽥꽥 울며 하늘로 후루룩 날아올랐다. "프로메에에테우스으으!"

"여기예요." 프로메테우스가 큰 소리로 답했다. "조심해요, 왜냐하면……."

이미 늦었다!

나무 사이를 뚫고 빈터로 나오면서 제우스는 흥분한 나머지 강둑에 줄지어 선 채 마르는 중인 정묘한 조각상들을 밟고 말았다. 프로메테우스는 분노와 절망에 휩싸인 비명을 지르며 앞으로 허겁지겁 달려 나가 자신의 작품들이 얼마나 손상됐는지 살폈다.

프로메테우스가 울부짖었다. "이 칠칠치 못한 양반아! 망가졌잖아요, 봐요!"

제우스에게 그런 식으로 말할 수 있는 사람은 세상천지에 아무도 없었다. 아테나는 아버지가 군말 없이 고개 숙여 사과하는 모습을 보고 깜짝 놀랐다.

살펴보니 프로메테우스가 걱정한 만큼 나쁜 상황은 아니었다. 조각상 세 개만 손을 쓸 수 없을 정도로 망가졌다. 프로메테우스는 진흙에서 그것들을 뽑아냈다. 짓뭉개진 점토에는 제우스의 거대한 발가락 자국이 나 있었다.

"다행이군." 제우스가 기분 좋게 말했다. "나머지는 괜찮네, 많기도 하고. 자, 이제 시작해볼까?"

"얘들 좀 봐요!" 프로메테우스는 으깨져 망가진 조각상들을 들어 올렸다. "초록색, 보라색, 파란색은 내가 아끼는 애들이었단 말입니다."

"그래도 검은색, 갈색, 상아색, 노란색, 붉은색 등등 아직 많이 있지 않은가. 이 정도면 됐지, 안 그런가?"

"암청색 색조가 얼마나 아름다웠는데."

아테나는 저물어가는 햇빛 속에 누워 반짝이고 있는 성한 형상들을 내려다보고 있었다. "오, 프로메테우스, 저것들은 완벽하네요." 아테나의 온화한 목소리는 다른 올림포스 신들의 포효나 비명보다 더 큰 위력을 지니고 있었다. 프로메테우스는 순식간에 기분이 좋아졌다. 아테나에게 칭찬을 받았으니 다른 건 아무래도 좋았다.

"뭐, 내 마음과 영혼을 담았으니까요."

"훌륭해, 아주 훌륭해. 위대한 티탄이 가이아의 점토로 만든 이 자들은 내 왕족의 침으로 뭉쳐지고 태양에 구워진 다음, 이제 내 딸의 온화한 숨결로 생명을 얻게 될 걸세." 제우스가 말했다.

이 피조물들을 살릴 사람은 아테나여야 한다고 그에게 귀띔해준 이는 늘 제우스의 안에 있는 메티스였다. 아테나는 그 조각상 하나하나에게 숨을 내쉬어, 그녀의 위대한 자질인 지혜, 직관, 지략, 분별을 말 그대로 불어넣어 주었다.


# 이름을 찾다

아테나는 강둑에 무릎을 꿇고 앉아 작은 조각상 하나하나에 따스하고 달콤한 숨을 불어넣었다. 다 끝나자 그녀는 일어나서 프로메테우스와 아버지의 곁으로 가, 이제부터 벌어지는 일들을 구경했다.

모든 일은 아주 느릿느릿 진행되었다.

먼저 가무잡잡한 색의 조각상 하나가 씰룩 움직이더니 가쁜 숨을 신음처럼 내뱉었다.

이어 줄의 반대쪽 끝에 있던 노란색 조각상이 몸을 꿈틀거리다가 일어나 앉아 살짝 기침을 했다.

몇 초 만에 자그마한 존재들이 모두 살아 움직이고 있었다. 이내 그들은 손과 발, 눈 같은 감각 기관들을 시험해보며 서로 쳐다보고, 공기의 냄새를 맡고, 수다를 떨고, 소리를 질러댔다. 그러고는 얼마 지나지 않아 일어서더니 급기야 뒤뚱뒤뚱 첫걸음을 뗐다.

제우스는 프로메테우스의 두 손을 잡고는 덩실덩실 춤을 추면서 소리쳤다.

"보게! 보라고! 아름답잖아! 멋져, 정말 멋지군!"

아테나는 입술에 손가락을 대며 말했다. "쉿! 아버지 때문에 저이들이 겁을 먹었잖아요." 아테나가 두려움에 휩싸인 채 경악한 표정으로 말똥말똥 올려다보고 있는 자그마한 피조물들을 가리켰다. 그들 중 가장 큰 자라 해도 그녀의 무릎에도 오지 않았다.

"괜찮아, 꼬마 친구들." 제우스가 몸을 굽히고 살살 달래는 목소리로 말을 걸었다. "무서워할 거 하나도 없어!"

하지만 우렁차게 울리는 그 엄청난 소리에 더 놀랐는지 작은 피조물들은 팔다리를 마구 흔들며 빙글빙글 돌았다.

"우리가 저 크기로 줄어들어 보죠." 프로메테우스는 이렇게 말하면서, 자신의 작품들보다 발 길이 하나 정도 큰 키로 몸을 줄였다. 제우스와 아테나도 똑같이 했다.

그러고 나니 겁을 잔뜩 집어먹고 갈팡질팡하던 피조물들도 포옹과 미소와 따뜻한 말 속에 서서히 안정을 찾으며 신들과 친해졌다. 그들은 세 영원불멸의 신들 주위로 몰려들어 고개를 숙여 절하고 엎드렸다.

"무슨 절까지." 프로메테우스는 그들 중 한 명을 만져보고는 그 감촉과 안에서 고동치는 생명력에 감탄했다. 아테나의 숨결이 점토를 온기 감도는, 살아 있는 살로 변신시켰다. 그들의 눈은 생명력과 활기와 희망으로 반짝반짝 빛났다.

제우스가 말했다 "아니지, 절해야 하고말고. 우리는 저자들의 신이고, 저들은 그 사실을 잊어선 안 돼."

"나는 이들의 신이 아니에요." 프로메테우스는 그들을 내려다보며 뜨거운 사랑과 뿌듯함을 느꼈다. "난 이들의 친구예요." 프로메테우스는 무릎을 꿇어 그들보다 더 몸을 낮추었다. "내가 가르쳐줄 겁니다. 어떻게 농사를 짓고, 어떻게 밀과 호밀을 빻아서 빵을 만들고, 어떻게 요리하고, 어떻게 연장을 만들고, 어떻게……."

"안 돼!" 제우스가 고함을 버럭 지르자 피조물들이 화들짝 놀라 또 허둥지둥 정신없이 돌아다니기 시작했다. 제우스의 노호에 답하듯 하늘에서 우르릉 쾅쾅 천둥이 크게 울렸다. "자네가 원한다면 얼마든지 저들과 친구 사이로 지내게, 프로메테우스. 그리고 아테나와 다른 신들도 분명 그렇게 하겠지. 하지만 단 한 가지만은 그들이 가질 수 없네, 영원히. 그건 바로 불일세."

프로메테우스는 깜짝 놀라 친구를 쏘아보았다. "하지만…… 왜 안 된다는 거예요?"

"불이 있으면 들고일어나서 우리에게 반항할지도 몰라. 불이 있으면 우리와 맞먹으려 들 걸세. 내 감이 그래. 확실하다니까. 저들에게 절대 불을 줘서는 안 되네. 이 얘기는 여기서 끝이야."

저 멀리서 천둥이 한참이나 울리며 그의 말에 화답했다.

"하지만." 제우스가 빙긋 웃더니 말을 이었다. "이 세상에 즐길 것들이 그 외에도 얼마나 많은가. 여행할 곳도 천지잖아. 포세이돈의 바다를 항해하고, 데메테르의 도움을 받아 씨를 뿌려 곡물을 기르고, 헤스티아에게 가정 건사하는 법을 배우고, 짐승을 키워 우유, 모피, 노동력을 얻고, 아르테미스한테서 사냥술을 배울 수 있지. 헤르메스가 저자들에게 지략을 가르쳐줄 테고, 아폴론은 음악과 지식을 알려줄 거야. 아테나는 지혜롭게 자급자족하는 방법을 가르쳐주겠지. 아프로디테는 사랑의 기술을 나눠줄 테고. 저들은 자유롭고 행복하게 살 걸세."

"저들을 뭐라고 부르죠?" 아테나가 물었다.

"아래에 있는 자." 제우스는 잠깐 생각한 끝에 말했다. "안트로포스."*

그러고는 제우스가 손뼉을 치자, 수공예품 인간들이 100명으로 늘어났고, 100명이 큰 무리를 지었다. 이 무리는 바깥으로 계

---

* 엄밀히 말하자면 이 이야기는 '남자'를 의미하는 단어 '안트로포스(anthropos)'의 어원에 관한 한 가지 설이다. 안타깝게도 우리 종을 뜻하는 단어들이 남성만 지칭하는 경우가 많은 것 같다. 예를 들어, '휴먼(human)'은 '남자'를 의미하는 라틴어 '호모(homo)'와 동족어다. 따라서 '휴머니티(humanity)'라는 단어는 종의 절반을 배제하는 실례를 범하고 있는 것이다. '포크(folk)'와 '피플(people)'은 그리 구체적이지 못하다. 그러나 '맨(man)'이 실제로는 '멘스(mens, 정신)', '매누스(manus, 손)'와 연관되어 있으며, 1,000년 전까지만 해도 성 중립적인 단어였음을 기억해두는 것이 좋다.

속 퍼져나가 더 많은 군중이 되었으며, 이내 수십만 명의 인간들이 생겨나 세상 곳곳으로 집을 찾아 떠났다.

이렇게 해서 최초의 인간 종족이 탄생했다. 프로메테우스가 인류를 만들 때 사용한 사원소를 생각하면 가이아, 제우스, 아폴론, 아테나도 창조에 한몫했다고 할 수 있다. 흙(가이아의 점토), 물(제우스의 침), 불(아폴론의 태양), 공기(아테나의 숨). 인간은 창조주들의 최고 장점들을 구현하며 번영해갔다. 하지만 뭔가가 빠져 있었다. 아주 중요한 뭔가가.


# 황금시대

데메테르 덕분에 기름지고 비옥해진 알마 마테르(풍요로운 어머니 대지)는 최초의 인간들에게 달콤한 낙원과도 같았다. 그들에게는 질병도, 가난도, 굶주림도, 전쟁도 없었다. 단순한 목가 생활을 즐기면서 가벼운 목축 일만 조금 하면 그만이었다. 신들이 무섭지 않고 편한 모습으로 인간 사이에 돌아다녔고, 인간들은 신들을 기꺼이 숭배하는 동시에 스스럼없이 대해 심지어는 서로 친구가 되기까지 했다. 제우스를 비롯한 신들, 티탄족과 영원불멸한 존재들은 프로메테우스가 점토로 빚어낸 이 매력적이고 아이 같은 난쟁이들과 아주 즐겁게 어울려 지냈다.

어쩌면 아름답도록 소박하며 온 세상에 따스함이 넘치는 이 초기 시절은 우리의 상상에 지나지 않을지도 모른다. 이후에 찾아올 침울하고 타락한 시대와 달리 낙원의 숭고함이 절정에 달한 이런 시절도 있었다고 위안 삼을 수 있으니 말이다. 훗날 그리스인들은 황금시대가 진짜 존재했다고 철석같이 믿었다. 그들의 생각과 시에 언제나 존재했던 황금시대는 그들이 염원하는 완벽한 이상향이었다. 황금시대는 우리가 막연히 떠올리는, 원시인들이 동굴에서 으르렁거리는 모습보다 더 구체적이고 실감 나게 묘사되었다. 비현실적으로 이상적인 세상과 완벽한 형태는 종족 기억에 대한 동경을 지적으로 표출한 결과물이었을지도 모른다.

모든 영원불멸의 존재 가운데 인류를 가장 사랑한 이가 인간들을 빚은 예술가이자 창조자인 프로메테우스였던 것은 당연한 일이다. 그와 그의 동생 에피메테우스는 올림포스에서 동료 신들과 함께 보내는 시간보다 인간들과 함께 지내는 시간이 더 많았다.

프로메테우스는 남자들만 창조할 수밖에 없었던 것이 못내 아쉬웠다. 하나의 성밖에 없는 이 복제 인간들은 외모와 성향과 기질 면에서 다양성이 부족하고 새로운 유형을 번식시키고 만들어낼 수가 없었다. 인간들은 물론 행복했다. 하지만 프로메테우스에게 그렇게 안전하며 도전도 없는 따분한 생활은 아무런 묘미가 없었다. 그의 창조물이 그들에게 합당한 신과 비슷한 지위에 접근하려면 무언가가 더 있어야 했다. 그들에게는 '불'이 필요했다. 녹이고, 제련하고, 굽고, 끓이고, 만들고, 벼리는 데 쓸 수 있는, 뜨겁고 맹렬하게 너울거리며 타오르는 진짜 불. 그리고 생각하고 상상하고 도전하고 행동할 힘을 내면에 지펴줄 창조적인 불, 신성의 불도 필요했다.

자신의 창조물들을 지켜보면 지켜볼수록 그들과 어울리면 어울릴수록 그들에게 불이 필요하다는 프로메테우스의 생각은 점점 더 확고해졌다. 그리고 그는 그것을 어디서 찾아야 할지 잘 알고 있었다.

# 회향 줄기

프로메테우스는 자신의 위로 우뚝 솟은 올림포스산의 쌍둥이 봉우리를 살폈다. 가장 높은 미티카스 봉은 거의 1만 포데스 높이로 봉우리 끝이 구름에 가려 보이지 않았다. 그 옆에는 10~20미터 정도 더 낮지만 오르기는 훨씬 더 힘든 험악한 바위투성이의 스테파니 봉이 우뚝 솟아 있었다. 두 봉우리의 서편으로는 스콜리오 봉의 고지가 어렴풋이 보였다. 가장 험난한 이 봉우리를 지금 오르면 저물어가는 석양빛 덕분에 높은 왕좌에 앉아 있는 신들에게 들키지 않겠지. 그래서 프로메테우스는 아무도 모르게 정상까지 갈 수 있으리라 확신하고 위험천만한 등반을 시작했다.

프로메테우스는 지금까지 제우스의 뜻을 거역한 적이 단 한 번도 없었다. 중대한 일에서는. 게임이나 경주, 레슬링 시합이나 님프 유혹하기 경쟁에서는 친구를 실컷 놀리고 비웃었지만, 절대 그의 명령을 노골적으로 거스르지는 않았다. 신들 사이의 위계질서는 아무나 쉽게 깰 수 있는 것이 아니었다. 제우스는 그가 사랑하는 친구였지만, 어쨌든 제우스였다.

그래도 프로메테우스는 밀어붙이기로 작정했다. 그는 자신이 제우스를 사랑하기는 해도 인류를 사랑하는 마음이 더 크다는 걸 알았다. 지금 느끼는 흥분과 결의가 신의 분노에 대한 두려움보다 더 강했다. 친구를 배신하기는 싫었지만, 선택을 하라면 답은 명확했다.

프로메테우스가 스콜리오 봉의 깎아지른 듯한 암벽을 다 올랐을 즈음, 서문은 아폴론의 태양 전차가 들어오자마자 닫혔고 산 전체가 어둠에 잠겼다. 프로메테우스는 몸을 낮게 웅크린 채, 그릇처럼 생긴 원형 무대 메갈라 카자니아의 꼭대기에 있는 삐죽삐죽한 노두를 돌아갔다. 앞쪽을 보니, 저 건너편에 무사이의 고원이 보였다. 수백 포데스 정도 떨어진 헤파이스토스의 대장간에서 뿜어져 나온 불빛이 혀를 날름거리듯 이리저리 너울거리며 깜박이고 있었다.

올림포스산의 반대편에서는 신들이 한창 저녁 식사 중이었다. 아폴론의 리라, 헤르메스의 팬파이프 소리, 아레스의 걸걸한 웃음소리, 아르테미스의 사냥개가 으르렁거리는 소리로 시끌벅적했다. 프로메테우스는 대장간의 외벽에 바짝 붙어 그 앞마당으로 조금씩 조금씩 움직였다. 모퉁이를 돌자 알몸으로 바닥에 대자로 뻗어 코를 골고 있는 거대한 덩치의 브론테스가 보여 깜짝 놀랐다. 프로메테우스는 어둠 속에서 머뭇거렸다. 키클로페스 형제가 헤파이스토스의 조수 노릇을 하고 있다는 건 알았지만, 대장간에서 잠까지 잘 줄은 미처 예상하지 못했기 때문이다.

대장간 입구에 나르텍스 풀이 보였다. 거대 회향(페룰라 코무니스)이라 불리기도 하는데, 오늘날 우리가 생선에 아니스 씨의 기분 좋은 풍미를 더하기 위해 쓰는 알뿌리채소와 완전히 똑같지는 않지만, 거의 친척이긴 하다. 프로메테우스는 몸을 앞으로 숙여 길고 싱싱한 풀을 한 줄기 뽑았다. 줄기 속에는 린트 천 같은 두툼한 심이 꽉 차 있었다. 프로메테우스는 줄기의 바깥쪽에 달린 이파리들을 벗겨낸 다음 몸을 쭉 뻗으며, 잠결에 웅얼거리고 있는 브론테스를 넘어 불 쪽으로 줄기를 들이밀었다. 용광로에서 뿜어져 나오는 열기가 줄기 끝에 바로 옮겨붙었다. 프로메테우스는 최대한 조심조심 풀줄기를 거둬들였지만, 끄트머리에서 탁탁 튀던 불꽃이 브론테스의 몸통으로 떨어지는 것까지 막지는 못했다. 가슴살이 지글지글 쉬익쉬익 구워지자 키클롭스는 아파서 으르렁거리며 깨어났다. 브론테스가 비몽사몽간에 자기 가슴을 내려다보며, 왜 이렇게 아픈지, 이게 대체 무슨 일인지 이해하려 애쓰는 사이에 프로메테우스는 풀줄기를 무사히 회수해 그곳에서 달아났다.

## 불을 선물하다

프로메테우스는 심이 천천히 불타고 있는 회향 줄기를 이 사이에 꽉 물고 올림포스산을 다시 내려갔다. 5분마다 한 번씩 줄기를 입에서 빼내, 불이 꺼지지 않도록 살살 불어주었다. 마침내 안전한 계곡 바닥에 닿자 그는 동생과 함께 인간이 집을 지어 살고 있는 마을로 향했다.

프로메테우스가 재치를 발휘해, 돌을 맞부딪치거나 나뭇가지를 비벼서 불을 피우라고 인간을 가르칠 수도 있지 않았을까 싶겠지만, 프로메테우스가 훔친 것이 천상의 불, 신성한 불이었다는 사실을 잊어서는 안 된다. 애초에 나뭇가지들을 비비고 부싯돌을 치려는 호기심을 인간 안에 불러일으킨 내면의 불꽃을 그가 가져다준 것일지도 모른다.

프로메테우스가 춤추듯 이리저리 날뛰는 괴물을 보여주었을 때 인간들은 처음엔 무서워서 소리를 지르고 뒷걸음질 치며 멀리 달아났다. 하지만 곧 호기심이 두려움을 이겼고, 인간들은 이 새로운 장난감이랄까, 물질이랄까, 현상이랄까, 아무튼 이것을 즐기기 시작했다. 그들은 불이 자신들의 적이 아니라 잘만 길들이면 쓸모가 무지무지 많은 강력한 친구라는 사실을 깨달았다.

프로메테우스가 이 마을 저 마을 돌아다니며 연장과 무기를 만들고 도기를 굽고 고기를 요리하고 곡물 반죽 굽는 기술을 직접 보여준 덕에 인간들은 더 편안한 생활을 누리게 되었고, 금속 창과 화살로 사냥감을 제압할 수 있었다.

그로부터 얼마 지나지 않아 제우스가 우연히 올림포스산에서 아래 세상을 내려다봤다가 곳곳에 흩어져 춤추듯 이리저리 흔들리고 있는 주홍빛 점들을 보았다. 그는 상황을 단번에 알아챘다. 누가 벌인 짓인지 묻지 않아도 알았다. 그는 걷잡을 수 없는 분노에 휩싸였다. 이토록 극단적이고 이토록 사납고 이토록 불길한 분노는 일찍이 없었다. 거세당한 고통으로 몸부림치던 우라노스도 이렇게 앙심 깊은 분노에 치를 떨지는 않았다. 우라노스는 대수롭지 않게 여기던 아들에게 당했지만, 제우스는 가장 사랑하는 벗에게 배신당했다. 이보다 더 잔인한 배신은 없었다.

# 형벌

## 선물

제우스의 분노가 워낙 엄청났던 탓에 올림포스의 모든 이들은 프로메테우스가 다시는 돌이킬 수 없는 원자 상태로 박살 나는 건 아닌가 걱정했다. 제우스의 머릿속에서 균형감을 찾아주는 현명한 메티스가 더 섬세하고 더 품위 있는 복수 방법을 조언해주지 않았다면, 한때 총애받던 티탄은 정말 그런 운명을 맞았을지도 모른다. 분노는 여전히 거세게 불타올랐지만 이제 제우스는 어떤 식으로 보복할 것인가에 온 신경을 쏟아부었다. 당분간 프로메테우스는 내버려두고, 인간, 하잘것없으면서 건방지기만 한 인간, 한때 귀여워했지만 지금은 원한과 차디찬 경멸밖에 느낄 수 없는 피조물들에게 이 어마어마한 분을 풀 작정이었다.

아테나가 침통하고 근심 어린 표정으로 지켜보는 가운데 신들의 왕은 일주일 내내 옥좌 앞에서 이리저리 서성이며, 감히 불을 훔치고 건방지게 올림포스 신들을 흉내 내려 한 인간들에게 어떤 벌을 내릴까 고민했다. 그의 안에서 한 목소리가 이렇게 속삭이는 듯했다. 그가 어떤 복수를 하든 인류는 꾸준히 올라와 언젠가 신들을 따라잡을 거라고, 아니, 더 끔찍하게도 더 이상 신이 필요 없어 내팽개칠 거라고. 숭배도, 기도도 거룩한 올림포스에 바치지 않으리라. 너무 불경하고 터무니없어 재고의 가치도 없는 예상이었으나 그런 괘씸한 생각이 머릿속에 떠올랐다는 사실 자체가 그의 분노를 마구 부채질했다.

결국 실행된 멋진 책략이 제우스, 메티스, 아테나 중 누구의 아이디어였는지는 몰라도, 제우스는 그 계획이 아주 만족스러웠다. 대단히 그리스적인 정신을 가진 그에게 그 완벽한 대칭성이 매력적으로 보였다. 프로메테우스에게 한 수 가르쳐주고, 인간들에게 맹세코 본때를 보여주리라.

먼저 그는 헤파이스토스에게 명령해, 프로메테우스가 했던 것처럼 자신의 침을 적신 점토로 인간을 만들게 했다. 단 이번에는 젊은 여성의 조각상이었다. 헤파이스토스는 아내 아프로디테, 어머니 헤라, 고모 데메테르, 누이 아테나를 모델 삼아 경이로운 아름다움을 지닌 여자를 정성스레 조각했고, 아프로디테가 거기에 생명과 온갖 사랑의 기술을 불어넣었다.

다른 신들도 가세해 이 여자에게 세상에 나갈 준비를 단단히 시켰다. 아테나는 그녀에게 집안일과 자수, 길쌈을 가르치고 화려한 은빛 원피스를 입혔다. 카리테스는 최고급 진주, 마노, 벽옥, 옥수로 만든 목걸이, 브로치, 팔찌 같은 장신구를 달아주었다. 호라이는 그녀의 머리에 꽃을 엮어, 그녀를 누구든 한눈에 반할 만한 미녀로 만들었다. 헤라는 그녀에게 침착함과 냉정함을 주었다. 헤르메스는 말솜씨, 남을 속이는 기술, 호기심, 간계를 가르쳤다. 그리고 이름도 지어주었다. 모든 신이 저마다 그녀에게 뛰어난 재주나

소양을 선물했으니 그녀의 이름은 '모든 선물을 받은 자', 그리스어로 '판도라'가 된다.*

헤파이스토스가 이 미의 화신에게 주기 위해 하나 더 만든 선물은 제우스가 그녀에게 직접 전해주었다. 그것은 비밀로 가득 채워진 용기였다.

그 용기가 상자, 혹은 이러저러한 모양의 궤였을 거라고 생각하는 사람이 많겠지만, 사실 그것은 유약을 바르고 밀봉한 옹기 항아리의 일종으로, 그리스 지역에서는 '피토스'라 부른다.†

제우스가 말했다. "받아라, 애야. 이건 순전히 장식용이란다. 절대 열어봐선 안 돼. 알겠지?"

판도라는 사랑스러운 머리를 끄덕였다. 그러고는 진심을 담아 나직이 말했다. "절대 안 열게요. 절대로요!"

"착하구나. 그건 네 결혼 선물이다. 부부 침대 밑에 깊숙이 묻어두어라. 하지만 열어선 안 돼, 영원히. 그 안에는…… 아니다, 됐다. 너한테는 아무 재미도 없을 거야."

헤르메스는 판도라의 손을 잡고, 프로메테우스와 그의 동생 에피메테우스가 어느 부유한 인간 마을의 한가운데에 지어놓은 작은 돌집으로 그녀를 데려갔다.

---

* 사실 그렇게 단순한 이름은 아니다. '판도라'에는 '모든 것을 받다'뿐만 아니라 '모든 것을 준다'라는 의미도 있다.
† 판도라의 '피토스(항아리)'를 '픽시스(상자)'로 잘못 해석한 사람은 16세기의 위대한 학자이자 인문학계의 왕자인 에라스뮈스였다고 한다.

# 형제

프로메테우스는 제우스가 자신의 불복종을 벌하리라는 걸 알고 있었다. 그래서 불 사용법을 가르치기 위해 다른 마을로 떠나기 전에, 동생 에피메테우스에게 자신이 집을 비우는 동안 올림포스에서 오는 선물은 어떤 모습을 하고 있든 절대 받지 말라고 경고했다.

항상 행동부터 먼저 하고 결과는 나중에 생각하는 에피메테우스는 자기보다 똑똑한 형의 말대로 하겠다고 약속했다.

하지만 제우스의 선물 앞에서는 어떤 각오도 무용지물이었다.

어느 날 아침 문 두드리는 소리에 에피메테우스가 나가봤더니 신의 전령들이 기분 좋게 미소 짓고 있었다.

"잠깐 들어가도 될까요?" 헤르메스가 물으며 옆으로 휙 비켜서자, 에피메테우스가 이제까지 본 피조물 중 가장 아름다운 존재가 흙 항아리를 두 팔로 살며시 안고 서 있었다. 아프로디테도 물론 아름다웠지만 머나먼 천상의 존재였기에 멀리서 숭배하고 우러러볼 뿐 다른 욕심을 품을 수 있는 상대가 아니었다. 데메테르, 아르테미스, 아테나, 헤스티아, 헤라도 마찬가지였다. 그들의 아름다움은 고귀하고 손에 넣기 어려웠다. 님프들, 오레아스들, 오케아니스들은 예쁘장하니 꽤 매혹적이었지만, 얼굴을 붉히며 수줍게, 애교 있게, 사랑스럽게 그를 올려다보고 있는 이 귀여운 여인에 비하면 그들은 경박하고 유치해 보였다.

"좀 들어갈까요?" 헤르메스가 다시 말했다.

에피메테우스는 침을 꿀꺽 삼키고 뒤로 물러나며 문을 활짝 열었다.

그러자 헤르메스가 말했다. "그대의 아내가 될 사람을 소개하지요. 이 여인의 이름은 판도라랍니다."

# 항아리

에피메테우스와 판도라는 곧 결혼했다. 에피메테우스는 저 멀리 바라나시 사람들에게 청동 주조 기술을 가르쳐주고 있던 프로메테우스가 판도라를 탐탁지 않게 여길 것 같은 예감이 들었다. 형이 돌아오기 전에 얼른 결혼을 해치우는 게 나을 듯싶었다.

에피메테우스와 판도라는 사랑에 푹 빠졌다. 서로에게 끌리는 마음을 거부할 수가 없었다. 판도라의 아름다움과 깊은 조예는 매일같이 에피메테우스에게 기쁨을 안겨주었고, 항상 현재를 즐기며 미래를 걱정하지 않는 에피메테우스의 느긋함 덕에 판도라는 인생을 가볍고 즐거운 모험쯤으로 여길 수 있었다.

그런데 작은 파리 한 마리가 윙윙거리며 주변을 맴돌고 작은 벌레 한 마리가 속으로 파고들듯 근질근질 가려운 뭔가가 있었다.

그 항아리.

판도라는 침실에 있는 시렁에 항아리를 올려놓았다. 에피메테우스가 항아리에 대해 묻자 그녀는 웃었다. "헤파이스토스 님이 올림포스를 잊지 말라고 장난으로 만들어준 거예요, 쓰잘머리 없이."

"예쁘긴 하네." 에피메테우스는 이렇게 말하고는 항아리에 대해서 잊어버렸다.

어느 날 오후, 남편이 친구들과 원반던지기를 연습하러 나갔을 때 판도라는 항아리로 다가가 밀봉된 뚜껑의 테두리를 손가락으로 쭉 훑었다. 왜 제우스 님은 이 안에 흥미로운 건 하나도 없다는 말을 굳이 했을까? 정말 없다면 그런 말을 안 했을 거야. 판도라는 머릿속으로 이치를 따져보았다.

친구에게 텅 빈 항아리를 주면서 항아리가 비었다고 일부러 말해주지는 않을 거야. 친구가 언젠가 항아리 안을 볼 거고 그럼 저절로 알게 될 테니까. 그런데 왜 제우스 님은 이 항아리에 흥미로운 건 하나도 안 들었다고 굳이 반복해서 말했을까? 생각할 수 있는 이유는 하나뿐이다. 대단히 흥미로운 뭔가가 들어 있는 것이다. 값지거나 힘을 가진 무언가, 마법을 걸거나 마법에 걸린 무언가가.

하지만, 안 돼. 항아리를 열지 않겠다고 맹세했다. "약속은 약속이니까." 이렇게 혼자 중얼거리고 나자 판도라는 뿌듯한 기분이 들었다. 항아리의 마력에 넘어가지 않는 것이 의무라고 믿었으나 지금은 항아리가 그녀에게 치명적인 유혹의 노래를 부르고 있는 것처럼 느껴질 지경이었다. 이렇게 사람을 홀리는 물건을 침실에 놔두고 밤낮 할 것 없이 조롱당하고 유혹당하다 보니 부아가 치밀었다.

눈에 안 보이면 욕심도 줄어드는 법. 판도라는 작은 뒤뜰로 가서, 결혼 선물로 이웃 사람에게 받은 해시계 옆에 구덩이를 파고 항아리를 땅속 깊이 묻었다. 판도라는 땅을 평평하게 두드리고 나서 받침돌에 올려진 묵직한 해시계를 그 위로 굴렸다. 이제 됐다!

그로부터 일주일 동안 판도라는 이제까지 그랬던 것처럼 명랑하고 활기차고 행복했다. 에피메테우스는 그녀에게 더 깊이 빠졌고, 친구들을 초대해 진수성찬을 대접하며 그녀를 위해 지은 노래를 들려주었다. 즐겁고 성공적인 파티였다. 황금시대 최후의 잔치.

그날 밤, 넘치도록 받은 찬사에 들떴는지 판도라는 좀처럼 잠들지 못했다. 침실 창문 밖으로 달빛이 정원을 내리비추고 있었다. 해시계 바늘이 은빛 날처럼 번득였고, 항아리의 노래가 또다시 들리는 듯했다.

에피메테우스는 그녀 곁에서 세상모르고 잠들어 있었다. 달빛 줄기들이 정원에서 춤을 추었다. 판도라는 더 이상 참지 못하고 침대에서 벌떡 일어나 정원으로 나가서는 해시계 주춧돌을 치우고 땅을 마구 파기 시작했다. 이러면 안 된다고 스스로를 타이를 여유도 없었다.

판도라는 숨겨났던 곳에서 항아리를 꺼내 뚜껑을 비틀었다. 봉랍이 떨어지면서 뚜껑이 열렸다. 날개들이 빠르게 퍼득퍼득, 맹렬하게 펄럭펄럭 훼치고, 귓속에서 뭔가가 사납게 빙빙 돌아가는 소리가 들렸다.

아! 날아다니는 아름다운 생명체들!

잠깐, 아니야……. 그것들은 전혀 아름답지 않았다. 가죽 같은 것이 목을 쓸고 지나간 후 살갗을 찔리거나 물린 것처럼 날카롭고 끔찍한 통증이 찾아오자 판도라는 고통과 두려움에 휩싸여 비명을 질렀다. 날아다니는 형체들이 항아리 아가리에서 윙윙거리며 점점 더 많이 나와 자욱하니 거대한 구름을 이루어 그녀의 귓가에서 재잘거리고 괴성을 지르고 울부짖었다. 이 무시무시한 피조물들이 어지럽게 일으키는 소용돌이 사이로, 무슨 일인지 보러 밖으로 나오는 남편의 얼굴이 보였다. 그의 얼굴은 공포와 놀라움으로 하얗게 질려 있었다. 판도라는 크게 소리를 지르며 용기와 힘을 그러모아 뚜껑을 닫고 항아리를 봉했다.

늑대로 둔갑해 정원 담장 위에서 그 모습을 지켜보던 제우스는 새된 소리로 울어대는 피조물들이 공기를 할퀴고 소용돌이를 일으키며 아래의 정원을 빙글빙글 돌다가 멀리, 마을로, 시골로, 온 세상으로 날아가 인간이 살고 있는 곳이라면 어디든 역병처럼 내려앉자 비정하고 사악한 미소를 씨익 지었다.

그런데 이 형체들의 정체는 뭘까? 그들은 닉스와 에레보스가 낳은 어둡고 사악한 자식들의 돌연변이 후손들이었다. 아파테(기만), 게라스(노쇠), 오이지스(고뇌), 모모스(비난), 케레스(파괴적인 죽음)에게서 태어났으며, 아테(파멸)와 에리스(불화)의 자손들이기도 했다. 그들의 이름을 보자. 포노스(고난), 리모스(굶주림), 알고스(고통), 디스노미아(무질서), 프세우데아(거짓말), 네이케아(다툼), 암필로기아이(논쟁), 마카이(전쟁), 히스미나이(전투), 안드로크타시아이와 포노이(학살과 살인).

질병, 폭력, 기만, 고통, 빈곤이 도래했다. 그리고 그들은 영영 지구를 떠나지 않는다.

판도라가 미처 몰랐던 사실은, 그녀가 항아리 뚜껑을 황급히 닫았을 때 닉스의 마지막으로 남은 딸 한 명이 그 안에 영원히 갇혀버렸다는 것이다. 마지막 이 작은 피조물은 항아리 안에서 하릴없는 날갯짓만 하고 있었다. 그 이름은 엘피스, 바로 희망이었다.*

---

\* 부록 490쪽 〈희망〉 참고.

# 궤와 홍수, 그리고 가이아의 뼈

이렇게 황금시대는 순식간에 끔찍한 종말을 맞았다. 죽음, 질병, 가난, 범죄, 기근, 전쟁은 이제 인류가 영원히 피할 수 없는 운명이 되었다.

하지만 그 뒤에 이어진 은시대가 절망적이기만 한 것은 아니었다. 신과 반신반인, 괴물들이 인간과 어울려 살고, 교배하고, 인간의 삶에 깊숙이 관여한다는 점에서 인간의 은시대와는 달랐다. 이제 불이 있고, 여성 덕분에 번식이 가능해지고 가족과 완전성에 대한 개념이 완전해졌으니, 판도라의 항아리에서 나온 재앙 중 일부는 상쇄할 수 있었다. 제우스는 인간 세상을 내려다보고는 이 사실을 알았다. 그의 안에서 메티스의 목소리가 언젠가 인류는 스스로 일어설 것이고 그때는 그 무엇도 그들을 막을 수 없을 거라고 속삭이는 듯했다. 제우스는 깊은 고민에 빠졌다.

그 무렵 사람들은 신들을 충분히 경외하여, 갓 친근해진 불을 사용해 복종과 헌신의 표시로 번제燔祭 제물을 올림포스산으로 올려 보냈다.

최초의 여성인 판도라는 에피메테우스와의 사이에서 자식을 여럿 낳았는데 그중에는 딸 피라도 있었다. 프로메테우스도 데우칼리온이라는 아들을 두었다. 아이의 어머니는 프로메테우스 자신의 어머니인 클리메네라는 설도 있고, 오케아니스인 헤시오네라는 설도 있다.

이렇게 남성과 여성의 수가 늘어났다.

예지력*만은 잃지 않은 프로메테우스는 제우스의 분노가 아직 누그러지지 않았음을 뼈아프게 느끼고 있었다. 그는 데우칼리온을 키우면서 최악의 천벌에 대비시켰다. 아들이 웬만큼 성장하자 그는 목공 기술을 가르쳤다. 그러고 나서 아버지와 아들은 거대한 궤를 함께 만들었다.

티탄 형제는 자신들의 자녀인 피라와 데우칼리온이 사랑에 빠져 결혼하자 매우 기뻐했다. 프로메테우스와 에피메테우스는 이제 새롭고 독자적인 인간 왕국의 우두머리를 자처할 수 있게 되었다. 하지만 올림포스의 왕좌에 앉아 곰곰이 생각에 빠진 뇌신雷神의 위협이 항상 도사리고 있었다.

시간이 흐르면서 인류는 계속 번식하여 늘어났다. 제우스의 눈에 그들은 한때 자신이 귀여워했던 장난감이 아니라 역병처럼 보였다. 인간에게 두 번째 벌을 내릴 핑계를 찾고 있던 그에게 마침 인류의 첫 통치자 중 한 명인 아르카디아의 왕 리카온이 빌미를 제공해주었다. 리카온은 펠라스고이족의 시조인 펠라스고스의 아들이었다. 이 펠라스고스는 프로메테우스가 만들고 아테나가 생명을 불어넣은 최초의 점토 인형 중 하나였다. 펠라스고스는 갈색을 띤 피부와 머리칼, 눈을 가지고 있었고, 현대인이 고대 그리스인이라 간주할 만한 사람이었다. 훗날 그리스인들은 이 민족과 그들의 언어와 관습을 미개하다 여겼다. 앞으로 나오겠지만 이 최초의 종족은 지중해에 그리 오래 살 운명이 아니었다.

리카온은 제우스의 전지함과 판별력을 시험하고 싶었는지, 아

---

* 예지력은 있었지만 예언력은 없었다.

니면 다른 악랄한 의도가 있었는지 몰라도, 자신의 아들인 닉티모스를 죽이고 그 살을 구워서, 그의 궁전에 연회 손님으로 온 신에게 대접했다. 제우스는 입에 담기도 어려운 이 역겨운 소행에 몸서리를 치며 아들을 다시 살려주고 리카온을 늑대로 만들어버렸다.† 하지만 닉티모스가 아버지를 이어 인류를 통치할 시간은 거의 없었다. 마흔아홉 명의 형제들이 난폭하게 땅을 약탈하면서 추태를 보이자 제우스는 인간 실험을 완전히 종결할 때가 왔다는 결정을 내렸다. 제우스는 구름을 몰아 거센 폭풍우를 일으켰고, 이윽고 땅이 물에 잠겨 그리스와 지중해 지역의 모든 사람들이 물에 빠져 죽었다.

하지만 프로메테우스의 통찰력 덕분에 데우칼리온과 피라는 나무 궤를 타고 안전하게 떠다니며 아흐레간의 홍수를 이겨냈다. 그들은 훌륭한 생존주의자들답게 식량과 음료, 필요한 연장과 물건을 잘 준비했고, 마침내 홍수가 물러나 배가 파르나소스산에 닿았을 때 진흙과 진창 속에서도 살아남을 수 있었다.‡

물이 웬만큼 말라 산을 내려가도 안전하다고 여겨지자 피라와 데우칼리온(이때 여든두 살이었다고 한다)은 파르나소스산 아래의 계곡 중턱에 있는 델포이로 향했다. 그곳에서 그들은, 옳은 일이란 무엇인지 이해하고 앞일을 예언하는 능력을 가진 티탄 신족

---

† 늑대인간을 뜻하는 영어 단어 중 하나인 '라이칸스로프(lycanthrope)'는 '늑대인간'을 의미하는 그리스어다.

‡ 오비디우스의 얘기에 따르면 그렇다. 에트나산이나 아토스산이라는 설도 있다. 거의 같은 시기에 노아는 아라라트산에 도착했다. 고고학적 증거를 보면 실제로 대홍수가 일어났던 것 같다.

테미스의 신탁을 구했다.

"오, 정의와 평화, 질서의 어머니인 테미스 님이여, 바라옵건대 우리가 갈 길을 인도해주소서. 지금 세상엔 저희밖에 없고, 이 텅 빈 세상을 후손으로 채우기에는 저희가 너무 늙었나이다." 피라와 데우칼리온이 울부짖었다.

그러자 사제가 낮은 소리로 읊조렸다. "프로메테우스와 에피메테우스의 자식들이여. 나의 목소리를 듣고 내 명을 따르라. 너희 머리를 감싸고 너희 어머니의 뼈를 어깨 뒤로 던져라."

당혹감에 빠진 부부는 사제로부터 한마디도 더 끌어낼 수 없었다.

피라가 땅바닥에 앉으며 말했다. "내 어머니는 판도라였어. 아마 물에 빠져 돌아가셨을 텐데 어디서 어머니 뼈를 찾아?"

데우칼리온이 말했다. "내 어머니는 클리메네야. 뭐, 오케아니스 헤시오네라는 말도 있긴 하지만. 어쨌든 어느 쪽이나 다 불멸의 존재들이시니 살아 계실 테고 보나 마나 뼈를 내주지 않겠지."

"생각을 해야 해. '우리 어머니의 뼈.' 다른 의미가 있는 건 아닐까? '우리 어머니의 뼈.' 어머니 뼈라…… 생각해, 데우칼리온, 생각을 하라고!"

데우칼리온은 접은 천으로 머리를 덮고, 이미 머리를 가린 아내 옆에 앉아 이마를 찌푸린 채 생각에 잠겼다. 신탁. 항상 두루뭉술하고 어물쩍 넘어갔다. 데우칼리온이 뚱하니 돌멩이 하나를 집어 던지자 돌멩이가 언덕 중턱을 따라 밑으로 데굴데굴 굴러갔다. 피라가 그의 팔을 붙잡았다.

"우리의 어머니!"

데우칼리온이 아내를 멀뚱멀뚱 쳐다보았다. 피라가 손바닥으로 땅을 탁탁 때리며 소리쳤다. "가이아! 가이아는 우리 모두의 어머니잖아. 우리의 어머니 대지! 이것들이 바로 우리 어머니의 뼈들이야, 봐……." 그녀가 땅에 있는 돌멩이들을 모으기 시작했다. "어서!"

데우칼리온도 일어나서 주변을 이리저리 돌아다니며 돌멩이들을 주웠다. 둘은 델포이 아래의 들판을 가로질러 가면서 지시받은 대로 돌멩이들을 어깨 뒤로 던졌고, 수많은 걸음을 채우기 전까지는 감히 뒤돌아보지 않았다.

마침내 몸을 돌린 그들은 눈앞에 펼쳐진 광경에 환희를 느꼈다.

피라가 돌멩이를 던진 땅에서 튀어나온 수백 명의 소녀들과 성인 여성들이 건강하고 온전한 모습으로 미소 짓고 있었다. 데우칼리온의 돌멩이가 떨어진 땅에서는 소년들과 성인 남성들이 자라났다.

이렇게 해서 옛 펠라스고이족은 대홍수에 빠져 죽고, 지중해 세계는 프로메테우스, 에피메테우스, 판도라 그리고 물론 가장 중요한 가이아에서 데우칼리온과 피라를 거쳐 내려온 새로운 종족들로 다시 채워졌다.*

그리고 우리가 바로 그런 존재다. 선견지명과 충동, 모든 선물들과 대지가 한데 뒤섞인 복합체.

---

* 부록 486쪽 〈형제 이야기, 번외 편〉 참고.

# 죽음

이제 남성과 여성의 구성비가 충분히 동등해진 인류는 번식하여 세계 곳곳으로 뻗어나가 도시를 건설하고 국가를 세웠다. 선박과 이륜전차, 오두막과 성곽, 문화와 상업, 상인과 시장, 농업과 금융, 무기와 밀. 간단히 말해, 문명이 시작되었다. 왕과 여왕, 왕자와 공주, 사냥꾼, 전사, 양치기, 도공, 시인의 시대였다. 제국, 노예, 전쟁, 무역, 협정의 시대였으며, 공물과 제물, 숭배의 시대였다. 도시와 마을은 수호신으로 삼을 신을 선택했다. 불멸의 신들은 본모습으로 혹은 인간이나 짐승의 모습으로 내려와, 마음에 드는 인간들과 관계를 갖거나 짜증 나는 인간들은 벌하고 비위를 잘 맞춰주는 인간들에게는 상을 내리는 데 아무 거리낌이 없었다. 신들은 아부에 절대 질리는 법이 없었다.

무엇보다 중요한 점은, 판도라의 항아리에서 고통스러운 재앙들이 마구 튀어나온 순간부터 인류가 온갖 형태의 죽음을 피할 수 없는 운명이 되고 말았다는 것이다. 급사, 긴 시간 질질 끄는 죽음, 폭력으로 인한 죽음, 병사, 사고사, 살해, 신의 뜻에 따른 죽음.

하데스는 자신의 지하 왕국에 죽은 인간들이 점점 더 많이 들어오자 크게 기뻤다. 아니, 그 음침한 신이 감당할 수 있을 만큼 기뻤다. 헤르메스는 최고 저승사자, 즉 '혼의 수석 안내원'이라는 새로운 역할을 맡아, 특유의 쾌활함과 장난기 어린 유머로 이 임무를 수행했다. 하지만 인간의 수가 늘어나면서 권위 있는 인간들만이 죽은 뒤에 헤르메스의 개인 호위를 받는 영광을 누렸고, 나머지는 음울하고 으스스한 죽음의 신 타나토스에게 끌려갔다.

인간의 영혼이 육체를 떠나는 순간 헤르메스나 타나토스가 그들을 데리고 스틱스강(증오)과 아케론강(비통)이 만나는 지하 동굴로 갔다. 그곳에서 험상궂고 말 없는 카론이 손을 내밀어, 혼들을 나룻배에 실어 스틱스강을 건네주는 삯을 받았다. 줄 것이 하나도 없는 혼들은 깐깐한 카론의 마음이 바뀔 때까지 강기슭에서 100년을 기다려야 했다. 망자들이 이런 어중간한 상태에 묶이는 것을 피하기 위해 산 자들은 얼마간의 돈, 대개는 오볼로스* 한 닢을 죽은 자의 혀 위에 뱃삯으로 얹어놓아 저세상으로 안전하고 신속하게 넘어갈 수 있게 했다.† 삯을 받으면 카론은 망자의 혼을 녹색 너벅선이나 작은 돛단배에 태운 후 장대로 배를 밀면서 시커먼 강물을 건너 지옥의 집합 지점에 배를 댔다.‡ 필멸의 존재는 한 번 죽으면 지상 세계로 돌아갈 수 없었다. 불멸의 존재는 하데스의 음식이나 음료를 조금이라도 맛보면 지옥으로 되돌아가야 할 운명에 처했다.

그렇다면 그들의 최종 목적지는 어디일까? 그들이 어떤 삶을 살았는가에 따라 달라졌던 것 같다. 처음에는 하데스가 직접 심판자 역할까지 했지만 나중에는 제우스와 에우로페의 두 아들, 미노스와 라다만티스에게 위대한 심판을 맡겼다. 두 형제는 죽은 후

---

* 고대 그리스의 소액 은화.—옮긴이
† 카론은 후에 고대 그리스 통화에 통합된 페르시아 화폐 다나케 혹은 다나세도 거리낌 없이 받아주었다.
‡ 베르길리우스는 아이네아스가 지하세계에 찾아간 이야기를 하면서 카론의 배가 어떤 색깔인지 묘사한다.

이복형제인 아이아코스와 함께 지하세계의 재판관으로 임명되었다. 그들은 망자가 영웅이었는지, 평범한 사람이었는지, 아니면 벌을 받을 만큼 악한 인생을 살았는지 판결했다.*

영웅들과 대단히 의로운 사람들(그리고 신성한 피가 조금 섞인 망자들)은 행운의 섬 혹은 축복받은 자들의 섬이라 불리는 군도의 어딘가에 있는 엘리시온 들판으로 보내졌다. 이곳의 실제 위치에 대해서는 의견이 분분하다. 지금의 카나리아 제도, 아소르스 제도, 소小앤틸리스 제도, 버뮤다 제도 중 한 곳일지도 모른다.† 후대에는 엘리시온 들판이 하데스의 왕국 내에 있는 것으로 묘사된다.‡ 세 번 환생하면서 매번 영웅적이고 정의롭고 고결한 삶을 산 혼들은 엘리시온에서 축복받은 자들의 섬으로 옮겨갈 자격을 얻었다.

특별히 고귀하지도 특별히 악하지도 않은 인생을 산, 죄 없는 다수는 아스포델이라는 흰 꽃으로 뒤덮인 아스포델 초원에 영원히 머물게 된다. 이 혼들은 충분히 즐거운 내세를 보장받았다. 이곳에 도착하기 전 레테강에서 망각의 물을 마신 덕분에 현세에서의 안 좋은 기억에 흔들리지 않고 태평스럽고 단조로운 영원을 보낼 수 있었다.

그렇다면 방탕과 불경, 부정, 방종 등의 죄를 저지른 이들은 어떻게 됐을까? 죄질이 경미한 자들은 아무런 감정도, 힘도, 자기가

---

* 제우스가 에우로페를 유혹한 사연은 조금 뒤에 나올 것이다.
† 바이런은 『돈 후안』에서 카나리아 제도를 축복받은 자들의 섬 후보로 내세웠다.
‡ 샹젤리제('엘리시온의 들판'이라는 뜻)라는 이름의 호화로운 대로가 있지만 프랑스는 후보에 오르지 못했다.

존재한다는 의식도 없이 하데스의 방들을 영원히 돌아다녔다. 하지만 가장 불경하고 용서받지 못할 자들은 아스포델 초원과 바닥 모를 저 깊은 땅속 타르타로스 사이에 있는 형벌의 들판으로 끌려갔다. 여기서 그들은 자신이 저지른 범죄에 진저리 날 정도로 꼭 맞는 고문을 끝없이 당했다. 그들 중 유명한 몇몇 죄인들을 나중에 만나게 될 것이다. 시시포스, 익시온, 탄탈로스 같은 이름들은 유구한 세월이 흐른 지금도 사람들의 입에 자주 오르내리고 있다.

호메로스는 망자의 영혼이 생전의 얼굴과 모습을 그대로 유지하는 것으로 묘사하지만, 에우리노모스라는 흉측한 악마가 망자를 만나 에리니에스처럼 뼈에서 살을 발라냈다고 이야기한 작가들도 있다. 또 다른 시인들은 지하세계의 영혼들이 말을 할 수 있어서 자신의 인생사를 서로에게 얘기해주었다고 전한다.

워낙 질투 많은 가족이었지만 그중에서도 하데스는 질투가 유독 심했다. 자신의 왕국에서 단 하나의 영혼도 잃지 않으려 했다. 이를 위해 머리 셋 달린 개 케르베로스가 문을 지켰다. 소수의, 극소수의 영웅들만이 타나토스와 케르베로스를 피하거나 속여 하데스의 왕국에 들어갔다가 살아서 지상으로 되돌아갈 수 있었다.

이렇게 죽음은 인간사에 항상 존재하게 되었고, 오늘날까지 여전히 그렇다. 하지만 은시대는 지금의 우리 세상과 아주 달랐음을 이해해야 한다. 신들, 반신반인들, 그리고 온갖 불멸의 존재들이 인간들 사이를 걸어 다니고 있었다. 은시대에 인간들과 신들 사이의 개인적이고 사교적이며 성적인 접촉은 오늘날 기계나 인공지능 비서 간의 소통만큼이나 평범한 일이었다. 그리고 아마도 훨씬 더 즐거웠을 것이다.

# 결박당한 프로메테우스

피라와 데우칼리온이 살아남고 땅의 돌멩이들에서 새로운 종족의 남성과 여성이 생겨나는 모습을 지켜본 제우스는 속이 부글부글 끓었다. 가이아가 마음먹은 일은 그 누구도, 신들의 왕이라 해도 간섭할 수 없었다. 가이아는 올림포스 신들의 세대보다 더 오래되고 더 깊고 더 영속적인 질서를 대변했기 때문에 제우스는 세상이 인간으로 다시 채워지는 사태를 막을 힘이 자신에게 없다는 걸 알고 있었다. 하지만 적어도 프로메테우스에게 관심을 돌리는 건 할 수 있었다. 제우스가 그 티탄족에게 배신의 대가를 치르게 하기로 결정한 날이 밝았다. 제우스가 올림포스산에서 아래 세상을 내려다봤더니, 프로메테우스가 포키스에서 새로운 도시의 건설을 도우며 인간들 일에 여전히 간섭하고 있었다.

신이 눈 한 번 깜짝할 새에, 그러니까 인간으로 치자면 몇 백 년 만에 인류의 수가 엄청나게 늘어났다. 이 오랜 세월 동안 프로메테우스는 두 번째 버전의 인류에게 문명의 전파를 독려하면서, 다시 한번 온갖 기술과 공예, 농업, 제조, 건축을 가르쳤다.

제우스는 독수리로 변신한 뒤 단숨에 날아 내려가, 자신에게 봉헌될 반쯤 지어진 신전의 대들보에 앉았다. 페디먼트*에 제우스

---

* 고대 그리스식 건축물에서 입구 위의 삼각형 부분.─옮긴이

의 어린 시절을 조각해 넣은 프로메테우스는 위를 올려다보고는 그 새가 옛 친구임을 한눈에 알아보았다. 제우스는 본모습으로 돌아와 조각을 유심히 살폈다.

제우스가 말했다. "저게 나와 아다만테아라면 비율이 완전히 잘못됐군."

"예술적 허용이라는 게 있잖아요." 프로메테우스의 심장이 빠르게 요동쳤다. 불을 훔친 후 처음으로 제우스와 이야기를 나누는 것이었다.

제우스가 말했다. "그대가 저지른 짓에 대한 대가를 치를 때가 왔다. 자, 헤카톤케이레스 형제를 불러내 자네를 억지로 끌고 가게 할까, 아니면 피할 수 없는 운명을 받아들이고 고분고분 따라올 텐가."

프로메테우스는 망치와 조각칼을 내려놓고 가죽 천으로 손을 닦으며 대답했다. "갈게요."

그들은 흑해와 카스피해가 만나는 카우카소스산맥 기슭의 작은 언덕에 도착할 때까지 말을 하지도, 쉬거나 간식을 먹기 위해 멈추지도 않았다. 가는 내내 제우스는 무슨 말이든 건네고, 친구의 어깨를 끌어안고 싶었다. 눈물을 흘리며 사과하면 용서해주고 화해할 마음도 있었다. 하지만 프로메테우스는 입을 꾹 다물고 있었다. 제우스는 그에게 모욕당하고 이용당했다는 통렬한 고통이 다시금 확 불타올랐다. 제우스는 혼잣말처럼 중얼거렸다. "게다가, 위대한 통치자라면 우유부단한 모습을 보여선 안 되지. 가까운 이에게 배신당했을 땐 더더욱."

프로메테우스는 손으로 햇빛을 가리고 위를 올려다보았다. 키클로페스 삼형제가 가장 높은 산의 비탈진 한쪽 면에 자리 잡은 거대한 암벽 위에 서 있었다.

"산비탈을 오르는 그대 솜씨는 정말 대단하지." 차갑게 빈정대려고 한 말이지만, 제우스 자신이 듣기에도 골이 나서 투덜거리는 소리 같았다. "그러니까 올라가 보게."

키클로페스 삼형제는 산비탈 아래에 도착한 프로메테우스를 결박하고 발에 족쇄를 채운 뒤 눕혀서 그의 팔다리를 쭉 편 다음, 부서지지 않는 쇠로 만든 강력한 대못을 망치로 쳐서 족쇄를 바위에 박았다. 아름다운 독수리 두 마리가 하늘에서 휙 내려오더니 프로메테우스의 곁으로 날아와 햇빛을 가로막았다. 뜨거운 바람에 독수리들의 깃털이 펄럭이는 소리가 들렸다.

제우스가 프로메테우스에게 소리쳤다. "그대는 이 바위에 영원이 묶여 있으리라. 달아나거나 용서받을 일은 없을 것이다, 영원히. 매일같이 이 독수리들이 와서 그대의 간을 뜯어 먹으리라, 그대가 내 심장을 찢어놓았듯이. 그대의 눈앞에서 먹을 것이다. 그대는 불멸의 존재이니, 매일 밤 간이 다시 자랄 테지. 이 고문은 영원히 끝나지 않으리라. 날이 갈수록 고통은 점점 더 커지는 듯 보일 것이다. 그대가 가질 수 있는 건, 그대의 죄가 얼마나 극악한지, 그대의 행동이 얼마나 어리석었는지 곱씹을 시간뿐. '선견지명'이라는 이름을 가진 자가 신들의 왕을 거역할 때에는 선견지명이 전혀 없었지." 협곡과 산골짜기에서 제우스의 목소리가 쩌렁쩌렁 울렸다. "어떤가, 무슨 할 말이라도 있나?"

프로메테우스는 한숨을 내쉬었다. "제우스 님이 틀렸어요. 저는 아주 용의주도한 계획하에 움직였어요. 내 안락함과 인간들의 미래, 이 둘을 저울질해봤지요. 인간은 신들에게 의지하지 않고 번영하고 번성할 겁니다, 제우스 님도 필요 없어요. 그걸 알고 있으니 저는 어떤 고통도 견딜 수 있습니다."

제우스는 옛 친구를 한참이나 노려보다가 입을 열었다.

"그대에게는 독수리도 아깝군." 지독히도 쌀쌀맞은 목소리였다. "시체 파먹는 큰독수리로 해주지."

독수리 두 마리는 추악한 생김새에 고약한 냄새를 풍기는 큰독수리로 곧장 변해, 쭉 뻗어 있는 프로메테우스의 몸 위를 한 바퀴 돌고는 그를 내리 덮쳤다. 큰독수리들은 아주 날카로운 발톱으로 프로메테우스의 옆구리를 가르고는 의기양양하게 가증스러운 비명을 내지른 뒤 진수성찬을 즐기기 시작했다.

인류의 최고 창조자이자 옹호자, 친구인 프로메테우스는 우리를 가르쳤고, 우리를 위해 도둑질을 했으며, 우리를 위해 자신을 희생했다. 우리 모두 프로메테우스의 불을 일부분 갖고 있으며, 그것이 우리를 진정한 인간으로 만들어준다. 그를 동정하고 칭찬해야 맞겠지만, 질투심 많고 이기적인 신들과 달리 그는 숭배와 찬양, 흠모 같은 건 요구하지 않을 것이다.

그리고 다행스러운 사실이 하나 있다. 프로메테우스는 영원한 형벌에 처해졌지만, 훗날 강력한 영웅이 태어나 제우스를 거역하고 인류의 대변자인 프로메테우스를 해방해준다.

# 페르세포네와 전차

제우스가 천상의 군주로서 다스린 세상은 인류에게 아낌없이 베
푸는 어머니와도 같았다. 인간들은 큰 수고나 노동을 하지 않고도
나무 열매와 벼의 낱알, 물고기, 들판의 짐승으로 배를 실컷 채웠
다. 번식과 수확의 신인 데메테르는 자연계에 축복을 내렸다. 기
아나 빈곤이 있다면 그건 신들의 태만 탓이 아니라 순전히 인간의
잔학한 행위와 판도라의 항아리에서 풀려나온 그 끔찍한 피조물
들의 소행 때문이었다. 하지만 이 모든 것이 변하고 만다. 하데스
가 여기에 관여했는데, 혹시 또 모른다. 인간의 죽음을 재촉하고
늘려 자기 왕국의 인구를 늘리는 것이 처음부터 그의 계획이었는
지도. 모로스의 공작은 참으로 복잡다단했다.

  데메테르는 형제인 제우스와의 사이에서 딸 페르세포네를 낳
았다. 너무나 아름답고 순수하고 사랑스러운 그녀를 신들은 단순
히 '처녀'라는 의미의 '코레'나 '코라'로 불렀다. 로마인들은 그녀
를 '프로세르피나'라 불렀다. 모든 신들, 특히 매인 데 없이 홀몸
인 아폴론과 헤르메스는 그녀에게 넋이 나가 청혼까지 했다. 하지
만 데메테르는 딸을 지키기 위해(과잉보호라고 말하는 이들도 있
을 것이다), 점잖든 천박하든 간에 모든 신들과 영원불멸한 존재
들의 굶주린 눈에 띄지 않도록 외진 시골에 딸을 숨겼다. 헤스티

아, 아테나, 아르테미스처럼 자신의 딸 페르세포네도 영원히 처녀로 남았으면 하는 마음이었다. 하지만 그 소녀를 탐욕스럽게 지켜보고 있던 한 강력한 신은 데메테르의 소망 따윈 안중에도 없었다.

사랑스럽고 천진난만한 페르세포네는 자연과 교감하는 일을 가장 좋아했다. 그 어머니에 그 딸 아니랄까 봐, 꽃을 비롯해 예쁘게 자라는 것들이 그녀에게는 가장 큰 기쁨이었다. 어느 황금빛 오후, 페르세포네는 어머니가 그녀를 지켜주라고 붙여준 벗들에게서 조금 떨어져 햇빛이 어룽거리는 꽃밭에서 이 꽃 저 꽃으로 날아다니는 나비들을 뒤쫓고 있었다. 그런데 갑자기 귀청이 떨어질 듯 으르렁거리는 포효가 들렸다. 천둥소리 같은데, 하늘이 아니라 그녀의 발밑 땅에서 울려왔다. 당황한 그녀는 두려움에 떨며 주위를 둘러보았다. 땅이 흔들리더니 그녀 앞의 산비탈이 갈라졌다. 열린 구멍에서 거대한 이륜전차 한 대가 천둥 같은 소리를 내며 나왔다. 전차를 모는 마부는 겁에 질린 소녀에게 달아날 틈도 주지 않고 그녀를 낚아챈 뒤 전차를 휙 돌려 산비탈의 틈 속으로 다시 들어가 버렸다. 페르세포네의 벗들이 염려되어 그곳에 왔을 땐 산비탈의 구멍은 흔적 하나 없이 꽁꽁 닫혀 있었다.

페르세포네의 실종은 갑작스럽고 감쪽같았을 뿐 아니라 불가사의했다. 초원을 즐겁게 뛰어다니다 순식간에 흔적도 없이 사라져버렸다.

데메테르의 절망은 이루 다 말할 수 없었다. 우리는 동물이든 채소든 광석이든 소중한 무언가를 잃고 나면 갑작스럽게 강탈당한 슬픔, 공포, 분노의 고통스러운 단계들을 거친다. 개인적이고 예상치 못한 절대적이고 이해할 수 없는 상실이라면 그 감정은 극도로 증폭한다. 시간이 갈수록 페르세포네를 다시 볼 수 있으리라는 믿음이 사그라져 갔지만 데메테르는 영원의 시간이 걸린다 해도 딸을 꼭 찾으리라 맹세했다.

데메테르는 티탄족 친구인 헤카테에게 도움을 청했다. 헤카테는 묘약, 열쇠, 유령, 독, 온갖 종류의 마법과 요술의 신이었다.* 그녀에게는 지구 구석구석을 밝힐 수 있는 두 개의 횃불이 있었다. 헤카테와 데메테르는 한 번, 두 번, 수천 번 세상을 샅샅이 뒤졌다. 눈에 띄는 모든 동굴과 어두운 곳에 불을 비춰보았다. 온 세상을 뒤지고 다녔지만 헛수고였다.

몇 달이 흘렀다. 이 동안 데메테르는 책무를 게을리했다. 곡물, 수확, 과일의 숙성, 씨뿌리기 이 모든 것이 방치되었고, 대지는 아무것도 싹 틔우지 않았다. 어떤 씨앗에서도 싹이 터서 곡물이 자라지 않으니 세상은 점차 황폐해졌다.

신들이야 올림포스산에서 걱정 없이 지내고 있었지만 굶주린 지상의 인간들은 절망에 빠져 울부짖었고 그 울음이 제우스의 귀에까지 닿았다. 어느 날 밤 제우스와 다른 신들이 페르세포네의 기이한 실종 사건을 중요하게 다루자 티탄족 태양신인 헬리오스가 그제야 입을 열었다.†

"페르세포네요? 아, 내가 봤어요. 나한테는 전부 다 보이거든요."

---

\* 헤카테는 셰익스피어의 『맥베스』에 주요 인물로 등장한다.
† 헬리오스는 태양 전차를 몰고 광채를 발하며 쾌속으로 질주했지만, 머리는 빠릿빠릿 돌아가지 않았다. 그가 태양 전차 모는 임무를 아폴론에게서 인계받은 사연은 나중에 나온다.

"봤다고요? 그런데 왜 아무 말도 하지 않았소?" 제우스가 다그쳤다. "데메테르가 그 아이를 걱정하는 마음에 실성을 해서는 온지구를 헤매고 다니는 바람에 세상이 사막으로 변하고 있잖소. 대체 왜 말하지 않은 거요?"

"아무도 안 물었잖아요! 다들 나한테 아무것도 물어보지 않지만, 난 많은 것을 알고 있답니다. 태양의 눈은 모든 걸 보니까요." 헬리오스는 아폴론이 태양 전차를 맡았을 때 자주 써먹던 대사를 그대로 되풀이했다.

"그 아이에게 어떤 일이 있었소?"

"땅이 열리고 어떤 자가 전차를 타고 나와서는 그녀를 잡아갔는데, 누구겠습니까……. 하데스죠!"

"하데스!" 신들이 합창하듯 일제히 그 이름을 외쳤다.


# 석류 씨앗

제우스는 페르세포네를 데려오기 위해 곧장 지하세계로 내려갔다. 하지만 하계의 왕은 천계의 왕에게 명령을 받을 기분이 아니었다.

"그녀는 여기 머물 것입니다. 내 왕비니까."

"감히 나를 거역하겠다는 거요?"

"그대는 내 동생이오. 실은 막냇동생이지. 그대는 원하는 건 늘 손에 넣었잖소. 나는 사랑하는 여자를 곁에 둘 권리가 있소. 그대라도 나를 막을 순 없소."

"오, 그래요? 세상이 굶주려 있어요. 허기진 인간들이 울부짖는 소리 때문에 잠을 잘 수가 없단 말입니다. 페르세포네를 돌려주지 않겠다면 내 의지가 얼마나 강하고 어디까지 미칠 수 있는지 곧 알게 될 겁니다. 헤르메스는 망자들의 영혼을 더 이상 그대에게 데려다주지 않을 거요. 단 하나의 영혼도 여기로 보내지 않겠지요. 모두 새로운 천국으로 가거나 아니면 아예 죽지 않을지도 몰라요. 하데스는 권력과 영향력, 권위를 모조리 빼앗긴 텅 빈 왕국이 될 겁니다."

형제는 서로를 노려보았다. 하데스가 먼저 눈을 깜박였다.

"빌어먹을." 하데스가 으르렁거리며 말을 이었다. "그녀와 하루만 더 보낼 테니 헤르메스를 보내 그녀를 데려가라 하시오."

제우스는 크게 만족하여 올림포스로 돌아갔다.

다음 날 하데스는 페르세포네의 방문을 똑똑 두드렸다. 품위 넘치고 자신감 있는 페르세포네 앞에서는 놀랍게도 하데스 같은 강한 자도 불안하고 소심해진다. 그는 진심으로 그녀를 사랑했고, 제우스와의 싸움에서 지긴 했지만 그녀를 이대로 보내줄 수는 없었다. 게다가 그녀에게서 뭔가…… 희망적인 뭔가가 느껴졌다. 작은 불꽃처럼 슬쩍슬쩍 비치는 그녀의 사랑?

"내 사랑." 하데스는 그를 아는 이라면 경악할 만큼 다정하게 말했다. "제우스가 그대를 빛의 세계로 돌려보내라는군."

페르세포네는 창백한 얼굴을 들어 하데스를 가만히 바라보았다.

하데스도 그녀를 진지하게 바라보았다. "나를 나쁘게 생각하는 건 아니길 바라오만?"

페르세포네가 아무런 대답도 하지 않았지만, 하데스는 그녀의 두 뺨과 목이 살짝 붉어지는 걸 본 것 같았다.

"나와 함께 석류 씨 몇 알을 먹어 내게 악감정이 없다는 걸 보여주겠소?"

페르세포네는 그의 손바닥에 놓인 석류 씨앗 여섯 알을 무심하게 집어 들어, 톡 쏘는 단맛을 천천히 빨아 먹었다.

지하세계에 도착한 사기꾼의 신 헤르메스는 제우스와 자신이 속았다는 사실을 알았다.

하데스가 말했다. "페르세포네는 내 왕국에서 난 과일을 먹었다. 지옥의 음식을 맛본 자는 누구든 돌아와야 할 운명. 그녀는 석류 씨앗 여섯 알을 먹었으니 매년 여섯 달 동안은 내게로 돌아와야 한다."

헤르메스는 고개를 숙였다. 하데스의 말이 맞다는 걸 알고 있었다. 그는 페르세포네의 손을 잡고 그녀를 지하세계에서 데리고 나갔다. 데메테르가 딸을 보고 미칠 듯이 기뻐하자 곧장 세상에 생기가 돌기 시작했다. 그러나 그 기쁨은 한 해의 절반 동안만 계속되었고, 후반의 여섯 달은 거스를 수 없는 신법에 따라 페르세포네를 지하세계로 돌려보낼 수밖에 없었다. 헤어져 있는 이 시간 동안 데메테르가 고통스러운 나날을 보내자 나무들은 이파리를 떨어뜨리고 땅은 생기를 잃었다. 또 여섯 달이 흘러 페르세포네가 하데스의 왕국에서 나오면 탄생과 부활, 성장의 순환이 다시 시작되었다.

이렇게 계절이 생겨났다. 데메테르가 딸과 함께 있지 못해 비탄에 젖어 있으면 가을과 겨울이, 페르세포네가 돌아와 기쁨을 만끽

할 땐 봄과 여름이 찾아왔다.

페르세포네에 대해 얘기하자면……. 음, 그녀는 땅 위에서 보내는 시간만큼이나 땅 밑에서 보내는 시간도 좋아하게 된 모양이었다. 여섯 달 동안 그녀는 하데스의 포로가 아니라 남편과 함께 죽음의 왕국을 마음대로 주무르는 다정한 배우자이자 지하세계의 왕비로 만족하며 지냈다. 나머지 여섯 달 동안은 풍요와 꽃, 과일, 즐거운 장난을 사랑하는 웃음 많은 코레로 돌아왔다.

세상은 새로운 리듬을 찾았다.


## 헤르마프로디토스와 실레노스

은시대 인간들이 이제는 공동의 운명인 양 고생과 고역과 고통에 익숙해지는 동안 신들은 번식을 계속해나갔다. 젊음을 영원히 잃지 않는 미남자로 순식간에 성장한 헤르메스는 드리오페라는 님프와의 사이에 염소 발을 가진 목신 판을 아들로 두었다.* 헤르메스는 헤파이스토스와 아레스 몰래 아프로디테와도 동침했고, 이 결합으로 헤르마프로디토스(아버지와 어머니 모두에게 경의를 표하는 뜻에서)라는 이름의 초월적인 아름다움을 지닌 아들이 태어났다.

이 아름다운 소년은 이다산의 그늘 속에서 나이아스들의 손에

---

* 이렇게 얘기하는 사람들도 있지만, 나는 판(로마명 파우누스)이 올림포스 신들보다 나이가 더 많았다고 믿는다. 어쩌면 자연 자체만큼이나 나이가 많았을지도 모른다. 앞으로 그가 가끔 책에 등장할 것이다.

자랐다.† 열다섯 살이 되자 그는 님프들을 떠나 세상을 유랑했다. 소아시아를 여행하던 어느 화창한 오후, 그는 할리카르나소스 근처의 샘에서 맑은 물을 튀기며 놀고 있는 살마키스라는 나이아스를 만났다. 매력적이지만 수줍음도 많았던 헤르마프로디토스는, 자신의 아름다움에 반해 스스럼없이 자신을 유혹하려 드는 이 님프가 무척 당황스럽고 기분 나빴다.

각자 맡은 개울과 웅덩이, 수로를 부지런히 관리하며 열심히 일하는 대부분의 얌전한 님프들과 달리 살마키스는 허영심 많고 게을렀다. 다른 나이아스들과 함께 사냥을 하거나 훈련을 하는 대신 물속에서 자신의 몸을 감상하며 빈둥빈둥 헤엄이나 치는 게 일이었다. 그런데 이 헤르마프로디토스의 아름다움이 그녀의 평화와 자존심을 산산조각 내버렸고, 그녀는 그를 어떻게든 손에 넣으려 애썼다. 알몸으로 물속을 돌아다니면서 애교스럽게 가슴을 문지르고, 수면 아래에서 새침하게 보글보글 거품을 일으켰다. 그녀가 애를 쓰면 쓸수록 점점 더 불편해진 소년은 급기야 그녀에게 혼자 있게 내버려두라며 소리를 질렀다. 살마키스는 거부라는 걸 생전 처음 당해본 이 달갑잖은 경험에 충격받고 굴욕감이 치밀어 부루퉁한 얼굴로 떠나버렸다.

맑은 날이었고, 성가신 요정을 떼어내느라 흥분한 탓에 덥고 땀이 난 데다 이제는 그녀에게 방해받을 일은 없겠다 싶어진 헤르마프로디토스는 기운을 차리기 위해 옷을 벗고 차가운 샘물로 첨벙

---

† 이다산은 두 개가 있었다. 제우스가 태어난 크레타섬의 이다산과 소아시아의 프리기아(오늘날 터키의 아나톨리아)에 있던 이다산. 헤르마프로디토스가 태어난 곳은 후자의 이다산이다.

뛰어들었다.

그 순간, 갈대에 숨어 다시 헤엄쳐 돌아와 있던 살마키스가 연어처럼 훌쩍 뛰어올라 그의 알몸에 착 들러붙었다. 그가 질색하고 몸을 마구 뒤틀며 벗어나려 발버둥 치는 사이 그녀는 하늘을 향해 소리쳤다. "오 하늘의 신들이시여, 제발 이 청년과 저를 떨어뜨리지 말아 주세요! 언제나 하나가 되게 해주세요!"

그녀의 기도를 들은 신들은 항상 무신경하게 그랬던 것처럼 기도를 문자 그대로 실현해주었다. 순식간에 살마키스와 헤르마프로디토스는 정말 하나가 되었다. 둘이 하나의 몸으로 결합하였다. 하나의 몸, 두 개의 성별. 이제는 나이아스 살마키스와 청년 헤르마프로디토스가 아니라 한 몸에 여성과 남성이 공존하는 간성間性의 존재였다. 로마인들은 이런 상태가 사회의 엄격한 군주주의적 규범을 위협하는 하나의 장애라고 여겼지만, 마음이 좀 더 열려 있던 그리스인들은 자웅동체 성을 존중하고 찬양하며 심지어는 숭배하기까지 했다. 도자기와 신전 프리즈*에 남아 있는 묘사들과 조각상들을 보면 로마인들이 두려워했던 것을 그리스인들은 칭송했음을 알 수 있다.†

이 새로운 상태로 헤르마프로디토스는 에로테스 수행단에 합류한다. 에로테스의 성격과 목적에 대해서는 곧 이야기할 것이다.

---

* 방이나 건물의 윗부분에 그림이나 조각으로 띠 모양의 장식을 한 것.—옮긴이
† 세계의 위대한 박물관들은 헤르마프로디토스 같은 간성 인물들을 표현한 보물들을 감춰버렸다. 옥스퍼드의 애슈몰린 박물관을 비롯해 이 방치된 영역을 재발견하는 데 앞장서고 있는 여러 기관들에 이들 중 다수가 전시되면서 최근에야 빛을 보았다. 이와 함께, 성의 가변성에 대한 사회적 인식도 점점 더 높아지고 있다.

헤르메스‡와 이름을 알 수 없는 한 님프의 결합으로, 당나귀 꼬리가 달리고 코는 들창코인 호색가 실레노스도 태어났다. 이마에 주름이 자글자글하고 턱수염을 기른 배불뚝이 늙은 주정뱅이로 자란 그는 그림과 조각, 조각한 술잔에 자주 등장한다. 우리는 그를 머지않아 또 만나게 될 것이다.

신들이 번식하듯이, 인간도 번식했다. 하지만 이제 신들 못지않게 신성한 불을 본성의 일부로 품게 된 인간은 욕망, 성교, 생식뿐만 아니라 신들처럼 사랑할 수 있는 능력도 갖게 되었다.

사랑, 그리스인들에게 그것은 복잡한 개념이었다.

---

‡ 헤르메스가 아니라 판일 수도 있다.

# 에로스와 프시케

## 에로테스

그리스인들은 복잡한 사랑을 각각의 가닥으로 풀어 일일이 이름을 붙이고 그것을 대변하는 신들을 만들어냈다. 사랑과 미의 최고 신인 아프로디테는 날개 달린 알몸의 소신들인 에로테스를 수행단으로 거느리고 다녔다. 많은 신적 존재(이를테면 하데스와 그의 지하세계 일당)와 마찬가지로, 에로테스 역시 인류가 정착해서 번영하기 시작하자 갑자기 할 일이 많아졌다. 이들은 성애를 종류별로 하나씩 전담해 그것을 전파하고 고취하는 역할을 했다.

**안테로스** — 헌신적이고 조건 없는 사랑의 젊은 수호자.*

**에로스** — 에로테스의 대장, 육체적 사랑과 성욕의 신.

---

* 런던의 피커딜리 서커스에 세워진 섀프츠베리 기념 분수의 중앙에 있는 앨프리드 길버트의 유명한 알루미늄 조각상은 사실 에로스가 아니라 안테로스다. 보답을 요구하지 않는 욕심 없는 사랑을 기리기 위해 의도적으로 그를 고른 것이다. 아동 노동의 폐지를 앞당기고 정신병 법을 개혁하는 등 7대 섀프츠베리 백작이 이룩한 박애주의적인 업적을 기념하기에 적절한 상징이었다.

**헤딜로고스** — 사랑과 애정을 표현하는 언어의 신. 오늘날엔 밸런타인데이 카드, 연애편지, 애정 소설을 관장하고 있지 않을까.

**헤르마프로디토스** — 여성적인 남성들, 남성적인 여성들, 성별이 확실치 않은 이들의 수호자.

**히메로스** — 무모하고 충동적인 사랑, 무르익을 때까지 기다리지 못하고 금방이라도 폭발할 것 같은 사랑의 화신.

**히메나이오스** — 신방과 결혼 축가의 수호신.

**포토스** — 울적한 그리움, 부재하는 자와 망자에 대한 사랑을 의인화한 신.


이들 중 영향력과 파괴력이 가장 센 에로스는 짓궂은 장난을 자주 쳤고, 불화의 씨를 뿌리는 힘과 능력이 대단했다. 코스모스의 탄생을 이야기할 때 닉스가 낳은 거대한 알에서 에로스가 태어나 우주에 만물의 씨를 뿌렸다고 주장하는 사람들도 있다. 그러면 에로스는 천지창조 폭주에 시동을 건 태조신 중 하나가 되는 셈이다. 고전 시대 사람들은 대개 에로스를 아레스와 아프로디테의 아들로 여겼다. 에로스의 로마식 이름인 쿠피도는 일반적으로 은활 시위를 당기며 웃고 있는 날개 달린 아이로 표현된다. 이 이미지가 오늘날까지도 널리 알려져 있기 때문에 아마도 에로스는 고대 그리스·로마 시대의 모든 신들 가운데 가장 알아보기 쉬울 것이다.

에로스는 탐욕과 성적 욕망과 관련 있으며, 한눈에 걷잡을 수 없이 빠져버리는 사랑도 그렇다. 에로스가 쏜 화살에 맞으면 처음

눈에 띄는 사람(혹은 짐승)에게 반해버린다.* 에로스는 사랑의 속성처럼 변덕스럽고 장난기 심하며 두서없고 잔인해지기도 한다.


# 사랑, 사랑, 사랑

사랑을 의미하는 그리스어 단어는 적어도 네 개가 넘는다.

**아가페** ― 모든 신성한 사랑을 가리키는 용어로, '자애'로 묘사될 만한 위대하고 관대한 사랑. 자녀에 대한 부모의 사랑, 신에 대한 신도들의 사랑이 그 예다.

**에로스** ― 신의 이름을 딴 사랑, 아니면 신이 이 이름을 따 갔을지도 모른다. 우리가 처하는 곤경의 대부분이 이 사랑 때문이다. 연모보다는 훨씬 넘치고 정신적 사랑보다는 훨씬 모자란 에로스와 애욕은 우리를 영예와 치욕으로, 최고의 행복과 최악의 절망으로 이끌 수 있다.

**필리아** ― 우정, 편애, 애틋한 마음에 해당하는 사랑의 형태. '프랜커파일 francophile, 프랑스를 좋아하는', '네크로필리아 necrophilia, 시체 성애', '필랜스로피 philanthropy, 박애' 같은 단어들에 그 흔적이 남아 있다.

**스토르게** ― 조국이나 스포츠팀에 대한 사랑과 충성.

---

\* "큐피드, 그대의 활을 당겨 화살을 날려주세요, 내 사랑하는 이의 심장으로, 나를 위하신다면……." 샘 쿡의 노래 〈큐피드〉에서.

훗날 르네상스·바로크 시대의 화가들은 보조개를 보이며 당돌하게 킥킥거리는 아기 천사(그가 쏘는 화살이 어디로 날아갈지 모르는 예측불허의 상황을 표현하는 의미로 눈가리개를 두르고 있을 때도 있다)의 모습으로 에로스를 그렸지만, 그리스인들이 생각한 에로스는 뛰어난 재주를 가진 의젓한 청년이었다. 예술가, 선수(성적으로든 운동 쪽으로든)인 그는 남성 동성애의 수호신이자 체육관과 경주 트랙을 관장하는 존재로 여겨졌다. 그의 상징물은 돌고래, 어린 수탉, 장미, 횃불, 리라였으며, 활과 화살통에 꽉 찬 화살도 빠트릴 수 없다.

에로스와 프시케(육체적 사랑과 영혼)에 얽힌 가장 유명한 신화는 수없이 회자된 터라 이제는 해석과 설명을 더하기도 민망할 정도다. 하지만 모든 신화가 그렇듯 알레고리나 상징적 우화, 은유가 아닌 이야기로 들려주는 게 가장 좋다고 생각한다. 그저 하나의 이야기로. 이 신화에는 훗날의 모험담과 동화를 연상시키는 리듬과 플롯 전환이 많이 들어 있다.† 이는 아마도 세계 최초의 장편소설의 가장 강력한 후보로 올라 있는 로마 작가 아풀레이우스의 『황금 당나귀*Asinus Aureus*』를 통해 우리에게 전해지고 있기 때문일 것이다.‡ 이 이야기는 그 자체로 매력적일 뿐만 아니라 서양의

---

† 예를 들면 『미녀와 야수』, 『신데렐라』와 빼닮은 부분들이 있다.
‡ 2세기의 작가 아풀레이우스는 북아프리카 출신이지만 라틴어로 이 작품을 썼고, 그래서 에로스 대신 쿠피도(혹은 아모르), 아프로디테 대신 베누스, 프시케 대신 아니마('살아 움직이게 하는 것'이라는 뜻으로, '영혼'뿐만 아니라 '생명의 숨'이라는 의미도 함께 전달하는 번역이다)라는 이름을 사용했다. 아풀레이우스의 작품을 그대로 직역하면 아주 우화적인 이야기가 된다. "사랑이 영혼에게 말했다, 날 보지 마시오.", "영혼이 사랑에게서 달아났다."

사상, 민속 문학, 예술에 큰 영향을 미쳤으니 다시 길게 풀어 소개하는 것도 괜찮을 듯하다.


# 프시케

옛날 옛날 한옛날, 지금은 이름을 알 수 없는 어느 나라에 왕과 왕비, 그들의 아름다운 세 딸이 살고 있었다. 왕을 아리스티데스, 왕비를 다마리스라 부르자. 맏딸 칼란테와 둘째 딸 조나도 어디서나 흠모의 대상이 될 만큼 사랑스러웠지만, 막내 프시케는 왕국의 많은 이들이 아프로디테를 버리고 이 어린 소녀를 숭배할 정도로 완벽하게 아름다웠다. 질투심 많고 당한 만큼 꼭 대갚음해줘야 직성이 풀리는 아프로디테는 경쟁, 그것도 인간과의 경쟁을 견딜 수 없었다. 그래서 아들 에로스를 불렀다.

아프로디테가 아들에게 말했다. "돼지 한 마리를 찾아라. 이 땅에서 가장 추하고 털 많은 놈으로. 그리고 프시케가 살고 있는 궁으로 가서 그녀에게 네 화살을 쏘고 돼지를 처음 보게 만들어."

어머니의 흥미로운 일 처리 방식에 익숙한 에로스는 신나게 심부름을 떠났다. 궁전에서 그리 멀지 않은 곳에 사는 돼지치기에게서 유독 털이 뻣뻣하고 악취가 나는 수돼지를 한 마리 산 후 그날 밤 프시케가 잠들어 있는 방의 창으로 끌고 갔다. 호리호리한 몸에 운동 신경 좋은 신치고는 어설프게 겨드랑이에 돼지를 끼고 조용히 창문으로 기어들어 가느라 애를 먹었다.

이후 몇 가지 일이 순식간에 벌어졌다.

에로스는 달빛 스며든 방에 사뿐히 내려앉았다.

프시케는 평온하게 잠들어 있었다.

에로스는 다리 사이에 돼지를 단단히 끼워놓았다.

돼지가 꽤액 울었다.

당황한 에로스는 활을 당기다가 화살촉으로 자기 팔을 긁고 말았다.

프시케가 흠칫 놀라며 깨어나 촛불을 켰다.

에로스는 프시케를 보았고 사랑에 빠졌다.

이게 무슨 일이람. 사랑의 신이 상사병에 걸리다니. 에로스가 프시케에게 화살을 날리면 완벽한 해피엔딩으로 끝날 수 있지 않았을까? 그런데 여기서 에로스는 그 뻔한 틀을 깬다. 그의 사랑이 어찌나 지고지순하고 절대적이었는지, 그는 차마 프시케를 속여서 그녀의 선택권을 빼앗을 수 없었다. 그래서 마지막으로 애틋하게 그녀를 한 번 바라보고 돌아서서 창문 밖으로 뛰어내린 뒤 다시 밤의 어둠 속으로 들어갔다.

프시케는 쿵쿵거리며 방바닥을 사납게 빙빙 돌아다니는 돼지가 보이자 꿈을 꾸고 있는 게 분명하다는 결론을 내리고 촛불을 끄고는 다시 잠들었다.


# 예언과 단념

다음 날 아침 아리스티데스왕은 막내딸의 침실이 돼지우리로 변한 것 같다는 하인의 말에 깜짝 놀랐다. 안 그래도 왕과 왕비는 부유한 지주들과 이미 짝지은 언니들과 달리 고집스럽게 결혼을 거부하는 프시케 때문에 걱정이 이만저만이 아니었다. 이런 차에 딸이 돼지와 어울리고 있다는 소식까지 들리자 왕은 결단을 내렸다. 그는 딸의 미래를 알아보기 위해 아폴론의 신탁소로 향했다.

적절한 제물과 기도를 바치자 시빌이 이런 대답을 들려주었다. "그대의 아이에게 화관을 씌워 높은 곳으로 데려가라. 그녀를 바위 위에 눕혀라. 그녀를 신부로 맞으러 오는 자는 대지나 하늘, 물에서 가장 위험한 존재. 올림포스의 모든 신들이 그 힘을 두려워하나니. 이것은 반드시 이루어져야 하는 운명. 그렇지 못하면 그 괴물이 그대의 왕국을 초토화하여 불화와 절망을 가져올지니. 그대, 아리스티데스는 백성들의 행복을 파괴한 자로 불리게 되리라."

열흘 후 기묘한 행렬이 성읍을 빠져나갔다. 몸을 꽃으로 꾸미고 새하얀 옷을 입은 프시케는 우울하지만 체념한 표정으로 가마에 실려 갔다. 그녀는 신탁의 내용을 듣고는 그것을 순순히 받아들였다. 전부터 그녀는 자신의 아름다움이 짜증스럽기만 했다. 다들 심하게 호들갑을 떨어대고, 그녀 앞에서 이상하게 행동하고, 자기가 보통 사람들과는 다른 별종으로 느껴지는 것이 싫었다. 결혼 따위 하고 싶은 마음이 전혀 없었지만, 꼭 해야 한다면 멍한 눈으로 알랑거리는 지루한 왕자나 험악한 짐승이나 다르지 않다고 생각했다. 적어도 사람들의 시선에 시달리는 고통은 끝이 나겠지.

비통함과 슬픔에 젖은 가련한 통곡 소리와 함께 가마 행렬은 산비탈을 힘겹게 올라 프시케가 제물이 되어 누울 거대하고 평평한 현무암 바위에 도착했다. 프시케의 어머니 다마리스는 비명을 지르며 울부짖듯 흐느껴 울었다. 아리스티데스왕은 괴로워하며 딸의 손을 토닥였다. 따분하고 나이는 많지만 부유한 남편을 옆에 낀 두 언니 칼란테와 조나는 곧 자신들이 왕국 최고의 미녀가 된다는 생각에 마구 솟구치는 기쁨을 감추느라 여념이 없었다.

바위에 묶인 프시케는 눈을 감고 숨을 크게 쉬며, 모두가 슬픔을 과시하듯 한탄하는 상황이 끝나기를 기다렸다. 이 모든 고통과 괴로움도 곧 지나가리라.

사람들은 아폴론에게 바치는 찬가를 부르면서 언덕을 내려갔고, 프시케는 바위 위에 홀로 남겨졌다. 태양이 그녀를 내리비추고 있었다. 파란 하늘에서 종달새들이 울었다. 프시케는 자신이 더럽혀지고 죽을 때 함께하는 건 소용돌이치는 구름, 귀청을 찢을 듯한 바람, 채찍처럼 후려치는 빗줄기, 무시무시한 천둥일 줄 알았다. 늦봄의 햇살이 반짝이고 새들이 소곤거리듯 지저귀는 아름다운 풍경은 상상도 하지 못했다.

괴물이 대체 누구일까? 아버지가 신탁을 제대로 전해준 것이 맞는다면 올림포스의 고귀한 신들마저 두려워하는 자라고 했다. 하지만 그녀는 자라면서 그런 끔찍한 괴물이 등장하는 전설을 들어본 적이 없고 그런 전설이 있다는 소문도 듣지 못했다. 티폰이나 에키드나도 강력한 신들에게는 상대가 안 된다고 했는데.

갑자기 따스한 산들바람이 불어 그녀의 하얀 예복이 나풀거렸다. 그러더니 산들바람이 돌풍으로 변해 그녀와 차가운 현무암 사이로 공기를 쿠션처럼 밀어 넣었다. 프시케는 자신의 몸이 붕 뜨는 느낌에 화들짝 놀랐다. 바람은 거의 고체처럼 그녀를 단단히 떠받쳐 공중으로 실어 올렸다.

# 마법의 성

프시케는 서풍 제피로스의 강하면서도 부드러운 품에 안겨 안전하게 하늘을 날고 있었다.

프시케는 생각했다. '이자가 그 무섭다는 괴물일 리 없어. 이 바람은 괴물의 전령일 테지. 내가 죽을 곳으로 데려가고 있는 거야. 뭐, 편한 이동 방법이기는 하네.'

그녀는 자신이 자란 도시를 내려다보았다. 모든 것이 오밀조밀하니 작고 깔끔해 보였다. 그녀가 익히 알고 있고 싫어했던, 모든 것이 너무 거대해서 볼꼴 사납고 악취 나고 당장이라도 쓰러질 듯 낡은 모습과는 사뭇 달랐다. 제피로스는 더 빨리, 더 높이 움직여 이내 언덕들을 넘고 계곡들을 지나 푸른 대양 위를 날면서 섬들을 쏜살같이 지나갔다. 얼마 후 드디어 프시케가 알지 못하는 어느 나라에 도착했다. 기름진 땅에 숲이 우거져 있었는데, 하늘에서 천천히 내려가며 보니 빈터에 장엄한 궁전이 한 채 서 있었다. 모서리마다 원형 탑이 서 있고, 궁전 꼭대기에는 작은 탑들이 달려 있었다. 제피로스가 조심스럽게 내려앉자 프시케는 두 개의 황금 문 앞에 있는 꽃밭 위로 미끄러지듯 내려왔다. 쉬익, 휴우 하는 소리와 함께 바람은 멀리 날아가 버리고 프시케는 홀로 남았다. 주변에서는 으르렁거리며 포효하는 소리도, 탐욕스럽게 짖는 소리도 들리지 않았다. 궁전 안에서 희미하게 흘러나오는 음악 소리뿐이었다. 프시케가 주저주저 다가가자 문이 확 열렸다.

프시케가 자란 왕궁은 백성들이 보기에는 호화롭고 압도적이었지만, 그녀가 지금 들어가고 있는 이 아름답고 환상적인 건물에 비하면 조야한 가축우리에 불과했다. 프시케는 궁전 안으로 들어가면서 황금과 향목, 상아로 만들어진 기둥, 상상도 못 할 만큼 복잡하고 예술적으로 조각된 순은 양각 판화, 숨 쉬며 살아 움직인다고 착각할 만큼 완벽한 대리석 조각상에 두 눈이 휘둥그레졌다. 황금 홀과 통로가 아롱아롱 반짝였고, 그녀가 밟는 바닥에는 조각조각 이어 붙인 보석이 춤을 추었으며, 더 깊이 들어가면 갈수록 신비로운 음악 소리가 점점 더 크게 들려왔다. 분수대에서는 수정처럼 맑은 물이 중력을 거스르면서 신기한 포물선을 이런저런 모양으로 그리고 있었다. 여인들의 낮은 목소리도 들렸다. 지금 그녀는 꿈을 꾸고 있는 걸까, 아니면 이 궁전에 신성한 기운이 깃든 것일까? 필멸의 존재라면, 더군다나 괴물이라면 이런 굉장한 집을 갖고 있을 리 없다.

프시케는 신들의 탄생과 티탄족과의 전쟁을 그린 패널화가 걸려 있는 중앙의 정사각형 방에 도착했다. 백단향, 장미, 따뜻한 향신료 향이 감돌았다.


## 목소리, 환영, 손님

어디서 흘러나오고 있었는지 모를 속삭임과 음악이 어느 순간 뚝 그쳤다. 그 뒤에 남은 지독한 정적 속에서 조용한 목소리가 그녀를 불렀다.

"프시케여, 프시케여, 겁먹지 마시오. 놀란 목신처럼 눈을 휘둥

그레 뜨고 움찔하지 마시오. 이 모든 것이 그대의 것임을 모르겠소? 이 모든 아름다운 것들, 이 모든 귀석들, 이 웅장한 궁전과 주변의 땅 모두 그대의 것이라오. 그 문간을 지나 몸을 씻으시오. 그대에게 들리는 목소리들은 그대의 시중을 들어줄 시녀들이오. 그대가 준비되면 성대한 축연이 열릴 것이오. 어서 오시오, 사랑하는 프시케여, 마음껏 즐기시오."

어안이 벙벙해진 프시케는 옆방으로 들어갔다. 벽에 태피스트리와 비단옷이 걸려 있고, 청동 받침대에서 횃불이 이글거리며 타오르고 있는 널따란 침실이었다. 한쪽 끝에 반짝이는 구리 욕조가 있었으며, 한가운데에는 윤나는 삼나무 틀을 도금양나무가 휘감고 있고 이불에 장미꽃잎이 흩뜨려져 있는 거대한 침대가 놓여 있었다. 프시케는 너무나 피곤하고 혼란스럽고 아무것도 이해되지 않아 침대에 누워 눈을 감았다. 잠들면 이 허무맹랑한 꿈에서 깨어날 수 있지 않을까 하는 부질없는 희망을 품고서.

하지만 깨어나 보니 여전히 꿈속이었다. 푹신한 양단 쿠션에서 일어나자 욕조에서 김이 피어오르고 있는 것이 보였다. 프시케는 옷을 벗고 물속으로 들어갔다.

이때부터 정말 이상한 일들이 벌어지기 시작했다.

욕조 옆에 있던 은병이 저절로 떠오르더니 허공에서 춤을 추고는 물속으로 병 안의 내용물을 부었다. 프시케가 깜짝 놀라 비명을 지를 틈도 없이, 처음 맡아보는 아름다운 향이 확 퍼졌다. 이어 상아 손잡이가 달린 솔이 그녀의 등을 북북 문지르고, 물병에 든 뜨거운 물이 그녀의 머리로 쏟아졌다. 눈에 보이지 않는 손들이 주무르고, 쓰다듬고, 치고, 두드리고, 눌러댔다. 프시케는 어린 애처럼 킥킥거리며 그 손들이 하는 대로 내버려두었다. 현실 속의 꿈이든 꿈속의 현실 같은 순간이든 이젠 상관없었다. 모험을 즐기면서 그저 흘러가는 대로 지켜보리라.

숨어 있는 벽장에서 다마스크, 실크, 새틴 등의 아주 고운 천이 날아오더니 침대 위로 미끄러지듯 내려앉아 희미하게 반짝거리며 그녀에게 간택되기를 고대하듯 바스락거렸다. 프시케는 선명한 청색의 시폰 드레스를 골랐다. 헐렁하니 편하면서도 자극적이었다.

침실 문이 열리자 프시케는 소심하고 불안한 걸음으로 큰 홀로 돌아갔다. 테이블에 진수성찬이 차려져 있었다. 눈에 보이지 않는 손들이 과일과 발효된 꿀, 이국적인 새 구이와 과자를 이리저리 옮기고 있었다. 프시케는 본 적도, 상상해본 적도 없는 연회였다. 그녀는 기쁨에 들뜬 나머지 자기도 모르게 진미들을 손으로 집어 먹고는 감탄하여 탄성을 질렀다. 수정과 금은으로 만들어진 마법의 그릇은 그녀가 비우기 무섭게 다시 채워졌다. 프시케는 부모님의 농장에서 나무 여물통에 코를 박은 돼지들보다 더 신나게 쿵쿵거렸다. 냅킨이 날아와 포도주 때문에 얼룩덜룩해진 입술과 음식이 지저분하게 묻은 턱을 닦아주었다. 역시나 눈에 안 보이는 합창단이 감미로운 발라드와 인간의 사랑에 바치는 찬가를 부르는 동안 프시케는 황홀경에 빠져 걸신들린 듯 마구 먹고 마셔댔다.

원 없이 먹을 만큼 먹고 나자 몹시 따스하고 행복한 기분이 살며시 솟아올랐다. 괴물의 맛있는 먹잇감이 되라고 나를 살찌우고 있는 거라면 그러라지, 뭐.

테이블 위의 촛불이 떠오르더니 프시케를 다시 침실로 안내했다. 깜박이던 횃불과 은은하게 빛나던 기름 등불이 꺼져 방은 거의 완전한 어둠 속에 있었다. 보이지 않는 손들이 그녀를 살며시 침대 옆으로 밀었고, 그녀가 입고 있던 시폰 가운이 저절로 위로 벗겨져 멀리 날아가 버렸다. 알몸이 된 프시케는 새틴 이불 밑에 누워 눈을 감았다.

잠시 후 그녀는 흠칫 놀라며 헉하고 숨을 몰아쉬었다. 누군가가 옆으로 스르르 들어와 있었다. 그자에게로 그녀의 몸이 살며시 끌려갔다. 달콤하고 따스한 숨이 그녀의 숨과 뒤섞였다. 그녀의 살갗이 닿은 것은 짐승이 아닌 남자의 몸이었다. 그의 얼굴은 수염 없이 매끈했으며, 보지 않아도 아름답다는 걸 알 수 있었다. 그의 모습은 윤곽조차 알 수 없었고, 오로지 젊은이의 단단한 몸에서 뿜어져 나오는 열기만 느껴졌다. 그가 그녀의 입술에 키스한 뒤 둘의 몸은 한데 뒤엉켰다.

다음 날 아침 침대는 비어 있었다. 그리고 이번에도 보이지 않는 시녀들이 프시케의 몸을 씻겨주었다. 기나긴 하루가 지난 그때야 비로소 프시케는 용기를 내 허공에 질문을 던져보았다.

"내가 어디 있는 거죠?"

"여기 계시잖아요."

"그래서 여기가 어디예요?"

"그곳에서 멀지만 가까운 곳에서는 가깝답니다."

"이 궁전의 주인은 누구예요?"

"그대가 여주인이십니다."

궁금증은 하나도 속 시원하게 풀리지 않았다. 프시케는 대답을 강요하지 않았다. 이곳은 마법의 궁전이니 시녀들도 그 규칙과 요건에 매여 있겠거니 싶었다.

그날 밤 칠흑 같은 어둠 속에서 아름다운 청년이 또 그녀의 침대로 찾아왔다. 그녀는 그에게 말을 걸려고 했지만, 그가 그녀의 입술에 손가락을 댔다. 그때 그녀의 머릿속에서 어떤 목소리가 울렸다.

"쉿, 프시케. 아무 질문도 하지 마시오. 내가 그대를 사랑하듯이 그대도 나를 사랑해주오."

그리고 서서히, 하루하루 지날수록 프시케는 볼 수도 없는 이 남자를 무척 사랑하게 되었다. 밤마다 그들은 사랑을 나누었다. 매일 아침 그녀가 깨어나 보면 그는 가고 없었다.

궁전은 아름다웠고, 프시케의 시녀들은 그녀에게 뭐든 다 해주었다. 최고의 음식과 음료, 어딜 가나 함께하는 음악. 무엇 하나 부족한 것이 없었다. 하지만 달콤한 밤까지 그 기나긴 시간을 홀로 보내기가 고역이었다.

그녀가 매일 밤 동침하는 '괴물'은, 누구나 짐작하겠지만, 자기가 쏜 화살에 맞아 프시케와 사랑에 빠진 에로스였다. 그 사랑은 황홀한 밤이 이어지면서 더욱더 커져만 갔다. 에로스가 모든 신들이 두려워하는 힘을 갖고 있다는 신탁은 틀리지 않았다. 올림포스의 신들은 누구나 한 번쯤 에로스에게 정복당했으니 말이다. 어찌보면 그는 결국 괴물이었는지도 모른다. 하지만 그는 변덕스럽고 잔인한 만큼 섬세하고 자상하기도 했다. 프시케가 마냥 행복하지만은 않다는 걸 알게 된 그는 어느 날 밤 어둠 속에 함께 누운 그녀에게 다정하게 물었다.

"사랑하는 아내여, 무슨 고민이라도 있소?"

"당신이 이렇게나 잘해주는데 이런 말을 해서 미안하지만, 낮 동안에는 외로워요. 언니들이 보고 싶어요."

"언니들?"

"칼란테 언니와 조나 언니요. 언니들은 내가 죽은 줄 알고 있을 거예요."

"그들과 어울려봤자 불행만이 찾아올 뿐이오. 그들과 그대는 고통과 절망에 빠질 거요."

"하지만 난 언니들을 사랑……."

"고통과 절망뿐이라니까요."

프시케가 한숨을 쉬자 그가 말했다. "내 말을 믿어요. 그들을 보지 않는 게 최선이오."

"당신은요? 당신도 못 보나요? 내가 그렇게나 사랑하는 이의 얼굴을 영영 볼 수 없나요?"

"그런 말 마오. 그런 부탁은 하지 마오."

그로부터 며칠이 지났고, 에로스는 포도주와 음식, 음악과 신비로운 분수, 마법의 목소리도 프시케의 슬픔을 달래주지 못한다는 걸 알아차렸다.

"기운을 내오, 여보! 내일은 우리 결혼기념일이잖소." 그가 말했다.

1년이라니! 벌써 1년이나 지났단 말인가?

"선물로 그대의 소원을 들어주겠소. 내일 아침 내 친구 제피로스가 궁 밖에서 그대를 기다리고 있다가 그대가 있어야 할 곳으로 데려다줄 거요. 하지만 부디 조심하오. 가족의 삶에 너무 얽히지 말아요. 그리고 그들에게 내 얘기는 절대 하지 않겠다고 약속해주오. 나에 대해서는 한마디도 안 되오."

프시케는 약속했다. 이 기념일 밤을 축하하기 위해 그들은 서로의 품으로 안겨들었다. 그녀는 이보다 더 격정적인 사랑이나 육체적인 즐거움을 느껴본 적이 없었고, 그에게서도 못지않은 열정과 사랑이 느껴졌다.

다음 날 아침 그녀가 깨어났을 때 언제나 그렇듯 침대는 비어 있었다. 그녀는 들썽거리는 기분으로 시녀들의 시중을 받아 옷을 입고 아침을 먹은 후 궁전 앞의 대문으로 신나게 달려갔다. 그녀가 밖으로 발을 내딛기가 무섭게 제피로스가 획 내려와 강하고 든든한 품에 그녀를 안고는 날아올랐다.

# 언니들

그사이 프시케의 고향 땅에서는 프시케가 눈에 보이지 않는 전설 속 괴물에게 잡혀간 날을 기리고 있었다. 아리스티데스왕과 다마리스 왕비는 애도 행렬을 이끌고 산비탈을 올라, 그들의 딸이 묶인 이후로 '프시케의 바위'라 불리는 현무암 바위까지 갔다. 잠시 후 그 기념물에는 두 공주 칼란테와 조나만이 남았다. 두 사람은 뒤에 남아 조용히 애도하고 싶다는 뜻을 모두에게 야단스럽게 알렸다.

사람들이 모두 자리를 뜨자마자 두 공주는 베일을 벗고 웃어젖혔다.

"걔가 어떤 괴물한테 잡혀갔을지 상상해볼까나." 조나가 말했다.

"에리니에스처럼 날개가 달렸겠지……." 칼란테가 시작했다.

"쇠발톱에……."

"입에서는 불이 막 뿜어져 나오고……."

"엄청 큰 누런 엄니에……."

"머리카락 한 올 한 올이 뱀이고……."

"엄청 큰 꼬리랑…… 이게 뭐지?"

그 순간 갑작스레 돌풍이 일어 그들은 몸을 획 돌렸다. 그러고는 눈앞의 광경에 소스라치며 비명을 질렀다.

그들의 동생 프시케가 금으로 테두리를 두른 반짝이는 흰 드레스를 입고 광채를 발하며 그들 앞에 서 있는 것이 아닌가. 그 모습이 소름 끼치도록 아름다웠다.

"아니……." 칼란테가 입을 열었다.

"우린 네가……." 조나가 더듬더듬 말했다.

그러고 나서 둘이 함께 외쳤다. "동생아!"

프시케가 두 손을 내밀고 그들에게 다가가며 언니들을 향한 애틋한 마음을 담아 달콤하기 그지없는 미소를 환하게 지었다. 칼란테와 조나는 프시케의 손을 한쪽씩 잡고 입을 맞추었다.

"살아 있었구나!"

"그리고 정말…… 정말이지……."

"이 드레스, 비싸겠다. 딱 그래 보여……."

"그리고 너도…… 너무…… 너무…… 언니, 갑자기 단어가 생각 안 나네?" 조나가 칼란테를 보며 말했다.

"행복해 보인다고?" 프시케가 거들었다.

"좀 있어 보인다. 정말 좀 있어 보여." 언니들이 입을 모아 말했다.

"말해봐, 프시케, 사랑하는 동생아……."

"어떻게 된 거니?"

"우리는 이렇게 너를 애도하면서 가슴 터지도록 울고 있는데."

"이 드레스는 누가 준 거니?"

"이거 진짜 금이야?"

"괴물이 널 잡으러 왔던? 짐승이었어? 사람 잡아먹는 거인?"

"이 옷감은 또 뭐야?"

"용이었으려나?"

"피부를 어떻게 관리하길래 주름이 하나도 없어?"

"괴물이 널 굴로 끌고 갔니?"

"머리는 누가 해줬어?"

"괴물이 네 뼈를 잘근잘근 씹어 먹으려고 안 하던?"

"설마 이거 진짜 에메랄드 아니지?"

프시케는 웃으며 한 손을 들어 올렸다. "언니들! 내가 전부 다 얘기해줄게. 아니, 보여주는 게 낫겠다. 바람이여, 이리 와서 우리를 그곳으로 데려가줘요!"

언니들이 정신을 차릴 틈도 없이 어느새 세 자매는 공중으로 붕 떠올라 서풍의 든든한 품에 안긴 채 하늘을 획획 가르며 날았다.

"그냥 몸을 맡겨. 긴장하지 말고." 제피로스가 그들을 산 위로 훅 밀어 올리자 프시케가 말했다. 조나의 비명이 잦아들었고, 숨죽여 흐느끼던 칼란테는 이제 살짝 훌쩍거리고 있었다. 곧 그들은 몇 초나마 비명을 지르지 않고 눈을 뜨고 있을 수 있게 되었다.

바람이 마침내 자매들을 마법의 궁전 앞 풀밭에 내려주었을 때 칼란테는 앞으로 이렇게 다니리라 마음먹었다.

"시시한 말이 모는 덜컹덜컹 낡아빠진 전차를 왜 타고 다녀? 이제부터는 나도 바람을 타고……."

하지만 조나의 귀에는 그 말이 들어오지 않았다. 그녀는 아침 햇살을 받아 번쩍이고 있는 궁전의 벽, 작은 탑, 장식용 은징이 박힌 문을 보느라 정신이 없었다.

"들어가자." 프시케가 말했다. 소중한 언니들에게 새집을 보여 줄 수 있다니, 얼마나 신나는 일인가. 사랑하는 남편을 소개하지 못하는 것이 아쉽긴 하지만.

언니들은 궁전에 그저 감탄한 정도가 아니었다. 은판이 붙은 회랑과 보석으로 뒤덮인 통로를 지나 황금빛 방들을 차례로 구경하며 저도 모르게 코를 쿵쿵거리고, 입을 쩍 벌리고, 킥킥거리고, 고개를 젓고, 혀를 쯧쯧 찼다.

이제 좀 익숙해진 듯 그들은 고개를 쳐들고 코를 찡그렸다.

"취향이 좀 천박하지 않니, 애?" 조나가 말했다. 그렇지만 속으로는 이렇게 생각하고 있었다. '신의 집이 틀림없어!'

칼란테는 이런 생각을 하고 있었다. '구두끈을 고쳐 매는 척하면서 저 의자에 박혀 있는 루비를 하나 떼어볼까나.'

눈에 보이지 않는 집사들, 하인들, 시녀들이 점심 시중을 들기 시작하자 놀랍지 않은 척, 신기하지 않은 척하기가 더 어려워졌다. 식사가 끝나자 그들은 몸에 오일을 바르고 목욕을 하고 마사지를 받았다.

성의 주인에 대해 자세히 얘기해달라고 언니들이 조르자 프시케는 그와 한 약속을 떠올리고는 허둥지둥 얘기를 만들어냈다.

"그이는 잘생긴 사냥꾼이고 여기 지주야."

"이름이 뭐야?"

"눈빛이 얼마나 다정다감한지 몰라."

"그래서 이름이……?"

"그이도 언니들을 못 봐서 정말 아쉬워해. 낮에는 항상 사냥개들 데리고 들판으로 나가거든. 언니들을 직접 맞고 싶어 했는데. 다음에 기회가 있겠지, 뭐."

"그래, 그래서 네 남편 이름이 뭐야?"

"그이는…… 사실 이름이 없어."

"뭐?"

"아니, 이름이 있긴 있어. 당연히 있지, 이름 없는 사람이 어딨어, 언니. 하지만 그 이름을 안 써."

"그래서 이름이 뭔데?"

"어머, 벌써 시간이 이렇게 됐네! 곧 어두워지겠다. 밤에는 제피로스를 타고 갈 수 없거든. 자, 언니들, 가져가고 싶은 게 있으면 좀 챙겨. 이건 자수정이고. 이건 사파이어. 저기 금과 은도 있으니까, 어머니, 아버지한테 드릴 선물도 꼭 챙기고."

귀한 보물들을 가득 안고서 언니들은 바위로 다시 돌아갔다. 손을 흔들며 언니들을 보낸 프시케는 마음이 놓이면서도 언니들과의 이별이 아쉬웠다. 언니들을 만나 궁전을 구경시켜주고 선물도 줄 수 있었던 건 기뻤지만, 남편과의 약속 때문에 언니들의 질문을 요리조리 피해 가느라 진땀을 뺐다.

집으로 돌아온 언니들은 휘황찬란한 보물을 손에 쥐고 있으면서도 부럽고 분하고 울화통이 터져 견딜 수 없었다. 그 미련하고 이기적인 동생 프시케가 거의 신의 위치에 오르다니. 말도 안 되 잖아. 버릇없고, 허세 심하고, 못생긴 주제에! 뭐, 못생기지는 않았 다. 눈에 확 띄는 것이 다소 천박한 미모를 갖고 있긴 하지만, 자 신들의 고상한 아름다움에는 상대도 되지 않았다. 도저히 용납할 수 없는 일이었다. 분명 거기에 사악한 주술이 숨어 있으리라. 어 떻게 자기 남편의 이름도 모를 수가 있단 말인가?

칼란테가 말했다. "요즘 내 남편 사토의 류머티즘이 심해졌어. 그래서 밤이면 밤마다 내가 그이의 손가락을 하나씩 주무른 다음 고약이랑 찜질약을 붙여줘야 해. 얼마나 역겹고 꼴이 말이 아닌지 몰라."

그러자 조나가 대꾸했다. "뭘 그 정도로 그래? 카리온은 머리가 양파처럼 까졌고, 입 냄새도 고약한 데다 잠자리에선 꼭 죽은 돼 지 같다니까. 그런데 프시케는……."

"그 이기적이고 천박한 년이……."

두 자매는 서로를 끌어안고는 가슴이 메도록 펑펑 울었다.

그날 밤 프시케의 연인 에로스는 그녀에게 전해줄 중대한 소식 이 있었다. 프시케가 에로스에게 감사의 말을 퍼부으며 언니들의 질문을 어떻게 잘 피했는지 설명하자 그가 그녀의 입술에 손가락 을 댔다.

"그대는 마음이 고와 남을 잘 믿는군요. 나는 그 언니들이 그대 에게 무슨 짓을 할지 두렵다오. 하지만 그대가 행복하다니 그것으 로 됐소. 그대를 더 행복하게 만들어주리다." 그의 따스한 손이 미 끄러져 내려가더니 그녀의 배를 살며시 쓰다듬었다. "여기 우리의 아이가 자라고 있소."

프시케는 헉하고 숨을 몰아쉬고는 기쁨에 겨워 그를 꼭 껴안았다.

에로스가 말했다. "이 일을 비밀로 한다면 아이는 신이 될 거요. 생명 있는 자에게 발설한다면 아이는 유한한 인간이 될 거고."

"비밀을 지킬게요. 하지만 배가 더 부르기 전에 언니들을 한 번 더 보고 작별인사를 하고 싶어요."

에로스는 고민스러웠지만 언니들을 아끼는 마음에서 나온 이 온당한 부탁을 차마 거절할 수 없어 허락해주었다.

"제피로스가 그들에게 신호를 보내면 그들이 올 거요." 그는 고개를 숙여 그녀에게 키스하며 덧붙였다. "명심해요, 나에 대해서도, 우리 아기에 대해서도 절대 말해선 안 되오."

# 기름 한 방울

다음 날 아침 칼란테와 조나는, 쌕쌕대며 이불을 발로 긁는 굶주린 강아지처럼 그들의 피부에 살랑거리는 제피로스의 숨결을 느끼며 잠에서 깨어났다. 눈을 뜨고 일어나 앉았을 때 바람은 떠나버렸지만, 직감과 탐욕, 타고난 교활함으로 그 신호를 알아챈 두 사람은 바위로 급하게 달려가 궁전으로의 여행을 기다렸다. 이번에는 동생의 연인이 어떤 인물인지 그 수수께끼를 낱낱이 밝혀낼 작정이었다.

그들이 궁전 앞에 내렸을 때 마중 나와 있는 프시케가 보였다.

그들은 프시케의 행운에 불같은 질투를 느끼면서도 속내를 감춘 채 동생을 다정하게 껴안으며, 염려스러운 표정으로 혀를 요란스 레 쯧쯧 차고 고개를 여러 번 내저었다.

"왜 그래, 칼란테 언니?" 어리둥절해진 프시케는 과일과 케이 크, 벌꿀술로 거하게 차린 아침상에 언니들을 앉히며 물었다. "조 나 언니는 왜 그렇게 슬픈 표정을 하고 있어? 나를 만났는데 행복 하지 않아?"

"행복?" 칼란테가 신음하듯 되물었다.

"퍽이나." 조나가 한숨을 내쉬었다.

"무슨 걱정이라도 있어?"

"아, 동생아, 동생아." 칼란테는 탄식하듯 말했다. "넌 너무 어 려. 너무 착하고. 너무 순진해 빠졌어."

"이용해먹기 딱 좋지."

"무슨 소린지 모르겠어."

두 언니는 가혹한 진실을 폭로할까 말까 고민하는 것처럼 서로 마주 보았다.

"밤마다 너를 찾아오는 그…… 그 괴물을 얼마나 잘 알아? 알기 는 하는 거야?"

"그이는 괴물이 아니야!" 프시케가 항변했다.

"당연히 괴물이지. 신탁으로 예언된 괴물."

"비늘로 덮여 있을 거야, 분명히. 비늘이 아니면 털이 많겠지."

조나의 말에 프시케가 발끈해서 말했다. "말도 안 되는 소리 하 지 마. 그이는 젊고 아름답고 친절해. 피부도 부드럽고 근육도 단 단하고……"

"눈은 무슨 색깔인데?"

"어……."

"머리는 금발이야, 흑발이야?"

"사랑하는 언니들, 비밀 지켜줄 수 있어?" 프시케가 말했다.

칼란테와 조나는 목을 길게 빼고는 동생을 사랑스럽게 만지작거렸다.

"비밀 지켜줄 수 있냐고? 그걸 질문이라고 하는 거니!"

"사실은, 사실은 나도 그이가 어떻게 생겼는지 잘 몰라. 그이를 본 적이 없거든. 그냥…… 음…… 느낄 뿐이지."

"뭐?" 칼란테는 경악했다.

"남편 얼굴도 못 봤다는 거야?"

"절대 보면 안 된다고 고집부리는 걸 어떡해. 깜깜한 밤에 찾아와서 이불 속으로 슬그머니 들어온 다음 나랑…… 저기…… 그거 있잖아." 프시케는 얼굴을 붉혔다. "그래도 그이의 몸을 손으로 쭉 훑어봤는데 괴물의 몸이 아니야. 근사하고 멋진 남자의 몸이지. 그런데 아침에 일어나 보면 가고 없어."

"멍청하기는!" 조나가 킥킥거리더니 말을 잇기가 두려운 듯 멈칫했다. "뭣도 모르면서……."

두 언니는 다 안다는 듯 슬픈 시선을 주고받았다.

"어쩜 좋아……."

"프시케는 모르나 봐!"

칼란테는 소리 죽인 웃음과 한숨 사이의 소리를 냈다.

프시케는 당황해서 언니들을 한 명씩 쳐다보며 물었다. "뭘 몰라?"

칼란테가 두 팔로 동생을 감싸 안고는 설명해주기 시작했고, 조나는 자신의 의견과 주장을 틈틈이 끼워 넣었다. 최악의 무시무시한 괴물들, 아폴론의 신탁이 널 집어삼킬 거라고 예언했던 바로 그런 괴물은 능력을 갖고 있어. 예전부터 쭉 그랬고, 그 능력으로 유명했고, 그 능력 때문에 세상 사람들에게 찬양받았지! 그 능력이란, 예를 들면 젊은 여자에게 황홀하고 매력적으로 보이는 가짜 모습으로 변신하는 능력이지만, 이건 순전히 순진한 여자, 순진하고 멍청한 여자의 신뢰를 얻어서 악마의 씨앗을 그 여자 안에 뿌리기 위해서야. 불쌍하기도 하지, 그 여자는 아무것도 모르지만, 남자들은 이런 짓도 저지를 수 있단다. 그리고 여자가 또 다른 가증스러운 것, 훨씬 더 끔찍한 괴물, 돌연변이를 낳게 하지. 이런 식으로 번식해서 고약한 종족을 퍼뜨리는 거야.

프시케가 한 손을 들어 올렸다. "그만 좀 해, 제발! 언니들이 나를 생각해서 해주는 말이라는 건 알겠는데, 그이가 얼마나 다정하고, 얼마나 자상하고, 얼마나 신사적이고……."

"그놈들 수법이라니까! 바로 그게!"

"모르겠니? 그렇게 자상하고 신사적으로 구는 게 바로 이 괴물이 지독하게 잔인한 놈이라는 증거라고!"

"무시무시한 악귀라는 확실한 신호야."

프시케는 자기 안에서 자라고 있는 새 생명과, 그 사실을 누구에게도 발설하지 말라는 남편의 강요를 생각해보았다. 그리고 절대 자기 모습을 드러내지 않으려는 남편의 고집도. 오, 맙소사. 어쩌면 언니들의 말이 옳은지도 몰랐다.

두 언니는 흔들리는 프시케를 보고는 지체 없이 덤벼들었다.

"이렇게 하렴, 사랑하는 동생아. 오늘 밤 놈이 오거든 널 짐승처럼 갖고 놀게 내버려뒀다가……."

"윽!"

"그런 다음 놈을 재워. 하지만 넌 깨어 있어야 해."

"꼭이야, 꼭 깨어 있어야 해."

"그놈이 완전히 푹 잠든 것 같으면 넌 일어나서 램프를 가져와."

"그리고 시녀들이 네 머리카락을 자를 때 쓰는 면도칼도."

"그래, 그것도 빼먹으면 안 돼!"

"방구석에서 등에 불을 붙이고, 놈이 깨어나지 않도록 천으로 등을 덮어."

"그런 다음 침대로 살금살금 다가가서……."

"등불을 들어 올리고……."

"용 비늘로 뒤덮인 그놈의 목을 베는 거야……."

"울퉁불퉁한 핏줄을 잘라내고……."

"놈을 죽여……."

"그 괴물을 죽여……."

"그런 다음 금과 은을 모두 챙겨서……."

"보석들도 있잖아, 그걸 잊으면 곤란하지……."

언니들의 계속되는 설득에 프시케는 결국 넘어가고 말았다.

그날 밤 에로스는 침대에서 태평하게 잠들었고, 프시케는 한 손에는 천으로 덮은 램프를, 다른 손에는 면도칼을 든 채 남편을 내려다보며 서 있었다. 그녀는 램프를 가리고 있던 천을 들어 올렸다. 불빛에 비친 건 웅크리고 있는 나체, 세상 그 어느 생명체보다 아름다운 존재였다. 매끄럽고 젊은 피부, 한 쌍의 경이로운 날개

위로 따스한 붉은빛이 춤추듯 아른거렸다.

　프시케는 깜짝 놀라 저도 모르게 헉하고 숨을 몰아쉬었다. 그녀는 자기가 보고 있는 이가 누군지 단번에 알아챘다. 용도, 괴물도, 사람 잡아먹는 거인도, 가증스러운 무언가도 아니었다. 이자는 젊은 사랑의 신, 바로 에로스였다. 감히 그를 해칠 생각을 했다니! 이 얼마나 아름다운 존재인가. 도톰한 장밋빛 입술은 살짝 벌어져 있고, 더 깊이 들여다보려 그녀가 몸을 숙이자 향기로운 숨결이 와 닿았다. 그의 모든 것이 너무나 완벽했다! 부드럽게 오르내리며 부푸는 근육들이 그의 풋풋한 아름다움에 남성성을 더해주었지만, 그녀의 아버지가 거느리고 있던 최고 운동선수들과 전사들처럼 딱딱하고 볼썽사납게 울룩불룩한 몸은 아니었다. 그의 헝클어진 머리칼은 아폴론의 금빛과 헤르메스의 적갈색 중간쯤 되는 따뜻한 빛깔로 반짝이고 있었다. 날개는 또 어떻고! 그의 몸 아래에 접힌 두 날개는 백조의 날개처럼 풍성하고 새하얬다. 프시케는 떨리는 손을 뻗어 손가락으로 깃털들을 쭉 훑었다. 보드랍게 살랑거리는 소리가 귓속말처럼 들릴 듯 말 듯 났지만, 잠든 에로스는 몸을 뒤척이며 뭐라고 중얼거릴 뿐이었다.

　프시케는 몸을 뒤로 빼면서 램프를 가렸다. 변함없이 규칙적으로 이어지는 호흡을 보아하니 그는 여전히 깊이 잠들어 있는 것이 분명했다. 프시케가 다시 램프의 천을 벗겼을 때 그의 몸이 반대편으로 돌려져 있었다. 그 바람에 신기한 물건 하나가 그녀의 눈에 들어왔다. 그의 날개 밑에 은으로 만들어진 기다란 원통이 놓여 있었다. 그의 화살통이었다! 프시케는 감히 숨 쉴 엄두도 못 내고 몸을 앞으로 구부려 화살 한 대를 꺼냈다. 화살을 손 안에서 돌리며, 반짝이는 흑단 살대를 천천히 어루만져 보았다. 화살촉은 금줄로 붙어 있었다. 왼손으로 램프를 높이 든 채 오른손 엄지손가락으로 화살촉을 스윽 쓸다가, 아야!

화살촉 끝이 너무 날카로워 피가 났다. 그 순간 어떤 감정이 거침없이 밀려들었다. 잠든 에로스를 향한 격렬한 사랑, 그 열기와 격정과 욕망, 그 완벽한 불멸의 애정에 겨워 프시케는 남편의 목덜미에 난 곱슬머리에 입을 맞추었다.

아뿔싸! 그때 램프의 뜨거운 기름이 그의 오른쪽 어깨에 똑똑 떨어졌다. 아파서 새된 소리를 지르며 깨어난 에로스는 그를 내려다보며 서 있는 프시케를 보고는 실망과 절망에 휩싸여 크게 노호했다. 갑자기 그의 날개가 펼쳐지더니 아래위로 펄럭이기 시작했다. 그가 일어나자 프시케는 몸을 던져 그의 오른쪽 다리에 매달렸지만, 그의 힘이 보통 힘인가, 그는 말 한마디 없이 그녀를 떨쳐내고는 밤하늘로 날아가 버렸다.

에로스가 떠나는 순간 모든 것이 허물어졌다. 궁전의 벽들이 일렁이며 희미해지다가 밤공기 속으로 사라졌다. 주위의 황금 기둥들이 바르르 떨리며 시커먼 나무 기둥으로 바뀌고, 발밑의 보석 박힌 타일들이 울렁거리며 진흙과 자갈 범벅으로 변하는 모습을 프시케는 절망 속에 지켜보았다.

결국 궁전과 귀금속, 보석 모두가 감쪽같이 사라져버렸다. 시녀들의 감미로운 노랫소리는 늑대들의 울부짖음과 올빼미들의 새된 울음소리로 변했고, 따스하고 신비로운 향내는 냉랭하고 무자비한 바람이 되어 몰아쳤다.

# 홀로 남은 프시케

겁에 질리고 슬픔에 빠진 한 여인이 춥고 황량한 숲속에 서 있었다. 그녀는 나무줄기에 등을 기댄 채 쭉 미끄러져 내려가 단단한 뿌리 위에 털썩 주저앉았다. 그저 죽고 싶은 생각뿐이었다.

입술 위를 후다닥 기어가는 딱정벌레 때문에 그녀는 잠에서 깨어났다. 오들오들 떨며 일어나 앉아 이마에 들러붙은 축축한 이파리를 떼어냈다. 전날 밤의 그 참사는 꿈이 아니었다. 정말 숲 속엔 그녀 혼자였다. 혹시 전의 모든 것이 다 꿈이었고 지금 이대로가 처음부터 쭉 현실이었을까? 아니면 어떤 꿈을 꾸다가 그 속에서 깨어난 건가? 답을 찾겠다고 머리를 쥐어짜 봐야 무슨 소용이랴. 꿈이건 현실이건 힘들기는 매한가지였다.

"그러지 말아요, 예쁜 아가씨."

프시케가 흠칫 놀라며 올려다보자 목신 판이 그녀 앞에 서 있었다. 익살스러운 우거지상, 숱진 곱슬머리에서 싹처럼 불쑥 튀어나온 두 개의 뿔, 떡 벌어진 털북숭이 가슴팍에서 염소 다리로 이어지는 역삼각형 몸매…… 인간계든 천계든 이런 존재는 한 명밖에 없었다.

"절대 안 될 말이지." 판이 발굽으로 진흙땅을 쿵쿵 밟으며 말을 이었다. "그대 얼굴에 다 보이는데, 안 돼요. 내가 허락지 않을 테니까."

"뭘 허락하지 않겠다는 건가요?" 프시케가 물었다.

"절벽에서 뛰어내리는 것도, 스스로 들짐승 먹잇감이 되는 것도, 벨라도나를 꺾어 독즙을 마시는 것도 허락지 않겠다는 말이지요. 전부 다 안 돼."

"못 살겠어요!" 프시케가 소리쳤다. "내 사정을 알면 판 님도 이해하고 내가 죽을 수 있게 도와주실 거예요."

"그대가 왜 여기 왔는지 잘 생각해봐요. 사랑 때문이라면 아프로디테와 에로스에게 길을 이끌어주고 위안을 달라고 기도해야죠. 그대 자신의 잘못으로 이렇게 된 거라면 살아서 회개해야 하고. 남들 때문이라면 살아서 복수해야죠."

복수! 프시케는 자신이 해야 할 일을 퍼뜩 깨달았다. 그녀는 일어섰다. "고마워요, 판 님. 제가 할 일을 알려주셨어요."

판은 이를 드러내며 씩 웃고 머리를 숙였다. 그리고는 손에 든 팬파이프를 요란하게 불며 작별을 고했다.

나흘 후 프시케는 칼란테의 남편이자 형부인 사토의 호화로운 대저택으로 찾아가 대문을 두드렸다. 하인 한 명이 그녀를 응접실로 안내했다.

"프시케! 얘! 계획대로 잘 됐니? 네 꼴이 좀……."

"난 괜찮아, 언니. 어떻게 됐는지 얘기해줄게. 언니들이 시킨 대로 잠든 남편을 등불로 비춰봤더니, 위대한 신 에로스 님이지 뭐야. 에로스 님이었다니까!"

"에로스라니!" 칼란테는 호박 목걸이를 꽉 쥐었다.

"언니, 내가 얼마나 가슴 무너지고 마음 상했는지 언니는 몰라. 그이가 나를 자기 궁전으로 데려간 건 언니를 안전하게 지키기 위해서였다고 말하더라니까."

"나를?"

"음흉한 모략이었던 거지. '그대의 아름다운 언니 칼란테를 내게 데려오시오.' 그이가 이렇게 말했어. '초록빛 눈동자에 황갈색 머리칼을 가진 그녀를.'"

"황갈색보다는 적갈색에 더 가까운데……."

"'그녀를 데려오시오. 그녀더러 높은 바위로 가라고 하시오. 제피로스에게 몸을 던지면 제피로스가 그녀를 태워 내게 데려올 거요. 아름다운 칼란테에게 모두 말해주시오, 프시케, 부탁이오.' 그이의 말을 내가 정확히 그대로 옮긴 거야."

아니나 다를까 칼란테는 눈 깜짝할 새에 채비를 마치고 남편에게 남기는 편지를 휘갈겨 썼다. 우리 부부의 연은 여기서 끝이에요, 우리 결혼은 재앙 수준의 실수였고, 우리를 결혼시킨 사제는 곤드레만드레 취해서 주례 자격이 없었어요, 난 당신을 사랑한 적 없고 이제 자유의 몸이에요, 그러니까 잘 있어요.

높다란 현무암 바위에 올라선 칼란테는 살랑거리는 미풍 소리를 듣고는 제피로스가 왔구나 싶어 황홀경에 빠져 신음하며 몸을 허공으로 내던졌다.

하지만 서풍의 정령은 근처에도 없었다. 좌절감과 분노, 실망과 공포의 비명을 내지르며 칼란테는 산비탈을 굴렀다. 날카로운 바위들에 계속 부딪혀 통통 튀다가 만신창이가 된 몸으로 밑바닥에 닿았을 때 그녀는 이미 이 세상 사람이 아니었다.

프시케에게 똑같은 이야기를 들은 조나 역시 다르지 않은 운명을 맞았다.

# 아프로디테의 시험

복수를 마친 프시케는 이제 남은 인생을 어떻게 살아야 하나 고민해야 했다. 그러나 깨어 있는 순간순간, 에로스를 향한 사랑과 그리움, 다시는 그를 보지 못하리라는 쓰라린 고통에 가슴이 저몄다.

한편 에로스는 어깨에 입은 상처 때문에 어느 비밀의 방에 앓아누워 있었다. 그깟 등잔 기름이 살짝 떨어진 게 뭐가 그리 아플까 싶지만, 에로스가 아무리 영원불멸의 신이라 해도 자기가 사랑하는 이에게 입은 상처였다. 그런 상처는 치유된다 해도 그렇게 되기까지 아주 오랜 시간이 걸린다.

에로스가 앓아눕자 세상도 병들기 시작했다. 젊은이들은 더 이상 사랑에 빠지지 않았다. 결혼하는 이들도 없었다. 사람들은 구시렁구시렁 푸념이 많아졌다. 불행한 이들의 기도가 아프로디테에게 전해졌다. 그런 기도를 듣고, 에로스가 은신한 채 임무를 게을리하고 있다는 사실을 알게 된 아프로디테는 짜증이 치솟았다. 한낱 인간에 불과한 여자가 아들의 마음을 훔치고 아들에게 큰 상처를 입히다니. 짜증은 곧 분노로 변했다. 하지만 아프로디테는 그 여자가 전에 에로스를 시켜 깔아뭉개려 했던 바로 그 인간임을 알고는 얼굴이 납빛으로 변했다. 프시케를 돼지와 짝 지우려던 계획이 어쩌다 이렇게도 심하게 틀어졌단 말인가? 이번엔 자신이 몸소 나서서 그 여자를 확실히 파멸시켜야겠다고 작정했다.

어느 날 자기도 모르게 마법에 걸린 프시케는 정신을 차리고 보니 어느 거대한 궁전 문을 두드리고 있었다. 소름 끼치는 괴물들이 그녀의 머리카락을 휘어잡아 그녀를 안으로 끌어들이더니 지하 감옥으로 던져버렸다. 아프로디테가 친히 그녀를 찾아가 자루에 든 밀, 보리, 기장, 양귀비 씨, 병아리콩, 편두, 강낭콩을 돌바닥에 확 쏟고는 마구 휘저었다.

"풀려나고 싶거든 낟알과 씨앗들을 종류별로 나누어 따로 쌓아놓아라. 다음 해가 뜨기 전까지 이 과제를 마치면 풀어주겠다."

사랑과 미의 신에 어울리지 않게, 키득거리는 건지 꽥꽥거리는 건지 알 수 없는 괴상한 웃음소리를 내며 아프로디테는 감옥 문을 쾅 닫고 나갔다.

프시케는 흐느껴 울며 바닥에 털썩 주저앉았다. 그 씨앗들을 다 분리하려면 한 달로도 부족했다.

바로 그때, 바닥을 기어가던 개미 한 마리가 프시케의 뺨에서 떨어지는 뜨겁고 짭짤한 눈물방울을 뒤집어썼다.

"조심해!" 개미가 버럭 고함을 질렀다. "너한텐 작은 물방울일지 몰라도 나한테는 대홍수라고."

"정말 미안하구나. 널 미처 못 봤어. 너무 괴로워서 말이야." 프시케가 말했다.

"무슨 일이길래 착한 개미들을 거의 익사시킬 만큼 괴로운 건데?"

프시케가 자신의 처지를 설명하자 천성이 친절하고 너그러운 개미는 그녀를 도와주기로 했다. 개미는 인간의 귀에는 들리지 않는 소리를 질러 자기의 형제자매들을 잔뜩 불러냈고, 그들은 합심하여 씨앗들을 분류하기 시작했다.

어느새 뺨을 적셨던 눈물도 마른 프시케는 수만 마리의 기운찬 개미들이 이리저리 오가며 한 치의 오차도 없이 정확하게 씨앗들을 가려내고 분리하는 광경에 놀라움을 금치 못했다. 에오스의 장밋빛 손가락이 새벽의 문을 열어젖히기 한참 전에 작업이 끝났고, 일곱 개의 깔끔하고 완벽한 곡물과 씨앗 더미가 아프로디테의 검사를 기다리고 있었다.

아프로디테가 짜증을 부리며 격분하는 모습은 참으로 볼만했다. 그녀는 또 다른 불가능한 과제를 즉석에서 만들어냈다.

"강 건너편의 저 숲이 보이느냐?" 아프로디테는 이렇게 말하며 프시케의 머리를 잡아당겨 그녀를 창가로 밀어붙였다. "그곳에서 양들이 제멋대로 돌아다니며 풀을 뜯고 있지. 황금 털을 가진 특별한 양들이다. 지금 당장 가서 황금 털 한 뭉치를 뜯어 오도록 해." 프시케는 선뜻 길을 나섰지만, 이 두 번째 과제는 수행할 생각이 없었다. 이 기회에 아프로디테의 지긋지긋한 저주에서도, 지긋지긋한 인생에서도 탈출하기로 결심했다. 강물에 뛰어들어 죽는 거야.

하지만 그녀가 강둑에 서서 가쁘게 숨을 몰아쉬며 뛰어들 용기를 그러모으고 있을 때, 바람 한 점 없는데도 갈대 한 줄기가 고개를 숙이듯 휘어지더니 그녀에게 속삭였다.

"프시케여, 어여쁜 프시케여. 큰 시련으로 괴로운 건 알겠지만 당신의 죽음으로 내 깨끗한 물을 더럽히지 말아요. 문제를 해결할 방법이 있으니까. 이곳의 양들은 거칠고 난폭한데, 그중에서도 가장 사나운 숫양이 보초를 서고 있답니다. 그놈이 뿔로 들이받으면 당신 정도는 잘 익은 과일처럼 쪼개져 버릴걸요. 저 멀리 강둑의 플라타너스 아래에서 풀을 뜯고 있는 양들이 보이지요? 지금 가까이 갔다간 그 자리에서 참혹하게 죽는 거예요. 하지만 저녁까지 자면서 양들이 다른 목초지로 떠날 때까지 기다렸다가 헤엄쳐서 강을 건너가면 낮은 나뭇가지들에 황금 털 뭉치들이 붙어 있을 거예요."

그날 밤 당황한 아프로디테는 노발대발하면서 황금 털을 옆으로 휙 집어 던지고는 프시케에게 지하세계로 내려가 페르세포네에게서 아름다워지는 크림의 샘플을 하나 얻어 오라고 했다.

에로스가 떠난 후 죽을 생각만 하고 있던 가여운 프시케는 순순히 명령을 받들고, 아프로디테가 알려주는 길을 따라 하데스로 향했다. 그곳에 머물면서 고통스럽고 외롭고 사랑 없는 영원을 보낼 작정을 하고서.

## 사랑과 영혼이 하나 되어

어느 날 수다쟁이 제비 한 마리가 에로스에게 그의 질투심 많고 난폭한 어머니가 프시케를 시험하고 있다는 사실을 알렸다. 에로스는 여전히 심한 통증을 애써 무시하며 일어나 힘겹게 날개를 폈다. 그리고는 올림포스로 곧장 날아가, 제우스를 당장 알현하게 해달라고 했다.

올림포스 신들은 에로스가 들려주는 사연에 넋을 잃고 귀를 기울였다. 그의 어머니는 처음부터 프시케를 미워했다, 프시케의 아름다움 때문에, 그리고 영원불멸의 신보다 한낱 인간 여자를 경배하려는 몇몇 어리석은 인간들 때문에 올림포스 신으로서의 위엄과 명예가 위협받았기 때문이다. 그래서 프시케가 돼지를 사랑하게 만들려고 그를 보냈다며, 에로스는 자신의 사정을 잘 설명했다.

제우스는 헤르메스를 지하세계로 보내 프시케를 데려오게 하고, 독수리를 날려 보내 아프로디테를 소환했다. 천상의 신들 앞에 그들이 서자 제우스가 입을 열었다.

"참으로 터무니없고 망신스러운 일이 아닐 수 없소. 친애하는 아프로디테여. 그대의 자리는 누구도 넘볼 수 없소. 그 누구도. 인간 세상을 내려다보시오. 어딜 가나 그대의 이름을 숭배하고 찬양하고 있잖소. 에로스여, 그대는 너무도 오랫동안 어리석고 건방지고 무책임한 소년이었다. 사랑하고 사랑받으면서 그대는 성장할 것이고, 그대가 장난삼아 엉뚱하게 날린 화살들로 세상이 고통받는 일도 사라지리라. 프시케여, 이리 와서 내 컵에 든 것을 마셔라. 이것은 암브로시아, 이것을 맛보았으니 그대도 이제는 영원불멸한 존재이니라. 자, 우리 모두가 증인이니, 그대는 영원히 에로스의 짝이 될 것이다. 아프로디테여, 며느리를 껴안고, 모두를 즐겁게 해주시오."

에로스와 프시케의 결혼식에는 흥겨움과 웃음이 떠나질 않았다. 아폴론은 노래 부르며 리라를 연주했고, 판은 팬파이프를 불며 합세했다. 헤라는 제우스와 춤추고, 아프로디테는 아레스와 춤추고, 에로스는 프시케와 춤추었다. 그들의 춤은 이날 이때까지 계속 이어지고 있다.*

---

* 머지않아 프시케는 아이를 낳았다. 프시케와 에로스의 딸 헤도네는 쾌락과 관능적 희열의 정령이 된다. 로마인들은 그녀를 '볼룹타스(Voluptas)'라 불렀다. '쾌락주의(Hedonism)'와 '관능성(voluptuousness)'은 물론 그녀에게서 나온 말이다.

# 제우스의 장난감

## II

# 인간들

## 이오

이 시기 지중해 세계의 인간들은 대부분 왕들의 통치를 받고 있었다. 이 독재자들이 백성들을 다스리게 된 방식은 가지각색이었다. 일부는 영원불멸의 존재들, 더 정확히 말하면 신들의 후예였다. 나머지는 인간답게 무력이나 정치적 계략을 써서 권력을 잡았다.

이나코스는 그리스 최초의 통치자 중 한 명으로, 펠로폰네소스 반도에 있는 아르고스의 초대 왕이었다. 당시에는 북적대는 신도시였던 아르고스는 지금은 세계에서 가장 오랜 세월 사람들이 거주해온 도시로 꼽힌다. 이나코스는 훗날 거의 신성시되면서 강이 되었지만, 인간으로 사는 동안에는 아내 멜리아와의 사이에 두 딸, 이오와 미케네를 얻었다.*

미케네는 아레스토르라는 귀족과 순조롭게 결혼했지만, 이오는 제우스가 처음으로 눈독 들인 인간 여자가 될 운명이었다. 이나코스는 하늘의 왕비 헤라를 아르고스의 수호신으로 선택했기

---

* 미케네에서 미케네 도시의 이름이 유래했다.

때문에 딸 이오를 고대 그리스에서 가장 중요한 헤라 신전의 사제로 키웠다. 제우스가 어떤 여성과 놀아나든 헤라는 발끈하겠지만, 자신을 섬기는 사제를 건드리려 한다면 참지 못할 것이 뻔했다. 그런데도 제우스는 사랑스러운 이오를 끔찍이도 원했다. 어떻게 하면 헤라에게 들키지 않고 이오를 가질 수 있을까.

수염을 쓰다듬으며 열심히 머리를 쥐어짜던 제우스는 마침내 묘수를 찾았다. 이오를 암소로 둔갑시킨 것이다. 큼직하고 순한 눈망울을 하고서 옆구리를 바르르 떠는 아름답고 포동포동한 암송아지로. 이오를 들판에 숨긴다면 헤라 몰래 언제든 찾아갈 수 있으리라. 그럴 거라 생각했다. 욕정에 눈이 멀면 판단력이나 상식, 지혜 따위는 멀리 날아가 버리는 법. 격정에 사로잡힌 자가 아무리 교묘하게 잘 숨긴다고 해봤자 남들 눈에는 속이 빤히 들여다보이는 어설픈 바보짓일 뿐이다.

질투가 심한 아내에게서 정부를 숨기느니 차라리 산 100개를 숨기는 편이 더 쉬운 일이다. 제물을 받기에 짐승을 감별하는 눈이 전문가 수준으로 날카로웠던 헤라는 그 암송아지를 보자마자 그 진짜 정체를 의심했다.

"저 송아지 정말 마음에 드네요." 어느 날 아침, 올림포스산에서 아침 식사를 하며 헤라가 제우스에게 무심히 말을 던졌다. "몸매도 완벽하고. 속눈썹도 길고, 눈망울도 매력적이고."

"저 칙칙한 소 말입니까?" 제우스는 헤라가 가리키는 쪽을 따분한 척 내려다보며 말했다.

"저긴 당신의 들판이잖아요, 여보, 그러니까 당신 소가 틀림없겠네요."

"뭐. 그럴지도 모르지요. 수천 마리가 풀을 뜯어 먹고 돌아다니니 하나하나 지켜보기는 힘들답니다."

"저 암송아지가 딱이겠어요." 헤라가 말했다. "내 생일 선물로."

"어…… 그래요? 저 송아지를? 더 포동포동하고 더 튼튼한 놈으로 구해줄 수 있는데."

"아니요." 그녀를 아는 이라면 그녀의 번득이는 눈빛과 냉랭해진 목소리를 알아챘을 것이다. "저 아이가 마음에 든다니까요."

"아, 그래요, 그럼." 제우스가 하품하는 척 연기하며 말했다. "당신이 가져요. 당신 옆에 있는 그 암브로시아 병…… 내 쪽으로 좀 던져주시겠소?"

헤라는 남편을 너무 잘 알았다. 그의 호색한 근성은 한번 깨어났다 하면 아무도 말리지 못했다. 헤라는 이오를 문 달린 작은 방목장으로 옮기고, 심복이자 이나코스의 손자인 아르고스를 감시자로 보냈다.

미케네와 아레스토르의 아들인 아르고스는 당시의 여느 아르고스인Argive*처럼 헤라에게 충성을 다한 인물로, 아주 특별한 한 가지 재능 덕분에 이오 이모의 완벽한 감시인이 되었다. 100개의 눈을 갖고 있었던 것이다. 그래서 별명도 파노프테스, '모든 것을 보는 자'였다.† 헤라의 명령이라면 무조건 순종하는 아르고

---

* 'Argive'는 '아르고스 시민들'이라는 뜻이었지만, 후대에는 트로이인들과 구별하여 그리스인들을 지칭하는 단어로 쓰이는 경우가 많았다.

† 아르고스가 100개의 눈을 갖고 있다는 설정이 그의 극단적인 경계심을 기발하게 표현한 거라고 주장하는 사람들도 있다. '아르고스는 뒤통수에도 눈이 달렸다더라'라는 장난스러운 농담을 진지하게 믿게 됐다는 것이다. 이런 따분하고 낭만 없는 주장은 무시해버리면 그만이다. 아르고스는 100개의 눈을 갖고 있었다. 명백한 사실이다.

스는 들판에서 지내며, 50개의 눈으로는 이오를 감시하고, 나머지 50개의 눈으로는 위아래와 주변을 각각 살피며 침입자를 경계했다.

이를 본 제우스는 노발대발하며 이리저리 서성거렸다. 피가 거꾸로 치솟았다. 그는 주먹으로 손바닥을 쾅 쳤다. 어떻게든 이오를 가져야 한다. 이 침묵 속의 비공식적 전쟁에서 어떻게든 헤라를 이겨야 직성이 풀릴 것 같았다. 하지만 자신은 잔꾀를 부리는 재주가 떨어지니, 올림포스에서 가장 약삭빠르고 도덕관념이라고는 없는 자에게 도움을 청해야 했다.

헤르메스는 자기가 해야 할 일을 단번에 알아챘다. 제우스에게 은혜를 베푸는 동시에 못된 장난을 칠 수 있다니. 헤르메스는 희희낙락하며 이오의 방목장으로 부리나케 날아갔다.

"어이, 아르고스. 잠깐 내가 말벗이 되어주겠네." 그는 문을 열고 슬쩍 들어가며 말했다. "좋은 암송아지를 데리고 있군."

아르고스가 헤르메스를 향해 10여 개의 눈을 굴린 그때 헤르메스는 풀밭에 앉아 피리를 꺼내 불기 시작했다.

헤르메스는 두 시간 동안 피리를 불며 노래했다. 듣기 좋은 음악 소리와 따뜻한 오후 햇살, 양귀비와 라벤더, 백리향의 향기, 근처 개울물이 졸졸 흐르는 소리…… 아르고스의 눈이 하나씩 하나씩 감기기 시작했다.

이윽고 마지막 100번째 눈이 깜박이다 닫히자 헤르메스는 피리를 내리고는 살금살금 다가가 아르고스의 심장을 푹 찔렀다. 모든 신들은 잔혹하기 그지없는 짓도 서슴없이 저질렀고, 헤르메스는 어느 신에 견주어도 뒤지지 않을 만큼 악랄했다.

아르고스가 죽자 제우스는 방목장 문을 열어 이오를 풀어주었다. 하지만 제우스가 이오를 인간의 모습으로 되돌릴 겨를도 없이, 상황을 지켜보고 있던 헤라가 내려보낸 쇠파리가 이오에게 아프게 딱 붙어버리는 바람에 이오는 발을 차며 비명을 지르고 제우스가 잡을 수 없을 만치 멀리 달려가 버렸다.

아끼던 심복의 죽음을 슬퍼하여 헤라는 아르고스의 반짝이는 눈 100개를 아주 칙칙하고 볼품없는 어느 늙은 새의 꼬리에 붙여 오늘날 우리가 알고 있는 공작으로 변신시켰다. 이런 연유로 이 거만하고 화려하고 도도한 새는 영원히 헤라와 엮이게 되었다.*

한편 이오는 에게해의 북쪽 해안을 질주하다가 유럽과 아시아의 경계가 되는 바다를 헤엄쳤다. 훗날 사람들은 그녀를 기리는 의미로 그곳을 '암소가 건너간 바다'라는 뜻의 그리스어, 보스포루스 해협이라 부른다.† 이오는 고통스러워 깩깩 비명을 지르며 바닷물 속에서 바둥바둥 몸부림치며 헤엄치다가 카우카소스산에 도착했다. 쇠파리가 잠깐 얌전해진 사이, 이오는 산허리에서 고통스럽게 고문당하고 있는 프로메테우스를 보았다.

프로메테우스가 말했다. "앉아서 숨이나 좀 돌리려무나, 이오. 기운을 내라. 다 잘될 것이다."

이오는 울부짖었다. "어떻게 이보다 더 나빠질 수 있겠어요. 전 소예요. 세상에서 제일 크고 제일 못돼먹은 쇠파리한테 공격당하

---

* 많은 그림과 조각 작품들에서 헤라는 공작들이 끄는 전차를 타고 있다. 물론 션 오케이시의 희곡 「주노와 공작(Juno and the Paycock)」도 빼놓을 수 없다.

† '옥스퍼드(Oxford, 황소가 건넌 여울)'와 '보스포루스(Bosporus)'의 의미가 똑같다니, 참 묘한 일이다.

고 있다고요. 헤라 님이 나를 가만 안 둘 거예요. 쇠파리에 물려 죽든가, 미쳐서 바다에 스스로 뛰어들든가, 둘 중 하나겠죠."

"지금은 암담하겠지. 하지만 내가 미래를 가끔 내다보는데, 내가 본 앞날의 일을 들어보아라. 그대는 인간의 모습으로 돌아갈 것이다. 닐루스가 기어가는 땅에 위대한 왕조를 세울 것이다. 그리고 그대의 혈통에서 영웅 중의 영웅이 탄생하리라.* 그러니 기죽지 말고 당당히 얼굴을 들라."

온갖 시련을 겪은 이오는 험악하게 생긴 큰독수리에게 찢기고 쪼아 먹히면서 보기만 해도 소름 끼치는 꼴을 당하고 있는 자가 해주는 말을 무시하기가 어려웠다. 그의 끝없는 고통에 비하면 자신은 사소한 불편을 겪고 있을 뿐이었다.

결국 프로메테우스의 말대로 이오는 인간의 모습으로 돌아갔다. 그리고 이집트에서 제우스를 만나, 곧 나올 파에톤 이야기에서 주요 인물로 등장하는 에파포스를 낳았다. 아마도 제우스는 살며시 손을 대기만 해서 이오를 임신시켰을 것이다. 에파포스는 '손길이 닿다'라는 뜻이다. 이오는 제우스와의 사이에서 케로에사라는 딸도 낳았는데, 케로에사의 아들 비자스는 훗날 위대한 도시 비잔티움을 세운다. 케로에사가 손길 한 번으로 잉태되었는지, 아니면 좀 더 전통적인 방식으로 임신되었는지는 알 수 없다.

이오는 암소였을지언정 대단히 영향력 있고 중요한 인물이었다.

---

* 훗날 프로메테우스를 족쇄에서 풀어줄 바로 그 영웅이다.

# 정액에 젖은 스카프

아테나가 순결을 잃지 않고도, 도시국가 아테네의 시조가 잉태되고 태어나는 데 한몫한 사연은 꽤 감동적이다.

절름발이 헤파이스토스는 제우스의 머리를 쪼개 아테나를 세상 밖으로 꺼내준 후로 쭉 그녀에게 강한 연정을 품고 있었다. 어느 날 욕정을 이기지 못한 그는 올림포스산의 구석진 곳까지 그녀를 뒤따라가 강제로 범하려 했다. 그런데 아뿔싸, 흥분한 나머지 아테나의 허벅지에 정액을 흘리고 말았다. 아테나는 치를 떨며 아무 말 없이 스카프를 풀어 그것으로 더러운 액을 닦아낸 다음 산 아래로 던져버렸다.

축축한 스카프가 저 아래 땅에 떨어졌다. 헤파이스토스의 신성한 정액이 흙으로 스며들어 가이아가 잉태를 했고, 에레크테우스라는 남자아이가 태어났다.

하늘에서 내려다보고 있던 아테나는 이 아이를 영원불멸한 존재로 만들기로 마음먹었다. 올림포스산에서 내려가 아기를 버들가지 바구니에 넣고 가린 뒤, 인간 세 자매인 헤르세, 아글라우로스, 판드로소스에게 바구니를 맡겼다. 그러면서 무슨 일이 있어도 바구니를 열어 보지 말라고 했다. 하지만 아글라우로스와 헤르세는 안에 뭐가 있는지 보고 싶어 견딜 수가 없었다. 바구니를 열어 봤더니 한 아기가 뱀에 똘똘 감긴 채 꼼지락거리고 있었다. 뱀은 아테나에게 신성한 짐승이었고, 이 뱀은 아테나가 아기 에레크테우스에게 불멸성을 부여하기 위해 걸어놓은 마법이었다. 두 여인은 이 충격적인 광경을 보자마자 실성해서, 오늘날 아크로폴리스('높은 성채'라는 뜻)라 불리는 언덕 꼭대기에서 뛰어내렸다. 에레크테우스는 자라서 아테네의 전설적인 시조 에리크토니오스가 되었다(에리크토니오스의 아버지라는 설도 있다).*

지금 아테네의 아크로폴리스를 찾아가 보면, 파르테논 신전의 바로 북쪽에 에레크테이온이라는 아름다운 신전이 있다. 아름답게 주름 잡힌 천을 걸친 젊은 여성들이 기둥으로 서 있는 이 유명한 포치는 세계 건축의 최고 보물 중 하나다. 그로부터 멀지 않은 곳에 가여운 아글라우로스와 헤르세를 모시는 사당이 세워져 있다. 그들에게는 사당 정도가 딱 어울린다.†

---

* '에리크토니오스'라는 이름은 에레크테우스뿐만 아니라 그의 몇몇 후손들에게 사용될 때도 있다. 두 이름 모두 땅속(chthonic)에서 태어난 출신 배경을 나타내고 있다.
† 아테나의 명령에 순종해 끝까지 바구니 안을 들여다보지 않은 판드로소스의 경우에는, 아테나 신전 근처에 그녀를 위한 신전이 세워졌고, 그녀를 기리는 '판드로시아'라는 축제도 생겼다.

# 파에톤

## 태양의 아들

에레크테우스는 아테나가 대리 부모, 가이아가 어머니, 헤파이스토스가 아버지였다. 영원불멸의 신을 셋이나 부모로 두다니 지나치지 않나 싶지만, 당시 인간이 그런 조상을 얻는 것은 드문 일이 아니었다. 용맹하지만 무모한 청년 파에톤‡의 이야기는 페르세포네 신화와 마찬가지로 세계의 지형이 지금과 같이 변화한 연유를 설명해주고, 그리스 신화에 단골로 등장하는 '자만하면 망한다'라는 교훈을 극명하게 보여주는 사례다.

파에톤은 신성한 혈통을 이어받았지만, 언제라도 죽을 수 있는 인간 계부 메롭스의 손에 자랐다. 메롭스가 집을 비울 때마다 파에톤의 어머니 클리메네§(영원불멸의 존재였을 수도, 아닐 수도

---

‡ 파에톤은 아폴론의 별칭인 '포이보스'와 마찬가지로 '빛나는 자'라는 뜻이다.

§ 오케아노스와 테티스의 딸인 오케아니스 클리메네는 그리스 신화를 통틀어 가장 영향력 있는 어머니로 손꼽힌다. 티탄 신족인 이아페토스와 짝을 지어 아틀라스와 메노에티오스(티타노마키아에서 신들에게 격렬하게 맞섰다가 벌을 받은 두 티탄족 신), 그리고 에피메테우스와 프로메테우스를 낳았다. 이 자식들만으로도 클리메네는 고대 세계의 대모라 부를 만하다. 하지만 오케아니스 클리메네와 파에톤의 어머니 클

있다)는 파에톤의 아버지인 영광스러운 태양신 포이보스 아폴론*
에 대한 이야기로 아들을 즐겁게 해주었다.

파에톤이 자라서 다른 남자아이들과 함께 학교에 다니게 됐을
때, 그들 가운데 일부는 순수한 인간 혈통이었고, 파에톤처럼 신
의 피를 물려받은 아이들도 있었다. 바로 제우스와 이오의 아들
에파포스가 그랬다. 에파포스는 자기가 비범한 부모를 두었으니
친구들 사이에서 군림해도 된다고 생각했다. 자존심 세고 다혈질
이었던 파에톤은 에파포스의 대장 노릇이 싫었고, 그의 건방지고
뻐기는 태도가 계속 거슬렸다.

에파포스는 항상 자신의 혈통에 짜증 나리만치 짐짓 심드렁하
게 굴면서 이런 말을 하곤 했다. "다음 주말에는 아빠, 그러니까
제우스 님의 초대로 올림포스산에 가서 저녁 먹을 거야. 아빠 옥
좌에 앉아서 넥타르를 한두 모금 마실 수 있게 해주시겠대. 물론
전에도 마셔봤지. 소수만 모일 거야. 아레스 삼촌, 이복 누나 아테
나, 인원수 채워줄 님프 두세 명 정도. 재미있을 거야."

파에톤은 이 '무심한 척 아빠 이름 팔기'를 참고 견딘 후 씩씩대
며 집에 돌아오기 일쑤였다. 그는 어머니에게 볼멘소리로 따졌다.
"에파포스는 주말마다 자기 아버지를 보는데 왜 나는 아버지를
한 번도 못 만나요?"

---

리메네는 전혀 다른 인물이며, 혼동을 피하기 위해 아틀라스를 비롯한 티탄족들의 어
머니는 '아시아'로 바꿔 불러야 한다고 주장하는 이들도 있다. 이런 복잡한 문제는 학
자들이나 시간이 남아도는 사람들에게 맡기는 게 상책이다.

* 파에톤의 아버지가 누군지를 둘러싸고 논쟁이 있다. 티탄족 태양신인 헬리오스가
파에톤의 아버지로 등장하기도 한다. 나는 오비디우스의 주장대로 아폴론을 파에톤
의 아버지로 간주하겠다.

클리메네는 아들을 꼭 껴안고 설명해주려 애썼다. "아폴론 님은 너무 바쁘시단다, 아들아. 날마다 태양 전차를 몰고 하늘을 건너셔야 하거든. 그 일을 마치고 나면 델로스와 델포이, 또 어디어디에 있는 신전들에 들르셔야 해. 예언에, 음악에, 궁술에…… 그분은 가장 바쁜 신이란다. 하지만 곧 오셔서 우리를 만나주실 거야. 네가 태어났을 때 그분이 너한테 남기신 게 있어. 원래는 네가 더 클 때까지 기다릴 생각이었는데 지금 주는 게 좋겠구나."

클리메네는 벽장으로 가서 정묘한 황금 플루트를 하나 꺼내 파에톤에게 건넸다. 파에톤이 곧장 플루트를 입에 대고 불어봤더니, 전혀 음악 같지 않은 바람 빠지는 소리만 났다.

"이건 뭐하는 거예요?"

"뭘 하냐니? 그게 무슨 소리니, 아들아?"

"에파포스가 제우스 님에게 받은 마법 가죽 채찍은 개들을 마음대로 부릴 수 있어요. 이걸로는 뭘 할 수 있어요?"

"그건 플루트란다, 애야. 음악을 연주하는 거야, 아름답고 즐거운 음악을."

"어떻게요?"

"글쎄, 음표를 표현하는 법을 배우고, 그런 다음…… 연주하는 거지."

"마법은요?"

"플루트 연주를 들어본 적 없니? 그 소리가 얼마나 마법 같은데. 하지만 그러려면 연습을 많이 해야 돼."

파에톤은 욱해서 플루트를 홱 던져버리고 쿵쾅쿵쾅 자기 방으로 들어가 하루 종일 뚱하니 있었다.

일주일쯤 후 기나긴 여름 방학이 시작되기 바로 전날, 분통 터지게 거만한 에파포스가 다가왔다.

　"어이, 파에톤." 그가 점잔빼며 말했다. "다음 주에 북아프리카 해안의 가족 별장에 가는데 같이 갈래? 조촐하게 하우스 파티를 열 거거든. 아빠랑 헤르메스 님이랑 데메테르 님이랑 사티로스 몇 명만 모일 거야. 내일 배를 타고 출발하려고. 재미있을 텐데. 어때?"

　"아, 아쉽네." 파에톤은 탄성을 질렀다. "아버지 포이보스 아폴론 님이 나를 초대하셨거든. 다음 주에 하늘에서 태양 전차를 몰아보라고. 아버지의 기대를 저버릴 순 없잖아."

　"뭐?"

　"아, 내가 말 안 했나? 아버지가 태양 전차 모는 것 좀 도와달라고 늘 잔소리를 하셔서 말이야."

　"그러니까 네 말은…… 헛소리 작작 해. 얘들아, 와서 좀 들어봐!" 에파포스는 다른 친구들을 부르고는 파에톤을 똑바로 쳐다보며 말했다. "얘들한테도 말해봐."

　파에톤은 거짓말의 덫에 걸렸다. 오기와 분노와 좌절감이 치솟았다. 이 재수 없는 속물에게 두 손 들고 패배를 인정하는 건 상상도 할 수 없었다.

　"별거 아니야. 우리 아빠 아폴론 님이 나더러 태양 전차 모는 법을 배우라고 성화를 부리신다고. 그게 무슨 대수라고."

　코웃음 치는 에파포스를 필두로 나머지 아이들도 의심과 조롱 섞인 야유를 보냈다. 한 아이가 소리쳤다. "네 아버지가 그 따분하고 시시한 늙은이 메롭스라는 걸 모르는 사람이 어디 있냐!"

"그 사람은 계부야!" 파에톤이 외쳤다. "아폴론 님이 내 진짜 아버지라고! 정말이야! 두고 봐. 내가 그분 궁전까지 가려면 시간이 좀 걸리긴 하겠지만, 멀지 않았어. 언젠가 너희가 하늘을 올려다보면 내가 손을 흔들고 있을 거야. 내가 하루를 움직이고 있을 테니까. 두고 봐!"

파에톤은 학교 친구들의 야유와 조롱과 비웃음을 받으며 집으로 내뺐다. 그들 중 파에톤의 친구이자 애인인 키그노스(혹은 키크노스)가 그를 뒤쫓아 가며 소리쳤다.

"오, 파에톤. 대체 무슨 소리를 한 거야? 거짓말이잖아. 친아버지를 한 번도 못 만났다고 나한테 몇 번이나 투덜거렸으면서. 돌아가서 애들한테 농담이었다고 말해."

"됐으니까 그만해, 키그노스." 파에톤은 키그노스를 밀어내며 말했다. "태양 궁전으로 갈 거야. 그 재수 없는 에파포스가 입 딱 치게 하려면 이 수밖에 없어. 우리가 다시 만나게 될 때쯤엔 모두가 나를 우러러보고 내 진짜 정체를 알게 되겠지."

"난 네가 누군지 알아." 키그노스는 슬픈 목소리로 말했다. "넌 파에톤이고 나는 널 사랑해."

## 아버지와 아들

클리메네가 아무리 말려도 파에톤은 고집을 꺾지 않았다. 그녀는 짐을 챙기는 아들을 괴로운 심정으로 지켜보았다.

"하늘을 올려다보면 내가 보일 거예요." 파에톤은 어머니에게 작별의 입맞춤을 하며 말했다. "전차를 타고 지나가면서 손 흔들게요."

물론 태양의 궁전은 정동 방향에, 정확히 말하면 저 멀리 인도에 있었다. 파에톤이 어떻게 그곳까지 갔는지에 관해서는 이런저런 설들이 있다. 내가 읽은 내용에 따르면 파에톤이 그리스에서 출발해 메소포타미아와 현재의 이란 지역을 힘겹게 느릿느릿 지나갈 때 마력을 가진 태양의 매들이 그 사실을 아폴론에게 알렸고 아폴론이 이 근사한 새들에게 파에톤을 데리고 인도까지 날아 오도록 명령했다고 한다.

어떤 방법을 썼든 파에톤은 밤에 도착했고, 곧장 궁전의 알현실로 불려 갔다. 그곳에는 방에 장식된 금은보석들이 내뿜는 희미한 광채 속에 아폴론이 자주색 옷을 입고 앉아 있었다. 그가 앉은 옥좌 하나에만 1만 개가 넘는 루비와 에메랄드가 박혀 있었다. 파에톤은 궁전의 장엄함과 보석들의 광휘, 그리고 무엇보다 자기 아버지인 신의 찬란한 아름다움에 압도되어 무릎을 꿇었다.

"그래, 네가 클리메네의 아들이라고? 일어나라, 한번 보자꾸나. 그래, 내 자식이 틀림없군. 얼굴 생김새하며, 안색하며. 여기까지 먼 길을 왔다고 들었다. 왜지?"

노골적인 질문에 파에톤은 꽤 당황스러웠다. 에파포스와 '나머지 아이들'에 관해 몇 마디 더듬으며, 올림포스 신의 당당한 아들이 아니라 응석받이처럼 말하고 있는 것 같아 뜨끔했다.

"그래, 그래. 아주 비열하고 무례한 녀석들이군. 그런데 내가 무슨 상관이지?"

"제 평생." 그 오랜 세월 파에톤의 속에서 부글부글 들끓고 있던 긍지와 분노가 확 터져 나왔다. "제 평생 어머니에게 위대하고 영광스러운 아폴론 님, 황금빛의 신, 나의 눈부시도록 완벽한 아버지에 대해 들었습니다. 하, 하, 하지만, 아폴론 님은 한 번도 저희를 찾아오지 않으셨어요! 저희를 어디에도 초대하지 않으셨고요. 저를 인정하지도 않으셨죠."

"음, 그래, 그건 미안하구나. 내 태만한 처사였다. 아비 노릇을 제대로 하지 못했으니 네게 보상을 해줘야겠구나." 아폴론은 항상 집을 비우는 아버지들이 언제 어디서나 읊어대는 대사를 지껄이고 있었지만, 사실 그의 마음은 말, 음악, 술에 가 있었다. 이 지루하고 뚱하고 불만 많은 아이는 안중에도 없었다.

"한 가지 소원만 들어주세요. 한 가지 소원, 그거면 돼요."

"그러려무나. 소원을 말해보아라."

"정말이세요? 진심이세요?"

"그렇다마다."

"맹세하시는 거죠?"

"맹세하마." 아폴론은 아이의 극성맞은 열성이 재미있었다. "내 리라에 맹세하마. 스틱스의 차갑게 흐르는 물에 맹세하마. 어서 소원을 말해보아라."

"아폴론 님의 말을 몰고 싶어요."

"내 말을?" 아폴론은 파에톤의 말이 선뜻 이해되지 않아 되물었다. "말을 몰겠다고? 그게 무슨 소리냐?"

"제가 태양 전차를 끌고 하늘을 건너가고 싶어요. 내일요."

"오, 이런." 아폴론의 얼굴에 미소가 번졌다. "안 돼, 안 돼, 안 되고말고! 어리석은 소리 말아라. 그건 아무도 할 수 없는 일이다."

"약속하셨잖아요!"

"파에톤아, 파에톤아. 그런 꿈을 꾼 것만으로도 용감하고 장하구나. 그러나 나 이외에는 어느 누구도 그 짐승들을 몰지 않는다."

"스틱스에 맹세하셨잖아요!"

"제우스 님도 마음대로 못 하시는 말들이다! 세상에서 가장 강하고, 가장 사납고, 가장 고집 세고, 가장 말 안 듣는 놈들이야. 오로지 내 손길에만 답하지. 이런, 이런. 그런 일은 청하면 안 되는 거란다."

"저는 이미 청했어요. 그리고 아폴론 님은 맹세하셨고요!"

"파에톤!" 아폴론이 애원하듯 그토록 절박하게 말하는 목소리를 들었다면 다른 열한 신이 깜짝 놀랐을 것이다. "제발 부탁이다! 다른 건 뭐든 들어주마. 황금, 음식, 권력, 지식, 사랑…… 뭐든 말만 해라, 영원히 너의 것이 될 거야. 하지만 이건 안 돼. 절대로."

"저는 청했고, 아폴론 님은 맹세하셨어요." 고집불통 청년이 같은 말을 반복했다.

아폴론은 황금빛 머리를 숙이고, 속으로 욕을 퍼부었다.

오, 신들의 가벼운 혀 놀림이여. 오, 인간들의 어리석은 꿈이여. 그대들은 언제쯤이나 철이 들 것인가.

"좋다. 가서 말들을 만나보자꾸나. 하지만 명심해라." 마구간에 가까워져 강한 말 냄새가 파에톤의 코를 톡 쏘았을 때 아폴론이 말했다. "언제든 마음을 바꿔도 괜찮다. 그렇다고 너를 우습게 보지 않을 테니. 솔직히 말하자면, 훨씬 더 좋게 볼 것 같구나."

신이 다가가자 황금빛 갈기가 달린 백색 종마들이 발을 쿵쿵 구르며 이리저리 움직였다.

"어이, 피로이스! 워워, 플레곤! 쉬잇, 아에오스! 조용조용, 아에톤!" 아폴론은 한 마리씩 차례로 불러주었다. "자, 얘야, 이리 와서 녀석들과 인사해라."

파에톤은 일찍이 이렇게 아름다운 말을 본 적이 없었다. 눈은 황금빛으로 번쩍였고, 발굽이 바닥의 판석을 치자 불꽃이 튀었다. 파에톤은 경외감이 차오르면서도 공포감이 확 몰려왔지만, 짜릿한 기대감이겠거니 하고 넘기려 애썼다.

육중한 여명의 문 앞에는 네 마리의 종마를 맬 황금 이륜 전차가 서 있었다. 그때 샛노란 긴 원피스를 입은 한 여자가 아무 말 없이 급하게 지나갔다. 그녀에게서 풍기는 이름 모를 향기를 맡자 파에톤은 황홀감에 아찔해졌다.

아폴론이 말했다. "방금 그이는 에오스였다. 곧 그녀가 문을 열 시간이 될 것이다."

파에톤은 새벽의 신 에오스에 대해 모르는 게 없었다. 그녀는 로도닥틸로스, 즉 '장밋빛 손가락을 가진 자'로 불렸고, 상냥함과 온화한 아름다움으로 만인에게 사랑받고 있었다.

파에톤이 아버지를 도와서 종마들을 전차 앞머리로 데려가는데 누군가 갑자기 그를 거칠게 옆으로 떠밀었다.

"이 인간 녀석이 뭘 하고 있는 거야?"

반짝이는 물소 가죽 갑옷을 입은 거대한 자가 말 네 마리의 고삐를 빼앗아 한꺼번에 쥐고서 말들을 앞으로 끌었다.

아폴론이 말했다. "아, 헬리오스, 오셨군요. 이 아이는 파에톤입니다, 내 아들 파에톤."

"그래서요?"

파에톤은 헬리오스가 에오스와 달의 신 셀레네와 남매지간이며, 매일 아폴론의 전차 근무를 돕는다는 사실을 알고 있었다. 아폴론은 티탄족 앞에서 조금 난처한 기색이었다.

"음, 실은 파에톤이 오늘 전차를 몰 겁니다."

"뭐라고요?"

"뭐, 이제는 배울 때도 되지 않았습니까?"

"농담이 심하시군요?"

"내가 약속을 좀 했답니다."

"뭐, 그럼 약속을 좀 깨시지요."

"헬리오스, 그건 안 돼요. 아시면서 그러네."

헬리오스가 두 발을 구르고 고함을 지르자 말들이 앞다리를 쳐들며 히힝 울어댔다. "나한테는 한 번도 허락을 안 하시더니, 아폴론! 단 한 번도. 내가 얼마나 많이 청했으며, 그대는 아직 안 된다는 말을 얼마나 많이 하셨소? 그런데 지금 이, 이 꼬마 나부랭이한테 고삐를 맡기시겠다고?"

"헬리오스, 그대는 시키는 대로 하면 그뿐이오. 내가 그러라고 하면…… 어, 그래야지."

아폴론은 헬리오스의 손에서 가죽끈 네 개를 빼앗고는 파에톤을 들어 올려 전차에 앉혔다. 파에톤이 이리저리 미끄러지는 모습을 보더니 헬리오스는 웃음을 터뜨렸다.

"쪼끄만 콩알처럼 굴러다니네." 헬리오스가 놀랍도록 카랑카랑한 목소리로 낄낄거렸다.

"이 아이는 괜찮을 거요. 자, 파에톤. 이 고삐들은 네가 말들과 교감하는 줄이란다. 말들은 갈 길을 알고 매일 똑같은 경로를 달리지만, 네가 그들의 주인이라는 걸 보여줘야 해. 무슨 말인지 알겠느냐?"

파에톤은 열심히 고개를 끄덕였다.

파에톤의 긴장된 흥분과 헬리오스의 분노를 느꼈는지 말들이 안절부절못하며 날뛰고 콧바람을 불었다.

"가장 중요한 건." 아폴론이 말을 이었다. "너무 높아도 안 되고, 너무 낮아도 안 돼. 하늘과 땅의 중간 길로 가는 거야, 알았지?"

파에톤은 또 고개를 끄덕였다.

"오, 깜박 잊을 뻔했군. 두 손을 내밀어봐……."

아폴론이 항아리를 하나 집더니, 파에톤이 쭉 편 손바닥에 기름을 부었다. "네 온몸에 기름을 발라. 그러면 종마들이 하늘을 달리면서 내뿜는 열기와 빛에도 끄떡없을 거다. 네가 지나갈 때 땅이 따뜻해지고 밝아질 테니, 헤스페리데스 정원을 향해서 서쪽으로 쭉 달려가라. 열두 시간이다. 일정한 속도로 달려야 해. 잊지 마라, 말들도 다 알아듣는단다. 이름을 불러주도록 해. 아에오스, 아에톤, 피로이스, 플레곤."

아폴론이 이름을 불러주니 말들의 귀가 쫑긋 섰다.

"지금도 늦지 않았다, 얘야. 말들을 보고, 부려도 봤지 않느냐. 내가 헤파이스토스에게 시켜서 황금 조각상을 만들어줄 테니 집에 가져가거라. 그 정도면 네 학교 친구들도 만족할 것이다."

헬리오스가 또 카랑카랑한 소리로 킥킥거리자 파에톤은 뺨이 붉어졌다.

"아니요." 그는 완강하게 말했다. "아폴론 님이 약속하셨듯 저도 약속을 했으니까요."

# 새벽

파에톤이 부르자 진줏빛과 장밋빛의 반짝이는 구름에 휩싸인 에오스가 앞으로 나왔다. 그녀는 아폴론과 헬리오스에게 방긋 웃으며 고개 숙여 인사한 다음 상기된 얼굴로 전차에 앉아 있는 파에톤을 의아하게 쳐다보고는 새벽의 문 앞에 자리를 잡았다.

길을 떠도는 나그네들은 태양의 궁전이 숨어 있는 동쪽 하늘의 구름을 올려다보고는 하늘이 황색 도는 분홍빛으로 확 물들어가자 에오스가 일을 시작했음을 알았다. 에오스가 문을 더 넓게 열어젖혔고, 은은한 분홍빛은 어슴푸레한 황금빛으로 변해 한층 더 강렬하게 반짝였다.

궁전 안에 있는 파에톤의 눈에는 정반대의 광경이 펼쳐졌다. 문이 열리자 어두컴컴한 세상이 나타났다. 달의 신 셀레네가 밤 여정을 마치며 내뿜는 어슴푸레한 은빛만이 어둠 속을 비추고 있었다. 에오스가 문을 더 밀자 분홍색과 황금색의 빛이 밖으로 퍼져나가 밤의 어둠을 삼키기 시작했다. 이것이 신호인 듯 네 마리의 말이 귀를 쫑긋 세우고 몸을 바르르 떨며 앞다리를 높게 쳐들었다. 파에톤의 몸이 뒤로 휙 밀리면서 전차가 앞으로 움직였다.

"명심해라." 아폴론이 소리쳤다. "겁먹으면 안 돼. 고삐를 단단히 붙잡고. 함부로 잡아당기지 마. 그저 네가 주인이라는 것만 알게 해주면 되니까. 다 잘될 거다."

"하긴." 전차가 땅에서 날아오르기 시작하자 헬리오스가 소리쳤다. "잘못될 게 뭐가 있겠어?" 그의 새된 웃음소리가 채찍처럼 파에톤을 때렸다.

아래에 있는 땅의 길에서 동쪽을 바라보고 있는 나그네의 시점으로 다시 돌아가 보면, 황금빛이 이제 하나의 거대한 불덩어리가 되어 맨눈으로 보기가 점점 더 힘들어진다. 잠깐의 아침놀이 사라지고 이제 하루가 시작되었다.

## 전차 몰이

아폴론의 말들이 허공을 가르며 위쪽으로 돌진했다. 모든 것이 순조로웠다. 말들은 제 할 일을 잘 알고 있었다. 일정 높이에 이르자 수평을 유지하고 앞으로 내달렸다. 식은 죽 먹기였다.

파에톤은 가죽끈을 당기지 않게 조심하면서 똑바로 서서 주위를 둘러보았다. 푸른 하늘과 별들이 총총한 어둠을 갈라놓고 있는 곡선이 보였다. 전차에서 활활 타올라 뿜어져 나가는 빛이 보였다. 어떤 마법의 힘 때문에 자신은 전차의 열기와 섬광을 느끼지 못하고 있었지만, 아폴론과 말들이 다가가기만 하면 거대한 구름이 녹아서 쉬잇 하고 증발해버렸다.

아래를 내려다보니, 전차가 앞으로 날아갈수록 산들과 나무들의 그림자가 점점 더 짧아지고 있었다. 파도로 주름진 바다가 수백만 개의 빛살들을 되돌려 보냈고, 아프리카 해변에 가까워지자 가물가물한 연무 속에서 이슬의 광채가 피어올랐다. 닐루스강의 서쪽 어딘가에서 에파포스가 휴가를 즐기고 있겠지. 오, 길이 남을 위대한 승리가 되겠구나!

해안선이 좀 더 또렷이 보이자 파에톤은 왼편을 맡고 있는 말 아에오스를 밑으로 내리려고 고삐를 잡아당겼다. 그때 아에오스는 어쩌면 황금빛 여물이나 예쁜 암말을 생각하고 있었는지도 모른다. 경로를 이탈하라고 고삐가 당겨질 거라고는 상상도 하지 못했을 것이다. 당황한 아에오스가 뒷걸음질 친 후 아래쪽으로 뛰어들자 다른 말들도 같이 끌려갔다. 전차는 공중에서 덜커덩 흔들리다가 땅으로 곧장 곤두박질치기 시작했다. 파에톤은 어쩌다 보니 손에 뒤엉켜버린 고삐를 하릴없이 당겨보았다. 녹색 땅이 그를 향해 비명을 질러댔고, 그는 이제 죽었구나 싶었다. 마지막으로 한 번 고삐를 필사적으로 잡아당겼더니, 거기에 반응을 한 건지 아니면 살겠다는 본능 때문인지 막판에 말들이 위쪽으로 휙 날아올라 북쪽으로 마구 내달렸다. 하지만 태양 전차의 무시무시한 열이 땅에 불을 질렀고, 그 광경에 파에톤은 몸서리치며 경악했다.

전차가 계속 달리는 동안 사나운 불길이 아래 땅을 휩쓸고 지나가면서 물건이고 사람이고 할 것 없이 전부 바삭하게 태워버렸다. 북쪽 해안 아래의 아프리카 전역이 초토화되고 말았다. 지금까지도 그 땅의 대부분은 메마른 사막으로 남아 있다. 우리는 그곳을 사하라 사막이라 부르지만, 그리스인들에게는 '파에톤이 태운 땅'이었다.

이제는 어떻게 손쓸 도리가 없었다. 말들은 고삐를 잡고 있는 것이 익숙한 아폴론의 단단한 손이 아님을 확실히 알았다. 자유를 얻어 미칠 듯이 기뻤던 걸까, 아니면 주인을 잃어버려 겁을 집어먹었던 걸까, 네 마리의 말이 발광하기 시작했다. 곤두박질치듯 뛰어들어 땅에 불을 지른 말들이 저 높이 하늘과 별들을 갈라놓은 자줏빛 곡선까지 솟구쳐 오르자 아래 세상이 춥고 어두워졌다. 바다는 얼어붙고, 땅은 얼음이 되었다.

전차는 완전히 방향 감각을 잃고 제멋대로 몸부림치고 흔들리고 휙 내려갔다가 무턱대고 앞으로 질주하며, 폭풍우에 휩쓸린 이파리처럼 깡충깡충 난폭하게 날뛰었다. 저 아래 땅에 있는 사람들은 놀라고 불안한 마음으로 하늘을 올려다보았다. 파에톤은 말들에게 소리를 질렀다가, 애원했다가, 협박했다가, 고삐를 당겼다가…… 온갖 짓을 다 해봤지만 헛수고였다.


# 추락

땅에서 참사가 벌어지고 있다는 소식이 올림포스산의 신들에게도 전해졌고, 마침내 제우스의 귀에까지 들어갔다.

"저 꼴을 한번 보세요." 심란한 표정의 데메테르가 큰 소리로 말했다. "곡물들이 햇볕에 바싹 타거나 얼어 죽고 있어요. 이건 재앙이에요."

아테나도 말했다. "인간들이 두려워하고 있어요. 부탁이에요, 아버지. 이대로 가만두면 안 돼요."

제우스는 한숨을 내쉬며 벼락을 쥐었다. 태양 전차가 지금은 이탈리아를 향해 미친 듯 뒹굴뒹굴 떨어져 내리고 있었다.

제우스의 벼락이 항상 그렇듯, 이번에도 표적에 명중했다. 파에톤은 전차에서 떨어져 나가 불길에 휩싸인 채 추락했다. 마치 다 써버린 로켓처럼 쉬익, 푸시식 하고 에리다노스 강물 속으로 떨어졌다.

겁에 질린 소년의 비명도, 난폭한 고삐 놀림도 사라지자 천마들은 화를 풀고 적절한 고도와 경로로 돌아갔고, 본능에 따라 서쪽 끝 헤스페리데스의 땅으로 향했다.

포이보스 아폴론은 모범적이거나 다정다감한 아버지는 아니었지만, 아들의 죽음에 큰 충격을 받았다. 그는 다시는 태양 전차를 몰지 않겠다고 맹세하면서, 그 임무를 감사할 줄 알고 의욕 넘치는 헬리오스에게 넘겼다. 그 후로 쭉 헬리오스는 태양 전차를 단독으로 전담했다.*

파에톤을 사랑한 친구 키그노스는 가여운 파에톤이 빠져 죽은 에리다노스강으로 갔다. 강둑에 앉아 애인의 죽음을 애도하는 그의 애처로운 통곡 소리에 심란해진 아폴론은 그를 벙어리로 만들어버렸다. 그런데도 그가 계속 소리 없이 깊은 슬픔에 잠겨 있자 아폴론은 청년에게 연민과 죄책감을 느껴 그를 아름다운 백조로 변신시켰다. 이런 연유로, 소리 없는 백조 혹고니는 아폴론에게 성스러운 동물이 되었다. 혹고니는 사랑하는 파에톤의 죽음을 추도하며 평생 침묵을 지키다가, 죽는 순간 기묘하고도 사랑스러운 작별 인사로 백조의 노래를 한없이 구슬프게 부른다. 키그노스를 기리는 뜻에서 모든 어린 백조들은 '시그넷cygnet'이라 불린다.

그렇다면 에파포스는 어떻게 됐을까? 그는 하늘을 올려다보고 저 위에서 거대한 전차를 몰고 있는 파에톤을 발견했을까? 아니

---

* 확실한 단독(sole)이었다. 그래서 헬리오스의 로마식 이름은 '솔(Sol)'이었다. 그의 이름을 딴 가스인 헬륨을 마시면, 헬리오스가 파에톤을 비웃었을 때와 똑같이 우리도 조소 섞인 고음의 히스테리컬한 비명을 꺄악 지를 수 있다.

면 친구들과 함께 배를 타고 북아프리카 해변으로 가면서 대추야
자 열매를 먹고 님프들과 시시덕거리느라 바빴을까? 그가 하늘
을 올려다보고 전차의 눈부신 빛에 눈이 멀어 잔인한 조롱에 응당
한 벌을 받았다면 좋았겠지만, 사실 에파포스는 훗날 위대한 족장
이 된다. 그는 닐루스의 딸 멤피스와 결혼해서, 자기가 세운 도시
에 아내의 이름을 붙였다. 그들 사이에 리비에가 태어났고, 증손
자 아이깁토스를 비롯한 에파포스의 후예들이 대대손손 이집트
를 다스렸다.

파에톤은 마차부자리라는 별자리의 별 가운데 하나가 되었다.†
프랑스인들은 아주 빠르고 날렵하며 가볍고 위험한 경주용 마차
에 '파에통phaéton'이라는 이름을 붙였다. 18세기 후반에서 19세기
초, 성질 급한 청년들이 그 마차를 애용했는데, 젊은 혈기에 툭하
면 마차를 뒤집어 자기도 모르게 파에톤의 신화를 재연하면서 아
버지들의 인내심을 시험했다.

미국의 고전학자인 이디스 해밀턴은 파에톤에게 다음과 같은
묘비명을 바쳤다.


태양신의 전차에 탔던 파에톤 여기 잠들다.

비록 크게 실패하였으나 위대한 도전이었나니.


---

† 고전판 시성(諡聖)이라 할 만한 별자리 입성을 좀 더 매력적으로 표현한 단어가
'카타스테리즘(catasterism)'이다. 알렉산드리아의 어떤 사람이 에라토스테네스(기원
전 273~192년경, 그리스의 수학자·천문학자·지리학자)를 사칭해 썼다는 산문 「카
타스테리즈미(Catasterismi)」가 일부만 전해져 오고 있는데, 이 작품은 별자리의 신화
적 기원에 관해 이야기하고 있다.

# 카드모스

## 흰 황소

페르세포네가 지하세계에 머물면서 계절의 순환이 생긴 데 더해, 이제 인류는 파에톤 덕분에 황량한 사막과 차디찬 극지라는 양극단의 기온까지 감당해야 할 신세가 됐다. 그러나 파에톤의 이야기가 남긴 교훈으로도 인류는 더, 더 높이 닿으려는 시도를 멈추지 않았다. 아무리 음산한 교훈이라도 인간을 막지는 못하는 모양이다. 그리스 곳곳에서 왕국들의 흥망성쇠가 계속 이어졌다. 그 시절의 고대 그리스는 소아시아도 아우르고 있었는데, 그리스의 동쪽에 불거져 나온 이 땅에는 지금의 터키와 시리아, 그리고 레반트(현대의 레바논)까지 포함된다. 이 지역은 그리스 문화와 신화에 지대한 영향을 미쳐, 대규모 무역과 자모 문자 체계 확립에 이어 최초의 '폴리스' 건설까지 이룩했다. 도시국가 폴리스는 트로이, 스파르타, 아테네가 세워지면서 최고 전성기를 맞는다. 여기에는 제우스, 변신, 용, 뱀, 도시와 결혼이 얽힌 사연이 있다.

레반트의 도시 티레의 왕 아게노르(포세이돈과 리비에의 아들)와 왕비 텔레파사(닐루스와 구름의 님프 네펠레의 딸)에게는 다섯 아이가 있었다. 딸 에우로페와 네 아들인 카드모스, 킬릭스, 포이닉스, 타소스였다.

어느 날 오후 형제들과 함께 꽃이 흐드러진 초원에서 놀던 에우로페는 혼자 다른 곳으로 어슬렁어슬렁 걸어갔다. 높다란 풀밭에서 풀을 뜯고 있는 아름다운 흰색 황소가 눈에 띄었기 때문이다. 그녀가 다가가자 흰 소는 고개를 들어 그녀를 바라보았다. 그녀는 왠지 그 시선에 홀려 더 가까이 다가갔다. 황소의 입김은 달콤했고, 코는 보들보들하니 쓰다듬기에 좋았다. 에우로페는 꽃을 엮어 황소의 뿔에 화관을 씌워주고, 두툼하고 따스하니 기분 좋은 털을 손가락으로 쓸어주었다. 그러다가 자기도 모르게 황소의 등에 올라탔다. 그녀는 몸을 앞으로 수그려 양손에 뿔을 하나씩 잡고는 소의 귀에 대고 속삭였다.

"오, 넌 정말 아름답구나. 정말 강하고 총명하고 친절해."

그러자 황소가 커다란 머리를 갑자기 쳐들더니 앞으로 총총 걷기 시작했다. 총총걸음은 곧 질주에 가깝게 변했다. 에우로페는 웃으며 그를 좼쳤다.

카드모스와 남동생들은 돌을 누가 더 멀리 던지나 시합하고 있던 중이었다(항상 카드모스가 이겼다. 그는 돌·원반·창 던지기에 특출한 재능이 있었다). 그들이 마침 고개를 돌렸을 때 에우로페가 황소 등에 탄 채 멀리 사라지고 있었다. 그들은 죽을힘을 다해 쫓아갔지만 소의 속도를 도저히 따라잡을 수가 없었다. 말도 안 되지만 그 짐승의 발굽이 이제는 땅을 건드리지도 않는 것처럼 보였다.

그들은 겁에 질려 에우로페의 이름을 힘껏 부르며 뛰어내리라고 소리쳤다. 그러나 그들의 말이 들리지 않는지 아니면 그냥 무시하는 건지 그녀는 그대로 있었다. 황소는 하늘로 점점 더 높이 올라가더니 결국엔 시야에서 사라져버렸다.

카드모스는 집으로 돌아가 아게노르왕과 텔레파사 왕비에게 소식을 전했다. 통곡 소리는 컸고, 서로에 대한 비난은 맹렬했다.

그러는 사이 흰 황소는 에우로페를 태우고 티레 왕국에서 점점 더 멀리 서쪽으로 날아가 지중해를 건너고 그리스의 섬들로 향했다. 처음에는 땅이, 그다음엔 바다가 밑에서 휙휙 지나가는 동안 에우로페는 두렵기는커녕 즐거워 웃음을 터뜨렸다. 에우로페는 황홀경에 빠졌다. 이 놀라운 여정 이후로 그녀의 고향 땅 서쪽에 있는 대륙 전체가 그녀의 이름을 따 유럽Europe이라 불리게 되었다.

그들은 멈추지 않고 하늘을 달려 크레타섬에 도착했고, 그곳에서 마침내 황소가 정체를 드러냈으니…….

제우스가 아니면 누구겠는가?

이오를 어린 암소로 둔갑시켰던 것에 영감을 받아 황소로 변신했는지는 알 수 없지만 어쨌든 이 책략이 꽤 잘 먹힌 듯하다. 에우로페는 죽을 때까지 크레타섬에서 행복하게 살았다. 그녀는 제우스와의 사이에서 세 아들, 미노스, 라다만티스, 사르페돈을 낳았다. 이 삼형제는 죽은 후 지하세계의 심판관이 되어, 죽은 혼들의 인생을 평가하고 그에 맞춰 상과 벌을 내리는 일을 맡는다.

# 에우로페를 찾아

한편 티레에서는 상심에 젖은 에우로페의 부모가 카드모스와 세 형제들에게 그녀를 찾아오라면서, 찾지 못하거든 돌아올 생각도 하지 말라는 엄명을 내렸다.

당시 티레인들의 항해술과 무역 수완은 이미 정평이 나 있었다. 카드모스의 동생 포이닉스는 나중에 아게노르왕의 뒤를 이으면서, 자신의 이름을 따 왕국의 이름을 페니키아로 바꾸었다. 페니키아인들은 뛰어난 상술로 엄청난 부와 명성을 누린다. 그들은 극동에서 들여온 비단과 향신료를 취급했는데, 이웃 나라들이나 경쟁국들보다 우위를 점할 수 있었던 이유는 알파벳의 발명과 보급 때문이다. 인류 역사상 처음으로 어떤 언어든 소리에 따라 쓸 수 있게 되면서, 북아프리카와 중동을 비롯한 지중해 해안에서는 하고 싶은 말을 파피루스나 양피지, 밀랍, 도기 조각 등에 기호로 적는 것이 가능해졌다.* 우리가 지금 사용하고 있는 영문자가 바로

---

* 페니키아인들이 이 위대한 아이디어를 내놓기 전에는 상형문자와 그림문자 같은 시각 기호들이 사용되었다. 지금 우리가 쓰는 숫자와 마찬가지로, 이 기호들은 소리와는 아무런 관계가 없었다. 예를 들어 '24'라고 쓰여 있는 걸 보면 발음을 전혀 알 수 없고, 각자의 언어 관습대로 다르게 읽을 것이다. 그러나 'twenty-four', 'vingt-quatre', 'vierundzwanzig'라고 알파벳으로 쓰면 어떻게 발음할지 알 수 있다. 이는 획기적 발전이었다. 그리스인들이 페니키아의 알파벳을 현재 사용되고 있는 표기 체계에 가깝게 수정했다. 가까운 친척 관계인 키릴 문자가 9세기에 불가리아에서 발칸 반도, 러시아를 비롯한 동유럽 지역, 아시아로 퍼져나갔고, 로마인들이 그리스의 '알파'와 '베타'를 우리에게 친숙한 알파벳 체계로 수정했다. 기원전 5세기에 살았던 '역사의 아버지' 헤로도토스는 이런 표기 체계를 '카드모스의 글자'라 불렀다.

그 페니키아 알파벳에서 유래한 것이다. 그리고 에우로페를 찾아 머나먼 길을 떠나면서 자국민들의 경이로운 발명품을 그리스로 전파해준 사람이 카드모스다.

수년 동안 네 형제는 아무런 성과도 얻지 못했다. 눈에 보이지 않는 어떤 신성한 힘이 작용했는지 몰라도, 그들이 살피지 못한 한 곳이 바로 크레타섬이었다. 그들이 가장 오래 머문 곳은 저 멀리 에게해 북부에 있는 사모트라케섬이었다.

사모트라케섬에는 플레이아데스 중 한 명인 엘렉트라*가 살고 있었다. 플레이아데스 일곱 자매는 아틀라스와 오케아니스 플레이오네의 딸들이다. 엘렉트라는 제우스와의 사이에서 두 아들 다르다노스†와 이아시온, 딸 하르모니아‡를 낳았다. 하르모니아의

---

* 아가멤논과 클리템네스트라의 딸로 태어나 비극적인 운명을 맞은 엘렉트라가 아니라 훨씬 더 이전의 다른 인물이다. '엘렉트라'는 참 흥미로운 이름이다. 그리스어로는 '호박(광물)'을 뜻하는 '엘렉트론(electron)'의 여성형이다. 그리스인들은 호박을 천으로 강하게 문지르면 신기하게도 먼지나 솜털을 끌어당긴다는 사실을 알아챘다. 그들은 이 기묘한 성질을 '호박성'이라고 불렀고, 여기에서 '일렉트릭(electric, 전기를 띤)', '일렉트리시티(electricity, 전기)', '일렉트론(electron, 전자)', '일렉트로닉(electronic, 전자의)' 같은 단어들이 나왔다.

† 제1차 세계대전 때 불운의 갈리폴리 상륙작전이 벌어졌던 다르다넬스 해협이 그의 이름에서 유래했다.

‡ 아레스와 아프로디테가 하르모니아의 부모라는 설도 있다. 그녀가 나중에 조화의 신(로마명 콘코르디아)으로 격상된 걸 보면 좀 더 신성한 혈통을 이어받았음을 알 수 있다. 그러나 아레스가 그녀에게 하려고 했던 짓을 생각하면 아버지가 맞나 싶기도 하다. 자신의 수탉에게는 그렇게 의리를 지키면서 인간 딸에게는 그토록 비정했으니 말이다. 다른 신화 기록가들, 특히 창의적인 신화 해석으로 읽을 만한 책을 많이 쓴 이탈리아 작가 로베르토 칼라소는 명쾌한 타협점을 찾았다. 하르모니아가 아프로디테와 아레스의 딸이 맞긴 하지만, 사모트라케섬의 엘렉트라가 젖을 먹여 키웠다는 것이다.

아름다움과 상냥하고 침착한 태도에 바로 반해버린 카드모스는 앞으로의 여정을 그녀와 함께하기로 한다. 처음부터 그녀가 순순히 따라나섰는지는 알 수 없지만, 둘은 사모트라케섬을 떠나 그리스 본토로 향했다. 에우로페를 찾는다는 명목이었지만, 카드모스의 심중에는 더 큰 목적이 있었다.

## 신탁을 받다

카드모스에게는 '최초의 영웅'이라는 칭호가 자주 붙는다. 계산을 해보면 그가 인간과 신의 피를 반반씩 물려받은 5세대임을 알 수 있다. 그의 족보를 따져보면 할아버지 포세이돈, 증조할아버지 크로노스, 고조할아버지 우라노스를 거쳐 바로 생명의 시작으로까지 거슬러 올라간다. 그의 할머니 리비에를 통해서는 이나코스의 후손이 되므로 그의 핏줄에는 인간 왕족의 피도 흐르고 있었다. 그는 가만히 못 있는 성격과 방랑벽, 필요한 만큼의 용기와 자신감과 같은 영웅의 특징이라 할 만한 성향을 지니고 있었다. 포세이돈이야 당연히 손자이니 그를 아꼈지만, 아테나 역시 카드모스를 유독 총애했다. 더군다나 그가 아테나를 대단히 헌신적으로 추종하는 하르모니아를 만나 한편이 되고 나서는 더 말할 것도 없었다.

　카드모스의 동생 타소스가 근처의 작은 섬 타소스에 정착하고, 포이닉스가 페니키아 왕국에 자기 이름을 붙였듯이, 카드모스의 셋째 동생 킬릭스 역시 에우로페를 찾는 일을 포기하고 소아시아

동부로 돌아가 자신의 왕국 킬리키아*를 세웠다.

카드모스는 티레의 충성스러운 추종자들로 꾸린 대규모 수행단을 이끌고 하르모니아와 함께 델포이로 신탁을 구하러 갔다. 모든 영웅이 그렇듯 그도 자신의 위대함을 본능적으로 알았지만 자신의 미래가 어디로 뻗어갈지는 알 수 없었다. 그리고 어쨌든 에우로파를 찾는 문제에서도 도움이 필요했다.

여러분도 이제는 신탁에 대해 알 만큼 알고 있으니, 피티아의 괴상한 응답에도 놀라지 않을 것이다.

피티아가 읊조렸다. "포세이돈의 아들 아게노르의 아들 카드모스여. 동생 찾는 일은 버리고, 반달이 그려진 암송아지를 따라가라. 소가 지쳐 쓰러질 때까지 따라가라. 소가 쓰러지는 곳, 그곳에 세워야 한다."

"뭘 세웁니까?"

"잘 가거라, 포세이돈의 아들 아게노르의 아들 카드모스여."

"무슨 소요? 소가 어디 있는데요?"

"소가 쓰러지는 곳, 그곳에 포세이돈의 아들 아게노르의 아들 카드모스는 세워야 한다."

"알겠습니다, 그런데 소가……."

"반달이 그려진 암송아지가 하르모니아와 그녀의 영웅, 포세이돈의 아들 아게노르의 아들을 도우리니."

"저기요……."

"잘 가거라아아아……."

---

* 터키와 시리아를 분리하는 쐐기꼴의 땅으로, 지금은 추쿠로바라 불린다.

카드모스와 하르모니아는 마주 보며 어깨를 으쓱하고는, 충성스러운 티레인 수행단과 함께 델포이를 떠났다. 그들 앞에 소가 홀연히 나타나거나 아니면 어떤 하늘의 전령이 그들을 그 짐승에게 안내해줄지도 몰랐다. 그러니 주변을 잘 둘러보는 게 어떨까.

지금 델포이와 그 신탁소, 경기장, 신전들은 포키스라는 그리스 지역에 있다. 포키스의 왕 펠라곤은 하르모니아와 카드모스(알파벳을 선물해 이미 유명인사가 되어 있었다)가 그 지역에 와 있다는 소식을 듣고는 사자들을 보내 그들을 왕궁에 귀빈으로 초대했다. 여행에 지친 두 사람과 굶주린 수행단이 그 초대를 마다할 이유가 없었다.

## 포키스 제전

사흘 동안 자신들에게 바쳐진 진수성찬을 사양 않고 마음껏 즐기던 카드모스와 하르모니아는 어느 날 저녁 연회 사이에 궁의 정원들을 산책하다가 펠라곤의 아버지 암피다마스와 마주쳤다.

"꿈을 꾸었소." 암피다마스가 두 사람에게 다가와서는 벌꿀술 냄새를 팍팍 풍기며 말했다. "꿈속에서 카드모스가 달리기 경주를 하고, 창을 던지고, 원반을 던지고, 세상에서 가장 위대한 상을 받더군요. 자, 내 아들이 내일 포키스 제전을 연다오. 작은 지역 행사지만, 꿈은 꿈이고 의미가 있는 법. 모르페우스 님이 거짓말하는 것 보셨소? 그대도 출전해보시구려." 말을 끝낸 그는 살짝 딸꾹질을 하며 휘청휘청 걸어갔다.

"그럼." 카드모스가 하르모니아의 허리를 한 팔로 감싸며, 그리움에 젖은 눈빛으로 달을 올려다보았다. "못 할 것도 없지? 창이나 원반을 나보다 더 멀리 던지는 사람은 아직 이 세상에 없으니까. 그리고 내 다리도 꽤 날랜 것 같고."

"역시 나의 영웅이라니까!" 하르모니아는 그의 가슴에 머리를 묻으며 숨을 내쉬듯 말했다. 흠모와 예찬의 마음이 벅차올라서가 아니라 웃음소리를 가리기 위해서였다. 자기의 육체적 기량을 과신하는 남자들의 허영심이란 언제 봐도 참 웃기다고 생각했다.

다음 날 카드모스가 겨룬 경쟁 상대들은 대부분 그 지방의 약골 청년들과 배불뚝이 근위병들이었다. 그가 원반을 처음 던졌을 때 하인이 궁 밖으로 달려 나갔고 관객들은 환호성을 질렀다. 오후가 끝날 무렵 카드모스는 모든 경기에서 우승했다. 하르모니아는 그에게 키스를 보내고 꽃을 던지는 여자들을 노려보았다.

부유한 군주는 아니었던 펠라곤은 시종들을 보내 고귀한 '최고 수훈 선수'에게 어울릴 만한 상을 찾게 했다.

"포키스의 백성들이여." 왕은 올리브 이파리들을 급하게 엮어 만든 화관을 카드모스의 이마에 얹어주며 소리쳤다. "너희의 우승자, 우리의 귀한 손님, 티레의 카드모스 왕자님을 보아라. 이분의 위대한 속도와 힘과 품위에 걸맞은 상을 대령하라."

궁의 시종이 덩치 큰 암소를 앞세우고 군중 사이를 지나오자 시끄러운 환호가 의아한 침묵으로 사그라들었다. 이내 여기저기서 킥킥거리는 소리가 들리더니 폭소가 터져 나왔다. 암소는 새김질을 하고, 꼬리를 들어 궁둥이에서 물똥을 뿌렸다. 군중은 조롱하며 야유를 보냈다.

펠라곤의 얼굴이 시뻘겋게 달아올랐다. 그의 아버지 암피다마스는 한 눈을 찡긋하며 카드모스에게 말했다. "이런, 모르페우스님이 항상 맞는 건 아닌가 봐요, 응?"

하지만 하르모니아는 크게 흥분해서 팔꿈치로 카드모스를 슬쩍 찌르며 속삭였다. "봐요, 저거요. 카드모스, 저것 좀 보라니까요!"

카드모스는 그녀의 눈길을 끈 것이 무엇인지 단번에 알아챘다. 암소의 등에 반달 모양의 얼룩이 있었다. 그것을 달리 묘사할 방법이 없었다. 저게 반달이 아니면 뭐야!

펠라곤이 이 암소가 혈통도 좋고 젖이 많이 난다며 설득력 없는 소리를 중얼거리고 있는데 카드모스가 그의 말을 끊어버렸다.

"전하, 이보다 더 경이롭고 반가운 상은 없을 겁니다! 더없이 기쁘고 감사합니다."

"그렇소?" 펠라곤은 어안이 약간 벙벙해져 물었다.

시종 역시 이 말을 듣고는 너무 놀라서, 시상대까지 소를 몰고 오면서 사용했던 버드나무 가지를 떨어뜨리고 말았다. 암송아지는 자기를 계속 아프게 때려대던 막대기가 사라진 것을 금방 알아채고는 몸을 돌려 느긋하게 걸어가기 시작했다.

"그럼요." 카드모스는 시상대에서 뛰어내린 뒤 하르모니아도 내려주며 말했다. "정말 완벽한 선물입니다. 정확히 우리가 원했던……."

암소가 군중 사이를 지나가고 있었다. 카드모스와 하르모니아는 왕족을 뒤로하고 소를 따라갔다. 카드모스는 어깨 너머로 왕에게 감사의 말과 의례적인 인사를 더듬더듬 전했다.

"전하, 저희는 여기서 그만…… 잘 있다 갑니다. 환대해주시고…… 진수성찬에 기막힌 여흥까지 정말 고마웠습니다. 정말 친절하시고…… 어…… 안녕히…….”

“정말 고마웠습니다.” 하르모니아도 똑같이 말했다. “절대 잊지 않을게요. 영원히. 저렇게 사랑스러운 암송아지라니! 안녕히 계세요.”

“아, 아니! 네? 저기…….” 펠라곤은 이 순식간의 갑작스러운 작별이 난감했다. “하룻밤 더 머무실 줄 알았는데요?”

“시간이 없어서요. 어이, 친구들. 이제 떠날 시간이야!” 카드모스는 티레의 부하와 병사들, 군속, 수행원들을 큰 소리로 불렀다. 그들은 달려가면서 갑옷을 졸라매고, 음식을 떨어뜨리고, 새로 사귄 지인들에게 작별의 키스를 하며 카드모스와 하르모니아와 암소를 뒤따라갔다.

“제정신이 아니야.” 카드모스의 오합지졸 군대가 시야에서 사라지고 저 멀리 먼지가 자욱하니 소용돌이치며 피어오르자 암피다마스가 중얼거렸다. “정신 나갔네. 내가 처음부터 그랬잖아.”

## 용

카드모스와 하르모니아, 충성스러운 티레인 수행단은 반달 얼룩이 있는 암송아지를 따라 사흘 밤낮으로 언덕을 넘고, 초원과 들판을 지나고, 개울을 건넜다. 그들은 보이오티아* 지방을 향해 남

---

* 그리스의 중심부로, 코린토스만의 북쪽에 있다. 그곳은 한때 ‘카드모스의’라는 뜻

동쪽으로 이동했던 것 같다.

하르모니아는 그 암소가 에우로페일 거라 믿었다. 제우스가 그녀를 강탈할 때 황소로 둔갑했으니 그녀도 소의 모습을 하고 있지 않을까? 카드모스는 펑퍼짐한 암소 궁둥이의 리드미컬한 움직임에 넋이 나가, 이 모든 것이 자신을 혼란에 빠뜨리기 위한 누군가의 못된 장난질은 아닌가 하고 생각했다.

어느 가파른 언덕을 내려가 널찍한 평원 끝자락에 도착했을 때 갑자기 암송아지가 털썩 주저앉더니 매가리 없이 끙끙거렸다.

"맙소사." 카드모스가 말했다.

"신탁이 예언한 대로잖아요!" 하르모니아가 외쳤다. "피티아가 뭐라고 말씀하셨죠? '소가 쓰러지는 곳, 그곳에 세워야 한다.' 그러니까."

"'그러니까'? '그러니까'라니 무슨 소리요? 세우라고? 뭘? 어떻게?" 카드모스가 짜증을 내며 말했다.

"내 말대로 해요. 암소를 팔라스 아테나 님에게 바치는 거예요. 저 불쌍한 것이 어차피 거의 죽어 있잖아요. 아테나 님이 우리를 인도해주실 거예요."

카드모스는 찬성하고 바로 그곳에 원시적인 형태의 막사를 세웠다. 그리고 제물을 제대로 정화하기 위해, 부하들을 몇 명 보내 근처의 샘에서 물을 길어 오게 했다.

카드모스가 암소의 목을 따고, 야생화와 태운 세이지로 장식해 임시변통으로 만든 제단에 그 피를 뿌리고 있는데, 한 부하가 너

─────────

의 '카드메이스'로 불렸다.

무나 비참한 꼴로 돌아와 끔찍한 소식을 전했다. 거대한 물뱀처럼 생긴 흉측한 용이 샘을 지키고 있어요. 그 용이 이미 네 명을 죽여 그들의 몸을 뚤뚤 휘감고 무시무시한 입으로 머리를 물어 뜯어버렸다고요. 이제 어쩌죠?

영웅은 불운을 개탄하거나 놀라지 않는다. 행동할 뿐이다. 카드모스는 서둘러 샘으로 향하면서, 가는 길에 묵직한 돌을 하나 주웠다. 샘에 도착하자 나무 뒤에 숨어서 휘파람을 불어 용의 주의를 끈 다음 용의 머리에 돌을 던졌다. 용은 두개골이 박살 나 그 자리에서 바로 죽었다.

"물뱀들이 그렇지 뭐." 카드모스는 샘물과 뒤섞이는 괴물의 피와 뇌수를 내려다보며 말했다.

그때 어떤 목소리가 크고 청명하게 울렸다. "아게노르의 아들이여, 왜 그대가 죽인 뱀을 노려보고 있는가? 그대 역시 뱀이 되어 낯선 이들의 시선을 견뎌내야 하리라."

카드모스는 주위를 둘러보았지만 아무도 보이지 않았다. 자신의 안에서 울린 목소리가 틀림없었다. 고개를 젓고 막사로 돌아간 카드모스는 추종자들의 환호와 하르모니아의 감탄 어린 키스를 즐겼다. 목소리에 대해서는 하르모니아에게 아무 말도 하지 않았다.

그때 카드모스의 귀가 닿지 않는 곳에서 그의 부하 한 명이 나쁜 소식을 알고 있는 자라면 으레 그렇듯 남들의 짜증을 돋우며 이를 악물고 씨근거리고 있었다. 보이오티아 출신의 이 남자는 중요한 사실을 아는 척 고개를 끄덕이며 동료들에게 속삭였다. 카드모스가 방금 죽인 드라콘 이스메니오스, 즉 이스메니오스의 용은 전쟁의 신 아레스에게 봉헌된 신성한 동물이라는 것이었다. 심지어 그 괴물이 아레스의 아들이라는 소문도 있다고!

"좋은 꼴은 못 볼걸." 그가 혀를 쯧쯧, 끌끌 차며 말을 이었다. "전쟁의 신을 거역해놓고 무사히 넘어갈 리가 있나. 절대 무리지. 아무리 대단한 할아버지를 뒀다 해도 마찬가지라고."

여기서 알 수 있듯이, 그 당시 영웅들과 인간들이 직면했던 가장 부담스러운 과제 중 하나가 신들과의 관계를 어떻게 잘 유지하느냐 하는 것이었다. 올림포스 신들의 질투와 원한을 조심조심 피해가는 것도 보통 까다로운 일이 아니었다. 한 신에게 너무 충성하고 봉사하다가 다른 신의 원한을 살 위험이 있었다. 예를 들어 카드모스와 하르모니아처럼 포세이돈과 아테나에게 사랑받으면 헤라나 아르테미스, 아레스, 심지어는 제우스에게도 발목 잡힐 수 있었다. 신들이 총애하는 자를 죽이는 미련한 짓을 했다가는 가엾은 신세로 전락하고 마는 것이다. 세상에 있는 모든 제물과 모든 봉헌물을 바친다 해도, 기분 상한 신, 앙심 품은 신, 다른 신들 앞에서 망신당한 신은 달랠 길이 없었다.

아레스가 아끼는 용을 죽인 카드모스는 가장 공격적이고 무자비한 신의 적이 되고 말았다.* 하지만 병사들이 숙덕대는 말이 그의 귀에 닿지 않았기 때문에 그는 정작 아무것도 모르고 있었다. 카드모스는 즐거운 마음으로 향을 피우고 아테나에게 무사히 제

---

* 오비디우스는 이스메니오스의 용을 '앙귀스 마르티우스(Anguis Martius)', 즉 '마르스의 뱀'이라 불렀다. 게르만 전설에서 '부름(Wurm, 벌레)'과 '드라헨(Drachen, 용)'이 동의어로 쓰였듯이, 그리스 신화에서는 '오피스(ophis, 뱀)'와 '드라콘(drakon, 용)'이 거의 구분되지 않는 것 같다.

물을 바치면서 일이 잘 풀리고 있다고 느꼈다. 아테나가 곧장 인자한 모습으로 나타나자 이런 느낌은 더욱 강해졌다. 암송아지를 봉헌받고 기분 좋아진 아테나는 카드모스가 피워 올린 향기로운 연기 구름에서 내려와 공손한 숭배자들에게 근엄한 미소를 지었다.

## 용의 이빨

"일어나라, 아게노르의 아들이여." 아테나는 앞으로 나가 탄원자 카드모스를 일으켜 세웠다. "그대의 제물이 우리의 뜻에 맞았다. 내 지시를 신중히 따른다면 모든 것이 잘될 것이다. 기름진 평야를 갈아라. 잘 갈아야 한다. 그런 다음 그대가 죽인 용의 이빨을 밭고랑에 뿌려라."

이 말과 함께 아테나는 연기 속으로 물러나 사라졌다. 하르모니아와 다른 이들이 자신들도 아테나에게서 똑같은 말을 들었다고 확인해주지 않았다면 카드모스는 이 모든 것이 꿈이라고 믿었을 것이다. 하지만 아무리 이상하더라도 신의 명령은 신의 명령이었다. 사실 카드모스는 이상하면 이상할수록 신의 뜻일 가능성이 크다는 사실을 깨달아가고 있었다.

먼저 그는 너도밤나무를 깎아 쟁기를 만들었다. 그러고 나서 쟁기를 끌어줄 짐승이 없자 충성스러운 부하들이 자발적으로 나섰다. 이 카리스마 넘치는 티레의 왕자를 위해서라면 목숨도 아깝지 않은 그들에게 쟁기 끄는 일쯤은 아무것도 아니었다.

때는 늦봄이었고, 평야의 토양이 부드러워 티레인들은 몸을 크게 혹사하지 않고도 얕으면서도 곧고 뚜렷한 고랑을 팔 수 있었다.

밭을 갈고 나자 카드모스는 뭉툭한 창끝으로 고랑에 3~5센티미터 깊이의 구멍을 팠다. 그러고는 각각의 구멍에 용의 이빨을 하나씩 떨어뜨렸다. 우리 모두 알고 있듯이, 인간의 치아는 32개다. 수룡은 상어처럼 이빨이 여러 줄이어서 앞쪽 치열이 인간들의 뼈를 너무 많이 빻다가 닳아버리면 다음 줄이 나온다. 카드모스는 총 512개의 이빨을 심었다. 작업을 마치자 그는 다시 일어나 밭을 점검했다.

산들바람이 평야에 불어 고랑에 부딪자 흙가루가 위로 흩날렸다. 흙바람이 회오리를 일으키며 온 들판을 휘갈겼다. 쥐 죽은 듯한 정적이 내려앉았다.

한 고랑의 흙이 움직이는 것을 처음 본 사람은 하르모니아였다. 그녀가 손가락으로 가리키자 모든 이들의 눈이 그쪽으로 향했다. 그들은 헉하고 숨을 들이마시고 손으로 입을 가리며 탄성을 질렀다. 창끝이 흙을 뚫고 나오더니, 투구가 나타나고, 뒤를 이어 어깨, 흉갑, 가죽 정강이가리개를 찬 다리들이 나타났다. 이윽고 완전 무장한 병사가 사납고 험악한 모습으로 솟아올라 발을 쿵쿵 굴렀다. 이어 병사가 또 한 명, 다시 한 명 나타나 온 들판을 채우더니 고랑 줄에서 제자리걸음을 시작했다. 갑옷이 철커덩철커덩 쾅쾅, 죔쇠와 허리띠와 장화가 쨍그랑쨍그랑 탕탕, 흉갑과 정강이받이와 방패의 금속과 가죽이 시끌시끌 탁탁, 병사들이 박자를 맞춰 기합을 넣으며 으르렁으르렁, 이얍이얍, 이 모든 소리가 거대하고 무시무시한 울림이 되어 지켜보던 사람들을 공포로 몰아넣었다.

카드모스만이 대담하게 앞으로 나가 한 손을 들어 올렸다.

"스파르토이!" 그는 그들을 '씨 뿌려 나온 남자들'이라 부르며 온 평야에 외쳤다. "나의 스파르토이여! 나는 너희의 장군 카드모스 왕자다. 일동 쉬어."

전쟁의 신에게 봉헌된 짐승의 이빨에서 태어나서인지 이 병사들은 처음부터 비범한 공격성을 드러냈다. 카드모스의 명령에 화답하여 그저 방패와 창을 철그렁철그렁 부딪치기만 했다.

"조용!"

전사들은 그의 말을 듣지 않았다. 그들의 제자리걸음은 느릿한 전진으로 변했다. 화가 치민 카드모스는 돌멩이를 하나 주워 평소의 기술과 힘을 발휘해 병사들에게 던졌다. 돌이 한 병사의 어깨를 맞혔다. 그 병사는 자기 옆에 있는 병사를 쳐다보고는 그를 공격자로 여겨 사납게 울부짖으며 칼을 뽑아 그에게 덤벼들었다. 순식간에 병사들이 서로 달려들면서 간담 서늘한 함성이 천지를 진동했다.

"그만! 그만! 당장 멈춰!" 카드모스는 럭비 경기에서 다른 선수들에게 마구 뭉개지고 있는 아들을 보고 흥분한 부모처럼 고함을 질러댔다. 그는 좌절하여 발을 동동 구르며 하르모니아를 돌아보았다. "왜 아테나 님은 내가 그 고생을 해서 이런 인간들을 만들게 하셨을까? 서로 죽이기만 하는데. 얼마나 난폭하고, 얼마나 피에 굶주려 있는 놈들인지 한번 봐요. 이게 대체 무슨 의미가 있단 말이오?"

그가 말하는 동안에도 하르모니아는 난장판의 한가운데를 가리키고 있었다. 유일하게 살아남은 스파르토이 다섯 명이 둥글게 서 있었다. 나머지는 시체로 누워, 자기들이 나왔던 흙을 피로 적시고 있었다. 다섯 명이 칼을 땅으로 내린 채 앞으로 나왔다. 카드모스 앞에 이르자 무릎을 꿇고 머리를 숙였다.

티레인들은 크게 안도하고 크게 기뻐했다. 그들은 그때까지 인간들이 겪지 못한 희한한 하루를 보냈다. 하지만 이제 어떤 질서가 생겨난 것 같았다.

카드모스가 물었다. "이곳의 이름이 뭐지? 아는 자가 있는가?"

이스메니오스의 용이 아레스에게 봉헌된 신성한 동물이라고 경고했던 남자가 말했다. "저는 이 근처에서 왔습니다. 저희는 이곳을 '테베의 평야'라 부른답니다."

"그렇다면 나는 이 평야에 위대한 도시를 세우겠다. 지금부터 우리는 티레 사람이 아니라 테베 사람이다." 엄청난 환호성이 터져 나왔다. "그리고 이 다섯 스파르토이는 테베의 귀족이 되리라."


## 카드모스와 하르모니아의 결혼

테베를 세운 다섯 귀족은 에키온, 우다이오스, 크토니오스, 히페레노르, 펠로로스라는 이름을 받았다.* 카드모스와 충성스러운 티레 군대의 감독하에 그들은 성채(카드메이아)를 찬찬히 지어 올

---

* 크토니오스(Chthonios)는 그들 모두를 땅속(chthonic) 존재로 정의하는 이름을 가졌다.

렸고, 그곳에서 작은 도시가 번성했다. 이윽고 이 소도시는 강력한 도시국가 테베가 되었다.* 그곳을 에워싼 튼튼한 성벽에는 각기 한 명의 올림포스 신에게 바친 일곱 개의 거대한 청동 문이 달렸다.

성벽은 강의 신 아소포스의 딸인 안티오페가 제우스와 관계하여 낳은 쌍둥이 형제 암피온과 제토스가 쌓았다. 암피온은 연인이었던 헤르메스에게서 리라를 연주하는 법을 배웠다. 카드메이아 주위로 거대한 벽을 쌓아 올릴 때 암피온은 리라를 연주하며 노래를 불렀고, 제토스가 실어온 무거운 돌들은 그 노랫소리에 홀려 붕 떠오르더니 자기 자리를 찾아 들어갔다. 이런 식으로 성벽은 금세 완성되었다. 그리하여 암피온과 제토스는 카드모스와 더불어 테베의 건국자로 인정받고 있다.

과업을 마친 카드모스와 하르모니아는 결혼 문제로 눈을 돌렸다. 티탄족과 신들의 후손, 올림포스 신들의 친구이자 적, 하지만 영원히 살 수는 없는 아주 인간적인 이 한 쌍은 요즘으로 치면 '스타 부부의 아이콘'이었다. 그 당시에 언론과 소셜미디어가 존재했다면 그들에게 '카드모니아'라는 별명을 붙여줬을 것이다.

당대 최고 연인의 결합인 만큼 신들의 결혼식 부럽지 않게 땅의

---

* 폴리스(polis), 즉 도시국가는 고대 그리스의 정부를 정의하는 단위가 된다. 가장 유명한 아테네뿐만 아니라 스파르타, 테베, 로도스, 사모스 등등 그리스 세계의 많은 폴리스들이 서로 동맹을 맺고 교역을 하고 싸우기도 하면서 번성했다. '민주주의'라는 단어가 그리스에서 유래하긴 했지만, 왕인 참주(tyrannos, 따라서 'tyrant'라는 단어가 꼭 '독재자'를 의미하지는 않는다)나 과두제(oligarchy)의 소수 우두머리가 폴리스를 통치하기도 했다. 폴리스에서 '폴라이트(polite, 정중한)', '폴리틱스(politics, 정치)', '폴리스(police, 경찰)' 등의 단어들이 나왔다.

가장 높은 자와 하늘의 가장 높은 자가 참석했다. 축하 선물도 어마어마했다. 아프로디테는 아찔하고 황홀한 욕정을 깨우는 위력을 가진 마법의 거들을 하르모니아에게 빌려주었다.† 그녀가 듣기로 하르모니아가 잠자리를 겁내서 아직 카드모스와 동침하지 않았다고 했다. 그래서 (하르모니아의 친어머니일지도 모를) 사랑과 미의 신이 신혼 기간 한정으로 빌려준 이 거들은 하르모니아에게 아주 소중한 선물이었다.

하지만 가장 빛난 결혼 선물은 카드모스가 신부에게 준 목걸이였다. 이 세상에 존재하는 그 어떤 장신구보다 아름다웠다. 고급 옥수, 벽옥, 에메랄드, 사파이어, 비취, 청금석, 자수정, 은과 금으로 만든 그 목걸이를 카드모스가 아름다운 아내의 목에 걸어주었을 때 하객들은 경탄하여 숨도 제대로 못 쉬었다.‡ 그 목걸이 역시 아프로디테가 준 것이라는 소문이 돌았다.

목걸이를 만든 이가 헤파이스토스라는 소문이 더해졌다. 시간이 갈수록 소문은 더 크게 부풀었다. 이스메니오스의 용을 죽인 카드모스에게 앙심을 품은 애인 아레스가 졸라서 아프로디테가 남편 헤파이스토스에게 목걸이를 만들게 했다고 말이다. 이런 소문이 퍼진 이유는 그 목걸이에 저주가 걸렸다는 잔인하고 충격적인 진실 때문이었다. 돌이킬 수 없는 깊디깊은 저주가. 그 목걸이

---

† '거들'의 확실한 정의를 모르겠다. 어떤 이는 허리띠라고 하고, 어떤 이는 코르셋 같은 장치라고도 한다. '신화 속 원더브라'라고 묘사한 사람들도 있다. 칼라소는 '보드라운 눈속임용 띠'라고 부른다.

‡ 로베르토 칼라소는 『카드모스와 하르모니아의 결혼(The Marriage of Cadmus and Harmony)』에서 "황금빛 화환이 바닥에 닿을 듯 대롱거린다"라고 멋지게 묘사했다.

를 목에 걸거나 갖는 자의 머리에는 비참한 불운과 비극적인 재앙이 쏟아지리라.

이 모든 것이 당황스럽기도 하고 매혹적이기도 하다. 만약 아레스와 아프로디테가 하르모니아의 친부모라면 왜 딸의 불운을 원하겠는가? 물뱀의 죽음을 복수하려고? 그리고 또, 과연 사랑과 전쟁 사이에서 조화라는 상냥한 자식이 태어났을까? 만약 그렇다면 강력하고 무서운 두 힘이 낳은 온화한 자식이 왜 그들에게 그토록 잔혹한 저주를 받겠는가?

카드모스와 하르모니아의 결혼은 에로스와 프시케의 결혼과 마찬가지로 우리의 두 가지 주된 모순적 측면들의 결합을 암시한다. 카드모스가 대변하는 정복·문자·무역이라는 동양적 전통(카드모스Kadmos의 이름은 '동쪽의'를 의미하는 옛날 아랍어·히브리어 어근 'qdm'에서 유래한다)이 사랑·관능과 융합하여 새로운 그리스를 창조한 것으로 볼 수 있다.

하지만 대부분의 이야기들이 그렇듯 이 이야기에서 우리가 실제로 발견하는 건 그리스 신화의 밑바탕에 깔려 있으면서 좀처럼 풀리지 않는 수수께끼, 폭력성과 애욕, 시정과 상징성이라는 기만적이고 알쏭달쏭하고 아찔한 수수께끼다. 너무 불안정해서 제대로 계산할 수 없는 대수학, 그것은 인간과 신의 모습을 하고서 단순하고 정확한 답을 내주지 않는다. 서사의 변화와 상징들을 해석하려는 시도는 재미있지만, 대입은 잘 먹히지 않고 나온 답들은 애매하게 얼버무리는 신탁만큼이나 모호하다.

자, 이제 이야기로 다시 돌아가 보자. 결혼식은 성황리에 끝났다. 거들은 아프로디테의 선물답게 최음제 역할을 톡톡히 했고,

행복한 부부는 두 아들 폴리도로스와 일리리오스, 네 딸 아가우에, 아우토노에, 이노, 세멜레를 낳았다.

그러나 카드모스는 용을 죽인 벌을 받아야 했다. 그는 올림포스의 1년, 인간의 시간으로 따지면 8년 동안 아레스를 섬기며 힘들게 일했다.

그 후 카드모스는 자신이 세운 도시를 통치했다. 하지만 목걸이의 저주 때문에 왕위의 행복이나 만족감은 제대로 누리지 못한다.


# 먼지 속으로

여러 해 동안 테베는 평화롭게 번성했다. 카드모스와 하르모니아의 딸 아가우에는 건국 공신 5인 중 한 명인 에키온의 아들 펜테우스와 결혼했다. 어느 날, 왕위에 염증을 느끼고 후대의 많은 영웅들처럼 방랑벽으로 발이 근질근질해진 카드모스가 하르모니아에게 말했다. "떠납시다. 더 넓은 세상을 봅시다. 우리가 없는 동안 펜테우스가 왕위에 오르면 되니까."

그들은 많은 걸 보았다. 수많은 마을과 수많은 도시. 그들은 성대한 환영이나 연회는 요구하지 않고 몇 명의 시종들만 데리고 평범한 중년 부부로 다녔다. 하지만 안타깝게도 하르모니아의 짐 속에는 저주 걸린 목걸이가 들어 있었다.

그리스를 실컷 돌아다닌 후 그들은 아드리아해 서쪽, 발칸반도 북부로 올라가 이탈리아의 동부 해안에 면해 있는 왕국을 방문하기로 했다. 그들의 막내아들 일리리오스가 세워 '일리리아'라 불리는 나라였다.*

그곳에 도착하자마자 카드모스는 갑자기 지치고 견딜 수 없이 불안해졌다. 그는 하늘을 향해 소리쳤다.

"내가 그 저주할 물뱀을 죽였을 때 나나 내 아내의 행복도 함께 죽었음을 지난 30년간 마음으로 알고 있었습니다. 아레스 님은 무자비하십니다. 내가 뱀처럼 땅에 눕기 전까지는 나를 가만두지 않으시겠지요. 그분을 달래고 내 고단한 인생이 평화로워질 수 있다면 먼지 속으로 떠나 생을 끝내게 해주시옵소서. 그렇게 이루어 주소서."†

카드모스의 입에서 이 말이 나오기가 무섭게 그의 슬픈 기도는 슬픈 현실이 되고 말았다. 그의 몸이 가로로 줄어들고 세로로 늘어나면서 살갗은 부풀어 터져 미끌미끌한 비늘이 되고 머리는 다이아몬드 모양으로 납작해졌다. 하늘에 무시무시한 소원을 외쳤던 혀는 두 엄니 사이로 획 튀어나와 날름거렸다. 티레의 왕자이자 테베의 왕 카드모스였던 남자가 흔하디흔한 뱀이 되어 몸부림치며 땅으로 떨어졌다.

하르모니아는 절망하여 울부짖었다.

"신들이여, 저를 측은하게 여기소서! 아프로디테 님이여, 당신이 내 어머니시라면 지금 사랑을 베푸시어 내가 땅에서 사랑하는

---

* 셰익스피어의 「십이야」와 장 폴 사르트르의 「더러운 손」의 무대 배경이 된다. 달마티아 해안과 달마티아 개가 그 이름을 따온 달마타에족(Dalmatae, '양'을 뜻하는 초기 알바니아어에서 유래한 이름)은 그 지역의 북서쪽에 거주하는 일리리아 부족이었다.

† 티레 사람인 카드모스는 중동 지역에서 '그렇게 이루어주소서'라는 의미로 가장 흔하게 쓰였던 단어 '아멘'을 사용했을 것이다.

이와 함께할 수 있게 해주소서. 세상의 열매는 내게 먼지에 불과합니다. 아레스 님이여, 당신이 내 아버지시라면 자비를 베풀어주소서. 제우스 님이여, 어떤 이들이 말하듯 당신이 내 아버지시라면 아무쪼록 저를 가엾게 여겨주소서, 간절히 비나이다."

하지만 그녀의 기도를 들은 이 세 신이 아니라 자비로운 아테나가 그녀를 뱀으로 둔갑시켜주었다. 하르모니아는 뱀이 된 남편을 뒤따라 먼지 속으로 미끄러졌고, 둘은 사랑하는 서로의 몸을 똘똘 휘감았다.

부부는 죽을 때까지 아테나를 모시는 신전의 그늘에서 살면서, 대낮의 햇살에 피를 데울 때에만 모습을 드러냈다. 이윽고 그들이 죽을 때가 됐을 때 제우스가 그들을 인간의 모습으로 되돌려주었다. 그들의 시신은 성대한 의식과 함께 테베에 묻혔고, 제우스는 그들의 무덤을 영원히 지켜줄 거대한 뱀 두 마리를 보냈다.

이리하여 카드모스와 하르모니아는 영원한 안식을 찾게 되었다. 자신들이 없는 사이 막내딸 세멜레가 세상을 완전히 바꿔놓을 존재를 탄생시켰다는 것도 모른 채.

# 두 번 태어난 신

## 독수리가 내려앉다

카드모스와 하르모니아가 여행을 떠난 후 그들의 사위 펜테우스가 테베의 왕이 되었다.* 그는 강한 왕은 아니었지만 성실했으며, 부족한 기개와 잔꾀로나마 최선을 다했다. 그의 통치하에 테베가 번성하는 동안에도 그는 끊임없이 위협을 가하는 탐욕적이고 야심만만한 처제들과 처남들을 경계해야 했다. 아내 아가우에마저 자신을 얕보고 자신의 실패를 바라는 눈치였다. 편한 사람은 막내 처제 세멜레뿐이었다. 그녀는 오빠들인 폴리도로스와 일리리오스보다 세상 물정을 몰랐고, 언니들인 아가우에와 아우토노에, 이노와 달리 부와 지위를 욕심내지 않았다. 세멜레는 아름답고 상냥하고 관대했으며, 제우스 신전의 사제로 사는 인생에 만족했다.

어느 날 그녀는 대단히 크고 기운 넘치는 황소를 제우스에게 제물로 바쳤다. 제사를 마치고는 피를 씻어내기 위해 아소포스강으

---

\* 카드모스와 하르모니아의 두 아들 폴리도로스와 일리리오스는 왕이 되기에는 너무 어렸다. 때가 되어 폴리도로스가 왕위를 이어받았고, 일리리오스는 그의 이름을 딴 일리리아 왕국을 통치하게 된다.

로 갔다. 그때 마침, 제우스가 제물을 받아 흡족한 마음에 테베가 얼마나 번성하고 있는지 살펴볼 요량으로 자기가 좋아하는 독수리의 모습으로 위장해 강 위를 날아가고 있었다. 강물 속에서 반짝이는 세멜레의 알몸을 보고 크게 흥분한 그는 냉큼 적절한 모습으로 둔갑해 땅으로 내려앉았다. '적절한 모습'이라 함은, 인간 앞에 모습을 드러낼 때 눈부시거나 위압적이지 않게 몸뚱이를 줄이고 인간이 감당할 만한 외피를 쓴다는 의미다. 그래서 강둑에서서 세멜레에게 미소 짓고 있는 형체는 인간처럼 보였다. 덩치가 크고 넋을 잃을 정도로 잘생겼으며 건장해 보이고 유난히 광채가 났으나 어쨌든 인간이었다.

세멜레는 두 팔로 가슴을 가리며 소리쳤다. "너는 누구냐? 누군데 감히 제우스 님의 사제에게 살금살금 다가오느냐?"

"제우스의 사제라고?"

"그래, 나를 해치려 든다면 신들의 왕을 소리쳐 부르겠다. 그러면 그분이 냉큼 오셔서 날 도와주실 거야."

"과연 그럴까?"

"그렇고말고. 이제 떠나라."

하지만 낯선 이는 더 가까이 다가왔다. "네가 아주 마음에 들었다, 세멜레여."

세멜레는 뒷걸음질 쳤다. "어떻게 내 이름을 알지?"

"나는 많은 것을 알고 있다, 충성스러운 사제여. 그대가 섬기는 신이니까. 나는 하늘 아버지, 올림포스의 왕, 전능한 제우스다."

몸의 절반이 아직 강물 속에 있던 세멜레는 헉하고 숨을 몰아쉬며 무릎을 털썩 꿇었다.

"자, 이리 오너라." 제우스는 그녀를 향해 물속을 성큼성큼 걸었다. "네 눈을 보고 싶구나."

물이 첨벙첨벙 마구 튀고 축축한 광란의 시간이었지만, 둘은 정말로 사랑을 나누었다. 끝났을 때 세멜레는 미소 짓고 얼굴을 붉히며 웃다가 제우스의 가슴에 머리를 기대고는 멈추지 않는 눈물을 흘리며 훌쩍거렸다.

"울지 마라, 사랑하는 세멜레여." 제우스는 그녀의 머리칼을 쓸어 넘기며 말했다. "너는 나를 만족시켰으니."

"죄송해요, 제우스 님. 하지만 저는 제우스 님을 사랑하는데, 제우스 님은 한낱 인간을 절대 사랑하실 리 없다는 걸 너무 잘 알고 있는걸요."

제우스는 그녀를 가만히 내려다보았다. 아까 느꼈던 뜨거운 욕정이야 사라지고 없었지만, 놀랍게도 더 깊은 무언가가 그의 마음을 휘저으며 깜부기불처럼 반짝였다. 결과는 생각하지 않고 일단 저질러놓고 보던 신이 바로 그 순간 아름다운 세멜레에게 사랑이 샘솟는 경험을 했고, 그녀에게 그 사실을 말했다.

"세멜레여, 그대를 사랑한다! 진심으로 사랑해. 이 강물에 맹세하니, 앞으로 영원히 그대를 보살피고 아끼고 보호하고 존중하리라." 그는 두 손으로 그녀의 얼굴을 감싸 쥐고 고개를 숙여, 순순히 벌어진 그녀의 보드라운 입술에 다정히 키스했다. "이제 작별할 시간이군, 내 사랑. 초승달이 뜰 때마다 그대를 찾아오리라."

가운을 입고 들판을 가로질러 신전으로 돌아가는 세멜레의 머리칼은 여전히 젖어 있었고, 사랑과 행복으로 충만한 온몸은 따뜻하게 빛나고 있었다. 한 손으로 눈 위를 가리고 하늘을 올려다보니, 독수리 한 마리가 태양 속으로 들어갈 듯 높이 날아오르는 것이 보였다. 햇빛에 눈이 부셔 눈물이 나는 바람에 그녀는 고개를 돌릴 수밖에 없었다.

# 독수리의 아내

제우스의 의도는 좋았다.

몇몇 가여운 반신반인들과 님프들 혹은 인간들에게 이 말은 곧 재앙을 예고했다. 신들의 왕은 세멜레를 사랑했고 정말로 그녀에게 최선을 다할 생각이었다. 그는 새로운 사랑의 열병을 앓느라, 자신의 아내가 복수심에 불타 보낸 쇠파리 때문에 이오가 겪었던 고통은 싹 다 잊은 모양이었다.

아뿔싸, 이제 헤라에게 100개의 눈으로 첩보를 수집해줄 아르고스는 없을지 몰라도, 다른 곳들에 수천 개의 눈이 있었다. 세멜레를 질투한 세 언니 중 한 명이 동생을 염탐해 강에서의 정사를 헤라에게 일러바쳤는지, 아니면 헤라의 사제들 중 한 명이 그랬는지는 알 수 없다. 어쨌든 헤라가 그 사실을 알아버렸다.

어느 날 오후, 제우스와 정기적으로 뜨거운 만남을 갖는 곳으로 가며 낭만적인 기분에 취해 있던 세멜레는 구부정하니 지팡이를 짚고 있는 노파와 마주쳤다.

"아이고, 정말 예쁜 아가씨구려." 노파가 쉰 목소리로 말했다. 가련한 쭈그렁 할멈이 낼 법한 갈라지고 새된 목소리를 조금 과장해서.

"어머, 고맙습니다." 세멜레는 아무런 의심 없이 상냥하게 미소 지으며 답했다.

"나랑 같이 걸읍시다." 추한 노파가 세멜레를 지팡이 쪽으로 끌 어당기며 말했다. "좀 기대겠수."

어떤 경우에도 노인을 배려하고 존경하는 문화에서 자란 데다 천성적으로 예의 바르고 사려 깊은 세멜레는 노파와 동행하면서 노파의 우악스러운 행동을 군말 없이 참았다.

"내 이름은 베로에라오." 노파가 말했다.

"저는 세멜레예요."

"이름이 참 예쁘기도 하지! 그리고 여기가 아소포스지." 베로에 가 맑은 강물을 가리켰다.

"네, 그게 강의 이름이에요."

"내가 들었는데." 노파가 목소리를 낮추어 거칠게 속삭였다. "제우스의 사제가 여기서 정조를 잃었다는구려. 바로 여기 갈대 밭에서."

세멜레는 아무 말도 하지 않았지만 목을 타고 뺨까지 순식간에 확 번진 홍조가 그녀의 비밀을 그대로 폭로해버렸다.

그 모습을 본 쭈그렁 할멈이 새된 소리를 질렀다. "오, 이런! 아 가씨였구려! 그리고 지금 보니까, 아가씨 배를 보니까 알겠어. 아 기를 가졌구먼!"

"아니…… 그게……." 세멜레는 적당히 수줍게, 적당히 뿌듯하 게 말했다. "비밀…… 지켜주시면 제가……."

"오, 이 늙은이의 입술은 절대 고자질을 모른답니다. 나한테는 뭐든 다 얘기해도 돼요, 아가씨."

"음, 실은 이 아이의 아버지가 바로 제우스 님이랍니다."

"설마! 아니죠? 정말이에요?"

세멜레는 확고하게 고개를 끄덕였다. 노파의 의심스러워하는 말투가 마음에 들지 않았다. "정말이에요. 신들의 왕, 그분 맞아요."

"제우스? 그 위대한 신 제우스? 글쎄, 그게, 혹시……. 아니야, 말하면 안 되지."

"뭔데요, 할머니?"

"아가씨는 참 순진해서 남을 잘 믿는 것 같은데. 그런데 아가씨, 그이가 제우스라는 걸 어떻게 알지요? 못된 놈이 아가씨를 손에 넣으려고 그런 말을 했을지도 모르잖아요?"

"오, 아니에요, 제우스 님이 맞아요. 제가 알아요."

"이 늙은이를 귀찮아하지 말고, 그이가 어떻게 생겼는지 말해봐요, 아가씨."

"음, 키가 커요. 수염을 길렀고요. 힘도 좋고, 자상하고……."

"이런, 안됐지만 신들은 그렇게 안 생겼다오."

"하지만 분명히 제우스 님이라니까요, 정말이에요! 독수리로 변신하셨어요. 제 눈으로 똑똑히 본걸요."

"그런 요술이야 배우면 되지. 목신들이나 반신반인들도 다 할 줄 알아요. 심지어는 몇몇 인간들도."

"제우스 님이었어요. 느낌으로 알아요."

"흠……." 베로에가 미심쩍은 듯 말했다. "나는 신들에 둘러싸여 살았어요. 내 어머니는 테티스 님이고, 아버지는 오케아노스 님이라오. 크로노스 님의 배에서 다시 태어난 어린 신들을 젖 먹여 키웠지요. 정말이에요. 신들의 버릇과 천성을 아니까 내가 이렇게 말하는 거예요, 아가씨. 신들이 본모습을 드러내 보이면 거대한 폭발 같은 게 일어난다오. 경이로운 힘과 불길이 치솟아요. 한 번 보면 절대 잊을 수가 없지. 다른 무언가로 착각을 할 수가 없어."

"내 느낌이 바로 그랬다니까요!"

"인간들끼리 사랑 놀음 할 때도 정신이 혼미해져서 그 정도야 느끼지. 틀림없어. 자, 말해봐요, 아가씨 애인이 또 찾아올까요?"

"네, 맞아요. 초승달이 뜰 때마다 꼭 저를 찾아오세요."

"내가 아가씨라면 그이한테 참모습을 보여달라고 하겠어요. 그이가 정말 제우스라면 아가씨도 알게 되겠지요. 그게 아니라면 안타깝지만 아가씨가 속은 거라오. 이렇게 사랑스럽고 남을 잘 믿고 착한 아가씨가 그런 일을 당하면 안 되는데. 아이고, 나는 이제 경치 구경이나 해야겠네. 쉿, 쉿, 저리 가요."

이렇게 노파와 헤어진 세멜레는 생각할수록 억울하고 분했다. 사마귀투성이에 쭈글쭈글한 늙은이가 자꾸 신경 쓰였다. 노인들은 항상 그렇게 젊은이들이 즐거워하는 꼴을 못 본다. 실은 그녀가 제우스와 서로 사랑하는 사이라고 자랑스레 말했을 때 언니들 역시 믿어주지 않았다. 말도 안 된다는 표정으로 조롱하듯 깔깔 웃으며, 잘 속아 넘어가는 바보라고 그녀를 손가락질했다.

그래도 혹여나, 정말 혹여나 언니들과 그 마녀 같은 노파가 한 말에 일리가 있다면? 따뜻한 살과 단단한 근육이 멋지긴 하지만 신이라면 그 이상의 뭔가가 있어야 하는 거 아닌가? 세멜레는 혼잣말을 중얼거렸다. "뭐, 이틀 밤만 더 지나면 초승달이 뜨니까, 그때 그 오지랖 넓은 고약한 할멈이 틀렸다는 걸 증명할 수 있겠지."

만약에 세멜레가 한 번만 고개를 돌려 강을 뒤돌아봤다면 그 오지랖 넓은 고약한 할멈이 젊고 아름답고 위엄 넘치고 기세등등한 여인으로 변해 십수 마리의 공작이 끄는 자줏빛과 황금빛의 전차를 타고 하늘로 올라가는 기이한 광경을 목격했을지도 모른다. 그리고 만약 세멜레에게 천리안이 있었다면 신들을 젖 먹여 키운 그무고한 늙은 유모, 진짜 베로에*가 몇 킬로미터 떨어진 페니키아의 해안에서 버젓이 은퇴 생활을 즐기고 있는 모습을 보았을 것이다.

## 제우스, 모습을 드러내다

초승달이 뜬 밤, 세멜레는 조금은 초조하게 아소포스강 둔치를 이리저리 서성이며 연인을 기다렸다. 마침내 그가 도착했고, 이번에는 번지르르하고 멋진 흑색 종마의 모습으로 들판을 가로질러 그녀를 향해 달려왔다. 마침 그 뒤의 서쪽으로 태양이 지고 있어 말의 갈기에 불이 붙은 것처럼 보였다. 오, 어떻게 그를 사랑하지 않을 수가 있어!

그는 세멜레가 자신의 옆구리를 쓰다듬고 뜨거운 콧구멍을 손에 쥐어보게 해준 다음 그녀가 너무나 잘 알고 있고 사랑하는 모습으로 변신했다. 그러자 세멜레가 그를 꼭 껴안고 울기 시작했다.

"내 사랑." 제우스의 손가락이 그녀의 몸을 쭉 훑다가 배까지

---

* 어린 신들의 유모였던 오케아니스인 베로에의 이름을 딴 지명이 있으니, 레바논의 베이루트다.

내려가 아이의 윤곽을 더듬었다. "왜 또 울지? 내가 무슨 잘못이라도?"

"정말 제우스 님이 맞나요?"

"그렇다니까."

"그럼 무슨 소원이든 들어주실래요?"

"꼭 그래야겠느냐?" 제우스가 한숨을 쉬며 말했다.

"별거 아니에요. 무슨 능력이나 지혜나 보석 따위를 달라는 게 아니에요. 그리고 누구를 죽여달라는 것도 아니고요. 사소한 거예요, 정말."

"그럼." 제우스는 그녀의 턱 밑을 다정하게 톡톡 치며 말했다. "소원을 들어주지."

"약속하시나요?"

"약속해. 이 강물에 약속하지. 아니, 이 강에는 이미 한 가지를 맹세했지. 위대한 스틱스강에 약속하마."* 그는 짐짓 엄숙하게 한 손을 들어 올리며 읊조렸다. "사랑하는 세멜레여, 나 제우스는 그대의 다음 소원을 들어주겠다고 신성한 스틱스에 맹세하노라."

"그럼." 세멜레가 크게 한 번 숨을 쉬고 말했다. "제우스 님의 참모습을 보여주세요."

"왜?"

"진짜 제우스 님을 보고 싶어요. 인간이 아니라 진정 신성한 신의 모습으로."

---

* 아폴론이 파에톤에게 약속할 때도 그랬듯이, 신들이 이 음산하고 증오에 찬 강에 맹세하는 건 흔히 있는 일이었다.

미소를 띠고 있던 제우스의 얼굴이 차갑게 얼어붙었다. "안 돼!" 그가 소리쳤다. "다른 소원은 뭐든 괜찮아! 그것만은 안 돼. 안 돼, 안 돼, 절대로!"

신들은 경솔한 약속으로 함정에 빠져버렸음을 깨달았을 때 대체로 이런 식으로 반응했다. 아폴론도 파에톤이 그에게 맹세를 지키라고 요구하자 꼭 이렇게 울부짖었다. 세멜레는 갑자기 의심이 확 들었다.

"약속하셨잖아요, 스틱스강에 맹세하셨으면서! 맹세했으면 지키셔야죠!"

"내 사랑, 그대는 말도 안 되는 요구를 하고 있소."

"맹세하셨잖아요!" 세멜레는 발을 동동 굴렀다.

제우스는 하늘을 올려다보며 신음을 뱉었다. "맹세했지. 약속을 했고, 나의 약속은 신성하다."

제우스는 이렇게 말하며 거대한 뇌운으로 변하기 시작했다. 이거뭇한 덩어리의 중심에서 상상할 수 없을 만큼 밝은 빛이 번득였다. 이를 지켜보고 있던 세멜레의 얼굴에 황홀경의 미소가 활짝 피었다. 이렇게 변할 수 있는 이는 오직 하나의 신뿐이었다. 오로지 제우스만이 이토록 눈부신 불과 거대한 황금빛으로 점점 더 커질 수 있었다.

하지만 빛은 견딜 수 없을 정도로 지독하게 눈부셨고, 세멜레는 한 팔을 휙 들어 올려 눈을 가렸다. 그렇지만 광휘는 더욱더 강렬해지기만 했다. 평 하는 날카로운 소리와 함께 그녀의 귀가 터져 피로 가득 찼고, 번개가 번득이자마자 그녀의 눈이 멀어버렸다. 안 보이고 안 들리게 된 세멜레는 휘청휘청 뒷걸음질 쳤지만 벼락을 피하기에는 너무 늦었다. 그녀는 벼락의 괴력에 몸이 찢겨 그 자리에서 죽고 말았다.

제우스의 머리 위에서, 주변에서, 안에서, 아내의 의기양양한 웃음소리가 들렸다. 그럼 그렇지. 그럴 것 같더라니. 무슨 수를 썼는지 헤라가 이 가여운 소녀를 꾀어 그에게서 무시무시한 약속을 받아내게 한 것이다. 천둥소리와 함께 인간의 모습으로 돌아온 제우스는 세멜레의 배 속에서 태아를 끄집어냈다. 숨도 제대로 쉬지 못하는 그 어린것을 제우스는 칼로 자신의 허벅지를 갈라 그 안에 집어넣었다. 그런 다음 무릎을 꿇고서, 태아가 임시 자궁 안에 단단히 붙들려 있도록 자신의 따뜻한 살을 안전하게 꿰맸다.*

# 막내 신

석 달이 지나고 제우스와 헤르메스는 아프리카의 북쪽 해안에 있는 니소스(리비아와 이집트 사이의 어떤 곳이라는 설이 일반적이다)로 갔다. 그곳에서 헤르메스는 제우스의 꿰맨 허벅지를 열고 그의 아들 디오니소스를 받았다.† 갓난아기는 비의 님프인 히아데스‡의 젖을 먹고 크다가 젖을 떼고 난 후에는 배불뚝이 실레노

---

* 정말 놀라운 이야기다. 오비디우스도 이렇게 말한다. "이 이야기를 믿을 수 있다면……."

† '신'(제우스를 뜻하는 '디오')과 출생지인 니소스를 합친 이름일 것이다.

‡ 제우스는 고마워하며 그들을 히아데스 성단으로 만들어주었다. 그리스인들은 이 나선형 별자리가 뜨고 지면 비가 내린다고 믿었다.

스를 스승으로 맞았다. 실레노스는 디오니소스의 가장 가까운 벗이자 추종자가 되는데, 둘의 관계는 핼 왕자와 폴스타프§의 관계와 비슷했다. 실레노스를 따르는 자들도 있었으니, 사티로스 같은 괴물들로 익살맞은 소동, 오합지졸, 흥청망청 술잔치와 항상 연관되는 실레니였다.

디오니소스가 앞으로 쭉 그의 상징물이 될 포도주를 처음 만든 건 그가 젊은 시절일 때였다. 켄타우로스¶인 케이론이 비결을 가르쳐줬을지도 모르지만, 암펠로스라는 청년을 향한 디오니소스의 뜨거운 사랑에 얽힌 포도주 탄생 신화가 더 매력적이다.** 사랑에 취해 얼이 빠진 디오니소스는 암펠로스와 온갖 운동 경기를 겨룰 때마다 항상 져주었다. 이 때문인지 소년은 버릇이 없어졌거나 아니면 적어도 무모하고 경솔해진 모양이었다. 어느 날 사나운 황소를 타면서 암펠로스는 셀레네가 뿔 모양의 달(초승달)을 모는 것보다 자기가 뿔 달린 수소를 모는 실력이 더 좋다고 떠벌리는 실수를 저질렀다. 셀레네는 헤라의 사악한 처벌 수법을 그대로 본받아 쇠파리를 보내 황소를 쏘게 했고, 그러자 광분한 짐승이 암펠로스를 내팽개치고 뿔로 들이받았다.

디오니소스는 엉망진창으로 으스러진 채 죽어가는 청년의 곁으로 재빨리 달려갔지만 그를 구하지 못했다.†† 그 대신 뒤틀린 시

---

§ 셰익스피어의 『헨리 5세』에 등장하는 헨리 왕자와 뚱뚱한 허풍쟁이 기사.—옮긴이

¶ 상반신은 인간이고 하반신은 말인 야만적인 종족의 괴물.—옮긴이

** 그리스 시인 파노폴리스의 논노스가 5세기에 저술한 장장 48권짜리 서사시 『디오니소스 이야기(Dionysiaca)』 10권, 11권, 12권에 둘의 관계와 그 후의 이야기가 아주 상세하게 설명되어 있다.

†† 논노스는 이 장면에서 에로스가 나타나 다른 위대한 남성 연인들의 이야기로 디오

신에 마법을 부려, 빙빙 휘감아 올라가며 자라는 덩굴식물로 그를 변신시켰다. 핏방울들은 굳고 부풀어서 달콤한 열매가 되었고, 그 껍질은 디오니소스가 그토록 사랑했던 생기와 광채 가득한 암펠로스의 피부처럼 반짝였다. 이리하여 디오니소스의 연인은 포도나무가 되었다(지금도 그리스에서는 포도나무를 암펠로스라고 부른다). 디오니소스는 그 나무에 열린 포도로 첫 포도주를 빚어 첫 모금을 마셨다. 암펠로스의 피를 포도주로 바꾼 이 마법은 신이 세상에 준 선물이 되었다.

자신의 발명품에 취하고, 제우스의 혼외자식이라면 신이든 아니든 무조건 미워하는 헤라의 적개심에 시달리느라 디오니소스는 한동안 제정신이 아니었다. 그다음 몇 해 동안은 저주에서 달아나기 위해 세상 곳곳을 두루두루 여행 다니며, 포도를 재배하고 포도주를 만드는 기법을 전 세계에 전파했다.* 아시리아에서는 스타필로스왕과 메테 왕비, 그들의 아들 보트리스를 만났다.

---

니소스를 위로하는 내용을 끼워 넣는다(논노스가 자주 취하는 방식인데, 그래서인지 아주 멋진 주제를 얘기하고 있는데도 시가 놀라울 정도로 지루하게 늘어진다). 에로스는 서로를 뜨겁게 사랑한 아름다운 두 청년, 칼라모스와 카르포스(서풍 제피로스와 푸른 잎과 새로운 성장의 님프 클로리스 사이에 태어난 아들)의 이야기를 들려준다. 수영 실력을 겨루다(미소년들이 비참한 종말에 이르는 주된 원인이 운동 경기와 사냥인 것 같다. 히아킨토스, 악타이온, 크로코스, 아도니스의 경우만 봐도 그렇다) 카르포스가 죽자 쓸쓸해진 칼라모스는 슬픔을 못 이겨 스스로 목숨을 끊는다. 그 후 칼라모스는 갈대가 되고, 카르포스는 과일이 된다. 지금까지도 두 사람의 이름은 그리스어로 '갈대'와 '과일'을 의미한다.

* 디오니소스는 포도나무의 비밀을 거의 모든 나라에 전하면서 영국과 에티오피아를 빼먹었다고 한다. 안타깝게도 이 두 나라 모두 포도주 양조로는 큰 명성을 누리지 못했으나 이러한 사실도 변하는 추세여서 요즘 영국산 포도주들이 점차 이름을 떨치고 있다. 에티오피아의 포도주도 마찬가지일 것이다.

이 이름들은 과학계에 입성한 덕에 영원해졌다. 그리스 신화와 우리 언어의 관계가 지속되고 있음을 보여주는 근사한 예다. 19세기의 생물학자들은 현미경을 들여다보다가 포도송이처럼 생긴 덩어리들이 돋아 있는, 꼬리 달린 세균들을 발견하고 '스타필로코커스(포도상구균)'라는 이름을 붙였다. '메틸화 알코올'과 '메탄'은 메테에서 유래한다. 포도에 생기는 유익한 곰팡이로, 고급 디저트 포도주에 비할 데 없는 (그리고 충격적으로 비싼) 향을 더해주는 '귀부병' 보트리티스는 보트리스에서 이름을 따왔다.

이런 모험을 떠나는 내내 실레노스와 그의 사티로스 측근뿐만 아니라 광적인 여성 추종자인 마이나스들도 디오니소스와 동행했다.†

디오니소스는 곧 포도주, 환락, 광란의 도취, 무절제한 방탕, 황홀경의 미래를 상징하는 신의 지위를 확고히 다졌다. 로마인들은 그를 바쿠스라 부르면서, 그리스인들만큼이나 지극정성으로 모셨다. 그는 아폴론의 정반대편에 서 있는 신이다. 아폴론이 이성과 조화로운 음악, 서정시와 수학의 황금빛을 대변한다면, 디오니소스는 무질서, 해방, 거친 음악, 유혈에의 욕망, 광기와 부조리의 더 어두운 에너지를 구현한다.

물론 신들도 살아 있는 인격체로 제각기 사연이 있기 때문에 고

---

† 기원전 5세기 아테나의 극작가 에우리피데스는 「바쿠스의 여신도들(Bacchae)」에서 이 극단적인 숭배자들의 충격적인 야만성을 이야기하면서 그들의 강렬한 미스터리를 묘사했다. 피비린내 나는 이 비극에서 디오니소스는 제우스의 아이를 배고 있다는 세멜레의 주장을 믿어주지 않은 이모들에게 복수하기 위해 테베로 돌아간다. 디오니소스의 농간에 펜테우스왕은 정신이 나가고, 이모인 아가우에, 이노, 아우토노에는 마법에 걸려 그 불쌍한 노인을 갈기갈기 찢어 죽인다.

정된 상징적 정체성에서 벗어날 때가 많았다. 곧 보게 되겠지만, 아폴론 역시 광분해서 잔학하게 손에 피를 묻힐 때도 있었고, 디오니소스도 만취와 방탕의 화신 이상의 면모를 보여주기도 했다. 그는 가끔 '해방자'로 불리기도 했다. 식물의 생명력이 지닌 자유로움으로 세상을 자애롭게 구원하고 부활시킬 수 있었기 때문이다.*

# 새로운 올림포스 12신

포도나무 이파리, 티르소스(끝에 솔방울이 달린 지팡이), 표범 같은 이국적인 짐승들이 끄는 전차, 왕성한 정력을 자랑하는 난잡한 수행원들, 포도주가 넘실거리는 항아리들. 디오니소스적인 사상이 세상에 이 많은 것들을 더했다. 이렇게 중요한 신이니 디오니소스도 올림포스 12신에 당당히 합류해야 마땅했다. 하지만 열두 자리는 이미 다 채워져 있었고, 당시에도 13은 불운의 숫자로 여겨졌다. 신들은 턱을 긁으며 어떻게 할까 고민했다. 그들은 디오니소스를 원했다. 모임이 열릴 때마다 축제 분위기를 만들어주는 그를 좋아했다. 그리고 무엇보다 발효꿀과 평범한 과일 주스 대신 포도주를 마실 수 있게 됐다는 점이 마음에 들었다.

　"마침 잘됐어요." 헤스티아가 자리에서 일어나 말했다. "아래 세상에 내려가서 인간들과 그들의 가족을 돕고, 화로와 가정, 복

---

\* 오비디우스는 디오니소스의 신화를 얘기하면서 주로 '리베르'라는 이름을 사용한다. '자유'와 '난봉꾼'이라는 의미를 담고 있는데, '책'이라는 전혀 별개의 뜻도 있다.

도를 찬양하는 신전들에 있어야겠다는 생각이 점점 더 강해지던 참이었어요. 젊은 바쿠스에게 내 자리를 주세요."

계단을 내려가는 헤스티아 뒤로 그녀의 의견에 반대하는 듯 숙덕거리는 소리가 들렸다. 그래도 그녀는 고집을 부렸고 결국 모든 신들이 교체를 즐겁게 받아들였다. 한 명만 빼고. 헤라의 눈에 디오니소스는 제우스가 더없이 고약하게 그녀를 모욕한 결과물이었다. 아폴론, 아르테미스, 아테나 같은 사생아들이 12신에 든 것만 해도 수치스러운데, 절반은 인간인 사생아 신을 천계에 받아들이다니 속이 터지는 일이었다. 헤라는 디오니소스의 독 같은 술을 마시지 않겠노라고 항상 공언했으며, 천상의 평화와 예법을 파괴하는 디오니소스의 흥청망청 술잔치를 멀리했다.

아프로디테가 디오니소스의 아들을 낳았을 때 헤라는 프리아포스라는 그 아기에게 추한 외모와 생식 불능이라는 저주를 내려 아기가 올림포스산 아래에 버려지도록 만들었다. 프리아포스는 남성 생식기와 발기한 남근의 신이 되었다. 특히 로마인들은 그를 대물을 가진 소신으로 받들었다. 하지만 위축되고 실망하며 사는 것이 그의 운명이었다. 그는 항상 흥분 상태로 돌아다녔지만, 뭘 해보려고 해도 헤라의 저주 때문에 늘 실패했다. 이 만성적이고 민망한 문제 때문에 그는 아버지가 세상에 준 선물, '욕망을 불러일으키지만 실행을 막는' 알코올과 평생 엮일 수밖에 없었다.

헤라의 속마음이야 어쨌든, 인간 어머니를 가진 유일한 신이자 두 번 태어난 자 디오니소스는 최종 확정된 올림포스 12신의 정식 일원이 되었다.

# 아름다운 자들과 저주받은 자들

## 여신들의 분노

## 악타이온

카드모스 가는 그리스 세계에서 가장 중요한 명문 집안 중 하나였다. 테베의 건국자이자 알파벳의 전달자인 1대 카드모스와 그의 가족은 하나같이 그리스 형성에 중심적인 역할을 했다. 하지만 명문가들이 으레 그렇듯, 그들에게도 저주가 들러붙어 있었다. 수룡을 죽여 도시를 세웠으나 그 때문에 아레스의 저주도 받았다. 운명의 세 자매 신 모이라이는 영광과 승리를 허락하면서 꼭 고난과 슬픔까지 덤으로 주었다.

카드모스의 딸 아우토노에는 보이오티아에서 크게 숭배받는 소신 아리스타이오스(가끔 '들판의 아폴론'라 불리기도 한다)와 결혼하여 악타이온이라는 아들을 낳았다. 이후의 많은 영웅들처럼 악타이온도 위대하고 현명한 켄타우로스 케이론의 가르침을 받았다. 그는 자라서 존경받는 사냥꾼이자 지도자가 되어, 사랑하는 사냥개들을 다루는 기술과 온화한 힘, 대담무쌍한 추격으로 이름을 날렸다.

어느 날 아주 멋진 수사슴을 놓친 악타이온과 동료 사냥꾼들은 흩어져서 흔적을 추적했다. 그러던 중 악타이온은 우연히도 아르테미스가 목욕하고 있는 연못을 발견했다. 그토록 사냥에 열광하는 그라면, 사냥의 신인 아르테미스의 알몸을 멍하니 쳐다보면 안 된다는 것쯤은 알고 있어야 했다. 아르테미스는 금욕, 순결, 처녀성을 맹렬히 지키는 신이기도 했다. 하지만 악타이온은 지금껏 본 어떤 존재보다 아름다운 아르테미스의 자태에 눈이 툭 튀어나오고(눈뿐만이 아니었다) 입은 떡 벌린 채 그 자리에 얼어붙었다.

악타이온이 나뭇가지를 우두둑 밟았는지, 그의 침이 땅으로 떨어지는 소리가 들렸는지 아르테미스가 고개를 돌렸다. 음흉한 눈빛을 하고 서 있는 청년을 본 아르테미스는 열이 확 올랐다. 그녀의 알몸을 봤다는 소문이 퍼지는 일은 생각만 해도 소름이 끼쳐 그녀는 소리를 질렀다.

"그대, 필멸의 인간아! 너의 눈은 신성모독을 범했다. 영원히 말하지 말지어다. 한마디라도 입 밖에 냈다가는 끔찍한 벌을 면치 못하리라. 알아들었다는 표시를 보이라."

불운의 청년이 고개를 끄덕였다. 순간 아르테미스는 사라졌고, 악타이온은 홀로 남아 자신의 운명을 고민했다.

그의 뒤에서 "쫓아!" 하고 사냥개를 부추기는 소리가 들리더니 동료 사냥꾼들이 냄새를 다시 찾았다고 전했다. 악타이온은 본능적으로 그들을 소리쳐 불렀다. 그 순간 아르테미스의 저주가 드리워져 그는 사슴으로 변하고 말았다.

악타이온은 뿔이 달려 무거워진 머리를 들고서 숲 속을 달려 연못으로 갔다. 연못을 내려다보고 물에 비친 자기 모습을 본 그는 끙 하고 신음했지만 실제로 나온 소리는 우렁찬 울부짖음이었다. 이에 답하듯 으르렁, 깽깽 하는 소리가 커다랗게 울려 퍼졌다. 몇 초 만에 자신이 데리고 다니던 사냥개 떼가 연못 근처로 우르르 몰려들었다. 사슴의 목을 물어뜯고 철철 흐르는 피를 상으로 포식하도록 악타이온 자신에게 훈련받아온 놈들이었다.* 악타이온은 짐승들이 으르렁 짖으며 달려들어 자신을 덥석 물자 앞다리를 올림포스산 쪽으로 쳐들었다. 마치 신들의 동정을 구하듯이. 신들은 이 기도를 못 들었거나 아니면 듣고도 별로 신경 쓰지 않았다. 순식간에 악타이온은 갈기갈기 찢겼다. 사냥꾼이 사냥당한 것이다!

# 에리시크톤

데메테르 하면 풍요와 자연의 너그러움이 떠오르지만, 인내심을 건드리는 일이 생기면 그녀 역시 아르테미스 못지않게 무서워졌다. 테살리아의 왕 에리시크톤을 인정사정없이 벌한 이야기만 봐

---

* 친구들에게 잘난 체하고 싶거든, 오비디우스가 이 이야기를 전하면서 소개한 수컷과 암컷 사냥개들의 이름을 외워보자. 하다못해 온라인 암호를 정할 때라도 유용하게 써먹을 수 있을지 모른다.

수컷: 멜람푸스, 이크노바테스, 팜파고스, 도르케우스, 오리바소스, 네브로포노스, 라일랍스, 테론, 프테렐라스, 힐라이오스, 라돈, 드로마스, 티그리스, 레우콘, 아스볼로스, 라콘, 아엘로, 투스, 하르팔로스, 멜라네우스, 라브로스, 아르카스, 아르기오두스, 힐락토르.

암컷: 아그레, 나페, 포이메니스, 하르피아아, 카나케, 스틱테, 알케, 리키스케, 라크네, 멜란카에테스, 테로다마스, 오레시트로포스.

도 확실히 알 수 있다.

궁전에 새 방을 지을 목재가 필요하자 대담하고 겁 없고 성질 급한 에리시크톤은 어느 날 나무꾼들을 이끌고 수풀로 나갔다가 울창한 참나무 숲을 발견했다.

그가 외쳤다. "아주 좋아. 도끼를 휘둘러라."

하지만 나무꾼들은 뭐라고 중얼거리고 고개를 저으며 뒤로 물러났다.

에리시크톤은 십장을 돌아보았다. "왜들 저러지?"

"이 나무들은 데메테르 님에게 봉헌된 것들입니다, 전하."

"헛소리. 이 나무를 가지고 뭘 할지도 모르는 이한테 바치기는 뭘 바쳐. 나무를 베라."

또 중얼중얼.

에리시크톤은 십장이 설렁설렁 흔들고만 있던 채찍을 잡아채 나무꾼들의 머리 위로 험악하게 휘둘렀다.

"채찍 맛 보기 싫으면 나무를 잘라!" 그가 소리쳤다.

왕이 채찍질을 하며 몰아대자 나무꾼들은 마지못해 나무를 베어 넘기기 시작했다. 하지만 숲 끄트머리에 홀로 서 있는 거대한 참나무에 이르자 그들은 다시 도끼를 내려놓았다.

에리시크톤이 말했다. "왜들 이래. 이게 키도, 둘레도 제일 큰 나무잖아! 이거 한 그루만 있어도 알현실의 서까래와 기둥을 만들고도 남아서 내 침대까지 크게 만들 수 있겠어."

십장이 덜덜 떨리는 손가락으로 참나무 가지들을 가리켰다. 거기에는 꽃줄이 여러 가닥 걸려 있었다.

왕은 심드렁한 반응을 보였다. "저게 뭐?"

"전하." 십장이 속삭였다. "각각의 꽃줄은 데메테르 님이 들어주신 기도를 뜻합니다."

"기도를 다 들어줬으면 꽃 장식도 필요 없겠군. 잘라버려."

하지만 십장과 인부들이 너무 두려워서 움직이지 못하자 안달이 난 에리시크톤은 도끼를 휙 낚아채 자신이 직접 나무를 찍어댔다.

그는 강한 남자였고, 대부분의 통치자들이 그렇듯 자신의 의지와 기술, 힘을 뽐내기 좋아했다. 곧 나무줄기가 삐걱거리더니 거대한 참나무가 한쪽으로 기울기 시작했다. 에리시크톤은 가지에서 하마드리아드가 애처롭게 울부짖는 소리를 들었을까? 들었다 해도 그는 전혀 신경 쓰지 않고 도끼를 계속 휘둘렀고, 이윽고 나무가 우지끈 요란한 소리를 내며 쓰러졌다. 나뭇가지고, 신에게 바쳐진 화환이고, 꽃줄이고, 하마드리아드고 할 것 없이 전부 다.

참나무가 죽자 거기에 거하는 하마드리아드도 죽었다. 님프는 마지막 숨을 뱉으며, 죄를 범한 에리시크톤을 저주했다.

데메테르는 에리시크톤이 저지른 불경한 짓을 듣고 리모스에게 소식을 전했다. 리모스는 판도라의 항아리에서 나온 재앙 중 하나였다. 그녀는 기근의 악령으로, 데메테르의 정반대, 인간 세계에 불가피한 신의 대척점이었다. 한쪽은 다산과 풍작을 알렸고, 다른 한쪽은 굶주림과 병충해를 예고하는 무자비한 전령이었다. 이 둘은 물질과 반물질처럼 양립할 수 없는 관계여서 서로를 직접 만나지 못했기 때문에 데메테르는 산의 님프를 특사로 리모스에게 보내, 하마드리아드가 에리시크톤에게 내린 저주를 실행하라고 재촉했다. 그 심보 고약한 악령이 이 제안을 마다할 이유가 없었다.

오비디우스가 전하는 바에 따르면, 리모스는 자기 관리를 전혀 하지 않았다고 한다. 축 처지고 쭈글쭈글한 가슴, 위가 있을 자리에 뚫린 텅 빈 구멍, 밖으로 드러난 썩은 창자, 움푹 들어간 눈, 딱딱한 껍질이 앉은 입술, 비늘 같은 피부, 비듬투성이의 긴 생머리, 부스럼으로 뒤덮이고 부어오른 발목. 이런 기근의 모습과 얼굴은 한 번 보면 잊을 수 없는 무시무시한 광경이었다. 리모스는 그날 밤 에리시크톤의 방에 몰래 들어가, 잠든 왕을 품에 안고 자신의 불결한 숨을 불어넣었다. 유독한 가스가 왕의 입과 목, 허파로 스며들었다. 그의 핏줄과 세포 하나하나로 허기라는 끔찍하고 탐욕스러운 벌레가 기어들었다.

에리시크톤은 기이한 꿈에서 깨어나면서 아주, 아주 심한 허기를 느꼈다. 궁정 요리사들이 깜짝 놀랄 정도로 어마어마한 아침을 주문해서는 한 점 남김없이 싹싹 긁어 먹었지만 그래도 성에 차지 않았다. 하루 종일, 먹으면 먹을수록 더 배가 고팠다. 며칠이 가고 몇 주가 흘렀지만 허기는 점점 더 심해졌다. 아무리 먹어도 배가 부르지 않았고, 몸무게도 전혀 늘지 않았다. 음식이 그의 배 속으로 들어가면 마치 불에 연료를 끼얹은 것처럼 허기가 훨씬 더 맹렬하게 타올랐다. 그래서 백성들은 그의 등 뒤에서 그를 '불타는'이라는 뜻의 '아이톤'이라고 불렀다.

에리시크톤은 가산을 탕진한 최초의 인간이었을 것이다. 모든 보물과 재산, 심지어는 궁전까지도 먹을 것을 사느라 팔아치웠다. 이 정도로도 모자랐다. 아무리 먹어도 그의 엄청난 식욕이 채워지지 않았기 때문이다. 마지막에는 어떻게 해도 달랠 길 없는 식욕의 무자비한 요구를 잠재울 돈을 마련하기 위해 딸 메스트라를 팔기에 이르렀다.

이는 야만스럽다기보다는 교활한 행동이었다. 아름다운 메스트라는 한때 포세이돈의 연인이었고, 그래서 모습을 마음대로 바꿀 수 있는 능력을 선물로 받았다. 변화무쌍한 바다를 관장하는 신이 가질 법한 특별한 능력이었다. 에리시크톤은 딸을 부유한 구혼자에게 매주 바치고 돈을 받았다. 그러면 메스트라는 약혼자와 함께 그의 집으로 갔다가 짐승이나 다른 모습으로 변해 달아나서 에리시크톤에게 돌아왔고, 그 후에 잘 속아 넘어가는 또 다른 구혼자에게 다시 팔려 갔다.

이런 방법을 써도 무시무시한 허기의 불꽃은 사그라질 줄을 몰랐다. 어느 날 다급해진 그는 자신의 왼손을 씹어 먹었다. 이어서 팔을, 그다음엔 어깨, 발, 넓적다리를. 오래지 않아, 테살리아의 왕 에리시크톤은 자기 몸을 다 먹어치웠다. 이리하여 데메테르와 하마드리아드의 복수는 끝이 났다.

# 의사와 까마귀

## 의학의 탄생

테살리아의 왕국의 왕 플레기아스에게는 코로니스라는 매우 매력적인 공주가 있었다. 아폴론은 그녀의 대단한 미모에 끌려 그녀를 애인 삼았다. 가장 아름다운 신과 함께하며 사랑받는데 뭘 더 바랄까 싶지만, 코로니스는 아폴론의 아이를 밴 사이에 이스키스라는 인간의 매력에 빠져 그와 동침했다.

아폴론의 흰 까마귀 중 한 마리가 이 배신을 목격하고 주인에게 돌아가 망신스러운 일을 낱낱이 고했다. 분노한 아폴론은 누나 아르테미스에게 복수를 부탁했다. 아르테미스는 아주 기꺼이 플레기안티스의 궁전에 역병 화살을 퍼부었고 그 독화살들이 궁전 전체에 무서운 병을 퍼뜨렸다. 코로니스를 비롯해 많은 이들이 병에 걸렸다. 까마귀는 처음부터 끝까지 지켜본 후 아폴론에게 돌아가 상세히 보고했다.

"공주님이 죽어가고 있어요, 주인님, 죽어가고 있어요!"

"무슨 말이라도 하더냐? 자기 죄를 시인하더냐?"

"네, 네. '난 이렇게 죽어도 싸.' 이렇게 말했답니다. '위대한 신 아폴론 님에게, 어떤 용서도 청하지 않고 어떤 동정도 구걸하지 않을 테니 우리 아기의 목숨만은 살려달라고 전해주렴. 우리 아기의 목숨만은 살려달라고.' 하! 하! 하!"

까마귀가 너무도 고소해하며 신나게 까악까악 울어대자 아폴론은 욱해서 까마귀를 검게 만들어버렸다. 그 후로 갈까마귀든 떼까마귀든 까마귀는 전부 다 검은색이다.*

후회막심해진 아폴론이 역병이 돌고 있는 플레기안티스에 갔더니 코로니스가 장작더미 위에 시신으로 누워 화장되고 있었다. 아폴론은 슬프게 울부짖으며 불길 속으로 뛰어들어 그녀의 자궁 속에 아직 살아 있는 그와 그녀의 아이를 빼냈다. 아폴론은 코로니스를 하늘로 올려 보내 까마귀자리의 별들로 만들었다.†

아폴론은 구해낸 아들에게 아스클레피오스라는 이름을 지어주고 켄타우로스인 케이론에게 육아를 맡겼다. 제왕절개(다소 폭력적이긴 했지만)를 통해 태어나서인지, 전염병이 창궐하는 동안 자궁 속에 있어서인지, 아버지가 의술과 수학의 신인 아폴론이어서인지(아마도 이 모든 이유 때문이겠지만) 아스클레피오스는 일찍부터 의학 분야에 매우 뛰어난 재능을 보였다.

아이가 자라는 모습을 지켜보면서 케이론은 그에게 예리하고 논리적인 정신과 호기심, 타고난 치유 능력이 함께 깃들어 있음을

---

* 하지만 나는 소설 『고멘가스트(Gormenghast)』를 각색한 BBC 드라마에 출연했을 때 지미 화이트라는 흰 까마귀와 함께 연기했다.
† '코로니스'는 '까마귀'나 '떼까마귀'를 뜻하는 그리스어다. 원래 의미는 '곡선으로 굽은'인데, 공주의 곡선미를 말하는 건지 까마귀의 부리 모양을 말하는 건지는 알 수 없다.

분명히 알았다. 그 자신이 훌륭한 자연주의자, 식물학자, 추론가였던 케이론은 아주 즐거운 마음으로 소년에게 의술을 가르쳤다. 짐승과 인간의 해부학적 구조에 대한 기초 지식을 철저히 교육했을 뿐만 아니라 지식이란 이론 만들기가 아닌 관찰과 꼼꼼한 기록을 통해 얻을 수 있는 것임을 가르쳤다. 약초를 채집해서 갈고 섞고 데워, 먹거나 마시거나 음식에 섞을 수 있는 가루, 물약, 조제물로 만드는 법을 보여주었다. 지혈하고, 온찜질약을 만들고, 상처에 약을 바르고, 부러진 뼈를 이어 맞추는 방법을 알려주었다. 아스클레피오스는 열네 살이 되기 전에 이미, 절단될 위기에 있던 한 병사의 다리를 구했고 열병에 걸린 소녀를 죽음 직전에 살려냈으며 덫에 걸린 곰을 구했고 이질에 걸린 한 마을 전체를 구했다. 또 자기가 직접 만든 연고를 상처 입은 뱀에게 발라 고통을 덜어주었다. 이 마지막 사례가 중요한데, 뱀이 고마워하면서 아스클레피오스의 귀를 핥으며, 케이론조차 모르는 수많은 비밀스러운 치료술들을 속삭여주었기 때문이다.

뱀을 봉헌받는 아테나 역시 감사의 표시로 고르곤의 피가 담긴 항아리를 주었다. 보잘것없는 선물 같지만 전혀 그렇지 않다. 가끔은 정반대의 법칙이 들어맞는 법이다. 신을 영원불멸한 존재로 만드는 은빛 도는 황금 영액 이코르는 인간이 단 한 방울만 만지거나 맛봐도 죽음에 이른다. 뱀 머리카락을 가진 고르곤처럼 치명적이고 위험한 괴물의 피는 죽은 자를 되살리는 힘을 갖고 있었다.

아스클레피오스는 스무 살까지 수술과 약물에 관한 모든 기술을 터득했다. 그는 스승 케이론과 포옹하며 석별의 정을 나눈 뒤

세계 최초의 의사, 약제사, 치료사로 독자적인 길을 걷기 시작했다. 그의 명성은 빠른 속도로 지중해 전역에 퍼져나갔다. 병들거나 불구가 되거나 괴로운 자들이 그의 진료소로 몰려갔다. 진료소 밖에는 뱀이 휘감고 있는 나무 지팡이를 그려놓은 간판이 걸려 있었다. 지금도 수많은 구급차, 병원, (대개는 평판이 안 좋은) 의료 관련 웹사이트에서 그 지팡이를 볼 수 있다.*

아스클레피오스는 '진정시키다' 혹은 '고통을 덜어주다'라는 의미의 이름을 가진 에피오네와 결혼했다. 둘 사이에 세 아들과 네 딸이 태어났다. 아스클레피오스는 케이론이 자신을 훈련했을 때만큼이나 혹독하게 딸들을 교육했다.

첫째 딸 히기에이아에게는 오늘날 우리가 그녀의 이름을 따 '하이진hygiene, 위생'이라 부르는, 청결과 식이요법, 운동의 실천을 가르쳤다.

파나케이아에게는 보편적 치료, 약 조제, 무슨 병이든 고칠 수 있는 약과 치료법 개발(그녀의 이름은 '모든 것을 치료하다'라는 의미를 담고 있다)의 기술을 알려주었다.

아케소에게는 우리가 지금 면역학이라 부르는 것을 포함하여 치유 과정 자체를 가르쳤다.

막내딸 이아소는 회복을 전문으로 했다.

---

* 일부는 거친 나무 막대기에 뱀 한 마리가 휘감겨 있는 아스클레피오스의 지팡이 (혹은 히포크라테스의 지팡이)를 사용한다. 또는 뱀 두 마리가 막대기를 휘감고 올라 가다가 꼭대기에서 만나고 그 위에 한 쌍의 날개가 달려 있는 좀 더 가늘고 우아한 지팡이인 헤르메스의 카두케우스를 사용하는 곳들도 있다. 어느 쪽을 선택하느냐에 전문적이거나 의료적인 의미는 없는 것 같다. 순전히 취향의 문제다.

손위의 아들들인 마카온과 포달레이리오스는 군의관의 원형이 되었다. 그들이 훗날 트로이 전쟁에서 활약한 이야기가 호메로스의 기록으로 남아 있다.

　막내아들 텔레스포로스는 항상 두건을 쓰고 있으며, 다 자라지 못한 모습으로 묘사된다. 그의 연구 분야는 재활과 요양, 완쾌였다.


아스클레피오스가 아테나에게 선물받은 항아리를 꼭 닫아놓고 있었다면 만사형통이었을 것이다. 꼭 닫아놓고 있었다면 말이다. 성인이자 구원자 비슷한 존재로 찬양받아 득의양양해졌는지 아니면 자신의 의술로 죽음을 이겨보려는 진심 어린 열망 때문이었는지는 몰라도 아스클레피오스는 죽은 환자를 되살리는 데 고르곤의 피를 한 번 사용한 후에 두 번째로 또 사용했고 그 후로는 피마자유만큼이나 자주 아낌없이 써댔다.

　하데스는 툴툴거리고 씩씩대기 시작했다. 더는 참을 수 없는 지경이 되자 지하세계를 떠나 형제인 제우스의 옥좌 앞에 서서 신경질을 부렸다.

　"이자 때문에 나한테 오는 혼이 줄어들고 있어요. 우리한테 넘어오려고 하는 혼을 그자가 타나토스한테서 도로 데려가 버리잖아요. 무슨 수를 써야 합니다."

　"맞아요." 헤라도 거들었다. "그자가 만물의 질서를 어지럽히고 있어요. 필멸의 존재가 죽음에 끼어드는 건 용납할 수 없는 일이에요. 당신 딸이 그자에게 고르곤의 피를 준 건 정말이지 어리석은 짓이었어요."

제우스는 얼굴을 찌푸렸다. 그들의 말은 부인할 수 없는 사실이었다. 그는 아테나에게 실망했다. 아테나가 프로메테우스처럼 극악무도하고 용서할 수 없는 배신을 저지른 건 아니지만 뭔가 닮은 점이 있어 신경이 거슬렸다. 필멸의 존재들은 반드시 죽어야 하고, 그걸로 얘기는 끝이었다. 죽음을 이길 수 있는 영약을 그들의 손에 쥐여준 건 잘못된 일이었다.

마른하늘에 날벼락이라 했던가. 아스클레피오스는 전혀 예상치 못한 상태에서 벼락을 맞고 죽어버렸다. 그리스 전체가 그들이 사랑하고 존경하던 의사이자 치유자를 잃어버린 것을 한탄했지만 아폴론은 아들의 죽음을 애도하는 데 그치지 않았다. 그는 분노했다. 소식을 듣자마자 헤파이스토스의 대장간으로 가서, 하늘 아버지의 벼락을 만드는 것을 영원한 과업이자 즐거움으로 여기고 있던 키클로페스 삼형제, 브론테스, 스테로페스, 아르게스를 날랜 화살 세 발로 죽여버렸다.

이런 아연실색할 반역 행위가 용납될 리 없었다. 제우스는 자신의 권위에 대한 어떤 위협도 허용하지 않았고, 반란의 조짐이 살짝 보이기만 해도 곧바로 손을 썼다. 아폴론은 올림포스에서 쫓겨났다. 더불어 1년 하루 동안 테살리아의 왕 아드메토스를 미천한 자리에서 섬기라는 명령을 받았다. 아드메토스는 길손들에게 따뜻한 대접과 친절을 베풀어 제우스의 호감을 산 자였다. 그런 성정은 언제나 제우스의 마음을 움직였다.

아폴론은 어렸을 때 피톤을 죽인 죄로 벌을 받았다. 그의 아름다움과 광채, 황금빛 매력 속에는 고집스러운 의지와 성마른 성격이 숨어 있었다. 그러나 그는 이 벌을 순순히 받아들였다. 아드메토스는 싫어할 수 없는 사람이었고, 아폴론은 그의 시종으로 소를 치면서 모든 소가 쌍둥이를 낳게 만들어주었다.* 소와 쌍둥이는 그에게 특별한 의미를 지니고 있었다.

그러는 사이에 아스클레피오스는 천상으로 올라가 뱀주인자리라는 별자리가 되었다.

훗날 전해 내려오는 이야기에 따르면, 제우스가 아스클레피오스를 다시 살려내 신으로 승격했다고 한다. 실제로 지중해 세계에서 그와 그의 아내, 딸들은 신성한 존재로 숭배받았다. 그를 모시는 신전 '아스클레피아'가 곳곳에 세워졌는데, 오늘날의 스파나 헬스클럽과 아주 비슷했다. 그곳의 사제들은 흰색 옷을 입고, 돈을 낸 탄원자들을 씻겨주고 마사지해주고 터무니없는 오일과 크림, 전매특허 제제를 듬뿍 발라주었다. 이는 지금과 다를 바 없다. 하지만 아스클레피오스에게 항상 신성한 동물이었던 뱀(독이 없는 종류)이 치료실에 기어 다니는 광경은 오늘날의 병원에서는 구경하기 힘들다. 정신과 마음을 치유 대상으로 보는 건 그때도 마찬가지였다. '전체론적holistic'이라는 단어는 그리스어에서 유래한다. 환자들은 하룻밤 묵고 난 다음 날 아침 사제에게 꿈을 들려주었고, 아스클레피오스가 환자들에게 직접 모습을 드러내는 경우도 많았다. 아마도 돈을 가장 많이 내는 환자들에게 그랬겠지만.

---

* 기원전 3세기에 살았던 시인이자 학자 칼리마코스는 아폴론과 아드메토스가 이 노역 기간에 뜨거운 연인이 되었다고 말한다.

에피다우로스의 아스클레피온은 요즘으로 치면 도시의 유명한 극장처럼 선풍적인 인기를 끌었다. 지금도 그곳을 방문하면, 거기로 몰려갔던 환자들이 어떤 병에 걸려서 어떤 치료를 받고 어떤 음식을 먹었는지 그 기록을 볼 수 있다.

# 죄와 벌

만약 오늘날 신들이 인간 사회에 자주 나타나 간섭하고 교류한다면 우리는 놀라고 감격하고 괴로워할 테지만, 은시대의 어리석고 오만한 인간들은 그런 일을 너무나 당연하게 여겼다. 몇몇 왕들은 자만한 나머지 가장 기본적인 계율도 무시하고 신들에게 주제넘은 무례를 범하기도 했다. 그런 불경한 모독죄를 저지르고도 벌을 면하는 경우는 거의 없었다. 고대 그리스인들은 섬뜩한 교훈적 우화로 아이들을 훈계하는 부모처럼, 혹은 아주 끔찍한 장면으로 경고하는 단테나 히에로니무스 보스처럼 올림포스와 하데스가 가장 짜증 나는 죄를 저지른 인간들에게 가한 정교하고 몹시 고통스러운 고문의 세세한 내용과 유쾌함을 즐겼던 것 같다.

## 익시온

제우스가 보기에 가장 무거운 죄는 주인이 손님에게, 손님이 주인에게 지켜야 하는 신성한 의무인 크세니아를 어기는 것이었다. 테살리아의 고대 부족인 라피타이족을 다스린 왕 익시온만큼 그 원칙을 무시한 자도 드물었다. 그가 처음으로 저지른 죄는 단순한 탐욕이었다. 우리는 예비 신부의 가족들이 딸을 떼어놓기 위해 지불하는 혼인 지참금이라는 개념에 익숙하다. 고대에는 반대로 예비 신랑이 신부와 결혼할 권리를 얻기 위해 신부의 가족에게 돈을 주었다. 익시온은 아름다운 디아와 결혼해놓고도 그녀의 아버지인 포키스의 왕 데이오네우스에게 약속한 지참금을 주지 않았다. 이런 모욕을 당하고 울분이 터진 데이오네우스는 앙갚음으로 기습 부대를 보내 익시온의 명마들을 훔쳤다. 익시온은 환한 미소 아래 짜증을 감춘 채 데이오네우스를 라리사 궁의 만찬에 초대했다. 그가 도착하자 익시온은 그를 불구덩이로 밀어버렸다. 접대의 율법을 명백히 어긴 것도 모자라 친족 살인이라는 훨씬 더 역겨운 죄까지 저지른 것이다. 그 당시 가족을 살해하는 짓은 가장 악랄한 금기로 여겨졌다. 익시온은 최초의 친족 살해를 저질렀고, 이 죄를 씻지 않는다면 실성할 때까지 에리니에스에게 쫓길 운명이었다.

테살리아의 왕자들과 귀족들, 근처의 지주들은 익시온을 미워할 이유가 충분히 있었기에 카타르시스, 즉 그를 구원해줄 정화 의식을 행하겠다고 제안하는 사람은 아무도 없었다. 하지만 신들의 왕은 웬일인지 너그러움을 보여주었다. 테살리아의 백성들이 재빨리 행동을 취해, 익시온의 크세니아 위반과 친족 살해라는 이중 범죄에 반감을 보였기 때문이다. 제우스는 자비를 베풀기로 마음먹었다. 익시온을 고통에서 구해주었을 뿐만 아니라 올림포스의 연회에 초대하기까지 했다.

인간들은 좀처럼 누리기 힘든 영광이었다. 올림포스에서 열리는 연회의 화려함과 장엄함은 익시온이 전에 보지 못한 것이었다.

그는 특히 헤라의 고귀한 아름다움에 넋이 나갔다. 성대한 행사의 분위기에 취한 건지 포도주에 취한 건지 어쩌면 그저 천박한 어리석음을 타고났기 때문인지 몰라도 익시온은 신들의 만찬에 초대된 인간답게 얌전히 앉아 감사하기는커녕 천상의 왕비를 유혹하는 재앙과도 같은 실수를 저질렀다. 그는 헤라에게 키스를 날리고, 한쪽 눈을 찡긋하고, 그녀의 귀를 깨물려 하고, 음란한 말을 속삭이고, 그녀의 두 가슴을 움켜쥐려 했다. 올림포스의 신들 중에서도 가장 품위 있고 예의를 중시하는 신을 모욕했을 뿐만 아니라 크세니아의 계율을 다시 한 번 어긴 것이다. 손님의 의무를 다하지 못하는 것은 주인의 의무를 다하지 못하는 것만큼이나 극악한 죄였다.

익시온이 신들의 등을 탁탁 치고 감사 인사를 트림처럼 내뿜으며 휘청휘청 올림포스산에서 내려간 후, 기분이 상한 헤라는 모욕당한 일을 제우스에게 알렸다. 제우스도 똑같이 격노했다. 그는 익시온에게 덫을 놓기로 했다. 구름을 하나 만들어, 헤라와 똑같이 생기고 똑같이 움직이는 닮은꼴로 조각했다. 그런 다음 거기에 입김을 불어넣어 생명을 주고 라리사 외곽의 한 초원으로 내려보냈다. 그곳에서는 익시온이 연회의 여파로 풀밭에 큰 대자로 뻗은 채 코를 골며 자고 있었다.

깨어나서 옆에 있는 헤라를 발견하자마자 익시온은 바로 몸을 굴려 그녀와 정을 통했다. 입에 담을 수도 없는 이 불경죄를 목격한 제우스는 벼락과 불타는 수레바퀴를 내려보냈다. 벼락이 익시온을 허공으로 날려 보내 수레바퀴에 딱 붙이자 제우스가 그 수레바퀴를 하늘에 굴렸다. 시간이 지나 그에게는 하늘이 과분하다는 결론이 났고, 익시온은 불의 수레바퀴에 묶인 채 타르타로스로 보내져 지금까지도 팔다리를 벌린 채 계속 돌면서 고통 속에 구워지고 있다.

헤라의 모습을 한 구름에게는 네펠레라는 이름이 붙었다. 그녀와 익시온의 결합으로 켄타우로스라는 아들이 태어났다. 추한 외모에 기형으로 태어난 아이는 외롭고 우울한 남자로 자라 펠리온 산을 주로 돌아다니던 야생 암말들과 육체관계를 즐겼다. 인간과 말 사이의 이 부자연스러운 결합으로 태어난 포악하고 야만적인 종족은 그의 이름을 따서 켄타우로스라 불렸다.*

## 그 후의 이야기들

대부분의 그리스 신화는 그 여파가 폭포수처럼 이어진다. 이미 봤듯이, 한 이야기의 주인공이 결혼해서 왕조를 세우고, 거기서 더 전설적인 영웅들이 태어난다. 익시온의 수레바퀴 이야기에서 파생되어 나온 부수적인 신화들도 아주 많다.

---

* 그 전에 말과 인간 사이에 태어난 혼혈아가 딱 한 명 있었다. 아스클레피오스와 아킬레우스를 비롯한 많은 이들의 스승인 위대한 케이론이다. 케이론의 출생은 우라노스와 가이아의 아들, 제우스와 헤라의 아버지인 크로노스 시대로 거슬러 올라간다. 티타노마키아가 잠깐 소강상태에 접어들었을 때 크로노스는 대단히 아름다운 오케아니스 필리라에게 홀딱 반했다. 그녀에게 계속 퇴짜를 맞고 그녀의 수줍음에 지친 그는 커다란 검은색 종마로 둔갑해 그녀를 강제로 취했다. 이 결합으로 생긴 자식이 케이론이며, 그는 켄타우로스보다 수백 년 먼저 태어났지만 관례상 켄타우로스족으로 일컬어진다.

예를 들어 펠리온산 얘기가 나온 김에 이피메디아의 사연을 소개하는 것도 좋겠다. 포세이돈을 깊이 사랑한 그녀는 자주 해변에 앉아 바닷물을 퍼 올려서 가슴과 무릎에 끼얹었다. 포세이돈은 흠모하는 마음의 표현에 감동해 파도로 확 덮쳐 그녀와 결합했다. 이리하여 쌍둥이 아들 오토스와 에피알테스가 태어났다. 그들은 현대적 의미의 진정한 거인들이었다. 어릴 때는 달마다 인간 손의 폭만큼씩 키가 자랐다. 그들이 성인이 되면 세상에서 가장 큰 존재가 될 것이 분명했다.

질투심 많고 야심만만한 포세이돈은 동생 제우스가 실수를 저질러 옥좌에서 쫓겨날 기회가 생기기만 호시탐탐 노리고 있었다. 바다의 신은 고속으로 자라는 두 아들에게 그들만의 산을 쌓아 올려 천상에 도전하고 세상을 지배해야 한다는 생각을 주입했다. 그들의 계획은 오사산을 들어 올림포스산 위에 올리는 것이었다. 그런 다음 오사산 위에 펠리온산을 얹을 생각이었다. 하지만 쌍둥이가 다 자라서 이 계략에 필요한 힘을 얻기도 전에, 반란의 조짐을 전해 들은 제우스가 아폴론을 보내 그들에게 화살을 퍼부었다. 쌍둥이는 벌로 지하세계로 쫓겨나 기둥에 뱀들로 칭칭 묶였다.

익시온 이야기의 한 가지 결말을 말하자면(그리고 하나의 이야기가 훨씬 더 의미 있고 광범위한 신화로 이어지는 사례이기도 하다), 헤라 모습의 구름 네펠레는 보이오티아의 왕 아타마스†와 결혼하여 두 아들 프릭소스와 헬레를 낳았다. 아브라함이 아들 이삭

---

† 아타마스는 시시포스의 형제였다. 시시포스가 악명을 날리는 이유는 곧 알게 될 것이다.

을 제물로 바쳤듯이 아타마스가 프릭소스를 땅에 눕혀 제물로 바치려 했을 때 네펠레는 당연히 아들을 구하려 했다. 히브리의 신이 아브라함에게 덤불 속의 양을 보여주어 이삭의 생명을 구한 것처럼 네펠레는 아들 프릭소스를 구하기 위해 황금 숫양을 보냈다. 그 양의 황금 털은 훗날 이아손과 아르고호 선원들의 원정대가 결성되는 원인이 된다. 이 모든 일이 술에 취해 무모하게 헤라에게 추파를 던진 타락한 왕 한 명 때문에 벌어진 것이다.

익시온의 수레바퀴는 화가들과 조각가들에게 인기 있는 소재가 되었고, '불의 수레바퀴'라는 말은 가끔 고통스러운 짐이나 처벌, 의무를 묘사하는 데 사용된다.* '오사산 위에 펠리온산을 쌓는다'라는 표현도 곤경에 곤경을 더한다는 의미로 쓰이는 경우가 있다.


# 탄탈로스

사악한 탄탈로스왕이 신들에게 당한 고문은 특히 유명하다. 그가 저지른 죄의 여파는 수년간 이어졌다. 그의 가문에 내려진 저주는 신화시대가 끝날 때까지 풀리지 않았다.

탄탈로스는 소아시아 서부의 리디아 왕국, 훗날 터키의 아나톨리아 지방으로 불리는 곳을 다스렸다. 근처의 시필로스산에 있는

---

* 셰익스피어의 리어왕은 이렇게 울부짖는다.

  그대는 더없이 행복한 영혼이지만, 나는
  불의 수레바퀴에 묶여 나의 눈물이
  녹아내린 납처럼 화상을 입힌다오.

광물 매장 층으로 어마어마한 부를 쌓고, 그 재산으로 건방지게도 자기 이름을 딴 탄탈리스라는 부유한 도시를 세웠다. 그는 디오네(아기 디오니소스에게 젖을 먹인 비의 님프 히아데스 중 한 명이다)와 결혼하여 아들 펠롭스와 딸 니오베를 낳았다.†

 탄탈로스는 타고난 성격이 괴팍했거나 혹은 넘쳐나는 부와 권력 때문에 자기가 신들과 동급인 줄 착각했던 모양이다. 앞서 익시온이 그랬던 것처럼 그도 제우스의 후한 대접을 악용하는 실수를 저질렀다. 올림포스의 연회에 갔다가 암브로시아와 넥타르를 몰래 훔쳐온 것이다. 그뿐 아니라 신들의 사생활과 버릇을 신하들과 친구들에게 떠들어대면서 건방지게 흉내 내고 험담하는 용서받지 못할 결례까지 저질렀다.

 여기서 끝이 아니다. 숯이 불타오르는 구덩이로 장인을 던져 넣은 익시온보다 훨씬 더 악랄한 친족 살해를 저질렀다. 올림포스 신들이 그의 조롱과 도둑질에 분노하고 있다는 소식을 전해 들은 탄탈로스는 뉘우치는 시늉을 하며, 자신의 잘못된 행동을 보상하는 뜻으로 접대하고 싶으니 초대를 받아달라고 간청했다.

 자, 이 모든 일은 데메테르가 유괴된 딸 페르세포네를 찾을 무렵 벌어지고 있었다. 비탄에 젖은 데메테르는 자라나는 모든 것들이 시들어 죽도록 내버려 두었다. 세상은 메마른 불모지가 되어버렸고, 언제쯤 괜찮아질지 아무도 알지 못했다. 이런 상황에서 연회는 반가운 소식이었다. 탄탈로스왕의 풍요롭고 사치스러운 생

---

† 브로테아스라는 아들도 있었는데, 사냥을 좋아했고, 형제자매와 비교하면 평온무사한 일생을 보낸 것 같다. 그가 시필로스산의 바위에 아나톨리아의 어머니 신인 키벨레의 형상을 조각했다고 전해진다. 지금도 그 일부를 볼 수 있다.

활을 알고 있던 신들은 호화롭기로 유명한 그의 진수성찬을 고대했다.* 이런 그들을 기다리고 있는 것은 충격적이었다.

펠라스고이족의 왕 리카온이 전에 그랬듯이, 탄탈로스도 신들에게 자신의 아들을 대접했다. 어린 펠롭스를 죽여서 관절 마디마디 끊어 구운 다음 거기에 짙은 소스를 듬뿍 발라 신들 앞에 내놓았다. 신들은 뭔가가 잘못됐음을 바로 눈치채고는 먹지 않았다. 하지만 잃어버린 딸 때문에 정신이 나가 있던 데메테르는 아무 생각 없이 소년의 왼쪽 어깨살을 조금 뜯어내 먹었다.

진상을 알게 된 제우스는 모이라이 중 클로토(실을 잣는 자)를 불렀다. 클로토는 신체 부위들을 모아서 거대한 솥에 넣고 휘저어 다시 합쳐놓았다. 자신의 끔찍한 실수를 깨달은 데메테르는 자기가 먹은 부위를 채워 넣기 위해 헤파이스토스에게 상아를 깎아 어깨를 만들어달라고 의뢰했다. 클로토가 인공 어깨를 끼워 넣자 완벽하게 들어맞았다. 제우스는 소년의 몸에 숨을 불어넣어 펠롭스를 되살렸다.

포세이돈은 펠롭스의 아름다움에 반했고, 얼마 동안 그들은 연인 사이였다. 하지만 펠롭스에게 어두운 기운이 스며들었고, 그의 이후 삶과 행동 때문에 그와 그의 가문 전체†에 저주가 내려졌다.

---

* 올림포스 신들은 암브로시아와 넥타르만으로도 생활하는 데 아무런 지장이 없었지만 인간들이 먹는 다양한 음식도 무척 즐겼다.

† 역사적인 관습에 따라 펠롭스의 한 아들의 이름을 따서 아트레우스 가문이라 불렸다. 펠롭스와 아트레우스 가문의 몰락은 트로이 전쟁과 그 직후의 수많은 영웅들과 전사들의 운명과 관련된다. 아가멤논, 클리템네스트라, 오레스테스는 모두 펠롭스의 후손으로, 그와 탄탈로스의 저주를 이어받았다고 한다. 펠롭스는 그리스 본토의 남서쪽에 있는 거대한 반도 펠로폰네소스에 자신의 이름을 남겼다.

이 저주는 탄탈로스의 극악무도한 범죄로 받은 저주와 합쳐져, 마지막 자손인 오레스테스까지 후손들을 내내 따라다닌다.

탄탈로스는 곧장 타르타로스로 끌려가, 감히 친족 범죄에 희생당한 자의 살을 신에게 맛보이려 든 죄에 걸맞은 벌을 받는다. 그는 물이 허리까지 오는 연못에 갇혔다. 그의 머리 위에서는 향기롭고 먹음직스러운 열매들이 달린 나뭇가지가 흔들리고 있다. 심하게 몰아치는 허기와 갈증으로 그가 열매를 한 입 베어 먹으려고 손을 뻗으면 그때마다 나뭇가지가 획 달아난다. 물을 마시려고 몸을 구부리면 연못의 물이 줄어들며 그를 거부한다. 그는 연못 밖으로 달아날 수도 없다. 훗날 '탄탈룸'‡이라 불리게 될 딱딱한 청회색 원소로 이루어진 거대한 돌이 머리 위에 떠 있어서 감히 탈출을 시도했다가는 돌이 떨어져 한순간에 뭉개져버릴 것 같기 때문이다.

지금까지도 탄탈로스는 열매와 물이 닿을 듯 말 듯 한 곳에 서서 먹고 마시지 못해 괴로워하고 있다. 그의 이름이 들어간 단어 '탠털라이즈드tantalized'의 의미처럼 애만 태우다 세상이 끝날 때까지 욕구 불만족 상태로 남는 것이다.§

---

‡ 탄탈룸은 요즘 수많은 전자 기기들의 제조에 꼭 필요한 내화 금속이다.
§ '탄탈루스(tantalus)'는 브랜디나 위스키, 럼주를 넣은 디캔터가 두세 병 정도 들어가는 작은 진열대. 술병이 보이게 놓여 있지만, 진열대는 잠겨 있다. 그래서 아이들은 술병을 보며 애만 태울 수밖에 없다.

# 시시포스

## 형제애

시시포스가 하데스에서 받고 있는 영원한 형벌 역시 언어와 민간 설화의 일부가 되었다. 그러나 그가 끝없이 무익하게 언덕 위로 밀어 올려야 하는 그 유명한 바위만 중요한 것이 아니다. 시시포스는 사악하고 탐욕스럽고 겉과 속이 다르고 잔인한 짓도 많이 저지르는 인간이었지만 그가 살면서(심하게 오래 살면서) 보여준 꺼질 줄 모르는 열정과 맹렬한 반항심에 매력적인, 심지어는 영웅적인 면모가 보이지 않는가? 그토록 무모한 방식으로 감히 신들의 인내심을 시험한 인간은 거의 없었다. 무작정 남들을 무시하고 사과나 순응을 거부하는 그의 태도를 보고 있자면 고대 그리스의 돈 조반니가 아닐까 하는 생각이 든다.

대홍수에서 살아남은 데우칼리온과 피라에게는 헬렌이라는 아들이 있었다. 그의 이름을 따서 그리스인들은 지금도 스스로를 헬레네스라고 부른다. 헬렌의 아들 아이올로스는 네 아들을 두었다. 시시포스, 살모네우스, 아타마스, 크레테우스가 그들이다. 시시포스와 살모네우스는 서로를 미워했다. 인간 세상에 일찍이 없었던 본능적이고 무자비한 증오였다. 갓난아기 때부터 부모님의 애정을 더 얻으려 다투며 만사에 경쟁했고, 자라면서도 서로가 잘되는 꼴을 보지 못했다. 장성한 두 왕자는 아버지가 다스리는 아이올리아(당시 테살리아를 부르던 이름)를 답답하게 느껴 자신들의 왕국을 세우기 위해 남쪽과 서쪽으로 떠났다. 살모네우스는 엘리스를, 시시포스는 나중에 코린토스라 불리는 에피라를 창건했다. 두 사람은 각각의 성채에서 펠로폰네소스 반도 저쪽에 있는 서로를 노려보았다. 해가 갈수록 그들은 점점 더 심한 앙숙이 되어갔다.

시시포스는 살모네우스가 미워서 잠까지 설칠 정도였다. 죽어라, 죽어, 죽어. 형제의 죽음을 바라는 욕망이 너무 괴로워서 칼로 자신의 허벅지를 자꾸 찔러댔다. 하지만 그가 할 수 있는 건 아무것도 없었다. 형제를 죽였다가는 분노의 세 자매 신 에리니에스에게 끔찍한 앙갚음을 당할 것이 뻔했다. 형제 살해는 친족 범죄 중에서도 최악이었다. 결국 그는 델포이의 신탁을 받아보기로 했다.

"시시포스와 티로의 아들들이 살모네우스를 살해하리라." 피티아가 읊조렸다.

시시포스의 귀에는 달콤한 음악처럼 들렸다. 티로는 그가 질색하는 형제 살모네우스의 딸, 즉 그의 조카딸이었다. 그녀와 결혼해서 아들만 얻으면 되는 것이다. 살모네우스를 살해할 아들들을. 그 시절에는 삼촌과 조카딸의 결혼이 망신스러운 일이 아니었다. 그는 말과 보석, 시, 그리고 넘쳐나는 인간적 매력으로 티로를 구슬리고 유혹하는 작업에 착수했다. 그는 마음만 먹으면 누구든 홀릴 수 있는 사람이었다. 오래지 않아 그녀는 시시포스의 구애에 넘어갔고, 두 사람은 결혼해서 건강한 두 아들을 낳았다.

몇 년 후 어느 날 시시포스는 친구 멜롭스와 함께 낚시를 하러 나갔다. 그들은 시타스강의 기슭에 앉아 햇볕을 쬐며 대화를 나누었다. 그 시간에 티로는 시녀 한 명과 이제 다섯 살, 세 살이 된 두 아들을 데리고 음식과 포도주를 담은 바구니를 든 채 시시포스와 깜짝 가족 소풍을 즐길 생각으로 궁전을 나섰다.

강둑에서는 멜롭스와 시시포스가 말과 여자, 스포츠와 전쟁에 대해서 느긋하게 얘기하고 있었다. 티로 일행은 들판을 건너고 있었다.

멜롭스가 말했다. "말씀해보세요, 전하. 살모네우스왕과 사이가 그렇게 안 좋으면서 그분의 딸을 아내로 선택하신 게 늘 신기했어요. 제가 보기엔 그분을 여전히 싫어하시는 것 같은데요."

"싫어한다고? 나는 그 인간이 딱 질색이야. 구역질 나고, 치가 떨리고, 지긋지긋하다고." 시시포스는 이렇게 말하며 크게 웃어젖혔다. 이 웃음소리 때문에 티로는 시시포스가 어디에 있는지 정확히 알게 되었다. 가까이 다가갈수록 남편이 하는 말 한마디 한마디가 똑똑히 들렸다.

"내가 그 계집이랑 결혼한 것도 살모네우스가 너무 싫어서야. 델포이의 신탁이 그랬거든, 티로와 결혼해서 낳은 아들들이 그 인간을 죽일 거라고. 그러니까 그놈이 자기 손자들 손에 죽으면, 나는 못된 돼지 같은 형제를 없애고도 에리니에스한테 쫓겨 다니지 않아도 되잖아."

"그거 너무……." 멜롭스는 차마 말을 잇지 못했다.

"대단하지? 교묘하지? 기발하지?"

그때 티로가 아들들을 돌아보니, 아버지의 목소리가 들리는 곳으로 달려오려 하고 있었다. 그녀는 두 아들을 돌려 세워 강이 굽어지는 곳으로 급하게 몰고 갔고, 시녀도 그 뒤를 따랐다.

티로는 시시포스의 매력에 완전히 빠졌지만 아버지 살모네우스에 대한 사랑과 충성심이 그 무엇보다 우선이었다. 아들들이 자라서 자기 할아버지를 죽이게 놔두는 건 말도 안 되는 일이었다. 그녀는 신탁의 예언을 거역하는 방법을 알고 있었다.

"이리 와, 얘야." 그녀는 큰아들을 불렀다. "강물을 보렴. 작은 물고기들이 보이니?"

소년은 강변에 무릎을 꿇고 강물을 내려다보았다. 티로는 아들의 목을 잡고 물속으로 밀어 넣었다. 몸부림이 멈추자 막내아들에게도 똑같이 했다.

"자." 티로는 엄청난 충격에 어리벙벙해진 시녀에게 차분히 말했다. "이제부터 네가 할 일은……."

시시포스와 멜롭스는 그날 오후 물고기를 많이 낚았다. 해가 저물기 시작해 그들이 돌아갈 채비를 하고 있을 때 티로의 시녀가 그들 앞에 나타나더니 어색하게 무릎을 굽히며 절했다.

"죄송하지만, 전하, 왕비님이 청하시기를 왕자님들에게 인사를 해달라고 하십니다. 왕자님들은 강둑에서 전하를 기다리고 계십니다. 버드나무 바로 뒤에서요."

시시포스가 그곳으로 가보니 두 아들이 풀밭에 파리한 시신으로 누워 있었다.

시녀는 죽어라 하고 달아났고 그 후 다시는 소식이 들리지 않았다. 격분한 시시포스가 칼을 뽑아 들고 궁에 도착했을 때쯤 티로는 무사히 아버지의 왕국 엘리스로 가는 중이었다. 살모네우스는 돌아온 딸을 다른 형제 크레테우스와 결혼시켰는데 티로는 새 남편과 매우 불행한 시간을 보냈다.

자신이 그토록 싫어하는 형제만큼이나 오만하고 허영심이 강했던 살모네우스는 엘리스에서 자신을 신격화하다시피 했다. 폭풍우를 부르는 제우스의 능력에 맞먹겠다고 청동 다리를 지어놓고 그 위를 전차로 질주하면서, 주전자, 냄비, 쇠그릇을 전차 뒤에 달아 천둥소리를 흉내 냈다. 동시에 횃불을 하늘로 던져 번개를 흉내 냈다. 이 건방진 불경죄를 목격한 제우스는 잡동사니에 진짜 벼락을 날렸다. 왕과 그의 전차, 청동 다리, 조리 기구들, 이 모두가 폭발해서 가루가 되었고, 살모네우스의 망령은 타르타로스의 어두컴컴한 심부로 떨어져 영원한 지옥살이를 하게 되었다.

## 시시포스의 노역

시시포스는 몰상식하게 천둥을 만들려 한 형제의 죽음을 축하하기 위해 성대한 잔치를 열었다. 잔치 다음 날 아침 불만을 품고 찾아온 여러 귀족, 지주, 소작농 때문에 그는 잠에서 깨어났다. 눈을 비벼 졸음을 쫓고 물을 안 탄 포도주로 두통을 달랜 시시포스는 그들의 호소를 들어주기로 했다.

"전하, 누군가가 우리 소를 훔쳐가고 있습니다! 여기 있는 사람 전부 소를 잃었답니다. 궁에서 키우는 소 역시 줄어들고 있어요. 현명하고 영리하신 왕이시여, 범인을 찾아주시겠습니까?"

시시포스는 조사해보겠다고 약속하며 그들을 돌려보냈다. 이

웃인 아우톨리코스가 분명 범인인데 무슨 수로 증명한담? 시시포스 역시 교활하고 영악했지만, 아우톨리코스는 도둑과 악당들의 왕자이자 이미 갓난아기 때 아폴론의 소 떼를 훔친 이력이 있는 신, 헤르메스의 아들이었다. 아우톨리코스는 헤르메스로부터 남의 소를 훔치는 버릇뿐만 아니라 마법을 써서 현장에서 붙잡히지 않는 능력까지 물려받았다.* 게다가 시시포스와 이웃들이 잃어버린 소는 갈색과 흰색에 뿔이 달려 있었지만 아우톨리코스의 소들은 검은색과 흰색이고 뿔이 전혀 없었다. 당황스러운 이 일에는 헤르메스가 가르쳐준 마법이 그 배후에 있으며 아우톨리코스가 훔친 소들의 색깔을 몰래 바꿨을 거라고 시시포스는 확신했다.

시시포스는 혼자 중얼거렸다. "아주 좋아. 사기꾼 신의 사생아가 부리는 싸구려 마법과 코린토스의 창건자이자 세상에서 가장 영리한 왕인 시시포스의 타고난 재치와 지성 중에 어느 쪽이 더 강력한지 한번 두고 보자고."

그는 사람을 시켜 자신과 이웃들이 키우는 모든 소의 발굽에 작은 글씨로 '아우톨리코스가 나를 훔쳤다'라는 문구를 새겨 넣게 했다. 그 후 이레 동안 역시나 소들은 계속 줄어들었다. 아흐레째 날 시시포스와 지주 대표들은 아우톨리코스를 찾아갔다.

"어서 오시오, 친구들!" 아우톨리코스는 반갑게 손을 흔들며 소리쳤다. "어쩐 일로 이렇게 어려운 발걸음을 하셨는지요?"

"자네 소들을 조사하러 왔네." 시시포스가 말했다.

---

* 셰익스피어의 「겨울 이야기」에 등장하는 교활한 연예인, 소매치기, 땜장이, '대수롭지 않은 하찮은 것들을 슬쩍하는 자'의 이름이 아우톨리코스다.

"그러시지요, 그럼. 검고 흰 놈들도 키워보시게요? 이 지역에 내소들만큼 혈통 좋은 놈들도 드물다고 하더군요."

"오, 드물긴 하지." 시시포스가 이렇게 말하면서 소 앞다리 하나를 들어 올렸다. "이런 발굽 본 사람 있나?"

아우톨리코스는 몸을 숙여 발굽에 새겨진 글을 읽고는 유쾌하게 어깨를 으쓱했다. "아, 그동안 재미있었으니까 뭐."

"전부 다 데려가라." 시시포스가 명령했다. 지주들이 짐승들을 끌고 떠나는 동안 시시포스는 아우톨리코스의 집을 바라보았다. "언젠가 네 암소들을 전부 맛보도록 하지." 그가 말했다. "마지막 암망아지까지 싹 다." 그가 말하는 암망아지란 아우톨리코스의 아내 암피테아였다.

시시포스는 좋은 사람이 아니었다.*


# 독수리


사기꾼 신의 아들을 꾀로 이긴 시시포스는 기고만장해졌다. 그는 자신이 정말 세상에서 가장 영리하고 가장 꾀 많은 인간이라 믿기 시작했다. 문제 해결사 왕을 자처하고, 사람들이 가져오는 온갖 문제들에 판결을 내려 그 대가로 거금을 받아 챙겼다. 하지만 간계와 양식, 잔꾀와 판단력, 약삭빠른 기지와 지혜는 엄연히 다른

---

* 시시포스가 암피테아를 범하고 나서, 아우톨리코스의 딸 안티클레이아의 친부가 시시포스라는 소문이 돌았다. 안티클레이아는 라에르테스를 낳았고, 라에르테스는 간교함과 뛰어난 지략으로 유명한 영웅 오디세우스(또는 율리시스)를 낳았다.

법이다.

아소포스강을 기억하는가? 테베의 사제인 세멜레는 이 강물에서 몸을 씻다가 제우스의 눈길을 끌어 결국 디오니소스까지 낳았다. 불행히도 그 강의 신에게는 제우스의 시선을 사로잡을 만큼 아름다운 딸 아이기나가 있었다. 제우스는 독수리의 모습으로 그 소녀를 내리 덮친 후 아티카 해안에서 조금 떨어진 어느 섬으로 데려갔다. 강의 신은 실성한 채 구석구석 뒤지고 다니며, 만나는 모든 이들에게 자신의 사랑하는 딸을 봤느냐고 물었다.

"염소 가죽 옷을 입은 젊은 여자 말이오?" 시시포스는 신의 질문에 답했다. "그래, 얼마 전에 독수리가 그런 아가씨를 낚아채 가는 걸 봤소만. 그 여자가 강물에서 목욕하고 있는데 독수리가 태양에서 휙 날아 내려오더니…… 내 그런 광경은 또……."

"내 딸을 어디로 데려갔소? 봤소?"

"그 팔찌, 순금이오? 아주 좋아 보이는데."

"자, 가지시오. 아이기나에게 무슨 일이 일어났는지만 어서 말해주시게."

"그때 언덕 높은 곳에 있어서 다 봤답니다. 독수리가 그녀를 어디로 데려갔냐면……. 그 반지, 에메랄드요? 어이구, 고맙소, 어디 보자……. 그렇지, 둘이 날아서 바다를 건너 저기, 저 섬으로 갔소. 창 쪽으로 와봐요. 저기 수평선에 섬 하나 보이죠? 아마 오이노네라는 섬일걸요. 거기 가면 찾을 수 있을 겁니다. 아, 가시게요?"

아소포스는 배를 한 척 구해 그 섬으로 갔다. 그가 반도 못 갔을 때 제우스가 그를 보고는 뱃머리에 벼락을 날렸다. 그러자 돌풍이 일면서 아소포스와 그의 배는 거대한 해일에 휩쓸려 아소포스강으로 떠밀려 갔다.*

하지만 시시포스는! 제우스는 얼마 전부터 그 악한을 눈여겨 보고 있던 참이었다. 시시포스가 자기 나라를 여행하는 손님들에 게 휘두르는 횡포를 크세니아의 신이 놓칠 리 없었다. 시시포스는 손님들에게 세금을 받고 손님들의 보물을 빼앗고 손님들의 아내 에게 집적거려 접대의 신성한 율법을 뻔뻔하게도 전부 다 깨버렸 다. 그러더니 이제는 자기와 상관없는 문제에 끼어들어 자기보다 더 높은 존재들의 일에 간섭하고 신들의 왕이 한 일을 고자질하기 까지 하다니. 뭔가 손을 써야 할 때였다. 다른 이들도 경각심을 가 질 수 있도록 본보기로 그에게 죽음과 지옥살이라는 벌을 내려야 했다.

제우스는 다음과 같은 판결을 내렸다. 시시포스는 왕족이지만 너무도 사악하고 너무도 파렴치한 생을 살았으므로 헤르메스의 인도를 받아 품위 있게 지하세계로 내려갈 자격이 없다고. 대신에 죽음 자체인 타나토스가 와서 쇠고랑을 채워 그를 끌고 갔다.


# 죽음의 신을 속이다

타나토스는 음산한 정령이지만 유쾌한 감정도 느낄 줄 알아서, 죽 음이 정해진 자들 앞에 모습을 드러내는 순간을 즐겼다.

---

\* 아소포스는 적어도 두 개의 강을 맡고 있었다. 테베에 물을 공급해주는 보이오티 아의 어느 강과 코린토스를 관통하며 흐르는 아소포스강이었다.

죽을 사람 앞에 나타나지만 다른 이들에게는 그의 모습이 보이지 않는다. 수척한 꼴로 검은 망토를 입고 지옥의 가스를 내뿜으며, 잔인하게도 고의적으로 느릿느릿 희생물들에게 팔을 내민다. 그가 앙상한 손가락의 끝으로 죽음을 앞둔 이들의 살을 건드리는 순간, 그들 안의 영혼이 애처롭게 흐느낀다. 생명이 소멸하면서 살갗이 창백해지고 눈이 흔들리다가 흐리멍덩해지는 희생물의 모습을 지켜보는 것이 타나토스의 낙이었다. 무엇보다 영혼이 시신에서 빠져 나와 순순히 쇠고랑을 차고 끌려갈 준비를 하며 마지막으로 내쉬는 떨리는 한숨 소리를 좋아했다.

약삭빠르고 야심만만한 모사꾼들이 으레 그렇듯 시시포스는 잠을 깊이 자지 못했다. 머릿속이 항상 바쁘게 돌아가고 있었고, 아주 작은 소리에도 움찔하며 깨어났다. 그래서 죽음의 신이 그의 침실로 슬그머니 들어가면서 속삭이듯 살랑거리는 소리를 냈을 때에도 시시포스는 여지없이 자리에서 일어나 앉았다.

"넌 대체 누구냐?"

"누구냐고? 나는 지옥이다. 음하하하하!" 타나토스는 소름 끼치는 귀신 소리를 내며 웃음을 터뜨렸다. 이러면 죽어가는 인간들은 대부분 미친 듯이 비명을 질러댔다.

"그만 좀 끙끙대쇼. 뭐가 문제요? 치통 있소? 소화불량이오? 수수께끼 같은 소리는 집어치우고, 당신 진짜 이름이 뭐요?"

"내 이름은⋯⋯." 타나토스는 극적인 효과를 노려 뜸을 들였다. "내 이름은⋯⋯."

"이러다 날 새겠네."

"내 이름은⋯⋯."

"이름이 있기는 해요?"

"타나토스다."

"아, 그러니까 죽음의 신이신가? 흠." 시시포스는 심드렁하니 답했다. "키가 더 클 줄 알았는데."

"아이올로스의 아들, 시시포스여." 타나토스는 목소리를 깔고 읊조렸다. "코린토스의 왕이자……."

"아, 네, 내가 누군지는 나도 압니다. 내 이름을 잘 못 외우는 건 그쪽인 것 같은데. 좀 앉지 그래요? 계속 서 있으면 힘들 텐데."

"나는 서 있는 게 아니다. 공중에 떠 있지."

시시포스는 바닥을 내려다보았다. "아, 네, 정말 그렇군요. 혹시 나를 데려가려고 오셨소?"

타나토스는 무슨 말을 해도 이 인간이 자길 존중하거나 두려워할 것 같지 않아서 수갑을 꺼내 시시포스의 면전에 대고 위협적으로 흔들었다.

"그러니까 쇠고랑을 가져왔군요. 쇠로 만든 거 맞소?"

"강철이다. 절대 부러지지 않는 강철. 키클롭스인 스테로페스가 헤파이스토스의 불로 벼려 만든 물건이지. 그리고 우리 하데스 님이 마법을 걸어놓으셨다. 이걸 찬 자는 누구든 풀려날 수 없어. 신이 풀어주지 않는 한."

"대단하네요." 시시포스는 인정했다. "하지만 내 경험상 안 부러지는 건 없더군요. 게다가 보니까 잠금장치도 없는 것 같은데."

"잠금 고리와 스프링을 아주 교묘하게 만들어서 인간 눈에는 안 보이지."

"그건 그쪽 생각이죠. 내가 보기엔 안 될 것 같은데. 비쩍 마른 그쪽 팔에도 못 채울 것 같은데, 한번 해봐요."

타나토스는 자신의 소중한 수갑이 이렇게 노골적으로 조롱받는 것을 견딜 수 없었다. "이 어리석은 인간!" 타나토스가 소리쳤다. "한낱 인간이 이런 복잡한 장치를 이해할 리 없지. 자, 보아라! 등 뒤로 한 번 돌리고 앞으로 넘겨. 손목을 모은 다음 수갑을 걸어. 그리고 바로 여기를 눌러서 죔쇠를 채우면, 눈에 안 보이는 금속판이 나오고…… 자, 봐!"

"네, 보여요." 시시포스는 생각에 잠겨 말했다. "정말 그렇군요. 내가 틀렸어요, 완전히 틀렸어. 정말 절묘한 솜씨군요."

"오."

타나토스는 수갑을 흔들려고 했지만, 상체가 꽁꽁 묶여 꼼짝도 하지 않았다. "어…… 도와주겠나?"

시시포스는 침대에서 벌떡 일어나 방 끝에 있는 커다란 옷장의 문을 열었다. 단단히 묶인 채 공중에 떠 있는 타나토스를 방 저편으로 보내는 것만큼 쉬운 일도 없었다. 한 번만 밀었을 뿐인데 타나토스는 쭉 미끄러져 옷장 안쪽 벽에다 코를 박았다.

시시포스는 옷장 문을 열쇠로 잠그며 신나게 소리쳤다. "이 옷장의 자물쇠는 인간이 만든 싸구려지만 헤파이스토스의 대장간에서 만든 수갑 못지않게 튼튼하답니다."

제발 풀어달라는 절망 어린 울부짖음이 둔탁하게 새어 나왔으나 죽음의 신이 애원하든 말든 시시포스는 "음하하하하" 목청껏 웃어젖히며 깡충깡충 뛰어나갔다.

# 죽음 없는 세상

타나토스가 갇힌 직후 며칠은 별사건 없이 지나갔다. 제우스도, 헤르메스도, 심지어는 하데스도 시시포스가 지옥에 제대로 들어 갔는지 확인할 생각을 하지 못했다. 하지만 한 주 내내 새로 들어 오는 망자의 영혼이 하나도 없자 지하세계의 정령들과 악마들이 숙덕거리기 시작했다. 또 한 주가 지나는 동안에도 단 하나의 망령도 도착하지 않았다. 아르테미스를 모시던 덕망 높은 여성 사제한 명만이 떳떳한 인생을 산 대가로 저승사자 헤르메스의 안내를 받아 엘리시온으로 들어갔을 뿐이다. 망령들의 발길이 갑자기 뚝 끊기자 하데스의 주민들은 당혹감에 빠졌고, 그때 누군가가 며칠 동안 타나토스를 보지 못했다고 말했다. 수색대가 파견되었지만 죽음의 신은 어디에도 없었다. 전에 없던 일이 터진 것이다. 타나 토스가 없으니 지하세계의 시스템 전체가 마비되어버렸다.

올림포스에서는 의견이 분분했다. 디오니소스는 이 상황을 반기며, 치명적인 간경화의 종말에 축배를 들었다. 아폴론과 아르테미스, 포세이돈은 중립적인 입장을 취했다. 데메테르는 지하세계의 왕비인 페르세포네의 권위가 떨어지고 있어 걱정이었다. 그들 모녀가 관장하고 있는 계절이 순환하려면 생명이 끊임없이 지고 다시 태어나야 하는데, 그것은 죽음이 있어야만 가능한 일이었다. 이 부적절한 스캔들에 헤라는 분개했고, 제우스도 예민해졌다. 평소에 유쾌하고 활기 넘치는 헤르메스도 자신이 일부 책임지고 있는 지하세계의 원활한 운영에 차질이 생기자 초조해졌다.

하지만 그 누구보다 이 상황을 용납할 수 없었던 이는 아레스였다. 그는 격분했다. 인간 세상을 내려다보니 인간들이 여전히 맹렬히 전쟁을 벌이고 있는데 죽는 자는 아무도 없었다. 전사들은 창에 찔리고, 말에게 짓밟히고, 전차 바퀴에 깔려 내장이 튀어나오고, 칼에 목이 베였지만 죽지는 않았다. 아무리 싸워봐야 헛수고였다. 병사들과 민간인들이 죽지 않는다면 굳이 전쟁을 벌일 이유가 없지 않은가. 해결되는 것도, 얻는 것도 전혀 없었다. 전쟁의 승자도 없었다.

하위 신들 역시 이 문제를 두고 의견이 갈렸다. 케레스는 여전히 전장에서 쓰러진 자들의 피를 마셨고, 그들의 혼이 어떻게 되는지는 관심도 없었다. 호라이 중 디케와 에우노미아는 죽음의 부재가 자연 질서를 어지럽힌다는 데메테르의 의견에 동의했다. 그들의 자매이자 평화의 신인 에이레네는 기쁨을 감추지 못했다. 죽음의 신이 없다면 전쟁도 없을 테고, 그렇다면 자신의 시대가 오는 것이 아닌가?

아레스가 끊임없이 우는소리를 하자 그의 부모인 헤라와 제우스는 결국 두 손 들고 타나토스를 찾으라는 명령을 내렸다. 헤라는 그가 언제 마지막으로 목격됐느냐고 물었다.

그때 제우스가 말했다. "참, 헤르메스, 얼마 전에 속이 시커먼 악당 시시포스의 망령을 데려오라고 네가 타나토스를 보내지 않았더냐?"

"젠장!" 헤르메스가 짜증을 내며 허벅지를 찰싹 때렸다. "맞아요, 시시포스! 타나토스한테 그놈을 쇠사슬로 묶어서 하데스로 데려가라고 했지요. 잠깐만 기다려보세요."

헤르메스의 신발 뒷굽에 달린 날개들이 파닥파닥, 윙윙거리더니 이내 그의 모습이 사라졌다. 그러고는 눈 깜짝할 새에 돌아왔다. "시시포스는 지하계에 안 왔어요. 보름 전에 타나토스가 코린토스로 그놈을 데리러 갔는데, 그 후로 아무도 그 둘을 못 봤답니다."

"코린토스!" 아레스가 버럭 고함을 질렀다. "뭘 기다려요?"

헤르메스가 곧 침실의 잠긴 옷장을 발견해서 문을 비틀어 열자 구석에서 망토 몇 벌 아래 굴욕적인 꼴로 눈물을 머금고 앉아 있는 타나토스가 나타났다. 헤르메스가 그를 지옥으로 데려가니 하데스가 손을 흔들어 마법에 걸린 수갑을 풀어주었다.

하데스가 말했다. "얘기는 나중에 하지, 타나토스. 자네를 기다리고 있는 망령들이 잔뜩 밀려 있으니까."

"먼저 악당 시시포스부터 데려오게 해주십시오, 전하." 타나토스는 간청했다. "저를 두 번 속이진 못할 겁니다."

헤르메스는 한쪽 눈썹을 찡그렸지만, 하데스는 옆의 옥좌에 앉아 있는 페르세포네를 쳐다보았다. 그녀가 고개를 끄덕였다. 타나토스는 지하계에서 그녀가 가장 아끼는 신하였다.

"이번에는 망치지 말게." 하데스는 신음하듯 말하며 손을 흔들어 그를 물렸다.


# 장례

지금껏 봤듯이 시시포스는 만만한 바보가 아니다. 그는 타나토스를 옷장 안에 영원히 가둬둘 수 있을 거라고는 눈곱만큼도 생각하지 않았다. 머지않아 풀려나 다시 자신을 찾아올 것이 뻔했다.

임시로 머물고 있는 별장에서 시시포스는 아내에게 말을 걸었다. 조카딸 티로가 두 아들을 죽이고 떠난 후 그는 다시 결혼했다. 고집 세고 완강한 티로와 달리 어린 새 왕비는 상냥하고 순종적이었다.

시시포스는 왕비를 끌어당기며 말했다. "왕비, 내가 곧 죽을 것 같소. 내가 마지막 숨을 쉬고 내 혼이 빠져나가고 나면 그대는 어떻게 하겠소?"

"제가 할 일을 해야지요. 전하의 몸을 씻기고 성유를 발라드리겠어요. 뱃삯으로 쓸 오볼로스 한 닢을 전하의 혀에 올려드리겠어요. 이레 낮, 이레 밤 동안 전하의 영구대를 지키겠어요. 지하세계의 왕과 왕비를 기쁘게 해드리기 위해 제물을 태워 바치겠어요. 그러면 전하께서 아스포델 초원으로 가시는 길이 아주 편안할 거예요."

"왕비의 의도는 좋소만, 절대 그러면 안 되오. 내가 죽는 순간 나를 발가벗겨서 길거리로 던져버리시오."

"전하!"

"농담이 아니오. 아주 진지하게 하는 말이라오. 내 소원이고 내 간청이고 내 명령이오. 남들이 뭐라 하든 기도도 올리지 말고 제물도 바치지 말고 장례식도 치르지 마시오. 내 유해를 개의 시체처럼 처리하란 말이오. 약속하시오."

"하지만……."

시시포스는 그녀의 두 어깨를 붙잡고 그녀의 눈을 지그시 들여다보며 자신의 명령이 진심임을 알렸다. "그대가 나를 사랑하는 내 사람이라면, 내 분노한 망령에 시달리고 싶지 않다면, 내가 말한 그대로 해요. 그대의 영혼에 맹세하시오."

"매, 맹세해요."

"좋소. 자, 술이나 마십시다. 뭘 위해 건배할까…… '인생'에 건배!"

언제나 그렇듯 그의 타이밍은 절묘했다. 바로 그날 밤 시시포스는 침대 곁에서 죽음의 신이 바스락거리는 소리를 듣고 깨어났다.

"가야 할 때가 왔다, 코린토스의 시시포스여."

"아, 타나토스 님. 기다리고 있었습니다."

"나를 속일 생각은 하지 않는 게 좋아."

"제가요? 타나토스 님을 속여요? 그럴 마음은 추호도 없답니다." 시시포스는 일어나서 고분고분 고개를 숙이며, 수갑이 채워질 손목을 내밀었다.

수갑이 채워지고, 둘은 지하세계의 입구로 미끄러져 내려갔다. 타나토스는 스틱스강 근처에 시시포스를 내버려 둔 채 떠났다. 잔뜩 밀려 있는 망령들을 처리할 생각에 마음이 급했다.

뱃사공 카론이 배를 몰고 오자 시시포스가 배에 올라탔다. 카론은 기다란 장대로 배를 밀어 강둑을 떠나면서 손바닥을 내밀었다.

"한 푼도 없어요." 시시포스는 주머니를 톡톡 치며 말했다.

카론은 아무 말 없이 그를 시커먼 스틱스강으로 밀어 빠트려버렸다. 욕이 나올 정도로 추웠지만 시시포스는 용케도 강을 건너갔다. 강물에 피부를 데고 물집이 생겨 몹시 괴롭긴 했어도 강 반대편에 도착하고 보니 그가 의도했던 측은한 모양새가 완성되어 있었다.

망령들이 그를 휙휙 지나가며 눈을 돌렸다.

"알현실은 어느 쪽이오?" 시시포스가 한 망령에게 물었다. 그들이 가리키는 방향으로 가보니 페르세포네가 있었다.

"지엄하신 왕비님, 하데스 님을 알현하고 싶습니다." 시시포스는 고개를 숙이며 말했다.

"내 남편은 오늘 타르타로스에 있다. 내 말이 곧 그의 말이니 내게 말하라. 그대는 누구인데 감히 이런 꼴로 내 앞에 서 있는가?"

시시포스는 알몸에 한쪽 귀가 찢기고 한쪽 눈알이 밖으로 튀어나와 늘어져 있었다. 물린 자국, 매질 자국, 멍, 베인 상처, 벌어진 상처로 뒤덮인 망령의 몸은 지상의 코린토스 거리에서 그의 육체가 험악하게 다뤄졌다는 증거였다. 아내가 그의 지시를 잘 따른 것이다.

"왕비님." 시시포스는 페르세포네 앞에서 머리를 깊이 숙여 절하고 나서 말을 이었다. "제 꼴이 얼마나 흉한지 저만큼 뼈저리게 느끼는 이도 없을 겁니다. 내 아내, 그 독살스럽고 사악하고 극악무도하고 불경한 아내가 저를 이 비참한 꼴로 만들었답니다. 내가 누워 죽어가고 있을 때 아내가 시녀들에게 이렇게 말하더군요. '장례에 큰돈 쓸 필요 없어. 지하세계의 신들은 우리한테 아무것도 아니니까. 그이의 몸뚱어리는 밖으로 던져서 개들 먹이로 줘버려. 그이가 장례 비용으로 꿍쳐둔 돈으로 성대한 연회나 열지 뭐. 하데스와 페르세포네에게 바치려고 준비해둔 암송아지들을 맛있게 구워 먹는 거야.' 아내는 웃으면서 손뼉을 쳤고, 지엄하신 왕비님, 그것이 제가 세상에서 마지막으로 들은 소리랍니다."

페르세포네는 격분했다. "감히, 감히 그랬단 말이더냐? 벌을 줘야겠군."

"네, 그렇지요, 왕비님. 하지만 어떻게요?"

"산 채로 살가죽을 벗겨서……."

"네, 그것도 나쁘지 않네요. 하지만 더 재미있는 방법이 있을 것 같은데……." 갑자기 좋은 생각이 떠오른 듯 시시포스가 빙긋 웃었다. "저를 지상 세계로 돌려보내 주시면 더 재미있지 않을까요? 아내가 얼마나 충격을 받겠어요!"

"흠……."

"그리고 아내가 저지른 오만방자하고 불경한 죄의 대가를 매일 치르게 할게요. 황금도, 연회도 일절 금지, 가혹한 대우와 모욕, 노역만이 있을 겁니다. 제가 멀쩡히 살아서 성한 몸으로…… 그리고 어쩌면…… 훨씬 더 젊고 팔팔하고 잘생긴 모습으로 나타나면 아내가 어떤 얼굴을 할까요? 아내는 이제 스물여섯 살밖에 안 됐는데 내가 자기보다 오래 살면 얼마나 속이 쓰리겠어요! 저는 아내를 노예로 부릴 겁니다. 하루하루가 그녀에게는 고통이겠지요."

페르세포네는 미소 지으며 손뼉을 쳤다. "그게 좋겠군." 지하세계에서 여러 해를 보내는 동안 페르세포네는 지옥 왕국의 순조로운 운영에 대해 왕비로서 자부심과 확고한 믿음이 생겼다.

이렇게 시시포스는 지상 세계로 돌아갔고, 그와 기쁨에 젖은 왕비는 오래오래 행복하게 살았다.

하지만 마지막에 찾아온 죽음은 그도 피할 수 없었다.

# 바위를 굴리다

제우스와 아레스, 헤르메스, 하데스는 시시포스가 두 번째로 죽음을 피했다는 사실을 알고는 심기가 불편했다. 하지만 페르세포네가 결정을 내렸고, 한 신이 내린 판결은 다른 신이 뒤집을 수 없는 법.

평온하고 부유한 삶을 50년 남짓 더 누린 후 시시포스의 아내가 생을 마감하자 페르세포네와 시시포스가 맺은 계약은 만료되었다. 타나토스는 세 번째이자 마지막으로 그를 찾아갔다.

이번에 시시포스는 카론에게 뱃삯을 주고 순조롭게 스틱스강을 건넜다. 저쪽 강둑에서 헤르메스가 그를 기다리고 있었다.

"이런, 이런, 이런. 코린토스의 왕 시시포스여. 거짓말쟁이, 사기꾼, 악한에 협잡꾼이 오셨군. 내 마음에 꼭 들어. 보통의 인간은 한 번도 죽음을 피하지 못하는데 그대는 두 번이나 피했지. 참 똑똑하기도 하셔라."

시시포스는 허리를 굽혀 절했다.

"그런 대단한 일을 해냈으니 영원불멸의 존재가 될 기회를 한 번 주지."

헤르메스는 시시포스를 데리고 수많은 통로와 회랑을 지나 지하의 어느 광대한 방으로 갔다. 바닥부터 천장까지 거대한 산비탈이 이어져 있었다. 밑바닥에 바위 하나가 놓여 있고, 거기에 빛줄기가 내리비치고 있었다.

"지상 세계야." 헤르메스가 빛이 들어오는 곳을 가리키며 말했다.

비탈이 끝나는 지붕 높은 곳에 사각형 입구가 뚫려 있어 거기로 환한 빛이 들어오는 것이 시시포스의 눈에 보였다. 헤르메스의 손 짓 한 번으로 입구가 닫히자 빛줄기는 사라졌다.

"자, 그대가 할 일은 저 바위를 위로 굴리는 것이다. 꼭대기까지 올라가면 입구가 스르르 열릴 거야. 그 구멍으로 나가서 영원불멸 한 시시포스왕으로 살 수 있지. 타나토스가 다시는 그대를 찾아가 지 않을 것이다."

"그게 다예요?"

"그게 다라니까." 헤르메스가 이어 말했다. "물론 마음에 안 들 면 그대를 엘리시온으로 데려가겠다. 그곳에 가면 덕망 있는 망자 의 혼들과 함께 영원히 행복하게 지낼 수 있어. 하지만 바위를 선 택하면, 성공해서 자유와 영원불멸의 삶을 얻을 때까지 계속 노력 해야겠지. 이제 선택을 하라. 여기 밑에서 한가로운 내세를 누릴 텐가, 아니면 지상에서의 영원불멸한 생을 시도해보겠는가."

시시포스는 바위를 살펴보았다. 부피가 크지만 엄청난 정도는 아니었다. 산비탈은 가팔라 보였는데 깎아지른 정도는 아니었다. 경사가 45도를 넘지 않았다. 그렇다면 따분하고 점잖은 이들과 엘리시온 들판에서 영원히 뛰놀 것인가, 아니면 재미 넘치고 추잡 하고 시끌벅적한 광란의 지상 세계에서 영생을 누릴 것인가.

"속임수는 아니겠지요?"

"속임수도 아니고 강요도 아니야." 헤르메스는 시시포스의 어 깨에 손을 올리며 눈부신 미소를 지었다. "그대의 선택에 달렸다."

그 후의 이야기는 다들 알고 있을 것이다. 시시포스는 어깨를

1. 헤라와 제우스의 결혼식.

2. 불, 대장장이, 장인, 조각가, 금속공의 신
헤파이스토스가 대장간에서 일하고 있다.

3. 전쟁의 신 아레스.

4. 아레스는 태평하게 잠들어 있고, 그런 그를 깨어 있는 아프로디테가 지켜보고 있다.

5. 아테나는 갑옷, 방패, 창, 깃털 달린 투구로 완전히 무장한 채 아버지 제우스의 머리에서 태어난다.

6. 전쟁의 신 팔라스 아테나.

7. 헤파이스토스는 신들의 전령인 헤르메스에게 그의 트레이드마크가 될 날개 달린 신발 탈라리아를 만들어주었다.

8. 헤르메스의 선물에 매료된 음악의 신 아폴론.

9. 추격과 순결, 사냥개와 사슴의 신, 궁수들과 사냥꾼들의 여왕, 아르테미스.

10. 프로메테우스는 인간에게 불을
가져다준다.

11. 제우스는 프로메테우스에게 이렇게 외쳤다.
"그대는 영원히 이 바위에 묶여 있으리라.
달아나거나 용서받을 일은 없을 것이다, 영원히.
매일같이 이 독수리들이 와서 그대의 간을 뜯어
먹으리라, 그대가 내 심장을 찢어놓았듯이. (…)
이 고문은 영원히 끝나지 않으리라."

12. 인간의 영혼은 육체를 떠나는 순간, 스틱스강(증오)과 아케론강(비통)이 만나는 곳으로
옮겨졌다. 그곳에서 음침하고 말 없는 카론이 나룻배에 영혼들을 싣고 스틱스강을 건네주는
삯을 받기 위해 손을 내밀었다.

13. 판도라가 피토스를 열어 질병과 폭력, 기만, 고통, 기근을 세상에 풀어놓았을 때,
신과 인간이 어울려 살던 황금시대는 끝이 났다.

14. 페르세포네는 여섯 달 동안 지하세계의 왕비로 지냈다. 나머지 여섯 달은 어머니 데메테르에게 돌아가 풍요와 꽃과 즐거운 장난의 코레로 지냈다.

15. 에로스와 프시케. 쿠피도와 아니마. 사랑과 영혼.

16. 파에톤은 아버지 아폴론에게 태양 전차를 몰게 해달라고 간청했다.

17. 디오니소스의 배불뚝이 스승 실레노스는 익살맞은 소동, 오합지졸, 흥청망청 술잔치와 항상 연관되는 사티로스 같은 괴물들인 실레니와 함께 다녔다.

18. 감히 올림포스 신을 시험하려 든 마르시아스의 오만불손을 벌하기 위해 아폴론은 그 사티로스의 살가죽을 산 채로 벗겼다.

19. 아라크네는 자신의 베 짜는 기술에 자만하여 올림포스 신에게 대결을 요구했다.

써서 바위를 비탈로 밀어 올리기 시작했다. 반쯤 올라갔을 때 그는 영생을 자신했다. 4분의 3 정도 갔을 땐 지쳤지만 그래도 기력이 남아 있었다. 5분의 4…… 빌어먹을, 만만한 게 아니잖아. 6분의 5, 아프다. 7분의 6, 죽을 것처럼 고통스럽다. 8분의 7…… 이제 고지가 눈앞이다. 한 번만 더 용을 써서 손톱만큼만 더 올라가면…… 안 돼에에에에! 바위가 미끄러지면서 시시포스 위로 튀어올라 데굴데굴 바닥으로 굴러갔다. "뭐, 첫 시도치고는 나쁘지 않았어." 시시포스는 혼잣말로 중얼거렸다. "서두르지 않고 체력을 아끼면 저기까지 갈 수 있어. 그렇고말고. 괜찮은 방법이 있을 거야. 등에 무게를 싣고 뒷걸음으로 올라가 볼까. 할 수 있어……."

지금도 시시포스는 타르타로스의 언덕에서 바위를 굴리고 있다. 꼭대기에 도착하기 직전에 바위는 굴러떨어지고 그는 처음부터 다시 시작해야 한다. 이 세상이 끝날 때까지 그는 그곳에 있을 것이다. 할 수 있다는 믿음을 아직 버리지 않았다. 마지막으로 한 번만 더 노력하면 자유가 될 거라 믿고 있다.

화가와 시인, 철학자는 시시포스의 신화에서 많은 것을 보았다. 인간 삶의 부조리, 노력의 헛됨, 운명의 무자비한 잔혹성, 이길 수 없는 중력의 힘. 하지만 인간의 용기와 회복력, 불굴의 정신, 인내와 자기 믿음도 보았다. 그리고 순종을 거부하는 영웅적인 면모도.

# 오만

그리스어로 '히브리스'는 특정 종류의 오만을 뜻한다. 인간들이 신을 거역하고 불가피한 벌을 받게 하는 주된 원흉이다. 그리스 비극과 신화의 많은 주인공들이 갖고 있는 결함이기도 하다. 가끔은 인간이 아닌 신의 흠일 때도 있다. 신들은 질투와 옹졸함, 허영심 때문에, 인간들이 신과 맞먹거나 신을 능가할 수 있음을 절대 받아들이지 못한다.

## 니오베의 눈물

탄탈로스와 디오네 사이에 태어난 자식은 펠롭스뿐만이 아니었다. 니오베라는 딸도 있었다. 아버지는 끔찍한 운명에 처해지고, 오빠는 암울한 사건을 많이 겪었지만, 니오베는 거만하고 자신만만한 여성으로 자랐다. 그녀는 제우스와 안티오페의 아들인 암피온과 만나 결혼했다.

기억할지 모르겠지만 암피온은 헤르메스의 전 애인이자 테베의 성벽을 쌓아 올린 쌍둥이 형제 중 한 명으로, 노래와 리라 연주로 돌을 홀리는 능력을 보여준 바 있다.* 니오베와 암피온 사이에 일곱 딸과 일곱 아들, 즉 니오비드들이 태어났다.

위험한 수준의 자만과 자존감에 부풀어 있던 니오베는 자기가 얼마나 잘난 사람인지, 자신의 혈통이 얼마나 고귀하고 신성한지 떠들고 다니기를 좋아했다.

"어머니 쪽으로는 테티스 님과 오케아노스 님이 내 조상이야. 그 왜, 1세대 티탄 신족 있잖아. 아버지 쪽으로야 리디아의 산신들 중에 가장 귀한 태생이신 트몰로스 님이 계시지. 내 남편 암피온은 안티오페 님과 제우스 님의 아들이야. 안티오페 님은 용의 이빨에서 태어난 테베 스파르토이 중 한 분인 닉테우스왕의 따님이시고. 그러니까 내 사랑하는 아들들과 딸들이 세계 제일의 명문가 후손이라고 자랑하고 다녀도 무방하다는 말씀이지. 물론 내가 그러지 말라고 하겠지만. 교육을 잘 받고 자란 사람은 절대 으스대지 않는 법이거든."

이런 어리석은 짓이야 조금 패씸하다 하고 넘어갈 일이었지만, 니오베는 감히 신들의 어머니인 티탄 신족 레토와 자신을 비교하는 우를 범했다. 테베 사람들이 연례행사로 모여 레토의 찬가를 부르고 델로스에서 일어난 아르테미스와 아폴론의 기적적인 탄생을 이야기한 바로 그날, 레토와 그녀의 존엄에 아주 중요한 바로 그날, 니오베는 오만하기 짝이 없는 공격을 퍼부었다.

"아니, 레토가 낳은 소중한 쌍둥이 아르테미스와 아폴론이야 물론 매력적이고 충분히 신성하지. 그런데 겨우 두 아이뿐이잖

---

\* 암피온은 니오베와 결혼하고, 자신이 창건을 도왔던 도시 테베로 돌아가자마자, 원래 네 줄이었던 리라의 현에 세 줄을 더했다. 소아시아에 있는 아내의 고향을 기리는 뜻에서 리디아 선법으로 연주하기 위해서였다.

아? 딸 하나, 아들 하나? 맙소사, 그래 놓고 어떻게 어머니라 자처할 수 있지? 그리고 내 일곱 아들과 일곱 딸이 전부 다는 아니더라도 그중 몇 명은 영원불멸한 신으로 승격될지 누가 알아?* 태생을 생각하면 가능성이 크지 않아? 내가 보기엔, 레토처럼 게으르고 저속하고 비생산적인 엄마를 찬양하는 건 정말이지 품위 떨어지는 짓이라고. 내년엔 축제를 완전히 취소하도록 손을 써야겠어."

기고만장한 테베 사람이 자신을 모욕하고 감히 얕잡아본다는 소식을 전해 듣고 레토는 그녀의 마음을 헤아릴 줄 아는 쌍둥이 앞에서 눈물을 터뜨리며 목멘 소리로 말했다.

"그 지독하고 허풍스럽고 교만한 여자가 나는 아이를 둘밖에 안 낳았으니 게으르다는구나……. 내가 비생산적이래. 그리고 내가 저속하대. 테베 사람들이 내 추, 추, 축일을 기념하는 것도 못하게 막겠다고……."

아르테미스는 팔로 어머니를 감싸 안고, 아폴론은 주먹으로 손바닥을 쾅쾅 치며 이리저리 서성였다.

레토는 울부짖었다. "그 여자는 자식을 열넷이나 낳았어. 그러니까, 그래, 그 여자에 비하면 나는 엄마로서 자격 미달……."

"그만해요!" 아르테미스가 말했다. "자, 동생아. 그 여자가 우리 어머니를 울렸어. 눈물의 의미가 뭔지 제대로 알려주자고."

---

\* 뒤이은 영웅들의 시대와 마찬가지로 이때에도 인간이 영원불멸한 존재로 올라갈 수 있는 가능성은 항상 열려 있었다. 헤라클레스에게 바로 그런 일이 일어난다. 훗날의 문명에서 로마 황제들은 신격화되고, 로마 가톨릭교도들은 축성받고, 영화배우들은 할리우드 명예의 거리에서 별이 된다.

아르테미스와 아폴론은 곧장 테베로 가서, 암피온과 니오베의 열네 아이들을 끝까지 추격했다. 아르테미스는 은 화살을 날려 일곱 딸을 죽이고, 아폴론은 금 화살을 날려 일곱 아들을 죽였다. 암피온은 이 소식을 듣고 자신의 칼로 자결했다. 니오베 역시 견딜 수 없는 슬픔에 빠졌다. 그녀는 고향으로 달아나 시필로스산의 비탈에 숨어 지냈다.

그녀가 아무리 분별없고 거만하고 어리석은 속물이었다 해도, 그런 비참하고 위로할 길 없는 불행은 차마 눈 뜨고 못 볼 지경이었다. 신들은 그치지 않는 그녀의 통곡 소리를 견디지 못해 그녀를 돌로 만들어버렸다. 하지만 단단한 돌이 되어서도 눈물은 멈추지 않았다. 돌에서 흘러나온 니오베의 눈물은 폭포수가 되어 산허리 아래로 떨어졌다.

지금도 시필로스산(현재의 스필산)에 가보면 여성의 얼굴 윤곽이 보이는 암석층이 있다. 터키어로 이곳을 '알라얀 카야', 즉 '눈물 흘리는 바위'†라 부른다. 이곳에 서면 탄탈리스의 현대식 이름인 마니사 시가 내려다보인다. 이 바위에서 콸콸 쏟아져 나오는 물은 애통함 속에서 영원히 흐를 것이다.

---

† 이 바위는 석회암이지만 눈물의 왕비 니오베의 이름을 딴 원소를 포함하고 있다. 구조와 특성 면에서 탄탈룸과 아주 비슷한 니오븀이다.

# 아폴론과 마르시아스

인간만이 과도한 오만을 부리는 것은 아니었다. 아테나의 상처 입은 자존심은, 직접적으로는 아니지만 마르시아스라는 오만한 피조물의 몰락으로 이어졌다.

모든 일은 아테나가 '아울로스'라는 새로운 악기를 자랑스레 발명하면서 시작되었다. 아울로스는 두 개의 리드*가 달린 피리로, 현대의 오보에나 잉글리시 호른과 비슷하다.† 이 근사한 악기에는 한 가지 문제가 있었다. 아테나가 연주할 때마다 분명 멋진 음악이 나오는데도 동료 올림포스 신들은 폭소를 터트렸다. 그 악기로 좋은 소리를 내려면 두 뺨을 잔뜩 부풀릴 수밖에 없었다. 품위의 화신인 아테나가 시뻘게져서는 황소개구리처럼 부어오른 모습을 보고 무례한 동료들은 터져 나오는 웃음을 참지 못했다. 현명하고 (대개는) 가식과 자만심이 없는 아테나였지만 그렇다고 허영심이 아예 없는 건 아니어서 조롱당하는 걸 참을 수가 없었다. 새 악기의 감미로운 소리로 신들을 설득해보려고 세 번 시도한 끝에 아테나는 저주를 퍼부으며 아울로스를 올림포스 밑으로 던져버렸다.

아울로스는 소아시아의 프리기아 왕국, 메안데르강(물길의 굴곡이 심하기로 유명하며, 구불구불 굽이쳐 흐르는 개울을 의미하

---

* reed. 관악기의 발음원이 되는 얇은 진동판.—옮긴이
† 팔라스 아테나의 이름을 딴 원소 팔라듐이 관악기 제조에 많이 사용된다는 건 재미있는 우연의 일치다. 아니, 과연 우연의 일치일까? 흠…….

는 단어 '미앤더meander'가 여기에서 유래했다)의 수원지 근처에 떨어졌다. 그리고 마르시아스라는 사티로스가 그것을 주웠다. 디오니소스의 추종자인 마르시아스는 평판이 썩 좋진 않은 인물로 호기심이 강했다. 그는 흙을 털고 아울로스를 불어보았다. '삐익' 하는 소리만 작게 났다. 그는 웃으며 간지러운 입술을 긁었다. 다시 숨을 훅 하고 세게 불자 마침내 음악 같은 소리가 나왔다. 재미있었다. 그는 불고 또 불었고, 놀라울 정도로 짧은 시간에 제대로 된 선율을 연주할 수 있게 되었다.

한두 달 만에 그의 명성은 소아시아와 그리스 전역으로 퍼져 나갔다. 그는 아울로스 연주로 나무가 춤추게 하고 돌이 노래하게 만드는 '음악가 마르시아스'로 찬양받았다.

그는 음악적 재능으로 얻은 명성과 찬사를 마음껏 즐겼다. 여느 사티로스처럼 그도 포도주와 여자, 노래만 있으면 행복했는데 노래에 통달하고 나니 나머지 두 가지가 저절로 따라왔다.

어느 날 저녁 모닥불이 타닥타닥 타오르고 마이나스들이 그의 발치에서 홀딱 반한 눈빛으로 그를 올려다보고 있자 마르시아스는 술에 취해 하늘을 향해 소리쳤다.

"자, 아폴론이여! 리라의 신이여! 댁은 자기가 음악을 아주 잘하는 줄 알겠지만, 내 장담하는데 대갈하면…… 대질? 대경? 뭐더라?"

"대결요?" 한 마이나스가 졸린 목소리로 말했다.

"그래, 그렇게도 말하지. 만약…… 그걸 하면…… 내가 이길 거야, 수월하게. 누워서 떡 먹기지. 리라는 누구나 퉁길 수 있잖아. 따분해. 하지만 내 피리는, 내 피리는 언제든 댁의 리라 줄을 이기지. 그렇다니까!"

마이나스들이 웃자 마르시아스도 웃으며 트림을 하고는 느긋하니 잠들었다.


# 대결

다음 날 마르시아스는 수많은 추종자들을 데리고 아울로크레네 호수에 도착했다. 그곳에서 다른 사티로스들을 만나 큰 잔치를 벌이고, 자작곡인 신나고 떠들썩한 춤곡을 연주하기로 되어 있었다. 그는 호숫가에서 갈대를 몇 줄기 뽑아(호수의 이름만 봐도 알 수 있듯이 그곳에는 갈대가 넘쳐났다. '아울로스'는 '갈대reed'를, '크레네'는 '분수'나 '샘'을 의미한다) 자신의 아울로스를 위한 새로운 리드를 만들 계획이었다. 피리를 불고 춤을 추면서 흥겨운 음악에 맞춰 추종자들을 이끌고 가다가 어느 모퉁이를 돌았을 때 눈부시고 심란한 광경이 길을 막았다.

초원에 무대가 세워져 있고, 무대 위에 아홉 명의 무사들이 반원을 넓게 그리며 앉아 있었다. 무대 한가운데에는 아폴론이 리라를 들고 서서 아름다운 입술로 음산한 미소를 띠고 있었다.

마르시아스가 갑자기 멈춰 서자 따라오던 사티로스들, 목신들, 마이나스들이 그와 부딪치고 서로 뒤엉켜 한바탕 난리가 났다.

아폴론이 말했다. "자, 마르시아스여, 그대가 용감하게 뱉은 말을 시험할 준비가 됐나?"

"말이라뇨? 무슨 말이요?" 마르시아스는 지난 밤 술에 취해 떠

벌린 말을 까맣게 잊어버렸다.

"그대가 이렇게 말했지. '만약 나와 아폴론이 대결한다면 내가 수월하게 이길 거야.' 이 말이 사실인지 알아볼 기회를 주겠다. 무사들이 우리 연주를 듣고 심사하려고 파르나소스에서 여기까지 왔으니, 그들의 말이 곧 최종 판결이다."

"하, 하, 하지만…… 나는……." 마르시아스는 갑자기 입이 바짝 마르고 두 다리가 휘청였다.

"그대가 나보다 더 뛰어난 음악가인가, 아닌가?"

뒤에서 추종자들이 의심스럽게 숙덕거리는 소리가 들리자 마르시아스의 자존심이 다시 거세게 불타올랐다.

그는 허세를 부리며 선언했다. "공정하게 대결한다면, 내가 아폴론 님을 확실히 이길 수 있습니다."

아폴론이 활짝 웃었다. "아주 좋아. 여기 무대 위로 올라오라. 내가 먼저 시작하겠다. 짧은 곡조를 하나 연주할 테니 거기에 답을 해보라."

마르시아스가 아폴론 옆에 자리를 잡았다. 아폴론은 조율이 끝나자 리라의 줄을 부드럽게 퉁기고 섬세하게 뜯었다. 정교하고 감미롭고 유혹적인, 더없이 아름다운 선율이 흘러나왔다. 네 악절 중 마지막 악절이 울릴 때 마르시아스의 추종자들은 감탄하며 박수갈채를 보냈다.

마르시아스는 곧장 아울로스를 입에 대고 그 악절들을 똑같이 연주했다. 하지만 조금씩 비틀고 변화를 줘서, 꾸밈음을 흩뿌리거나 음을 올리거나 내렸다. 그의 추종자들이 경탄하여 숨을 몰아쉬고 칼리오페까지 고개를 끄덕이자 용기를 얻은 마르시아스는 화려한 악구로 마무리를 지었다.

아폴론도 즉시 두 배 빠른 변주로 응답했다. 줄을 뜯고 퉁기는 현란함이 경이롭게 들렸지만 거기에 마르시아스는 훨씬 더 빠른 속도로 답했다. 그의 피리에서 노래하는 듯한 선율이 졸졸 흘러나오자 그 마법 같은 장려함에 관객은 더 많은 박수를 보냈다.

이때 아폴론은 의외의 행동을 했다. 리라를 거꾸로 뒤집어 악절을 반대 방향으로 연주한 것이다. 그래도 여전히 하나의 곡으로 손색이 없었지만 이번에는 그 신비로움과 기묘함이 관객을 홀려놓았다. 아폴론은 연주를 마치고 마르시아스에게 고개를 까딱했다.

듣는 귀가 탁월한 마르시아스는 아폴론처럼 역으로 연주하기 시작했지만 아폴론이 코웃음 치며 끼어들었다. "아니, 그게 아니지, 사티로스! 나처럼 악기를 뒤집어야지."

"하지만 그건…… 그건 불공평하잖아요!" 마르시아스가 따졌다.

"그럼 이건 어때?" 아폴론이 리라를 연주하며 노래를 불렀다. "마르시아스는 저 지독한 것을 불 수 있다네. 하지만 노래도 같이 부를 수 있을까?"

마르시아스는 욱해서 연주에 온 힘을 쏟아부었다. 그의 얼굴이 자줏빛으로 변하고 두 뺨은 터질 듯 부풀어 올랐다. 사분음표, 팔분음표, 십육분음표들이 빗발치며 수백 개의 음들이 터져 나와 세상에 없었던 음악이 되어 허공을 가득 메웠다. 하지만 아폴론의 신성한 목소리, 리라의 황금 현에서 흘러나오는 화음과 아르페지오, 이런 소리에 마르시아스의 피리가 무슨 수로 맞서겠는가?

기진맥진해서 숨을 헐떡이고 좌절감에 흐느끼며 마르시아스는 울부짖었다. "불공평해요! 아폴론 님의 목소리가 허공에 노래를 부르듯이, 내 목소리와 숨은 나의 아울로스에 노래를 부르고 있다고요. 물론 나는 악기를 거꾸로 뒤집을 수 없지만 공평한 심사위원이라면 내 기교가 더 뛰어나다는 걸 알 겁니다."

# 판정

승리의 마지막 활주를 마치고 아폴론은 심사위원단인 무사들을 바라보았다. "다정한 자매들이여, 내가 뭐라 말할 수 있는 입장이 아니니 그대들이 결정을 내려줘야겠어요. 그대들은 누구의 손을 들어주시겠습니까?"

마르시아스는 제정신이 아니었다. 굴욕감과 미칠 것 같은 억울함에 심사위원들을 공격하기에 이르렀다. "저이들이 공평할 리가 없지, 전부 다 댁의 이모거나 이복자매거나 무슨 근친상간 같은 관계니까. 한가족이잖아. 저들이 어떻게 댁을 거스르……."

"쉿, 마르시아스!" 한 마이나스가 애원했다.

"귀담아듣지 마세요, 위대한 아폴론 님!" 다른 마이나스가 설득했다.

"지금 정신이 나가서 저래요."

"원래는 착하고 점잖은데."

"나쁜 뜻으로 저러는 건 아니에요."

무사들은 금세 의논을 마치고 결과를 발표했다.

"만장일치의 결과가 나왔어요. 승자는 아폴론 님이에요." 에우테르페가 말했다.

아폴론은 고개를 숙이고 상냥하게 미소 지었다. 하지만 그러고 나서 그는 황금빛의 아름다운 신, 이성과 매력과 조화를 상징하는 아름다운 선율의 신 아폴론이 했다고는 믿기지 않는 행동을 했다.

그는 마르시아스를 붙잡아 살가죽을 벗겼다. 좋게 포장하려야 할 수가 없다. 감히 올림포스 신에게 도전한 마르시아스의 오만불손을 벌하기 위해 아폴론은 비명을 질러대는 사티로스의 살아 있는 몸에서 살가죽을 벗겨내 소나무에 걸어놓았다. 모든 이들에게 본보기를 보이고 경고를 하기 위함이었다.*

'살가죽이 벗겨지는 마르시아스'는 화가와 시인, 조각가가 즐겨 사용하는 소재가 되었다. 어떤 이들은 그의 이야기에서 프로메테우스의 운명을 떠올린다. 예술가 겸 창조자들이 신들에게 도전장을 던지고, 신들은 필멸의 예술가들이 자신들을 능가할 수 있음을 인정하지 않으려 한다.†

---

* 존경할 만한 신이 그렇게 잔인한 짓을 했다는 사실을 받아들이기가 힘들다면 이 이야기의 다른 해석이 마음에 들지도 모르겠다. 그리스 신화 연구의 선봉에 서 있는 헝가리의 문헌학자이자 신화 기록가, 카로이 케레니는 사티로스들이 보통 짐승 가죽으로 만든 옷을 입고 다녔다고 지적한다. 그러니까 아폴론이 실제로 한 일은 마르시아스의 가죽옷을 벗겨 알몸으로 가게 한 것이다. 그게 다였다. 그렇게 끔찍한 벌이 아니었다. 원만하고 설득력 있는 해석이지만 수 세대의 예술가들은 전혀 믿지 않았다.

† 반대로, 변덕스럽고 똥한 아폴론이 재능 있는 마르시아스에게 도전했다는 내용으로 변형된 신화도 있다. 그러면 필멸하는 자의 오만불손이 아닌 신의 질투에 관한 이야기가 된다.

# 아라크네

## 베 짜는 여인

리디아 왕국‡의 히파이파라는 작은 마을 외곽에 있는 아담한 오두막에 상인이자 수공예가인 이드몬이 살고 있었다. 그는 근처의 이오니아 도시인 콜로폰에서 염색 상인으로 일하면서, 대단히 귀한 색깔인 포카이아 퍼플§을 전문적으로 취급했다. 그의 아내는 딸 아라크네를 낳다가 죽었다. 여느 아버지처럼 이드몬도 딸을 자랑스럽게 여겼다. 아주 어릴 적부터 베 짜는 실력이 남다른 딸이었기 때문이다.

당시에 실을 뽑고 천을 짜는 일은 당연히도 아주 중요했다. 먹을거리를 재배하는 것 다음으로 옷과 가정 비품을 만들 직물을 제조하는 것만큼 인간 생활에 중요한 일도 없었다. 당시에는 그 모든 작업이 인간의 손으로 이루어졌다. 양털이나 아마 섬유를 실로 자은 다음 베틀에 걸어 모직물이나 리넨을 짰다. 워낙에 숙련

---

‡ 리디아는 많은 신화의 배경이 되는 곳이다. 그리스인들은 리디아를 포함하는 이오니아 지방(현재 터키의 아나톨리아 지역)을 식민지로 만들었다.
§ 고대의 자줏빛 또는 진홍색의 귀한 염료.—옮긴이

된 여성들이 활약한 분야라 몇몇 문화권과 언어권에서는 방직과 관련된 용어가 여성에게 사용되기도 한다. 영어로 '디스터프 사이드distaff side'는 모계, 외가를 뜻하는데, '디스터프'는 실을 잣기 전에 양털이나 아마를 감아두는 물렛가락이다. 그리고 실을 잣는 사람이라는 뜻의 '스핀스터spinster'는 한때 결혼하지 않은 여성을 부정적으로 일컫는 말이었다.

하지만 거의 모든 인간 관습에서 그렇듯 일상적이고 평범한 것을 예술의 경지로 끌어올리는 신비로운 능력을 가진 사람들이 있다.

아라크네의 베 짜는 실력은 처음부터 이오니아의 화젯거리이자 자랑거리였다. 그녀의 작업은 놀라울 정도로 빠르고 정확했으며, 필요한 색실들을 보지도 않고 확실하게 골라내는 능력에 반한 사람들이 일하는 그녀를 구경하기 위해 이드몬의 오두막으로 몰려왔다. 하지만 구경꾼들이 자기도 모르게 박수를 치고 그녀에게 맞설 적수가 없다고 엄지손가락을 치켜든 이유는, 눈에 안 보일 정도로 빠르게 움직이는 그녀의 직조기 북 아래로 점점 완성되어가는 그림들과 무늬들, 정교한 디자인 때문이었다. 그녀가 짜낸 수풀과 궁전, 바다 풍경과 산의 경치가 너무도 사실적이어서 그곳으로 뛰어들 수 있을 것만 같았다. 그녀가 베 짜는 모습을 보러 온 이는 콜로폰과 히파이파의 인간 주민만이 아니었다. 팍톨로스강의 나이아스들과 근처 트몰로스산의 오레아스들도 오두막으로 몰려가 경탄하며 고개를 내저었다.

아라크네가 500년에 한 명 나올까 말까 한 대단한 인물이라는 데 동의하지 않는 이는 없었다. 그녀는 기술도 뛰어났지만 기적

같은 심미안까지 타고나 자주색 같은 비싸고 화려한 염료들을 절대 과용하지 않았다.

매일 그런 찬사를 받다보면 누구든 기고만장해졌을 것이다. 그러나 아라크네는 버릇없고 교만하지 않았다. 사실 베틀 앞에 있지 않을 때의 그녀는 덜렁거리거나 예민하기보다는 현실적이고 따분한 인상을 풍겼다. 그녀는 자신의 재능이 하늘로부터 받은 선물이기 때문에 자랑거리로 여겨서는 안 된다는 걸 잘 알고 있었다. 하지만 자신의 재주를 소중히 여겼고, 거기에 적절한 가치를 매기는 건 정당한 일이라고 믿었다.

"그래." 아라크네는 운명의 날 오후에 자신의 작품을 내려다보며 중얼거렸다. "솔직히 말해서 팔라스 아테나 님도 나와 함께 앉아서 실을 자으면 내 실력을 못 따라오실 거야. 나는 매일 이 일을 하는데 아테나 님은 어쩌다가 한 번씩 재미로 하시니까. 내가 아테나 님보다 훨씬 잘하는 게 당연하지."

이드몬의 오두막 거실에 그렇게 많은 님프들이 있었으니, 아라크네의 경솔한 말이 머지않아 아테나의 귀에 들어갈 것은 확실한 일이었다.

# 베 짜기 대결

일주일쯤 후에 아라크네는 평소처럼 구경꾼들에게 둘러싸여서 베틀 앞에 앉아 테베의 건국을 표현하는 태피스트리를 짜고 있었다. 용의 이빨에서 태어난 전사들이 땅에서 솟아오르는 장면이 묘사되자 보는 사람들이 감탄하여 숨을 몰아쉬고 신음을 뱉었고 그때 오두막 문을 세게 두드리는 소리가 팬들의 탄성에 끼어들었다.

곧이어 문이 열리더니 등이 구부정하고 주름이 자글자글한 노파가 나타났다. "제대로 찾아왔는지 모르겠구려." 그녀는 커다란 자루를 끌며 씩씩거렸다. "여기 베 짜는 실력이 대단한 사람이 산다고 들었소만. 아리아드네였나?"

사람들이 노파를 오두막 안으로 들이고, 베틀에 앉아 있는 소녀를 가리키며 말했다. "아라크네예요."

"아라크네라. 그렇군요. 좀 봐도 될까요? 맙소사, 이게 다 아가씨가 만든 거예요? 정말 훌륭하군요."

아라크네는 흐뭇하게 고개를 끄덕였다.

노파가 직물을 잡아 뜯었다. "인간이 이 정도까지 할 수 있다니 믿을 수가 없구려. 분명 아테나 님의 손길이 들어갔겠지요?"

"설마요." 아라크네가 조금 안달하며 말했다. "아테나 님 실력으로는 이 절반도 따라오기 힘들걸요. 그리고 실 좀 풀지 마세요."

"오, 아테나 님이 아가씨보다 못하다고?"

"베 짜기만큼은 다른 의견이 있을 수 없어요."

"만약 아테나 님이 여기 계신다면 아가씨는 뭐라 말하겠어요?"

"베 짜는 실력이 내가 더 낫다는 걸 인정하시라고 설득하겠어요."

"그럼 한번 설득해보아라, 이 어리석은 인간아!"

이 말과 함께 늙은 얼굴의 주름이 펴지고 침침하고 흐리멍덩한 눈이 반짝이는 회색으로 맑아지더니 굽었던 등이 꼿꼿해지면서 위용 넘치는 아테나의 모습이 나타났다. 구경꾼들은 놀라서 어리벙벙해져 뒤로 물러났다. 특히 님프들은 인간의 솜씨에 찬탄하느라 시간을 낭비한 것을 들킬까 봐 창피하고 두려워 구석으로 숨어들었다.

아라크네는 얼굴이 새하얗게 질리고 심장이 쿵쿵거렸지만 겉으로는 태연한 척했다. 회색 눈동자가 자기에게 고정되어 있어 당황스러웠으나 지혜롭고 흔들림 없는 그 시선도 엄연한 사실을 바꿀 수는 없다고 생각했다.

아라크네는 최대한 차분한 목소리를 짜내 말했다. "저기, 기분 나쁘게 듣지는 마세요. 베틀의 예술에 관한 한 저를 따라올 적수는 없어요. 지상에도, 올림포스에도."

"그래?" 아테나가 한쪽 눈썹을 찡그렸다. "그럼 한번 알아보지. 네가 먼저 하겠느냐?"

"아니요⋯⋯." 아라크네는 자기 자리를 비우고 베틀을 가리켰다. "먼저 하세요."

아테나는 베틀의 뼈대를 살폈다. "그래, 이 정도면 괜찮군." 그러고는 말을 이었다. "포카이아 퍼플이라. 나쁘진 않지만, 나는 티레 퍼플 쪽이 더 좋아." 아테나는 자루에서 다량의 염색된 털실을 꺼냈다. "자, 그럼⋯⋯."

몇 초 만에 아테나는 작업을 시작했다. 회양목으로 만든 북이 앞뒤로 물 흐르듯 움직이자 마법이라도 부리는 듯 멋진 이미지들이 나타나기 시작했다. 사람들은 서로 밀어대며 앞으로 다가갔다. 아테나는 다름 아닌 신들 자신의 이야기를 표현하고 있었다. 우라노스가 거세당했던 그 유혈 낭자한 현장, 정말 끈적끈적해 보이는 피. 아프로디테의 탄생에서는 대양의 물보라가 어찌나 상쾌하고 축축해 보이는지. 여기는 레아의 자식들을 집어삼키는 크로노스,

저기엔 암염소 아말테이아의 젖을 먹고 있는 아기 제우스. 아테나는 자신이 제우스의 머리에서 태어난 이야기도 태피스트리에 짜넣었다. 그다음엔 열두 신이 올림포스의 옥좌에 앉아 있는 눈부신 장면이 나타났다. 하지만 여기서 끝이 아니었다.

건방진 아라크네에게 고의적이고 공개적으로 창피를 주려는 듯 아테나는 감히 신들과 맞먹으려 들거나 신들보다 우월한 척하다가 대가를 치른 인간들의 이야기를 묘사하기 시작했다. 우선, 감히 서로를 헤라와 제우스라 부르다가 산이 되어버린 하이모스 왕과 로도페 왕비 부부, 천상의 왕비보다 자기가 훨씬 더 아름답고 고귀하다고 주장했다가 헤라의 분노를 사 두루미가 되어버린 피그미족의 여왕 게라나, 이와 비슷한 건방진 짓을 했다가 머리카락이 뱀으로 변해버린 안티고네도 그 근처에 짜 넣었다.* 마지막으로 아테나는 작품의 테두리를 자신에게 신성한 나무인 올리브 무늬로 장식한 다음 일어나서 응당한 갈채를 받았다.

아라크네는 품위 있게 다른 사람들과 함께 박수를 쳤다. 그녀는 아테나의 북만큼이나 빨리 머리를 움직이며, 어떤 작품을 만들지 결정 내렸다. 일종의 광기가 그녀를 사로잡았다. 생각지도 못하게 올림포스의 신과 대결을 하게 된 그녀는 자신의 베 짜는 솜씨가 더 뛰어날 뿐만 아니라 모든 면에서 인간이 신보다 낫다는 걸 온 천하에 보여주고 싶었다. 올림포스 신들의 탄생과 군림이라는 장엄한 소재를 잡았다가, 오만불손한 인간들이 벌을 받는 어설픈 우

---

* 후에 신들은 안티고네를 불쌍히 여겨 황새로 변신시켰다. 그 후로 쭉 황새들은 뱀을 잡아먹었다. 이 여인은 오이디푸스의 딸이자 테베의 공주인 안티고네가 아니라 같은 이름을 가진 트로이 소녀다.

화들로 넘어간 아테나에게 화가 났다. 그래, 우화로 한번 겨뤄볼까. 한 수 보여주겠어!

아라크네는 베틀 앞에 앉아서 손가락 마디를 딱딱 꺾은 뒤 시작했다. 그녀의 날아다니는 손가락 밑에서 제일 처음 살아나기 시작한 것은 황소 한 마리였다. 그 소를 타고 있는 어린 소녀. 황소가 하늘을 날아 바다를 건너는 모습. 미친 듯 절벽으로 달려가는 청년들을 파도 위에서 뒤돌아보는 소녀. 설마? 에우로페가 납치되는 장면이고, 이 남자들은 카드모스와 형제들인가?

더 가까이 보려고 우르르 몰려든 구경꾼들 사이에서 숙덕거리는 소리가 일었다. 이어지는 이미지들은 아라크네의 속셈을 훤히 보여주었다. 티탄 신족인 포이베와 코이오스의 딸로, 독수리 모습의 제우스가 보내는 음흉한 눈길에서 벗어나려고 메추라기로 둔갑한 아스테리아, 그 옆에는 틴다레오스의 아내 레다의 주위를 맴돌며 환심을 사려 애쓰는 백조 제우스, 이제 제우스는 아름다운 안티오페를 뒤쫓으며 춤추는 사티로스가 되었다. 그다음으로 이 음탕한 신은 기묘하기 짝이 없는 변신술을 부려, 믿기 힘든 현현을 선보인다. 황금비로 쏟아져 내려, 아르고스의 왕 아크리시오스의 딸로 탑에 갇혀 있던 다나에를 임신시킨다. 이 수많은 겁탈과 유혹은 인간들이 입방아를 찧어대는 화젯거리였다. 그걸 색실로 생생하게 표현하는 건 용서받지 못할 행위였다. 제우스의 타락을 보여주는 장면들이 더 이어졌다. 얼룩덜룩한 뱀으로 변신한 제우스에게 농락당한 불운한 님프 아이기나와 사랑스러운 페르세포네. 제우스가 데메테르와의 사이에 얻은 딸 페르세포네를 이런 식으로 덮쳤다는 소문이 살짝 돈 적은 있었지만 아라크네가 지금 그 일을 보여주는 건 신성모독이었다.

아라크네가 실로 써 내려간 타락 이야기의 주인공은 제우스뿐만이 아니었다. 이제부터는 포세이돈이 등장하기 시작했다. 바다의 신은 처음엔 황소로 변신해, 겁에 질린 테살리아의 아르네를 뒤쫓아 가다가, 강의 신 에니페우스로 위장해 사랑스러운 티로를 손에 넣고, 마지막으로 돌고래로 둔갑해 데우칼리온의 매혹적인 딸 멜란토에게 추근거렸다.

그다음은 아폴론의 약탈 전적이 등장할 차례였다. 일말의 연민도 수치심도 없이 처녀들을 더럽힌 매 아폴론, 사자 아폴론, 양치기 아폴론. 디오니소스 역시 묘사되었다. 그는 큼직한 포도송이로 둔갑해 아름다운 에리고네를 속이고, 광란과 환락 대신 사색하는 인생을 택한 미니아데스*를 홧김에 박쥐로 변신시켜버렸다.

이보다 더 많은 에피소드들이 아라크네의 솜씨로 소환되었다. 공통적인 주제는 신들이 인간 여인들을 속여서 겁탈하고 야만적으로 이용해먹는다는 내용이었다. 아라크네는 꽃과 담쟁이덩굴 이파리들이 서로 뒤얽힌 문양으로 테두리를 두르며 작품을 마무리했다. 그녀는 차분하게 북을 옆으로 밀어놓고는 일어나서 기지개를 켰다.

---

* 보이오티아 왕 미니아스의 세 딸로, 그들의 이름은 레우키페, 아르시페, 알카토에였다. 최근 발견된 유럽의 박쥐 종에는 알카토에를 기리는 뜻으로 '미오티스 알카토에'라는 이름이 붙었다. 세 자매의 운명은 디오니소스적인 환락의 삶에서 벗어나려는 자들에 대한 경고로 과거에 자주 쓰였다. 요즘이라면 반대의 경고가 더 그럴싸하게 들리겠지만 말이다.

# 보상

구경꾼들은 겁에 질리고 매료되고 심란한 기분으로 뒤로 물러났다. 아라크네의 대담한 행동 때문에 손에 땀이 날 지경이었지만, 이 과감하면서도 불경스러운 작품에 최고의 기술과 예술성이 녹아 있다는 사실은 그 누구도 부인할 수 없었다.

아테나는 앞으로 나가 표면을 꼼꼼히 살폈고, 어떤 흠도 결점도 찾지 못했다. 완벽했다. 완벽하지만 불경하고 용납할 수 없었다. 아무 말 없이 아테나는 천을 북북 잡아 뜯어 모든 장면을 갈기갈기 찢어발겼다. 급기야 화를 다스리지 못하고 북을 낚아채 아라크네의 머리로 던졌다.

이마에 북을 아프게 맞은 아라크네는 그제야 정신을 퍼뜩 차렸다. 내가 무슨 짓을 한 거지? 내가 무슨 광기에 사로잡혔던 거지? 이제 영영 베를 짜지 못하겠구나. 오만을 부린 대가로 끔찍한 죗값을 치르겠지. 자신이 태피스트리에 그려 넣은 소녀들의 운명보다 훨씬 더 가혹한 벌을 받으리라.

그녀는 바닥에서 두툼한 대마 끈을 하나 주웠다. "베를 짜지 못한다면 살아서 무엇 하리!" 그녀는 이렇게 외치며 말릴 새도 없이 오두막에서 뛰쳐나갔다.

구경꾼들은 창문과 열린 문으로 몰려가, 아라크네가 풀밭을 가로질러 가서 사과나무 가지에 끈을 휙 걸고 목을 매는 모습을 몸서리를 치면서 지켜봤다. 그들은 곧장 일제히 고개를 돌려 아테나를 바라보았다.

신의 뺨으로 눈물 한 방울이 흘러내렸다. "어리석고 또 어리석구나."

구경꾼들은 두려움에 입도 벙긋하지 못한 채 아테나를 따라 오두막에서 나가 나무로 향했다. 아라크네는 끈 끝에 대롱대롱 매달려 있었고, 생명이 꺼진 두 눈이 머리에서 툭 튀어나와 있었다.

아테나가 말했다. "그대의 재능은 결코 죽어서는 안 된다. 그대는 평생토록 실을 뽑아 엮고, 실을 뽑아 엮고, 실을 뽑아 엮고……."

아테나가 이렇게 말하는 동안 아라크네는 작게 오그라들기 시작했다. 그녀가 목을 맸던 끈은 쭉 늘어나더니 가느다랗게 반짝이는 비단실이 되었고, 거기 붙은 아라크네는 이제 소녀가 아니라 항상 바쁘게 실을 뽑아 엮어야 하는 짐승이었다.

이렇게 해서 최초의 거미arachnid가 탄생했다. 그것은 형벌이 아니라 위대한 대결의 승자에게 내리는 상, 위대한 예술가를 위한 보상이었다. 영원히 걸작을 엮어 만들 수 있는 권리를 준 것이므로.

# 변신

지금껏 보았듯, 신들은 연민이나 응징, 혹은 질투를 이유로 인간들을 짐승으로 변신시켰다. 하지만 인간들만 오만하고 쩨쩨하게 군 것이 아니라 신들 역시 욕망에 휘둘렸다. 신들은 언젠가 죽어야 하는 육체에도 자신들과 똑같이 매력을 느꼈다. 그저 원초적 색욕에 사로잡힐 때도 있었지만 진정한 사랑에 빠질 때도 있었다. 신들이 사랑스러운 젊은이들에게 구애하다 그들을 짐승이나 식물과 꽃, 심지어는 바위와 하천으로 변신시키는 이야기가 아주 많다.*

## 니소스와 스킬라

니소스는 아티카† 해안에 있는 도시 메가라의 왕이었다. 그는 자

---

* 이런 신화들은 가끔 '인과관계'를 설명해준다. 그러니까 세상이 지금의 모습으로 굴러가는 이유를 설명해주는 셈이다. 예컨대 아라크네 이야기는 왜 거미들이 그런 식으로 거미집을 짓는지, 멜리사 이야기는 왜 벌들이 꿀을 만드는지 알려준다. 이런 유형의 신화와 관련된 꽃과 짐승의 이름들은 '다프네 라우레올라(서향나무)' 같은 라틴어 학명으로, 혹은 수선화(나르키소스, 영어로 나르시서스)나 히아신스(히아킨토스) 같은 보통 명사로 전해져 내려왔다.

† 아티카는 아테네를 포함하는 그리스 지역이다. 아티카 그리스어는 기원전 5세기

주색 머리카락이 한 타래 나 있었는데, 그 머리카락이 모든 해로 부터 그를 지켜주기 때문에 천하무적이었다. 어떤 까닭인지 크레 타의 왕 미노스가 군대를 이끌고 니소스의 왕국을 침공했다. 그 리고 니소스의 딸 스킬라* 공주는 군함을 타고 메가라의 성벽 옆 을 지나가던 미노스를 보고 사랑에 빠졌다. 사랑에 눈이 먼 그녀 는 아버지의 자주색 머리카락을 훔쳐 군함에 있는 미노스에게 주 기로 결심한다. 이 관대함의 대가로 그의 사랑을 받아낼 작정이었 다. 하지만 그녀가 머리카락을 훔치자마자 니소스는 보통의 인간 처럼 나약해졌고, 딸이 몰래 미노스에게 가던 도중 궁전에서 폭동 이 일어나 살해당하고 만다.

미노스는 아버지를 배신한 스킬라의 행동이 기쁘기는커녕 역겨 웠고, 그녀를 일절 상대하지 않으려 했다. 그는 그녀를 배 밖으로 쫓아낸 후 돛을 올리고 다시는 돌아오지 않으리라 맹세하며 메가 라를 떠났다.

지독한 사랑의 열병에 빠진 스킬라는 그래도 사랑하는 남자를 포기하지 못했다. 그녀는 애처롭게 미노스의 이름을 부르며 헤엄 쳐 그를 따라갔다. 그리고 너무도 애절하게 그를 목메어 부르다 갈매기가 되었다. 신들의 유머 감각일까? 스킬라가 갈매기로 변

---

에서 4세기 초에 활약한 위대한 아테네 작가들의 시와 희곡, 수사, 철학을 통해 우리 에게 전해져 내려오는 고전 언어다. 그리스에서 아티카는 영국의 잉글랜드와 비슷한 느낌이었을 것이다. '그리스'라는 말을 들었을 때 외부인들이 눈치 없이 나태하게 떠 올리는 오만하고 지배적인 지역이라는 점에서 그렇다.

* 시칠리아와 이탈리아 본토 사이의 메시나 해협에서, 소용돌이를 일으키는 카립디 스와 함께 선원들이 지나갈 수 없는 장벽을 만들었던 잔인한 바다 괴물 스킬라와 혼 동해서는 안 된다.

한 순간에 그녀의 아버지 니소스는 물수리로 변했다. 그 후로 니소스는 바다에서 끊임없이 딸을 괴롭히며 복수하고 있다.

# 칼리스토

펠라스고이족이 시작된 초기 시절, 아르카디아의 왕 리카온은 제우스에게 벌을 받아 늑대가 되기 전에 칼리스토라는 아름다운 딸이 있었다. 그녀는 처녀 사냥꾼 아르테미스를 모시는 님프로 자랐다.

제우스는 이 아름답고 손에 넣기 어려운 소녀에게 오랫동안 눈독을 들이다 어느 날 아르테미스로 둔갑해 그녀를 꾀었다. 그녀는 자기가 추종하는 위대한 신의 품속으로 당장 뛰어들었다가 제우스에게 겁탈당했다.

얼마 후, 강물에서 알몸으로 씻던 그녀를 본 아르테미스는 자신의 신봉자가 임신한 사실을 알고 분노하여 가여운 칼리스토를 무리에서 추방했다. 칼리스토는 홀로 비참하게 세상을 돌아다니다가 아들 아르카스를 낳았다. 남편의 애인이라면 아무리 순진무구하고 결백하다 해도 절대 자비를 베풀지 않는 헤라는 칼리스토를 곰으로 변신시켜 한 번 더 벌했다.

몇 년 후 청년이 된 아르카스는 숲에서 사냥을 하다가 덩치 큰 곰과 마주쳤다. 그가 곰에게 창을 던지려는 찰나, 제우스가 우발적인 모친 살해 범죄를 막기 위해 끼어들어서 그들을 하늘로 올려보내 큰곰자리와 작은곰자리라는 별자리로 만들었다. 여전히 화가 풀리지 않은 헤라는 이 별자리들에 저주를 걸어 그들이 같은 바닷물에서 쉬지 못하게 했고,* 그래서 그들은 서로 정반대되는 극의 주위를 끊임없이 맴돌고 있다고 한다.†

## 프로크네와 필로멜라

아테네의 왕 판디온에게는 아름다운 두 딸, 프로크네와 필로멜라가 있었다. 언니인 프로크네는 아테네를 떠나 트라키아의 왕 테레우스와 결혼하여 아들 이티스를 낳았다.

어느 해에 그녀의 동생 필로멜라가 트라키아에 와서 여름 내내 언니 가족과 함께 지냈다. 음흉하기 짝이 없는 테레우스는 어린 처제의 미모에 흑심을 품고, 어느 날 밤 그녀를 자기 방으로 끌고 가 강간했다. 아내와 세상 사람들에게 이 역겨운 죄를 들킬까 두려웠던 테레우스는 필로멜라의 혀를 잘라버렸다. 그녀는 읽고 쓸 줄 몰랐으니 추악한 진실을 누구에게든 알릴 방법을 아예 봉쇄해 버린 것이다.

하지만 그 후 일주일 동안 필로멜라는 자기가 당한 일을 상세히 묘사하는 태피스트리를 짜서 언니 프로크네에게 사실을 알렸다. 학대받고 분노한 자매는 극악무도한 범죄에 걸맞은 복수를 계획했다. 그들은 어떻게 하면 테레우스에게 가장 큰 상처를 줄 수

---

\* 다른 별자리의 별들은 하루에 한 번 바닷물로 몸을 씻고 쉴 수 있었다고 한다.—옮긴이

† 사실 칼리스토는 하늘에서 제우스의 행성인 목성의 위성으로도 일하고 있다.

있는지 알고 있었다. 그는 툭하면 노발대발하고 이루 말할 수 없을 만큼 타락한 난폭하고 역겨운 인간이었지만 단 하나 약점이 있었다. 아들 이티스에 대한 깊은 사랑이었다. 프로크네와 필로멜라는 이 무한한 애정을 잘 알고 있었다. 이티스는 프로크네의 아들이기도 했지만 남편에 대한 증오와 누를 길 없는 복수심이 모성애를 이겼다. 자매는 동정 따위는 버리고 아이의 방으로 가서 잠든 아이를 살해했다.

다음 날 아침 프로크네는 남편에게 말했다. "얼마 안 있으면 필로멜라가 아테네로 돌아갈 거예요. 오늘 밤 송별 파티를 열어서 당신이 내 동생에게 베풀어준 친절한 환대에 경의를 표하려고 하는데 어때요?"

필로멜라는 낑낑거리며 고개를 열심히 끄덕였다.

"동생도 좋은가 봐요."

테레우스는 마지못해 승낙했다.

그날 밤 열린 연회에 육즙이 맛있는 스튜가 나왔고 왕은 게걸스레 먹어치웠다. 남은 국물을 빵으로 닦아 먹기까지 했지만 더 먹을 수 있을 것 같았다. 조금 떨어진 곳에 반구형의 은 덮개가 씌워진 접시가 하나 놓여 있었다.

"저기엔 뭐가 들었소?"

필로멜라가 미소 지으며 접시를 그에게 밀어주었다. 뚜껑을 들어 올린 테레우스는 죽은 아들의 찡그린 얼굴을 보고는 경악해서 소리를 질렀다. 두 자매는 기뻐 날뛰며 자지러지게 웃었다. 자기가 무슨 일을 당했는지, 왜 스튜가 그리도 부드럽고 맛있었는지 깨달은 테레우스는 노호하며 벽에 걸려 있던 창을 빼냈다. 두 여인은 그 자리에서 도망쳐 신들에게 도움을 간청했다. 그들을 뒤쫓아 궁 밖으로 나가 거리를 달리던 테레우스는 어느새 자기 몸이 허공으로 올라가고 있는 걸 알았다. 그는 오디새로 변하고 있었고, 고통과 분노 어린 외침은 쓸쓸한 새소리처럼 들렸다. 이와 동시에 프로크네는 제비로, 필로멜라는 나이팅게일로 변했다.

나이팅게일은 아름다운 노랫소리로 유명하지만 노래는 수컷만 부른다. 혀가 없는 필로멜라처럼 암컷들은 소리를 내지 않는다.* 지금도 제비의 많은 종이 프로크네의 이름을 따고 있고, 오디새는 여전히 왕관을 쓰고 있다.

# 가니메데스와 독수리

소아시아의 북서쪽에 트로아드, 혹은 통치자인 트로스왕의 이름을 따 트로이라 불리는 왕국이 있었다. 트로이는 에게해를 사이에 두고 서쪽으로 그리스 본토와 마주 보고 있었다. 트로이 뒤쪽에는 지금의 터키가 자리했고, 동쪽으로는 오래된 땅들이 있었다. 북쪽으로는 다르다넬스 해협과 갈리폴리가, 남쪽에는 레스보스라는 거대한 섬이 위치했다. 중심 도시 일리움(간단히 트로이 시라 불

---

* 그리스인들은 오디새가 '푸? 푸?' 하고 운다고 생각했다. '어디? 어디?'라는 뜻이다. 아마도 테레우스가 정신없이 아들을 부르는 소리일 것이다. 셰익스피어는 「소네트 102번」에서 나이팅게일을 '필로멜'이라고 불렀지만('여름의 문턱에 필로멜이 노래 부를 때'), 헷갈리게 노래지빠귀의 학명에도 필로멜라의 이름이 들어가 있다. 투르두스 필로멜로스.

린다)의 이름은 트로스왕과 칼리로에 왕비(강의 신 스카만드로스의 딸) 사이에서 태어난 장남 일로스에서 유래했다. 왕과 왕비의 둘째 아들인 아사라코스에 대한 기록은 별로 남아 있지 않지만 셋째 아들 가니메데스는 그와 마주치는 모든 이들의 눈과 숨을 빼앗아가 버렸다.

지상에 가니메데스 왕자만큼 아름다운 청년이 살아 움직였던 적은 없었다. 머리칼은 황금빛, 살결은 따뜻한 꿀, 입술은 격정적이고 마법 같은 키스에 빠지도록 유혹하는 달콤하고 감미로운 초대장이었다.

나이를 불문하고 여성이라면 누구나 그의 눈길을 받았을 때 비명을 지르고 실신하기까지 했다. 동성에게 한 번도 끌린 적 없는 남자들도 그를 보면 심장이 두근거리고, 피가 뜨겁게 끓어오르고, 귓속이 둥둥 울려댔다. 사람들은 입안이 비쩍 마르고, 바보처럼 헛소리를 더듬거리고, 그의 환심을 사거나 눈길을 받을 수 있는 말을 하려고 애썼다. 그러다가 집에 가면 '허벅지', '눈', '엉덩이', '입술', '젊음', '진실', '소년', '환희', '욕망', '불' 같은 단어들로 시를 끄적였다가 곧장 찢어버렸다.

아름다움이라는 굉장한 특권을 타고난 사람답지 않게 가니메데스는 뚱하거나 건방지거나 버릇없게 굴지 않았다. 행동거지가 매력적이고 진실했다. 그가 다정하게 미소 지을 때면 그의 호박색 눈은 따뜻하게 반짝였다. 그를 잘 아는 사람들은 그의 내면도 외모만큼, 아니 내면이 더 아름답다고 말했다.

왕자가 아니었다면 그는 경이로운 외모에 더 많은 사람들이 호들갑을 떨어대서 일상생활이 불가능했을 것이다. 하지만 그는 위대한 통치자가 아끼는 아들이었으므로 감히 그를 유혹하려 드는 이는 아무도 없었고, 덕분에 친구들과 함께 말과 음악, 스포츠를 즐기며 나무랄 데 없는 인생을 살았다. 때가 되면 트로스왕은 그를 그리스의 공주와 짝지어줄 테고, 그는 잘생기고 호기로운 사내로 살아갈 것이었다. 청춘이야 잠깐 스치고 지나가는 것 아니던가.

그러나 그들은 신들의 제왕을 간과했다. 제우스가 이 눈부시게 아름다운 청년에 대한 소문을 들었는지, 아니면 어쩌다 우연히 그를 봤는지는 알 수 없다. 중요한 사실은 제우스가 욕정에 눈이 멀었다는 것이다. 이 인간은 왕족 혈통이었지만, 그리고 세간에 추문이 퍼지겠지만, 그리고 헤라가 보나 마나 분노하고 질투하겠지만 제우스는 아랑곳하지 않고 독수리로 둔갑해서 획 날아 내려가 발톱으로 소년을 낚아채 올림포스로 데려갔다.

끔찍한 일이었지만 놀랍게도 음탕한 색욕만으로 저지른 짓은 아니었다. 정말로 진정한 사랑처럼 보였다. 제우스는 소년을 흠모했고 항상 그를 곁에 두려고 했다. 그와 육체적인 사랑을 나누면서 마음은 더욱더 깊어져만 갔다. 제우스는 가니메데스에게 영원불멸의 삶과 영원한 젊음을 선물로 주고 그를 술 따르는 시종으로 삼았다. 이제 그는 세상이 끝나는 날까지 아름다운 몸과 영혼으로 신을 제대로 홀린 그 가니메데스로 남게 되었다. 물론 헤라는 예외였지만 다른 모든 신들은 가니메데스를 기꺼이 천상계로 받아들였다. 올림포스를 환하게 밝혀주는 그를 누군들 싫어하랴.

제우스는 아들을 잃은 가족에게 보상을 해주기 위해 신성한 말들과 함께 헤르메스를 트로스에게 보냈다.

헤르메스가 트로스에게 말했다. "그대의 아들은 올림포스에서 사랑받으며 잘 지내고 있다. 그는 절대 죽지 않을 것이며, 여느 인간과 달리 그의 아름다운 외모는 앞으로도 영원히 아름다운 내면에 뒤지지 않을 것이다. 영원히 만족하며 살 수 있을 거라는 얘기지. 하늘 아버지는 그를 전적으로 사랑하신다.”

뭐, 트로이의 왕과 왕비에게는 아들이 두 명 더 있었고, 세상에서 가장 귀한 말들을 선물로 받았으니 트집을 잡을 수도 없었다. 거기다 가니메데스가 영원불멸한 올림포스 신들과 영원히 함께 살 수 있다면, 그리고 제우스가 그를 정말로 사랑한다면…….

하지만 과연 가니메데스도 제우스를 사랑했을까? 그건 알기 어렵다. 고대인들은 그렇다고 믿었다. 그는 보통 행복하게 미소 짓는 모습으로 묘사된다. 그는 그리스인들의 삶에 중요한 일부가 될 특정 종류의 동성애를 상징하는 인물이 되었다. 그의 이름을 보면 의도적인 말장난이 보인다. ‘기쁘게 하다’라는 뜻의 ‘가누마이’와 ‘왕자’라는 뜻의 ‘메돈’, 혹은 ‘성기’를 뜻하는 ‘메데온‘이 합쳐져 있다. 남을 기쁘게 하는 성기를 가지고 남의 마음을 기쁘게 하는 왕자 ‘가니메데스’는 시간이 지나면서 ‘카타미투스’*라는 단어로 변형되었다.

제우스와 가니메데스는 아주 오랫동안 행복한 연인으로 함께 지냈다. 물론 제우스는 아내에게 그랬듯이 가니메데스에게도 충실하지 않았지만 그들은 거의 고정된 연인 사이가 되었다.

신들의 통치가 끝나갈 무렵 제우스는 이 아름다운 청년, 헌신적인 시종이자 애인이자 친구인 그를 하늘로 올려 보내, 천상에서

---

* 성인 남자가 섹스를 위해 노예로 부리던 소년.—옮긴이

가장 중요한 12궁의 한 별자리로 만들어주었다. 그는 아직도 그곳에서 물병자리로 빛나고 있다.

# 새벽의 연인

영원불멸한 두 자매의 이야기. 우리는 에오스(로마명 아우로라)를 앞에서 잠깐 만난 적이 있다. 그녀의 임무는 대문을 활짝 열어서 태양 전차를 밖으로 내보내 하루를 여는 것이었다. 그녀의 자매 셀레네(로마명 루나)는 밤하늘에서 달의 전차를 몰았다. 제우스는 셀레네와 관계하여 두 딸 판디아(보름달이 뜰 때마다 아테네인들이 찬양했다)와 이슬의 신 에르사(또는 헤르세)를 낳았다.

에오스는 여러 번 사랑에 빠졌다. 한번은 케팔로스라는 멋지고 용맹한 청년이 눈에 들자 그를 납치했다. 그가 아테네의 초대 왕 에레크테우스(헤파이스토스가 뿜은 정자에서 태어난 자식)와 왕비 프락시테아의 딸 프로크리스와 이미 결혼한 몸이라는 사실은 신경도 쓰지 않았다. 에오스의 눈부신 아름다움과 호화로운 태양 궁전에도 케팔로스는 아내 프로크리스가 죽도록 그리웠다. 새벽의 신이 아무리 장밋빛 사랑의 기술을 구사해도 그의 마음은 좀처럼 움직이지 않았다. 실망하고 망신스러워진 그녀는 그를 아내에게 돌려보내 주기로 했다. 질투심과 상처 입은 자존심 때문에 그녀의 속은 부글부글 끓었다. 어떻게 감히 신보다 인간을 좋아할 수 있지? 그녀 앞에서는 차갑기만 한 케팔로스가 평범한 여자에게 마음이 동하다니……

에오스는 무심한 척 짓궂게 그의 마음에 의심을 불어넣었다.

"아." 그의 집으로 다가가면서 그녀는 슬픈 듯 고개를 저으며 한숨을 내쉬었다. "그대가 없는 사이 그 순수한 프로크리스가 어떻게 처신하고 있었을지 생각하니 참으로 슬프구나."

"무슨 뜻이죠?"

"오, 얼마나 많은 남자들과 놀아났을까. 생각만 해도 무섭군."

"모르는 소리 하지 마세요! 내 아내는 아름답기도 아름답지만 정말 정숙한 여자라고요." 케팔로스가 열을 내며 반박했다.

"하! 꿀과 돈만 있으면 끝나는 일을." 에오스가 말했다.

"그게 무슨 소리죠?"

"제아무리 고결한 자라도 꿀 바른 말과 은화에는 넘어간다는 소리지."

"세상을 참 부정적으로 보시는군요."

"나는 여명 전에 일어나는 터라 어둠 속에서 인간들이 무슨 짓을 하는지 다 보거든. 부정적인 게 아니라 현실적인 거지."

"하지만 에오스 님은 프로크리스를 모르시잖아요. 그녀는 남들과 달라요. 정숙하고 진실한 사람이라고요." 케팔로스는 고집스럽게 말했다.

"흥! 그대가 등을 돌리면 아무나하고 침대로 뛰어들걸. 저기 말이지……." 에오스는 갑자기 좋은 생각이 났다는 듯 말을 멈췄다. "그대가 변장을 하고 그녀에게 접근해보면 어떨까? 적극적으로 구애하는 거야, 온갖 칭찬을 퍼붓고, 사랑한다고 말하고, 장신구도 몇 개 주고. 그럼 홀딱 넘어올걸."

"절대 아니에요!"

"뭐, 그대가 알아서 할 일이긴 하지⋯⋯." 에오스는 어깨를 으쓱하더니 길가를 가리켰다. "어머, 저기 좀 봐, 옷가지랑 투구가 있네. 거기다 수염까지 있으면⋯⋯."

에오스는 사라졌고, 바로 그 순간 케팔로스는 자기 얼굴에 정말 수염이 나 있는 것을 발견했다. 길가에 뜬금없이 나타난 옷들이 그에게 손짓을 보내는 것 같았다.

아니라고 우기긴 했지만, 에오스의 말이 그의 마음에 의심의 씨앗을 뿌려놓았다. 우스꽝스러운 의상으로 갈아입으며 케팔로스는 아내를 의심해서가 아니라 에오스에게 그녀의 냉소주의가 틀렸다는 걸 보여주기 위해서라고 속으로 중얼거렸다. 하늘이 분홍빛으로 물드는 아침이 되면 프로크리스와 함께 에오스를 향해 외치리라. "새벽의 신이시여, 그대가 틀리셨습니다! 인간들이 서로 사랑하는 마음을 그리도 이해 못 하시다니요." 에오스에게 한 수 가르쳐줄 그런 취지의 말을.

잠시 후 프로크리스는 수염 난 얼굴에 투구를 쓰고 가운을 입은 낯선 미남자에게 문을 열어주었다. 그녀는 조금 초췌하고 핼쑥해진 모습이었다. 갑자기 말도 없이 사라져버린 남편 때문에 심한 충격을 받은 것이다. 하지만 그녀가 뭐라고 묻기도 전에 케팔로스는 어깨로 그녀를 밀치고 집 안으로 들어가 하인들을 물렸다.

"정말 아름다운 여인이군요." 그는 강한 트라키아 억양으로 말했다.

프로크리스는 얼굴을 붉혔다. "나리, 저는⋯⋯."

"자, 이리 와서 의자에 함께 앉읍시다."

"저기, 그러면 안 되는⋯⋯."

"어서 와요, 아무도 안 보잖소."

프로크리스는 크세니아의 계율은 지켜야 하지만 조금 지나치다는 걸 알면서도, 손님의 요구에 응했다. 남자가 너무 단호하게 나왔다.

"당신같이 아름다운 여인이 이렇게 큰 집에서 혼자 뭘 하고 계시오?" 케팔로스는 구리 그릇에서 무화과를 하나 집어 유혹적으로 한 입 베어 물고는, 연한 과육에 즙이 흘러넘치는 나머지 절반을 프로크리스 눈앞에 들고 흔들었다.*

"나리!"

그녀가 항의하려고 입을 벌리자 케팔로스가 물컹거리는 무화과를 그녀의 입안으로 쑤셔 넣었다.

"신들도 격정으로 불타오르게 만들 그대여, 내 여인이 되시오!" 그가 말했다.

"난 결혼했어요!" 그녀는 과육과 씨 사이로 힘겹게 말했다.

"결혼? 그게 뭐? 나는 그대가 원한다면 보석이든 장신구든 다 줄 수 있는 부자라오. 물론 그대가 내 뜻에 따른다면 말이지. 그대는 정말 아름답소. 그대를 사랑하오."

---

* 그리스어로 '무화과를 보여주는 자'를 '시코판트(sycophant, 영어로 아첨꾼이라는 뜻)'라고 한다. 길거리와 시장의 과일 장수들이 손님에게 아첨을 잘 떨어서일 수도 있고 아니면 무화과를 보여주는 행위를 남근을 암시하는 동작이라 보고 그렇게 부른 것인지도 모른다(무화과는 항상 에로틱한 과일로 여겨져 왔다). 이것도 아니면 무화과를 수확하는 방식과 관련되었을지도 모른다. 이유가 무엇이건 간에, 무화과 보여주기(sycophancy)는 아테네 법에서 경솔하거나 악의적이거나 정당치 못한 의도로 남을 고소하는 자를 가리키는 단어가 되었다. 그들의 알랑거리는 태도 때문에 '시코판시(sycophancy, 아첨)'가 오늘날과 같은 의미를 갖게 된 것이다.

프로크리스는 머뭇거렸다. 입안에 남은 무화과를 삼키느라 그 랬을지도 모른다. 귀한 것들을 주겠다는 말에 혹했을지도 모른다. 어쩌면 이 갑작스럽고 뜨거운 사랑 고백에 감동받았을지도 모른 다. 어쨌거나 케팔로스는 그 새를 참지 못하고 격분하며 일어나 변장을 벗어던지고 자신의 모습을 드러냈다.

"그렇군!" 그가 호통을 쳤다. "혼자 있을 땐 이런 일이 벌어지는 군! 이 수치스럽고 부정한 여자 같으니!"

프로크리스는 믿기지 않는다는 듯 그를 빤히 쳐다보았다. "케 팔로스? 당신이에요?"

"그렇소! 그래, 당신의 불쌍한 남편이오! 내가 떠나 있을 때 그 대는 이렇게 처신하는군. 떠나시오! 내 눈앞에서 썩 꺼지란 말이 오, 부정한 프로크리스. 다시는 오지 마시오!"

그가 주먹을 흔들며 달려들자 겁에 질린 프로크리스는 달아났 다. 집 밖으로 뛰쳐나간 그녀는 숲 속으로 들어가 계속 달리다가 아르테미스에게 바쳐진 어느 작은 숲의 언저리에 지쳐 쓰러졌다.

다음 날 아침 아르테미스는 쓰러져 있는 프로크리스를 발견하 고는 살살 구슬려 그녀의 사연을 들었다.

1년하고 하루 동안 프로크리스는 사냥의 신과 그녀의 사나운 시녀들과 함께 지냈지만 더는 견딜 수가 없었다.

"아르테미스 님, 저를 보살펴 주시고 사냥술도 가르쳐주시고 남자를 피하는 법도 보여주셨죠. 하지만 아르테미스 님을 속일 순 없어요. 저는 변함없이 남편 케팔로스를 사랑한답니다. 그이가 저 를 모욕하긴 했지만 저를 너무 사랑해서 그런 거예요. 그이를 용 서하고, 다시 한 번 아내로 그이의 품에 안기고 싶어요."

아르테미스는 그녀를 보내기가 아쉬웠지만 자비를 베풀었다. 눈알을 뽑거나 돼지 먹이로 주는 대신 그녀답지 않게 프로크리스를 남편에게 고이 보내주었을 뿐만 아니라 화해를 청하는 뜻으로 케팔로스에게 줄 두 가지 진기한 선물까지 쥐여 보냈다.

## 라일랍스와 테우메소스의 여우

프로크리스가 받은 선물 중 하나는 추격하는 사냥감을 절대 놓치지 않는 놀라운 개 라일랍스였다. 이 개는 사슴이든 멧돼지든 곰이든 사자든, 심지어는 인간까지, 노렸다 하면 꼭 쓰러뜨리고야 말았다. 똑같이 귀한 두 번째 선물은 언제나 표적에 명중하는 창이었다. 이 두 가지를 모두 손에 넣은 자는 인간 제일의 사냥꾼이 될 만했다. 그리 놀랍지도 않은 일이지만, 케팔로스는 그런 선물들을 짊어지고 온 아내를 따뜻한 집으로, 품 안으로, 침대로 기꺼이 받아들였다.

케팔로스의 명성은 점점 더 커졌다. 그의 경이로운 사냥술에 대한 소문이 이 왕국에서 저 왕국으로 퍼져 나갔다. 그 소식은 테베의 섭정 크레온의 귀에까지 들어갔다.* 그 어두운 역사에 흔한 일이었지만, 이때에도 테베인들은 한 골칫거리 때문에 고통당하고

---

* 크레온은 실리를 중시하는 훌륭한 통치자였으며, 그의 비극적인 가족사는 테베를 배경으로 한 소포클레스의 희곡인 『오이디푸스왕』, 『콜로노이의 오이디푸스』, 『안티고네』의 소재가 되었다. 나는 열여섯 살에 크레온을 연기하고 이런저런 평가를 받았다. 더 이상은 말하지 않겠다.

있었다. 이번에는 난폭한 여우 한 마리가 문제였다. 테베인들은 카드모스의 암여우라 불렀고, 그리스 전역에서는 테우메시아 알로펙스, 즉 테우메소스의 여우라 불리는 공포의 대상이었다. 이 약탈자는 아무리 많은 개나 말, 인간이 뒤쫓거나 덫을 놔도 절대 잡히지 않는 운명을 신의 뜻으로 타고났다. 사람들은 디오니소스가 자신의 어머니 세멜레를 멀리하고 조롱한 도시에 복수하기 위해 이 끔찍한 여우를 풀어놨다고 생각했다.

절망에 빠져 있던 크레온은 케팔로스의 거의 초자연적인 재능과 그의 경이로운 개 라일랍스에 관한 소문을 듣고서 개를 빌려달라고 간청하는 편지를 아테네에 보냈다. 케팔로스는 기꺼이 크레온에게 그 놀라운 사냥개를 빌려주었고, 라일랍스는 곧 여우의 흔적을 찾아 나섰다.

그 후 일어난 낭패스러운 사건은 그리스 사람들의 불가사의한 심리, 즉 역설에 대한 뜨거운 사랑을 보여준다. 사냥감을 절대 놓치지 않는 사냥개가 절대 잡히지 않는 여우를 쫓으면 어떤 일이 벌어질까? 저항할 수 없는 힘과 절대 움직이지 않는 물체가 만나는 것과 비슷한 문제다.

카드모스의 암여우는 날쌔게 뱅뱅 돌았고, 사냥감을 절대 놓치지 않는 라일랍스는 그 뒤를 바짝 쫓아갔다. 제우스가 손을 쓰지 않았다면 그들은 지금까지도 계속 쫓고 쫓기며 빙글빙글 돌고 있었을 것이다.

신들의 왕은 그 광경을 내려다보고는, 모든 이성과 감각에 반하며 누스(지성, 상식)라는 근사한 그리스어가 상징하는 개념들을 뒤엎는 이 기묘한 자기모순적 문제에 고민했다. 제우스 역시 한 신의 마법을 다른 신이 깰 수 없다는 심원한 법칙에 묶여 있었다. 이는 곧, 개와 여우가 이 말도 안 되는 상황에 영원히 갇힌 채 만물의 질서를 공개적으로 조롱하게 될 거라는 의미였다. 제우스는 여우와 개를 돌로 변신시킴으로써 난제를 해결했다. 이렇게 해서 그들은 시간 속에 얼어붙어, 완벽한 가능성을 영원히 펼치지 못하고 타고난 운명도 따르지 못하게 되었다. 이렇게 고정된 상태도 상식에 어긋난다 생각했는지 제우스는 그들을 천상으로 올려 보내 큰개자리와 작은개자리라는 별자리로 만들었다.

케팔로스와 프로크리스는 안타깝지만 그리 오래 행복하지 못했다. 라일랍스를 빼앗기긴 했어도 표적을 놓치지 않는 마법의 창을 갖고 있던 케팔로스는 아테네의 언덕과 계곡을 어슬렁어슬렁 돌아다니며 우연히 마주치는 사냥감들을 잡는 것을 최고의 낙으로 삼았다. 지독하게 더운 어느 날 오후, 세 시간 동안이나 사냥감을 추격하고 창을 던진 탓에 지치고 땀투성이가 된 그는 잠깐 잠을 청하려 드러누웠다. 한낮의 열기가 어찌나 드센지 그가 좋아하는 거대한 참나무 그늘에 있어도 별로 시원하지 않았다.

"제피로스 님이여." 그는 나른한 목소리로 서풍을 불렀다. "내 살갗을 어루만져 주소서. 나를 껴안고, 나를 달래고, 내 고통을 덜어주고, 나를 위로하고, 나를 희롱하고……."

불행히도 그때 프로크리스가 올리브와 포도주를 깜짝 선물로 들고 케팔로스가 있는 곳으로 오고 있었다. 그녀가 가까이 다가갔을 때 남편의 마지막 몇 마디가 들렸다. "내 살갗을 어루만져 주소서. 나를 껴안고, 나를 달래고, 내 고통을 덜어주고, 나를 위로하고, 나를 희롱하고……." 그렇게 소유욕을 보이며 화를 내더니 나를 배신하고 있었던 건가? 프로크리스는 자신의 귀를 믿을 수가 없었다! 손가락에 힘이 빠져 포도주를 담은 가죽 부대와 접시를 떨어뜨리고 자기도 모르게 헉하고 숨을 몰아쉬었다.

케팔로스는 일어나 앉았다. 덤불 속에서 바스락거리는 소리가 났는데, 뭐지?

저 쿵쿵거리는 소리! 오호라, 돼지구나! 그는 창을 집어, 소리가 난 덤불 쪽으로 던졌다. 신경 써서 겨냥할 필요가 없었다. 마법의 창이 다 알아서 할 테니까.

정말 그랬다. 프로크리스는 슬픔에 젖은 케팔로스의 품에 안긴 채 숨을 거두었다.

아름다우리만치 기묘하고 안타까운 이야기이다.* 이 모든 일이 에오스가 탐나는 인간을 납치했기 때문에 벌어졌음을 잊어서는 안 된다.


# 엔디미온

두 여신의 눈길을 사로잡은 젊은 남자는 케팔로스뿐만이 아니었

---

* 셰익스피어의 『한여름 밤의 꿈』에서 바텀과 친구들은 연극 〈피라모스와 티스베〉를 공연하면서 이 불운한 연인들의 이름을 헷갈려 인상적인 실수를 한다.

피라모스(바텀): 샤팔로스가 프로크로스에게 바친 사랑도 이리 진실하진 않았을 거요.
티스베(플루트): 샤팔로스가 프로크로스에게 바친 사랑을 저도 당신에게 바치겠어요.

다. 어느 날 밤 은빛 전차를 몰고 소아시아 서부의 하늘을 건너던 셀레네는 저 아래 라트모스산의 한 동굴 밖에 있는 언덕 중턱에서 알몸으로 누워 잠들어 있는 아주 아름다운 젊은 양치기, 엔디미온을 발견했다. 그녀가 내뿜는 달빛 줄기에 은빛으로 물든 그의 사랑스러운 팔다리와 꿈꾸는 듯 매혹적인 미소가 감도는 그의 입술을 보고 욕망에 들뜬 셀레네는 엔디미온의 아버지인 제우스에게 그가 영원히 변치 않게 해달라고 울부짖었다. 매일 밤 바로 그 자세의 엔디미온을 보고 싶었던 것이다. 제우스는 그 소원을 들어주었다. 엔디미온은 바로 그 자리에서 영원한 잠에 갇혔다.

한 달에 하루 그믐이 되어 전차가 남들 눈에 보이지 않을 때면, 셀레네는 지상으로 내려가 잠든 엔디미온과 사랑을 나누곤 했다. 이런 비전통적인 방식의 교합에도 셀레네는 오십 명의 딸을 낳았다. 그게 가능하려면 어떤 체위로 어떤 자세를 취해야 했을지는 여러분의 상상에 맡긴다.

기묘한 관계였지만, 아무 문제 없었고 셀레네는 행복했다.†

---

† 이 이야기는 존 키츠의 장편시 『엔디미온』의 소재가 된다.

# 에오스와 티토노스

셀레네의 자매 에오스의 애정사는 계속 다사다난했다. 에오스는 전쟁의 신과의 처참한 연애에서 벗어난 지 얼마 되지 않았다. 아레스의 질투심 많은 애인 아프로디테에게 그 밀회를 들켰을 때, 에오스는 아프로디테가 최고 권력을 지닌 영역, 바로 사랑에서 영원히 기쁨을 찾지 못할 운명에 처했다.

에오스는 티탄족의 모든 욕구를 가진 순수 혈통의 티타네스였다. 게다가 새벽을 부르는 자로, 새로운 하루가 예고하는 희망과 약속, 기회를 믿었다. 그래서 오랜 세월 비극적 낙관주의를 품고 여러 상대를 전전했고, 그때마다 아프로디테의 저주 때문에 파국을 맞았다. 그러나 정작 그녀는 태평하게도 그 저주를 모르고 있었다.

에오스는 특히 젊은 인간 남자에게 자주 반했다. 케팔로스를 납치했던 것처럼 클레이토스라는 청년에게도 똑같은 일을 시도했다. 이는 결국 가슴 아픈 실연으로 끝이 났다. 그는 필멸의 인간이라 그녀에게는 눈 하나 깜짝할 사이인 시간에 죽어버린 것이다.

그 시절 트로이의 공기에 뭔가가 있었던 모양이다. 제우스가 사랑한 술 시종 가니메데스의 조카인 라오메돈*에게 티토노스라는

---

\* 라오메돈은 가니메데스의 형이자 트로이의 왕인 일로스의 아들이었다.

아들이 있었는데, 그는 종조부에 뒤지지 않는 미남자로 자랐다. 티토노스가 가니메데스보다 몸은 조금 더 호리호리하고 작았을 지 몰라도, 매력은 결코 뒤지지 않았다. 웃음 짓는 얼굴로 보여주는 상냥함은 오롯이 그만의 매력이었고, 이런 그를 거부하기란 불가능했다. 그저 팔로 그를 감싸 안고 영원히 소유하고 싶어지는 것이다.

어느 날 오후 에오스는 일리움의 성벽 밖에서 해변을 거닐고 있는 이 아름다운 청년을 보았다. 지금까지의 수많은 불장난과 납치, 짝사랑과 가벼운 연애, 심지어는 아레스와의 밀회도 전부 다 유치한 변덕, 의미 없는 열병이었음을 그녀는 깨달았다. 이번이 진짜였다. 진짜 사랑이 나타났다.

# 첫눈에 반한 사랑

에오스가 모래밭에서 티토노스에게 다가갔을 때 티토노스가 고개를 들었고 그도 그녀와 마찬가지로 한눈에 사랑에 푹 빠져버렸다. 그들은 곧장 손을 잡고, 말 한마디 없이 보통의 연인처럼 해변을 거닐었다.

"이름이 무엇이냐?"

"티토노스예요."

"나는 새벽의 신 에오스다. 나와 함께 태양의 궁전으로 가자. 나와 함께 살며, 나의 연인, 나의 남편, 나의 동료, 나의 통치자, 나의 신하, 나의 모든 것이 되어라."

"에오스 님, 그렇게 하겠습니다. 영원히 당신의 것이 될게요."

그들은 웃으며, 부서지는 파도 속에서 사랑을 나누었다. 에오스의 장밋빛 손가락은 티토노스를 열락에 빠뜨렸다. 그녀는 이번만큼은 잘 풀릴 거라 믿었다.

태양의 궁전 안에 있는 산호, 진주, 마노, 대리석, 벽옥으로 만들어진 그녀의 방들이 그들의 집이 되었다. 그들은 그 어떤 연인보다 행복했다. 그들의 삶은 완벽했다. 그들은 모든 것을 함께했다. 서로에게 시를 읽어주고, 오래도록 걷고, 음악을 듣고, 춤을 추고, 말을 타고, 편안한 침묵 속에 앉아 있고, 웃고, 사랑을 나누었다. 매일 아침 티토노스는 에오스가 대문을 활짝 열어 헬리오스와 그의 전차를 밖으로 내보내는 모습을 뿌듯하게 지켜보았다.

## 은혜를 베풀다

하지만 에오스에게는 한 가지 고민이 있었다. 그녀가 사랑하는 아름다운 인간 청년이 언젠가는 클레이토스처럼 그녀의 곁을 떠나리라는 걸 알고 있었다. 그녀는 그가 죽는다는 생각만 해도 절망의 구렁텅이에 빠졌고, 이런 심정을 잘 감추지 못했다.

"왜 그래요, 내 사랑?" 어느 날 저녁 티토노스는 아름다운 그녀의 얼굴이 찡그려진 것을 보고 깜짝 놀라 물었다.

"나를 믿지, 자기?"

"언제나, 전적으로."

"나는 내일 오후에 나가봐야 해. 최대한 빨리 돌아올 테니 어디로 왜 가는지 묻지 마."

그녀의 목적은 올림포스에 가서 제우스를 알현하는 것이었다.

"영원불멸한 하늘 아버지, 올림포스의 주인, 구름을 모으시고 폭풍우를 부르시는 모든 신들의 왕……."

"그래, 그래, 그래. 원하는 게 무엇이냐?"

"은혜를 베풀어주세요, 위대한 제우스 님."

"당연히 그렇겠지. 우리 가족 중에 다른 이유로 나를 찾아오는 이는 없으니까. 항상 은혜지. 은혜, 은혜, 은혜, 오로지 은혜뿐이야. 이번엔 또 뭐지? 그 트로이 남자애 때문인가?"

약간 당황했지만 에오스는 밀어붙였다. "네, 지엄하신 제왕이시여, 우리가 젊은 인간과 어울리면 어떻게 되는지 잘 아시지요……." 그녀는 제우스의 옥좌 뒤에 서서 언제든 넥타르 잔을 다시 채우려고 대기 중인 가니메데스를 힐끔 쳐다보았다. 그녀의 시선에 가니메데스는 예쁘게 얼굴을 붉히며 미소 짓고 눈을 내리깔았다.

"그래…… 그래서?" 제우스는 손가락으로 옥좌의 팔걸이를 통통 두드렸다. 결코 좋은 신호가 아니었다.

"언젠가 타나토스가 나의 티토노스 왕자를 찾아올 텐데, 그건 견딜 수 없어요. 그에게 영원불멸한 삶을 주십시오."

"오, 그래? 영원불멸한 삶? 그것뿐이냐? 영원불멸. 흠, 좋아, 못해줄 이유가 없지. 죽음으로부터 면제받는 것. 정말 그것만 그에게 주면 되겠는가?"

"그럼요, 네, 제우스 님, 그거면 돼요."

그것 말고 또 뭐가 있을 수 있지? 마침 제우스의 기분이 좋을 때 잘 맞춰 온 건가? 그녀는 심장이 날뛸 정도로 기뻤다.

"좋다." 제우스는 손뼉을 치며 말했다. "지금 이 순간부터 너의 티토노스는 영원불멸할 것이다."

엎드려 탄원하던 에오스는 기쁨의 비명을 지르며 벌떡 일어나 달려 나가 제우스의 손에 입을 맞추었다. 제우스도 무척이나 기쁜 표정으로 웃고 미소 지으며 에오스의 감사 인사를 받았다.

"아니, 아니다. 나도 기쁘구나. 머지않아 그대는 또 내게 감사하러 오게 될 것이다."

"그럼요, 원하신다면 기꺼이 그래야죠." 뭔가 묘한 요구 같았다.

"오, 금방 알게 될 거야." 제우스는 참지 못하고 씩 웃었다. 왜 이런 사악한 장난을 치고 싶은 마음이 들었는지 제우스 자신은 알지 못했다. 하지만 우리는 무자비한 아프로디테의 저주 때문이라는 걸 알고 있다.

에오스는 사랑하는 일생의 반려자가 그녀를 애타게 기다리고 있는 태양의 궁전으로 서둘러 돌아갔다. 그녀가 소식을 알리자 티토노스는 그녀를 꼭 껴안고 또 껴안았고, 둘은 궁전을 휩쓸고 다니며 춤을 추었다. 그 소리가 너무 시끄러워 헬리오스는 벽을 쾅쾅 치며, 사람들이 동이 트기도 전에 깨겠다며 툴툴거렸다.


# 소원을 빌 때는 신중히

에오스는 티토노스의 아들을 둘 낳았다. 아라비아를 다스리게 될 에마티온과, 고대 세계의 가장 위대하고 가장 두려운 전사로 자랄 멤논.

어느 날 저녁 티토노스는 에오스의 무릎을 베고 누워 있었고, 그녀는 그의 황금빛 머리카락을 나른하게 손가락에 돌돌 감고 있었다. 그녀는 작은 소리로 흥얼거리다가 갑자기 경악하며 탄식했다.

"왜 그래요, 내 사랑?" 티토노스가 중얼거렸다.

"나를 믿지, 자기?"

"언제나, 전적으로."

"나는 내일 오후에 나가봐야 해. 최대한 빨리 돌아올 테니 어디로 왜 가는지 묻지 마."

"우리 전에도 이런 대화를 한 적 있지 않아요?"

그녀의 목적은 올림포스에 가서 제우스를 알현하는 것이었다.

"하! 다시 올 거라고 했지? 안 그러냐, 가니메데스? 내가 그대에게 정확히 뭐라고 했지, 에오스?"

"이렇게 말씀하셨지요. '머지않아 그대는 또 내게 감사하러 오게 될 것이다.'"

"내가 그랬지. 내게 보여주고 있는 그건 뭐지?"

에오스는 제우스에게 한 손을 쭉 내밀고 있었다. 바르르 떨리는 장밋빛 집게손가락과 바르르 떨리는 장밋빛 엄지손가락 사이로 뭔가를 들고 있었다. 은빛의 가는 실이었다.

"이것 좀 보세요!" 그녀는 떨리는 목소리로 말했다.

제우스는 내려다보았다. "머리카락처럼 생겼구나."

"머리카락이에요. 티토노스의 머리에 난 거라고요. 흰머리잖아요."

"그래서?"

"제우스 님! 약속하셨잖아요. 티토노스에게 영원불멸의 삶을 주겠다고 맹세하셨잖아요."

"그래서 그렇게 해줬잖아."

"그럼 이건 어떻게 설명하시겠어요?"

"그대가 청한 은혜는 영원불멸이었고, 내가 베푼 은혜는 영원불멸이었다. 그대는 노화에 대해서는 한마디도 하지 않았어. 영원한 젊음은 부탁하지 않았지."

"나는…… 제우스 님이…… 하지만……." 에오스는 얼이 빠져 뒤로 휘청거렸다.

"'영원불멸한 삶', 그대는 이렇게 말했지. 안 그래, 가니메데스?"

"네, 주인님."

"하지만 난 당연히…… 그러니까, 내 말이 무슨 뜻이었는지는 설명 안 해도 뻔한 것 아니에요?"

"미안하구나, 에오스." 제우스가 일어나며 말했다. "내가 모든 이의 부탁을 해석할 수는 없잖은가. 그는 죽지 않을 것이다. 그것이면 됐지. 둘이서 영원히 함께하는 거야."

홀로 남겨진 에오스는 머리카락으로 바닥을 쓸며 울었다.


# 메뚜기

충실한 티토노스와 건강한 두 아들이 에오스의 귀가를 반겼다. 그녀는 슬픔을 감추려 최선을 다했지만, 티토노스는 그녀에게 뭔가 괴로운 일이 있음을 눈치챘다. 밤이 되어 아이들이 잠들자 그는 에오스를 발코니로 데려나가 포도주를 따라주었다. 함께 앉아서 잠시 별들을 구경하다 그가 입을 열었다.

"에오스, 내 평생의 사랑. 그대가 말 안 해줘도 알아요. 내 눈에도 보이니까. 매일 아침 거울을 보면 알 수 있다오."

"오, 티토노스!" 그녀는 그의 가슴에 머리를 묻고 펑펑 울었다.

세월이 흘렀다. 매일 아침 에오스는 문을 열어 새로운 날을 시작하는 임무를 수행했다. 두 아들은 자라서 집을 떠났다. 신들도 어찌할 수 없는 무정한 운명 속에 시간은 속절없이 흘러만 갔다.

티토노스의 머리에 얼마 남지 않은 머리칼은 하얗게 세어 있었다. 늙을 대로 늙어 주름이 자글자글하고 몸은 쪼그라들고 약해졌지만 그는 죽지 못했다. 그렇게 감미롭고 상냥하게 들리던 목소리는 이제 뭔가를 긁는 듯한 거칠고 건조한 소리로 변했다. 피부와 체격이 너무 오그라들어 제대로 걷기도 힘들었다.

그는 예전과 변함없는 믿음과 애정으로, 영원히 젊고 아름다운 에오스를 졸졸 따라다녔다. "제발 나를 딱하게 여겨주시오." 그는 쉰 목소리로 날카롭게 외치곤 했다. "나를 죽여요, 나를 으스러뜨려요, 모든 걸 끝내줘요, 제발."

하지만 그녀는 그의 말을 더 이상 알아들을 수 없었다. 그녀에게 들리는 거라고는 찌르륵, 찍찍 울어대는 쉰 소리뿐이었다. 하지만 그가 무슨 말을 하는 건지 충분히 짐작할 수 있었다.

에오스는 영원불멸함이나 영원한 젊음을 부여할 능력은 없어도, 사랑하는 이의 고통을 끝낼 신성한 능력은 있었다. 어느 날 저녁 이제는 둘 모두 더 이상은 견딜 수 없다 느낀 에오스는 눈을 감고 힘껏 집중했다. 티토노스의 쪼그라든 가여운 몸이 조금씩 바뀌면서 오글쪼글한 노인에서 메뚜기로 변하는 모습을 그녀는 뜨거운 눈물 속에 지켜보았다.*

새로운 모습의 티토노스는 차가운 대리석 바닥에서 발코니 턱으로 깡충 뛰어오른 후 어둠 속으로 뛰어들었다. 에오스는 셀레네의 차가운 달빛 속에서 밤의 미풍에 흔들리는 기다란 풀잎에 매달려 있는 그를 보았다. 그는 애정 어린 이별이 고마운 듯 뒷다리를 비벼 찌르륵찌르륵 울었다. 그녀는 눈물을 흘렸고, 저 멀리 어딘가에서 아프로디테는 웃었다.†

---

\* 어떤 버전에서는 매미로 변하는데, 나는 항상 메뚜기로 배웠다. 영국에서 흔히 볼 수 있는 곤충이 메뚜기이기 때문이 아닐까 싶다. 영국 아이들을 위해 책을 쓴 작가들은 매미가 더 상상하기 힘든 곤충이라고 생각했을지도 모른다. 이상하게도 티토노스의 이름은 매미나 메뚜기가 아니라 제비꼬리 나비의 한 유형인 오르니톱테라 티토노스에 남아 있다.

† 지질학자 알베르트 오펠은 에오스에게 경의를 표하는 뜻으로 쥐라기의 마지막 시기에 티톤세라는 이름을 붙였다. 이때가 백악기의 '여명'을 특징짓는 시기이기 때문이다. 「티토노스」는 앨프리드 테니슨의 시 가운데 가장 사랑받고 선집에 가장 많이 실리는 작품이다. 이 시는 티토노스가 에오스에게 전하는 극적인 독백의 형태를 취하고 있는데, 노쇠함에서 구해달라고 간청하는 내용이다.

> 여러 여름 뒤 백조가 죽는다.
> 나만 홀로 잔혹한 불멸의 운명에
> 파괴되어간다. 나는 그대의 품속에서 서서히 시들어간다.
> 여기 고요한 세상의 경계에서,
> 백발의 그림자가 꿈처럼 방황하며⋯⋯

이 시에는 그리스 신화의 중요한 주제로 여겨질 만한 유명한 구절도 담겨 있다.

> 신들은 그들이 준 선물을 취소하지 못하니.

# 꽃이 된 미소년들

에오스와 티토노스의 이야기는 일종의 가정 비극으로도 볼 수 있다. 사실 그리스 신화에 등장하는 신과 인간 사이의 연애담은 대부분 로맨틱 코미디나 익살극, 공포의 요소가 덤으로 낀 '비운의 로맨스' 장르에 더 잘 어울린다. 이런 연애 사건에서 신들은 항상 속마음을 꽃으로 전하는 것 같다. 꽃을 의미하는 그리스어는 안토스anthos이며, 지금부터 펼쳐질 이야기들은 꽃을 따서 묶은 연애담 모음집이다.

## 히아킨토스

스파르타의 아름다운 왕자 히아킨토스는 운 나쁘게도 두 신, 서풍 제피로스와 황금빛의 아폴론에게 사랑받았다. 히아킨토스는 아름다운 아폴론을 훨씬 더 좋아해서, 서풍의 장난스럽지만 점점 더 맹렬해지는 구애를 계속 거절했다.

어느 날 오후 아폴론과 히아킨토스가 운동 시합을 벌이고 있었는데 이 모습을 본 제피로스가 질투를 느끼고 홧김에 아폴론의 원반을 불었다. 원반은 경로를 틀어 빠른 속도로 히아킨토스에게 날아갔고, 이마에 원반을 세게 맞은 그는 그 자리에서 죽고 말았다.

비통함에 잠긴 아폴론은 헤르메스가 청년의 영혼을 하데스에게 데려가지 못하게 하고, 대신 히아킨토스의 사랑스러운 이마에서 뿜어져 나오는 인간의 피에 자신의 신성하고 향기로운 눈물을 섞었다. 이 황홀한 액이 흙으로 떨어지자 그 자리에서 향기 좋고 아름다운 꽃 히아신스가 피어났다.


## 크로코스와 스밀락스

크로코스는 님프 스밀락스를 짝사랑해 고통받은 인간 청년이었다. 이를 가엽게 여긴 신들(어떤 신인지는 알 수 없지만)이 그를 크로코스라는 사프란 꽃으로 만들어주었다. 한편 스밀락스는 가시덩굴이 되었고, 오늘날 많은 품종이 여전히 스밀락스라는 이름으로 잘 자라고 있다.

이 신화의 다른 버전도 있다. 크로코스는 헤르메스의 연인이자 벗이었는데, 헤르메스가 우연히 던진 원반에 맞아 죽었고, 그러자 헤르메스는 슬퍼하며 그를 크로코스 꽃으로 만들었다. 아폴론과 히아킨토스의 이야기와 너무 비슷한 걸 보면 어딘가의 어느 시인이 술에 취했거나 헷갈린 게 아닌가 싶다.

# 아프로디테와 아도니스

키프로스의 초기 왕 테이아스는 잘난 용모로 유명했다. 그와 아내 켄크레이스 사이에서 태어난 딸 스미르나(미르레 혹은 미르라로도 알려져 있다)는 자라면서 잘생긴 아버지에게 남몰래 근친상간적인 연정을 품었다.

자, 키프로스는 아프로디테가 바다의 거품에서 태어난 후 처음으로 발을 디딘 섬이라 아프로디테를 모시고 있었고, 스미르나에게 이런 비정상적인 욕망을 불어넣은 이는 바로 짓궂은 아프로디테였다. 테이아스왕의 기도와 제물이 영 못마땅했던 모양이다. 그런데 무모하게도 테이아스는 섬사람들 사이에 인기가 많은 디오니소스를 모시는 새 사당을 열었다. 아프로디테는 그녀의 신전을 방치하는 것을 근친상간보다 훨씬 나쁜 최악의 죄로 여겼다. 하지만 인간들에게는, 심지어 자유방임적이고 퇴폐적이기로 악명 높은 키프로스 사람들에게도 근친상간은 가장 중대한 금기였다. 스미르나는 괴로움에 몸부림치며 자신의 죄스러운 감정을 억누르려 애썼다. 하지만 장난기에 불이 붙은 아프로디테는 스미르나의 시녀 히폴리테에게 마법을 걸어 상황을 최악의 위기로 끌고 갔다.

어느 날 밤 디오니소스의 포도주가 가진 미덕을 발견한 후 자주 그랬듯 테이아스가 거나하게 취하자 아프로디테의 마법에 걸린 히폴리테는 스미르나를 왕의 방으로 데려가 침대에 밀어 넣었다. 왕은 너무 취한 나머지 이 행운을 전혀 의심하지 않고 자기 딸과 탐욕스럽게 사랑을 나누었다. 밤의 어둠과 취기로 혼미해진 정신 때문에 자기 자식을 알아보지 못했다. 젊고, 탐스럽고, 열정적이면서도 고분고분한 어떤 여자가 서큐버스*처럼 자신을 즐겁게 해주기 위해 나타났다고만 생각했다.

일주일 정도 격정적인 밤을 즐긴 테이아스는 어느 날 아침 일어나 그녀에 대해 알아내기로 마음먹었다. 그는 최근 자신에게 환락의 밤을 선물해준 신비로운 여인의 정체를 밝혀내는 사람에게 황금 더미를 상으로 내리겠다고 선포했다.

스미르나는 음탕하고 정신 나간 꿈을 꾸듯이 자신의 격정을 풀고 있었지만 키프로스의 모든 사람들이 그녀와 테이아스의 동침에 관한 비밀을 밝혀내려고 눈에 불을 켜자 궁에서 달아나 숲에 숨었다. 그녀는 죽고 싶었으나 배 속에서 이미 자라고 있는 아이를 차마 버릴 순 없었다. 그녀는 자신의 사랑을 범죄로 만들어버린 인간의 법을 욕하며, 천상에 자비를 구했다.† 그녀의 기도에 답하여 신들은 스미르나를 몰약나무로 변신시켜주었다.

열 달 후 나무가 쫙 벌어지더니 인간 남자 아기를 토해냈다. 나이아스들은 몰약나무가 흘리는 보드라운 눈물(이 수액은 지금도 출산과 대관식에 쓰이는 기름의 재료로 사용되고 있다)을 아이에게 발라주었고, 아기의 이름은 아도니스라 지었다.

스미르나의 아기는 신체적 매력에서 그 누구도 따라올 자 없는 청년으로 자랐다. 이 말을 너무 많이 해서 여러분이 또 믿어줄지

---

\* 잠자는 남자와 정을 통한다는 여자 악령.—옮긴이

† 오비디우스의 『변신 이야기』에서 스미르나는 이렇게 불평한다. "인간 문명은 악의적인 법을 만들었다. 자연이 허락하는 것을 질투심 많은 법이 금하다니."

모르겠다만 말이다. 그를 보기만 하면 누구나 홀딱 반한 것도 사실이고, 그의 이름 자체가 절세의 미남을 의미하게 된 것도 사실이다. 적어도 우리가 꼭 알아야 하는 사실은, 아도니스가 어찌나 사랑스러웠는지, 그의 출생에 지대한 공을 세운 사랑과 미의 신 아프로디테의 눈길까지 사로잡을 정도였다는 것이다. 그 어떤 인간도 해내지 못한 일이었다.

아프로디테와 아도니스는 연인 사이가 되었다. 이 둘이 연결되기까지 참으로 험난한 과정이었다. 아프로디테의 사악한 복수심 때문에 한 아버지가 딸에게 금지된 행동을 저질렀고, 그 딸은 아이를 낳았으며, 그 아이는 아프로디테가 아마 그 누구보다 사랑해 마지않은 남자가 되었다. 평생 치료를 받는다 해도 이 심리적 난장판을 깨끗이 치우지는 못할 것이다.

아도니스와 아프로디테는 모든 것을 함께했다. 아프로디테는 다른 신들이 아도니스를 미워한다는 사실을 알고 있었다. 데메테르와 아르테미스는 수많은 여자들이 그를 사랑해 시름시름 앓는 것을 견딜 수 없었고, 헤라는 결혼과 가족의 신성한 관습을 수치스럽고 극악무도하게 모욕한 결과로 태어난 자식을 곱게 보지 않았다. 아레스는 자기 애인이 다른 남자에게 푹 빠지자 폭풍 같은 질투에 휩싸였다. 이 모든 걸 눈치채고 있던 아프로디테는 자신의 성마른 가족이 아도니스에게 해코지를 하지 못하게 막으리라 마음먹었다.

그녀의 소중한 인간 연인이 대부분의 그리스 남자들처럼 사냥을 굉장히 좋아했기 때문에, 걱정하는 마음이 앞선 아프로디테는 아도니스에게 토끼나 비둘기처럼 별로 크지도, 사납지도 않은 짐승은 괜찮지만 사자, 곰, 멧돼지, 큰 사슴은 절대 욕심내지 말라고 당부했다. 하지만 남자들이 어떤가. 여자가 없을 땐 본모습으로 돌아가 허세를 부리지 않고는 못 견딘다.

어느 날 오후 아프로디테의 애인은 혼자서 거대한 멧돼지(혹자는 아레스가 둔갑한 거라고 말한다)를 뒤쫓고 있었다. 아도니스가 그 짐승을 구석으로 몰아 간 뒤 죽이려고 창을 확 치켜들자, 멧돼지가 엄니를 드러내더니 포효하며 달려들었다. 아도니스는 깜짝 놀라 뒤로 펄쩍 뛰며 창을 떨어뜨렸지만 그래도 용감한 청년이라 용케도 균형을 잃지 않고 발을 단단히 디디고 멧돼지의 습격에 맞설 자세를 취했다. 멧돼지가 돌진해 오자 아도니스는 무용수처럼 우아하게 몸을 돌려 피하면서 지나가는 짐승의 목을 붙잡았다. 하지만 멧돼지는 교활했다. 머리를 땅으로 푹 숙여 아도니스에게 제압당한 척했다. 아도니스는 무릎을 꿇고 앉아 한 손으로 짐승의 머리를 누르고 다른 한 손으로는 허리띠를 더듬어 창을 찾았다. 이 기회를 놓칠세라 멧돼지는 으르렁거리며 고개를 쳐들고 거대한 엄니를 비틀어 돌렸다. 아도니스는 배를 찢기는 치명상을 입고 쓰러졌다.

아프로디테가 도착했을 때 애인은 피를 흘리며 죽어가고 있었고, 멧돼지(아니면 아레스였을까?)는 의기양양하게 꿀꿀거리며 수풀 속으로 재빨리 사라진 후였다. 아프로디테는 눈물을 흘리며 아도니스를 품에 안고, 그가 마지막 숨을 힘들게 뱉는 모습을 지켜보는 것 말고는 할 수 있는 일이 없었다. 그의 피와 그녀의 눈물에서 짙붉은색의 꽃이 피어났다. 바람을 의미하는 그리스어 '아네모이'에서 이름을 따 아네모네라 부르는 이 무척이나 아름다운 꽃은 바람이 불면 꽃잎이 금세 날아가 버린다. 젊음처럼 덧없고, 아름다움처럼 쉽게 사라진다.*

* 셰익스피어의 장편 서사시 『비너스와 아도니스』는 오비디우스의 『변신 이야기』를 기초로 하고 있다. 셰익스피어의 작품에서, 아도니스가 죽자 비너스는 사랑을 저주하며 이후로는 모든 사랑이 비극으로 물들도록 명한다. 그녀는 애통하게 예언한다.

> 이후로는 사랑에 슬픔이 깃들지어다……
> 사랑은 전쟁과 무서운 사건들을 일으키고
> 아들과 아버지 간에 불화를 낳을 것이며
> 아무리 연인을 사랑한들 즐겁지 않으리라.

이 예언은 제대로 실현된 듯하다.

# 에코와 나르키소스

## 테이레시아스

젊은 남자가 꽃이 되는 가장 유명한 이야기는 시름에 잠긴 한 어머니가 아들을 예언자에게 데려가면서 시작한다. 당시에는 신탁을 전하는 시빌들과 점쟁이들뿐만 아니라 신들에게 선택받아 예언 능력을 갖게 된 인간들도 있었다. 그들과 상담하려면 병원에 가는 것처럼 예약까지 해야 했다.

그리스 신화에서 가장 추앙받는 두 예언자는 카산드라와 테이레시아스였다. 카산드라는 트로이의 예언자였는데, 한 치의 오차도 없는 그녀의 예언을 아무도 믿어주지 않는 저주에 걸려 있었다. 테베의 테이레시아스도 똑같이 불운한 처지였다. 그는 남자로 태어났지만, 교미를 하고 있는 뱀 두 마리를 막대기로 건드렸다가 웬일인지 헤라의 노여움을 크게 사서 여자가 되어버렸다. 7년 동안 사제로 헤라를 모신 후 원래의 남자 모습으로 돌아가 강에서 목욕하는 아테나의 알몸을 본 죄로 눈이 멀어버린다.* 그가 맹

---

\* 이와 비슷하게 악타이온도 아르테미스를 훔쳐봤다가 벌을 받았다. 신들은 목욕을

410　　　　　　　　　제우스의 장난감 II

인이 된 사연을 알려주는 다른 이야기가 있는데 나는 그가 제우스와 헤라 간의 내기를 중재하기 위해 올림포스로 불려갔다는 이 변형된 버전을 더 좋아한다. 제우스와 헤라는 어느 성이 섹스를 가장 즐기는가 하는 문제를 두고 다투던 중이었다. 테이레시아스는 남성인 동시에 여성이라서 그 의문에 답할 수 있는 독특한 입장에 있었기 때문에 그의 판결에 승복하기로 합의가 이루어졌다.

테이레시아스는 자신의 경험상 섹스는 남성보다 여성이 아홉 배는 더 즐겁다고 선언했다. 성행위로 남자가 더 재미를 본다고 내기를 걸었던 헤라는 격분했다. 아마도 그녀는 남편의 지칠 줄 모르는 성욕과 자신의 좀 더 온건한 성 충동에 근거해 그렇게 생각했을 것이다. 헤라는 테이레시아스의 노고에 대한 보상으로 그를 맹인으로 만들었다. 한 신이 부린 마법은 다른 신이 뒤집을 수 없는 법, 그래서 제우스가 테이레시아스에게 해줄 수 있는 최선은 잃어버린 시력에 대한 보상으로 투시력, 즉 미래를 내다보는 능력을 주는 것이었다.†

---

하는 동안에는 놀라울 정도로 정숙했다.

T. S. 엘리엇은 『황무지』의 「불의 설교」 편에서 테이레시아스를 다음과 같이 인상적으로 언급한다.

> 나 테이레시아스, 비록 눈멀고, 두 인생 사이에 끼어 떨며,
> 쭈글쭈글한 여자 유방을 달고 있는 늙은 남자지만 볼 수 있다네……
> 나 테이레시아스, 쭈글쭈글한 젖퉁이를 달고 있는 늙은 남자는
> 그 광경을 감지하고는, 나머지를 예언하였다네……
> 그리고 나 테이레시아스는 이 모든 것을 이미 겪었노라……

† 신들 사이의 분쟁을 판결해달라고 요청받는 건 인간에게 대단한 영광처럼 보이겠지만, 이 이야기가 보여주듯이, 그리고 트로이의 파리스 왕자도 알게 되듯이 그 결과는 대재앙이 되기도 했다.

# 나르키소스

나이아스인 리리오페가 강의 신 케피소스와 짝을 맺어 나르키소스라는 아들을 낳았다. 리리오페는 미모가 뛰어난 아들의 미래가 걱정스러웠다. 절세의 미모가 끔찍한 특권이고 위험한 속성이라 불행은 물론이고 심지어는 치명적인 결과로 이어질 수도 있음을 너무나 잘 알고 있었다. 나르키소스가 열다섯 살이 되어 원치 않는 관심을 받기 시작하자 리리오페는 손을 쓰기로 마음먹었다.

그녀는 아들에게 말했다. "테베로 가자꾸나. 가서 테이레시아스를 만나 너의 운수를 봐달라고 하자."

이리하여 어머니와 아들은 두 주를 꼬박 걸어 테베까지 가서, 매일 아침 헤라의 신전 밖에 길게 늘어서 있는 줄에 합류했다.

이윽고 그들의 차례가 왔고 리리오페는 테이레시아스에게 설명했다. "눈이 멀어 내 아들이 안 보이겠지만, 이 아이를 보기만 하면 누구나 그 용모에 혹한다네. 이 세상에서 가장 아름다운 인간이지."

나르키소스는 민망해 온몸을 붉히며 발을 이리저리 움직였다.

"나는 신들을 너무 잘 알아." 리리오페가 말을 이었다. "그래서 이 미모가 축복이 아니라 저주가 될까 봐 걱정이야. 가니메데스, 아도니스, 티토노스, 히아킨토스…… 내 아들보다 훨씬 미모가 떨어지는 그 남자애들이 무슨 일을 당했는지 모르는 이가 없지 않은가. 그러니 위대한 예언자여, 나르키소스가 오래도록 행복한 삶을 누릴 수 있을지 말해주게. 만족할 만큼 오래 사는 것이 내 아들의 모이라인가?* 맹인인 그대는 우리에게 안 보이는 모든 걸 볼 수 있으니. 말해주시게, 내 사랑하는 아들의 운명을."

테이레시아스는 두 손을 내밀어 나르키소스의 얼굴을 더듬더듬 만지고 나서 말했다.

"걱정 마십시오. 이 아이가 자기 자신을 알아보지 못한다면 오래도록 행복하게 살 수 있을 겁니다."

그 말을 들은 리리오페는 큰 소리로 웃었다. "'자기 자신을 알아보지 못한다면'이라니!" 이런 이상한 예언이 정말로 적용될 리 없었다. 누가 자기 자신을 알아볼 수 있단 말인가?


# 에코

리리오페가 테이레시아스에게 즐겁게 감사 인사를 하고 있는 테베의 헤라 신전을 떠나 거기서 그리 멀지 않은 헬리콘산의 기슭에 있는 작은 언덕으로 가보자. 그곳에는 그리스를 통틀어 가장 아름다운 님프들이 살고 있었다. 어찌나 매력적인지, 아름다운 님프에게 유독 약한 제우스가 자주 들를 정도였다.

오레아스(산의 님프)인 에코는 외모가 떨어지는 편은 아니었지만, 제우스를 비롯한 잠재적 구애자들이 선뜻 다가서지 못하게 만

---

* 모이라이는 운명을 주관하는 신들이다. 그리스인들은 모두에게 저마다의 유일한 모이라(moira)가 있으며, 필연, 비운, 정의, 행운이 혼합된 형태로 나타난다고 생각했다. 영어 '러크(luck)'와 이슬람교도들이 말하는 '키즈메트(kismet)' 사이에 있는 무언가였다.

드는 한 가지 특징이 있었다. 지독하게 말이 많았던 것이다. 마을의 수다쟁이이자 참견쟁이 이웃이며 지나치게 걱정 많은 친구인 에코는 입을 다물고 있지를 못했다. 그녀가 실없이 떠들어대는 소리에 악의는 없었고, 오히려 나서서 친구들을 강력하게 변호하고 감싸주고 칭찬하고 최대한 좋게 포장해주는 경우가 많았다. 말할 때나 노래할 때 사랑스럽게 나오는 목소리를 자랑하려는 허영심도 조금은 있었다. 감미로운 혀를 가진 사람들이 대개 그렇듯 그녀도 혀 놀리기를 좋아했다. 항상 사랑을 예찬하는 에코의 노래를 좋아하는 아프로디테가 어느 정도까지는 그녀를 보호해주고 있었다. 간단히 말해 에코는 낭만주의자였다. 그녀를 깎아내리는 사람들은 그녀가 지나치게 감상적이라고 욕할지 몰라도, 그녀의 선의와 참된 마음을 부인하지는 못할 것이었다.

제우스는 에코의 자매들인 오레아스들과 사촌들인 나이아스들을 몰래 찾아왔고, 에코는 그들이 속마음까지 털어놓는 최고의 친구였다. 그녀는 자신의 친족과 벗들이 구름을 모으는 자, 신들의 제왕과 밀회를 즐긴다는 생각에 전율을 느꼈다. 그 비밀만은 누구에게도 발설하고 싶지 않았다.

헤라는 예전부터 제우스가 자리를 비울 때마다 의심했지만, 요즘 들어 그 시간이 점점 길어져 더욱 신경 쓰이던 중이었다. 그녀에게 충성을 다하는 되새 한 마리가 그녀의 남편이 헬리콘산의 낮은 비탈을 자주 찾더라고 귀띔해주자 헤라는 어느 햇살 좋은 오후 그곳으로 직접 가서 배신의 현장을 잡기로 했다. 그녀가 전차에서 내리기가 무섭게 산의 님프 한 명이 시시한 얘기를 종알종알 떠들어대며 깡충깡충 뛰어왔다. 한창 입심을 가동 중인 에코였다.

"헤라 왕비님!"

헤라는 이마를 찌푸렸다. "우리가 아는 사이던가?"

"오, 왕비님!" 에코는 털썩 무릎을 꿇으며 외쳤다. "왕비님이 오시다니 저희에게 얼마나 큰 행운인지요! 얼마나 큰 영광인지요! 그것도 전차까지 타고 행차하시다니요! 제가 공작들에게 먹이를 좀 줘봐도 될까요? 올림포스의 신께서 이곳에 오시다니! 황송하옵게도 올림포스 신께서 우리를 찾아주시는 것이 얼마 만인지 기억조차 나질 않습니다. 정말이지……"

"내 남편 제우스가 여기 숲과 강을 자주 찾고 있다지?"

에코는 그리 멀지 않은 강둑에서 제우스가 어여쁜 강의 님프와 부적절한 짓을 하고 있다는 걸 잘 알고 있었다. 음모와 드라마, 로맨스를 좋아하는 그녀는 어떻게든 그 둘을 지켜주고 싶었다. 마치 샘에서 솟아 나오는 물처럼 온갖 시시한 얘기들을 쉴 새 없이 쏟아내며 그녀는 헤라를 강에서 멀리 데려갔다.

"이 빈터에 아주 훌륭한 털가시나무가 한 그루 있답니다, 왕비님, 허락해주신다면 왕비님께 바칠까 생각 중이었는데…… 아, 제우스 님요? 아니요, 여기서 한 번도 뵌 적이 없는걸요."

"정말이냐?" 헤라는 에코를 무섭게 쏘아보았다. "그가 지금 여기 있다는 소문을 들었건만, 바로 오늘."

"아니, 아닙니다, 왕비님! 절대, 절대, 아니에요! 실은…… 무사이의 한 시종이 불과 30분 전에 헬리콘산에서 내려와 여기 물을 길어가면서 말하기를, 제우스 님은 오늘 테스피아이*에 계신다고

---

\* 헬리콘산의 기슭에 있는 도시.—옮긴이

하던데요. 그곳의 신전을 들르신다고요."

"오. 그렇구나. 음, 고맙다." 헤라는 무뚝뚝하고 어색하게 고개를 끄덕이고는 전차로 돌아가 구름 속으로 날아갔다. 바람난 남편을 잡으려 애쓰는 꼴을 보이다니 이 얼마나 굴욕적인가.

에코는 동료 님프들과 제우스에게 도움이 되었다는 생각에 기뻐하며 폴짝폴짝 뛰어갔다. 인간 연인들이었다 해도 그녀는 기꺼이 지켜주었을 것이다. 모든 연인들의 앞길을 편하게 만들어주는 것이 그녀의 낙이었으니까. 정작 그녀 자신은 누군가를 사랑해본 적이 한 번도 없었다. 남들의 사랑을 돕는 사랑이야말로 가장 고귀한 사랑이라고 생각했다. 보상을 바라는 마음도 없었기에 제우스나 자매에게 자신의 훌륭한 행동을 굳이 알려주지도 않았다. 그녀는 노래를 부르고 꽃을 꺾으며, 님프의 인생은 참 행복하다고 생각했다.

# 메아리

다음 날 올림포스로 돌아온 헤라는 제우스의 불륜을 제일 처음 귀띔해주었던 되새를 불렀다.

그녀는 새된 소리로 되새를 꾸짖었다. "네가 나를 속였구나. 너 때문에 내가 바보가 됐어!"

헤라가 새의 부리를 움켜쥐어 숨도 제대로 못 쉬게 한 다음 되새의 모습을 완전히 바꾸어버릴 기묘하고 무서운 벌을 내리려는 찰나 그의 짝이 헤라의 귓가에서 날개를 퍼덕이며 용감하게 소리쳤다. "지엄하신 왕비님, 그이는 거짓말을 하지 않았어요! 제가 그곳에서 제우스 님을 직접 본걸요. 헤라 님이 에코라는 님프와 말씀을 나누고 계시는 동안에도 제우스 님은 멀지 않은 곳에서 나이아스와 함께 누워 계셨어요. 저를 못 믿으시겠거든 나비들과 왜가리들에게 물어보세요. 테스피아이 신전의 사제에게 제우스 님이 언제 마지막으로 찾아주셨는지 물어보세요. 석 달 동안 가지 않으셨다고요!"

그 말을 들은 헤라가 손을 풀자 진홍색이 되다시피 한 새는 다시 숨을 쉬었지만, 이때의 흔적으로 지금까지도 수컷 되새들의 가슴은 분홍빛을 띠고 있다.

에코가 개울에서 신나게 물놀이를 하고 있을 때 헤라와 그녀의 공작 마차가 다시 내려왔다. 에코는 물을 튀기며 깡충깡충 강둑으로 뛰어가 보조개 핀 얼굴로 따뜻한 미소를 환하게 지으며 헤라를 맞았다. 하지만 헤라의 얼굴에 서린 분노를 보자 그녀의 따뜻한 미소는 금세 두려움으로 얼어붙었다.

헤라는 쌀쌀맞을 정도로 차분하게 말했다. "그래, 내 남편이 여기 온 적이 없다고 했겠다. 어제 여기 없었다고. 테스피아이 신전에 있었다고 말이지."

"제, 제가 알기로는 그렇습니다." 에코는 겁에 질려 말을 더듬었다.

"이 어리석고, 말 많고, 시끄럽고, 음흉한 거짓말쟁이 같으니! 감히 하늘의 왕비를 속이려 들어? 네 주제에?"

"저는……." 태어나서 처음으로 에코는 말문이 막혔다.

"잘도 더듬는구나. 넌 네 목소리를 사랑하지? 들으라……."

헤라는 일어나 두 팔을 높이 들었다. 그녀의 두 눈이 자줏빛으로 반짝이는 것 같았다. 이 장엄한 광경 앞에 겁을 집어먹은 에코는 이대로 땅으로 꺼져버렸으면 좋겠다고 생각했다.

"명하노니, 남을 속이는 너의 그 사악한 말솜씨는 끝을 보리라. 이 순간부터 너는 다른 이가 말을 걸지 않는 한 어떤 말도 할 수 없다. 마지막으로 들은 말을 따라 하는 것 외에는 아무런 대답도 할 수 없다. 누구도 이 저주를 풀 수 없으니. 오직 나만이 할 수 있다. 알겠느냐?"

"……있다 알겠느냐!" 에코가 소리쳤다.

"신들을 거역하면 이렇게 되느니."

"……이렇게 되느니."

"나는 봐주지 않는다. 용서는 없어."

"……용서는 없어!"

헤라가 의기양양하게 콧방귀를 뀌며 휙 가버리자 가여운 님프는 그 자리에 남아 두려움과 좌절감에 바르르 떨었다. 아무리 말을 하려고 애써봐도 아무런 소리도 나오지 않았다. 매번 목구멍이 막히고 조이는 것 같았다. 말은 못 하고 계속 웩웩거리며 침만 튀겨대는 그녀를 보고 한 자매가 물었다. "안녕, 에코. 지금 뭐 하는 거야?"

"지금 뭐 하는 거야?" 에코가 말했다.

"내가 먼저 물었잖아."

"내가 먼저 물었잖아."

"아니, 내가 먼저 물었어."

"아니, 내가 먼저 물었어!"

"계속 이럴 거면 꺼져버려."

"꺼져버려!" 에코는 따라 외치며 괴로움에 진저리를 쳤다.

친구들과 가족들은 하나둘씩 그녀를 피하기 시작했다. 평생 즐거운 수다를 즐기고, 유쾌한 잡담을 제일 소중하게 여기며, 재치 있는 말재주로 종알종알 떠들어대는 걸 낙으로 삼았던 이에게 이런 저주는 너무 가혹했기에 에코는 그저 혼자 침묵의 고통 속에 뒹굴고 싶었다.

# 에코와 나르키소스

혼자만의 지옥에서 외톨이로 고통스럽게 지내던 에코에게 어느 날 사냥꾼들이 웃고 소리치고 와글와글 떠들어대는 소리가 들려왔다. 테스피아이의 청년들이 멧돼지를 쫓아 숲 속까지 들어온 것이었다. 그리고 곧이어 그들 중 한 명이 무리에서 떨어져 나왔다. 이 세상을 초월한 듯한 미모의 청년인 그를 보고, 연애 감정이라곤 평생 느껴본 적 없는 에코는 바로 상사병에 걸려버렸다.

그 청년은 바로 나르키소스였다. 나이를 더 먹은 그는 훨씬 더 눈부신 미남이 되어 있었다. 그 역시 한 번도 연정을 품어본 적이 없었다. 그만 보면 비명을 지르고 한숨을 쉬고 기절하는 여자들과 남자들, 목신들과 사티로스들, 님프들과 드리아스(나무의 님프)들, 오레아스들과 켄타우로스들, 지각이 있고 없는 모든 존재들에 진력이 나버린 그는 사랑 자체를 어리석은 짓으로 여기게 되었다. 분별 있는 사람들도 사랑만 하면 바보가 되었다. 나르키소스는 남들이 넋을 잃고 자신을 바라보는 시선이 싫었다. 사랑을 숨기지 않는 그 빤한 눈빛을 보면 화가 치밀었다. 왠지 짜증스럽고 추악하게 느껴졌다. 거기에는 갈망과 방황과 절망, 음울함과 집착과 불행이 깃들어 있었다.

나르키소스에게 사랑과 욕망은 질병이었다. 1년 전 아메이니아스라는 청년이 그에게 사랑을 고백했을 때 그 교훈을 최악의 방식으로 얻었다. 나르키소스는 자기 딴에는 최대한 친절하게 그의 사랑을 거절했다. 하지만 아메이니아스는 거절을 받아들이지 않고 나르키소스를 졸졸 따라다녔다. 매일 아침 학교까지 따라오며, 길잃은 강아지처럼 흠모하는 눈빛으로 나르키소스를 뚫어져라 쳐다보았다. 더 이상 견딜 수 없었던 나르키소스는 그에게 다시는 가까이 오지 말라고, 꺼지라고 소리쳤다.

그날 밤 나르키소스는 방 밖에서 들려오는 이상한 소리에 잠에서 깨어났다. 창밖을 내다보니, 달빛 아래 배나무에 목을 맨 아메이니아스가 보였다. 그는 죽기 전 목멘 소리로 저주를 뱉었다.

"그대도 나처럼 사랑에 운이 없으리라, 아름다운 나르키소스!"*

그 후로 나르키소스는 최대한 몸을 가리고 고개를 푹 숙인 채 남들과 눈을 절대 마주치지 않으면서 무뚝뚝하고 퉁명스럽게 구는 버릇이 생겼다.

하지만 지금은 주위를 둘러보니 친구들은 온데간데없고 오롯

---

\* 일설에 따르면 아메이니아스는 향기로운 허브가 되었다고 한다. 딜이나 쿠민, 아니면 아니스일 수도 있다.

이 혼자였다. 그는 차가운 강물과 이끼가 낀 유혹적인 강을 즐기기로 마음먹었다. 그래서 옷을 홀홀 벗고 물속으로 뛰어들었다.

에코는 그 유연한 황금빛 몸이 반은 햇빛에 물들고 반은 그늘에 얼룩져 물과 함께 흘러가는 광경을 보자마자 숨이 턱 막혔다. 이파리들 사이로 나르키소스의 얼굴, 아름답고 아름다운 그 얼굴이 보이자 더 이상 주체할 수가 없었다. 헤라의 저주만 아니었다면 그 자리에서 당장 소리를 질렀을 것이다. 하지만 그녀는 알몸의 청년이 옷가지와 활과 화살을 풀밭에 내려놓고 잠을 청하려 드러눕는 모습을 지켜보며 입만 벌리고 있었다.

늦게 찾아오는 사랑일수록 토네이도처럼 강렬한 법이다. 가여운 에코는 이 말도 안 되게 아름다운 청년에게 정신없이 빠져버렸다. 그 무서운 헤라의 저주도 그녀의 심장을 이렇게 아프게 망치질해대지는 않았다. 귓속에서 피가 확 돌고 맥박이 쿵쿵 뛰었다. 거대한 회오리바람의 중심에서 빙빙 돌고 있는 기분이었다. 이 사랑스러운 청년을 어떻게든 더 가까이에서 봐야 했다. 내가 그를 보고 이런 폭풍과 같은 격정에 휩싸였다면, 그도 나를 보고 똑같이 느끼지 않을까? 분명 그러겠지? 그녀는 차마 숨도 못 쉬고 살금살금 다가갔다. 걸음을 뗄수록 점점 더 자릿자릿하더니 급기야 온몸이 흥분으로 바르르 떨렸다. 평생 들었던 첫눈에 반한 사랑 이야기들이 정말이었구나! 이 아름다운 남자도 내 사랑에 답해주리라. 온 우주와 천지 만물의 이치가 그러니까.

물론 우리는 그런 이치 따위는 없다는 걸 알고 있다. 가여운 에코도 이제 곧 진실을 깨닫게 된다.

그녀의 심장이 쿵쾅거리는 소리 때문이었는지 아니면 새소리 때문이었는지, 잠들어 있던 나르키소스는 에코가 가까이 왔을 때 눈을 떴다.

둘의 눈이 마주쳤다.

에코는 예쁘장한, 실은 굉장히 예쁜 님프였다. 하지만 나르키소스에게는 그녀의 눈만 보였다. 또 저런 눈이라니! 매섭고 굶주리고 집착 어린 눈길. 사랑을 요구하고 애원하는 저 두 눈, 윽!

"누구시죠?" 나르키소스가 시선을 피하며 말했다.

"누구시죠?"

"알아서 뭐 하게요. 상관 말아요."

"상관 말아요!"

"그게 아니죠. 당신이 나를 깨웠잖아요."

"당신이 나를 깨웠잖아요!"

"당신도 나한테 반했나 본데."

"반했나 본데!"

"그만 좀! 지긋지긋하니까, 사랑이라면."

"사랑이라면!"

"그런 일은 없을 거예요. 저리 가요! 싫으니까!"

"싫으니까!"

"아무리 울부짖어봐야 소용없어요. 꼴도 보기 싫어요."

"싫어요!"

"그만해요, 네? 제발 좀!" 나르키소스가 소리쳤다. "싫다니까!"

"싫다니까!"

"돌겠네."

"돌겠네!"

"당장 안 꺼지면 나도 막 나갈 수밖에……."

"나도 막 나갈 수밖에!"

"날 자꾸 시험하시는데."

"시험하시는데."

나르키소스는 새총을 집어 돌을 걸었다. "가요, 당장. 안 그러면 쏠 테니까. 못 알아먹겠어요?"

"못 알아먹겠어요?"

첫 번째 돌이 그녀를 빗나갔고, 나르키소스가 또 돌을 걸어 쏘기 전에 에코는 몸을 돌려 달아났다. 달려가는 그녀에게 그가 소리쳤다.

"다시는 오지 말아요!"

"다시는 오지 말아요." 그녀는 울부짖었다.

그녀는 그에게서 달아나 계속 달려가다 땅에 쓰려져 울었다. 슬픔과 수치심으로 심장이 터질 것 같았다.

## 물속의 남자

나르키소스는 사라지는 에코를 보며 짜증스럽게 고개를 저었다. 미친 듯 매달리면서 질질 짜는 이 어리석은 사람들에게서 언제쯤 해방될 수 있을까? 사랑과 아름다움이라니! 그건 그냥 말일 뿐이다.

한바탕 난리가 끝난 뒤 스트레스 때문에 몸에 열이 나고 목이 마르자 그는 강물을 마시려 무릎을 꿇고 앉았다. 물속을 들여다

본 그는 깜짝 놀라 숨을 죽였다. 그가 이제껏 본 적 없는 가장 아름다운 얼굴, 가장 아름다운 청년의 사랑스러운 얼굴이 놀란 표정을 짓고 있지 않은가. 그는 황금빛 머리칼에 보드라운 붉은 입술을 갖고 있었다. 나르키소스는 미남자의 매혹적이고 사랑스러운 두 눈에서 그가 항상 혐오했던 갈망과 굶주림을 보고는 전율했다. 하지만 웬일인지 이 신비로운 이의 멋진 얼굴로 그런 표정을 보니 가슴이 벅차고 심장이 마구 두근거렸다. 그렇다면 강물 속의 저 멋진 남자도 자신과 똑같이 느끼고 있는 게 분명했다! 나르키소스가 그 사랑스러운 입술에 키스하려 고개를 숙이자 그 사랑스러운 입술도 그에게 키스하기 위해 다가왔지만 입술이 마주치려는 순간 이 낯선 미남자의 얼굴이 수천 조각으로 깨어지며 덩실덩실 일렁거리더니 더 이상 보이지 않았다. 그런데도 나르키소스는 차가운 물에 입을 맞추고 있었다.

"가만히 있어요, 내 사랑." 그가 속삭이자 그 남자도 똑같이 그에게 속삭이는 듯했다.

나르키소스가 한 손을 들어 올렸다. 남자도 손을 들어 답했다. 나르키소스는 남자의 사랑스러운 뺨을 어루만지고 싶었고, 남자도 똑같은 것을 원했다. 하지만 나르키소스가 가까이 가기만 하면 남자의 얼굴이 부서지며 사라져버렸다.

두 남자는 몇 번이고 시도해보았다.

한편 그들 뒤의 덤불 속에서는 뜨거운 사랑에 열정과 힘을 얻은 에코가 운을 한 번 더 시험해보려 돌아와 있었다. 그의 말이 들리자 그녀의 심장이 널을 뛰었다.

"사랑해요!"

"사랑해요!" 그녀도 외쳤다.

"내 곁에 있어줘요!"

"내 곁에 있어줘요!"

"떠나지 말아요!"

"떠나지 말아요!"

하지만 그녀가 가까이 다가가자 나르키소스는 화를 내며 호통을 쳤다.

"꺼져! 방해하지 마. 또 오기만 해봐! 순순히 보내주지 않을 줄 알아!"

"보내주지 않을 줄 알아!" 에코는 흐느꼈다.

나르키소스가 사납게 고함을 지르며 돌멩이를 주워 그녀에게 던졌다. 에코는 달아나다가 넘어졌다. 나르키소스가 활을 잡았고, 그녀는 허둥지둥 일어나 수풀 속으로 사라지지 않았다면 분명 화살에 맞아 죽었을 것이다.

나르키소스는 멋진 남자가 가고 없을까 봐 걱정하며 강물을 다시 내려다보았다. 그는 여전히 그곳에 있었다. 근심이 가득한 상기된 얼굴이었지만 여전히 아름답고 사랑스러웠으며 짙은 푸른색 눈은 경이롭게 빛나고 있었다. 나르키소스는 다시 엎드려 강물로 고개를 숙이고……

# 신들이 가엾이 여기시어

에코는 슬프고 외로워 흐느껴 울면서 산비탈을 계속 뛰어 올라갔다. 그러다가 아름다운 나르키소스가 있는 강보다 더 높이 있는 어느 동굴에 숨었다.

에코는 그녀가 좋아하는 신 아프로디테에게 머릿속으로 기도를 올렸다. 사랑의 고통과 저주받은 힘겨운 삶으로부터 구원해달라고, 무언의 절망 속에 빌었다.

아프로디테는 그 기도에 성의껏 답해서 에코의 몸과 대부분의 물리적 자아를 없애주었다. 아프로디테도 헤라의 저주를 풀 수는 없었기에 목소리만은 여전히 남았다. 애초에 에코를 그 모든 곤경에 빠뜨렸던 목소리는 남의 말을 흉내 내고 반복할 운명이었다. 한때 아름다운 님프였던 그녀에게서 남은 것이라곤 답하는 목소리뿐이었다. 지금도 여전히 에코는 동굴, 협곡, 절벽, 언덕, 길거리, 광장, 신전, 산, 폐허, 빈방에서 우리의 마지막 말을 그대로 돌려주고 있다.

그렇다면 나르키소스는 어떻게 됐을까? 날이면 날마다 강가에 엎드려, 물에 비친 자기 모습과 뜨겁고도 절망적인 사랑에 빠져, 자기를 뚫어져라 쳐다보고, 자기 자신을 사랑하고 갈망하며, 자기에게만 눈길을 주고, 자기 외에 다른 이는 신경도 쓰지 않았다. 고개를 수그린 채 강물만 바라보다 그는 점점 수척해졌고, 마침내 신들은 그를 섬세하고 아름다운 수선화로 변신시켰다. 그의 이름을 품고 있는 수선화narcissus는 항상 그 아름다운 고개를 숙여 웅덩이, 연못, 개울에 비친 자기 모습을 내려다보고 있다.

이 불운한 젊은이들의 특성은 우리와 우리의 언어에 공통적인 인간 특징으로 혹은 고약한 병으로 흔적을 남겼다. 자기애성 인격 장애narcissistic personality disorder와 반향어echolalia(들리는 말을 생각

없이 따라 하는 증세)는 정신 질환을 의학적이고 법적으로 정의하는 『정신 장애 진단 및 통계 편람』에도 실려 있다. 요즘 흔히 언급되는 자기애성 인격 장애는 허영심, 거만함, 칭찬과 갈채와 환호에 대한 과도한 갈증, 특히 자아상에 대한 집착을 특징으로 한다. 남의 감정은 묵살하고, 정직, 진실성, 성실 같은 미덕은 쉽게 외면한다. 허세 부리기, 떠벌리기, 망상 어린 과장이 공통으로 나타나는 증상이다. 비판이나 비하를 참지 못해서 이상할 정도로 격정적이고 공격적인 행동을 보이기도 한다.

자기애는 다른 사람들이라는 거울에 자신이 사랑스럽거나 감탄할 만한 모습으로 비치는 것만 보고 싶은 욕구로 가장 잘 정의할 수 있을 것이다. 다시 말해 상대의 눈을 들여다볼 때 우리는 그들을 보는 것이 아니라 그들의 눈에 비친 우리를 본다. 이 정의에 따른다면, 자기애가 없다고 말할 수 있는 사람이 몇이나 될까?

# 연인들

트리스탄과 이졸데, 로미오와 줄리엣, 히스클리프와 캐서린…….
우리가 알고 있는 수많은 비운의 연인들은 비극적인 그리스 전통
에서 그 조상을 찾을 수 있다.

## 피라모스와 티스베

우리는 '바빌론'이라는 이름을 들으면, 음담패설과 방종으로 유
명한 어느 중동 문명을 떠올린다. 한때 바빌론은 세계에서 가장
큰 도시였으며, 그곳의 공중 정원은 고대 세계 7대 불가사의 중
하나였다.* 바빌로니아 제국이 소아시아의 대부분을 아우르고 있
었기 때문에, 킬릭스가 다른 형제들과 함께 에우로페를 찾아 떠나
기 전에 세운 킬리키아 왕국이 이 이야기의 배경이라고 믿는 사람
들도 있다. 하지만 오비디우스는 바빌론의 중심지를 이야기의 무
대로 삼았으니 나도 그렇게 하고자 한다.

---

\* 바빌론 유적은 이라크의 바그다드에서 남쪽으로 80킬로미터 정도 떨어진 사막 아
래 깔려 있거나 그 위로 삐죽 솟아 있다.

당시 바빌론에서는 두 가문이 이유는 알 수 없지만 몇 대에 걸쳐 앙숙으로 지내고 있었다. 두 집안의 거대한 궁전이 도시 중심가에 나란히 서 있는데도 아이들은 서로 말을 섞거나 편지를 쓰거나 손짓을 하면 안 되는 원수지간으로 키워졌다.

그런데 두 가문의 피라모스라는 아들과 티스베라는 딸이 온갖 장애물에도 아랑곳없이 사랑에 빠졌다. 서로 이웃인 두 집 사이의 벽에서 작은 구멍을 발견하고, 이 틈을 통해 인생관과 시, 음악에 관한 얘기를 나누다 어느덧 깊은 사랑에 빠져버린 것이다. 구멍이 너무 작아 서로를 만질 순 없었지만 격정 어린 젊고 뜨거운 입김이 그 고마운 틈을 통해 서로에게 전해졌고, 금단의 감정이기에, 절대 이어질 수 없는 사이이기에 둘의 사랑은 더욱 열렬해졌다.

뜨거운 입김을 주고받다가 격정이 불타오른 두 사람은 어느 날 밤 더 이상 참을 수 없는 지경이 되자 각각의 궁전에서 빠져 나와 피라모스의 선조이자 니네베라는 위대한 도시를 세운 아시리아의 왕 니노스의 묘지에서 만나기로 약속했다.

다음 날 저녁 영리하고 몸이 재빠른 티스베는 그녀의 방을 지키는 감시인들과 궁전의 보초병들을 슬쩍 통과한 뒤, 오래전 그녀의 조상인 세미라미스 여왕이 지어 올린 성벽을 빠져나왔다. 그녀가 밀회 장소에 도착했을 때 그녀를 맞아준 것은 사랑하는 피라모스가 아니라 방금 전 잡아먹은 소의 피를 입에서 뚝뚝 흘리고 있는 사나운 사자였다. 사자가 으르렁거리자 겁에 질린 티스베는 묘지에서 달아났다. 허둥지둥 정신없이 달리다 베일을 떨어뜨리고 말았다. 사자가 베일로 다가가 킁킁거리며 냄새를 맡다가 그것을 입에 물고 좌우로 흔드는 바람에 사자 입가의 피가 베일에 묻었다.

사자는 베일을 다시 땅에 떨어뜨린 뒤 마지막으로 한 번 포효하고 어슬렁어슬렁 밤의 어둠 속으로 사라졌다.

잠시 후 그곳에 도착한 피라모스는 여름이라 새하얀 열매가 잔뜩 열린 키 큰 뽕나무 아래에서 사랑하는 이를 기다렸다. 나뭇가지 사이로 달빛 줄기가 내리비치자 피로 얼룩진 채 땅에 떨어져 있는 티스베의 베일이 보였다. 베일을 획 집어 올린 피라모스는 공포에 질렸다. 피투성이 베일에 티스베 가족의 문장紋章이 수놓여 있고, 뜨거운 사랑의 입김을 수없이 주고받았던 여인의 향기가 났다. 땅에는 사자가 있었음을 증명하는 짐승 발자국이 남아 있었다.

피, 짐승 발자국, 가문의 문장, 틀림없는 티스베의 향기. 그 명백하고 비극적인 의미가 피라모스를 확 덮쳤다. 그는 절망에 빠져 울부짖으며 칼을 뽑아 자기 배를 푹 찌르고는, 세상을 떠난 애인 곁으로 조금이라도 더 빨리 가려고 상처를 더 넓게 찢었다. 피가 분수처럼 솟구쳐 흰 뽕나무 열매를 자줏빛으로 물들였다.

피라모스는 하늘을 향해 울부짖었다. "짧은 인생을 함께하기도 전에 내 사랑하는 티스베를 앗아가시다니요. 영원한 죽음의 끝없는 밤에 우리가 하나 될 수 있게 해주십시오!" 이 고결한 말과 함께 그는 쓰러져 죽었다.*

---

\* 『한여름 밤의 꿈』 속의 익살극에서 바텀이 연기하는 피라모스는 칼로 자기 몸을 찌르며 이렇게 외친다.

> 이렇게 나는 죽는다, 이렇게, 이렇게, 이렇게.
> 이제 나는 죽는다,
> 이제 나는 사라져 없어진다.
> 내 영혼은 하늘에 있구나.
> 혓바닥이여, 그대의 빛을 잃으라,

티스베 입장. 그녀는 죽은 피라모스의 손에 쥐여 있는 피투성이 베일을 보았다. 사자의 발자국을 보고 그곳에서 무슨 일이 있었는지 확실히 알았다.

"오, 신들이여, 단 한 번 짧은 행복의 순간도 허락 못 하실 만큼 그렇게 우리의 사랑이 샘나셨나요?" 그녀는 울부짖었다.

피라모스의 칼이 보였다. 여전히 뜨거운 그의 피가 축축하게 묻어 있었다. 그녀는 칼을 냉큼 집어 들고 자신의 배에다 푹 찔러 넣으며 승리감과 희열에 젖은 비명을 질렀다. 너무도 프로이트적인 자살이었다.

이 비극의 현장에 찾아온 두 가족은 서로 껴안고 울며 용서를 구했다. 오랜 반목은 이렇게 끝이 났다. 두 연인의 시신은 화장되었고, 그들의 재는 한 단지에 함께 담겼다.

그들의 영혼은 어떻게 됐을까. 피라모스는 수천 년 그의 이름을 지니며 흐르는 강이 되었고, 티스베는 그곳으로 흘러 들어가는 샘이 되었다. 피라모스강(현재의 제이한강)은 둑으로 막아 수력 발전에 이용되었고, 그렇게 지금은 두 연인의 힘이 터키의 가정을 밝혀주고 있다.

신들은 두 사람의 사랑과 희생을 기리는 뜻에서 그 후로 뽕나무 열매가 항상 짙은 핏빛 자주색을 띠게 했다. 그들의 열정과 그들의 피를 상징하는 빛깔이었다.

---

달이여, 저 멀리 날아가라.
이제 죽는다, 죽는다, 죽는다, 죽는다, 죽는다.

# 갈라테이아

## 아키스와 갈라테이아

오케아니스인 도리스와 강의 신 네레우스 사이에 태어난 수많은 딸들 가운데 우유처럼 하얀 피부 때문에 갈라테이아라고 불리는 네레이스가 있었다. 그녀는 키클롭스인 폴리페모스의 사랑을 받았다. 폴리페모스는 원조 키클로페스 중 한 명이 아니라 오케아니스인 토오사와 포세이돈 사이에서 태어난 사납고 못생긴 자식이었다.

갈라테이아 자신은 소박한 매력과 아름다움을 지닌 시칠리아의 양치기 소년 아키스를 사랑했다. 아키스는 강의 님프 시마이티스와 목양신 판의 아들이었지만 영원불멸한 존재가 아니었다. 어느 날 아키스와 갈라테이아가 서로의 품에 안겨 있는 모습을 보고 질투가 난 폴리페모스는 바위를 던져 소년을 깔아뭉개 죽였다. 슬픔에 젖은 갈라테이아는 자신의 힘과 기지를 동원하여, 혹은 올림포스의 인맥을 이용해 아키스를 영원불멸한 강의 정령으로 만들어 영원히 그와 함께한다. 이들의 이야기는 헨델의 목가적인 오페라 〈아키스와 갈라테이아〉의 소재이기도 하다.

# 또 다른 갈라테이아

갈라테이아라는 이름을 가진 여인들에 관해 얘기할 때 빠뜨릴 수 없는 이들이 두 명 더 있다.

크레타섬에 있는 도시 파이스토스에 사는 판디온에게 람프로스라는 아들이 있었는데, 그 아들의 아내가 갈라테이아였다. 여자아이를 자식으로 둘 생각 따위 없었던 람프로스는 아내에게 만약 딸을 낳으면 죽이고 아들을 낳을 때까지 계속 노력하자고 말했다. 그들의 첫 아이는 아름다운 여자아이였다. 여느 어머니처럼 딸을 죽일 마음이 전혀 없었던 갈라테이아는 남편에게 건강한 아들이 태어났다며 레우키포스('흰 말'이라는 뜻)라고 이름 짓자고 말했다.

람프로스는 굳이 아기의 몸을 살펴보지도 않고 아내의 말을 믿어버렸고, 이렇게 해서 남자로 키워진 레우키포스는 멋지고 영리하며 누구에게나 사랑받고 인정받는 소년으로 자랐다. 하지만 레우키포스에게 사춘기가 다가올수록 갈라테이아는 사랑하는 자식의 몸에 아름다운 굴곡이 생겨나고 턱에 솜털마저 나지 않으면 남편에게 들키고 말 거라는 걱정이 점점 더 커졌다. 람프로스는 어설픈 속임수에 넘어갈 인간이 아니었다.

신중을 기하기 위해 갈라테이아는 레우키포스를 데리고 레토(아폴론과 아르테미스의 어머니)의 신전으로 숨어들어 가 딸의 성별을 바꿔 달라고 기도했다. 그 기도에 레토가 답하는 순간, 레우키포스는 남성미 넘치는 청년으로 변했다. 남자라면 털이 나야 할 곳에 털이 솟아났고, 불룩해져야 할 곳은 불룩해졌으며, 들어가야 할 곳은 들어갔다. 람프로스는 여전히 아무것도 몰랐으므로 가족은 모두 행복하게 오래오래 살았다.

그 후 오랫동안 파이스토스에서는 엑두시아*라는 축제가 열렸다. 이 의식에서 파이스토스의 모든 소년들은 여자들 속에서 살고, 여성의 옷을 입었으며, 시민의 서약을 한 다음에야 아겔라(청년단)를 졸업하고 남성의 옷과 지위를 얻을 수 있었다.†


# 또 다른 레우키포스와 다프네, 그리고 아폴론

흥미롭게도, 성별이 바뀌는 또 다른 레우키포스(오이노마오스의 아들)의 이야기도 있다. 그는 다프네라는 나이아스와 사랑에 빠졌는데, 아폴론 역시 다프네를 사랑했고 아직 구애나 유혹은 하지 않은 상태였다.

다프네에게 접근하기 위해 레우키포스는 여자로 변장해서 님프들의 무리에 끼었다. 이를 보고 질투가 난 아폴론은 갈대들을 시켜 다프네에게 일행과 함께 강물에 목욕하라고 속살거리게 했다. 그래서 다프네 일행은 옷을 벗고 알몸으로 물을 첨벙첨벙 튀겼다. 당연히 레우키포스는 옷을 벗지 않으려 했고, 님프들은 그

---

* 허물 벗기, 털갈이, 탈각, 재평가를 아우르는 단어다. 한 옷을 벗어버리고 다른 옷으로 갈아입는 것이다.

† 이 흥미로운 주제에 관해 더 알고 싶다면, David D. Leitao, 'The Perils of Leukippos: Initiatory Transvestism and Male Gender Ideology in the Ekdusia at Phaistos', in *Classical Antiquity*, vol. 14, no.1(1995)를 참고하기 바란다.

를 놀리며 억지로 옷을 벗겼다가 그의 민망하고 명백한 비밀을 알고는 화가 나서 작살로 그를 찔러 죽였다.

이때쯤 아폴론의 욕정도 뜨겁게 끓어오르고 있었다. 그는 형체를 띠고서 다프네를 쫓아다니기 시작했다. 겁에 질린 다프네는 강에서 뛰쳐나가 최대한 빨리 달아났지만, 아폴론은 그녀를 쉽게 따라잡았다. 그에게 곧 잡힐 것 같자 다프네는 어머니인 가이아와 아버지인 강의 신 라돈에게 기도했다. 아폴론이 그녀에게 다가가 손을 대는 순간, 그녀의 살이 변하는 것을 느꼈다. 가슴에 얇은 껍질이 생기고 머리칼은 주르르 미끄러져 노란색과 초록색으로 반짝이는 이파리들이 되었으며, 팔다리는 서로 뒤얽히며 가지가 되고 두 발은 뿌리가 되어 천천히 내려가 가이아의 보드라운 흙 속으로 들어갔다. 망연해진 아폴론은 자기가 붙잡고 있는 것이 나이아스가 아니라 월계수라는 걸 알았다.

태어나 처음으로 아폴론은 자신의 잘못을 뉘우쳤다. 월계수는 그에게 신성한 나무가 되었고, 그 후로 그가 델포이에서 주관하는 피티아 제전의 우승자들은 월계수 관을 썼다. 지금도 큰 상을 받은 사람을 가리켜 '월계관을 쓴 자laureate'라 부른다.‡

‡ 다프네를 시칠리아의 미소년 다프니스와 혼동해서는 안 된다. 다프니스는 아기였을 때 월계수 덤불에서 발견되어 그런 이름이 붙었다. 헤르메스와 판 모두 그를 사랑했으며, 판은 그에게 피리 부는 법을 가르쳤다. 다프니스는 피리 연주에 아주 능해졌고, 후대 사람들은 그를 목가의 창시자로 여겼다. 2세기에 레스보스의 작가 롱고스는 연애소설 『다프니스와 클로에』(『황금 당나귀』와 함께 세계 최초의 소설 자리를 두고 경쟁을 벌이는 작품)에서, 두 목가적 연인이 그들의 사랑을 시험하는 온갖 시련과 모험을 겪는 이야기를 들려준다. 오펜바흐는 이 이야기를 바탕으로 한 오페레타를 작곡했다. 이보다 훨씬 더 유명한 작품으로는 모리스 라벨의 음악과 미하일 포킨의 안무, 바슬라프 니진스키의 춤이 어우러진 1912년의 혁명적인 무용극이 있다.

# 세 번째 갈라테이아와 피그말리온

거품에서 태어난 아프로디테가 발을 처음 디딘 키프로스섬은 사랑과 아름다움의 신을 오랫동안 열렬히 숭배했다. 그래서 키프로스섬 사람들은 음탕하고 호색적이며 문란한 생활로 유명했다. 그리스 본토 사람들은 키프로스를 타락한 곳, 방종한 사랑의 섬으로 여겼다.

남부의 항구 마을 아마토스에 살던 프로포이티데스(프로포이토스의 딸들)는 자신들이 사는 곳까지 번진 성적 방종에 분개한 나머지 아프로디테의 수호신 자격을 박탈해야 한다는 무모한 주장을 펼쳤다. 그런 불경하고 무례한 행동에 분노한 아프로디테는 성인聖人인 척 구는 이 자매들에게 꺼질 줄 모르는 육욕을 주는 동시에 정숙함과 수치심은 모조리 빼앗아버렸다. 이렇게 저주받은 자매들은 얼굴을 붉힐 줄 모르게 되었고, 섬의 여기저기에서 열심히 닥치는 대로 몸을 팔고 다녔다.

감성적이고 대단히 매력적이었던 젊은 조각가 피그말리온은 프로포이티데스의 노골적이고 추잡한 행실을 보고는 너무 역겨워 평생 사랑과 섹스를 멀리하겠다고 다짐했다.

"여자들이란!" 어느 날 아침 피그말리온은 의뢰받은 대로 대리석에 아마토스의 어느 장군의 얼굴과 몸을 조각하며 혼자 중얼거렸다. "나는 여자들한테 시간 낭비 안 해, 절대. 예술만 있으면 돼. 예술이 전부야. 사랑은 아무것도 아니야. 예술이 전부야. 예술이…… 잠깐, 좀 이상한데……."

피그말리온은 뒤로 물러나 자신의 작품을 보고는 깜짝 놀라 이마를 찌푸렸다. 장군의 모습이 묘한 방향으로 흘러가고 있었다. 그 남자는 분명 수염이 있었다. 게다가 그 늙은 전사는 옆구리에 살이 붙어 있지 이렇게 가슴이 부풀어 올라 있지는 않았다. 목도 이렇게 가늘고, 매끄럽고, 참을 수 없이…….

피그말리온은 마당으로 나가, 차가운 분수에 머리를 담갔다. 정신을 차리고 돌아와, 작업 중인 작품을 다시 보고는 어리둥절해져서 고개만 내저었다. 직접 장군의 집에 찾아가 그의 생김새를 꼼꼼히 살폈을 땐 인간보다는 혹멧돼지 같은 인상이었는데, 지금 대리석에서 점점 나타나고 있는 사람은 품위 넘치고 경이로운 미인이었다. 누가 봐도 여성적인 아름다움을 지닌 미녀.

피그말리온은 조각칼을 집으며 예술가의 눈으로 작품을 훑어보고, 몇몇 곳을 정확히 겨냥해서 인정사정없이 때리기만 하면 제대로 된 방향으로 돌아갈 수 있다는 걸 알았다. 한 달 치 수입을 들여 산 귀중한 대리석을 낭비할 순 없었다.

탕, 탕 탕!

좀 괜찮아졌군.

탁, 탁, 탁!

잠재의식 속에 묘한 충동이 일었었나 보군.

똑똑, 똑똑, 똑똑!

아니면 소화불량인가.

자, 다시 한 번 볼까…….

안 돼!!!

장군의 남성적이고 군인다운 눈매가 돌아와 있기는커녕 조각상은 아까보다 더 여성적이고, 더 우아하고, 더 관능적이고, 젠장, 더 섹시하기까지 했다.

그는 이제 열에 들떠 있었다. 장군을 구제하는 일 따윈 어떻게 돼도 상관없었다. 자신을 사로잡은 광기의 끝을 봐야 했다.

물론 그 광기는 아프로디테의 소행이었다. 그녀의 섬에 사는 남자들 중에 가장 잘생기고 가장 괜찮은 이가 사랑에 등을 돌리니 심기가 불편해진 것이다. 게다가 하필 그 청년은 아프로디테가 파도에서 태어난 후 발을 디딘 바로 그 바닷가에 살고 있었으니 아프로디테가 생각하기에는 그에게 욕정이 흘러넘쳐야 마땅했다. 대부분의 사람들이 살면서 깨닫게 되듯이 사랑과 아름다움은 무자비하고 잔인하며 인정머리 없다.

피그말리온은 몇 날 몇 밤 미친 듯 열정적으로 조각에 매달렸다. 분야를 막론하고 후대의 예술가들도 그를 사로잡았던 영감의 그 고통스럽고 숨 막히는 환희를 경험했을지 모른다. 먹을 생각도, 마실 생각도 하지 않고 어떤 의식적인 생각도 없이 그는 조각칼로 치고 두드리며 콧노래를 불렀다.

마침내 동쪽에서 에오스의 분홍빛 홍조와 진줏빛 섬광이 번득이며 닷새째 되는 날의 시작을 알리자 피그말리온은 뒤로 물러서며 진정한 예술가들만이 이해할 수 있는 불가사의한 힘으로 곧장 깨달았다. 그래, 마침내, 완성됐구나.

그는 감히 눈을 들기가 두려웠다. 지금까지는 아주 가까이에서 세밀한 작업을 했기 때문에 완성작의 모습은 어두워서 닿을 수 없는 그의 마음 한구석에만 존재하고 있었다. 이제 처음으로 자신의 작품 전체를 한눈에 담을 수 있게 된 것이다. 그는 심호흡을 하고 눈을 들었다.

그는 충격에 휩싸여 소리를 지르며 조각칼을 떨어뜨렸다.

정묘하게 조각된 발가락에서부터 머리를 장식한 완벽한 꽃들까지 조각상은 그가 이제껏 만든 그 어떤 작품보다 훨씬 더 뛰어났다. 그뿐만이 아니었다. 세상에 이보다 더 아름다운 예술 작품이 있을 리 없었다. 피그말리온 같은 진정한 예술가에게 이는 그조각상이 지상의 어떤 인간보다 더 아름답다는 의미였다. 피그말리온은 자연이 제아무리 최고의 솜씨를 부려봐야 예술을 능가하지 못한다는 걸 알고 있었다.

그가 상상력에 도취하여 깎아낸 이 대리석 조각상은 그의 눈에는 세상에서 가장 아름다운 물건 이상이었다. 그녀는 진짜 사람이었다. 피그말리온에게 그녀는 자신의 머리 위에 있는 천장과 자신의 발밑에 있는 바닥보다 더 진짜 같았다.

피그말리온은 심장이 빨리 뛰고, 동공이 커지고, 호흡이 짧아지고, 마음 깊숙한 곳이 너무도 강하고 어지럽게 들썩였다. 기쁨과 고통이 함께 찾아왔다. 그것은 사랑이었다.

우유처럼 흰 대리석 피부 때문에 갈라테이아라고 이름 지어야할 이 여인의 표정과 자세는 각성과 경탄 사이에서 주저하는 숭고한 망설임의 순간에 갇혀 있었다. 그녀는 곧 숨을 몰아쉬기라도할 것처럼 꽤 놀란 표정을 하고 있다. 뭐에 놀랐을까? 세상의 아름다움? 굶주린 눈으로 그녀를 뚫어져라 쳐다보고 있는 젊은 예술가의 잘생긴 외모? 그녀의 이목구비는 균형 잡히고 완벽했지만 그런 여자들은 많았다. 진부한 매력 말고도 그녀에게는 뭔가가 더 있었다. 그녀 안에서 아름다운 영혼이 노래를 부르는 소리가 들렸다. 그녀의 몸은 매끄럽고 나긋나긋하고 육감적인 선들이 대범하면서도 황홀하게 이어져 있었다. 두 가슴은 살을 부드럽게 내밀고 있는 것처럼 보였고, 살짝 놀란 듯 손을 목에 대고 있는 자세는 그녀의 알몸을 훨씬 더 유혹적으로 만들었다.

피그말리온은 그녀 주위를 빙 돌며, 짜릿할 정도로 풍만한 엉덩이와 아름답게 살이 올라 있는 허벅지를 바라보았다. 감히 저 살에 손을 대도 될까? 그는 그녀에게 혹시 멍이라도 들까 봐 살며시 손을 뻗었다. 하지만 손가락이 닿은 것은 차가운 대리석이었다. 딱딱하게 굳은 대리석. 겉으로 보기에는 저 깊은 속까지 따뜻하게 살아 있는 사람처럼 보였지만 그녀의 옆구리에 뺨을 대고 손으로 어루만져도 그녀는 시체처럼 차가웠다.

피그말리온은 진저리를 내면서도 온몸에 넘치는 활기를 주체하지 못했다. 그는 폴짝폴짝 뛰었다. 크게 소리를 질렀다. 끙 하고 신음 소리를 냈다. 웃었다. 노래를 불렀다. 욕설을 뱉었다. 그는 맹렬하고 무서운 사랑에 빠진 한 젊은 남자의 난폭함과 광포함과 격렬함과 병적인 행복감과 절망을 모두 보여주었다.

그는 결국 갈라테이아에게 달려들어 두 팔과 두 다리로 그녀를 감싸 안고, 그녀에게 몸을 딱 붙인 채, 키스하고 만지작거리고 문질러댔다. 자기 안의 모든 것이 폭발해버릴 때까지.

그의 영혼을 불태워버린 광기는 이후로도 줄어들지 않았다. 그는 진정한 연인들이 그렇듯 지극정성으로 그녀를 아끼며 자신의 모든 것을 그녀에게 쏟아부었다. 시장에 가서 그녀의 옷과 화관, 장신구를 샀다. 그녀의 손목에는 팔찌를, 목에는 벽옥과 진주로 만들어진 펜던트와 목걸이를 걸어주었다. 의자를 하나 사서, 티레 퍼플로 염색된 비단을 드리웠다. 그리고 그 의자에 그녀를 눕혀놓고는 발라드를 불러주었다. 위대한 시각 예술가들이 대부분 그렇듯 그의 노래는 별로였고 시는 개탄스러웠다.

그의 사랑은 열정적이고 관대했지만 대단히 낙관적인 분위기의 과도한 상상을 하지 않는 이상 아무런 반응도 얻지 못하는 짝사랑에 불과했다. 일방적인 구애였으며, 터질 것 같은 마음 한구석에서는 그도 이 사실을 잘 알고 있었다.


아프로디테를 찬양하는 축제가 열리는 날이었다. 피그말리온은 사랑스럽지만 차가운 갈라테이아에게 작별 키스를 한 뒤 집을 나섰다. 키프로스섬의 모든 주민들과 본토에서 온 방문객들이 이 연례행사를 위해 아마토스에 모였다. 신전 앞에는 사랑과 미의 신에게 마음의 문제를 해결해주십사 빌러 온 순례자들이 우글우글했다. 화관을 씌운 암송아지들이 제물로 바쳐졌고, 공기에는 유향이 짙게 감돌았으며, 신전의 모든 기둥에는 꽃이 휘감겨 있었다. 수많은 사람들이 신전 앞으로 앞다투어 몰려와 큰 소리로 기도했다.

"제게 아내를 보내주세요."

"제게 남편을 보내주세요."

"잠자리 실력 좀 높여주십시오."

"저를 진정시켜주세요."

"이 감정들이 전부 다 사라지게 해주세요."

"메난드로스가 나한테 반하게 해주세요."

"크산티페가 바람 좀 그만 피우게 해주세요."

간청하며 비통하게 울부짖는 소리가 신전을 가득 메웠다.

피그말리온은 한데 뒤섞여 있는 행상인들과 탄원자들을 어깨로 마구 밀치며 앞으로 나갔다. 신전 계단에 이른 그는 보초들에게 뇌물을 먹이고 사제들을 살살 구슬려, 가장 부유하고 영향력 있는 시민만 아프로디테의 거대한 조각상 바로 앞에서 기도 드릴 수 있게끔 꾸며놓은 안쪽 밀실로 들어갔다. 그러고는 조각상 앞에 무릎을 털썩 꿇었다.

그는 이렇게 속삭였다. "위대한 사랑의 신이시여. 아프로디테 님을 찬양하는 이 축제 날에 열렬한 연인들의 소원을 들어주신다고 하더군요. 한 가엾은 예술가가 소원을 비나니 부디 들어주시어……."

제단의 난간에서 유력한 사람들이 아프로디테에게 누구누구한테 저주를 내려달라며 시끄럽게 빌고 있었기 때문에 자신의 말이 남에게 들릴 가능성이 거의 없는데도 그는 조심스러웠는지 창피했는지 자신의 진짜 욕망을 말하지 못했다.

"가엾은 예술가가 소원을 비나니 부디 들어주시어, 그가 대리석으로 조각한 이와 똑같은, 정말 살아 있는 여인을 그에게 보내주십시오. 지엄하신 아프로디테 님이여, 만약 이 소원을 들어주신다면 그는 헌신적인 노예가 되어 죽는 날까지 사랑을 섬기고 찬양하는 데 그의 인생과 예술을 바칠 것입니다."

아프로디테는 그의 기도를 재미있게 들으며 진의를 간파했다. 피그말리온이 진정으로 원하는 게 뭔지 그녀는 완벽히 이해했다. 그의 앞에서 제단의 촛불들이 확 불타오르더니 아홉 번 흔들렸다.

피그말리온은 나는 듯이 집으로 달려갔다. 아마도 그는 죽는 순간까지 그날 자기가 어떻게 집에 갔는지, 얼마나 걸렸는지 기억하지 못할 것이다. 군중을 뚫고 지나가면서 한 명 혹은 마흔 명을 넘어뜨렸을지도 모른다.

그가 나갔을 때와 똑같이, 아름다운 의자 위에 생명 없는 조각상이 누워 있다. 그 어느 때보다 다가가기 어렵고 얼음처럼 쌀쌀맞아 보이기까지 한다. 그럼에도 피그말리온은 상사병에 걸린 자의 믿음과 광적인 분노로, 무릎을 꿇고 차가운 이마에 입을 맞춘다. 한 번, 두 번…… 스무 번. 그런 다음 목에, 뺨에 입을 맞추고…… 잠깐! 키스의 열기 때문에 대리석이 따뜻해진 건가? 아니면 그의 갈망 어린 입술 밑에서 점점 온기가 피어나고 있는 건가? 맞다! 그의 입술이 닿는 곳마다 딱딱한 돌이 따뜻하고 향기롭게 살아 있는 살로 부드러워지고 있다!

키스가 계속 이어지고, 벌집의 밀랍이 햇볕에 녹듯이 그녀의 차가운 상앗빛 피부가 입과 손의 부드러운 애무에 부드러워진다.

그는 어안이 벙벙해진다. 믿을 수가 없다. 조각상의 팔에 있는 혈관에 손가락을 대어보니 인간의 뜨거운 피가 세차게 흐르고 있는 것이 느껴진다! 그는 일어선다. 이게 가능한 일인가? 이럴 수가 있나? 그가 갈라테이아를 품에 안으니, 첫 숨을 들이마시면서 골격이 펴지는 그녀의 몸이 느껴진다. 정말이다! 그녀가 살아 있다!

"아프로디테 님을 찬양합니다! 최고의 신 아프로디테 님, 고맙습니다. 죽는 날까지 아프로디테 님을 섬기겠습니다!"

그가 고개 숙여 따뜻한 입술에 키스하자 뜨거운 답이 돌아온다. 곧 두 연인은 서로를 품에 안은 채 웃고 눈물을 흘리고 한숨을 내

쉬고 사랑을 한다.

달이 아홉 번 변하고, 이 행복한 연인은 파포스라는 아들을 낳는다. 그의 이름은 피그말리온과 갈라테이아가 죽을 때까지 사랑하며 행복하게 사는 마을에 붙는다.

그리스 신화에서도 한두 번은 인간들의 사랑이 이런 행운의 결말을 맞는다. 우리가 언젠가는 행복해질 거라고 믿는 것도 이런 희망 때문일 것이다.*

## 헤로와 레안드로스

'그리스의 바다'라는 뜻의 헬레스폰투스 해협(지금의 다르다넬스 해협)은 제1차 세계대전 때 갈리폴리를 둘러싸고 벌어진 격전의 현장으로 가장 유명하다. 유럽과 아시아의 경계가 되는 이 해협은 처음부터 전쟁과 무역의 요충지였다.

레안드로스†는 헬레스폰투스 해협의 아시아 쪽인 아비도스에 살고 있었지만, 유럽 쪽인 세스토스의 한 탑에 살면서 아프로디테를 모시는 사제 헤로와 사랑에 빠졌다. 그들은 해마다 열리는 아프로디테 축제에서 만났다. 수많은 청년들이 그녀가 움직일 때마

---

* 페이피언(Paphian, 파포스의)은 아프로디테와 사랑의 기술을 설명하는 단어가 되었다. 조지 버나드 쇼는 런던 토박이 소녀를 사교계 숙녀로 만들려고 애쓰는 한 남자에 관한 희곡에 『피그말리온』이라는 제목을 붙였다.

† 레안드로스에 관해서는 알려진 바가 거의 없다. 크리스토퍼 말로의 시는 그가 헤로를 만나 사랑에 빠진 청년이라는 것밖에 알려주지 않는다. 리 헌트의 시도 마찬가지다.

다 '팔다리에 피어나는 장미들'‡과 셀레네만큼 청순한 얼굴에 홀딱 반했지만 그녀 안의 열정을 깨워준 사람은 오직 잘생긴 레안드로스뿐이었다. 축제에서 함께한 그 짧은 시간에 그들은 해협이 두 사람을 갈라놓아도 만날 수 있는 방법을 강구했다. 매일 밤 헤로가 탑의 창문에 등불을 갖다 놓으면 레안드로스가 어둠 속에서 반짝이는 그 빛을 길잡이 삼아 헬레스폰투스 해협을 헤엄쳐 건너서 탑을 기어 올라가 그녀를 만나는 것이다.

사제인 헤로는 금욕을 맹세한 몸이었지만, 레안드로스는 그들의 육체적 결합은 아프로디테도 허락해줄 신성한 일이라며 그녀를 설득했다. 사랑의 신을 모시면서 계속 처녀로 남아 있는 게 오히려 무례한 짓이라고 말이다. 아레스를 숭배하면서 싸우기를 거부하는 거나 마찬가지라고. 이 완벽한 논리에 넘어간 헤로는 매일 밤 등불을 밝혔고, 레안드로스는 해협을 헤엄쳐 와 그녀와 사랑을 나누었다. 그들은 세상에서 가장 행복한 연인이었다.

여름 동안에는 이 행복한 밀회에 아무런 문제도 없었지만, 여름은 곧 가을이 되었고 머지않아 모진 강풍이 불어대기 시작했다. 어느 날 밤 보레아스(북풍)와 제피로스(서풍)와 노토스(남풍)가 함께 윙윙거리며 온 사방에 거센 파도와 돌풍을 일으켰고, 그들 중 하나가 헤로의 창에 밝혀져 있던 등불을 꺼버렸다. 길잡이로 삼을 불빛도 없고 바람이 강해 파도가 벽처럼 높이 솟구치자 레안드로스는 길을 잃고 곤경에 처했고, 결국 물에 빠져 죽었다.

---

‡ 크리스토퍼 말로의 시에서 헤로는 꽃이 수놓인 베일을 쓰는데 그 무늬가 어찌나 사실적인지 벌들이 꼬여 손으로 때려 쫓아내야 할 정도다.

헤로는 밤새도록 애인을 기다렸다. 다음 날 아침 에오스가 새벽의 문을 열어젖혀 햇살이 비치자마자 아래를 내려다보니 레안드로스의 망가진 시신이 탑 아래의 바위에 뻗어 있었다. 절망에 휩싸인 그녀는 창에서 뛰어내려 똑같은 바위로 몸을 던졌다.*

레안드로스 이후로 많은 이들이 헬레스폰투스 해협을 헤엄쳐 건넜다. 그중 가장 유명한 이는 시인 바이런인데, 1810년 5월 3일 두 번째 시도에 성공했다. 그는 1시간 10분이라는 기록을 일기에 자랑스레 남겼다. "별로 힘들지 않았다. 정치, 시, 수사에서 얻은 그 어떤 명예보다 이 업적이 자랑스럽다."

바이런 경과 함께 헤엄친 영국 해병대의 윌리엄 에켄헤드 중위는 바이런의 걸작인 의사疑似 서사시 『돈 후안』의 한 연에 등장하며 나름의 불멸성을 얻었다. 세비야의 과달키비르 강을 헤엄쳐 건넌 주인공의 용맹함을 칭찬하며 바이런은 후안에 대해 이렇게 쓴다.

그는 어쩌면 헬레스폰투스 해협을 건널 수도 있었을 것이다.
이전에 레안드로스, 에켄헤드 씨, 그리고 내가
(자랑스러운 위업에) 성공했듯이.†

---

* 잉글랜드의 유서 깊은 상류 보트 클럽인 리앤더는 레안드로스의 이름을 따온 것이다. 은은한 분홍빛을 띤 그들의 양말과 넥타이, 노깃은 국제 보트 경주인 헨리 레가타의 즐거운 구경거리다.

† 이 일은 내반족을 가졌지만 운동 신경이 아주 뛰어난 시인에게 큰 의미가 있었다. 그는 친구 헨리 드루어리에게 이런 편지를 보냈다. "오늘 아침 세스토스에서 아비도스까지 헤엄을 쳤어. 1.5킬로미터가 넘지 않는 거리지만, 물살이 꽤 험하지. 레안드로스가 낙원으로 헤엄쳐 가는 도중에 연인에 대한 애정이 꽤 식지 않았을까 의심스러울 정도야."

엿새 후 바이런은 그 위업에 관한 의사 영웅시를 쓰기까지 했다.

셰익스피어는 이 고대 연인들의 이야기가 마음에 쏙 들었는지 「헛소동」에 헤로라는 인물을 등장시키고, 「뜻대로 하세요」에서 로잘린드의 입을 빌려 낭만주의에 반하는 아주 냉소적인 말을 쏟아붓는다.

---

세스토스에서 아비도스까지 헤엄친 후 지은 시

> 만약 음산한 달 십이월에
> 레안드로스가 밤마다 버릇처럼
> 그대, 드넓은 헬레스폰투스를 건넜다면!
> (어떤 아가씨가 이 이야기를 기억 못 하겠는가?)
>
> 만약 겨울의 모진 폭풍우가 으르렁댈 때,
> 레안드로스가 헤로에게 기꺼이 날듯이 헤엄쳐 갔다면,
> 그리고 옛날에도 그대의 물살이 그리 세찼다면,
> 아름다운 비너스여! 두 사람이 너무 가엾군요!
>
> 현대의 타락한 몹쓸 놈인 나야
> 온화한 달 오월에,
> 물방울 뚝뚝 떨어지는 팔다리를 가냘프게 뻗고도
> 오늘의 위업을 이루었다고 생각하는데.
>
> 하지만 미심쩍은 이야기에 따르면
> 레안드로스가 그 빠른 물살을 건너간 것이
> 구애 때문이라고 하니, 나머지 일은 주님만이 아시겠지.
> 내가 영광을 위해 헤엄쳤듯이 그는 사랑을 위해 헤엄쳤구나.
>
> 누가 승자인지는 말하기 어렵다.
> 슬픈 인간들! 이렇듯 신들에게 계속 괴롭힘을 당하다니!
> 그의 수고는 헛일이 되어버리고, 나는 장난기를 잃어버렸다.
> 그는 물에 빠져 죽고, 나는 오한을 앓았으니.

바이런의 후기 작품 중에 레안드로스의 고향이 나오는 『아비도스의 신부(*The Bride of Abydos*)』(1813)는 신화와는 아무런 관계도 없다.

갈라테이아

레안드로스, 뜨거운 한여름 밤이 아니었다면 헤로가 수녀가 됐을지라도 그는 여러 해를 더 살았을 거예요. 그 착한 청년은 그저 헬레스폰투스에 씻으러 갔다가 쥐가 나서 물에 빠져 죽었는데, 그 시대의 어리석은 사가들이 세스토스의 헤로 때문이라고 판결을 내려버렸죠. 이는 전부 다 거짓이랍니다. 남자들은 때때로 죽고 구더기 밥이 됐지만 사랑 때문은 아니었소.

# 아리온과 돌고래

모든 위대한 문명이 그렇듯 그리스는 음악을 매우 중시했다. 예술 중에서도 높은 위치에 있다 여겨, 기억의 신의 아홉 딸에게서 그 이름을 따올 정도였다. 오늘날 우리의 문화생활에 깊숙이 스며들어 있는 음악 축제와 음악상은 그리스 세계에서도 똑같이 중요한 의미를 지녔다.

레스보스섬의 메팀나 출신인 아리온은 가수, 음유시인, 음악가로 그 누구보다 큰 명성을 누렸다.* 그는 포세이돈과 님프 온카이아 사이에서 태어난 아들이었지만, 태생과 상관없이 디오니소스를 찬양하는 데 음악 재능을 바쳤다. 그가 고른 악기는 리라를 변형한 키타라였다.† 그는 포도주, 광란의 축제, 황홀경을 비롯해 환락에 바치는 격렬한 합창 찬가 디티람보스dithyrambos의 창시자로 알려져 있다.

꿈에 젖은 듯한 갈색 눈동자, 감미로운 목소리, 사람들을 홀려 발가락을 까딱거리고 엉덩이를 흔들게 만드는 능력까지 아리온은 그야말로 지중해 세계의 아이돌이었다. 그의 후원자이자 가장

---

* 오르페우스는 예외다. 영웅 시대의 후반에 등장하는 그는 기교와 명성에서 아리온을 능가했다.

† '키타라(kithara)'에서 '기타(guitar)'라는 단어가 나왔다.

열성적인 팬은 코린토스의 참주 페리안드로스\*였는데, 구두처럼 생긴 이탈리아 지형의 굽 안쪽에 있는 번영한 항구 도시 타렌툼에서 대형 음악 축제가 열린다는 사실을 발견한 사람도 그였다. 페리안드로스는 아리온에게 바다를 건너 축제의 음악 경연에 참가하는 데 쓸 비용을 주면서, 상금을 나눠 가져야 한다는 조건을 걸었다.

여행은 평온무사했다. 타렌툼에 도착한 아리온은 경연에 참가해 모든 부문에서 쉽게 우승을 거머쥐었다. 심사위원들과 관중은 그렇게 황홀하고 독창적인 음악을 들어본 적이 없었다. 그는 금과 은, 상아, 보석, 정묘하게 만들어진 악기를 한 상자 가득 받았다. 이토록 관대한 상품에 보답하는 뜻으로 아리온은 다음 날 마을 사람들에게 무료 콘서트를 열어주었다.

타렌툼 지역은 독거미가 많기로 유명한 시골이다. 그곳 사람들은 마을의 이름을 따서 그 거미를 '타란툴라'라고 불렀다. 아리온은 타란툴라의 독이 병적인 광기를 유발할 수 있다는 얘기를 들은 적이 있어서, 디티람보스를 변형한 '타란텔라'를 즉흥으로 공연했다. 안 그래도 흥분을 잘하는 타렌툼 주민들은 이 민속 춤곡†의 광란적인 리듬에 미친 듯 날뛰었지만, 끝으로 갈수록 아리온은 무척이나 부드럽고 낭만적인 곡들을 연달아 연주하며 사람들의 흥분을 가라앉혔다. 밤이 되었을 때 그는 남부 이탈리아의 어느 소녀나 소년, 남자든 여자든 마음대로 고를 수 있는데, 전해지는 바에

---

\* 페리안드로스는 역사에 실존하는 인물로, 소크라테스가 인간이 동경해야 할 지혜를 모두 갖춘 사람으로 꼽은 '그리스 7대 현인' 중 한 명이다.
† 타란텔라는 지금도 유럽에서 인기가 많다.

따르면 성공한 음악가답게 당연히 마다하지 않았다고 한다.

다음 날 아침 수많은 사람들이 몰려나와 아리온을 배웅하며 키스를 날렸고, 몇몇은 가슴 터지도록 흐느껴 울었다. 아리온과 그의 짐, 보물 상자를 태운 거룻배가 바다로 나갔다. 그곳에는 선장과 아홉 명의 민간인 선원들이 모는 작지만 튼튼한 쌍돛대 범선 한 척이 대기 중이었다. 아리온은 안전하게 배에 올랐다. 선원들은 돛을 올리고, 선장은 코린토스로 항로를 잡았다.

# 배 밖으로

육지가 시야에서 사라지고 망망대해가 시작되자마자 아리온은 뭔가가 잘못됐음을 눈치챘다. 재주만큼이나 용모도 지나치게 뛰어나 남의 시선을 받는 데 익숙해져 있는 그였지만 선원들이 그를 바라보는 눈길은 뭔가가 달랐다. 이런 음침하고 위협적인 분위기 속에서 며칠이 지났고, 아리온은 점점 더 불편해졌다. 선원들의 눈빛은 왠지 음탕해 보였는데 그보다 더 음흉한 목적이 숨어 있는 것 같았다. 설마 별일이야 있을까? 그러던 어느 무더운 오후, 가장 추하고 가장 간사한 선원이 그에게 다가왔다.

"네가 앉아 있는 그 상자에 뭐가 들었지?"

그럼 그렇지. 아리온의 심장이 덜컥 내려앉았다. 이제야 이유를 알 것 같았다. 선원들이 그가 받은 보물에 대해 들은 것이다. 그들이 보물을 원하는 것 같았지만, 아리온은 고생해서 얻은 상을 페리안드로스가 아닌 다른 사람과 나눠 가질 수는 없었다. 여행이 끝나면 선원들에게 섭섭지 않게 수고비를 챙겨줄 계획이었는데, 이제 그런 마음도 식어버렸다.

"악기예요. 키타라 연주자거든요." 아리온이 답했다.

"뭐라고?"

아리온은 안타깝다는 듯 고개를 젓고는 아이에게 가르쳐주듯이 천천히 다시 말했다. "키, 타, 라, 를, 연, 주, 한다고요."

이것이 실수였다.

"오, 그러, 셔? 그럼, 한, 곡, 연주해, 보지, 그래."

"미안하지만 별로 그러고 싶지 않네요."

"무슨 일이야?" 선장이 다가왔다.

"이 건방진 꼬마가 음악가라면서 연주를 안 하겠다네요. 저 상자 안에 키타라가 들어 있대요."

"그럼 한번 보여주지 그래, 젊은 양반?"

곧 모든 선원들이 그를 에워쌌다.

"모, 몸이 별로 안 좋아서 연주를 못 하겠어요. 아마 밤에는 괜찮아질 거예요."

"그럼 내려가서 그늘에서 쉬시지?"

"아, 아니에요, 바깥 공기가 더 좋아요."

"이놈을 붙잡아, 친구들!"

거친 손들이 아리온을 갓 난 강아지처럼 휙 들어 올렸다. "놔줘요! 그거 건드리지 말아요. 당신들 물건도 아니잖아요!"

"열쇠는 어디 있어?"

"이, 잃어버렸어요."

"다들 찾아봐."

"안 돼요, 안 돼! 제발 부탁이니까……."

아리온의 목에 걸려 있던 열쇠는 쉽게 발각되어 떼어져 나갔다. 선장이 걸쇠를 풀어 상자의 뚜껑을 열자 선원들은 작은 소리로 휘파람을 불고 중얼중얼 속삭여댔다. 금은보화의 번쩍이는 빛이 탐욕스러운 선원들의 얼굴에 어른거렸다. 아리온은 자신이 졌다는 걸 알았다.

"내 보, 보물을 나, 나눠 드릴게요."

선원들은 정말 재미있는 제안이라는 듯 껄껄 웃었다.

"죽여라." 선장이 기다란 진주 한 꿰미를 움켜쥐고 높이 쳐들며 말했다.

가장 추한 선원이 칼을 뽑아 들고는 사악하게 웃으며 아리온에게 다가왔다.

"제발, 살려주세요…… 그, 그럼 마지막으로 노래 한 곡만 불러도 될까요? 애도의 노래, 나 자신한테 바치는 비가요. 그 정도는 해줄 수 있잖아요? 장례식 비슷한 것도 없이 나를 죽였다가는 신들이 가만 안……."

"그 시끄러운 입 다물게 해주지." 못생긴 선원이 더 가까이 다가오며 소리를 질렀다.

그때 선장이 말했다. "아니, 잠깐. 저 꼬마 말에도 일리가 있어. 자기 장송곡 정도는 부르게 해주자고. 이 리라가 필요하겠군." 그가 상자에서 키타라를 꺼내 아리온에게 주었다. 아리온은 조율을 마치고 눈을 감은 뒤 곡을 만들어 부르기 시작했다. 아버지 포세이돈에게 바치는 노래였다.

"바다의 제왕이시여. 파도의 왕, 지진을 일으키는 자, 사랑하는 아버지시여. 저는 아버지에게 기도와 제물 바치기를 게을리 하였지만, 오, 위대한 포세이돈 님, 그대는 아들을 저버리지 않으시겠지요. 바다의 제왕, 파도의 왕, 지진을 일으키는 자, 사랑하는……."

아리온은 아무런 예고도 없이 키타라를 꼭 껴안은 채 갑판에서 바다로 뛰어들었다. 그가 마지막으로 들은 건, 선원들의 웃음소리와 선장의 쌀쌀맞은 목소리였다. "한주먹감도 안 되는 자식이! 자, 이제 보물들을 좀 볼까."

그들 중 한 명이라도 아래를 내려다 봤다면, 놀라운 광경을 구경할 수 있었을 것이다. 수면 아래로 뛰어든 아리온은 입을 열고 저항 없이 바닷물을 받아들일 생각이었다. 누군가가 그에게 익사는 달콤하고 기분 좋은 죽음이라고 말한 적이 있었다. 반항하지만 않으면 천천히 잠으로 빠져들 수 있다고. 질식은 끔찍하고 무서운 악몽 같지만, 진정한 익사는 평온하고 고통 없는 해방이라고. 그렇게 들었다. 이 위안이 되는 사실을 알면서도 아리온은 입을 꾹 다물고 뺨을 부풀린 채 키타라를 꼭 껴안고 발길질을 했다.

그런데 그의 허파가 터지기 직전, 놀라운 일이 벌어졌다. 그는 몸이 위로 떠밀려 올라가는 느낌이 들었다. 세차고 빠르게. 그는 물살을 헤치며 위로 쭉쭉 올라가고 있었다. 드디어 수면 밖으로 나왔다! 이제 숨을 쉴 수 있다! 어떻게 된 일이지? 꿈이라도 꾸고 있나 보다. 세찬 물살, 물거품과 물보라, 옆으로 기울고 흔들리는 수평선, 귓속에서 윙윙거리는 소리, 흠뻑 젖은 몸, 굉음과 눈부신 빛. 이 모든 것 때문에 정신을 못 차리고 있다가 용기를 내어 밑을 내려다 봤더니, 따끔거리는 눈으로 보이는 건…… 이건…… 돌고래 등이잖아! 돌고래! 그는 돌고래를 타고 바다를 질주하고 있었다! 하지만 돌고래의 살갗이 미끈거려 아리온은 미끄러져 나가고 있었다. 그러자 돌고래가 쏜살같이 몸을 비틀어 아리온을 제자리로 돌려놓았다. 그를 지키려고 일부러 그렇게 해준 것이다! 말을 탈 때 안장에 달린 손잡이를 잡는 것처럼, 등지느러미를 잡고 매달려도 될까? 그가 한 손으로 지느러미를 잡자 돌고래는 개의치 않았고, 마치 허락하듯 살짝 뛰어오르기까지 했다. 그러고는 더 빠른 속도로 물살을 갈랐다. 아리온은 키타라에 달린 가죽끈을 천천히 잡아 악기를 등 뒤로 휙 돌린 뒤, 두 손으로 지느러미를 붙잡고 질주를 즐겼다.

범선은 이제 보이지 않았다. 햇빛이 내리비치고, 돌고래와 인간이 바닷물에 이랑을 짓자 무지갯빛 물보라가 깃털처럼 일어났다. 그들은 어디로 가고 있는 걸까? 돌고래는 알고 있을까?

"자, 돌고래야. 코린토스만으로 가자꾸나. 도착하면 내가 가르쳐줄게."

돌고래가 알았다는 듯 여러 번 끼익끼익 울자 아리온은 웃음을 터뜨렸다. 그들은 나타날 기미가 안 보이는 지평선을 향해 계속 달렸다. 이제 균형 잡기에 자신감이 생긴 아리온은 키타라를 다시 앞으로 당겨 아리온과 돌고래에 관한 노래를 불렀다. 우리는 그 노래를 들을 수 없지만, 사람들이 말하기를 세상에서 가장 아름다운 노래였다고 한다.

오랜 시간 후에야 그들은 코린토스 만에 닿았다. 좁은 물길에 혼잡하게 떠 있는 배들 사이를 돌고래는 우아하고 기운차게 지나갔다. 돛배, 거룻배, 조각배의 선원들은 젊은 남자가 돌고래를 타고 있는 희한한 광경에 눈이 휘둥그레졌다. 아리온은 지느러미를 이리저리 부드럽게 당겨 길을 안내했고, 이윽고 그들은 왕실 선착장에 도착했다.

아리온은 돌고래의 등에서 내려 선착장으로 올라가며 말했다. "페리안드로스왕에게 전해주세요. 그분의 가인歌人이 돌아왔다고. 그리고 내 돌고래한테 먹이를 좀 주세요."

# 기념비

페리안드로스는 사랑하는 음악가의 귀환에 크게 기뻐했다. 궁전의 모든 사람들은 돌고래가 그를 구해준 이야기를 듣고는 신기해하고 놀라워했다. 그들은 다음 날 아침까지 밤새도록 축연을 벌였다. 그러다 저녁이 되어서야 영웅적인 돌고래를 보고 칭찬하고 쓰다듬어주러 나가보았다. 하지만 슬픈 광경이 그들을 맞았다. 무지한 부두 일꾼들이 먹이를 먹이겠다고 돌고래를 물가로 데려 나왔던 것이다. 그 탓에 돌고래는 살갗을 촉촉하게 적셔줄 물이 없어 밤사이 축 늘어진 데다, 아침과 오후 내내 부둣가에 방치된 채 호기심 많은 아이들에 둘러싸여 뜨거운 뙤약볕 속에서 말라가고 있었다. 아리온은 무릎을 꿇고 앉아 돌고래의 귀에다 무슨 말인가 속삭였다. 돌고래는 끼익하고 작은 소리로 다정하게 대답하고는 떨리는 한숨을 한 번 뱉은 뒤 죽었다.

아리온은 자신을 모질게 탓했다. 돌고래를 기리고 추모하는 뜻으로 거대한 탑을 지으라는 페리안드로스의 명령에도 기분은 나아지지 않았다. 그 후 한 달 동안 그는 슬픈 노래만 불렀고, 궁전의 모든 사람들이 그와 함께 돌고래의 죽음을 애도했다.

그때, 아홉 선원들과 악랄한 선장이 모는 범선이 폭풍우에 코린토스로 떠내려 왔다는 소식이 들려왔다. 페리안드로스는 전령들을 보내 그들을 자기 앞에 끌고 오도록 했다. 아리온에게는 자신이 그들을 신문하는 동안 자리를 비켜달라고 했다.

왕이 말했다. "너희가 나의 시인 아리온을 타렌툼에서 데려오기로 되어 있었지. 아리온은 어디 있느냐?"

선장이 답했다. "이런, 지엄하신 전하. 엄청나게 안타까운 일이 있었지 뭡니까. 그 가여운 아이가 폭풍우에 휩쓸려서 배 밖으로 떨어졌어요. 우리가 시신을 찾아서 정중하게 수장을 해줬답니다. 정말 안됐어요. 참 멋진 녀석이어서 선원들한테 인기가 많았는데."

"네, 정말 그랬지요. 참 괜찮은 친구였는데. 어떻게 그런 안타까운……." 선원들이 중얼거렸다.

페리안드로스가 말했다. "그건 그렇다 치고. 내가 듣기로는, 아리온이 노래 경연에서 우승해 보물 상자를 갖고 배에 탔다던데, 그 보물의 반은 내 것이다."

선장은 두 손을 펴며 대꾸했다. "보물 말씀인데요……. 폭풍우가 워낙 드세게 몰아치는 바람에 상자를 잃어버렸습니다. 상자가 갑판에서 미끄러져서 바다로 떨어질 때 뚜껑이 열려서 작은 잡동사니 몇 개는 구했지요. 은으로 만든 리라 하나, 아울로스 하나, 장신구 한두 개. 너무 적어서 죄송합니다, 전하, 진심으로요."

"그렇군……." 페리안드로스는 얼굴을 찌푸렸다. "내일 아침, 왕실 선착장에 새로 지어진 기념비 앞에 전원 모이도록 하라. 그게 뭔지는 금방 알아볼 수 있을 것이다. 꼭대기에 돌고래가 조각되어 있으니까. 그리고 남은 보물을 가져오라. 아리온은 죽었으니 그 가여운 아이의 몫은 너희가 가져도 좋다. 이제 나가보아라."

"걱정할 필요 없다." 페리안드로스는 선원들과 나누었던 대화를 들려주며 아리온에게 말했다. "정의가 실현될 테니."

이튿날 아침 선장과 아홉 선원은 기념비 앞에 일찌감치 도착했다. 그들은 아리온의 보물을 조금만 돌려주고 심지어는 잘 속아 넘어가는 참주에게 더 받아 챙길 수 있을지도 모른다는 생각에 즐거워하며 태평하게 웃었다.

페리안드로스가 약속 시간을 정확히 맞춰 근위병들과 함께 나타났다. "잘 잤는가, 선장. 아, 보물. 그것만 겨우 구했단 말이지? 자, 아리온이 어떻게 됐는지 다시 말해주겠는가?"

선장은 전날 자기가 했던 이야기를 단어 하나 바꾸지 않고 거침없이 술술 떠들어댔다.

"그래서, 정말 아리온이 죽었단 말인가? 정말 시신을 찾아서 수장을 치러줬다고?"

"그럼요."

"그리고 상으로 받은 보물 중에 이 장신구들만 남았단 말이지?"

"이런 말을 하는 저도 안타깝지만, 전하, 그렇습니다."

"그렇다면 네 배의 기둥 속에 숨어 있던 이것들은 어떻게 설명할 텐가?" 페리안드로스가 물었다.

그가 손짓하자 몇몇 근위병들이 보물 한 무더기를 들것에 싣고 나왔다.

"아, 네, 저……." 선장이 애교 어린 미소를 지으며 말했다. "전하를 속이려 든 저희가 바보지요. 말씀드렸다시피 그 불쌍한 아이는 죽었는데, 보물이 있지 뭡니까. 저희는 가난한 뱃사람에 불과합니다, 전하. 전하의 노련한 지혜에는 못 당하지요."

"말은 참 잘하는군. 하지만 아직도 이해가 안 되는 것이 있다. 내가 아리온에게 은과 금, 상아로 만든 키타라를 줬거늘. 그는 항상 그걸 몸에 지니고 다녔다. 그런데 왜 그 키타라가 여기에 없는 거지?"

"그거야. 우리가 얼마나 아리온을 좋아했는지 말씀드렸잖습니까. 아우처럼 아껴줬죠, 안 그래, 친구들?"

"네, 네……" 선장의 물음에 선원들이 중얼거렸다.

"키타라가 그 녀석한테 어떤 의미인지 잘 알고 있었지요. 그래서 시신을 바다로 떠나보낼 때 수의에 그걸 넣어줬답니다. 다른 수가 없잖아요?"

페리안드로스는 미소 지었다. 선장도 빙긋 웃었다. 하지만 선장의 미소가 확 사라졌다. 기념비의 꼭대기에 있는 황금 돌고래의 입에서 키타라 소리가 흘러나오는 것이 아닌가. 선장과 선원들은 놀라서 가만히 올려다보고만 있었다. 키타라의 연주에 아리온의 목소리가 더해지고, 돌고래 조각상의 입에서 다음과 같은 가사의 노래가 흘러나왔다.

"저 녀석을 죽여, 친구들." 선장이 말했다네.
"당장 죽이고 금을 빼앗아."
"당장 죽일게요." 선원들이 소리쳤다네,
"그리고 상어들한테 던져버려."

"잠깐만요. 마지막 작별의 노래를 한 곡만 부르게 해줘요."

음유시인이 말했다네.


한 선원이 겁에 질려 비명을 질렀다. 다른 선원들은 벌벌 떨며 무릎을 꿇었다. 얼굴이 하얗게 질린 선장만이 꼿꼿이 서 있었다.

그때 기념비의 주추에 달린 문이 열리더니 아리온이 키타라를 치면서 노래를 부르며 나왔다.


그러나 돌고래가 와서 그를 구해주었다네.

그는 돌고래를 타고 굽이치는 파도를 넘었지.

그들은 바다를 건너 코린토스로 갔다네,

돌고래와 시인은.


선원들은 용서를 구하며 눈물을 흘리고 엉엉 울었다. 그들은 서로를 탓하고 특히 선장에게 모든 죄를 뒤집어씌웠다.

"너무 늦었다." 페리안드로스는 몸을 휙 돌리며 말했다. "저들을 모두 죽여라. 자, 나와 함께 가자, 아리온, 사랑과 포도주의 노래를 들려줘."

아리온이 음악가로서 성공적인 인생을 오래오래 누린 후 세상을 떠나자 돌고래와 음악을 신성시하는 아폴론은 그와 돌고래를 천상으로 올려 보내 궁수자리와 물병자리 사이의 돌고래자리로 만들어주었다. 그 자리에서 아리온과 돌고래는 항해자들을 도우며, 인간과 돌고래 사이에 존재하는 기이하고도 불가사의한 연대감을 일깨워준다.

# 필레몬과 바우키스

소아시아의 프리기아 땅 동부에 있는 어느 언덕에는 참나무 한 그루와 보리수 한 그루가 가지를 맞닿은 채 나란히 서 있다. 휘황찬란한 궁전이나 하늘 높이 치솟은 성채와는 거리가 먼, 소박한 전원의 풍경이다. 이곳의 소작농들은 곡물을 익혀주고 돼지를 살찌워주는 데메테르의 자비에 기대어 근근이 살아가고 있다. 땅이 비옥하지 못해, 데메테르가 발랄한 딸 페르세포네를 지하세계로 보내놓고 괴로워하며 한탄하는 겨울을 무사히 날 만한 충분한 음식을 헛간에 채워두기가 여간 힘든 것이 아니다. 아테네와 테베를 잇는 도로에 쭉 늘어서 있는 웅장한 포플러나무와 품위 넘치는 삼나무에 비하면 그 참나무와 보리수가 대단치 않아 보이지만 지중해 세계에서는 가장 신성한 나무다. 현명하고 덕망 있는 자들은 그 나무들에 참배하고 가지에 봉헌물을 매달아놓는다.

　오래전 그 아래 계곡에 한 촌락이 있었다. 소도시와 마을의 중간쯤 되는 크기였다. 주민들은 촌락에 '즐거운 달들의 장소'라는 뜻의 '에우메네이아'라는 이름을 붙였다. 가난한 촌락의 이름이 항상 그렇듯 필사적인 희망을 담은 것이었다. 데메테르가 메마른 땅에 축복을 내려 풍작을 도와줄 거라는 부질없는 기대감. 하지만 그녀는 좀처럼 그렇게 해주지 않았다.

큰 광장의 한가운데에는 데메테르를 모시는 큰 신전이 하나 서 있고, 그 맞은편에 거의 똑같은 규모의 헤파이스토스 신전(대장간과 작업장의 성공을 기원하는 사람들을 위해)이 있었다. 마을 곳곳에 헤스티아와 디오니소스에게 바친 사당들이 있었다. 언덕 중턱에 드문드문 흩어져 있는 포도밭들은 올리브나무나 보리밭만큼이나 정성스레 가꾸어져 있었다. 삶은 고달팠지만, 이곳 사람들은 자신들이 직접 만든 시큼한 포도주를 마시며 큰 위안을 얻었다.

마을에 꼬불꼬불 이어져 있는 좁은 길을 따라 맨 위까지 올라가면, 돌로 지은 한 작은 오두막에 필레몬과 바우키스라는 노부부가 살고 있었다. 아주 젊을 때 결혼해서 이제 노년이 된 그들은 변함없이 서로를 깊이 사랑했는데, 조용하지만 흔들림 없는 그들의 열정적인 사랑을 동네 사람들은 재미있게 여겼다. 노부부는 지독히 가난했다. 그들의 밭은 에우메네이아에서 제일 메마르고 변변치 못했지만 그들은 불평 한 번 하지 않았다. 날이면 날마다 바우키스는 딱 한 마리 있는 염소의 젖을 짜고 괭이질을 하고 바느질을 하고 옷을 빨고 수선했고, 필레몬은 씨를 뿌리고 심고 오두막 뒤편의 흙을 파고 헤집었다. 늦은 오후가 되면 그들은 야생 버섯을 따거나 땔감을 모으거나 아니면 손을 잡고 언덕을 산책하며 이런저런 얘기를 나누었고 때론 그저 말없이 함께 있는 시간을 즐겼다. 먹을 것이 있으면 저녁을 만들어 먹었고, 아니면 굶주린 채 침대로 들어가 서로의 품 안에서 잠들었다. 그들의 세 아이는 오래전 집을 떠나 먼 곳에서 각자의 가족을 꾸리고 있었다. 그들은 부모를 찾아오지 않았고, 다른 사람이 이 노부부의 문을 두드릴 일도 없었다, 어느 운명적인 날이 오기 전까지는.

필레몬은 밭에서 막 돌아와, 한 달에 한 번 하는 이발을 준비하고 있었다. 이제는 그의 머리에 남은 머리카락도 별로 없었지만 이는 부부에게는 즐거운 월례 행사였다. 그때 갑자기 쾅쾅 시끄럽게 문을 두드리는 소리가 나서 바우키스는 갈고 있던 가위를 떨어뜨릴 뻔했다. 부부는 깜짝 놀라 서로를 쳐다보았다. 마지막으로 누가 찾아온 게 언젠지 기억도 나지 않았다.

문간에 낯선 사람 둘이 서 있었다. 수염을 기른 한 남자와 그보다 더 어리고 매끈한 얼굴의 남자. 아마도 아들인 모양이었다.

필레몬이 말했다. "안녕하세요. 무슨 일이신지요?"

젊은 남자가 미소 지으며, 짧은 챙이 달리고 이상하게 생긴 둥그스름한 모자를 벗으며 말했다. "안녕하세요. 우리는 이곳에 처음 온 배고픈 나그네들이랍니다. 혹시 폐가 안 된다면……."

"들어오세요, 어서!" 바우키스가 이렇게 말하며, 남편 뒤에서 부산스럽게 일어났다. "이맘때는 밖에 있으면 추워요. 여기는 마을에서도 높은 곳에 있는 편이라 조금 더 춥답니다. 필레몬, 우리 손님들 춥지 않게 불 좀 때지 그래?"

"그럼, 그래야지, 여보. 내 정신 좀 보게." 필레몬은 허리를 굽히고 난로를 후후 불어 깜부기불을 되살렸다.

"외투 벗어요. 그리고 난로 옆에 앉아요. 젊은이도." 바우키스가 말했다.

"정말 친절하시군요. 내 이름은 아스트라포스, 이 아이는 내 아들 아르구로스랍니다." 두 나그네 중 나이가 더 많은 남자가 말했다.

자기 이름이 불리자 젊은 남자는 약간 과장된 동작으로 꾸벅 인사를 하고는 난로 옆에 앉았다. "목이 너무 마르네요." 그가 소리 내어 하품하며 말했다.

그 모습을 본 바우키스가 남편을 재촉했다. "뭘 좀 마셔야겠네. 여보, 가서 포도주 좀 가져와, 나는 말린 무화과랑 잣을 가져올게. 우리랑 같이 식사할래요? 진수성찬은 못 차려주지만, 대환영이에요."

"폐가 안 된다면요." 아르구로스가 말했다.

"모자랑 지팡이는 이리……."

"아니, 아니에요. 내가 갖고 있을게요." 젊은 남자는 지팡이를 자기 쪽으로 바짝 끌어당겼다. 참 희한하게 생긴 지팡이였다. 전체가 덩굴 모양으로 조각된 건가? 그가 지팡이를 능란하게 돌리자 지팡이가 살아 움직이는 것처럼 보였다.

필레몬이 포도주가 든 항아리를 들고 오며 말했다. "걱정이네. 우리 지역 포도주가 좀 묽고 조금…… 톡 쏘거든. 이웃 지역 사람들은 비웃지만, 그 맛에 익숙해지기만 하면 정말 마실 만하다오. 우리 생각은 그래요."

"나쁘지 않네요." 아르구로스가 한 모금 마시고는 말했다. "어떻게 고양이를 항아리 위에 앉히셨어요?"*

아스트라포스가 말했다. "무시해요. 이 녀석은 자기가 재미있는 줄 아니까."

---

* 포도주의 시큼하고 매력적인 향을 설명할 때 '고양이 오줌 향'이라고 표현하기도 한다.—옮긴이

"왜요, 저는 재미있는데요." 바우키스가 나무 접시에 과일과 잣을 담아 가지고 오며 답했다. "젊은 양반, 이 말린 무화과가 생긴 꼴이 좀 흉물스럽긴 한데."

"블라우스를 입고 계셔서 안 보이는데요. 이 접시에 담긴 과일은 보기 괜찮네요."

"어이구!" 바우키스는 장난스럽게 그를 찰싹 때리고는 얼굴을 붉혔다. 참 이상한 청년이야.

식사 전의 술자리는 조금 어색하기 마련이지만, 아르구로스의 뻔뻔스러운 말과 장난기에 주인 부부가 웃음을 터뜨리며 분위기는 금세 화기애애해졌다. 아스트라포스는 기분이 약간 좋지 않아 보였다. 필레몬이 식탁으로 가면서 그의 어깨에 손을 얹고 말했다.

"어리석은 늙은이가 주책 부린다고 화내지 마시고, 고민이 있어 보이는데, 내가 도와줄 수 있는 일이 없겠소?"

"그냥 무시하세요. 항상 쓰레기 더미에 처박힌 기분으로 사시는 분이니까. 사실 옷도 거기서 주워 입는답니다, 하하! 하지만 식사 한 끼 잘 하시면 기분이 풀리실 거예요." 아르구로스가 말했다.

바우키스와 필레몬은 순간 시선을 주고받았다. 집에 먹을 것이 별로 없었다. 한겨울 축제를 대비해 저장해둔 소금에 절인 베이컨 한 조각, 말린 과일과 흑빵 조금, 양배추 반쪽. 식욕 왕성한 두 남자의 배를 반만 채워줘도, 그들은 일주일 동안 쫄쫄 굶어야 할 판이었다. 하지만 손님을 대접하는 건 신성한 일이었으므로 손님들의 요구를 들어주는 것이 제일 중요했다.

"포도주 한 잔 더 마시고 싶네요." 아르구로스가 말했다.

"이를 어쩌나." 필레몬이 항아리를 보며 말했다. "다 떨어진 것 같은데……."

"그게 무슨 말씀이세요. 아직 한참 남았는데." 아르구로스가 항아리를 낚아채며 말했다. 그가 자기 잔을 채운 후 아스트라포스의 잔에도 술을 따랐다.

"참 이상하네. 원래 사 분의 일밖에 안 차 있었는데." 필레몬이 말했다.

"두 분 잔은 어디 있어요?" 아르구로스가 물었다.

"아, 우리는 안 마셔도……."

"무슨 말씀이세요." 아르구로스가 몸을 뒤로 돌려, 뒤에 있는 조그만 탁자에서 나무 컵 두 개를 집었다. "자, 그럼…… 건배해요."

필레몬과 바우키스는 깜짝 놀랐다. 그들의 컵을 끝까지 채울 만큼 포도주가 남아 있는 것도 놀라운데, 그들이 기억하는 것보다 훨씬 더 맛있기까지 했다. 아니, 그들이 꿈을 꾸고 있는 게 아니라면 이제껏 맛본 포도주 중에 제일 맛있었다.

바우키스는 박하 이파리로 식탁을 멍하니 닦았다.

"여보." 필레몬이 그녀의 귀에다 속삭였다. "다음 달에 헤스티아 님에게 바치려고 했던 거위 말이야. 우리 손님들한테 대접하는 게 좋겠어. 헤스티아 님도 이해해주실 거야."

바우키스도 찬성했다. "내가 나가서 잡을게. 당신은 고기 구울 수 있게 불을 뜨겁게 준비해줘."

하지만 거위는 도통 붙잡히질 않았다. 바우키스가 아무리 조심스럽게 기다렸다가 덤벼들어도 매번 꽥꽥거리며 빠져나갔다. 낙담한 그녀는 초조한 기분으로 돌아갔다.

"정말 미안해요. 초라하고 형편없는 식사밖에 대접 못 하게 됐어요." 그녀는 눈물을 글썽이며 말했다.

"칫, 할머니." 아르구로스는 모두의 술잔에 포도주를 더 따르며 말했다. "이게 최고의 진수성찬인데요."

"그게 무슨!"

"정말이에요. 말씀해보세요, 아버지."

아스트라포스는 음산한 미소를 지었다. "에우메네이아에 와서 찾아간 집마다 문전박대를 당했소. 어떤 이들은 욕까지 하더군. 어떤 이들은 침을 뱉고, 어떤 이들은 돌을 던지고, 어떤 이들은 개를 풀고. 이 집에 마지막으로 찾아왔는데, 그대들은 친절과 크세니아 정신을 베풀어줬지. 이제 세상에서 그런 건 못 볼 줄 알았더니."

"어이구." 바우키스는 식탁 밑으로 필레몬의 손을 잡아 꼭 쥐고는 말했다. "마을 사람들의 행동을 용서해주세요. 사는 게 워낙 힘들다 보니 손님을 잘 대접해야 한다는 걸 못 배우고 자라서 그래요."

"대신 변명해줄 필요 없소, 나는 화났으니까." 아스트라포스가 말할 때 천둥소리가 우르릉 울렸다.

바우키스는 아스트라포스의 눈을 들여다보고는 왠지 두려워졌다.

아르구로스가 웃으며 말했다. "놀라지 마세요. 아버지는 두 분한테 화나신 게 아니에요. 두 분은 아버지 마음에 쏙 드셨답니다."

"오두막에서 나가 언덕을 올라가시오." 아스트라포스가 일어나며 말했다. "뒤돌아보지 말고. 무슨 일이 있어도 절대 뒤돌아보지 마시오. 그대들은 상을, 그대들의 이웃들은 벌을 받으리라."

필레몬과 바우키스는 손을 잡고 일어났다. 이제 이 손님들이 그저 평범한 길손들이 아니라는 걸 알았다.

"절할 필요 없어요." 아르구로스가 말했다.

그의 아버지가 문을 가리켰다. "언덕 꼭대기까지."

"잊지 마세요. 절대 뒤돌아보면 안 돼요." 아르구로스가 그들에게 소리쳤다.

필레몬과 바우키스는 손을 잡고 언덕을 올랐다.

"저 청년이 누군지 알겠어?" 필레몬이 물었다.

"헤르메스 님이야." 바우키스가 말했다. "우리한테 문 열어줄 때 보니까 지팡이에 뱀들이 감겨 있더라고. 살아 있었어!"

"그럼 그가 아버지라고 부른 남자는…… 분명……."

"제우스 님!"

"맙소사!"

필레몬은 언덕 중턱에 멈춰 서서 숨을 골랐다. "너무 어두워지는데, 여보. 천둥소리가 점점 더 가까워지고 있어. 혹시……."

"안 돼, 여보, 뒤돌아보면 안 돼. 절대."

길손을 환대해주어야 한다는 계율을 뻔뻔스럽게 어기고 적대감까지 보인 에우메네이아 사람들에게 정나미가 떨어진 제우스는 예전에 데우칼리온의 세대에게 했던 것처럼 대홍수로 이 마을을 없앨 생각이었다. 그의 명을 받아 구름이 짙게 부풀고, 번개가 번득이고, 천둥이 울리고, 비가 쏟아지기 시작했다.

노부부가 힘들게 언덕 꼭대기까지 올라갔을 땐 거센 물살이 옆으로 지나가고 있었다.

"이렇게 마을을 등지고 빗속에 서 있을 순 없어." 바우키스가 말했다.

"당신이 뒤돌아보면 나도 그렇게 할게."

"사랑해, 나의 남편 필레몬."

"사랑해, 나의 아내 바우키스."

그들은 몸을 돌려 아래를 내려다보았다. 큰 홍수가 에우메네이아를 집어삼키는 모습을 보는 순간, 필레몬은 참나무가 되고 바우키스는 보리수가 되었다.

두 그루의 나무는 영원한 사랑과 겸허한 친절의 상징으로 수백 년 동안 나란히 서 있었다. 한데 뒤얽힌 가지에는 그들을 기리는 순례자들이 남기고 간 선물이 걸려 있었다.*

---

\* 신이 인간의 친절을 시험하는 이 '테오크세니아'는 「창세기」 19장에 나오는 이야기와 매우 비슷하다. 천사들이 소돔과 고모라를 찾아갔을 때 롯과 그의 아내만이 예의 있게 친절을 베푼다. 물론 타락한 소돔 주민들은 천사들에게 개를 풀기보다는 '그들을 알고' 싶어 했다(성경에서 '안다'는 건 성적 관계를 의미한다. 그래서 '남색'을 의미하는 '소도미'라는 단어가 생겼다). 필레몬과 바우키스처럼, 롯과 아내도 평원의 도시들이 신의 징벌을 받는 동안 달아나서 뒤돌아보지 말라는 지시를 받는다. 롯의 아내는 뒤를 돌아보았고, 보리수가 아니라 소금 기둥으로 변했다.

# 프리기아와 고르디아스의 매듭

그리스인들은 마을과 도시의 창건자를 신화에 등장시키기를 좋아했다. 아테나가 아테네 사람들에게 올리브를 선물하고 에레크테우스(헤파이스토스의 정액에 젖은 스카프가 땅에 떨어지면서 태어난)를 아테네의 창건자로 키운 이야기는 아테네 사람들의 자아감을 높이는 데 일조했던 것 같다. 카드모스와 용의 이빨에 얽힌 이야기는 테베 사람들에게 그런 역할을 했다. 가끔은 고르디온의 창건처럼 신화가 전설로, 우리가 알아볼 수 있는 실제 역사로 변하는 경우도 있다.

마케도니아에 고르디아스라는 가난하지만 야심은 큰 농부가 살고 있었다. 어느 날 그가 메마른 돌투성이 들판에서 일하고 있는데 독수리 한 마리가 달구지에 내려앉아 그를 사나운 눈빛으로 빤히 노려보았다. "그럴 줄 알았어! 내가 위대한 인물이 될 운명이라는 걸 처음부터 알았다고. 이 독수리가 그걸 증명해주잖아. 그게 신의 뜻인 거야." 고르디아스가 중얼거렸다.

그는 쟁기를 땅에서 뽑은 뒤 소와 달구지를 끌고 수백 킬로미터 떨어진 제우스 사바지오스*의 사당으로 신탁을 들으러 갔다. 고

---

* 말을 탄 모습으로 나타난 제우스로, 트라키아인들과 프리기아인들에게 숭배받았다.

르디아스가 무겁게 움직이는 동안 독수리는 달구지의 장대를 발톱으로 꽉 붙잡고는 달구지가 웅덩이나 돌을 지나가며 아무리 심하게 덜컹거리고 흔들려도 꿈쩍도 하지 않았다.

가는 도중에 고르디아스는 한 젊은 텔미소스 여인과 마주쳤다. 그녀는 위대한 예언 능력과 매혹적인 미모로 그의 마음을 뒤흔들어놓았다. 그녀는 마치 그를 기다리고 있었다는 듯, 텔미소스로 가서 제우스 사바지오스에게 소를 바치라며 그를 재촉했다. 한껏 기대에 부풀어 마음이 뜨거워진 고르디아스는 그녀가 결혼해준다면 그녀의 조언을 따르겠다고 말했다. 그녀는 동의의 뜻으로 고개를 숙였고 그들은 텔미소스로 향했다.

우연찮게도 바로 이 순간 프리기아의 왕이 침상에서 숨을 거두었다. 왕위 계승자나 확실한 후계자가 없었기 때문에 백성들은 제우스 사바지오스의 사당으로 급하게 달려가 어찌해야 할지 물었다. 달구지를 타고 제일 처음 도시로 들어오는 남자를 왕으로 삼으라는 신탁이 내려왔다. 그래서 사람들이 들뜬 마음으로 성문 주변에 우글우글 모여든 바로 그때, 고르디아스와 예언자가 도착했다. 성문을 지날 때 독수리가 크게 울며 날아갔다. 백성들은 모자를 허공으로 집어 던지며 목이 쉴 때까지 환성을 질렀다.

마케도니아에서 홀로 근근이 살아가던 고르디아스가 텔미소스의 아름다운 예언자를 아내로 맞고 프리기아의 왕이 되었다. 그는 도시(뻔뻔스럽게도 자신을 기리는 뜻으로 고르디온이라고 이름 지었다)를 재건할 계획을 세우고, 프리기아를 다스리며 행복하게 오래오래 사는 일에 전념했다. 그리고 실제로도 그랬다. 가끔은 그리스 신화의 세계에서도 일이 잘 풀릴 때가 있다.

소달구지는 고르디아스의 신성한 통치권을 상징하는 성스러운 유물이 되었다. 고르디아스는 층층나무를 반들반들하게 닦고 조각해서 만든 기둥을 광장에 세워두고, 거기에 달구지의 멍에를 세상에서 가장 복잡한 매듭으로 묶어 놓았다. 누구도 달구지를 훔쳐 가지 못하게 하기 위해서였다. 그리고 이 극악한 매듭을 푸는 자가 언젠가 아시아를 지배하리라는, 신비롭고 출처가 모호한 전설이 생겨났다. 선장, 수학자, 장난감 제작자, 예술가, 기술공, 사기꾼, 철학자, 야심만만한 아이들 등 수많은 이들이 시도했지만 복잡하게 뒤엉키고 감기고 꼬인 매듭의 어디서부터 손을 대야 할지 알 수 없었다.

이 위대한 고르디아스의 매듭은 천 년 넘는 세월 동안 풀리지 않고 있었다. 훗날 마케도니아의 무모하고 영리하며 젊은 정복자 왕 알렉산드로스가 군을 이끌고 도시로 들어왔다. 전설을 들은 그는 복잡하게 얽힌 밧줄을 한 번 보고는 칼을 뽑아 획 휘둘러 고르디아스의 매듭을 잘라버렸고, 자기 세대와 후대의 찬사를 받았다.*

한편 다시 고르디아스의 시대로 돌아가자면, 그의 아들인 미다스 왕자가 상냥하고 명랑한 청년으로 성장해 모든 이들에게 사랑과 존경을 받고 있었다.

---

* 내가 처음 이 이야기를 들었을 때 알렉산드로스가 대단해 보이기는커녕 오히려 그 반대였다. "속임수를 쓴 거잖아!" 이것이 내 반응이었다. 루빅큐브를 풀겠다고 드라이버로 조각들을 전부 떼어낸 다음 다시 똑같은 색깔별로 꽂아 넣는다고 생각해보라. 누가 찬사를 보내겠는가? 하지만 알렉산드로스는 고정관념을 벗어난 사고를 했다고 찬양받고 '대왕'이라는 칭호까지 받았다. 세계의 천재적인 전쟁 왕들과 우리에게는 서로 다른 기준이 적용된다.

# 미다스

## 못생긴 손님

때가 되어 고르디아스가 세상을 떠나고 아들 미다스가 왕위를 계승했다. 상냥하고 쾌활한 청년으로 자라 모두에게 사랑받고 존경받은 미다스는 단순하면서도 품위 있는 삶을 누렸다. 프리기아가 아주 부유한 왕국은 아니었는데도 미다스는 대부분의 시간과 돈을 궁전의 화려한 장미 정원에 쏟아붓는 데 아낌이 없었다. 그 정원은 너무나 아름다워 시대의 불가사의로 알려질 정도였다. 아름다운 빛깔과 향기의 낙원을 어슬렁거리면서 저마다 60송이의 꽃을 피우는 나무들을 돌보는 것이 미다스의 최고 낙이었다.

어느 날 아침 미다스는 정원을 돌아다니며 사랑하는 장미의 고운 꽃잎들에 맺혀 반짝이는 이슬방울들을 보면서 평소처럼 즐거움을 만끽하다가, 땅에 몸을 동그랗게 말고 누워 돼지처럼 코를 골고 있는 어느 못생긴 배불뚝이 노인에게 발이 걸려 넘어졌다.

"오, 미안하오. 그대가 있는 걸 미처 보지 못했소." 미다스가 말했다.

노인은 트림을 한 번, 딸꾹질을 한 번 하더니 일어나 허리를 굽했다. "죄송합니다. 지난밤 전하의 장미가 뿜는 달콤한 향에 이끌려 나도 모르게 그만 잠이 들어버렸네요."

"괜찮소. 궁전에 가서 아침 식사를 하지 않으시겠소?" 노인을 공경하라는 교육을 받고 자란 미다스는 정중하게 말했다.

"폐가 안 된다면요. 친절하기도 하시지."

미다스는 이 못생긴 배불뚝이 노인이 포도주의 신 디오니소스의 절친한 친구 실레노스라는 사실을 알 리 없었다.

"몸도 씻으시려오?" 궁전 안으로 들어가면서 미다스가 제안했다.

"뭐하려오?"

"오, 아니오. 그냥 해본 말이오."

실레노스는 열흘 낮 열흘 밤을 머물면서 미다스의 얼마 안 되는 포도주를 마구 먹어 치웠지만 노래와 춤과 재미있는 이야기로 보답해주었다.

열흘째 되는 날 밤 실레노스는 다음 날 아침 떠나겠다고 알렸다. "내 주인님이 나를 애타게 기다리고 계실 겁니다. 전하의 신하들이 나를 데려다주진 못하겠지요?"

"그렇게 해드리겠소." 미다스가 말했다.

다음 날 미다스와 신하들은 실레노스를 데리고 남부의 포도밭까지 먼 길을 떠났다. 해마다 이맘때쯤이면 디오니소스가 자주 들르던 곳이었다. 무더위 속에 답답한 시골길과 가파른 언덕, 좁아터진 샛길에서 몇 시간이나 고생을 한 뒤 그들은 들판에서 소풍을 즐기고 있는 포도주의 신과 그 종자들을 만났다. 디오니소스는 오랜 친구를 보고는 크게 기뻐하며 말했다.

"자네가 없으면 포도주 맛이 영 별로거든. 춤도 엉망이 되고 음악도 따분하게 들린단 말이지. 그동안 어디 있었나?"

"길을 잃었답니다. 그런데 이 친절한 친구가……." 이렇게 대꾸한 실레노스는 망설이는 미다스를 디오니소스 앞으로 떠밀었다. "나를 자기 궁전으로 초대해서 내가 마음대로 휘젓고 다니게 해주지 뭡니까. 내가 포도주를 거의 다 마셔버리고, 음식도 거의 다 먹어버리고, 물병에 오줌을 싸고, 비단 베개에 토했는데도 불평한 마디 없더라니까요. 정말 좋은 친구예요." 실레노스가 미다스의 등을 탁 때렸다. 미다스는 최선을 다해 미소 지었다. 물병과 비단 베개 얘기는 처음 들었다.

술고래들이 대개 그렇듯 디오니소스도 쉽게 감정에 복받치고 쉽게 애정을 느꼈다. 그는 고마워하며 미다스를 툭툭 건드렸다. "이거 봐." 그가 세상에 선포했다. "이거 보라니까? 내가 인간들한테 신뢰를 잃으려고 하면 이렇게 꼭 진가를 보여준다니까. 이게 바로 내 아버지가 말씀하시는 크세니아지. 가슴이 터질 것 같은 기분이야. 자, 말해보게."

"네?" 미다스는 한시라도 빨리 여기서 떠나고 싶었다. 실레노스와 함께 지낸 열흘로 충분했다. 이제는 꽃들하고만 있고 싶은 마음이 간절했다. 마이나스와 사티로스 패거리를 옆에 끼고 술에 취한 디오니소스는 감당하기가 벅찼다.

"받고 싶은 상을 말해보라고. 아무거나. 무슨 소원이든, 크읔! 던부 다 될어줄 테니까." 디오니소스는 점잔 빼며 곧바로 고쳐 말했다. "전부 다 들어줄 테니까. 그만 좀 지적해." 그가 갑자기 몸을 핵 돌려 딱히 특정한 누군가를 보지도 않고 호통치듯 덧붙였다.

"그러니까 디오니소스 님, 아무거나 부탁해도 된다는 말씀인가요?"

지나나 요정들이 소원을 들어주는 즐거운 상상을 한 번쯤 안 해본 사람이 있을까? 찬물 뿌리는 것 같아 미안하지만, 디오니소스의 제안을 받은 미다스는 피가 거꾸로 솟았다.

앞서 말했듯이 프리기아는 가난한 편이었고, 미다스는 그 친구들이 보기에 별로 욕심이 많은 사람이 아니었지만, 여느 통치자처럼 그도 군대와 궁전, 백성들과 그들의 편의 시설에 더 많은 돈을 쓰고 싶었다. 왕실이 쓸 돈은 점점 늘어나는데, 미다스는 인정 많은 왕이라 백성들에게 무거운 세금을 매기지 못했다. 그래서 그는 흥분한 머리에서 나온 기상천외한 소원을 말했다.

"그럼 부탁드립니다. 제가 만지는 모든 것이 금으로 변하게 해주십시오."

디오니소스는 사악한 빛이 도는 미소를 지었다. "진심이야? 그걸 원해?"

"그것이 제 소원입니다."

"집으로 가봐. 포도주로 몸을 씻고 잠자리에 들어. 아침에 일어나 보면 네 소원이 이루어져 있을 거야." 디오니소스가 말했다.

# 황금 손가락

미다스는 이 거래로 뭔가 달라질 거라고 믿지 않았을지도 모른다. 신들은 어떻게든 의무를 피하고 왜곡하고 빠져나가기로 악명 높으니까.

그래도 혹시나, 밑져야 본전이니까. 또 누가 알아. 그날 밤 미다스는 얼마 안 남은 포도주를 욕조에 몇 통 들이부었다. 그 향기를 듬뿍 마신 그는 깊고도 평온한 잠에 들었다.

미다스는 반짝이는 아침 햇살에 눈을 떴다. 엉뚱한 소원이니, 술에 취한 신들이니 하는 것들은 그의 머릿속에서 지워져 있었다. 오로지 꽃을 보고 싶은 생각에 그는 침대에서 벌떡 일어나 사랑하는 정원으로 급히 달려갔다.

장미는 그 어느 때보다 아름다워 보였다. 그는 고개를 숙여, 봉오리와 만개 사이의 완벽한 상태에 있는 분홍빛 교배종 장미 한 송이의 냄새를 맡았다. 정묘한 향기가 너무 좋아 현기증이 날 정도였다. 그는 다정하게 꽃잎들을 펴주려 했다. 그 순간 줄기와 꽃이 금으로 변해버렸다, 딱딱한 금으로.

미다스는 믿기지 않아 빤히 보고만 있었다.

그는 또 한 송이를 건드리고 또 다른 한 송이를 건드려보았다. 그의 손가락이 닿는 순간 꽃들은 금이 되었다. 그는 와 하고 함성을 지르며 미친 듯 정원을 뛰어다니면서 손으로 나무들을 쓸었고, 마침내 모든 장미가 휘황찬란하게 반짝이는 귀하디귀한 순금으로 딱딱하게 얼어붙었다.

진귀한 장미들로 가득했던 정원이 세상에서 가장 값비싼 보물로 변해 있는 광경을 보고 미다스는 깡충깡충 뛰며 환호했다. 그는 이제 부자였다! 말도 안 되게, 터무니없을 정도로 부자였다! 세계 최고의 부자!

미다스의 환호성을 들은 그의 아내가 갓난아기 딸을 안고서 궁전 문을 나와 정원을 내려다보았다.

"여보, 왜 소리를 질러요?"

미다스는 아내에게로 달려가 아내와 아이를 신나게 꼭 껴안았다. "기가 막힌 일이 벌어졌다오! 내가 손을 대기만 하면 전부 금으로 변하지 뭐요! 한번 보시오! 손을 대기만…… 오!"

그가 한 발짝 물러나 보니, 아내와 어린 딸이 하나로 붙은 채 황금 조각상이 되어 아침 햇살 속에 반짝이고 있었다. 어느 조각가라도 자랑스러워할 만큼 아름다웠다.

"나중에 해결하지 뭐. 방법이 있을 거야…… 설마 디오니소스 님이 그렇게……. 그때까지는 짠! 짠! 짠!" 미다스는 혼자 중얼거렸다.

보초를 서고 있는 호위병도, 궁전의 거대한 옆문도, 그가 아끼는 옥좌도 이제 완전히 금이었다.

"짠! 짠! 짠!"

작은 탁자도, 술잔도, 포크와 나이프도, 순금!

그런데 이건 뭐지? 탁! 딱딱한 황금 복숭아를 베어 물었다가 이가 부서질 뻔했다. 탕! 금속 포도주에 입술이 부딪쳤다. 퍽! 한때 리넨 냅킨이었던 묵직한 금괴가 그의 입술을 때려 멍들게 했다.

미다스가 이 선물의 의미를 깨달으면서 무한한 기쁨은 사그라들었다.

나머지는 충분히 짐작 가능하다. 금을 가질 수 있다는 흥분과 기쁨은 금세 불안과 공포로 변했다. 미다스가 만지는 모든 것은 금이 되었지만 그의 심장은 납덩이가 되었다. 그가 무슨 말을 해도, 아무리 하늘을 저주하며 울부짖어도, 차갑게 굳어버린 아내와 딸은 온기 감도는 인간으로 돌아오지 않았다. 사랑하는 장미들이 무거운 머리를 축 늘어뜨리고 있는 모습에 그도 괴로워하며 고개를 푹 숙였다. 그를 둘러싼 모든 것이 화려하고 현란한 황금빛으로 영롱하고도 찬란하게 반짝이고 있었지만, 그의 마음은 화강암처럼 어두운 잿빛으로 굳어버렸다.

배고픔과 갈증은 또 어찌하랴! 음식과 음료가 모두 못 먹을 금으로 변한 지 사흘, 미다스는 금방이라도 세상을 뜰 것 같은 기분이었다.

황금 침대에 누우면 딱딱하고 묵직한 바닥이 전혀 따뜻하지도 편하지도 않아 잠을 설쳤다. 꿈속에서 꽃들이 보드랍고 여린 생명체로 되살아났다. 이제야 깨달았으니 그에게 가장 중요한 꽃은 아내와 딸이었다. 정신없이 어수선한 꿈에서, 그들의 뺨에 부드러운 빛이 돌아오고 눈에 다시 생기가 돌았다. 그를 기만하는 이런 이미지들이 어른거리고 깜박거릴 때, 디오니소스의 목소리가 그의 안에서 우렁차게 울렸다.

"어리석은 인간이여! 실레노스가 널 좋아하는 걸 다행으로 알라. 오로지 실레노스를 위해서 너에게 자비를 베풀어주마. 아침에 깨어나면 팍톨로스강으로 가라. 그 물에 손을 넣으면 마법이 풀리리라. 그 빠른 물살에 씻기는 모든 것을 되찾을 것이다."

다음 날 아침 미다스는 꿈에서 들은 목소리가 시키는 대로 했다. 약속대로 강물에 손을 넣자 황금손의 마력이 사라졌다. 그는 기뻐 날뛰며 꼬박 일주일 내내 강과 궁전을 오가면서 아내와 딸, 근위병, 신하, 장미 등 그가 가진 모든 것을 강에 담갔고, 그들이 전처럼 보잘것없는, 하지만 돈으로도 살 수 없을 만큼 귀중한 원래 모습으로 돌아오자 기뻐하며 박수를 쳤다.

이후 트몰로스산의 작은 언덕들을 끼고 흐르는 팍톨로스강은 에게해에서 독보적인 최대의 호박금(금과 은의 천연 합금) 산출지가 되었다.


# 미다스왕의 귀

미다스도 지금쯤이면 교훈을 얻지 않았을까. 인간들의 사연에 되풀이되는 교훈. 신들과 상종하지 말 것. 신들을 믿지 말 것. 신들의 노여움을 사지 말 것. 신들과 거래하지 말 것. 신들과 경쟁하지 말 것. 신들을 건드리지 말 것. 모든 축복을 저주로, 모든 약속을 함정으로 여길 것. 특히 신을 모욕하지 말 것, 절대.

미다스는 한 가지 면에서는 확실히 변했다. 이제 그는 황금뿐만 아니라 모든 부와 재산을 경멸하게 되었다. 디오니소스의 저주가 풀리자마자 미다스는 자연과 목신들, 초원, 세상의 모든 야생을 주관하는 염소 발의 신, 판의 열렬한 추종자가 되었다.

머리에 꽃을 꽂고 샌들을 신고 중요 부위만 간신히 가린 옷을 입고서 미다스는 아내와 딸에게 프리기아를 맡겨놓고, 단순한 전원생활을 즐기며 자유롭고 태평하게 지냈다.

그의 주인인 판이 아폴론에게 리라와 피리 중 어느 쪽이 우월한지 결판을 내자며 대결을 신청하지만 않았어도 아무 문제 없었을 것이다.

어느 오후 트몰로스산의 비탈에 있는 한 초원에서 판은 목신과 사티로스, 드리아스, 님프, 온갖 반신반인과 하급 신들 앞에서 피리를 불었다. 리디아 선법의 조악하지만 기분 좋은 가락이 흘러나왔다. 우는 사슴들, 세차게 흐르는 강물, 뛰노는 토끼들, 발정 난 수사슴들, 질주하는 말들을 부르는 듯한 선율이었다. 이 거칠고 소박한 곡조는 관객들, 특히 미다스의 귀를 즐겁게 했다. 그는 판과 그 신이 대변하는 신명 나는 유쾌함과 광기를 진심으로 숭배하고 있었다.

아폴론이 일어나 리라를 켜자마자 침묵이 내려앉았다. 리라의 현에서 우주적 사랑과 조화, 행복, 인생에 깃든 깊고도 영원한 환희, 천상의 감각이 피어올랐다.

아폴론의 연주가 끝나자 관중은 일제히 일어나 갈채를 보냈다. 산의 신 트몰로스가 외쳤다. "위대한 아폴론 님의 리라가 이겼습니다. 다들 동의하지요?"

"네, 네!" 사티로스들과 목신들이 왁자지껄 소리쳤다.

그때 한 목소리가 이의를 제기했다.

"아니요!"

"웅?" 감히 반대하는 자가 누군지 보려고 수십 명이 고개를 돌렸다.

미다스가 일어나 말했다. "저는 반대합니다. 판 님의 피리 소리가 더 좋아요."

판마저도 깜짝 놀랐다. 아폴론은 리라를 가만히 내려놓고 미다스에게 걸어갔다.

"다시 말해보아라."

적어도 미다스에게 신념을 굽히지 않는 용기는 있었다고 해두

자. 그는 침을 두 번 꿀꺽 삼킨 후 다시 말했다. "피리 소리가 더 좋다고 말했습니다. 더…… 신나고 더 예술적이니까요."

그 자리에서 미다스를 죽이지 않은 걸 보면 그날 아폴론의 기분이 꽤 괜찮았던 모양이다. 무모하게 그에게 도전장을 던졌던 불운의 마르시아스와 달리 미다스는 살가죽이 한 겹 한 겹 벗겨지지도 않았다. 아폴론은 미다스에게 눈곱만큼의 고통도 주지 않고 그저 부드럽게 다시 물었다. "판이 나보다 연주를 잘했다고, 진심으로 그렇게 생각하는 것이냐?"

"그렇습니다."

"음, 그렇다면." 아폴론이 웃으며 말했다. "네 귀가 당나귀 귀인가 보구나."

신의 입에서 이 말이 나오자마자 미다스는 두피에서 뭔가 묘하고 따뜻하고 거친 일이 벌어지는 느낌이 들었다. 그가 궁금해 머리를 만지자 아우성과 야유와 비명과 새된 비웃음이 터져 나왔다. 미다스에게 보이지 않는 것이 다른 이들에게는 보였다. 두 개의 큼직한 회색 당나귀 귀가 그의 머리카락을 뚫고 나와 보란 듯이 씰룩씰룩 홱홱 움직이고 있었다.

"내 생각이 맞았군. 그대의 귀는 정말 당나귀 귀였어." 아폴론이 말했다.

수치심과 굴욕감에 얼굴을 붉히며 미다스는 초원을 떠났다. 거대한 털북숭이 귀로 훨씬 더 선명하게 들리는 조롱과 비웃음에서 냉큼 달아났다.

판의 추종자로서의 인생은 이제 끝났다. 터번 같은 것으로 머리를 꽁꽁 싸맨 채 그는 고르디온 궁전의 아내와 가족에게 돌아갔고, 태평한 전원생활 실험이 확실히 끝났으니 다시 왕으로 지내기 시작했다.

그의 당나귀 귀를 본 유일한 사람은 매달 그의 머리를 깎아주는 신하였다. 프리기아 왕국의 다른 모든 이들은 그 끔찍한 비밀을 알지 못했다. 그래서 미다스는 이 상태를 계속 유지하기로 마음먹었다.

미다스는 이발사에게 이렇게 말했다. "이렇게 하지. 봉급을 올려주고, 궁전의 다른 직원들보다 더 많은 연금을 챙겨줄 테니, 네가 본 것을 발설하지 마라. 그러나 만약에 네가 누구에게든 한마디라도 속삭인다면, 네 눈앞에서 네 가족을 처형하고 네 혀를 잘라 가난한 벙어리로 세상을 방랑하게 만들겠다. 알아듣겠느냐?"

이발사는 겁에 질려 고개를 끄덕였다.

3년 동안 양쪽 모두 거래 조건을 잘 지켰다. 이발사의 아내와 가족은 늘어난 수입에 만족했고, 왕은 아무에게도 당나귀 귀를 들키지 않았다. 미다스가 두르는 스타일의 터번이 프리기아, 리디아, 트라키아 전역과 그 너머까지 유행했다. 만사형통이었다.

하지만 비밀을 지키기란 여간 힘든 일이 아니다. 특히 왕실 이발사가 숨기고 있던 그런 흥미진진한 비밀이라면 더더욱. 이발사는 매일 아침 눈을 뜰 때마다 자기 안에서 비밀이 몸부림치며 부풀어 오르는 것 같은 느낌이 들었다. 이발사는 아내와 가족을 사랑했고 충성심도 높아서 자신의 군주를 욕보이거나 곤경에 빠뜨릴 짓은 절대 하고 싶지 않았다. 하지만 안에서 풍선처럼 부풀어 오르는 비밀 때문에 터져 죽기 전에 어떻게든 해소할 방법을 찾아야 했다. 젖통이 꽉 찼는데 젖을 짜지 않은 암소도, 쌍둥이를 뱄는

데 산달이 지난 임부도, 변소에서 용을 쓰는 포식한 미식가도 고통에서 벗어나고자 하는 욕구가 이 가여운 이발사만큼 절박하지는 않았을 것이다.

마침내 그는 가족을 위험에 빠뜨리지 않고도 고민을 해결할 방법을 생각해냈다. 어느 괴로운 밤, 큰 광장에서 비밀을 까발려 고르디온 백성들이 입을 떡 벌리게 만드는 꿈을 꾸다가 깨어난 그는 동이 트자마자 나가서 외딴 시골 깊은 곳으로 갔다. 어느 한적한 개울가에 이르자 땅에 깊은 구덩이를 팠다. 사방을 둘러보고 들을 사람이 아무도 없다는 걸 확인한 후 무릎을 꿇고 앉아 두 손으로 입을 감싸고는 구덩이에 대고 이렇게 외쳤다.

"임금님 귀는 당나귀 귀!"

이 말이 밖으로 새어나갈세라 그는 미친 듯이 흙을 긁어 구멍을 덮었지만 작은 씨앗 하나가 날아와 바닥에 내려앉는 것을 미처 보지 못했으니……

구멍이 다 메워지자 이발사는 흙을 쿵쿵 밟아 무서운 비밀을 단단히 봉했다. 그러고는 발걸음도 가볍게 고르디온으로 돌아가 단골 술집으로 직행해서 그 집 최고의 포도주를 큰 병으로 하나 주문했다. 이제는 술기운에 혀가 풀릴까 봐 두려워할 필요가 없었다. 마치 어깨에서 하늘을 내려놓은 아틀라스가 된 기분이었다.

한편 그 후 몇 주 동안 그 외딴 들판의 개울가에 떨어졌던 작은 씨앗이 가이아의 보드라운 숨결에 온기를 받아 싹을 틔웠다. 곧 작고 여린 갈대가 흙을 뚫고 나오면서 그 가냘픈 머리를 밖으로 내밀었다. 산들바람이 불자 갈대는 살며시 속삭였다. "임금님 귀는 당나귀 귀."

어렴풋한 말들이 강둑 언저리의 골풀과 잔디에까지 닿았다. "임금님 귀는 당나귀 귀."

골풀이 속삭이고 잔디가 쉿쉿거리는 소리는 풀잎들과 나무 이파리들에 휩쓸려 갔고, 순식간에 삼나무들과 버드나무들이 윙윙거리며 그 소리를 미풍에 실어 보냈다.

"임금님 귀는 당나귀 귀." 나뭇가지들이 살랑거렸다.

"임금님 귀는 당나귀 귀." 새들이 노래 불렀다.

그리고 마침내 그 소식이 도시에 닿았다.

"임금님 귀는 당나귀 귀!"

미다스왕은 깜짝 놀라며 깨어났다. 궁전 밖 거리에서 사람들이 웃고 고함지르는 소리가 들렸다. 그는 창문으로 기어가 몸을 웅크리고 귀를 기울였다.

그가 감당하기에는 너무 벅찬 치욕이었다. 이발사와 이발사의 가족에게 앙갚음하는 대신 그는 짙붉은색의 독약을 만든 뒤, 하늘을 향해 고개를 들어 쓸쓸하게 한 번 웃고 어깨를 으쓱하고는 독약을 마시고 죽었다.

가여운 미다스. 이후 그의 이름은 운이 좋아 돈을 많이 벌었지만 속을 들여다보면 불운하고 가난한 사람을 의미하게 된다. 장미만 고집했다면 좋았으련만. 황금 손보다는 초록 손이 더 낫다.

# 부록

## 형제 이야기, 번외 편

오케아니스인 클리메네와 티탄인 이아페토스의 두 아들이자, 하늘을 짊어진 아틀라스와 벼락에 맞아 죽은 메노이티오스의 동생들인 에피메테우스와 프로메테우스에 대해 조금 더 얘기해보려한다. 흔히 프로메테우스는 '생각을 먼저', 에피메테우스는 '생각은 나중에' 하는 유형이며, 따라서 에피메테우스는 앞뒤 가리지 않고 덤볐다가 실수를 저지르는 반면 그의 형 프로메테우스는 좀더 명민하게 심사숙고했을 거라고 한다. 프로메테우스가 인간에게 불을 가져다준 행동이 그렇게 신중하거나 선견지명 있거나 진보적인 건 아니라고 주장하는 사람도 있다. 충동적이고 너그럽고 사랑스럽기까지 했지만 그렇게 현명한 행동은 아니었다고. 에피메테우스 역시 상냥하고 마음씨 착한 자였으며 단점은 그저, 그저 '인간'적인 결점일 뿐이라고 말하고 싶지만, 그는 티탄이다. 결과를 생각하면 그의 결점은 확실히 엄청나긴 하다. 철학자들은이 두 형제의 차이점을 이용해 우리 인간의 근본적인 속성을 설명한다.

스티븐 프라이의 그리스 신화

플라톤의 대화편 『프로타고라스 *Protagoras*』에 등장하는 프로타고라스는 창조 신화를 익히 알려진 내용과는 조금 다르게 이야기한다.

(프로타고라스가 소크라테스에게 얘기하는 바에 따르면) 신들은 유한한 생명을 지닌 새로운 종족들을 만들기로 결정했다. 당시 자연에는 영원불멸한 존재만 살고 있었기 때문이다. 흙과 물, 그리고 신성한 불과 신성한 숨결로 그들은 짐승들과 인간을 만들었다. 그리고 프로메테우스와 에피메테우스는 이 피조물들이 충만하고 성공적인 생을 살 수 있도록 온갖 자질과 개성을 배분해주는 임무를 맡았다. 에피메테우스는 자기가 그 일을 할 테니 형은 나중에 와서 확인만 해달라고 했다. 두 형제는 이렇게 합의를 보았다.

에피메테우스는 의욕적으로 작업에 착수했다. 코뿔소, 천산갑, 아르마딜로 같은 몇몇 짐승들에게는 갑옷을 주었다. 나머지 짐승들에게는 묵직한 바람막이 모피, 위장술, 독액, 깃털, 엄니, 날카로운 발톱, 비늘, 집게발, 아가미, 날개, 수염 등등을 거의 무작위로 나누어주었다. 속도와 잔인성을 할당하고, 부력과 비행 능력을 배분했다. 항해술에서부터 굴을 파고, 보금자리를 짓고, 헤엄치고, 껑충 뛰고, 노래하는 기술에 이르기까지 모든 짐승이 영리하게 설계된 효율적인 특기를 갖게 되었다. 박쥐와 돌고래에게 음파 탐지 기술을 준 뒤 자화자찬하고 있던 에피메테우스는 자신이 베풀 수 있는 선물이 바닥났음을 깨달았다. 역시 앞을 내다볼 줄 모르는 자답게 인간에게 무엇을 줄지는 전혀 생각하지 않고 있었다. 알몸에다 연약하고 매끈한 피부에 두 다리가 달린 가여운 인간들에게 말이다.

에피메테우스는 죄책감에 형을 찾아가 선물 바구니가 텅텅 비었으니 어떻게 하면 좋으냐고 물었다. 단단히 무장을 갖춘 짐승들의 잔인성과 교활함, 탐욕에 인간은 무방비 상태였다. 짐승들에게 아낌없이 베푼 그 힘들이 무기 하나 없는 인류를 끝장낼 판이었다.

프로메테우스가 생각해낸 해결책은 아테나의 기술과 헤파이스토스의 불을 훔치는 것이었다. 그 두 가지만 있으면 인간은 지혜와 기지와 근면함으로 짐승들에 맞설 수 있으리라. 물고기처럼 잘 헤엄치진 못해도 배를 짓는 방법을 찾아낼 것이다. 말처럼 빨리 달리진 못해도 말을 길들이고 편자를 박아 타고 다닐 수 있을 것이다. 언젠가는 새들과 겨룰 만한 날개를 만들어낼지도 모른다.

이렇게 우연과 실책으로, 모든 유한한 피조물 가운데 인간만이 올림포스 신들의 자질을 선물로 받게 되었다. 신들과 경쟁하기 위해서가 아니라 좀 더 완벽한 능력을 갖춘 짐승들을 막아내기 위해.

프로메테우스의 이름이 의미하는 '사전 숙고'는 광범위한 의미를 함축하고 있다. 버트런드 러셀은 『러셀 서양 철학사』에서 다음과 같이 말한다.

문명인이 야만인과 주로 다른 점은 신중함, 혹은 조금 더 광범위한 용어를 사용하자면, 사전 숙고다. 문명인은 미래의 즐거움을 위해서라면 현재의 고통을 기꺼이 감내하려 한다. 설사 그 미래의 즐거움이 다소 멀리 있다 해도……. 진정한 사전 숙고란, 어떤 충동에 떠밀려서가 아니라 미래의 어느 날 득이 될 거라는 이성적인 판단으로 무언가를 하는 것이다……. 자신의 인생을 하나의 전체로 보는 습관이 생기면 미래를 위해 점점 더 현재를 희생하게 된다.

이 내용은 프로메테우스가 진짜 불이든 상징적인 불이든 인간에게 가져다준 자에 그치는 것이 아니라 좀 더 미묘한 의미에서 우리 문명의 아버지임을 암시한다. 프로메테우스는 충동에 휘둘리지 않고 행동할 수 있는 사전 숙고의 자질도 우리에게 남겨주었다. 우리가 수렵 채집인에서 농업가로, 도시 주민으로, 상인으로 일어선 것은 프로메테우스적인 사전 숙고 덕분이었을까? 미래를 생각할 줄 모른다면, 힘들게 씨를 뿌리고, 계획을 세우고, 건물을 짓고, 저장하고, 거래하지는 않을 것이다.

우리가 프로메테우스를 그리스도 같은 이상적인 인물로 과도하게 숭배하지 않도록('메덴 아간', 즉 '도를 넘지 말라'라는 그리스 격언도 있지 않은가), 러셀은 그리스인들이 더 어둡고 더 깊고 더 불안정한 열정으로 그의 영향력에 맞서려 했음을 일깨워준다.

예를 들어 구두쇠는 이 과정(신중함과 사전 숙고에 따른 행동)을 극단으로 끌고 갈 수도 있다. 하지만 그런 극단으로 가지 않더라도 신중함은 인생의 즐거움을 쉽게 빼앗는다. 디오니소스를 숭배하는 사람은 신중함에 반발한다. 육체적이거나 영적인 도취 상태에서, 신중함이 파괴해버린 강렬한 감정이 되돌아온다. 세상은 환희와 아름다움으로 가득 차고, 일상에 매몰되어 있던 상상력이 갑자기 해방된다. 바쿠스적인 요소가 없으면 인생은 무미건조하고, 있으면 인생은 위험해진다. 신중함과 열정의 충돌은 인간의 역사 내내 이어져 왔다. 우리가 어느 한쪽만 편들어야 하는 충돌이 아니다.

프로메테우스는 놀라울 정도로 복잡하고 알쏭달쏭한 인물이다. 그는 우리에게 불을, 창조의 불씨를 주었지만 야만성을 교화하여 야생의 불을 꺼트리는 사전 숙고의 힘도 주었다. 그리스인들은 제우스든 모로스든 프로메테우스든 신들을 완벽하고 완전한 존재로 보기를 거부함으로써 자기만족을 느꼈던 것 같다. 적어도 내가 보기에는 그렇다.


# 희망

판도라의 항아리에 엘피스가 남은 것은 그리스인들에게, 그리고 오늘날 우리에게 어떤 의미일까? 이 의문은 문자가 발명된 후부터 쭉, 아니 어쩌면 그전부터 학자들과 사상가들 사이에 흥미로운 논쟁거리가 되어왔다.

제우스가 인간에게 내린 저주가 얼마나 끔찍한지 보여주는 장치라고 말하는 이들도 있다. 세상의 모든 해악이 풀려나와 우리를 괴롭히는데, 우리는 희망이라는 위안조차 거부당했으니 말이다. 어떤 일에 힘을 쏟다가 끝을 내려고 할 때 우리는 희망을 버렸다는 말을 자주 한다. 단테의 지옥문은 그곳에 들어오는 모든 이들에게 희망을 완전히 버리라고 명한다. 그런데 희망이 우리를 버린다고 생각하면 얼마나 끔찍한가.

반면 엘피스가 '희망'만을 의미하는 것이 아니라 기대와 더 나아가 최악의 예상을 암시한다고 주장하는 사람들도 있다. 불행한 일이 곧 닥칠 거라는 불길한 예감이나 불안감이라고 말할 수 있다. 판도라의 신화를 이런 식으로 해석하면, 항아리에 갇힌 것은 사실 가장 사악한 정령이며, 그것이 없으면 적어도 인간은 자기 운명의 지독함이나 실존의 무의미한 잔인성을 예감하지 않아도 되는 것이다. 다시 말해 엘피스를 가둬두면 에피메테우스처럼 우리도 앞으로 닥쳐올 고통과 죽음, 최후의 실패를 모르고, 아니 적어도 모른 척하고 희희낙락 하루하루 살아갈 수 있다는 말이다. 암울하긴 하지만 낙관적인 해석이다.

니체의 시각은 조금 달랐다. 그는 항아리에 들어 있던 피조물 가운데 희망이 가장 유해하다고 생각했다. 왜냐하면 희망은 인간 실존의 번민을 연장하기 때문이다. 제우스는 희망이 항아리에서 빠져나가, 행운이 찾아올 거라는 거짓된 약속으로 매일같이 인간을 괴롭히기를 원했다. 판도라가 희망을 가둔 것은 제우스의 이런 최악의 잔혹함으로부터 우리를 구제해준 훌륭한 행동이었다. 니체의 주장에 따르면, 희망이 있으면 우리는 인생에 어떤 의미와 목적과 가능성이 있을 거라고 바보같이 믿게 된다고 한다. 희망이 없으면, 적어도 망상에 빠지지 않고 열심히 살아갈 수 있다는 것이다.

희망 가득한 삶이냐, 희망을 버린 삶이냐, 각자의 선택에 달려 있다.

# 기간토마키아

'거인들과의 전쟁', 기간토마키아에 얽힌 이야기가 조금 있다. 가이아와 거세된 우라노스의 피 사이에서 100명의 전사 종족(앞서 말했듯이 현대적 의미의 거인처럼 그렇게 크지는 않았다)이 태어났다. 그 전쟁은 우주를 장악하려는 가이아의 마지막 시도였을지도 모른다. 일부 원전에서는 티타노마키아와 부분적으로 겹치거나 하나로 합쳐져 있기도 하다. 모종의 폭력적인 반란이 일어났고, 거인들의 왕인 에우리메돈이 기간테스를 이끌고 신들에 맞선 것은 분명해 보인다.

전쟁에 관여한 모든 이들의 이름을 알 수는 없지만, 몇몇 강력한 자들의 운명은 확실히 기록되어 있다. 최고의 강자 엔켈라도스(시끄러운 자)는 아테나에게 패한 뒤 에트나산 밑에 묻혀 지금까지도 으르렁거리며 화산활동을 일으키고 있다.* 폴리보테스는 포세이돈이 코스섬에서 떼어내 그에게 던져버린 땅조각 니시로스 밑에 깔렸다.† 다미소스(정복자)는 전쟁 초반에 죽었지만 나중에 켄타우로스인 케이론이 발목뼈를 얻기 위해 그의 시체를 파내면서 유명해졌다. 헤파이스토스는 뜨겁게 녹인 쇠를 불운한 미마스

---

* 과학자들에 따르면, 지구에서 12억 킬로미터 정도 떨어진 화성의 위성 엔켈라두스가 생명체 생존의 필수적인 요건을 갖추고 있다고 한다. 자신의 혈족을 다른 세상에까지 퍼뜨리려는 가이아의 원대한 계획이 아니었을까.
† 내가 가지고 있는 그리스어-영어 사전으로는 폴리보테스의 이름이 정확히 무슨 뜻인지 알기 어렵다. '영양분을 주다' 혹은 '많이 먹이다'라는 의미인 것 같으니, 아마도 '비옥, 다산'과 연관된 이름인 듯하다.

(모방자)에게 한 통 들이부었다. 클리티오스(명성 있는 자)는 헤카테의 횃불에 타버렸다. 제우스와 뜨거운 추격전을 벌이던 시게우스는 가이아의 도움으로 무화과나무로 변해 죽음을 면했다.‡ 히폴리토스(말들을 풀어주는 자)는 투명 망토를 입은 헤르메스에게 살해당했고, 티포에우스(그을리는 자)는 디오니소스의 신성한 지팡이에 죽었다.

아리스타이오스(최고)§라는 기가스는 자신을 쇠똥구리로 둔갑시켜 숨겨준 어머니 가이아 덕분에 전쟁을 피했다. 하지만 툰(날쌘 자), 포이티오스(경솔한 자), 몰리오스, 엠피토스(뿌리박힌 자) 등등 수많은 거인 종족이 어떤 최후를 맞았는지는 기록이 남아 있지 않다.

포르피리온(자주색을 띤 자)이라는 포악한 거인이 헤라를 겁탈하려다가 제우스와 헤라클레스의 손에 죽는 묘한 이야기도 있는데, 헤라클레스가 등장하는 걸 보면 그의 죽음은 시간상 기간토마키아의 후반에 해당한다. 복잡하고 변화무쌍하며 무질서하게 펼쳐지는 그리스 신화에 시간순이라는 일관되고 안정적인 장치가 쓰이는 것이 이상하긴 하지만 말이다.

---

‡ 이후 그리스에서 무화과는 시케우스의 이름으로 불렸다.
§ 같은 이름을 가진 양봉의 하급 신과 혼동해서는 안 된다.

# 발과 발가락

그리스인들도 발을 도량형으로 이용했다. 1푸스(발, 복수형은 포데스)는 15~16닥틸라(발가락)였고, 1피트와 거의 비슷한 길이였다. 100포데스는 1플레트론(육상 트랙의 너비), 6플레트론은 1스타디온(육상 트랙의 길이, 여기에서 '스타디움'이라는 단어가 나왔다, 복수형은 스타디아), 8스타디아는 1밀리온(마일)이었다. 발병 전문가podiatrist, 문어octopus, 삼각대tripod 등등 발과 연관된 단어들은 흥미롭게도 서쪽으로 갈수록 p가 f로 변한다. 그래서 '푸스(pous)'는 독일어로 'Fuss', 영어로 'foot'이 된다. 현대 독일어에 'Pfennig(페니히)', 'Pfeife(피리)', 'Pfeffer(후추)' 같은 단어가 여전히 존재하지만, 영어로는 'penny', 'pipe', 'pepper'가 되었다('fife'라는 단어도 있기는 하지만). 19세기 초반의 언어학자 프리드리히 폰 슐레겔이 처음 알아낸 이 '마찰음 대변동'은 후에 그림의 법칙Grimm's Law에 포함된다. 그림 형제는 유럽과 중동의 언어들이 그 기원을 따지면 인도어와 인도-유럽 공통 조어祖語까지 거슬러 올라갈 수 있음을 밝혔다.

# 후기

신화의 본질에 대한 단상과 이 책을 쓰면서 도움을 받았던 자료들을 모아보았다.

누누이 말하지만 나의 목표는 신화를 이야기하는 것이지 해석하거나 설명하는 것이 아니다. 물론 일관성 있는 서사를 위해 시간 순서를 손볼 수밖에 없었다. 예를 들어 내가 이야기하는 '인간의 시대'는 시인 헤시오도스의 유명한 버전과 다르다. 크로노스가 우주를 다스리던 시대와 인간 창조를 좀 더 명확히 구분하고 싶었기 때문이다. 3,000여 년 전 그리스에서 수많은 이야기들이 폭발하듯 무서운 기세로 쏟아져 나왔기에 마치 모든 사건들이 동시에 일어난 것처럼 보일 수밖에 없다. 내 이야기가 '틀렸다'고 말하는 사람이 있다면, 신화는 어차피 전부 허구라고 답하겠다. 세부 내용을 조금씩 고치는 건 신화를 이야기하는 사람들이 늘 해오던 일이다.

## 신화 vs 전설 vs 종교

모래알에서 진주가 빚어지듯이, 전설은 낟알 같은 진실 하나로 시작된다. 예를 들어 로빈 후드의 전설은 실존했던 역사적 인물에서 유래한 것처럼 보인다. 서사의 내용이 대대로 전해져 내려오면서 살이 붙고 아름답게 윤색되다가 어느 시점에 전설의 속성을 띤다. 글로 적을 수 있을 만큼 그럴듯한 얘기가 되는 것이다. '레전드legend, 전설'라는 단어는 '읽히다'라는 뜻을 가진 라틴어 '레제르legere'의 동명사 형태에서 유래한다.*

하지만 신화는 상상력이 가미된 상징적인 구조물이다. 헤파이스토스가 정말로 존재했다고 믿는 사람은 아무도 없다. 그는 금속 세공과 제조, 공예의 기술을 대변하는 인물이다. 그런 인물이 가무잡잡하고 못생기고 절뚝거리는 모습으로 묘사되다니, 왠지 해석과 설명을 가미하고 싶은 유혹이 들지 않는가. 어쩌면 실제 대장장이들이 강인하면서도 거무스레하고, 상처가 많고, 놀라울 정도로 근육이 울퉁불퉁하니 뻣뻣한 경우가 많다는 사실에 근거했을지도 모른다. 어쩌면 문화적으로, 큰 키에 건장하고 흠 없는 남자는 항상 전사로 키워지고 키 작은 절름발이 남자는 어릴 때부터 전투 기술을 배우기보다는 대장간과 작업장에서 훈련받도록 정해져 있었는지도 모른다. 그래서 사람들이 상상하는 대장장이들의 신은 그들이 이미 알고 있는 인간 원형을 반영했을 가능성이 크다. 이런 유의 신들은 우리의 이미지로 창조된다. 우리가 신의 이미지로 창조되는 것이 아니라.

신화와 신화적 인물은 그 기원이 역사적이기보다는 상징적이기

---

* 흥미롭게도, 동사 '레제르(legere)'와 그 동명사형인 '렉툼(lectum)'의 확실한 어원은 '수집하다'라는 뜻을 지니고 있다. 따라서 전설은 사람들이 쓰고 읽는 이야기일 뿐만 아니라 수집되는 이야기이기도 하다.

때문에 좀 더 사실에 뿌리를 둔 전설과 똑같이 허구적 개조와 윤색을 거쳤다. 신화 역시 문자로 기록되었고, 특히 그리스 신화는 호메로스와 헤시오도스, 그리고 그 후손들 덕분에 연대순으로 자세하게 기록되어 시간순 사건, 계보, 인물들의 변천사를 알 수 있기 때문에 나처럼 이렇게 이야기로 만드는 것도 가능하다.

간단명료하게 말하자면 신화는 우리가 관찰할 수도 손가락으로 가리킬 수도 없는 신들과 괴물들의 이야기다. 켄타우로스와 수룡, 바다의 남신과 화로의 여신이 정말로 존재한다고 믿은 고대 그리스인도 있었겠지만, 그들의 존재를 증명하거나 남들을 설득하기는 힘들었을 것이다. 신화를 이야기하고 개작하는 사람들 대부분은 자신들이 가공의 이야기를 전하고 있음을 어느 정도 의식하고 있었을 것이다. 한때 이 세상에 님프들과 괴물들이 살았다고 믿을지언정 그들이 더 이상 존재하지 않는다는 사실은 꽤 확신하지 않았을까.

눈에 보이지 않는 자연의 힘에 바치는 기도와 의식, 제사, 세금은 또 다른 문제다. 어느 시점이 되면 신화는 열광적인 추종이 되고 종교가 된다. 난롯가에 모여 들려주고 듣던 이야기가 복종해야 하는 믿음 체계로 변하는 것이다. 사람들이 어떻게 행동해야 하는지 정하는 사제 계급이 생겨난다. 신화들이 경전, 기도서, 신학으로 성문화된 과정은 다른 책들이 소개하고 있고, 내 영역 밖이다. 하지만 고대 그리스인들에게 성경이나 코란처럼 신의 계시를 담은 경전이 없었다는 사실은 확실하다. 지금도 세계의 어느 곳에서 행해지고 있는 샤먼들의 접신과 비슷한 황홀경 상태를 경험할 수 있는 통과의례와 신비 의식이 있었고, 수많은 신전과 사당이 있었다. 이성과 철학을 중시하던 위대한 아테네 시대에도 소크라테스 같은 사람이 종교적인 이유로 처형당하지 않았던가.*

# 그리스인

그리스인을 진보한 지혜와 합리적 박애 정신을 타고난 우월한 민족으로 생각해서는 곤란하다. 고대 그리스에는 우리에게 이질적이고 불쾌하게 느껴지는 면모들도 많았다. 여성들은 집 밖의 일에 거의 참여할 수 없었고, 확실한 노예제 사회였으며, 처벌은 가혹하고 삶은 힘들었다. 그들은 아폴론과 아테나를 모시는 한편 디오니소스와 아레스도 모셨다. 판과 프리아포스와 포세이돈도. 그리스인들이 우리에게 그토록 매력적으로 느껴지는 이유는 그들이 자기들 본성의 다른 측면들을 이토록 세밀하고 통찰력 있고 생생하게 의식하고 있었던 듯 보이기 때문이다. 델포이에 있는 아폴론 신전의 현관에는 '너 자신을 알라'라는 말이 새겨져 있었다. 신화뿐만 아니라 이런저런 문헌을 보면, 그리스인들이 고대의 그 격언을 지키기 위해 최선을 다했음을 알 수 있다.

고대 그리스인들은 완벽과는 거리가 멀었을지 몰라도 인생과 세상, 그들 자신을 대부분의 문명들보다, 어쩌면 우리보다 더 솔직하고 밝고 관대한 시각으로 보는 기술을 개발했던 것 같다.

---

* 그는 아테나의 신들을 인정하지 않는다는 불경죄로 고발당했다.

# 그리스의 영역

그리스. 그것은 무엇이며, 어디에 있을까? 신화의 시대에 그리스는 하나의 국가가 아니었다. 지금은 하나의 커다란 땅덩어리와 여러 섬들로 이루어진 단일한 주권 국가지만 이 책 속의 그리스 세계는 터키, 시리아 일부, 이라크, 레바논뿐만 아니라 북아프리카, 이집트, 발칸 반도, 알바니아, 크로아티아, 마케도니아까지 아우르는 소아시아의 대부분을 포함한다. '아리온과 돌고래' 이야기의 무대는 남부 이탈리아이며, 다른 신화들에는 헬라스인, 이오니아인, 아르고스인, 아티카인, 트라키아인, 아이올리아인, 스파르타인, 도리스인, 아테나인, 키프로스인, 코린토스인, 테베인, 프리기아인, 시칠리아인, 크레타인, 트로이인, 보이오티아인, 리디아인 등등 수많은 지역의 사람들이 등장한다. 학자나 그리스 시민이 아닌 다음에야 헷갈리고 짜증스럽기까지 할 것이다. 지도를 참고해도 좋지만 모든 걸 이해하려 애쓰면서 열불 낼 필요는 없다. 나는 자주 그런 상태가 되어버리곤 하는데, 여러분에게 똑같은 혼란과 걱정을 안겨주고 싶지는 않다.


# 고전 자료

그리스 신화를 이야기하는 일은 거인들의 발자국을 따라가는 것과 마찬가지다. 이 책의 서문에서 그리스 신화는 '위대한 시인들의 창작물'이라는 이디스 해밀턴의 견해를 소개한 바 있다. 물론 신화의 기원을 깊숙이 파고들면 선사시대와 민간전승까지 거슬러 올라가겠지만, 책의 집필을 준비하면서 나는 서구 전통의 첫 시인들, 그것도 신화를 소재로 삼은 그리스 시인들의 도움을 얻었다. 우주 창조와 신들의 탄생에서부터 신들과 인간의 절연에 이르기까지 그리스 신화를 연대순으로 보여주는 귀중한 자료들이 지금까지 남아 있다. 우선 호메로스. 이오니아의 유일한 (맹인) 시인이었건 아니건, 그는 기원전 8세기경 위대한 두 서사시 『일리아스*Ilias*』와 『오디세이아*Odysseia*』를 썼다. 트로이 전쟁과 그 후의 이야기이지만 호메로스는 이전 시대의 신화들을 수없이 언급하며 유용하게 써먹는다. 그와 거의 동시대에 활약한 시인 헤시오도스는 그리스 신화에 연대표라 부를 만한 것을 부여하는 데 가장 큰 기여를 했다. 그의 저작 『신들의 계보』는 천지창조, 티탄족의 탄생, 신들의 기원, 올림포스의 집권 체제를 서술한다. 그의 『일과 날』은 프로메테우스와 판도라에 얽힌 위대한 인간 창조 이야기를 들려주면서 인류의 다섯 시대(황금시대, 은시대, 청동시대, 영웅시대, 철시대)를 구분한다.

그리스와 로마의 다른 시인과 작가, 여행가들은 헤시오도스가 정리한 계보에서 대부분 이어져 내려온 그리스 신화를 가지고, 이야기의 빈틈을 메우고 다듬고 꾸미고 합치고 뒤섞고 완전히 조작했다. 이들 중 거대한 신화 사전인 『비블리오테카*Bibliotheca*』(도서관)를 가장 귀한 자료로 꼽을 수 있겠다. 원래는 2세기 학자 아테네의 아폴로도로스의 저작으로 알려졌지만, 지금은 아니라는 견해가 지배적이다. '가짜 아폴로도로스'라는 모욕적인 별명이 붙은 미상의 작가가 1~2세기에 쓴 것으로 추정된다. 매력적이고 신뢰할 만한 자료를 남겨준 2세기의 작가들을 더 소개하자면, 그리스 여행가이자 안내서 편찬자인 파우사니아스, '소설가들'인 롱고스(그리스어로 집필)와 아풀레이우스(라틴어로 집필), 그리고 라틴 산문 작가인 히기누스가 있다.

뭐니 뭐니 해도 가장 으뜸은 로마 시인 오비디우스(기원전 43~기원후 17년)이다. 그의 『변신 이야기*Metamorphoses*』는 신들이 벌을 내리기 위해 혹은 동정심에서 인간들과 님프들을 짐승, 식물, 강, 심지어는 돌로 만들어버린 사연들을 들려준다. 그의 또 다른 저작들인 『사랑의 기술*Ars Amatoria*』와 『여인들의 편지*Heroides*』 역시 그리스 신화를 재구성하는데, 신들의 라틴명을 사용하고 있다. 그래서 제우스는 '요베' 혹은 '유피테르', 아르테미스는 '디아나', 에로스는 '쿠피도' 혹은 '아모르'가 된다. 오비디우스는 불경하고 선정적인 다작 작가였고, 그의 작품은 끊임없이 시점이 바뀌고 활기가 넘쳐서 마치 영화를 보는 듯한 기분이 든다. 셰익스피어는 오비디우스에게 큰 영향을 받아 자신의 희곡과 시에 그의 작품을 많이 언급했다. 오비디우스는 더하고 빼고 만들어 붙이기를 꺼리지 않았고, 나도 그의 영향을 받아 대담하게 상상력을 발휘해보았다.


# 현대 자료

미국 작가 네 명이 쓴 그리스 신화 모음집이 대서양 양쪽 대륙에 사는 수많은 아이들에게 꾸준히 사랑을 받아왔다. 그중 두 명은 19세기의 작가들이다. 너새니얼 호손의 『원더 북*Wonder-Book for Girls and Boys*』(1851)과 그 속편 『탱글우드 저택 이야기*Tanglewood Tales*』(1853), 그리고 토머스 벌핀치의 『신화의 시대*The Age of Fable*』(1855)와 방대한 『벌핀치의 그리스 로마 신화*Bulfinch's Mythology*』는 160년 동안 무수히 재판되었다. 20세기의 대표적인 작품들은 여전히 순조롭게 출간되고 있는 이디스 해밀턴의 『그리스 로마 신화*Mythology: Timeless Tales of Gods and Heroes*』(1942)와 버나드 에브슬린의 불후의 명작 『그리스 로마 신화의 영웅들*Heroes, Gods and Monsters of the Greek Myths*』(1967)이다. 영국 작가의 작품으로는 찰스 램의 『율리시스의 모험*The Adventures of Ulysses*』(1808)과 내가 어린 시절 무척 좋아했던 L. S. 하이드의 『내가 좋아하는 그리스 신화*Favourite Greek Myths*』(1905)가 있다.

예나 지금이나 존경받을 만한 이 작품들은 하나같이, 그리스 신화 세계의 정수라 할 수 있는 색정적이고 폭력적인 에피소드들을 피해 가거나 삭제해버렸다. 시인이자 소설가인 로버트 그레이브스는 그런 면에서 전혀 거리낌이 없었지만, 특이한 구조와 서술 방식을 취하고 있는 그의 두 권짜리 저서 『그리스 신화*The Greek Myths*』(1955)는 신중하고 학구적이고 감동적이면서도 좀 더 문학적이고 신화학적인 방향을 택한다. '하얀 여신' 숭배에 대한 그의 집착을 드러내려는 속셈이 있었지만 말이다. 제임스 프레이저와 그 후의 작가들, 특히 조지프 캠벨은 그리스만 깊이 파고들기보다는 좀 더 학구적이고 심리학적이고 비교 분석적이며 인류학적인 접근법을 취한다. 요즘 온라인에는 젊은 사람들이 그리스 신화를 '찾도록' 도와주는 사이트들이 아주 많다. 카드모스를 '친구', 헤르메스를 '멋진 남자', 하데스를 '문제 많은 놈'으로 부르는 걸 보면 창을 바로 닫고 싶어지지만 말이다.

　내가 강력하게 추천하는 사이트는 '테오이닷컴(theoi.com)'이다. 전적으로 그리스 신화만 충실하게 다루고 있는 멋진 곳이다. 네덜란드와 뉴질랜드의 합작 프로젝트로, 1,500페이지가 넘는 글, 그리스 신화를 주제로 한 꽃병 그림, 조각품, 모자이크, 프레스코화 사진 1,200장이 올라와 있다. 색인, 계보, 주제 항목을 통해 찾고 싶은 자료를 쉽게 검색할 수 있다. 참고 문헌들도 매우 훌륭해서 나비 수집가처럼 신나게 이 책에서 저 책으로 깡충깡충 뛰어다니며 미로 찾기와도 같은 모험을 즐길 수 있다.

# 감사의 말

우선 내가 오랜 기간 고대 그리스의 신화 세계에 푹 빠져 있는 동안 잘 참아준 사랑하는 남편 엘리엇에게 고마움을 전한다. 포기를 모르는 조수이자 사랑하는 누이 조 크로커는 내가 글 쓸 시간을 낼 수 있도록 생활을 잘 정리해주었다.

대리인인 앤서니 고프, 내 책을 출판해줄 정도로 관대한 펭귄 랜덤 하우스의 상냥한 임프린트 마이클 조지프의 루이즈 무어와 모든 분들에게 항상 고마운 마음을 갖고 있다. 부지런하고 열정적이고 매력적이며 사려 깊고 통찰력 있는 나의 편집자, 질리언 테일러에게 특히 감사한다.

# 옮긴이의 말

왜 꿀벌은 침을 쏜 후 죽을까? 왜 거미는 평생 거미집을 짓고 살까? 어쩌다가 사계절이 생겨났을까? 어째서 세상의 어떤 곳은 메마른 사막이고 어떤 곳은 차가운 얼음으로 뒤덮여 있을까? 이 수수께끼들의 매혹적인 답이 이 책 『스티븐 프라이의 그리스 신화』에 담겨 있다. 우리가 살아가고 있는 세계가 어떻게 창조되고 어떤 연유로 지금의 질서를 띠게 되었는지 알고자 하는 고대 그리스인들의 욕구에 상상력이 더해져 빚어진 인류 최고의 걸작, 그리스 신화는 지금까지도 우리의 일상과 문화 구석구석에 스며들어 생명력을 이어가고 있다.

그리스 신화는 그것을 읽지 않고서는 서양의 문학과 미술을 제대로 이해하기 어려울 만큼 서양의 전통과 이야기, 문화에 마치 유전인자처럼 깊숙이 박혀 있다. 호메로스(기원전 9세기~기원전 8세기경)의 『일리아스』와 『오디세이아』, 헤시오도스(기원전 8세기~기원전 7세기)의 『신들의 계보』, 그리고 그리스 비극 작가들을 통해 문자로 체계화된 후 신화는 수천 년 동안 꾸준히 작가들과 신화학자들, 역사가들, 철학자들, 예술가들의 손에 의해 재해석되고 살을 붙여왔다. 우리가 즐겁게 읽고 있는 셰익스피어와 제임스 조이스 같은 대작가들의 많은 작품들도 그리스 신화에서 그

원형을 찾을 수 있다. 그리스 신화를 아는 사람이라면『로미오와 줄리엣』을 읽으면서 곧장 피라모스와 티스베의 비극적인 사랑을 떠올릴 것이다. 현대 대중문화의 중요한 아이콘이라 할 만한 슈퍼 히어로들의 세계 역시 현대판 그리스 신화로 봐도 무방하다. 아예 헤라클레스라는 이름을 가진 캐릭터가 활약하고, 원더 우먼은 아마존족 공주로 설정되어 있다.

오랜 세월이 흐르는 동안 그리스 신화가 그 힘을 잃기는커녕 동서양을 막론하고 점점 더 많은 사람들의 마음을 사로잡고 있는 비결은 뭘까? 가장 큰 매력은 강렬하고 흥미진진한 스토리일 것이다. 그리스 신화에는 우주의 신비와 만물의 섭리에 대한 고대 그리스인들의 경외감이 고스란히 담겨 있다. 우리에게 때로 잔혹하고 무자비한 자연의 이치를 반영하듯 그리스 신화 속에서 자연 자체이기도 한 신들은 선악의 가치 체계에 얽매이지 않고 거침없고 기괴한 일탈과 패륜을 일삼는다. 크로노스는 어머니 가이아와 작당하여 아버지 우라노스의 생식기를 잘라낸 뒤 그를 쫓아내 버린다. 그뿐 아니라 권력을 빼앗길까 두려워 자식들을 먹어치우기까지 한다. 크로노스의 아들 제우스는 눈에 띄는 아름다운 존재는 무슨 수를 써서든 반드시 취했고, 그 피해자들은 헤라에게 처참한 복수를 당했다. 신들의 이런 수많은 기행은 너무도 강렬하고 신비하고 잔혹해서 쉽게 잊히지 않는다.

다른 한편으로 신들은 인간적이고 친숙한 면모도 갖고 있다. 영생을 원하는 고대 그리스인들의 바람이 깃들어 신화 속의 신들은 인간과 같은 외양에 인간처럼 사랑하고 질투하고 충성을 맹세하고 배신하며, 치사하고 유치하고 음흉한 음모를 꾸미기도 한다.

특별한 능력을 지니고 있으면서도 인간과 같은 감정에 부대끼고 갈등하고 고뇌하는 신들의 모습은 보편적인 정서로 우리의 공감을 얻어낸다.

근대와 현대의 작가들이 저마다의 개성으로 그리스 신화를 재해석해 고전으로 인정받고 있는 작품들이 있다. 그중 너새니얼 호손, 이디스 해밀턴, 로버트 그레이브스의 매혹적인 저서들은 꾸준히 출판되며 여전히 많은 독자들에게 사랑받고 있고, 우리나라에서는 그리스 로마 신화 붐을 일으킨 고故 이윤기 작가의 저서를 대표로 꼽을 수 있다. 지금도 서점에 가보면 그리스 신화 모음집에서부터 해설서와 연구서가 넘쳐난다. 이 치열한 경쟁 속에서 그리스 신화를 이야기하는 또 한 권의 책이 나왔다. 이 책은 무엇이 다를까? 왜 이 책을 선택해야 할까? 여기서 작가 스티븐 프라이에 대한 얘기를 빼놓을 수 없다. 그의 개성이 이 책을 특별하게 만들어주기 때문이다.

　스티븐 프라이는 영국의 유명 코미디언이자 영화배우, 영화감독, 작가, 퀴즈쇼 진행자, 라디오 진행자로 여러 방면에서 활약하고 있는 다재다능한 예술가이다. 미국 의학 드라마 〈하우스House M.D.〉의 주연 배우로 우리에게 친숙한 휴 로리와 짝을 이루어 코미디언의 길을 걷기 시작했으며, 〈해리 포터〉 시리즈의 팬들에게는 오디오북 낭독자로 유명하다. 많은 드라마와 영화, 연극에 출연하여 인상적인 연기를 선보이고, 박학다식함을 십분 발휘한 독특한 스타일로 퀴즈쇼 〈QI〉를 오랫동안 진행하여 영국 국민에게 폭넓은 사랑을 받았다. 또 양극성 장애를 앓고 있음을 고백하고

〈조울병 환자의 비밀스러운 생활The Secret Life of the Manic Depressive〉이라는 다큐멘터리를 찍어 에미상을 받기도 했다.

지적이고 유머러스하며 해학적인 면모는 그의 저작들에서도 잘 드러난다. 그는 첫 소설 『거짓말쟁이 The Liar』(1991) 이후 세 권의 소설과 세 권의 자서전, 그리고 여러 권의 논픽션 작품을 꾸준히 집필하면서 작가로서도 활발히 활동하고 있다. 그중 『역사 만들기 Making History』(1996)라는 소설은 케임브리지 대학교의 역사학도와 어느 물리학자가 과거로 물건을 보낼 수 있는 기계를 발명해 히틀러의 아버지에게 남성 피임약을 먹임으로써 히틀러 없는 역사를 재창조한다는 기발한 내용으로 사이드와이즈 대체역사물상을 받은 바 있다.

『스티븐 프라이의 그리스 신화』는 그의 방대한 지식과 남다른 언어 감각, 희극인의 기질이 그리스 신화와 만나 풍성한 잔칫상을 차려낸 느낌이다. 그의 위트와 입담은 특히 등장인물 간의 대화에서 빛을 발한다. 하데스와 포세이돈이 각자의 지배 영역을 정하며 자존심 싸움을 하는 장면이나, 갓 태어난 헤르메스가 어른 뺨 치는 말솜씨로 아폴론을 꼼짝 못 하게 하는 장면, 아르테미스가 아버지 제우스를 꼬드겨 원하는 선물들을 받아내는 장면을 읽노라면 마치 텔레비전 시트콤을 보는 것처럼 픽 웃음이 난다. 하지만 다른 한편으로 수틀린 신들의 서슬 퍼런 복수와 분노는 등골이 오싹하리만치 잔혹하고 무섭게, 비극적인 연인들의 기구한 운명은 가슴 절절하게 그려진다. 스티븐 프라이는 무거움과 가벼움, 달콤함과 쌉쌀함을 균형감 있게 오가며 우리를 고대 그리스의 신비한 세계에 붙들어 둔다. 또, 우리가 매일 겪는 대자연의 신비에,

우리가 늘 보는 꽃과 나무에, 우리가 즐기는 음악과 문학과 미술에, 우리가 일상적으로 사용하는 단어에 그리스 신화가 얼마나 깊숙이 스며들어 있는지 하나씩 알게 될 때마다 느껴지는 짜릿한 지적 즐거움 또한 이 책의 매력이다.

이 책을 읽다 보면 기존에 알고 있던 내용과 달라 고개를 갸우뚱하게 되는 부분도 있을 것이다. 신화는 성경과 달리 고정되어 있지 않다. 시대가 바뀌면 사회가 변하고, 사회의 변화를 반영하며 신화도 변한다. 그래서 여러 버전이 존재하며, 학자들 사이에서도 어느 것이 옳은지에 대해 의견이 분분하다. 프라이는 그중 한 버전을 선택해 현대적 감각으로 다시 들려준다. 신화를 해설하거나 분석하는 것이 아니라 '다시 들려주고' 싶다는 그의 목표는 유려한 문체와 입담으로 훌륭하게 달성되었다.

작가도 인정했듯이 이 책에 그리스 신화의 모든 것이 담겨 있는 것은 아니다. 그의 말대로 티탄도 못 들 만큼 큰 책이 아니고서는 불가능한 일이다. 헤라클레스, 페르세우스, 테세우스, 오디세우스, 이아손처럼 이름만 들어도 가슴 설레는 신화 속 영웅들의 활극을 기대했던 독자들은 뒤에 출판될 『영웅 이야기』에서 아쉬움을 달랠 수 있을 것이다.

이영아

# 도판 정보

## 섹션 1

1. 〈시리아 팔미라 서쪽 궁의 프레스코화: 가이아〉, 730년경, 다마스쿠스 국립 박물관
2. 〈아테네식 적화 잔: 테미스와 아이게우스〉, 기원전 440~430년경, 베를린 구 박물관
3. 〈폴리페모스〉, 요한 하인리히 빌헬름 티슈바인, 1802년, 올덴부르크 주립 박물관
4. 〈히프노스의 청동 두상〉, 기원전 275년경. 영국 박물관
5. 〈우라노스를 거세하는 사투르누스〉, 조르조 바사리, 1560년경, 피렌체 베키오 궁전
6. 〈베누스의 탄생〉, 산드로 보티첼리, 1485년경. 피렌체 우피치 미술관
7. 〈아들을 삼키는 사투르누스〉, 프란시스코 데 고야, 1823년경, 마드리드 프라도 미술관
8. 〈아테네식 적화 항아리: 크로노스와 레아〉, 나우시카 도공의 작품으로 추정, 기원전 475~425년경, 뉴욕 메트로폴리탄 미술관
9. 〈아기 제우스에게 음식을 주는 님프들〉, 니콜라 푸생, 1640년경, 워싱턴 국립 미술관
10. 〈대리석 부조: 거인들의 전쟁〉, 2세기경, 이스탄불 고고학 박물관/Picture by Giovanni Dall'Orto
11. 〈아테네식 흑화 항아리: 티폰〉, 기원전 540~530년경, 뮌헨 국립 고미술 박물관
12. 〈무사이의 춤〉, 요세프 파엘링크, 1832년, 개인 소장
13. 〈알렉산더 데어 마르크 백작 묘의 일부: 세 모이라이〉, 요한 고트프리트 샤도, 1788~1790년, 베를린 구 국립 미술관
14. 〈신들과 거인들의 전쟁〉, 요아킴 안토니스 브테바엘, 1608년경, 시카고 미술관
15. 〈올림포스의 신들〉, 1528년경, 팔라초 델 테/Picture by Livioandronico2013
https://commons.wikimedia.org/wiki/File:Ceiling_of_the_Room_of_the_giants_in_Palazzo_Te_Mantua.jpg

스티븐 프라이의 그리스 신화

# 섹션 2

1. 〈성스러운 결혼〉, 작가 미상, 1세기, 나폴리 국립 고고학 박물관
2. 〈유피테르의 번개를 벼리는 불카누스〉, 페테르 파울 루벤스, 1636~1638년, 마드리드 프라도 미술관
3. 아레스의 두상(그리스 조각가 알카메네스의 기원전 420년 작품의 모사품), 2세기경, 상트페테르부르크 에르미타주 미술관/(cc) 2006. Photo: Sergey Sosnovskiy http://ancientrome.ru/art/artworken/img.htm?id=3214
4. 〈베누스와 마르스〉, 산드로 보티첼리, 1485년경, 런던 국립 미술관
5. 〈흑화 암포라: 아테나의 탄생〉, 기원전 6세기, 파리 루브르 박물관
6. 〈미네르바(팔라스 아테나)〉, 구스타프 클림트, 1898년, 빈 카를스플라츠 박물관
7. 〈아테네식 적화 병: 헤르메스〉, 기원전 480~470년경, 뉴욕 메트로 미술관/Photo: Fletcher Fund, 1925
8. 〈아폴론〉, 이탈리아 화파, 17세기, 타르브 마세 박물관
9. 〈디아나〉, 폴 맨십, 1921년, 콜럼버스 미술관/Photo: Postdlf https://commons.wikimedia.org/wiki/File:Paul_Manship_-_Diana_(1921)_01.jpg
10. 〈프로메테우스〉, 페테르 파울 루벤스, 1636년, 마드리드 프라도 미술관
11. 〈결박당한 프로메테우스〉, 야코프 요르단스, 1640년경, 쾰른 발라프 리하르츠 미술관
12. 〈스틱스강을 건너는 카론〉, 요아힘 파티니르, 1515~1524년, 마드리드 프라도 미술관
13. 〈판도라〉, 존 윌리엄 워터하우스, 1896년, 개인 소장
14. 〈페르세포네의 귀환〉, 프레더릭 레이턴, 1891년경, 리즈 미술관
15. 〈에로스와 프시케〉, 프랑수아 에두아르 피코, 1817년, 파리 루브르 박물관
16. 〈파에톤의 추락〉, 페테르 파울 루벤스, 1604~1608년, 워싱턴 국립 미술관
17. 〈사티로스들에게 부축받는 술취한 실레노스〉, 페테르 파울 루벤스(의 아틀리에), 1620년경, 런던 국립 미술관
18. 〈아폴론과 마르시아스〉, 미켈란젤로 안셀미, 1540년경, 워싱턴 국립 미술관
19. 〈실 잣는 사람들(아라크네의 우화)〉, 디에고 벨라스케스, 1657년, 마드리드 프라도 미술관

스티븐 프라이의

**그리스 신화** : 올림포스 신 이야기

초판 1쇄 발행 | 2019년 4월 25일
초판 5쇄 발행 | 2022년 9월 20일

지은이 | 스티븐 프라이
옮긴이 | 이영아
펴낸이 | 조미현

편집주간 | 김현림
책임편집 | 김호주
교정교열 | 주소림
디자인 | 정은영

펴낸곳 | (주)현암사
등록 | 1951년 12월 24일·제10-126호
주소 | 04029 서울시 마포구 동교로12안길 35
전화 | 02-365-5051
팩스 | 02-313-2729
전자우편 | editor@hyeonamsa.com
홈페이지 | www.hyeonamsa.com

ISBN 978-89-323-1986-5 (03840)